Freda Lightfoot

Schatten im Bernstein

W0290507

amazon crossing

Das Buch

Nach dem Selbstmord ihrer Mutter kehrt Abbie Myers ohne Ehemann, aber mit ihrer kleinen Tochter nach England in den Lake District zurück. Dort beschließt sie, mehr über die Vergangenheit ihrer Mutter herauszufinden. Auf der Suche nach Antworten wendet sie sich an ihre geliebte Großmutter Millie, und die alte Dame erzählt ihr, wie sie 1911 als junge Gouvernante nach Russland kam und dort in die Wirren der Revolution geriet. Während Abbie versucht, den Lebensunterhalt für sich und ihr Kind zu verdienen, erkennt sie, dass diese lange zurückliegenden Ereignisse ungeahnte Folgen haben.

Vor dem Hintergrund des englischen Lake District in den 1960er-Jahren und der revolutionären Umwälzungen in Russland zu Beginn des Jahrhunderts erzählt Freda Lightfoot eine mitreißende Geschichte über Eifersucht und Rache, Versöhnung und Vergebung.

Die Autorin

Freda Lightfoot stammt aus Lancashire im Nordwesten Englands. Sie arbeitete als Lehrerin und Buchhändlerin und beschloss in einem Augenblick vorübergehender Unzurechnungsfähigkeit, der Hektik des Alltags den Rücken zu kehren und ihr Glück auf einem kleinen Bauernhof an den eisigen Hängen des Lake District zu versuchen. Sie hielt Schafe und Hühner, pflanzte ein kleines Wäldchen an und lernte sogar, wie man Marmelade kocht. Inzwischen hat sie die Skiunterwäsche beiseitegelegt und sich ein Haus in einem spanischen Olivenhain gebaut. Dort stellt sie ihr eigenes Olivenöl her und sitzt bisweilen sogar in der Sonne, wenn sie ausnahmsweise mal nicht schreibt. Trotzdem kehrt sie in verregneten Sommern gerne nach England zurück. Sie hat 40 Bücher veröffentlicht, darunter zahlreiche Familiensagas und historische Romane.

Wenn Sie mehr über Freda Lightfoot erfahren möchten, besuchen Sie die Autorin auf ihrer Website unter: www.fredalightfoot.co.uk

Freda Lightfoot

SCHATTEN IM BERNSTEIN

Roman

Aus dem Englischen von Rita Kloosterziel

amazon crossing

Die Originalausgabe erschien 2014 unter dem Titel
»The Amber Keeper« bei Lake Union Publishing.

Deutsche Erstveröffentlichung bei
AmazonCrossing, Amazon Media E.U. Sàrl
5 Rue Plaetis, L-2338, Luxembourg
Mai 2015
Copyright © der Originalausgabe 2014
By Freda Lightfoot
All rights reserved.
Copyright © der deutschsprachigen Ausgabe 2015
By Rita Kloosterziel

Umschlaggestaltung: bürosüd° München, www.buerosued.de
Lektorat: Sandra Schmidt, www.text-theke.com
Korrektorat & Satz: Petra Schmidt, www.lektorat-ps.com
Printed in Germany
By Amazon Distribution GmbH
Amazonstraße 1
04347 Leipzig, Germany

ISBN: 978-1-50394576-0

www.amazon.com/crossing

Für David und meine Familie,

die immer für mich da ist.

PROLOG

1919

Mit durchgewetzten Winterschuhen lief ich auf dem Eis, das den steinigen Bergpfad überzog. Meine Fußsohlen waren gefühllos vor Kälte. Atemschwaden bildeten Eiskristalle auf Nase und Wangen, dort, wo die Haut nicht von Schal und Pelzmütze geschützt wurde. Mein kleines Pony hatte ich schon lange nicht mehr. Das arme Tier war völlig verschreckt davongestürmt, als das Gewehrfeuer losging. Ob es jemals zu Hause angekommen war, würde ich wahrscheinlich nie erfahren.

Mein Zuhause, wenn man den Ort so nennen wollte, an dem ich so viele Jahre lang gelebt hatte, gab es nicht mehr. Von seiner früheren Pracht war nichts übrig geblieben. Ich erinnerte mich, dass sich das nächtliche Dunkel immer dichter um mich zu schließen schien, so, als sei ich wieder von Gefängnismauern umgeben. Ich hatte die Schrecken, die ich hinter mir gelassen hatte, aus meinen Gedanken verbannt, und versuchte, meine Angst um die lieben Menschen beiseitezuschieben, die mir so sehr am Herzen lagen und die aus meinem Leben verschwunden waren. Stattdessen heftete ich meinen müden Blick auf die Fersen des Führers, der vor mir herstapfte. Ich wusste, dass ich wach und aufmerksam bleiben musste, wenn ich überleben wollte. Dies war meine letzte Chance, aus Russland herauszukommen.

Tagelang waren wir unterwegs durch Eis und Schnee. Zu essen hatten wir nichts als ein paar schmuddelige Brocken Brot.

Gegen unseren Durst gab es nur die Eiszapfen, an denen wir saugten. Dann kam ein heftiger Schneesturm auf. Stunde um Stunde kämpften wir uns durch den bitterkalten Wind, und als wir schließlich zu einer Höhle kamen, gaben die Knie unter mir nach. Schwach vor Dankbarkeit fiel ich zu Boden. Ich erinnerte mich, wie erleichtert ich war, dass ich endlich eine Weile ausruhen und dem eisigen Sturm entkommen konnte. In den vorangegangenen zwei – oder waren es drei? – Nächten hatten wir im Freien geschlafen. Wir hatten nicht einmal gewagt, ein Feuer zu machen, weil wir befürchteten, dass die Bolschewiki es entdecken und kommen würden, um nachzusehen. Erleichtert rollte ich mich in einer Ecke zusammen und rieb mir die Hände und Füße, damit ich keine Frostbeulen bekam. Ich zog meinen Mantelkragen hoch, legte den Rucksack neben mich und ermahnte mich streng, nicht einzuschlafen. Ich hatte Angst, dass ich wegen der bitteren Kälte nie wieder aufwachen würde.

All meinen Ermahnungen zum Trotz musste ich vor lauter Erschöpfung auf der Stelle eingenickt sein. Ich wusste nichts mehr, bis mich ein Lichtstreifen weckte, der im Morgengrauen in die Höhle drang. Ein seltsames Geräusch ließ mich hochschrecken. Ich setzte mich abrupt auf und sah mich nach meinem Führer um. Er war nirgendwo zu sehen. Der Mann, dem ich eine ungeheure Summe gezahlt hatte, bis zur letzten Kopeke, die ich besaß, hatte mich im Stich gelassen. Ich war ganz allein. Doch dann nahm mein schlaftrunkenes Hirn den Klang von Hufgetrappel auf felsigem Boden wahr und mir wurde klar, dass mir unerwünschter Besuch bevorstand.

KAPITEL 1

1963

Sie sah ihn erst, als sich die Menschenmenge auf dem Bahnsteig allmählich zerstreute: eine hagere Gestalt im dunklen Anzug, die aus dem Dampf auftauchte wie ein Gespenst. Starr vor Trauer und Verbitterung stand sie da, während der Zug nach Windermere seine Passagiere ausspuckte. Dann hörte sie den langgezogenen Ton der Lokpfeife, als er unter Knirschen und Schnauben langsam aus dem Bahnhof stampfte. Sie kämpfte den Wunsch nieder, im letzten Moment wieder aufzuspringen und nach Paris zurückzufahren. Alles war ihr lieber, als sich den unvermeidlichen Vorhaltungen zu stellen. Abigail hatte das Gefühl, ebenfalls an der Endhaltestelle gelandet zu sein. Sie betrachtete die vertraute Landschaft ringsum. Auf den Bergkuppen lagen letzte Schneereste, in der Frühlingssonne leuchteten die eisigen Gipfel in brillanter Klarheit auf. Der Wind ließ sie frösteln; er hätte nicht besser zu ihrer Stimmung passen können. Sie sog die klare Luft ein, schneidend und berauschend wie Champagner, und rief sich in Erinnerung, dass dies ihre Heimat war. Hier gehörte sie hin.

Er kam auf sie zu, nicht gerade mit ausgebreiteten Armen, wie sie gehofft hatte, doch immerhin mit einer zum Gruß erhobenen Hand und dem leisen Anflug eines Lächelns auf den starren Lippen.

»Abigail, da bist du ja endlich.«

»Pops, es ist gut, wieder zu Hause zu sein.«

In ihrem Inneren tat sich eine Trostlosigkeit auf, die ihre Worte Lügen strafte. Sie hatte gehofft, dass er sie in die Arme schließen würde, so wie es immer gewesen war, als sie noch klein war. Heute aber machte er keinerlei Anstalten, es zu tun. Seit Jahren hatte sie sich ihr Wiedersehen ausgemalt, doch nie hätte sie sich träumen lassen, dass es unter diesen Umständen stattfinden würde. Seit sie ihrem Zuhause den Rücken gekehrt hatte, hatte sie reichlich Zeit gehabt, darüber nachzudenken, wie sie alles vielleicht besser hätte handhaben können. Wie schlau wir doch im Nachhinein sind! Leider ließ sich die Zeit nicht zurückdrehen und die Vergangenheit nicht ändern: Man konnte nur vorwärtsgehen, in eine neue Zukunft.

Sie ergriff die Hand ihres Kindes und machte einen vorsichtigen Schritt auf ihn zu, wie um ihren Gedanken in die Tat umzusetzen. Sie war sich der Befangenheit zwischen ihnen nur allzu bewusst und so küsste sie ihn flüchtig auf beide Wangen, wie sie es aus Frankreich kannte. Als er jedoch keinerlei Reaktion zeigte, trat sie hastig zurück. Es war fast so, als seien sie Fremde.

»Wir hatten dich eigentlich gestern schon erwartet.«

Sein gestelzter Ton klang wie ein Vorwurf.

»Es tut mir leid, ich habe den Zug verpasst.«

Absichtlich. Aber das sagte sie ihm nicht.

»Wir hatten die Hoffnung schon aufgegeben.«

»Oh, man sollte nie die Hoffnung aufgeben, Dad. Manchmal ist sie das Einzige, was wir noch haben.«

Eigentlich hatte sie mit dieser geistreichen Bemerkung die Spannung zwischen ihnen lockern wollen, doch der Versuch misslang auf der ganzen Linie, obwohl sie ihn diesmal vorsichtshalber nicht bei seinem Spitznamen nannte.

Irgendwo hörte sie blecherne Musik aus einem Transistorradio scheppern. *Please, Please Me* schallte es. Dazwischen ertönte freudiges Rufen, wenn sich glücklichere Begegnungen abspielten, als ihre es war. Abigail fühlte sich noch elender. Früher hätten sie sich gegenseitig aufgezogen, vielleicht hätte er sie wegen ihres gestreiften Pullovers im Beatnik-Stil geneckt oder sich darüber ausgelassen, dass sie ihre langen dunklen Haare nicht bändigen konnte, obwohl sie eine schwarze Baskenmütze darübergezogen hatte. »Du brauchst einen anständigen Haarschnitt, Mädchen«, hatte er damals immer mit seiner Feldwebelstimme gesagt. Und sie hatte gelacht und ihn daran erinnert, dass er es nicht mit einem seiner Soldaten zu tun hatte und dass der Krieg lange vorbei war. Heute gab es keine Witze.

Sie holte Luft, zog ihr Kind zu sich und sagte:

»Dies ist Aimée, meine Tochter. Sie hat sich darauf gefreut, dich kennenzulernen.«

»Ganz meinerseits«, erwiderte Tom Myers höflich.

Er beugte sich ein wenig hinunter, nahm die kleine Hand in seine und schüttelte sie leicht. Doch selbst das Kind merkte, wie unaufrichtig seine Worte waren. Aimée schwieg und drückte sich scheu an ihre Mutter. Abbie strich ihrer Tochter mit einer tröstenden Geste über die weichen Locken.

Was hatte sie erwartet? Vergebung? Oder dass sie einfach weitermachen konnten, als sei nichts geschehen? In all den langen Jahren der Trennung hatte es so gut wie keine Verbindung zwischen ihr und ihren Eltern gegeben. Seit dem Brief, den sie gleich nach ihrer Ankunft in Paris geschrieben hatte, in dem sie ankündigte, dass sie nicht nach Hause zurückkehren und ihr Studium abschließen würde. Auf die Briefe, die sie seitdem geschrieben hatte, kam fast nie eine Antwort. Hatte sie sich ausgemalt, dass Kate sich eines Tages in die liebevolle und fürsorgliche Mutter verwandeln würde, nach der sie sich immer gesehnt hatte? Dafür war es nun zu spät. Jede Chance auf Aussöhnung zwischen ihnen war für immer vertan.

*

Die Fahrt nach Carreckwater dauerte leider länger, als Abbie in Erinnerung hatte, denn sowohl sie selbst als auch Aimée wünschten sich inzwischen nichts sehnlicher als ein Bett. Sie hatten die Nacht am Gare du Nord verbracht, nachdem sie den Zug verpasst hatten oder ihn vielmehr ohne sie abfuhren ließen. Zum Glück konnten sie, während sie auf der Rückbank im Auto saßen, die Augen schließen und ein wenig dösen. Der Kopf des Kindes ruhte warm und tröstend auf ihrer Brust. Aimées Haar duftete süß nach Blumen. Abgesehen von ein paar höflichen Bemerkungen über das Wetter brachten sie die Fahrt schweigend hinter sich, was fast schon eine Erleichterung war.

Später, als Aimée schlief, noch bevor ihre Mutter sie in dem kleinen Bett zugedeckt hatte, das neben ihrem alten Zimmer im Dachgeschoss aufgebaut war, konnte sich Abbie den Luxus eines ausgiebigen Bades nicht verkneifen. Das heiße Wasser und das Lavendelöl waren erfrischend nach der langen Reise und der lauwarmen Dusche, an die sie sich in ihrer Wohnung in Paris gewöhnt hatte. Trotzdem erwies es sich als schwerer Fehler, so lange behaglich in der Badewanne zu liegen. Vor ihrem inneren Auge erstanden all die Hoffnungen und Träume auf, denen sie sich hingegeben hatte, als sie zum letzten Mal in diesem Badezimmer gewesen war: an dem Abend, bevor sie und Eduard zusammen durchgebrannt waren. Und sie dachte wieder an den Streit, den sie vor ein paar Tagen gehabt hatten, als ihr ganzes Leben zusammenzufallen schien. Bei der Vorstellung, ihn nie wiederzusehen, stiegen ihr Tränen in die Augen. Gerade jetzt brauchte sie ihn mehr denn je.

Warum hatte er sie so sehr enttäuscht? Liebte er sie nicht? Hatte sie ihn nicht glücklich gemacht? Abbie rubbelte sich heftig trocken und schob diese schmerzlichen Erinnerungen beiseite. Sie hatte sich entschieden. Nun musste sie lernen, damit zu leben, und vorwärts gehen. Ihre erste Aufgabe bestand darin, sich irgendwie mit ihrem Vater auszusöhnen.

Sie wählte ein schlichtes knielanges Kleid aus weicher karamellfarbener Wolle. Ihr Vater war ein konservativer Mann, der immer noch an alten Traditionen und hergebrachten Umgangsformen festhielt. Ihre schwarze Steghose und das Oberteil mit Leopardendruck würden also sicher nicht seine Zustimmung finden. Trotzdem tupfte sie kühn etwas grünen Lidschatten auf, der gut zu ihren dunklen Augen passte. Die hatte sie von ihrer Mutter geerbt. Dann trug sie noch ein wenig Wimperntusche und zartrosa Lippenstift auf. Die Haare steckte sie zu einem braven Dutt hoch. Schließlich kniff sie sich noch in die blassen Wangen, um ihnen wieder etwas Farbe zu geben, und ging dann die breite Treppe hinunter ins Esszimmer.

Das auf Hochglanz polierte Treppengeländer unter ihrer Hand, das Knarren der alten Holzdielen, der bloße Geruch der holzvertäfelten Wände und der alten Möbel – ihr wurde warm ums Herz. Sie hatte vergessen, wie sehr sie dieses alte Haus vermisste. Von außen betrachtet erschien Carreck Place eher schmucklos und kantig, doch innen sah es ganz anders aus. Das Haus hatte einen zeitlosen Charme, den Abbie immer geliebt hatte. Sie rechnete fast damit, in der Eingangshalle einen Weihnachtsbaum und im Kamin im Wohnzimmer ein riesiges Feuer zu sehen, während die Stimmen der zahlreichen Gäste, die ihre Mutter so gerne um sich geschart hatte, den Raum mit fröhlichem Geplauder erfüllten.

An diesem Abend war der Esstisch nur für zwei gedeckt. Während der Mahlzeit wechselten Abbie und ihr Vater kaum ein Wort. Nicht, dass sie es geschafft hätte, viel von dem frisch gefangenen Lachs zu essen, den Mrs Brixton, die Haushälterin, zubereitet hatte. Abbies Appetit schien völlig verschwunden zu sein, obwohl sie auf der langen Reise kaum etwas gegessen hatte. Schließlich schob sie das Dessert weg, ohne es angerührt zu haben, und ging mit ihrem Vater in die Bibliothek, wo der Kaffee serviert wurde. Die Realität ließ sich nicht länger ignorieren.

Abbie räusperte sich.

»Erzähl mir, was passiert ist. Wer hat sie gefunden?«

Ihr Vater schwieg und starrte in den leeren Kamin. Abbie fröstelte. In der Bibliothek war es kalt, ein frischer Märzwind rüttelte an den Fensterläden, und trotzdem war es ihm nicht in den Sinn gekommen, ein Feuer anmachen zu lassen, das sie bei ihrer Rückkehr willkommen heißen würde. Doch die Kälte kam nicht aus dem Raum selbst, sondern von dem Schock und der Wut, die immer noch in Tom Myers widerhallten.

Abbie hatte schon fast die Hoffnung aufgegeben, dass ihr Vater die Frage noch beantworten würde, als er schließlich zu sprechen begann. Seine Stimme klang betont beherrscht, fast sachlich.

»Ich war den Nachmittag über auf Loughrigg unterwegs, es war ein Samstag. Auf dem Rückweg schaute ich im Laden vorbei. Linda, die Verkäuferin, packte gerade eine Lieferung Cabochons aus, die der Großhändler geschickt hatte. Sie sagte mir, dass Kate gar nicht ins Geschäft gekommen sei. Sie hatte sich in der letzten Zeit recht oft freigenommen, um diese Jahreszeit ist es meist ziemlich ruhig, also habe ich mir nicht allzu viele Gedanken darüber gemacht. Erst als ich gegen sieben zu Hause ankam und sah, dass das Haus in völliger Dunkelheit lag …« Tom Myers unterbrach sich und warf seiner Tochter einen raschen Blick zu. »Du weißt ja, wie sehr sie es mochte, wenn alle Lampen brannten.«

Abbie nickte. Sie merkte, dass Tränen ihren Blick trübten.

»Und Rachmaninow auf voller Lautstärke. Wo war Mrs Brixton?«

»Offenbar hatte Kate ihr den Tag freigegeben, wie ich später herausfand.«

Wieder senkte sich bedrückendes Schweigen über Vater und Tochter und diesmal unternahm sie nichts, um es zu brechen. Plötzlich wollte sie das Ende der Geschichte nicht mehr hören. Abbie wusste, wie sie ausging. Ihr Bruder hatte es ihr am Telefon ohne Umschweife mitgeteilt. Dennoch kam der Schluss der Erzählung.

»Ich habe sie gefunden. Sie hing am Treppengeländer im obersten Stockwerk. Sie muss schon eine Weile dort gehangen haben.«

Plötzlich war das Entsetzliche der ganzen Situation einfach zu viel. Abbie rannte aus der Bibliothek und erbrach das bisschen, das sie zum Abendessen hinunterbekommen hatte, in der Gästetoilette. Ihr war gleichzeitig heiß und kalt und sie konnte einfach nicht aufhören zu zittern. Seit sie die Nachricht vom Selbstmord ihrer Mutter erhalten hatte, reagierte Abbie seltsam emotionslos, als hätte sie eigentlich nichts mit diesen Ereignissen zu tun. Sie hatte ihre Taschen gepackt, Plätze im Zug reserviert und all die notwendigen Einzelheiten vor ihrer Abreise erledigt, als würde sie sich selbst durch eine Mattglasscheibe betrachten. Nun, nachdem sie sich den widerlichen Geschmack aus dem Mund gespült hatte, ließ sie es endlich zu, dass die Tränen flossen.

Warum um alles in der Welt hatte sich ihre Mutter das Leben genommen? In welch unvorstellbare Tiefen der Verzweiflung war sie gesunken – und, was noch wichtiger war, warum? War das Leben hier im schönen Lake District so schlimm? Sie hatte Erfolg mit ihrem Laden, hatte einen Mann, der sie anbetete, und ihr geliebter Sohn und die Enkelkinder wohnten ganz in der Nähe. Was konnte ihr das Leben so unerträglich gemacht haben?

Als sie in die Bibliothek zurückkehrte, stand ein kleines Glas Brandy für sie auf dem Bestelltischchen. Sie warf ihrem Vater einen dankbaren Blick zu, trank einen Schluck und war froh über die Wärme, die sich in ihrem Innern ausbreitete. Nach einem Augenblick sagte sie:

»Ich kann immer noch nicht ganz glauben, dass das alles wirklich passiert ist. Warum hat sie so etwas getan?«

Er sah sie an, sein Blick wurde frostig.

»Weißt du es wirklich nicht?«

Etwas in Abbie zog sich zusammen. Als sie vor all den Jahren von zu Hause weggelaufen war, hatte sie sich ihr Selbstbewusstsein mühsam wieder aufbauen müssen. Und kaum war sie zurückgekehrt, merkte sie, wie es dahinschwand. Sie versuchte, daran festzuhalten, schließlich war sie kein widerspenstiger Teenager mehr, sondern eine vierundzwanzigjährige Frau mit einem Kind.

»Willst du damit sagen, dass es irgendwie meine Schuld ist?«

»Du warst immer dickköpfig und völlig blind für das, um das deine Mutter dich gebeten hat.«

»Vielleicht, weil sie zu viel verlangt hat, und weil sie meinte, ich sollte mich so benehmen, dass es sie in ein gutes Licht rückte, ohne Rücksicht auf meine Wünsche. Man konnte es ihr kaum jemals recht machen.«

Das Gesicht ihres Vaters verzerrte sich mit einer Mischung aus Schmerz und Wut.

»Du weißt ganz genau, dass sie nur das Beste für dich wollte. Sie hatte es nicht leicht als adoptiertes Kind.«

Gefühle drückten Abbie die Kehle zu und wieder stiegen ihr Tränen in die Augen.

»Es tut mir leid, Dad, aber ich verstehe das nicht. Warum hatte sie all diese Komplexe, wo Granny sie doch angebetet hat? Und was habe *ich* so Schreckliches getan?«

»Du hast deiner Mutter das Herz gebrochen, Abigail, als du losgezogen bist in die Fremde, mit diesem Tunichtgut.«

Bei den Worten ihres Vaters zog sich Abbies Herz zusammen. In diesem Moment wollte sie mit ihm nicht über ihre gescheiterte Beziehung reden. Vielleicht würde sie später mit Gran sprechen. Sie hob das Kinn und hielt an ihrem Stolz fest.

»Eduard war die Liebe meines Lebens.«

Zumindest war es ihr damals so vorgekommen, im Alter von knapp achtzehn. Die Tatsache, dass er weit über dreißig und verheiratet war, hatte sie nicht im Geringsten gestört.

Plötzlich kam Abbie der Gedanke, dass sie vielleicht ein Problem mit zwischenmenschlichen Beziehungen hatte. Zumindest zu ihrer Mutter hatte sie als Teenager kein nahes und vertrautes Verhältnis gehabt. Und über Kates Zukunftspläne für sie konnten sie sich nie einig werden. Damals hatten sie mit Sicherheit keine unkomplizierte und harmonische Mutter-Tochter-Beziehung. Und nun würde es eine solche Beziehung nie mehr geben können. War es das, was ihre törichte Dickköpfigkeit ihr eingebracht hatte? Dass sie sich für den Rest ihres Lebens schuldig fühlen würde?

Trotzdem hätte sie dem Vorwurf ihres Vaters gerne widersprochen und ihn gefragt, warum es sechs Jahre gedauert hatte, bis ihre Mutter dem Schmerz des gebrochenen Herzens nachgab, für das sie angeblich die Ursache war. Doch wie konnte sie ihm diese Frage stellen, wenn er so verzweifelt und voller Trauer war?

»Wann ist die Beerdigung?«, wechselte sie taktvoll das Thema.

»Morgen. Ich dachte schon, du würdest sie verpassen. Robert und Fay kommen morgen ganz früh mit den Kindern, obwohl die Kleinen natürlich nicht mit auf den Friedhof gehen. Du wirst staunen, wie groß Carrie geworden ist, sie ist jetzt kein Baby mehr, sondern ein lebhaftes kleines Mädchen von achtzehn Monaten. Und Jonathon kommt bald in die Schule.«

Abbie senkte rasch den Kopf, um in ihrer Henkeltasche nach einem Taschentuch zu kramen. Ihr Vater sollte nicht sehen, wie sehr es sie schmerzte, den Stolz in seiner Stimme zu hören und das Lächeln auf seinem Gesicht zu sehen, als er von seinen Enkeln sprach. Solche Gefühle brachte er ihrer eigenen Tochter nicht entgegen. Bei ihrer ersten Begegnung hatte er noch nicht einmal ein Lächeln für sie übriggehabt.

Früher einmal hatten sie und ihr Vater ein herzliches und liebevolles Verhältnis zueinander, voller Witz und freundlichen Neckereien, selbst wenn ihn ihre Neigung, kein Blatt vor den Mund zu nehmen und immer das zu tun, was sie für richtig hielt, beinahe verzweifeln ließ. Zwischen ihnen war alles in bester Ordnung gewesen, bis zu jenem endgültigen Bruch mit ihrer Mutter.

Natürlich war es dabei um sehr viel mehr gegangen als um eine Meinungsverschiedenheit wegen eines Freundes. Die Tatsache, dass Kate gar nicht die Möglichkeit in Betracht zog, sie im Geschäft mitarbeiten zu lassen, war sehr verletzend. Immer wieder betonte sie, wie mustergültig und erfolgreich Robert war, als würde Abbie so etwas nie schaffen können. Warum hatte ihre Mutter ihr nicht so viel Vertrauen und Respekt entgegengebracht, um mit ihr zusammenarbeiten zu wollen? Egal, wie sehr sie sich bemühte: Nichts von dem, was Abbie tat, brachte Kate dazu, ihre Meinung zu ändern. Dann auch noch das Ansehen und die Fürsorge ihres Vaters zu verlieren, war so schmerzhaft gewesen, dass sie es kaum ertragen konnte.

Inzwischen fürchtete Abbie das Wiedersehen mit ihrem Bruder. Wie er früher immer herumstolziert war, mit stolzgeschwellter Brust und in dem vollen Bewusstsein, der Liebling ihrer Mutter und der Schlauere von beiden zu sein. Schließlich schnitt er immer als Klassenbester ab. Seiner Frau zum ersten Mal zu begegnen, nachdem sie noch nicht einmal zur Hochzeit eingeladen gewesen war oder von der Geburt ihrer Kinder erfahren hatte, würde sicher auch nicht einfach werden. Schlimmer noch: Abbie würde Robert ins Gesicht sehen und sich eingestehen müssen, dass sich all die düsteren Vorhersagen bewahrheitet hatten, vor denen ihre Familie sie gewarnt hatte. Sie hatte ihr Leben wirklich gründlich in den Sand gesetzt. Eigentlich sollte das nun völlig egal sein, schließlich gab es Wichtigeres, um das sie sich Gedanken machen musste, und außer ihr trauerten schließlich noch andere Leute. Aber es war nicht egal.

Abbie tupfte sich die Augen trocken und steckte das Taschentuch wieder weg.

»Wie geht es Gran?«

Kates Verhältnis zu ihrer Adoptivmutter war nicht immer einfach gewesen. Im Alter von einundsiebzig Jahren war Millie eine resolute und lebhafte Dame, die der Überzeugung war, dass man das Leben in seiner ganzen Fülle auskosten sollte. Der Verlust ihrer einzigen Tochter könnte jedoch leicht dazu führen, dass dieser wunderbare Lebensgeist in ihr verlosch.

»So gut, wie man es eben erwarten kann unter diesen Umständen«, erwiderte Tom und seufzte niedergeschlagen. »Du wirst sie ja morgen sehen.«

Abbie konnte es kaum abwarten, denn es hatte ganz den Anschein, als würde sich ihre Heimkehr als sehr viel problematischer erweisen, als sie es sich in ihren schlimmsten Träumen ausgemalt hatte.

KAPITEL 2

An diesem elend kalten Märztag hingen tiefe Wolken über den Hügelketten und es nieselte, so wie es üblicherweise bei Beerdigungen der Fall ist. Seit Kates Tod waren zwei Wochen vergangen. Zuerst musste eine Obduktion durchgeführt werden und die gerichtliche Untersuchung stattfinden, bevor der Coroner die Leiche zur Beerdigung freigeben konnte.

Nun stand Abbie neben ihrer Großmutter am Grab und stützte ihren Arm. Sie staunte, wie gefasst die alte Dame war, doch sie war immer schon eine starke Frau gewesen, eine gradlinige Art von Mensch, der nie großen Wirbel um irgendetwas machte. Was sie in ihrem Inneren durchlitt, war sicher eine ganz andere Sache.

Der Pfarrer hatte eine lange Ansprache gehalten, Kate Myers' Großzügigkeit gelobt, mit der sie sich in der Kirche und der Gemeinde eingesetzt hatte, und ihre Verdienste als Vorsitzende der Müttervereinigung, als Schatzmeisterin des Women's Institute und im Vorstand des örtlichen Kinderheims gewürdigt.

Abbie war dieser Teil des Lebens ihrer Mutter völlig neu und sie war wider Willen tief beeindruckt. Es war erstaunlich, dass Kate es geschafft hatte, sich so in der kleinen Stadt zu engagieren und gleichzeitig das familieneigene Geschäft zu führen, in dem handgefertigter Schmuck hergestellt und verkauft wurde. Aber wie traurig war es doch, dass diese wohltätige Seite erst nach ihrem Tod zum Vorschein kam.

Doch wenn ihr Kinder so am Herzen lagen, warum hatte sie an ihrer eigenen Enkelin nie auch nur einen Funken von Interesse gezeigt?

Die Kinder waren die Einzigen, die an diesem Tag für verhaltenes Gelächter sorgten und die düstere Stimmung ein wenig auflockerten, als sich die Leute zum üblichen Traueressen auf Carreck Place einfanden. Der kleine Jonathon hatte keine Ahnung, aus welchem Anlass die Familie zusammengekommen war, und schwatzte munter drauflos. Jedem, der es hören wollte, erzählte er aufgeregt, dass er nach Ostern in die Schule kommen würde. Und die anderthalbjährige Carrie saß nicht einen Moment lang still. Sie stöberte fröhlich in den Zimmerecken herum, leerte die Handtaschen der Damen aus und zog jede Schublade und Schranktür auf, die sie mit ihren molligen Händen erreichen konnte. Als ihre Mutter sie nach oben brachte, um sie zum Mittagsschlaf hinzulegen, verteilte sie das Babypuder im ganzen Badezimmer. Lachend machte sich Abbie daran, den Boden zu wischen, während Fay versuchte, ihre Tochter zu wickeln, die inzwischen aus voller Kehle brüllte.

»Oh, in diesem Alter sind sie furchtbar, ich erinnere mich nur zu gut daran. Aimée war genauso. Zum Glück hat sich das mit der Zeit gegeben. Jetzt ist sie sechs und ein wahrer Schatz.«

Geschickt faltete Fay die Frotteewindel und steckte sie mit Sicherheitsnadeln fest.

»Trotzdem ist es ein bisschen peinlich, könnte ich mir vorstellen«, sagte sie.

»Aber warum denn? Sie ist die Freude meines Lebens.«

»Ich meine, weil deine Tochter – nun ja, sie ist, was sie ist …«

Abbie verging das Lachen auf der Stelle.

»Sie ist unehelich, meinst du?«

Ausgerechnet in diesem Augenblick musste Robert auftauchen.

»Versuch gar nicht erst, es abzustreiten. Ich sehe jedenfalls keinen Ehering, der das Gegenteil beweisen würde. Gib's zu, Abbie, du hast es ganz schön versemmelt und Ma hat den Preis dafür bezahlt.«

Seine Worte verschlugen ihr die Sprache. Abbie war leicht zusammengezuckt, als sie ihren Bruder bei der Beisetzung nach all der Zeit zum ersten Mal wiedersah. Er sah viel älter aus als knapp sechsundzwanzig, in seinem braunen Haar konnte man schon graue Strähnen erkennen und außerdem wölbte sich sein Bauch recht prall über dem Hosenbund. Zudem zeigte er erste Anzeichen eines Doppelkinns. All die schicken Mittagessen, an denen er als erfolgreicher Steuerberater teilnehmen musste, hinterließen deutliche Spuren. Doch an seiner Selbstherrlichkeit hatte sich überhaupt nichts geändert.

Fay zog ihrer Tochter schnell ein gerüschtes Plastikhöschen über die Windel und scheuchte Bruder und Schwester dann aus dem Zimmer, weil sie Carrie zu Bett bringen wollte. Robert und Abbie standen auf dem Treppenabsatz und starrten einander finster an.

»Klar, du hackst auf mir herum, kaum dass ich wieder hier bin. Ich freue mich auch, dich zu sehen. Danke schön, Bruderherz. Es ist ein bisschen unfair, mir die Schuld zu geben, findest du nicht? Nachdem ich *sechs Jahre* weit weg von zu Hause gelebt habe!«

»Du kannst nicht leugnen, dass du für ihr Unglücklichsein verantwortlich warst.«

»Ach, nun komm mir doch nicht schon wieder mit dieser Masche«, antwortete Abbie. Sie senkte die Stimme, damit sie die kleine Carrie nicht störte und ihr Bruder nicht mitbekam, wie aufgewühlt sie war. »Warum sollte Mum ausgerechnet *jetzt* beschließen, dass sie mit der Schande meines skandalösen Verhaltens als Teenager nicht mehr leben kann? *Nach all den Jahren?*«

»Mutter war in letzter Zeit oft bedrückt, sie grübelte viel über die Vergangenheit. Ein Besuch von dir hätte sie vielleicht aufmuntern können. Selbst ein, zwei Briefe hätten geholfen.«

»Da sieht man mal wieder, dass du keine Ahnung hast, wovon du redest. Ich habe sehr wohl geschrieben, anfangs sogar sehr oft, aber meist wurden meine Briefe einfach ignoriert, und so hab ich es schließlich aufgegeben. Mum hatte meine Adresse, aber ich kann mich nicht entsinnen, dass sie jemals Gebrauch davon gemacht hätte.«

Tränen schnürten ihr die Kehle zu. Abbie bemühte sich verzweifelt, sie unter Kontrolle zu halten. Auf gar keinen Fall sollte ihr Bruder bemerken, wie sehr seine Worte sie trafen.

Robert trat einen Schritt auf sie zu und schaute beinahe drohend auf sie herab. Seine dunklen Augen waren zu Schlitzen verengt, die Lippen hatte er wütend zusammengepresst.

»Dein Problem ist, dass du nie Verantwortung für irgendetwas übernimmst. Du bist viel zu sehr mit deinen Wünschen und Bedürfnissen beschäftigt, um zu überlegen, welche Auswirkungen deine Entscheidungen auf andere haben könnten.«

Abbie spürte, wie ihre Wangen brannten, eher vor Wut als vor Schuldgefühlen.

»Das ist *nicht* wahr! Du weißt, dass ich mir alle Mühe gegeben habe, Mum zu gefallen. Sie wollte einfach nicht wissen, was ich mir von meinem Leben erhofft habe, sie hat mich noch nicht einmal im Geschäft helfen lassen, obwohl ich sie jahrelang darum gebeten habe. Aber nein, es war ihr nicht gut genug, dass ich in einem Laden arbeiten wollte. Ich musste studieren und dann sollte ich wahrscheinlich einen gut situierten Bilanzbuchhalter heiraten und eine gehorsame Ehefrau mit zwei Komma vier Kindern werden.«

»Und stattdessen bist du mit diesem Mistkerl durchgebrannt, hast diesen Bastard in die Welt gesetzt und Mutter das Herz gebrochen. Kein Wunder, dass sie dich verstoßen hat.«

Abbie bezweifelte sehr, dass er den Schlag schmerzhaft spürte, den sie seinem fetten Gesicht versetzte, aber ihr ging es danach auf jeden Fall besser.

*

Später am Nachmittag sah Abbie, dass sich die Anstrengungen des Tages bei ihrer Großmutter bemerkbar machten, und so begleitete sie Millie nach Hause in die Pförtnerloge an der Zufahrt zu Carreck Place.

»Möchtest du, dass ich noch ein Weilchen bleibe?«, fragte sie und setzte den Kessel mit Teewasser auf, als hätten sie an diesem endlos traurigen Tag nicht schon genug Tee getrunken.

»Das wäre schön, aber dann brauche ich ein wenig Zeit für mich, wenn es dir nichts ausmacht.«

Abbie gab ihr einen Kuss auf die faltige Wange.

»Mach dir keine Vorwürfe, Gran. Mit meiner Mutter zurechtzukommen, war nie einfach.«

»Das weiß ich leider nur allzu gut«, antwortete Millie und ließ sich mit einem Seufzer in ihren Sessel sinken. »Aber du darfst dir auch keine Vorwürfe machen, mein Schatz!«

»Leichter gesagt als getan, wenn alle anderen mir Vorwürfe machen.« Das Teewasser kochte und gab Abbie die Gelegenheit, sich abzuwenden und sich ganz der Zubereitung des Tees zu widmen. Dann richtete sie Grans Lieblingstassen aus feinem Porzellan auf einem Silbertablett an. Ihre Großmutter hatte immer schon hohe Ansprüche gehabt. »Ich weiß, dass Mum keinen einfachen Start ins Leben hatte, weil sie doch adoptiert war und so weiter, aber es tut mir weh, dass sie Aimée so vollkommen abgelehnt hat. Warum nur?«

Ein trauriges Lächeln huschte über Millie Nabokows Gesicht, als sie die Teetasse entgegennahm, die Abbie ihr reichte.

»Wenn Kate sich einmal für einen bestimmten Standpunkt entschieden hatte, fiel es ihr immer schwer, ihre Meinung zu ändern. Seltsamerweise hat sie beinahe denselben Fehler gemacht.«

»Wirklich? Das wusste ich ja gar nicht.«

Abbie setzte sich ihrer Großmutter gegenüber und wartete gespannt.

»Bei ihr ging es allerdings darum, dass sie sich Hals über Kopf in eine übereilte Ehe stürzen wollte. Es muss um das Jahr

1934 gewesen sein. Ich erinnere mich noch gut an den Duft von wildem Knoblauch und Glockenblumen, als wir zusammen auf einer alten Bank saßen, unterhalb von dem Birkenwäldchen am See. Die Frühlingssonne schien mir ins Gesicht, ich weiß es noch wie heute. Kate hatte mich über meine Zeit in Russland ausgefragt und dann verkündete sie plötzlich mit aufgeregter Stimme, dass Eric um ihre Hand angehalten und dass sie Ja gesagt habe. Sie fand es so romantisch, dass er vor ihr auf die Knie gefallen war, als er ihr den Heiratsantrag machte. Sie war damals siebzehn. Ich war natürlich ziemlich geschockt und hielt überhaupt nichts von der ganzen Sache.«

»Oh je. Das kam bei Mum sicher nicht gut an.«

»Nein, leider nicht. Eric war ein netter Junge, aber ich sagte ihr, dass Freundschaft eine Sache ist, aber eine Ehe, das ist etwas ganz anderes. Meiner Meinung nach war sie noch viel zu jung, um überhaupt zu verstehen, was Liebe ist. Und viel zu jung, um eine so weitreichende Entscheidung überhaupt in Betracht zu ziehen.«

Abbie betrachtete sie mit einem schiefen Lächeln.

»Und trotzdem hast du mich nie verurteilt, als ich damals von zu Hause weglief. Ich war ja auch kaum älter als siebzehn und außerdem schon mit Aimée schwanger. Aber auch in deinen lieben Briefen hast du später nie ein böses Wort verloren.«

»Ich weiß, mein Schatz, aber wir leben heute in einer anderen Welt.« Die alte Dame runzelte leicht die Stirn. »Obwohl ich mich über den Ton in deinen letzten Briefen gewundert habe. Du bist doch glücklich, oder?«, fragte sie sanft und nippte an ihrem Tee.

Abbie atmete einmal tief durch, dann schüttelte sie traurig den Kopf.

»Nein, ich fürchte, das bin ich nicht.« Sie versuchte so sehr, ihre Großmutter nicht zu beunruhigen, bemühte sich, sich nichts anmerken zu lassen, doch nun schien es ein guter Moment, endlich die Wahrheit zu sagen. Millie war im Augenblick der einzige Mensch auf der Welt, bei dem sie sich wohlfühlte. »Vor einer Weile fand ich heraus, dass Eduard mich angelogen hat. Er hat sich überhaupt nicht von seiner Frau scheiden lassen. Ich hatte immer noch gehofft, dass er es sich anders überlegt, weil ich ihn immer noch liebte, und natürlich auch wegen Aimée. Doch als ich dann erfuhr, dass seine Frau wieder schwanger ist, war ich endlich so vernünftig, ihn vor die Tür zu setzen.«

»Oh, mein Liebes, das tut mir so leid. Wir alle machen Fehler, aber es kommt darauf an, wie wir mit den Konsequenzen umgehen. Daran zeigt sich unsere wahre Stärke. Und du bist jung, du kannst noch einmal von vorn anfangen.«

Wie pragmatisch und vernünftig ihre Großmutter reagierte! Aber Abbie hatte immer schon mit ihr reden können. Wenigstens sie beide hatten sich regelmäßig geschrieben und Abbie war ihr zutiefst dankbar für die Hilfe, die sie ihr in den letzten Jahren gewesen war. Ihre Großmutter setzte ihre Erzählung fort, als sei sie entschlossen, sich die Schuld am Tod ihrer Tochter zu geben.

»Leider konnte mir Kate nicht verzeihen, dass ich überhaupt nicht begeistert war von ihren Plänen, und wir hatten noch eine ganze Weile ein recht distanziertes Verhältnis. In dieser Hinsicht war sie dickköpfig, aber davon kannst du ja selbst ein Lied singen, Abbie. Sie sagte, es sei so, als sei ihr all die Sicherheit entglitten, auf die sie vertraut hatte. Das hat mich sehr, sehr traurig gemacht, denn diese Sicherheit war hart erkämpft. Und doch erinnere ich mich, dass ich in diesem Alter selbst recht töricht war«, räumte sie lächelnd ein. »Als junge Frau wusste ich ziemlich genau, was ich wollte. Und meine unbedachten Entscheidungen führten mich in eine Welt, die ich überhaupt nicht verstand.«

»Genauer gesagt nach Russland«, ergänzte Abbie. »Ich finde es so spannend, dass du dort gelebt hast, auch wenn du nicht viel von dieser Zeit erzählst. Ich würde so gerne mehr über dein Leben damals erfahren, Gran. Die Revolution muss ein Horror gewesen sein. Wie um alles in der Welt hast du es geschafft, damit klarzukommen?«

Abbie sah, wie Traurigkeit den Blick ihrer Großmutter trübte, und bedauerte ihre Frage auf der Stelle. Sie sprang auf.

»Aber darüber unterhalten wir uns ein andermal, ganz gewiss nicht heute. Kann ich noch irgendetwas für dich tun, bevor ich gehe?«

Nachdem die alte Dame ihr versichert hatte, dass sie nichts brauchte, verabschiedete sich Abbie leise und versprach, am nächsten Tag wiederzukommen.

Als ihre Enkelin weg war, saß Millie eine Weile still da. Eine Woge der Trauer schlug über ihr zusammen und ihre Gedanken gingen zurück zum Jahr 1934, zu dem Tag, an dem Kate anfing, schwierige Fragen über ihre Zeit in Russland zu stellen. Danach war etwas zwischen ihnen so schrecklich schiefgelaufen, trotz all ihrer Bemühungen, ihre geliebte Tochter zu schützen und ihr all die Liebe zu schenken, die sie verdiente. Nun war Kate tot. Hätte sie sonst noch etwas tun können, um sie zu retten? Hatte sie sie irgendwie im Stich gelassen? Die Erinnerung an das kleine Mädchen, das Kate einmal gewesen war, schmerzte sie so sehr, dass sie es kaum aushielt. Alle Tränen der Welt reichten nicht aus, um ihren Verlust zu beweinen.

Doch sie musste stark sein, denn ein plötzlicher Todesfall konnte eine Familie auseinanderreißen. Tom wurde von seiner Wut aufgefressen, Robert machte das übliche Getue um Formalitäten und die arme Abbie gab sich die Schuld. Vielleicht war nun der Augenblick gekommen, von der Vergangenheit zu sprechen und alles aufzudecken.

KAPITEL 3

Am darauffolgenden Vormittag, als sie nach dem Frühstück noch am Tisch saßen, fragte Tom seine Tochter, wie lange sie auf Carreck Place bleiben würde. Bevor sie ihm antwortete, wandte sich Abbie an Aimée, die mit der wachen Neugier einer Sechsjährigen neben ihr saß.

»Warum gehst du nicht in den Garten und siehst dich ein bisschen um, Schätzchen?«, fragte sie lächelnd. »Im Obstgarten findest du eine Schaukel, falls sie noch da ist. Das macht dir bestimmt Spaß, aber bleib nah am Haus. Und geh nicht an den See.«

»Oooh ja, Mummy.«

»Warum gehst du nicht mit?«, sagte Robert zu seinem Sohn.

Bruder und Schwester tauschten einen raschen Blick, als erinnerten sie sich in diesem Moment beide an die Zeit, als sie fröhlich zusammen gespielt hatten. Würden sie diesen entspannten Zustand jemals wieder erreichen? Abbie hatte da ihre Zweifel.

Wenige Augenblicke später waren die Kinder verschwunden, die Haustür schlug zu und die kleine Carrie brüllte vor Enttäuschung, weil sie nicht mit den Großen hinaus durfte. Fay kam und hob die Kleine aus ihrem Hochstuhl.

»Ich setze sie in ihren Wagen und gehe mit ihr spazieren, während ihr redet.«

Robert nickte, und als Mrs Brixton in der Esszimmertür auftauchte, um den Frühstückstisch abzuräumen, beschlossen sie, sich in der Bibliothek zusammenzusetzen. Abbie folgte den beiden Männern schweigend. Mit einem Anflug von Neugier beobachtete sie, wie ihr Vater geradewegs zu seinem Schreibtisch ging, ein paar Dokumente zusammenraffte und sie in eine Schublade stopfte. Als er sich ihr schließlich mit fragendem Blick zuwandte, schnitt sie das Thema an, das ihr seit ihrer Ankunft nicht aus dem Sinn ging.

»Was passiert nun mit dem Geschäft? Ich will dich nicht verärgern, Dad, aber ich frage mich, wer es nun führen wird, jetzt, wo Mum nicht mehr …«

Er musterte sie streng durch seine Brillengläser, als sei ihm die bloße Erwähnung des Todes seiner Frau ein Dorn im Auge. Doch dann schien er die Schultern zu straffen und sich zu fangen.

»Ich fürchte, wir stehen vor schwierigen Entscheidungen.«

»Hat Mum ein Testament gemacht?«, fragte Robert und bewirkte damit einen weiteren missbilligenden Blick seines Vaters, als dürfe auch daran nicht gerührt werden.

»Das hat sie allerdings und sie hat mir alles hinterlassen, was ja zu erwarten war.«

»Ja, natürlich. Aber sie hatte einmal versprochen, mir ein kleines Legat zu vermachen, selbst wenn Abbie weiterhin in Ungnade sein sollte.«

»Dann musst du sie wohl missverstanden haben«, gab der Vater barsch zurück und machte damit sehr deutlich, dass er in diesem Punkt keine Diskussion wünschte.

»Aber sie hat es ausdrücklich gesagt, sie meinte, sie würde mir ganz bestimmt etwas hinterlassen. Ich kann mir einfach nicht vorstellen, dass sich Mutter nicht an ihr Versprechen gehalten hat.«

Abbie schnaubte verächtlich angesichts der Arroganz ihres Bruders.

»Dir geht es immer nur ums Geld! Das war schon früher so.«

»Das stimmt nicht, aber schließlich muss ich eine Familie ernähren.«

»Das muss ich auch, für den Fall, dass du es noch nicht gemerkt hast.«

Tom Myers hob eine Hand und gebot so dem Gezänk der Geschwister Einhalt.

»Ich versichere dir, dass es keine Legate gibt, also lass es dabei bewenden. Das Problem ist, dass es ein Vermögen kostet, dieses Haus in Schuss zu halten, und unsere Ersparnisse sind nicht mehr das, was sie mal waren.«

»Was willst du damit sagen, Dad? Dass wir reich an Land sind, aber arm an Geld? Aber so schlecht kann es uns doch nicht gehen, mit einem Haus und Ländereien in dieser Größe – und mit dem Laden natürlich. Hat Ma dir kein Geld hinterlassen?«

Sein Vater wurde vor Wut puterrot im Gesicht.

»Habe ich mich nicht klar genug ausgedrückt? Ich habe nicht die Absicht, mit dir über das Testament deiner Mutter zu diskutieren.«

»Nach einer Beerdigung ist es normal, dieses Thema anzuschneiden«, beharrte Robert. »Können wir das Testament bitte mal sehen?«

»Nein, das kannst du verdammt noch mal nicht!«

Die Reaktion ihres Vaters auf diese völlig angemessene Bitte war so heftig, dass Abbie die Stirn runzelte und sein gerötetes Gesicht mit Sorge betrachtete.

»Ist da etwas, das du uns verschweigst, Dad?«

»Warum sollte ich?«, schimpfte er, was ihr nur noch größere Sorgen bereitete. »Das Einzige, was ihr wissen müsst, ist, dass das Geschäft in der letzten Zeit nicht gut gelaufen ist.«

Abbie riss erstaunt die Augen auf.

»Tatsächlich? Ich dachte, handgefertigter Schmuck würde immer beliebter. *Schmuckträume* war doch immer erfolgreich, seit Gran das Geschäft vor fast vierzig Jahren eröffnet hat. Was ist denn da schiefgelaufen?«

»Ich fürchte, deine Mutter hatte in den letzten Jahren nicht mehr die rechte Energie, sie war erschöpft von … den Ereignissen. Sie hat den Mut verloren, sie war nicht mehr wirklich sie selbst, wie du ja nur allzu gut weißt.«

Da war sie wieder, diese Andeutung, dass Abbie für den schwermütigen Zustand ihrer Mutter verantwortlich war.

»Ich weiß es nicht, Dad«, erinnerte sie ihn sanft. »Wie sollte ich, wenn mir niemand schreibt und es mir erzählt?«

»Oder wenn du nie gefragt hast.«

In das unangenehme Schweigen hinein, das sich zwischen ihnen ausgebreitet hatte, sagte Robert:

»Wir sollten den Laden verkaufen. Der Erlös kann dann in den Erhalt von Carreck Place fließen.«

»Ich denke, das ist die Antwort, ja.«

»Sehr vernünftig.«

»Nein!«, rief Abbie und sprang auf. »Bitte, tut das nicht!«

Die beiden sahen sie überrascht an.

»Und warum nicht?«, fragte ihr Vater. »Es ist die beste Lösung.«

Abbie holte tief Luft, um die Fassung zurückzuerlangen, während sie sich wieder in ihren Sessel setzte.

»Also, es ist so, dass Eduard und ich, wir …, nun, wir haben uns getrennt. Es gibt keinen Grund, weshalb ich nach Paris zurückkehren sollte. Ihr wisst, dass mich der Laden immer fasziniert hat, sowohl die Herstellung des Schmucks als auch der Verkauf. Schmuck ist eine Kunstform, ebenso wie Landschaftsmalerei oder so, und ich hätte gerne mehr damit zu tun. Wenn sich Mum nicht so sehr dagegen gesträubt hätte, hätte ich einen Kurs belegt oder etwas Ähnliches gemacht, als ich mit der Schule fertig war.«

Robert stieß ein hämisches Lachen aus.

»Dass du von zu Hause weggelaufen bist, hatte also nichts damit zu tun, dass du scharf auf diesen Franzosen warst? Oder dass du schwanger warst? Hör doch auf, dich herauszureden, und tu nicht so, als sei es Mums Schuld gewesen. Wir wissen alle, dass das nicht stimmt.«

Abbie spürte, wie ihr das Blut in die Wangen stieg, aber sie wusste nicht, ob vor Zorn oder vor Verlegenheit.

»Ich sage ja nicht, dass mich keine Schuld trifft. Ich gebe offen zu, dass ich unüberlegt gehandelt habe, aber ich war verliebt. Ist es nicht langsam Zeit, dass man mir meine jugendliche Unbesonnenheit verzeiht?«

Sie blinzelte, um den Tränenschleier vor ihren Augen zu vertreiben, und meinte dann zu ihrem Vater gewandt:

»Was ich sagen will, ist, dass ich ein Kind zu versorgen habe, und ich bin allein, also muss ich meinen Lebensunterhalt verdienen. Ich bin bereit, hart zu arbeiten, und würde schrecklich gerne das Geschäft wieder in Schwung bringen und dafür sorgen, dass es so erfolgreich ist wie früher. Bitte gib mir diese Chance, Pops.«

Sie wagte es, ihn bei seinem Kosenamen zu nennen, in der Hoffnung, dass ihr Vater vielleicht doch noch ein Fünkchen seiner Liebe zu ihr in seinem Herzen bewahrte, auch wenn er ihr offenbar nicht verzeihen konnte, so sehr sie sich auch danach sehnte. Vielleicht war da noch etwas, denn sie sah, wie sein Blick weicher und wärmer wurde.

Roberts Antwort dagegen fiel so verächtlich aus wie eh und je.

»Das ist doch absoluter Blödsinn! Du bist hoffnungslos, du bist unordentlich, verantwortungslos und chaotisch. Du bist einfach eine Katastrophe.«

Abbie erstarrte. Sie spürte wieder den alten Groll gegen ihren Bruder in sich aufsteigen. Immer musste er sie demütigen und das hatte ihr Verhältnis von Anfang an beeinträchtigt. Robert war überzeugt, dass seine Meinung mindestens doppelt so viel zählte wie die anderer Leute, niemand war so schlau wie er, niemand außer ihm war es auch nur wert, angehört zu werden.

»Danke für dein großzügiges Lob. Es wird dir jedoch entgangen sein, dass ich kein dummer Teenager mehr bin. In den vergangenen sechs Jahren habe ich einiges über das Leben gelernt – und darüber, wie man ein Geschäft führt. Und damit du es weißt: In Paris habe ich in einer kleinen, ziemlich eleganten Boutique gearbeitet, und Paris ist schließlich die Modehauptstadt der Welt, wie du sicher schon mitbekommen hast. Ich bin also nicht ganz unbedarft.«

Robert ging gar nicht auf das ein, was Abbie sagte. Stattdessen wandte er sich mit einem verächtlichen Lächeln an seinen Vater.

»Hör nicht auf sie, Dad. Verkauf das Geschäft. Immobilien bringen heutzutage gute Preise und wir könnten das Geld in Carreck Place stecken. Das ist schließlich viel wichtiger.«

»Weil du es eines Tages erben wirst? Das könnte nicht zufällig einen Einfluss auf deine Ansichten haben, oder?«, stichelte Abbie. »Du willst ein Legat *und* das Haus. Nett!«

»Ich habe euch bereits in aller Deutlichkeit gesagt, dass ich diese Dinge im Moment wirklich nicht besprechen will«, merkte ihr Vater ruhig an. Dabei hob er beide Hände in einer Geste der Verzweiflung. »Die Sache mit dem Geschäft ist eine separate Angelegenheit und ich schlage vor, dass ich Abigails Vorschlag in Ruhe überdenke. Ich werde euch meine Entscheidung mitteilen, sobald ich so weit bin.«

»Danke«, sagte Abbie und lächelte erleichtert. Für einen Augenblick verspürte sie wieder ein wenig von der Verbindung, die sie früher einmal genossen hatten. »Ich bin auch der Meinung, dass dies nicht der richtige Zeitpunkt ist, die Beute aufzuteilen, kaum dass wir Mum zu Grabe getragen haben«, fügte sie mit einem finsteren Blick auf ihren Bruder hinzu.

Selbst Robert wagte es nicht, noch weiter auf dem Thema herumzureiten. Er wusste, wie die Trauer seinem Vater zusetzte. Doch sobald er die Tür zur Bibliothek leise hinter sich und Abbie geschlossen hatte, konnte er sich einen letzten Hieb nicht verkneifen.

»Was zum Teufel meinst du, wer du bist? Die verlorene Tochter? Du verschwindest für Jahre und stellst dir vor, dass du einfach wiederkommst und einen Packen Geld verlangst. Selbst wenn Dad so dumm ist und dir erlaubt, es eine Weile mit dem Laden zu versuchen – es ändert nichts an der Tatsache, dass *du* der Grund dafür bist, weshalb Mum sich das Leben genommen hat. Du hast sie auf dem Gewissen.«

Und damit stiefelte er wütend davon.

*

Abbie war übel. Sie ging in den Garten zu ihrer Tochter, wo die Kleine Jonathon auf der Schaukel anstieß, ihn freundlich herumkommandierte und damit angab, dass sie ein Jahr älter war als er. Als Abbie sah, wie glücklich Aimée wirkte, ging es ihr schon etwas besser.

»Wie wär's mit einem Picknick und einem Spaziergang über die Langdales?«, schlug sie vor. »Oder wir könnten an Rydal Water entlanggehen und uns die Höhle ansehen. Ich bin sicher, Grandpa leiht uns seinen alten Ford. Was möchtet ihr lieber machen?"

»Die Höhle, die Höhle!«, kreischte Jonathon.

In diesem Moment kam ihre Schwägerin mit Carrie. Die Kleine wand sich und versuchte verzweifelt, der Enge ihres Sportwagens zu entkommen.

»Können wir mitkommen?«, fragte Fay.

Ihrer Stimme war anzumerken, dass sie selbst nur zu gerne für eine Weile entkommen wollte.

»Vielleicht ist ein Spaziergang rund um Rydal doch zu weit für die Kinder, er dauert mindestens ein paar Stunden. Ich weiß was – wie wär's mit einer Fahrt mit dem Dampfboot auf Coniston Water? Wie in dem Buch *Schwalben und Amazonen.*«

»Ja, ja!«, schrien die Kinder.

Selbst Carrie stimmte lautstark ein, auch wenn sie nicht die geringste Ahnung hatte, worum es ging. Und so war die Entscheidung gefallen.

*

Die beiden Frauen genossen die entspannte Fahrt über Little Langdale und Tarn Hows mit dem spektakulären Blick auf Wetherlam und Coniston Old Man. Beide waren froh, der düsteren Stimmung eine Weile zu entkommen. Das Wetter war ihnen gnädig, es war ein strahlender Frühlingstag mit dem Duft nach frischem Gras und Sonne in der Luft. Ein perfekter Tag für eine Bootsfahrt.

Es erwies sich als ein wunderbares Abenteuer. Die Kinder waren begeistert. Jonathon und Aimée schlüpften in die Rolle von Captain John und dem Bootsmann Susan, als der freundliche Bootsführer ihnen erlaubte, für eine Weile das Ruder zu übernehmen. Und sie freuten sich, Peel Island zu sehen, die Insel, die im Buch ›Wildcat Island‹ heißt und auf der die Kinder der Walkers ihr Lager aufbauen.

»Offenbar hat der Autor, Arthur Ransome, auch einige Zeit in Russland erlebt, so wie Gran«, bemerkte Abbie, als sie mit Fay in der Kabine des kleinen Bootes saß und die Fahrt auf dem stillen See genoss. »Während der Revolution arbeitete er als Auslandskorrespondent, er muss also zur selben Zeit dort gewesen sein wie Millie als junge Frau. Angeblich war er später so etwas wie ein Spion. Obwohl er eher auf der Seite der Bolschewiki stand, glaube ich, und das tat Gran nicht. Jedenfalls glaube ich es nicht.«

Fay antwortete:

»Lieber Himmel, das wusste ich ja gar nicht, dass Gran in Russland war. Was um alles in der Welt hat sie dort gemacht?«

»Ich bin mir nicht ganz sicher, sie spricht kaum darüber.«

Insgeheim hoffte Abbie, ihre Großmutter dazu zu bringen, dass sie es doch tat. Irgendwann war doch sicher der Zeitpunkt gekommen, an dem es angebracht war, Informationen an die Familie weiterzugeben. Es gab auch einiges über ihre Mutter, wonach sie fragen wollte, und über dieses Testament, das ihr Vater offenbar aufgewühlt hatte, aus welchem Grund auch immer.

Standen die Dinge wirklich so schlecht? Sicherlich war die Bewirtschaftung von Carreck Place eine kostspielige Angelegenheit, auch wenn es im Haus längst nicht mehr so viele Bedienstete gab wie früher in seinen Glanzzeiten. Und die Familie hatte sich auch kein Geld leihen müssen, um das Haus und die Ländereien zu erwerben, es gab also keine Hypothek, die zurückgezahlt werden musste. Und soweit sie wusste, hatte ihr Vater keine Schulden. Er war seit jeher sehr umsichtig in Geldangelegenheiten. Auch ihre Mutter konnte man kaum als verschwenderisch bezeichnen. Ein Tweedkostüm und eine schlichte Perlenkette – das war ihrer Ansicht nach die angemessene Ausstattung einer Dame, die auf dem Land lebte. In ihrer Freizeit arbeitete sie im Garten oder unternahm Wanderungen durch die Fells. Sie hatte sich nie um teure Pelze oder kostbaren Schmuck geschert, obwohl sie in ihrem Laden viele wertvolle Edelsteine verkaufte.

Dass man sie für den Tod der Mutter verantwortlich machte, schmerzte Abbie zutiefst und sie empfand diesen Vorwurf als vollkommen unfair. Sie hoffte, dass ihr Vater auch bald so denken würde, selbst wenn ihr Bruder an seinen Anschuldigungen festhielt.

»Was ist denn bloß mit Robert los? Er scheint noch angespannter, als ich ihn in Erinnerung habe, und gibt mir die Schuld an allem. Dabei waren es doch wahrscheinlich finanzielle Sorgen, die meine Mutter zur Verzweiflung getrieben haben.«

Fay warf ihr einen mitfühlenden Blick zu.

»Oh je. Es tut mir leid, dass er so unausstehlich ist.«

»Ach, mach dir keine Sorgen, das bin ich schließlich gewöhnt. Er hat sich immer schon so aufgespielt mir gegenüber. Nicht, dass ich mich um ihn geschert hätte, wenn er mal wieder seine Großer-Bruder-Nummer abziehen musste«, setzte Abbie kichernd hinzu.

Fay lächelte.

»Ja, er hat sich des Öfteren beklagt, dass du nie auf ihn gehört hast.«

»Ab und zu habe ich schon auf ihn gehört, wenn es ein Rat war, für den es sich lohnte.« Sie lachte. »Aber wir können beide ziemlich arrogant sein, wenn wir uns über etwas nicht einigen können. So war es immer schon. Und ich muss zugeben, dass ich im Moment selbst ein bisschen reizbar bin.«

»Kein Wunder! Hör mal, es geht mich zwar nichts an, aber nimm es ihm nicht so krumm. Geh nicht so hart mit ihm ins Gericht. Er ist ein guter Ehemann und den Kindern ist er ein guter Vater, aber er hat momentan selbst ein paar Probleme. Er hatte gehofft, dass die Kanzlei, für die er arbeitet, ihn dieses Jahr als Partner aufnimmt. Leider zeichnet sich bisher nichts Genaues ab, daher ist er ein bisschen angespannt.«

»Das ist aber kein Grund, seine Enttäuschung an mir auszulassen, oder? Ich weigere mich einfach, die Verantwortung für den Tod meiner Mutter zu übernehmen, und Robert hat kein Recht, solche Anschuldigungen zu machen.«

»Ich bin sicher, dass er es nicht ganz so gemeint hat, wie es klang«, beharrte Fay.

Sie war anscheinend fest entschlossen, für ihren Mann einzutreten.

Abbie war froh, dass der Ausflug ihr wenigstens die Gelegenheit gegeben hatte, ihre Schwägerin besser kennenzulernen. Sie wusste noch nicht recht, was sie von Fay halten sollte. Einerseits schien sie sanftmütig zu sein und sicherlich war sie eine liebevolle und fürsorgliche Mutter, doch dann platzte sie mit so bissigen Bemerkungen heraus wie die über Aimées Abstammung, die Abbie zutiefst verletzten. Selbstverständlich war es ganz normal, dass sie sich auf die Seite ihres Mannes schlug. Und doch überraschten ihre nächsten Worte Abbie.

»Er hat sich schon eine ganze Weile Sorgen um Kates Gemütszustand gemacht und wünschte, du wärst hier gewesen.«

»Tatsächlich?«

»Oh ja. Du hast ihm gefehlt.«

Abbie rief sich ins Gedächtnis, dass sie nicht immer solche Streithähne gewesen waren, auch wenn die üblichen Rivalitäten unter Geschwistern bisweilen die Oberhand gewannen. Ohne weiteren Kommentar griff sie sich das Kinderbuch *Schwalben und Amazonen*, das sie eingesteckt hatte, und las den Kindern das Kapitel vor, in dem die Kinder der Walkers mit ihrer Jolle, der *Schwalbe*, auf dem See fahren und auf die Kinder der

Familie Blackett treffen, die mit der *Amazone* unterwegs sind und so tun, als seien sie Piraten.

»Nun musst du ihnen den Rest der Geschichte auch noch vorlesen«, lachte Fay, als Abbie das Buch mit einem Knall zuschlug, obwohl die Kinder lautstark protestierten.

»Mit dem größten Vergnügen.«

Das Boot kehrte zum Ufer zurück, und als Aimée mit Jonathons Unterstützung um ein Eis bettelte, wurden die schwierigen Familienthemen vorläufig aufgeschoben und alle genossen den restlichen Nachmittag am See.

KAPITEL 4

Als Abbie am nächsten Morgen aus ihrem Fenster schaute, überkam sie eine Woge der Hoffnungslosigkeit. Aus ihrem Transistorradio ertönte die klangvolle Stimme von Andy Williams. *Can't Get Used To Losing You – Ich kann mich nicht daran gewöhnen, dass ich dich verloren habe*, sang er und das entsprach genau ihrer Stimmung. Ihre Mutter in dem Moment zu verlieren, in dem Abbie sie am dringendsten gebraucht hätte, wenn sie die Versöhnung gebraucht hätte, nach der sie sich so sehr sehnte, war mehr, als sie ertragen konnte. Wie grausam das Leben manchmal war. Hätte sie doch bloß die Stärke ihrer Großmutter. Sie sah den Singschwänen zu, die Carreckwater bald verlassen und sich auf den Weg zu ihren sommerlichen Brutstätten in der arktischen Tundra machen würden. Wie weit diese wunderschönen Vögel reisten, und dann in eine Gegend, in der es so viel kälter war als hier. Fast so wie bei Millie, als sie mit dem Schiff nach Russland fuhr.

Dabei fiel Abbie ein, dass sie am Tag zuvor eigentlich ihre Großmutter besuchen wollte. Sie hatte es nicht mehr geschafft, denn als sie nach ihrem Nachmittag am See wieder nach Hause kamen, war es schon zu spät. Nun überließ sie Aimée der Fürsorge von Mrs Brixton, die sich darauf freute, mit dem kleinen Mädchen zusammen Scones zum Tee zu backen. Abbie machte sich auf den Weg zum Pförtnerhaus.

Als sie so dahinschlenderte und die Osterglocken am Wegesrand bewunderte, wurde ihr klar, was sie zu tun hatte. Sie musste herausfinden, was ihre Mutter in den Abgrund getrieben hatte und was nun ihr eigenes Verhältnis zum Rest ihrer Familie zu zerrütten drohte. Sie musste mehr über Kates Hintergrund erfahren, vor allem über die Zeit, bevor Millie sie adoptiert hatte, und über ihre angeblich so problematischen Jahre als Teenager. Vielleicht verstand sie dann, warum das Leben ihrer Mutter so schiefgegangen war, dass sie keine andere Lösung mehr sah, als es zu beenden.

Abbie fand ihre Großmutter in dem kleinen Wintergarten auf der Rückseite des Pförtnerhauses. Er war nach Südosten ausgerichtet, sodass er die Morgensonne abbekam und selbst an einem kühlen Tag Ende März die Sonnenwärme einfing. Die alte Frau hatte ein Buch auf dem Schoß liegen, doch sie las nicht, sondern starrte in den Garten hinaus. Ihr Gesichtsausdruck wirkte verschlossen. Abbie fiel auf, wie schön und stolz sie noch immer aussah. Auf einem Tisch neben ihr stand ein Tablett mit Kaffee. Abbie goss sich eine Tasse ein und setzte sich wortlos neben sie. Sie lächelte, als ihre Großmutter die Hand ausstreckte und Abbies Hand drückte.

»Tut mir leid, dass ich es gestern nicht mehr geschafft habe, vorbeizukommen, Gran. Wir haben mit den Kindern einen Ausflug zu Coniston Water gemacht.«

»Wie schön für euch. Das hat euch allen sicher gutgetan.«

»Ja, das hat es wirklich.« Abbie nippte an ihrem Kaffee, während sie beide in behagliches Schweigen versanken und einer Mehlschwalbe zusahen, die hastig hin und her flog und immer neues Baumaterial für ihr Nest heranschleppte. »Weißt du noch, wie wir einmal auf den Coniston Man gestiegen sind, nur wir drei, und ich die ganze Zeit gejammert habe, weil der Weg so weit war? Und wie Mum mich sanft immer weitergetrieben hat?«

Millie lächelte.

»Und als wir kurz vor dem Gipfel waren, bist du losgerannt und kamst als Erste oben an.«

»Sie hat mir eine Medaille verliehen, weil ich gewonnen hatte. Die hat sie aus einem Stück Schiefer gemacht und in den

Schiefer hat sie das Wort ›Gipfelstürmer‹ geritzt. Die Medaille habe ich immer noch. Wir hatten damals so viel Spaß zusammen.«

Beide Frauen schwiegen erneut, während sie an glücklichere Tage dachten. Dann stieß Abbie einen leisen Seufzer aus.

»Ich kann noch immer nicht begreifen, warum Mum das getan hat. Ich kapiere es einfach nicht. Aber sie war ja nie besonders leicht zu verstehen.«

»Ja, du hast recht, sie war ein ziemlich komplizierter Mensch, ein bisschen verkorkst, wie ihr jungen Leute wohl sagen würdet. Aber sie hatte auch viel zu verkraften. Allein die Tatsache, dass sie nicht genau wusste, wer sie war, hat ihr sehr zu schaffen gemacht.«

»Das muss schrecklich für sie gewesen sein.«

»Ich fürchte, es hat ihr tatsächlich großen Kummer bereitet.«

Abbie versuchte sich zu erinnern, wann sie erfahren hatte, dass ihre Mutter adoptiert worden war. Sie musste etwa dreizehn gewesen sein, ein schwieriges Alter. Kate sagte ihr, sie selbst habe sich glücklich geschätzt, bei liebevollen Eltern aufwachsen zu dürfen, die sie auf eine Privatschule im Ort geschickt hatten. Wie leicht hätte es ganz anders kommen können! Dann hätte sie ihre Kindheit in einem Waisenhaus verbracht. Sie meinte, dass ihr allein die Erinnerung an den kalten, gefühllosen Ort einen Schauer über den Rücken jagte. Hier in Carreckwater aufzuwachsen, einem kleinen Dorf in einem bewaldeten Tal mitten im Lake District, sei einfach hinreißend gewesen, von dem wunderschönen Haus am Ufer des Sees einmal abgesehen. Kate hatte gesagt, sie müsse für vieles dankbar sein.

Warum also war all dieser Optimismus verschwunden?

Nicht zu wissen, wer ihre biologische Mutter war, hatte Kate sicher nicht losgelassen. Wahrscheinlich war sie ein törichtes Mädchen gewesen, die ungewollt schwanger geworden war, ihr Kind abgegeben und sich einfach aus dem Staub gemacht hatte. Keine schöne Vorstellung. Sie selbst hatte nicht einen

Moment überlegt, Aimée abzugeben, egal, was passierte. Vielleicht war das Mädchen gezwungen gewesen, ihr Baby wegzugeben, wie es damals oft der Fall war.

In Abbies Kopf rasten die Gedanken, sie hatte so viele Fragen und wollte so gerne mehr über die Vergangenheit ihrer Mutter erfahren. Aber konnte ihre Großmutter ein solches Gespräch durchstehen, wenn sie so voller Kummer war wie jetzt? Andererseits war es für sie vielleicht ein Trost, über ihre Tochter zu sprechen. Abbie beschloss, das Risiko einzugehen und aufzuhören, sobald Millie müde wurde.

»Du hast gesagt, Mum hätte das Gefühl gehabt, dass ihr all die Sicherheit entglitt, die sie für selbstverständlich gehalten hatte. Warum meintest du, dass diese Sicherheit schwer erkämpft war?«

»Weil sie die ersten Jahre ihres Lebens in einem Waisenhaus zubrachte und daher verständlicherweise ein Gefühl der Unsicherheit mit sich herumtrug.«

»Wo war es, dieses Waisenhaus?«

»In London. In der Pursey Street in Stepney, im Osten der Stadt.«

»Lieber Himmel, das ist aber ziemlich weit entfernt vom Lake District. Warum gerade dieses Waisenhaus?«

»Ich weiß es nicht mehr so genau. Es ist alles so lange her.«

»Wann genau bist du eigentlich nach England zurückgekehrt? Das hast du mir nie erzählt.«

»Irgendwann in den frühen Zwanzigern, glaube ich.«

Abbie spürte, dass ihre Großmutter absichtlich vage antwortete, konnte sich aber nicht vorstellen, warum sie das tat. Irgendetwas war da, das sie nicht ganz begriff. Warum hatte Millie ein Kind adoptiert, als sie selbst noch so jung war? Damals war sie doch gewiss noch jung genug, um selbst Kinder haben zu können? Tatsächlich hatte sie nie welche gehabt, also wusste sie vielleicht damals schon, dass sie keine Kinder bekommen konnte. Aber danach konnte Abbie sie unmöglich fragen.

»Ist während der Revolution irgendetwas geschehen, das dich auf den Gedanken brachte, ein Kind zu adoptieren? Hast du hungernde Kinder in den Straßen gesehen? War es das?«

Sie musste sich zwangsläufig fragen, welche schrecklichen Ereignisse in jeder Zeit passiert waren, dass Millie sich so ungern an die Vergangenheit erinnerte. Wie ihre Mutter hatte auch Abbie immer wieder versucht, ihre Großmutter dazu zu bringen, über ihre Zeit in Russland zu erzählen und zu erklären, wie es überhaupt dazu kam, dass sie nach Russland fuhr. Doch nur ganz selten gelang es ihnen, einen kurzen Blick auf das Leben der jungen Millie zu erhaschen; danach wurde sie wieder verschlossen und presste die Lippen zusammen, als hätte sie ein schreckliches Geheimnis verraten.

Als Millie nicht antwortete, lächelte Abbie.

»Mum hat sich immer gefragt, warum du ausgerechnet sie genommen hast, eine dünne Fünfjährige, die gerne schmollte und zu Wutausbrüchen neigte. Sie meinte, es sei dein gutes und großes Herz gewesen, das die Entscheidung getroffen hat, und da hatte sie bestimmt recht.«

»Warum hätte ich sie nicht nehmen sollen, wo sie doch so niedlich aussah?« Ihre Stimme war weich vor Liebe und bestätigte Kates Vermutung. »Nun, erzähl mir, wie euer Tag auf Coniston Water war. Habt ihr eine Bootsfahrt mit den Kindern gemacht?«

Das Thema war beendet, wie üblich.

Abbie unterdrückte einen Seufzer und beschrieb die Spiele, die sie auf dem Boot und auf der Insel gespielt hatten. Die Kinder wollten unbedingt die Szenen aus dem Buch nachspielen, die sie ihnen vorgelesen hatte.

»Als Kind habe ich dieses Buch geliebt. Weißt du noch, wie Mum uns erlaubte, dass wir uns als Piraten verkleideten? Wir durften sogar am Seeufer zelten. Natürlich wollte Robert immer Captain Flint sein, aber Mum spielte diese Rolle auch sehr gern. Sie war so lustig damals.«

Millie lächelte.

»Und du warst Titty, die die Seekiste gefunden hat.«

»Oh, lieber Himmel, ja! Der verborgene Schatz, den Mum irgendwo versteckt hat. Und ich dachte immer, ich sei wahnsinnig schlau, wenn ich es schaffte, die Kiste aufzuspüren. Natürlich wollte ich sie unbedingt finden, bevor Robert es tat.«

Sie kicherten über ihre gemeinsamen Erinnerungen und dann beschloss Abbie, eine andere Taktik zu versuchen.

»Mum hat mir erzählt, dass du mal als Kindermädchen in irgendeinem hochherrschaftlichen Haus gearbeitet hast. Stimmt das wirklich, Gran? Und wenn es stimmt: Wo war es?«

Millie wandte den Kopf und lächelte sie an. Ihre grauen Augen funkelten spitzbübisch.

»Es war hier.«

Abbie schnappte überrascht nach Luft.

»Hier? Du meinst doch nicht dieses Haus, Carreck Place?«

»Doch, das meine ich.«

»Waas? Willst du damit sagen, dass du einmal hier angestellt warst? Aber das ist ja unglaublich! Wie konntest du als Kindermädchen anfangen und schließlich als Hausherrin hier leben? Noch dazu als Gutsherrin!«

Millie kicherte.

»Das Leben ist eben voll von überraschenden Wendungen. Obwohl ich mich selbst nie als Gutsherrin gesehen habe oder als die Herrin von Carreck Place, denn streng genommen hat mir das Haus nie gehört. Und Kate übrigens auch nicht.«

»Das Haus gehörte also meinem Großvater, nicht wahr?«

Abbie krähte fast vor Begeisterung, sie wollte unbedingt mehr von diesen faszinierenden Eröffnungen hören.

»Nein, das meinte ich nicht. Es ist nämlich so, mein Schatz, dass das Haus und die Ländereien unserer Familie überhaupt nicht gehören. Früher nicht und auch heute nicht. Wir haben nur das Recht, hier zu leben.«

Abbie starrte ihre Großmutter in ungläubigem Staunen an.

»Soll das heißen, dass wir Carreck Place eines Tages verlassen müssen?«

Bei dem bloßen Gedanken schien Abbie das Herz stillzustehen. Es war eine schreckliche Vorstellung – noch dazu eine Vorstellung, die sie nie im Leben in Betracht gezogen hätte.

Millie begegnete dem Blick ihrer Enkelin unbeirrt.

»Genau das heißt es, ja.«

»Ich verstehe das nicht. Ich dachte immer, Carreck Place ist seit Generationen in unserer Familie.«

»Nein, ich fürchte, das stimmt nicht.«

»Oh, aber ich liebe dieses Haus leidenschaftlich.«

Millie drückte ihre Hand. Wie immer war sie voller Verständnis für die Gefühle ihrer Enkelin.

»Ich weiß, Schätzchen, mir geht es ja genauso. Aber so ist es nun einmal.«

»Und Robert geht davon aus, dass er es eines Tages erbt.«

»Das wird er vielleicht auch, wenn es das ist, was Kate in ihrem Testament verfügt hat, aber es ist keinesfalls sicher. Allerdings glaube ich eigentlich nicht, dass die Familie jemals ausziehen muss, auch wenn deine Mutter nicht mehr bei uns ist, denn da ist niemand, der …« Sie unterbrach sich stirnrunzelnd, als dächte sie über die Möglichkeit nach. »Da ist niemand mehr, der Anspruch darauf erheben könnte. Ich hoffe es jedenfalls«, schloss sie. »Ich gebe zu, dass ich den Rest meiner Zeit am liebsten hier verbringen würde. Aber all das hängt von dem ab, was deine Mutter in ihrem Testament verfügt hat.«

»Sie hat dir also nicht gesagt, was in ihrem Testament steht?«

Millie schüttelte den Kopf und lächelte traurig.

»Nein, kein Wort.«

Abbie sah plötzlich wieder ihren Vater vor sich, wie er hastig einige Papiere in einer Schublade verschwinden ließ. Sie dachte an seine gereizte Reaktion auf die bohrenden Fragen ihres Bruders und an seine Sorge um das Geld und ob er den Laden würde verkaufen müssen oder nicht.

»Meinst du damit, dass es irgendwelche Probleme gibt? Dad scheint sich große Sorgen wegen des Geldes zu machen, offenbar denkt er, dass wir das Haus verlieren könnten, weil wir nicht genug Geld haben. Aber warum? Sind wir bankrott oder so etwas? Hat es mit Mums Testament zu tun? Was ist da los und warum erzählt er es uns nicht?«

Millie seufzte.

»Wie ich schon sagte, bin ich nicht in die finanziellen Angelegenheiten meiner Tochter eingeweiht, doch Kate war sich der Tatsache nur allzu bewusst, dass ihr Carreck Place nicht gehörte, dass sie lediglich eine lebenslange Pacht hatte. Allerdings vermute ich, dass Tom damit nicht gerechnet hat.«

Abbies Gedanken wirbelten durcheinander, während sie sich alle Mühe gab, sich mit dem anzufreunden, was ihre Großmutter ihr erzählte.

»Du meinst, Mum hat es Dad all die Jahre lang verschwiegen? Warum um alles in der Welt sollte sie das tun?«

Dinge zu verschweigen, erschien ihr allmählich wie ein typisches Merkmal ihrer Familie.

Millie runzelte die Stirn. Sie sah ungewöhnlich nachdenklich aus.

»Ihm das zu erklären, hätte eine wahre Büchse der Pandora geöffnet. Und wir wollten lieber, dass sie fest verschlossen blieb.«

»Ehrlich, Gran, ich denke, jetzt ist die Zeit, sie aufzumachen, sonst gibt es womöglich ein heilloses Chaos.« Abbie wartete geduldig, während Millie nachdachte. Ihre Gedanken waren in Aufruhr. »Wem gehört nun eigentlich das Haus, wenn es nicht unseres ist?«, fragte sie sanft.

»Carreck Place war ursprünglich ein Teil des Besitzes von Lord Rumsley, der mich als Kindermädchen für seine Kinder anstellte. Ich war hier sehr glücklich, doch im Herbst 1911 änderte sich mein Leben von Grund auf, als ich Olga Belinsky kennenlernte.«

»Olga Belinsky? Wer um Himmels willen war sie?«

»Eine russische Gräfin – und meine spätere Dienstherrin.«

»Meine Güte, das muss ja umwerfend gewesen sein. Ich wusste gar nicht, dass du solch eine bedeutende Stelle hattest, aber ich weiß ja überhaupt sehr wenig über deine Zeit in

Russland. Also, wie war es, während der Revolution für den Adel zu arbeiten?«

»Manches bleibt am besten vergessen.«

Bei Abbies Großvater, Anton Nabokow, der leider starb, als Abbie erst elf oder zwölf Jahre alt war, war es genauso gewesen. Er war zwar in Russland geboren und aufgewachsen, doch sie hatte ihn nur ein einziges Mal vom Vaterland, wie er es nannte, sprechen hören. Und damals hatte er nur angemerkt, wie dankbar er sei, dass sie noch rechtzeitig hatten fliehen können.

Sie konnte die Erleichterung ihrer Großeltern natürlich nachvollziehen, dass sie den Schrecken der Revolution entkommen waren. Es musste eine grauenvolle Zeit gewesen sein. Und doch hatte Abbie mehr und mehr das Gefühl, dass das Schweigen ihrer Großmutter nicht nur mit Abscheu vor der Ermordung der Romanows und vermutlich vieler ihrer aristokratischen Freunde zu tun hatte.

Doch dies war seit Jahren der erste Informationsfetzen, den Millie preisgegeben hatte.

»Erzähl mir von dieser Gräfin. Wie war sie?«

»Sie war eine berechnende, verwöhnte Prinzessin. Sie war durch und durch eigennützig, sie wollte alles für sich, sie war unglaublich verschwenderisch und hatte nicht die geringste Ahnung vom Wert des Geldes. Unser Verhältnis war von Anfang an problematisch – schwierig, aber interessant, könnte man sagen.« Die Erinnerung entlockte ihr ein kurzes bitteres Lachen. »Ihre kaltschnäuzige Missachtung anderer hätte mir eine Warnung sein sollen, mich bloß von ihr fernzuhalten. Doch leider war ich damals jung und auch ein wenig starrsinnig, und gleichzeitig ein bisschen naiv und empfänglich für Schmeicheleien.«

»Gran, bitte, ich möchte alles über sie wissen. Wo und wann hast du sie kennengelernt? Bitte, fang ganz am Anfang an.«

»Dann brauchen wir eine frische Kanne Kaffee. Es ist eine lange Geschichte.«

KAPITEL 5

1911

Alles begann an einem jener strahlenden Sonnentage, wie es sie Anfang September immer wieder gibt. Das ruhige Wasser des Sees spiegelte das herrliche Rostrot, das leuchtende Hellbraun und Gold der Wälder des Lake District. Schafe schlummerten im Schatten und die einzigen Geräusche waren das Gurren der Ringeltauben, das Plätschern der Wellen und das fröhliche Gelächter der Kinder. Eine helle gelbe Sonne wärmte den See und die Kinder konnten nicht widerstehen. Sie zogen ihre Schwimmsachen an und planschten im Wasser, während die Erwachsenen in ihren Liegestühlen lagen oder sich leise unterhielten und dabei an ihren Gläsern mit Pimms Likör nippten.

Im Haus sah es ganz anders aus. Ein wahrer Wirbelsturm an Geschäftigkeit fegte durch Carreck Place. So viel war seit dem Fest aus Anlass der Krönung von König George V. im Juni nicht mehr losgewesen. Dienstmädchen hasteten hin und her, und falls sie gelegentlich einen Anflug von Panik oder Sorge verspürten, so setzten sie ihm ihre langjährige Erfahrung entgegen, während sie ihre zahlreichen Aufgaben pünktlich und gewissenhaft erledigten. Die Ehrengäste von Lord und Lady Rumsley, ihre aristokratischen russischen Verwandten, Graf Wassili Belinsky und seine Frau Olga, waren seit einigen Wochen zu Besuch, und als Höhepunkt ihres Aufenthaltes sollten an diesem Abend ein großes Diner und ein Ball stattfinden.

Der Zutritt zur Küche war mir schon seit Tagen verboten. Ich hatte immer großes Mitleid mit den Küchenmädchen, den armen kleinen Teufeln. Ihre Hände waren rau, weil sie den ganzen Tag Töpfe schrubben und Geschirr spülen mussten. Ich hatte diese Tätigkeiten selbst lange genug ausgeübt, schließlich hatte ich mit vierzehn Jahren als Küchenmädchen angefangen. Dann war ich Stubenmädchen geworden, bevor ich beschloss, dass ich die Hausarbeit hasste. Es erschien mir nur natürlich, dass ich »in Stellung« ging, wie man damals sagte. Meine französische Mutter war Kammerzofe und mein Vater arbeitete als Gärtner für Lord Lonsdale. Als sich die Gelegenheit bot, Kindermädchen zu werden, griff ich sofort zu, denn ich liebe Kinder. Außerdem hoffte ich, dass eine solche Anstellung mir die Möglichkeit geben würde, die Familie auf Reisen zu begleiten. Davon hatte ich immer geträumt.

Die Diener brachten Stunden damit zu, das Familiensilber zu putzen, mit dem nun das makellos saubere weiße Tischtuch eingedeckt war. In der Mitte der Tafel prangte ein Blumenarrangement aus gelben Rosen aus dem Garten. Die mit viel Takt und Fingerspitzengefühl ausgearbeitete Sitzordnung an dem langen Esstisch hatte Ihre Ladyschaft höchstpersönlich festgelegt, jedoch nicht ohne tatkräftige Unterstützung durch die Haushälterin. Die Rangordnung war dabei von allergrößter Bedeutung, vor allem, da Graf Belinsky mit der russischen Herrscherfamilie verwandt war: Er war ein entfernter Cousin des Zaren. Die Frage, wer neben wem sitzen sollte, war daher eine äußerst heikle Angelegenheit. Es war allgemein bekannt, dass solche Hausfeste oft genug für Seitensprünge genutzt wurden, die natürlich mit äußerster Diskretion zu behandeln waren. Wann immer irgendwelche Zweifel wegen der Sitzordnung herrschten, entschied Jepson, der Butler, denn er wusste besser als die meisten, wer mit wem ein Verhältnis hatte und wer einander nicht ausstehen konnte. Sowohl die Liebhaber als auch die Widersacher mussten tunlichst voneinander getrennt werden.

Dass die Vorbereitungen zum Fest reibungslos abliefen, war vor allem dem Butler zu verdanken. An diesem Tag wirkte er selbst beinahe hochherrschaftlich in seinem besten schwarzen Frack mit Goldknöpfen, gestärktem weißem Hemd, Kragen und Krawatte. Selbst die Diener sahen prachtvoll aus in ihrer feinsten Livree, und als ich am frühen Nachmittag durch die Gesindestube ging, konnte ich ein Kichern nicht unterdrücken, weil sie mir so lächerlich erschienen in ihren braunen Kniebundhosen und gelb-weiß gestreiften Westen, wie Geschöpfe aus einer anderen Zeit.

»Worüber lachst du? Doch nicht über mich, oder?«, fragte Liam, einer der Diener.

Er bekam mich an der Taille zu fassen und wollte mich an sich ziehen. Ich versuchte nicht allzu heftig, mich loszumachen, und auch mein Protest klang sicher nicht sehr überzeugend, denn ich mochte Liam eigentlich ziemlich gern. Er war ein kräftiger, gut aussehender junger Ire und seine Aufmerksamkeit mir gegenüber, einem naiven jungen Mädchen von fast neunzehn, war tatsächlich ausgesprochen schmeichelhaft.

»Du siehst aus, als hättest du dich für die Weihnachtspantomime im Dorf verkleidet«, neckte ich ihn.

»Oh je, und ich dachte, ich bin einfach umwerfend in dieser Montur. Hab ich nicht wenigstens einen Kuss verdient, weil ich mich so schick gemacht habe?«

Ich gab ihm einen flüchtigen Kuss auf die Wange, doch er drehte im letzten Moment den Kopf und der Kuss landete aus Versehen genau auf seinem Mund.

»Was ist hier los?«

Beim Klang der gebieterischen Stimme des Butlers fuhr Liam zurück und ich rannte davon. Ich war nur allzu froh, entwischen zu können.

Zum Glück hatte ich mit all diesen hektischen Vorbereitungen nichts zu tun. Meine Aufgabe als Kindermädchen bestand einfach darin, mich um die Kinder zu kümmern: Miss Phyllis und Master Robin und die beiden russischen Kinder, die während ihres Besuchs mit in den Kinderzimmern wohnten.

Der achtjährige Serge schien recht von sich eingenommen zu sein.

»Mein voller Name ist Serge Wassilowitsch Belinsky«, verkündete er stolz, als ihn seine Mutter zum ersten Mal ins Schulzimmer brachte. »Mein zweiter Name kommt von meinem Vater. In England haben Sie eine solche Tradition nicht, glaube ich.«

In seinem Ton lag Verachtung für diesen Makel. *Er ist auf dem besten Weg, ein richtiger Adeliger zu werden*, dachte ich.

Seine Schwester Irina war sechs Jahre alt, sie war ein empfindsames Kind und weinte oft. Sie schenkte mir ein schüchternes kleines Lächeln, begann jedoch hastig, an ihren Haaren zu nesteln, als sie merkte, dass ihre Mutter sie stirnrunzelnd ansah.

Ich liebte meine Arbeit und an diesem sonnigen Nachmittag machte es mir besonders viel Spaß, die Kinder zu beaufsichtigen. Zuerst spielten wir Verstecken, dann servierte ich ein Picknick. Es gab Sandwiches mit Eiern und Kresse, Löffelbiskuit und hausgemachter Limonade. Die beiden Jungen versuchten ihr Glück beim Angeln, allerdings ohne großen Erfolg, und die beiden kleinen Mädchen planschten fröhlich im Wasser und kicherten fast ununterbrochen. Sie waren fast gleichaltrig und hatten sich sofort angefreundet.

»Bleiben Sie dicht am Ufer, Miss Phyllis. Ein kleines Stück weiter draußen wird das Wasser ziemlich tief!«, rief ich.

Meiner Verantwortung war ich mir stets bewusst, schließlich war die Kleine erst fünf Jahre alt. Als ein kühler Wind aufkam, beschloss ich, die Kinder ins Haus zu bringen. Es war Zeit für ihren Nachmittagsschlaf und auch ich konnte eine Ruhepause gut gebrauchen.

»Zeit, ins Haus zu gehen, Kinder! Ich trockne Sie ab und dann gibt's drinnen eine Tasse heiße Schokolade und eine Siesta.«

Die Kinder stöhnten laut. Lachend hob ich Miss Phyllis aus dem Wasser, die sich wie ein kicherndes Würmchen in meinen Armen wand, falls Würmchen überhaupt kichern. Ich trug sie zurück zu der Decke, die ich auf dem Rasen ausgebreitet hatte, und begann, sie trockenzurubbeln.

»*Mamuschka*, ich möchte auch rudern können!«, rief Serge seiner Mutter zu.

In der Mitte des Sees fuhr gemächlich ein kleines Boot, in dem Gräfin Olga zurückgelehnt in der Sonne lag. Ihr Diener ruderte sie langsam hin und her, um ihre Ruhe nicht zu stören.

»Morgen vielleicht, Master Serge!«, rief ich ihm zu. »Es wird ziemlich kühl. Sie sollten sich abtrocknen und etwas Warmes trinken.«

Die Gräfin wandte träge den Kopf und lächelte ihrem Sohn zu.

»Schwimm zu mir heraus, mein Schatz!«, rief sie. »Ich bin für dich da, wie immer!«

»Ich will auch!«, rief Irina, und bevor ich sie davon abhalten konnte, hatten sich beide Kinder ins Wasser gestürzt und schwammen um die Wette.

Jedes wollte als Erster am Boot und bei ihrer geliebten Mutter sein.

Ich sprang auf die Füße und ließ die beiden nicht aus den Augen. Es lag mir auf der Zunge zu rufen, dass die Strecke zu weit zum Schwimmen und das Wasser in diesem Teil des Sees zu tief sei, doch wie hätte ich die Kinder ermahnen können, wo die Gräfin doch schon ihre Zustimmung gegeben hatte. Schließlich waren es ihre Kinder.

Serge erreichte das Boot ohne Mühe und packte den Rand, um sich hochzuziehen. Seine Mutter klatschte begeistert in die Hände und auf seinem jungen Gesicht breitete sich ein triumphierendes Grinsen aus. Ich wollte schon erleichtert aufseufzen, als ich plötzlich bemerkte, dass er etwas unter die Wasseroberfläche gedrückt hielt, das wild umherplanschte. Er blickte ins Wasser hinunter und lachte laut auf. Der Schock traf mich wie ein Hammerschlag, als ich erkannte, dass es seine kleine Schwester Irina war.

»Master Serge, was machen Sie da! Lassen Sie sie auf der Stelle los!«

Ich ließ die kleine Phyllis auf der Decke sitzen, rannte über das Gras zum Ufer und stürzte mich so, wie ich war, ins Wasser. Zum Glück hatte mein Vater mir das Schwimmen beigebracht. Kein Kind, so hatte er gesagt, sollte im Lake District leben, ohne schwimmen zu können. Innerhalb von Sekunden war ich am Boot und riss das Mädchen an mich. Einen schrecklichen Augenblick lang dachte ich, ich sei zu spät gekommen. Ihr winziges Gesicht war aschfahl und leblos, dann schnappte sie nach Luft und brach in Tränen aus.

»Haben Sie nicht gesehen, dass er sie unter Wasser gedrückt hat?«, schrie ich die Gräfin an, ohne einen Gedanken an gutes Benehmen oder an meine gesellschaftliche Stellung zu verschwenden. »Ihre Tochter hätte ertrinken können.«

Sie sah mich einen Moment mit großen Augen an, dann lachte sie.

»Unsinn! Irina hätte nicht so dumm sein dürfen, so weit hinausschwimmen zu wollen. Mein liebster Sohn hat sie gerettet. Sie ist ein törichtes kleines Mädchen, immer macht sie Theater, und eifersüchtig auf ihren Bruder ist sie auch.«

Ich starrte die Gräfin an und bekam vor lauter Staunen den Mund nicht mehr zu. Gleichzeitig paddelte ich wild mit den Füßen, um nicht unterzugehen, während ich das Kind fest im Arm hielt. Wie konnte diese Frau so blind sein und nicht sehen, was wirklich passiert war? Mir war schon öfter aufgefallen, dass die Gräfin ihren Sohn bevorzugte, doch was für eine Mutter musste sie sein, dass sie ihre Tochter nicht einmal vor dem sicheren Ertrinken rettete?

Aber was konnte ich schon sagen? Ich war ein junges Mädchen, eine Dienstbotin, und sie war eine feine adelige Dame, die mit dem Vetter meines Dienstherrn verheiratet war. Mir war durchaus bewusst, dass jede Anschuldigung, die ich gegen die Gräfin oder ihren heißgeliebten Sohn erhob, nur dazu führen würde, dass man mich entließ. Schließlich war ich einem geschätzten Gast gegenüber unhöflich gewesen, ganz zu schweigen davon, dass mein Verhalten nicht meinem Stand entsprach.

»Mein kleiner Held«, sagte die Gräfin und umarmte und küsste den Jungen, als sie ihm ins Boot half und ihn neben sich setzte.

Ich merkte, dass sich Irinas dünne Arme fest um meinen Hals schlangen und ihr kleiner Körper zitterte. Auch meine Füße wurden allmählich gefühllos in dem kalten Wasser, während sich mein langer Rock um meine Beine wickelte. Es war nie sicher, länger als ein paar Augenblicke im See zu bleiben, also wandte ich mich ab und schwamm ans Ufer. Die kleine Irina hatte ich mir fest unter einen Arm geklemmt.

Dies war meine erste Konfrontation mit der Gräfin, doch es sollte nicht die letzte sein.

*

Später am selben Abend, als das Hilfskindermädchen den Kindern das Abendessen servierte, stahl ich mich einen Moment davon, um mit Liam zu sprechen und ihm zu erzählen, was passiert war.

»Dieses Miststück«, sagte er in seiner unverblümten irischen Art. »Hat diese Frau denn gar keine Gefühle, außer für sich selbst?«

»Offenbar nicht«, pflichtete ich ihm bei.

Wir versteckten uns hinter einem Anbau in einer schattigen Ecke des Hofs an der Küche und Liam ging sofort dazu über, die zunehmende Dunkelheit für ein paar Küsse zu nutzen. Nicht, dass ich mich allzu entschieden dagegen gewehrt hätte, denn die bloße Berührung seiner Lippen ließ Schauder der Erregung durch meine Adern schießen. Wie ich schon sagte: Ich war jung und leicht zu beeindrucken.

»Ich kann leider nicht lange bleiben«, meinte er entschuldigend zwischen zwei Küssen. »Sonst zieht mir Mr Jepson das Fell über die Ohren. Können wir uns vielleicht später noch treffen?«

Bei diesen großen gesellschaftlichen Ereignissen musste man ständig auf die Zeit achten. Es war unerlässlich, dass zehn Minuten vor der Ankunft der Ehrengäste alle anderen ihre Plätze eingenommen hatten. Das galt vor allem, wenn die Ehrengäste wie die Belinskys Verbindungen zu einem Königshaus hatten. Natürlich unternahm Mr Jepson alles, damit das Essen nicht zu lange herumstand. Wenn die Tabletts zu früh gebracht und im Anrichtezimmer kalt wurden, würden die Hektik und das Chaos in der Küche noch schlimmer. Weder Lord Rumsley noch seine Frau wussten diese Anstrengungen wirklich zu schätzen und auch ihre Gäste hielten es für völlig selbstverständlich, dass alles wie am Schnürchen klappte.

Ich wusste, dass Liam ebenso wie die anderen Diener, von denen viele extra für dieses Ereignis angeheuert worden waren, den ganzen Abend lang alle Hände voll zu tun haben würde. Er musste nicht nur das Essen servieren, sondern später auch Häppchen und Getränke reichen und immer wieder neue Kartenspiele für die Spieler bereitstellen. Wenn das Fest vorüber war, hatte er dafür zu sorgen, dass die Kutschen vorgefahren kamen, und musste schließlich Krüge mit heißem Wasser herumschleppen und den einen oder anderen Schlummertrunk für die Besucher bringen, die über Nacht blieben. Für ihn bestand der Abend darin, sich von den mehr als hundert Gästen herumkommandieren zu lassen.

»Ich glaube kaum, dass wir uns später noch sehen können, Liam. Du hast mehr als genug zu tun und ich muss bei den Kindern bleiben.«

»Och, könntest du dich nicht wenigstens für eine halbe Stunde davonschleichen? Ich warte auf der Rückseite des Sommerhauses auf dich, sobald alle weg sind.«

»Das wird ja kaum vor Morgengrauen sein«, wandte ich ein, doch ich wurde allmählich weich.

»Nee«, sagte er. »Mitternacht oder kurz danach, später wird es nicht.«

Ich kicherte angesichts seines Optimismus, doch nach einem weiteren langen und aufregenden Kuss, der mir den Atem raubte, ging er hastig davon und ließ mir keine Zeit, weiter zu protestieren.

Die Küche war voller dampfender Töpfe und hektischer Köche, die man ebenfalls für dieses besondere Ereignis eingestellt hatte, also achtete ich darauf, einen großen Bogen um das Chaos zu machen, und hastete die Hintertreppe hoch. Ich machte mir jetzt schon Sorgen wegen meines mitternächtlichen Rendezvous. Ich mochte Liam als Freund, doch ich hatte nicht die Absicht, unsere Beziehung über ein paar züchtige Küsse hinausgehen zu lassen. Selbst mit achtzehn hatte ich ehrgeizige Zukunftspläne, zu denen eine Ehe einfach nicht passte.

*

Ich war dabei, die jüngeren Kinder ins Bett zu bringen und wollte ihnen gerade eine Geschichte vorlesen, als die Gräfin ins Kinderzimmer geschlendert kam. Miss Irina setzte sich sofort mit leuchtenden Augen auf, in der Hoffnung, ihre Mutter würde sich ihr zuwenden. Die Gräfin setzte sich jedoch zu ihrem Sohn, der mit Master Robin eine Partie Schach spielte.

»Gewinnst du, mein Schatz?«, fragte sie.

»Natürlich. Er kann überhaupt nicht Schach spielen.«

»Armer kleiner Robin, dann bist du also nicht der schlaue junge Erbe, den sich dein Vater erhofft hatte, was?«, sagte sie höhnisch.

Ich sah, wie der Junge bei dieser Stichelei vor Wut rot anlief, doch er fing meinen warnenden Blick auf und schaffte es, seine Zunge im Zaum zu halten. Die Gräfin sah den beiden einen Augenblick beim Spielen zu, gab ein paar Ratschläge und lachte laut, als ihr Sohn auf die Königin von Master Robin herabstieß und sie gefangennahm.

»Schachmatt!«

»Was für ein hervorragender Schachspieler du doch bist, mein Liebling!«, rief sie und wuschelte ihm durch die Locken.

Master Robin tat mir leid. Nun hatte er ein weiteres Spiel gegen einen Jungen verloren, der zwei Jahre jünger war als er selbst, und um seine Schmach noch schlimmer zu machen, gab es auch noch eine Zeugin für seine Niederlage. Hinter mir hörte ich, wie die kleine Irina leise seufzte. Sie saß geduldig im Bett und wartete darauf, dass ihre Mutter ihr wenigstens ein bisschen Aufmerksamkeit schenkte. Sie tat mir ebenfalls leid und so trat ich kühn einen Schritt vor und knickste vor der Gräfin.

»Euer Ladyschaft, ich wollte Miss Irina gerade eine Geschichte vorlesen, aber vielleicht möchten Sie es lieber selbst machen. Das Ereignis auf dem See hat sie doch sehr aufgewühlt und ich bin sicher, sie hätte es gern, wenn Sie sich eine Weile zu ihr setzten.«

Die Gräfin wandte sich auf ihrem Stuhl halb um und betrachtete mich kühl und abschätzend.

»Wie lange arbeiten Sie schon auf Carreck Place, Mädchen?«

»Seit sechs Monaten.«

»Offenbar erfüllen Sie Ihre Pflichten gewissenhaft.«

»Danke, Euer Ladyschaft.«

Ihr Tonfall und die Art, wie sie ihre schwarzgrauen Augen zu Schlitzen verengte, gaben mir jedoch das Gefühl, dass ihre Bemerkung nicht unbedingt als Kompliment gemeint war. Sie war zweifelsohne eine schöne Frau, mit ihrem glänzenden schwarzen Haar, ihrer porzellanweißen Haut und ihrer wohlgeformten sinnlichen Figur. Ihr Abendkleid aus cremefarbener Brüsseler Spitze war hinreißend und ihr Haar, der Hals, die Handgelenke und die Hände und sogar das Kleid selbst waren über und über mit funkelnden Diamanten und Saphiren geschmückt. Sie war eine respektgebietende Erscheinung und ich überlegte, dass es nicht zu meinen Aufgaben gehörte, eine Mutter und schon gar nicht eine Gräfin an ihre Pflichten zu erinnern.

Gräfin Olga erhob sich. Sie überragte mich um mehrere Zentimeter und mein Selbstbewusstsein schwand zusehends dahin.

»Irina ist ein schlichtes Gemüt, sie hat nicht einen Funken Verstand, wenngleich ich einräumen muss, dass sich ihr Verhalten unter Ihrer Anleitung in der letzten Zeit verbessert hat. Doch das ist es schließlich, wofür Sie bezahlt werden«, bemerkte sie mit majestätischer Stimme und gab mir das Gefühl, immer kleiner zu werden. »Allerdings haben Sie vielleicht noch einiges zu lernen, was Ihren gesellschaftlichen Stand angeht.«

Ich spürte, wie meine Wangen brannten.

»Ich bitte untertänigst um Verzeihung, Ma'am, wenn ich Ihnen mit meinem Ausbruch zu nahe getreten bin. Es war nur die Panik. Ich fürchtete, Miss Irina würde ertrinken.«

»Eine falsche und übermäßig dramatische Reaktion von Ihnen. Die Kinder haben ein Spiel gespielt, das ist alles.«

Ich sah auf, begegnete ihrem kühlen und ungerührten Blick und wusste, dass sie die Wahrheit in meinen Augen las: Ich glaubte ihr kein Wort.

»Es war ein Spiel, das Ihre Tochter das Leben hätte kosten können«, entgegnete ich ruhig.

Die Worte kamen aus meinem törichten Mund, bevor ich innehalten und nachdenken konnte. Oh je, warum musste ich nur immer sagen, was ich dachte! Nun würde ich mit Sicherheit meine Stelle verlieren, würde ohne Umschweife davongejagt werden, weil ich vorlaut und aufsässig war.

Ihre dunklen Augen weiteten sich angesichts meiner Unverfrorenheit, was mir nur recht und billig schien. Gleichzeitig schien sie höhnisch zu triumphieren, als bereite es ihr Vergnügen, mich so sehr gereizt zu haben, dass ich noch einmal aus dem Rahmen fiel.

»Sie kennen sich mit Kindern aus, nicht wahr, Mädchen?«

»Ich weiß mich jedenfalls besser um sie zu kümmern als viele Eltern, die wenig Zeit für ihre Kinder zu haben scheinen«, pflichtete ich ihr bei und warf dabei leicht den Kopf zurück.

Wenn schon, denn schon, dachte ich.

Darauf lachte sie tatsächlich laut auf, als habe ich eine witzige Bemerkung gemacht.

»Da mögen Sie wohl recht haben, allerdings bin ich der Ansicht, dass Sie in diesem Fall Ihre Pflicht viel zu gewissenhaft erfüllt haben.«

Zum Glück konnte ich mich nicht noch weiter ins Unglück reiten, denn in diesem Moment erklang der Gong zum Essen. Es war das Signal für die Gäste, sich im Wohnzimmer mit der wunderschönen Eichentäfelung zum Cocktail einzufinden. Die Gräfin wandte sich sofort um und ging in ihrer trägen Art zur Tür. Die seidenen Röcke ihres Abendkleides raschelten, sie hielt sich kerzengerade, mit erhobenem Kopf und einem herablassenden Lächeln um die wohlgeformten Lippen. Ihre Haltung drückte zweifelsfrei die Überzeugung aus, dass sie die Auseinandersetzung mit derselben Leichtigkeit gewonnen hatte, mit der ihr Sohn Master Robin am Schachbrett besiegte.

»Wir werden kein weiteres Wort über diese Angelegenheit verlieren. Es war, wie Sie schon sagten, sicherlich ganz einfach Ihre dumme Panik. Ich bin sicher, das nächste Mal wissen Sie es besser.«

Ich unterdrückte rasch einen Seufzer der Erleichterung, dass ich meine Stelle nun doch behalten würde, und hoffte insgeheim, dass es kein nächstes Mal gab. Dann sah ich mit erstaunter Ungläubigkeit zu, wie die Gräfin aus dem Kinderzimmer rauschte, ohne ihre Tochter auch nur eines Blicks zu würdigen, von einem Gutenachtkuss ganz zu schweigen.

Dem Himmel sei Dank, dachte ich, *dass die Frau in wenigen Wochen abreist und ich nie wieder mit ihr die Klinge kreuzen muss.*

Wie falsch ich damit lag.

KAPITEL 6

Um Mitternacht schlüpfte ich wie verabredet durch eine Seitentür und ging über einen schmalen Weg hinauf zum Sommerhaus. Um die Schultern hatte ich ein Tuch gelegt, der Herbstabend war kalt. Im Salon spielten immer noch ein paar Unverdrossene Black Jack, auch im Billardzimmer waren einige Männer, während andere einen letzten Drink vor dem Zubettgehen im Wintergarten genossen, doch die meisten Gäste brachen gerade auf. Ich hörte das Klappern der Pferdehufe und das Rattern der Kutschen, die wie üblich einen Verkehrsstau auf der langen Zufahrt verursachten. Männer mit Laternen leuchteten den Gästen, während sie mit Pfiffen die nächste Kutsche herbeiriefen. Wahrscheinlich hatten sie sich die Wartezeit in der Kälte mit dem einen oder anderen Schluck Whisky vertrieben. Kutscher und Laternenträger waren dafür bekannt, dass sie tranken.

Wie versprochen wartete Liam hinter dem Sommerhaus auf mich. Er hatte sich unter einer alten Esche untergestellt, weil ein leichter Regen eingesetzt hatte.

»Ich dachte schon, du kommst überhaupt nicht mehr«, beklagte er sich.

»Tut mir leid, ich bin eingeschlafen«, erklärte ich und wich seinen drängenden Küssen aus, um ihm von meiner neuesten Begegnung mit Ihrer Ladyschaft zu erzählen. »Ich konnte es kaum fassen, wie kaltherzig und grausam diese Frau zu ihrem eigenen Kind ist. Warum sollte ihr ihr Sohn so viel bedeuten, während sie ihre kleine Tochter kaum wahrnimmt? Das arme Kind fühlt sich offensichtlich ungeliebt und fürchterlich herumgestoßen. Es ist so traurig. Selbst Master Robin war verlegen, als die Gräfin ihn zur Zielscheibe ihres Sarkasmus machte.«

Ich merkte, dass Liam mir überhaupt nicht zuhörte. Er war viel zu sehr damit beschäftigt, meinen Hals zu liebkosen, die Locke an meinem Ohr zu küssen und mit den Händen über meinen Rücken zu fahren.

»Du bist ja ganz besessen von dieser Frau«, meinte er. »Wo es doch viel interessantere Sachen gibt, die wir anstellen könnten.«

Als der Regen heftiger wurde, zog er mich in das kleine Haus. Er lachte, als er mir die Feuchtigkeit vom Haar strich. Das Sommerhaus war aus Schiefer und Stein gebaut, es stammte aus der georgianischen Zeit und wurde bei ungemütlichem Wetter gerne für Picknicks benutzt. Es bestand aus einem großen Raum mit einem Kamin, an den sich eine kleine Küche anschloss, wo Speisen zubereitet wurden und der Gärtner bisweilen seine Blumensträuße band. Dorthin zog mich Liam, zu diesem verschwiegenen Plätzchen, an dem uns niemand sehen konnte.

»Wir sollten wirklich nicht hier sein«, protestierte ich. Mittlerweile bereute ich, dass ich mich zu diesem Stelldichein hatte überreden lassen. Ich sehnte mich plötzlich zurück in mein warmes Bett. Es war ein langer Tag gewesen und am Morgen musste ich früh aufstehen. »Was ist, wenn jemand kommt?«

»Warum sollte jemand herkommen? Wo sie doch alle nach Hause fahren in ihren feinen Kutschen.«

Seine Küsse wurden immer drängender, während seine Hand schmeichelnd über meine Hüfte fuhr und bis zu meiner Taille hochwanderte. Ich packte sie gerade noch rechtzeitig, bevor sie meine Brust erreichte.

»Bitte benimm dich, Liam. Ich bin nicht so ein Mädchen.«

»Vorhin hattest du nichts gegen meine Küsse einzuwenden«, erinnerte er mich und setzte seine Verführungsversuche fort, indem er mein Schultertuch zurückschob und begann, die Knöpfe an meiner Bluse aufzuknöpfen.

»Hör auf! Es war dumm von mir, dass ich dir erlaubt habe, mich zu küssen. Lass mich los, bitte.«

Er lachte nur über mein Sträuben und machte sich am nächsten Knopf zu schaffen.

»Du weißt doch, dass es dir eigentlich gefällt. Du bist genauso verrückt nach mir wie ich nach dir. Meinst du nicht, wir würden ein hübsches Paar abgeben?«

»Nein, das meine ich nicht, und wir sind ganz und gar kein Paar.« Trotz meiner verzweifelten Versuche, ihn aufzuhalten, zeigten seine Mühen den gewünschten Erfolg und meine Bluse war weit aufgeknöpft. Ich schob ihn mit beiden Händen weg und schaffte es schließlich, mich keuchend vor Anstrengung von ihm loszumachen. »Ich weiß nicht, was du von dieser Verabredung erwartet hast, doch das geht mir zu schnell zu weit. Ich lasse mich auf keinen Fall von dir ausnutzen.«

»Ich wollte dich nicht ausnutzen, Millie, ich bete dich an. Ich liebe alles an dir: deine wunderschönen Augen, so sanft und grau wie die Wolken eines Sommersturms, und deine zierliche Figur«, murmelte er, während er begierig auf meine Brüste sah. Dann schien er seinen Fehler zu bemerken und strich mir mit den Händen über meine unbändigen Locken. »Und deine schönen langen Locken, die ich so gerne offen sehen würde, statt in Zöpfen auf deinem hübschen Kopf zusammengerollt.«

Ich fürchtete, dass er anfangen würde, auch meine Frisur aufzulösen, und trat einen Schritt zurück, während ich mich bemühte, meine Uniform wieder in Ordnung zu bringen.

»Du musst damit aufhören, Liam.«

»Warum denn?«, fragte er und zog mich an sich, um seine Lippen wieder über meinen Hals wandern zu lassen. »Ich schwöre, dass ich eine ehrbare Frau aus dir mache, sobald ich kann. Du weißt doch, dass ich dich auf der Stelle bitten würde, meine Frau zu werden, wenn ich es mir leisten könnte.«

Seine Erklärung entlockte mir ein Lachen, doch ich stieß ihn entschlossen von mir.

»Und wenn du etwas derart Verrücktes tun würdest, würde ich ablehnen.«

»Wie bitte?«

Er starrte mich mit offenem Mund an, als könnte er nicht glauben, dass ein Mädchen ihn abweisen würde.

»Es ist so, Liam: Ich bin gerne mir dir befreundet, aber ich liebe dich nicht und ich habe nicht das geringste Interesse zu heiraten. Ich bin noch viel zu jung. Und außerdem habe ich andere Pläne.«

Ich hoffte, dass für mich einmal die Zeit kommen würde, die Liebe eines Mannes zu genießen und die Bedeutung wahrer Leidenschaft zu erleben, doch wenn es nach mir ging, so konnte das noch einige Jahre warten.

»Was für Pläne?«, fragte er mit missmutigem Blick, als ich mein Schultertuch über meiner Brust fest zusammenknotete.

»Oh, ziemlich ehrgeizige. Zunächst einmal möchte ich mich weiterbilden. Ich lese gerade *Geschichten von König Artus* von U. W. Cutler. Macht Spaß, die solltest du auch mal lesen. Dann hoffe ich, dass ich eines Tages eine bessere Stellung bekomme und es zu höherem Ansehen in der Gesellschaft bringe. Doch am meisten wünsche ich mir, dass ich reisen und die Welt sehen kann.« Ich spürte, wie bei diesem Gedanken die vertraute Aufregung in mir aufstieg. »Davon habe ich immer geträumt. Möchtest du dich nicht selbst auch hocharbeiten?«

Das ungläubige Staunen in seinem hübschen Gesicht zeigte mir, dass ihm dieser Gedanke noch nie gekommen war. Er straffte die Schultern, als wolle er seinen verwundeten Stolz wiederherstellen.

»Ich bin tatsächlich ganz zufrieden mit dem, was ich erreicht habe, und viele Mädchen wären froh, wenn ich um ihre Hand anhalten würde.«

Ich unterdrückte ein Kichern.

»Ja, da sind ganz bestimmt jede Menge Mädchen. Du bist ein gutaussehender junger Mann, genau das, was sich viele Mädchen wünschen, aber für mich ist es nicht das Richtige, fürchte ich. Ich schätze deine Freundschaft, Liam, doch angesichts meiner Gefühle wäre es nicht fair, wenn wir uns weiterhin verabreden.«

»Dann bist du selbst schuld, wenn du das Nachsehen hast«, sagte er mit lässigem Schulterzucken, wenngleich sein finsterer Gesichtsausdruck eine andere Sprache sprach.

Er drehte sich halb um, als wollte er davonstolzieren, als aus dem anderen Raum eindeutiges Stöhnen und Keuchen erklang. Wir erstarrten.

»Schnell«, zischte Liam. »Unter die Bank.«

Wir fielen auf die Knie, um uns zu verstecken, wobei Furcht und Wut gleichermaßen in mir aufbrandeten. Ich zitterte am ganzen Leib, denn ich war mir nur allzu bewusst, dass wir beide unsere Arbeit verlieren würden, wenn man uns hier zusammen entdeckte.

Breit grinsend stieß mich Liam mit dem Ellenbogen an und deutete auf eine zerborstene Holzplanke in der Wand. Durch das Loch hatten wir einen ungehinderten Blick auf den Hauptraum des Sommerhauses. Auf einem sorgsam auf dem Boden ausgebreiteten Umhang lag die Gräfin in einer höchst würdelosen Position. Sie hatte die Beine um die Mitte eines Mannes geschlungen, der sie beglückte. Die Hose war ihm auf die Knöchel gerutscht. Ich starrte mit wachsendem Entsetzen zu den beiden hinüber. Ich konnte nur sein nacktes Hinterteil sehen, doch diese Hose hätte ich überall erkannt. Es war mein Dienstherr, Lord Rumsley.

Im Augenblick des Erkennens musste ich vor Schreck einen kurzen Laut ausgestoßen haben, denn Gräfin Olga drehte den Kopf und ihr amüsierter Blick traf den meinen.

*

In den darauffolgenden Tagen bemühte ich mich, nicht an das zu denken, was ich im Sommerhaus gesehen hatte, sondern konzentrierte mich darauf, dem jungen Serge das Ponyreiten beizubringen und die Fähigkeiten zu verfeinern, die er sich in den letzten Wochen angeeignet hatte. Offenbar war der Graf ein besonders guter Reiter, doch sein Sohn hatte sich bisher geweigert zu lernen, weil er Angst hatte, vom Pferd zu fallen und seinen Vater zu enttäuschen. Master Robin dagegen konnte hervorragend reiten, also fühlte sich Serge gezwungen, es zu versuchen, um sich nicht von dem Jüngeren ausstechen zu lassen. Zwischen den beiden Jungen herrschte eine starke Rivalität.

Die beiden kleinen Mädchen waren nicht mitgekommen, sie blieben stattdessen beim Hilfskindermädchen und lernten, ein Mustertuch zu sticken. Solche Aktivitäten schienen ihnen Spaß zu machen und selbst Miss Irina wirkte neuerdings ruhiger und zufriedener. Was mich anging, so war ich nur allzu gern bereit, es jemand anderem zu überlassen, den Kindern diese häuslichen Fertigkeiten beizubringen. Ich war selbst Wildfang genug, um das Reiten dem Nähen allemal vorzuziehen.

»*Croire en soi*«, sagte ich, um Serge Mut zu machen: Er solle an sich glauben. »*Avoir le courage.*«

Normalerweise unterhielt ich mich mit den russischen Kindern auf Französisch, denn diese Sprache beherrschten sie viel besser als das Englische. Offenbar war das bei vielen russischen Aristokraten so.

»*Gardez votre dos droit*«, forderte ich ihn auf.

Er solle sich gerade halten, wenn er auf dem Pferd im Ring ritt. Ich applaudierte ihm zu seinem Erfolg und sagte ihm, dass er bald gut genug für einen Ausritt sei, als die Stimme der Gräfin mich unterbrach.

»Ich wusste nicht, dass Sie Französisch sprechen, Mädchen.«

Ich knickste rasch. Dabei schnürte mir die Angst fast die Kehle zu, weil ich befürchtete, dass sie mich fragen würde, was ich in jener Nacht im Sommerhaus zu suchen hatte. Andererseits konnte sie ebenso gut beschließen, diese Dummheit meinerseits als Mittel einzusetzen, um mich zum Schweigen zu zwingen. Nicht, dass ich jemals auch nur ein einziges Wort über das verlieren würde, was ich gesehen hatte: Bei Dienstboten galt Diskretion als oberste Pflicht. Man erwartete, dass wir den Torheiten unserer Dienstherren und -herrinnen gegenüber stumm und blind waren. Doch sie hatte keinen Anlass, mir zu trauen.

»Meine Mutter ist Französin«, erklärte ich höflich. »Also bin ich zweisprachig aufgewachsen.«

»Tatsächlich? Nun, ich bin beeindruckt. Nicht nur von Ihren Sprachkenntnissen, sondern auch von Ihrer Fähigkeit, meine verdrießliche Tochter zur Ruhe zu bringen. Und wie es scheint, haben Sie auch meinen Sohn endlich dazu überredet, mit dem Reiten anzufangen. Das allein ist eine beachtliche Leistung.«

»Vielleicht liegt es daran, dass ich keinen Druck auf ihn ausübe, sondern einfach dafür sorge, dass es ihm Spaß macht. Außerdem versuche ich, Miss Irina die Aufmerksamkeit zu schenken, die sie braucht«, setzte ich hinzu.

Wie üblich konnte ich meinen Mund nicht halten.

»Ist das wieder einer Ihrer Erziehungsratschläge für mich?«, bemerkte sie spitz. »Sie sind ganz offenkundig eine junge Dame, die sehr von sich eingenommen ist und die immer dann auftaucht, wenn man am wenigsten damit rechnet.«

Diese Bemerkung zielte sicher auf den Vorfall im Sommerhaus ab. Insgeheim schalt ich mich für mein loses Mundwerk und trat schnell beiseite, als sie mit raschen Schritten zu ihrem Sohn hinüberging, um ihm zu gratulieren. Ich schwor mir, in Zukunft meine Ansichten für mich zu behalten.

Gleich am nächsten Tag wurde ich zu meiner Überraschung ins Wohnzimmer gerufen, wo die Gräfin und Lady Rumsley beim Tee saßen.

»Ah, Millie, da sind Sie ja. Ich habe das Vergnügen, Ihnen mitzuteilen, dass Gräfin Olga Ihnen eine Stellung angeboten hat.«

Stumm vor ungläubigem Staunen starrte ich meine Dienstherrin an. Es brauchte einige Augenblicke, bis ich begriff, was die Gräfin gesagt hatte.

»… hatte gehofft, ich würde Sie überreden können, uns nach Russland zu begleiten«, schloss sie. »Ich bin sehr beeindruckt von der Art, wie Sie mit meinen ungezogenen Kindern umgehen, und auch von Ihren Kenntnissen der französischen Sprache. Außerdem bin ich selbstverständlich daran interessiert, dass meine Kinder ihre Englischkenntnisse verbessern – und natürlich ihre Manieren. Ich denke, Sie sind genau die Richtige für diese Aufgabe.«

Meine Herrin lächelte angesichts meiner Verblüffung und antwortete für mich, da ich immer noch außerstande war, auch nur ein einziges Wort herauszubringen.

»Ich weiß, dass Millie zutiefst dankbar ist für dieses Angebot, auch wenn sie recht schüchtern und natürlich überrascht ist. Selbstverständlich lassen wir Sie nur ungern gehen, Millie, doch eine solche Gelegenheit können Sie kaum ausschlagen.«

»Ich bin in der Tat sehr dankbar, E-Euer Ladyschaft«, erwiderte ich stotternd.

Ich traute meinen Ohren kaum. Mein ganzes Leben lang hatte ich mich danach gesehnt, reisen zu können, und hier bekam ich die Chance dazu. Wie konnte ich eine solch erstaunliche Gelegenheit nicht beim Schopf packen? Ein Traum wurde wahr.

KAPITEL 7

»Ich hatte ganz vergessen, dass du Französisch sprichst«, sagte Abbie lächelnd.

»*Bien sur. Est votre français améliorant?*«

»*Plutôt bien.*«

Dass sie eine gemeinsame Sprache hatten, schien ihre Vertrautheit noch zu unterstreichen, und eine Weile unterhielten sie sich auf Französisch. Abbie neckte die Großmutter wegen Liam und erzählte ihr dann von ihrer Arbeit in der Pariser Boutique.

»Ich fühlte mich so unwissend, als ich anfing, ich hatte so viel zu lernen, nicht nur die Sprache. Zum Glück war Marisa, meine Chefin, ausgesprochen hilfsbereit. Doch diese Gräfin! Sie muss doch eine fürchterliche Person gewesen sein.«

Millie lachte.

»Ja, das war sie wahrhaftig.«

»Du hattest wirklich Pech, Gran. Marisa ist inzwischen eine liebe Freundin – ich muss sie unbedingt anrufen und ihr sagen, dass ich vorhabe hierzubleiben.«

Der Blick ihrer Großmutter wurde weich.

»Das freut mich sehr! Es wird schön sein, dich hier zu haben.«

»Was würdest du sagen, wenn ich in das Geschäft einsteige, das du zusammen mit Grandpa gegründet hast?«

»Ich wäre unglaublich stolz.«

Abbie verzog das Gesicht.

»Dad denkt wahrscheinlich anders darüber.«

»Oh, ich bin sicher, dass er sich überzeugen lässt, es braucht nur ein bisschen Zeit. Gib die Hoffnung nicht auf.«

»Danke, Gran! Was würde ich nur ohne dich tun? Und jetzt, wo ich weiß, wie es kam, dass du nach Russland gegangen bist, möchte ich unbedingt hören, wie es dort war und wie es sich für dich angefühlt hat, dass du so weit von zu Hause weg warst.«

»Wie es dort war? Ziemlich kalt, wenn ich mich recht entsinne«, gluckste Millie, dann scheuchte sie Abbie mit einer Handbewegung fort. »Das reicht für heute, mein Schatz. Es ist Zeit für mein Nickerchen. Wenn du das nächste Mal kommst, erzähle ich weiter.«

Das, was ihre Großmutter nicht sagte, frustrierte und faszinierte Abbie am meisten, doch der nächste Tag war ein Montag und sie beschloss, dass es Zeit für einen Besuch im Laden war. Fay hatte versprochen, am Vormittag auf Aimée aufzupassen. Später wollte Abbie zur Dorfschule gehen und ihre Tochter dort anmelden. Sie war ganz aufgeregt, doch als sie beim Frühstück ihre Pläne für den Tag verkündete, widersprach ihr Vater sofort.

»Und wozu soll das gut sein? Du kannst kein Geschäft führen.«

»Woher willst du das wissen, Dad, wenn du mir nicht einmal die Chance gibst, es zu versuchen? Ich bin nicht mehr fünf Jahre alt und ein alberner Teenager bin ich auch nicht mehr.«

»Das ist mir schon klar, aber um den Laden wieder in die Gewinnzone zu bringen, braucht es jemanden, der etwas von diesen Dingen versteht, keine verträumte Amateurin.«

»Und eine Amateurin bin ich auch nicht«, erwiderte Abbie. Sie war entschlossen, ruhig zu bleiben und unbeirrt an ihrem Selbstvertrauen festzuhalten. »Ich habe dir ja schon erklärt, dass ich viele Jahre Erfahrungen in der Modebranche gesammelt habe.«

Robert grinste selbstgefällig.

»Dann solltest du vielleicht besser nach Paris zurückkehren und Kleider verkaufen. Hier gehörst du jedenfalls nicht hin.«

Da sie sich auf keinen Fall anmerken lassen wollte, wie sehr die verletzende Bemerkung ihres Bruders sie traf, tat Abbie sie mit einem Schulterzucken ab.

»Wie es aussieht, gehört von Rechts wegen keiner von uns hierher. Das hat Gran mir jedenfalls erzählt.«

»Was redest du denn da für einen Unsinn?«, lachte Robert.

Abbie sah, dass ihr Vater aschfahl im Gesicht wurde und die Lippen zusammenpresste.

»Was immer Millie auch sagen mag, man sollte es nicht ernstnehmen. Sie ist eine alte Dame und ihr Gedächtnis ist nicht mehr das, was es einmal war.«

»Sie ist so klar im Kopf wie eh und je, obwohl ich zugegebenermaßen noch längst nicht die ganze Geschichte gehört habe. Ich hoffe sehr, dass sie mir bald mehr erzählt und mir irgendwann erklärt, wie es dazu kam, dass unsere Familie hier leben darf, obwohl uns Carreck Place überhaupt nicht gehört.«

»Bist du jetzt vollkommen verrückt geworden?«, brach es wütend aus Robert hervor.

Abbie faltete ihre Serviette zusammen und stand ruhig auf, doch es war ihr Vater, an den sie ihre Antwort richtete:

»Ich denke, du solltest Robert besser erklären, was du kürzlich in Mums Testament entdeckt hast, meinst du nicht? In der Zwischenzeit werde ich versuchen herauszufinden, wie man das Geschäft wieder in Schwung bringen kann. Ich nehme den alten Ford, wenn es dir recht ist, Dad.«

Noch bevor sie die Zimmertür erreicht hatte, war ein erhitztes Wortgefecht zwischen Vater und Sohn ausgebrochen, doch Abbie blieb nicht stehen, um zuzuhören, sondern ging entschlossen davon.

*

Sie parkte den Wagen in der Nähe des Friedhofs von St. Margaret und stieg dann über die schiefen Steinstufen hoch zur Cardale Road, lief am Marina Hotel vorbei, an einem Souvenirladen, in dem die Sommergäste ihre Andenken kauften, am Büro eines Immobilienhändlers und an ein paar anderen kleinen Läden, darunter einer schicken Kunstgalerie und einem hübschen kleinen Café. Schließlich kam sie zu *Schmuckträume*. Eine Glocke läutete, als sie die Tür aufschob und den Laden betrat. Hinter dem Verkaufstresen stand ein junges Mädchen, das sie lächelnd begrüßte.

»Guten Morgen, Madam. Was kann ich für Sie tun?«, fragte sie höflich.

»Ich bin Abigail Myers, Kates Tochter. Sie müssen Linda sein.«

»Oh, wie schön, Sie kennenzulernen!«, rief das Mädchen und ergriff begeistert die Hand, die ihr Abbie zum Gruß entgegenstreckte.

Sie war klein, die blonden Haare waren zu einem glatten Bob geschnitten, sie hatte riesige blaue Augen und Wimpern, die unmöglich ihre eigenen sein konnten. Ihre Fingernägel waren perfekt gepflegt. Sie trug ein figurbetontes dunkelblaues Etuikleid mit passender kurzer Jacke. Abbie war angemessen beeindruckt. Im Vergleich dazu kam sie sich richtig schäbig vor in ihrem grauen Kostüm, das sie angezogen hatte, um respektabel und geschäftsmäßig auszusehen.

»Arbeiten Sie schon lange hier?«, fragte sie kurze Zeit später, als sie beim Kaffee zusammensaßen.

»Seit drei Jahren, seit ich mit der Schule fertig bin«, erzählte Linda. »Nächsten Monat werde ich achtzehn. Ich liebe die Arbeit und Ihre Mutter hat mir viel über Schmuck beigebracht, obwohl ich immer noch eine Menge zu lernen habe.«

Eine Frau kam zögernd herein, sah sich ein paar Broschen und Ketten an, schüttelte lächelnd den Kopf und ging wieder hinaus.

Linda zuckte entschuldigend mit den Schultern.

»Im Moment ist es ziemlich ruhig, die Geschäfte laufen nicht gut. Die meiste Zeit poliere und reinige ich den Schmuck.«

Abbie warf einen Blick auf die verschlossenen Glasvitrinen, in denen einige wunderschön gearbeitete Schmuckstücke lagen.

Sie waren mit Seeopalen, Lapislazuli, Perlmutt, Türkisen, Opalen, Malachiten und anderen Edelsteinen besetzt. Vieles war aus Gold und Silber gefertigt und auch eine Auswahl an Ringen und Ohrringen mit Diamanten, Rubinen und Saphiren war zu sehen.

»Es sieht alles herrlich aus. Wie ist es mit der Werkstatt? Könnte ich mir die mal ansehen?«

»Oh, ich fürchte, die ist ziemlich vernachlässigt«, meinte Linda. Sie zog einen Vorhang beiseite und führte Abbie durch einen erstaunlich großen Lagerraum mit vielen leeren Regalen zu einer kleinen Werkstatt. »Hier wird nicht mehr viel gearbeitet. Ihre Mutter interessierte sich nicht mehr dafür.«

Die Räumlichkeiten waren größer, als sie sie in Erinnerung hatte, doch die Werkstatt war so karg wie der Lagerraum. Die Werkbänke und Arbeitstische waren leer, auf den Schneide- und Polierwerkzeugen lag Staub und von der Decke hingen Spinnweben.

»Es ist ein bisschen deprimierend, nicht wahr?«

»Ja, ich fürchte, das ist es. Mrs Myers meinte, es lohne sich nicht mehr, dass wir unseren Schmuck selbst entwerfen. Es sei viel einfacher, ihn einzukaufen, sagte sie.«

»Aber dann hat man nur den Schmuck im Angebot, den alle anderen auch haben, und nichts Eigenes, nichts Einzigartiges.«

»Sie war der Ansicht, dass es nicht wichtig sei, weil die meisten Leute Schmuck wegen seines Wertes und seiner Karatzahl kaufen oder weil er glänzt und wertvoll ist. Mrs Myers meinte, ein schönes Schmuckstück sei eine Geldanlage.«

Abbie lächelte.

»Ein Künstler könnte da widersprechen und sagen, dass es viel mehr sein kann als nur eine Investition. Ein wunderbares Schmuckstück sollte etwas aussagen, die Persönlichkeit desjenigen spiegeln, der es trägt, oder eine Mode oder einen Stil repräsentieren. Und jetzt in den Sechzigern sollten wir die jungen Leute ansprechen, denn sie sind es, die den Wunsch haben, gut auszusehen, und außerdem das nötige Geld besitzen, um sich diesen Wunsch zu erfüllen. Wir müssen Schmuck anbieten, der lebhaft und aufwendig gestaltet ist, extravagant, ja, sogar schrill ist. Jede Menge klimpernde Armreifen und Ohrgehänge, polierte und facettierte Perlen, Broschen, Anhänger und Ringe in Form von Blumen, Sternen, Schmetterlingen. Am besten in grellen Farben und mit viel Glitter.«

Die Augen der jungen Frau leuchteten und die Begeisterung, die unüberhörbar in Abbies Stimme mitschwang, übertrug sich sofort auf sie.

»Oh, genau das denke ich auch. Sehen Sie sich doch nur an, wie elegant Jackie Kennedy ist. Wie gerne würde ich so aussehen wie sie. Sie ist so schick.«

Abbie lächelte.

»Ich finde, Sie sehen schon so aus wie sie, vor allem in diesem Kleid«, sagte sie und lachte, als dem Mädchen eine hübsche Röte in die Wangen stieg. »Es ist so, Linda: Wie Sie wahrscheinlich schon geahnt haben, wirft der Laden nicht viel ab, also müssen wir etwas unternehmen, und zwar bald. Wir sollten versuchen, einen größeren Kundenkreis anzusprechen, einen Stil herausbringen, der das Interesse breiter streut. Schmuck ist im Moment wirklich sehr gefragt, und wenn wir uns ein bisschen Mühe geben, könnten wir durchaus Erfolg haben. Ich hoffe sehr, dass Sie mir helfen wollen, das zu erreichen.«

Linda nickte eifrig.

»Oh ja, das würde ich gerne tun.«

»Gut, dann mache ich in der Werkstatt erst einmal einen gründlichen Frühjahrsputz und schaue dann, was wir an Arbeitsgeräten haben und wie es im Lager aussieht. Wenn Sie mir in der Zwischenzeit alle Unterlagen und Lagerlisten zusammenstellen könnten, würde ich sie nachher mitnehmen und durchsehen. *Schmuckträume*, so hoffe ich, könnte auch für mich die Antwort auf meinen Traum sein.«

*

Der Vormittag verging in Windeseile und zur Mittagszeit holte Abbie ihre Tochter ab und lud sie zu ihrem Lieblingsessen in das kleine Café ein. Aimée aß Bohnen auf Toast, während Abbie sich ein Thunfischsandwich bestellte und dazu eine Tasse Tee trank. Danach verfütterten sie die letzten Toastkrümel an die Enten auf dem See und machten sich dann auf den Weg zur Dorfschule, wo ein paar Lehrerinnen mit den Vorbereitungen für das neue Schuljahr beschäftigt waren. In zwei Tagen sollte es beginnen.

»Ich fürchte, sie spricht viel besser Französisch als Englisch«, erklärte Abbie der Direktorin. »Sie kann also noch nicht so gut lesen, aber sie lernt schnell, daher hoffe ich, dass sie die anderen Kinder bald einholt.«

»Das wird sie sicherlich, und wer weiß? Vielleicht kann sie uns auch ein bisschen Französisch beibringen. Wir freuen uns, dich in der St.-Margaret-Schule begrüßen zu dürfen, Aimée. Du kommst in die Klasse von Mrs Sanderson.« Als die Lehrerin kam, um dem Mädchen ihr künftiges Klassenzimmer zu zeigen, legte die Direktorin sanft ihre Hand auf Abbies Arm. »Mein herzliches Beileid, Miss Myers. Kate war eine wunderbare Dame und wir alle werden sie schmerzlich vermissen.«

Wie immer bei solch mitfühlenden Worten stiegen Abbie Tränen in die Augen.

»Ich war überrascht zu hören, wie sehr sie sich in der Kirche, im Women's Institute und so weiter engagiert hat«, brachte sie schließlich hervor.

Ihre Stimme zitterte leicht.

»Du meine Güte, aber ja, sie hat sich sehr für Menschen in Not eingesetzt. Und es verging kein Tag, an dem sie nicht ein paar von den alten Damen besuchte, die allein in den viktorianischen Villen an der Seeuferstraße wohnen. Sie war eine wundervolle Frau und hatte ein weiches Herz.«

Abbie dachte über diese Worte nach, als sie an eben diesen Villen vorbei nach Hause fuhr. Sie fragte sich, warum andere Leute ein Bild von ihrer Mutter hatten, das sich so sehr von ihren Erinnerungen unterschied. Doch die Ansichten eines Teenagers sind wahrscheinlich nie besonders objektiv. Kate war entsetzt gewesen, als Abbie sie gefragt hatte, ob sie ins Geschäft einsteigen könne.

»Aber warum denn nicht? Ich liebe Kunst und Schmuck und ich gestalte gerne. Kann ich denn nicht einen Kurs belegen oder so etwas?«

»Du solltest einen Hochschulabschluss machen«, beharrte Kate. »Oder vielleicht eine Ausbildung als Lehrerin.«

Abbie lachte.

»Ich glaube, du verwechselst mich mit der Tochter von jemand anderem. Ich habe keinen akademischen Kopf und zur Lehrerin tauge ich überhaupt nicht.«

»Ich dachte mir schon, dass du das sagen würdest. Und daher habe ich dich für einen Sekretärinnenkurs in Manchester angemeldet.«

»Was?! Du hast kein Recht, so etwas zu tun, nicht, ohne vorher mit mir darüber zu sprechen.«

»Ich habe sehr wohl das Recht, das zu tun. Schließlich bin ich deine Mutter.«

»Ah, es geht um Macht, nicht wahr? Du willst das Schmuckgeschäft weiterhin nur für dich allein haben.« Abbie spürte, wie die Wut in ihr brodelte. »Es ist dir eigentlich egal, was ich mache, solange ich so weit wie möglich von hier weg bin, stimmt's? Nun, gib dir keine Mühe, dafür werde ich schon sorgen.«

Kate wurde leichenblass.

»Sag so etwas nicht. Natürlich hat es nichts mit Macht zu tun, und ich will auch nicht, dass du für immer fortgehst. Ich will doch nur das Beste für dich.«

»Das Beste für dich selbst, das ist es doch, was du willst.« Sie war gerade siebzehn Jahre alt und bis über beide Ohren verliebt. Abbie war also nicht bereit zuzugeben, dass sie nur deshalb im Geschäft mitarbeiten wollte, weil sie nicht wusste, was sie sonst mit ihrem Leben anfangen sollte, auch wenn sich tatsächlich eine Leidenschaft für Kunst und Schmuck in ihr zeigte. Über den Sommer hatte sie in der Bar eines der Hotels im Ort ausgeholfen, während sie überlegte, was sie danach machen sollte. Dort hatte sie Eduard kennengelernt und sich in ihn verliebt. Sie hatte gehofft, dass sie ihn überreden könnte, im Lake District zu bleiben. Wenn es hier jedoch keine Arbeit für sie gab, sah Abbie keinen Grund, weshalb sie beide bleiben sollten. „Wahrscheinlich macht es viel mehr Spaß, die Profite ganz in deine eigene Tasche zu stecken als sie mit mir zu teilen.«

Als Antwort auf diese Bemerkung stieß Kate ein bitteres Lachen aus.

»Es gibt nicht viele Profite zu teilen.«

»Lüg nicht.«

»Ich lüge nicht, Abigail. Die Dinge sind manchmal nicht so rosig, wie du sie dir vorstellst. Das Leben kann bisweilen ziemlich kompliziert sein.«

»Nun, dann zerbrich dir nicht weiter den Kopf darüber, was aus mir werden soll. Ich bin eine der Komplikationen, die du getrost vergessen kannst. Behalte das Geschäft ruhig für dich, wenn es das ist, was du willst. Soll mir doch egal sein. Ich habe andere Pläne, und ein Sekretärinnenkurs in Manchester gehört nicht dazu«, erwiderte sie, ganz die jugendliche Rebellin.

»Und was sind das für Pläne, wenn ich fragen darf?«

Sie sah ihrer Mutter geradewegs ins Gesicht, doch ihr Herz klopfte ihr bis zum Hals, als sie betont lässig bemerkte:

»Ich werde heiraten, wenn du es genau wissen willst.«

Etwa fünf Sekunden lang herrschte überraschtes Schweigen und dann brach Kate in Lachen aus.

»Du meine Güte, wo habe ich das bloß schon einmal gehört?« Damals verstand Abbie diese Bemerkung nicht, doch inzwischen wusste sie, dass Kate an ihre eigene Vergangenheit dachte. »Und wer ist der Glückliche?«

»Eduard Grimont. Er ist der neue französische Koch im *Ring of Bells*.«

»Red doch keinen Unfug. Du bist erst siebzehn. Warum um alles in der Welt willst du so jung schon heiraten, und dann auch noch jemanden, den du gerade erst kennengelernt hast?«

»Weil ich sein Kind erwarte.«

Und damit war Abbie hinausgestürmt, bevor ihre Mutter etwas hatte sagen können.

Nun war es zu spät zu bereuen, dass sie ihr die Nachricht so unverblümt überbracht oder dass sie ihr Zuhause hinter sich gelassen hatte, ohne ihre Mutter jemals als Erwachsene kennenzulernen. Ihre traurigen Gedanken kehrten zu der Frage zurück, die ihr am meisten Kopfzerbrechen bereitete. Was hatte Kate veranlasst, ihrem Leben auf so schreckliche Weise ein Ende zu setzen, wo sie doch offenkundig so glücklich mit den Menschen in ihrer Umgebung verbunden war? Abbie konnte nur hoffen, dass die Geschichte ihrer Großmutter irgendwann helfen würde, dieses Geheimnis zu lüften.

*

Kaum waren sie nach Carreck Place zurückgekehrt, lief Aimée davon, um ihrem Cousin Jonathon die Neuigkeiten zu erzählen. In ihrer Aufregung stieß sie fast mit Fay zusammen, die mit dem Kinderwagen auf dem Weg nach draußen war, gerade als Aimée zur Tür hereinstürmte. Abbie entschuldigte sich und erklärte ihrer Schwägerin, warum die Kleine so aufgeregt war.

»Aha! Nun, dann sieht es so aus, als würden sie in dieselbe Schule kommen. Robert hat beschlossen, dass wir nicht in unsere Wohnung in Windermere zurückkehren, sondern eine Weile hier in Carreckwater bleiben, damit dein Vater nicht so einsam ist.«

»Wie großzügig von ihm«, bemerkte Abbie trocken. Sie wusste nicht, ob der Gedanke ihr gefiel oder nicht. Sie mochte Fay eigentlich ganz gern, auch wenn sie bisweilen etwas taktlos war. Bei ihrem Bruder standen die Dinge jedoch ganz anders. Er war ein fürchterlicher Querulant, nie ließ er eine Gelegenheit aus, Ärger zu machen. »Dann sollten er und ich uns besser auf einen Waffenstillstand einigen.«

Fay kicherte.

»Ich will mal sehen, ob ich ihn dazu überreden kann.«

Abbie war fest entschlossen, ihre Zeit nicht darauf zu verschwenden, sich wegen ihres dummen und arroganten Bruders Sorgen zu machen. Also ging sie geradewegs zu ihrer Großmutter ins Pförtnerhaus und erzählte ihr bei einer sehr willkommenen Tasse Tee von den Ereignissen des Tages und auch von ihren vagen Plänen für den Schmuckladen.

»Ich habe ein furchtbar schlechtes Gewissen, weil ich meine Tochter von ihrem Vater trenne«, sagte sie und lächelte, während sie zusah, wie Aimée ihren Cousin auf der Schaukel anstieß. »Sie haben ein gutes Verhältnis zueinander und ich möchte es auf keinen Fall zerstören.«

»Ist das nicht der Grund, warum du so lange bei Eduard geblieben bist?«, fragte ihre Großmutter sanft.

»Vielleicht. Schuldgefühle, Eifersucht, Sehnsucht nach Liebe, törichte Hoffnungen – ein wahres Durcheinander von widerstreitenden Gefühlen. Es war nicht leicht.«

»Als alleinerziehende Mutter wirst du es auch nicht einfach haben.«

»Das ist mir schon klar und ich mache mir Sorgen, ob ich es schaffe«, gestand Abbie kläglich.

»Aber natürlich schaffst du es. Du bist stärker als du selbst glaubst, und du hast eine enge Beziehung zu deiner Tochter.«

Abbie lächelte.

»Sie ist ein Schatz, nicht wahr? Hoffen wir, dass sie sich gut in der neuen Schule einlebt. Zum Glück scheint sie sich mit Jonathon angefreundet zu haben. Und was mich angeht, so muss ich mir ein dickeres Fell zulegen und meinem Traum folgen.«

»So wie ich«, pflichtete Millie ihr bei.

»Was hat dich denn nun veranlasst, das Angebot der Gräfin anzunehmen, obwohl du sie doch nicht leiden konntest?«

»Gute Frage. Ehrgeiz. Jugendlicher Optimismus. Der Wunsch, die Welt zu sehen. Wer weiß?«

»Oh, bitte erzähl es mir. Was ist dann passiert?«

Millie lachte.

»Nun gut, wo war ich stehengeblieben? Ach ja, ich war dabei, mein neues Leben anzufangen.«

KAPITEL 8

An einem Tag Mitte November ging ich an Bord des Schiffes, das mich nach Russland bringen sollte. Meine Eltern, die keine großen Einwände gegen meine Entscheidung erhoben hatten, kamen, um sich von mir zu verabschieden. Meiner Mutter brach es jedoch fast das Herz, dass sie mich nun vielleicht jahrelang nicht wiedersehen würde.

»Ich schreibe jede Woche«, versprach ich und nahm sie tröstend in die Arme.

Ich war so aufgeregt über die Aussicht auf das Abenteuer, das vor mir lag, dass ich ihre bange Sorge kaum wahrnahm.

Sie standen am Kai in Hull und ich sah, wie sie in den Armen meines Vaters weinte. Dann glitt das Schiff langsam auf das Meer hinaus und die Gestalten an Land wurden immer kleiner. In diesem Augenblick des Abschieds verspürte ich zum ersten Mal einen Anflug von Angst. Obwohl ich immer davon geträumt hatte zu reisen, war ich bisher nie weiter als bis Leeds gekommen, wo eine alte Tante von mir lebte. Während ich meinen geliebten Eltern heftig zuwinkte, wurde mir klar, worauf ich mich da eingelassen hatte. Russland war ein fremdes Land, Tausende von Meilen von zu Hause entfernt, wo ich keine Menschenseele kannte. Und dann trug ich die Verantwortung für zwei kleine Kinder und war doch selbst kaum mehr als ein Kind. Welcher Teufel hatte mich bloß geritten, als ich diese Stelle annahm?

Eine Stimme an meiner Seite riss mich aus meinen sorgenvollen Gedanken.

»Ist das Ihre erste Reise?«

Ich blickte in das lächelnde Gesicht einer rundlichen jungen Frau. Sie war kaum älter als ich. Ihr rotbraunes Haar wurde fast ganz von einem Hut mit breiter Krempe verdeckt, obwohl sich einzelne Strähnen hervorstahlen und ihre blassen vollen Wangen und ihre lebhaften braunen Augen umflatterten. Ich erwiderte ihren Blick mit einem wackligen Lächeln und wischte meine Tränen weg.

»Ich fürchte, ja, und ich war überhaupt nicht darauf gefasst, dass mich der Abschied von zu Hause so mitnehmen würde.«

»Es ist nicht leicht. Ich weiß noch, dass ich beinahe über die Reling zurück an Land gesprungen wäre, als ich das erste Mal losgefahren bin. Ruth Stebbins«, fügte sie hinzu und streckte mir die Hand entgegen.

Ich schüttelte sie erleichtert und stellte mich selbst vor. In diesem Moment hatte ich das Gefühl, eine Freundin dringend zu brauchen.

»Dies ist also nicht Ihre erste Reise?«

»Lieber Himmel, nein, ich bin dieses ganze Theater schon gewohnt. Schließlich arbeite ich bereits seit fünf Jahren als Gouvernante in Russland. Ich nehme an, Sie werden ebenfalls Gouvernante sein?«

»Ja, beim Grafen und der Gräfin Belinsky.«

Sie nickte.

»Englische Erzieherinnen sind sehr beliebt in Russland und wenigstens ist die Bezahlung besser als in England. Werden Sie schnell seekrank?«

»Keine Ahnung. Ich war noch nie auf einem Schiff, das größer ist als die Dampfboote auf Lake Windermere. Ich muss gestehen, dass mir das ziemlich große Sorgen bereitet.«

Sie lachte, hakte mich unter und drückte beruhigend meinen Arm.

»Kommen Sie, suchen wir unsere Kabinen. Ich bin sicher, es wird Ihnen nichts ausmachen.«

Wie sich herausstellte, machte mir der Seegang jedoch eine ganze Menge aus, zumindest während der ersten vierundzwanzig

Stunden. Danach legte sich der Wind etwas und das Schiff schaukelte nicht mehr ganz so heftig, sodass mir meine Übelkeit nicht mehr so fürchterlich zusetzte.

Zum Glück musste ich mich auf der Reise nicht um die Kinder kümmern, sie waren beim Grafen Belinsky und seiner Frau. Und so konnte ich meine Zeit mit Ruth verbringen. Schon bald waren wir die besten Freundinnen. Andächtig sahen wir den Delfinen zu, die dem Schiff hinterherschwammen, begrüßten begeistert den ersten Blick auf festes Land und staunten über den atemberaubenden Anblick von Bergen und Wäldern. Allerdings war ich nicht auf die bittere Kälte gefasst, die uns auf der Ostsee entgegenschlug. Ich zog alle warmen Kleidungsstücke an, die ich besaß, doch es reichte immer noch nicht. Da es bis vor Kurzem noch viel zu mild gewesen war für diese Jahreszeit, empfand ich den plötzlichen Temperaturabfall als sehr unangenehm.

Wenn ich allerdings gedacht hatte, dass ich nun wusste, was Kälte bedeutete, so lernte ich bald die wahre Bedeutung des Wortes kennen, als wir uns St. Petersburg näherten. Ich sah kleine Boote, die im Eis feststeckten, während die Eisbrecher hin- und herfuhren und versuchten, sie freizubekommen. Unser eigenes Schiff durchschnitt das Eis ohne große Mühe und meine neue Freundin war so nett, mir einen Wintermantel zu leihen, den sie *Schuba* nannte. Er war recht abgetragen, aber viel wärmer als mein eigener. Nachdem mein Anfall von Seekrankheit nun vorüber war, verspürte ich eine Mischung aus gespannter Aufregung und Nervosität beim ersten Anblick dieser wunderschönen Stadt.

»Jetzt müssen wir noch durch den Zoll«, warnte mich Ruth. »Sei einfach höflich und tu, was sie dir sagen.«

»Aber woher soll ich wissen, was sie mir sagen, wenn ich kein einziges Wort Russisch spreche?«, fragte ich ängstlich, während wir unser Gepäck zusammentrugen und uns darauf vorbereiteten, von Bord zu gehen.

»Mach dir keine Sorgen, ich helfe dir.«

Die Zollbeamten waren tatsächlich äußerst wachsam und gründlich und ließen zwar die Päckchen mit Blumen- und Gemüsesamen durch, die ich aus England mitgebracht hatte, und auch gegen den Rosinenkuchen, die Spielkarten und Bilderpuzzles hatten sie offenbar keine Einwände, doch meine Bücher schienen ihnen nicht geheuer. Es war schrecklich und ich wurde fast panisch, als ich sah, wie sie die Bücher aus dem Koffer holten: *Der kleine Lord*, *Betty und ihre Schwestern*, die *Weihnachtsgeschichte* von Charles Dickens und einige andere, die ich für die Kinder eingepackt hatte, um sie ihnen im Englischunterricht vorzulesen. Nur meine Bibel ließen sie mir.

Ruth begann, in dieser verwirrenden Sprache auf die Zöllner einzureden, und ich hörte, wie sie den Namen Belinsky erwähnte. Daraufhin hielten sie inne, und nach einigem Hin und Her steckten sie die Bücher wieder in mein Gepäck. Ich stieß einen Seufzer der Erleichterung aus und war tief beeindruckt, wie gut meine neue Freundin die Sprache beherrschte.

»Mach dir keine Sorgen«, meinte sie, als wir schließlich durchgehen durften. »Bei Büchern gehen bei ihnen immer die Alarmlampen an, weil es sich um politische Propaganda handeln könnte. Die Zensur wird hier sehr großgeschrieben. Aber ich habe ihnen erklärt, dass es Kinderbücher sind und dass du bei Graf Belinsky angestellt bist.«

Ich dankte ihr herzlich und wurde traurig, als die Gräfin kam und sagte, es sei Zeit zu gehen. Wir mussten uns also voneinander verabschieden.

»Sagen Sie Ihrer Freundin jetzt auf Wiedersehen, Dowthwaite. Unsere Kutsche wartet.«

»Wir sehen uns bald wieder, wie wir es abgesprochen haben«, flüsterte mir Ruth ins Ohr, als sie mich rasch umarmte.

Sie hatte mir von der Britisch-Amerikanischen Kapelle erzählt, die sie in ihrer freien Zeit aufsuchte. Anscheinend war die Kirche ein beliebter Treffpunkt für britische Auswanderer, unter anderem für Erzieherinnen.

»Du wirst dort viele Freunde finden, Millie. Für mich ist es wie eine zweite Heimat«, hatte sie mir erklärt.

Es war ein tröstlicher Gedanke. Dann kletterte ich in die Kutsche und setzte mich neben die Kinder. Mein neues Leben hatte begonnen.

*

Die Wohnung der Familie befand sich in einem prachtvollen Gebäude von beeindruckenden Ausmaßen, das an einem der Kanäle hinter dem Winterpalast stand. Es musste acht oder neun Stockwerke hoch sein, vom Keller bis zu den Fenstern im Dachgeschoss, wenngleich ich keine Zeit hatte, sie zu zählen, während ich den Kindern aus der Kutsche half. *Vielleicht ist mein Zimmer oben unter dem Dach, in der Mansarde*, dachte ich. An der Tür kam uns ein Mann entgegen, der als *Dwornik*, als Hausmeister, bezeichnet wurde. Seine Aufgabe war es, die Bewohner des Hauses vor unerwünschten Besuchern zu schützen. Er schien die Belinskys gut zu kennen und eilte herbei, öffnete dienstfertig den Wagenschlag und half, das Gepäck auszuladen. Dabei verneigte er sich immer wieder.

Ohne einen Blick an die immer höher werdenden Stapel von Kisten und Koffern auf dem Gehsteig zu verschwenden, schwebte die Gräfin auf das Haus zu und versetzte dem *Dwornik* einen Schlag mit ihrem Muff, weil er eine der großen Türen nicht schnell genug für sie öffnete. Ich folgte ihr und schenkte dem Mann im Vorbeigehen ein mitfühlendes Lächeln, das er mit einem munteren Augenzwinkern erwiderte. Mir fiel auf, dass der Graf ihm sehr freundlich dankte und ihm eine oder zwei Kopeken zusteckte. Das sollte sich als ein vielsagender Hinweis auf das Leben im Haushalt der Belinskys erweisen.

Wenn Lord und Lady Rumsley nach langer Abwesenheit nach Carreck Place zurückkehrten, stand die Dienerschaft immer zur Begrüßung in der Empfangshalle nebeneinander aufgereiht. So war es auch hier. Als Erstes wurde ich Mrs Grempel vorgestellt, der Wirtschafterin, einer hohläugigen, mageren Frau. Sie hielt sich kerzengerade und, wie ich bald erfahren sollte, liebte nichts so sehr wie ein bisschen Klatsch und Tratsch. Anton, der französische Koch in seiner gestärkten weißen Mütze, kam als Nächstes. Zuerst erschien er mir sehr von sich eingenommen, doch später fand ich heraus, dass er einen herrlichen Sinn für Humor hatte und mich oft zum Lachen brachte, wenn er seine Herrin nachäffte. Dann folgte eine ganze Heerschar von Dienstmädchen und Dienern. Dem Personal stand der sehr streng aussehende Butler vor, der Gusev hieß.

»Und die Letzte, aber keinesfalls unwichtig, ist *Njanjuschka*«, erklärte mir Gräfin Olga. »Sie hat sich um mich gekümmert, als ich ein Kind war, und dann hat sie meine eigenen Kinder versorgt. Und jetzt, wo sie groß genug sind und kein Kindermädchen mehr brauchen, ist sie die Gesellschafterin meiner Mutter und immer noch ein wichtiger Teil der Familie.«

Njanjuschka, das alte Kindermädchen, hieß Klara Kowalsky, obwohl sie ihren vollen Namen kaum jemals gebrauchte. Sie war rundlich und gemütlich, hatte das graue Haar in ihrem stämmigen Nacken zu einem festen Knoten gebunden und saß die meiste Zeit in irgendeiner Ecke und strickte unermüdlich Socken und Schals, wie ich bald herausfinden sollte. Ich schüttelte ihr die Hand und lächelte sie freundlich an, in der Hoffnung, das wir Freundinnen werden würden. Sie sah mich mit ausdruckslosem Blick an.

»Wo ist *Maman*?«, fragte die Gräfin auf Französisch, vielleicht um meinetwillen.

»Madame geht es heute nicht gut, gnädige Frau. Aber sie hofft, dass sie morgen wieder besser beisammen ist.«

»Sie hat doch nicht etwa wieder dem Wodka zugesprochen?«, merkte Gräfin Olga mit säuerlicher Miene an.

Das alte Kindermädchen protestierte.

»Ganz und gar nicht. Nur ein wenig Kopfweh.«

Die Gräfin machte nicht den Eindruck, als sei sie vollkommen überzeugt, und an der Art, wie die alte Frau ihrem prüfenden Blick auswich, erkannte ich, dass sie guten Grund dazu hatte.

Es war *Njanjuschka*, die mich auf mein Zimmer brachte. Wie sich zeigte, befand es sich nicht im Dachgeschoss.

»Die Familie bewohnt den gesamten Ostflügel des Gebäudes», erklärte sie mir, als sie mich ein wenig kurzatmig in einen Aufzug schob. Eine meiner Taschen hatte sie in der Hand, die andere trug ich. Mein Koffer sollte später von einem Diener gebracht werden. »Der Ausblick auf die Stadt von den oberen Stockwerken ist atemberaubend, wie Sie feststellen werden.«

»Lebt die Mutter der Gräfin auch hier?«, fragte ich, als der Antrieb des Fahrstuhls zum Leben erwachte und wir langsam nach oben fuhren.

»Ja, so ist es. Sie heißt Raisa Iljinski, aber ich nenne sie meist Madame und die Kinder nennen sie natürlich *Babuschka*. Das ist das russische Wort für Großmutter.«

»Ich freue mich darauf, sie kennenzulernen. Und – hat sie wirklich ein Problem mit dem Trinken, wie die Gräfin anzudeuten schien?«

Njanjuschka schüttelte heftig den Kopf.

»Sie hat nur ein Problem mit ihrer Tochter, sonst fehlt ihr nichts.«

Ich hielt es für klüger, keine weiteren Fragen zu stellen.

Mein Zimmer lag am Ende eines Flures. Es war klein, aber sauber und enthielt kaum mehr als ein schmales Bett und einen Schrank, doch es war vollkommen ausreichend. Die ganze Wohnung beeindruckte mich zutiefst. Sie war riesig, mit fünfzehn Schlafzimmern, wie Klara mir versicherte, zusätzlich zu den üblichen Ankleidezimmern, einem Arbeitszimmer, Wohnzimmer, Esszimmer, dem Küchenbereich und so weiter.

»Ich dachte nicht, dass die Belinskys in einer Wohnung leben«, gestand ich *Njanjuschka*, während sie die Vorhänge zurückzog, um mehr Licht ins Zimmer zu lassen. »Ich hatte angenommen, dass sie ein prächtiges Herrenhaus an der Newa besitzen.«

»Viele Leute in St. Petersburg leben in Wohnungen, selbst Prinzen, obwohl sie oft zwischen einer Wohnung und einem Palast wählen können. Und dies ist auch nicht der einzige Besitz der Belinskys. Außer diesem großen Häuserblock, den sie teilweise vermieten, haben sie auch noch ein Anwesen auf dem Land. An den Wochenenden fahren wir oft dorthin, im Sommer meist sogar für ein paar Wochen.«

»Darauf freue ich mich jetzt schon. Die Möglichkeit, einfach ins Freie zu gehen, so wie in Carreck Place, wird mir sehr fehlen.«

Eine Woge des Heimwehs brach über mich herein, als ich mich an Spaziergänge zum See und im Steingarten erinnerte und an den drei Meilen langen Weg von Ambleside zum Kirkstone Pass, der nicht umsonst *The Struggle*, der Kampf, genannt wurde und den ich an meinen freien Tagen gerne entlanggewandert war. Der ergreifende Ruf eines Brachvogels und das Krachen der Hirschgeweihe während der Brunftzeit, der süße holzige Duft des Heidekrauts – warum nur war mir nie wirklich klargeworden, wie glücklich ich mich schätzen konnte, an einem so schönen Ort zu leben? Hier musste ich mehrere Treppen hinuntergehen oder den Aufzug nehmen, bevor ich frische Luft schnappen konnte. Selbst die Fenster waren gegen die Kälte versiegelt. Plötzlich hatte ich Beklemmungen und zu Hause kam mir sehr weit entfernt vor.

»Sie sind sehr jung«, meinte *Njanjuschka* und musterte mich mit kritischem Blick, obwohl es mir vorkam, als habe mich die lange Reise zehn Jahre älter werden lassen.

Ich war müde, hatte Augenringe und fühlte mich seltsam desorientiert.

»Ich bin bereits einige Jahre in Stellung gewesen«, beteuerte ich, »auch wenn ich zugeben muss, dass die Betreuung von Kindern noch recht neu für mich ist. Ich hoffe sehr, dass Sie mir alles sagen können, was ich wissen muss.«

»Hmm, das wird wohl nötig sein, wenn Sie Ihre Ladyschaft bei Laune halten wollen. Wir hatten bisher eine französische

Gouvernante, daher kenne ich die Sprache recht gut, aber Sie werden schnell Russisch lernen müssen.«

»Vielleicht können Sie mir auch dabei helfen?«

Sie schien zu überlegen, die Arme über der Brust verschränkt.

»Und würden Sie mir im Gegenzug helfen, mein Englisch zu verbessern?«

»Es wäre mir eine Ehre.«

Plötzlich grinste sie mich breit an, sodass ihre schiefen Zähne zu sehen waren. Dabei nickte sie entschlossen mit dem runden Kopf. Vielleicht hatte ich schon meine erste Freundin in diesem Haus gefunden.

*

Es blieb mir kaum Zeit, auszupacken und mich häuslich einzurichten, von einer Ruhepause ganz zu schweigen, als ein Hausmädchen an meine Tür klopfte: Ich solle mich in das Boudoir der Gräfin begeben, um meine Anweisungen zu empfangen. Hastig wusch ich mir das Gesicht mit kaltem Wasser aus dem Krug auf meinem Waschtisch, strich mein schwer zu bändigendes Haar glatt und hastete dann hinter dem Hausmädchen her. Die Gräfin trommelte bereits ungeduldig mit den Fingern, als ich eintrat.

»Ah, da sind Sie ja. Ich habe Sie angestellt, Dowthwaite, weil Sie Französisch sprechen können. Trotzdem besteht Ihre Hauptaufgabe darin, meinen Kindern Englischunterricht zu geben und ihnen gute englische Manieren beizubringen.«

»Ich verstehe, Euer Ladyschaft.«

»Vormittags und am frühen Nachmittag unterrichten Sie Englisch und Französisch. Irina braucht auch Zeichen- und Nähstunden. Sie hat bereits einen Klavierlehrer. Serge lernt Violine.«

Insgeheim sackte mir angesichts der Fülle meiner Pflichten das Herz in die Hose. Wie sollte ich als Neunzehnjährige, die selbst nicht viel gelernt hatte, diese Aufgaben schaffen? Dennoch wusste ich, dass ich selbstbewusst auftreten und mich der Gräfin gegenüber sehr viel höflicher und unterwürfiger geben musste als bei unseren früheren Begegnungen.

»Werden die Kinder auch Zeit zum Spielen haben, da sie ja beide noch recht klein sind?«, fragte ich höflich.

»Serge kann an den Nachmittagen segeln und angeln und andere Sportarten betreiben, die einem jungen Herrn seines Standes angemessen sind. Und natürlich können beide Kinder Schlittschuh fahren.«

Oh je, dachte ich. Noch etwas, das ich würde lernen müssen.

»Wenn es möglich wäre, könnte vielleicht *Njanjuschka* beim Nähunterricht helfen? Das Nähen ist nicht gerade meine Stärke.«

Sie runzelte missbilligend die Stirn.

»Sie müssen sie fragen, doch Sie sollten sich Mühe geben, Ihre Fertigkeiten zu verbessern.«

»Selbstverständlich, Euer Ladyschaft«, murmelte ich und knickste bescheiden.

Ich dachte schon, ich sei nun entlassen und wandte mich halb zum Gehen, als sie mir mit einer knappen Handbewegung befahl zu bleiben.

»Sicher sind Sie sich der engen Verbindung zwischen der russischen Zarenfamilie und dem englischen Königshof bewusst. Zar Nikolaus war der Neffe Edwards VII., wie Sie wissen, und ist ein Cousin Ihres neuen Königs, George V. Die beiden sehen einander so ähnlich, dass man sie leicht für Brüder halten könnte. Das bedeutet, dass alles Englische unter den liberaler gesinnten Aristokraten sehr beliebt ist. Sie können aber nicht davon ausgehen, dass alle so denken. Bei den konservativen Familien ist das ganz gewiss nicht der Fall. Zum Glück gehört mein Mann zu den liberaleren Herren und ist sehr darauf bedacht, dass sein Sohn die beste englische Erziehung genießt und sich englische Manieren aneignet. Es wird Ihre Aufgabe sein, dafür zu sorgen.«

»Ich werde mein Bestes tun, um seine Wünsche zu erfüllen, Euer Ladyschaft.«

»Außerdem sind Sie dafür verantwortlich, das Schulzimmer im englischen Stil auszustatten: ein neuer Schrank für die Spielsachen, Bücherregale, was immer Sie für angemessen halten.«

»Ich werde sogleich mit den Planungen beginnen«, versprach ich, obwohl mir die Vorstellung eher Angst machte.

Immerhin konnte ich jedoch das Schulzimmer auf Carreck Place als Vorlage nehmen.

»Sie müssen jemanden finden, der in der Lage ist, diese Arbeiten auszuführen. Unseren letzten Schreiner habe ich entlassen, er taugte nichts.«

Der Gedanke, dass mir womöglich ein ähnliches Schicksal bevorstand, ließ mich erschaudern, doch ich nickte nur folgsam.

»Mein Sohn soll auch wie ein kleiner englischer Gentleman aussehen, daher habe ich ihm einige Kleidungsstücke gekauft, während wir in England waren. Bitte sorgen Sie dafür, dass die Sachen gut behandelt werden.«

Ein liebevolles Lächeln umspielte ihre Lippen, doch es entging mir nicht, dass sie Irina mit keinem Wort erwähnte.

KAPITEL 9

Meinen ersten Tag verbrachte ich hauptsächlich damit, all die Sachen auszupacken, die die Familie aus England mitgebracht hatte. Daran konnte man leicht erkennen, wie verwöhnt die Kinder waren, denn viele Kisten und Truhen waren voll mit teuren Kleidern und Spielsachen. Für Serge war eine Spielzeugeisenbahn dabei, einige kleine Dampfmaschinen, Schläger, Bälle, Kreisel und Peitschen, Zinnsoldaten und jede Menge Spielsachen zum Aufziehen. Für Irina waren es Springseile, eine hübsche Porzellanpuppe und ein winziges Puppenhaus mit noch winzigeren Möbeln. Das kleine Mädchen war hingerissen.

»Zum Glück ist sie nicht ganz leer ausgegangen«, flüsterte ich *Njanjuschka* zu, die die Stirn runzelte und mir leise zu verstehen gab, dass ich still sein solle.

Natürlich hatte sie recht. Ich musste wirklich lernen, den Mund zu halten.

Ich begann sofort, eine Liste der Dinge zusammenzustellen, die für die Umgestaltung des Schulzimmers nötig waren. Dabei handelte es sich um einen recht kargen Raum, in dem nur ein kleiner Tisch, zwei Stühle und eine alte Kiste standen, die viel zu klein für all die Spielsachen war. Es war sicher keine schlechte Idee, den Raum neu einzurichten, doch die hohen Erwartungen der Gräfin erforderten viel Arbeit und es blieb nicht viel Zeit.

*

Am folgenden Nachmittag war es kalt und feucht und beide Kinder protestierten lautstark, als ich trotz des unfreundlichen Wetters darauf bestand, mit ihnen nach draußen zu gehen.

»Wir Engländer sind überzeugt, dass Bewegung in frischer Luft guttut. Doch für heute lassen wir es bei einem kurzen Spaziergang, weil es regnen könnte.«

Njanjuschka begleitete uns, damit ich mich nicht verlief. Wir drehten eine Runde durch den Alexandrowski-Park. Die Kinder schlurften missmutig hinter uns her.

»Können Sie Schlittschuh laufen?«, fragte *Njanjuschka* und lachte, als sie meinen kläglichen Gesichtsausdruck sah. »Sie werden es bald lernen. Ich bin sicher, die Kinder helfen Ihnen dabei.«

Serge grinste verächtlich und ich vermutete, dass er diesen Makel als eine Möglichkeit betrachtete, mich dumm aussehen zu lassen. Er war zwar erst acht Jahre alt, doch er war ein eigensinniger Junge mit einem Hang zur Aufsässigkeit.

Später am Tag brachte ich die Kinder in ihren besten Kleidern zum Tee mit der Gräfin und dem Grafen, wie man mir aufgetragen hatte. Ich schärfte ihnen ein, sich gut zu benehmen, in der Hoffnung, dass sie mir keine Schande machten. Doch kaum hatte ich Platz genommen, stellte ein Dienstmädchen eine große metallene Teeurne vor mich hin und voller Panik wurde mir klar, dass ich es war, die mir selbst Schande machen würde.

»Ich nehme an, dass Sie mit einem Samowar umgehen können?«, fragte die Gräfin mit wissendem Lächeln.

Ich hatte ein solches Ding noch nie in meinem Leben zu Gesicht bekommen. Zum Glück entdeckte ich einen Knauf, der eine gewisse Ähnlichkeit mit einem Wasserhahn hatte, aus dem heißes Wasser in eine Badewanne läuft. Die Art, wie die Kanne zum Warmhalten oben auf dem Wasserbehälter saß, war mir jedoch vollkommen fremd. Das Ganze erinnerte mich an den großen Teebereiter, wie wir sie in unserer Gemeindekirche in Carreckwater bei den Frauenversammlungen benutzten.

Allerdings bemerkte ich unter diesem Exemplar eine Lage aus rot glühender Holzkohle, die dafür sorgte, dass das Wasser heiß blieb. Ich hörte, wie es zischte und spuckte, während es im Kessel vor sich hin brodelte.

Ich drehte den Hahn und füllte die Teekanne mit kochend heißem Wasser, dann servierte ich den Tee, wobei meine Hand kaum merklich zitterte. Die Kinder saßen steif auf ihren Plätzen. Irina starrte mit gierigen kleinen Augen auf einen Teller mit Zitronenwaffeln. Ich wusste, dass die Kinder warten mussten, bis ihnen etwas zu essen angeboten wurde, also warf ich ihr einen strengen Blick zu und gebot ihr so, Geduld zu haben.

Serge glitt leise unter den Tisch und begann, die Schnürsenkel an meinen Stiefeln aufzuknüpfen und miteinander zu verknoten, sodass meine Füße aneinandergebunden waren. Ich warf der Gräfin einen ängstlichen Blick zu, weil sie es vielleicht bemerkt hatte, und ich fragte mich, ob ich ihn zurechtweisen sollte. Doch als sie sah, was er tat, begann sie zu kichern.

»Serge ist doch immer wieder zu Streichen aufgelegt.«

Der Graf schenkte den Faxen seines Sohnes keinerlei Bedeutung, sondern berichtete von seinem Tag, der anscheinend noch anstrengender gewesen war als sonst.

»Der Zar und die Zarin residieren vorübergehend im Winterpalast, statt sich in Zarskoje Selo zu verstecken, was wahrscheinlich ein gutes Zeichen ist. Leider ist Nicky so versessen auf kleinliche Regeln der Etikette wie eh und je und besteht darauf, dass die Leute in der richtigen Rangfolge antreten. Protokoll und Benimmregeln zu gehorchen und das richtige Geschirr für sein Brot und seine Butter zu benutzen, das scheint ihm viel wichtiger zu sein als die Probleme der Nation.«

Der Graf biss in ein Sandwich und nahm ohne Murren den kleinen Porzellanteller entgegen, den die Gräfin ihm rasch reichte.

»Die Tatsache, dass die Bauern immer noch in entsetzlicher Armut leben und die Arbeiterklasse kaum Rechte hat und ständig in dem verzweifelten Bemühen in den Streik tritt, ihr

Los zu bessern, scheint vollkommen an ihm vorbeizugehen. Auch heute wieder war sein Schreibtisch voll von Berichten und Dokumenten, und ich glaube kaum, dass er sich überhaupt die Mühe macht, sie zu lesen.«

Er schüttelte resigniert mit dem Kopf.

»Hört er auf dich?«, fragte Gräfin Olga und streckte die Hand nach einem Stück Kuchen aus.

»Oh ja, er hört immer zu«, sagte ihr Mann. »Und ist dabei ausgesprochen höflich. Ob er meinem Rat folgt, das steht jedoch auf einem ganz anderen Blatt. Er ist viel zu sehr unter der Fuchtel seiner Onkel, die ihn herumkommandieren.«

»Und unter der Fuchtel von diesem kalten Fisch von Ehefrau, die den ganzen Tag Schals strickt und Schultertücher häkelt.«

»Die fertigt sie für die Armen, und sie ist überhaupt nicht kalt und gefühllos. Die Zarin ist einfach schüchtern. Sie kümmert sich rührend um die Bedürfnisse anderer Menschen und ist eine hingebungsvolle Mutter.«

Gräfin Olga schnaubte verächtlich, was mich nicht wunderte, denn diese Attribute konnte man ihr wahrhaftig nicht vorwerfen. Ich gab mir alle Mühe, so zu tun, als hörte ich nicht zu, weil man Diener für gewöhnlich für taub, stumm und blind hält. Gleichzeitig versuchte ich jedoch, Serge wortlos zu verstehen zu geben, dass er sich wieder auf seinen Stuhl setzen solle.

Der Graf fuhr fort mit seinen Klagen und bekam meine stumme Bitte nicht mit oder ignorierte sie höflich.

»Ich mag meinen Cousin sehr, er ist ein feiner Mann, ein Gentleman und ein stiller Ehrenmann, der seine Rolle sehr ernst nimmt. Aber Nicky ist einfach nicht in der Lage, irgendetwas zu entscheiden, abgesehen von seiner Überzeugung, dass liberale Reformen Russland ins Chaos stürzen würden und dass er als Gottes Botschafter auf Erden als Einziger in der Lage ist, die Probleme zu lösen.« Er holte Luft, dann lächelte er seine Frau an. »Aber genug davon. Wie war denn dein Tag, meine Liebe?«

»Ich hatte fast den ganzen Tag damit zu tun, mich ausmessen zu lassen und einen weißen Satinstoff auszusuchen für das Abendkleid, das ich für den Ball im Winterpalast brauche«, erwiderte sie seufzend, als sei das Beweis genug, dass ihr Tag viel anstrengender war als seiner.

Auch ich stieß einen leisen Seufzer aus, als Serge mit einem selbstzufriedenen Grinsen auf seinen Stuhl zurückglitt. Gleichzeitig überlegte ich sorgenvoll, was er dort unten angestellt haben mochte, und daher hörte ich erst nicht, dass der Graf mit mir sprach.

»Passen Sie auf, Dowthwaite!«, fuhr die Gräfin mich an und der Graf wiederholte höflich seine Frage:

»Ich hoffe, Sie haben sich schon ein wenig eingelebt?«

»Oh ja, danke, es geht mir sehr gut hier«, versicherte ich ihm hastig.

Lächelnd trank ich einen Schluck von dem chinesischen Tee, der stark nach Holzrauch roch, aber heiß und köstlich war und sehr willkommen nach meinem eigenen arbeitsreichen Tag. Ich sah mit Erstaunen, dass der Graf etwas von seinem Tee in die Untertasse goss und ihn daraus trank.

»Alte Gewohnheiten legt man nicht so einfach ab«, lachte er.

Plötzlich setzte die Gräfin ihre Tasse mit lautem Scheppern auf die Untertasse.

»Was hast du da im Mund, Kind?«

Überrascht drehte ich mich zu Irina, deren Mund tatsächlich so voll war, dass sich ihre Wangen ausbeulten. Ihre Augen waren weit aufgerissen und füllten sich rasch mit Tränen. Es war nicht schwer herauszufinden, was geschehen war. Der Teller mit den Zitronenwaffeln war halb leer.

»Stell dich sofort in die Ecke und leg die Hände auf den Kopf, du gieriges kleines Luder!«, ordnete ihre Mutter an. »Manchmal denke ich, dieses Kind hat den Teufel im Leib.«

»Unsinn«, widersprach ihr Mann glucksend. »Sieh sie dir doch bloß an: ein richtiger kleiner Engel mit diesen unschuldigen blauen Augen und dem lockigen Haar.«

»Sie ist alles andere als unschuldig. Tu, was ich dir sage, Kind, sonst denke ich mir eine noch schlimmere Strafe für dich aus!«

Irina schlurfte in die Ecke, wie ihre Mutter es ihr befohlen hatte. Ihr Mund war so vollgestopft, dass sie kein Widerwort herausbrachte. Alsdann richtete die Gräfin ihren Ärger gegen mich.

»Bis jetzt kann ich keinen Nutzen darin sehen, Sie eingestellt zu haben.«

Dieser Vorwurf ließ mich erstarren. Wie konnte sie ihrem Sohn erlauben, unter dem Tisch herumzukrabbeln und seine ›Streiche‹ zu spielen, ohne ihn auch nur mit einem einzigen Wort zurechtzuweisen, während die kleine Irina des Tisches verwiesen wurde, sobald sie etwas Unerlaubtes tat. Der Graf trank schweigend einen weiteren Schluck Tee, dann lächelte er seine Frau an.

»Aber, meine Liebe! Miss Dowthwaite ist doch erst seit ein paar Tagen bei uns. Du musst ihr Zeit lassen.«

»Pah! Wenn sie ihre Aufgaben nicht so erfüllen kann, wie man es von ihr erwarten kann, dann nutzt sie mir nichts und muss gehen.«

Ich spürte, wie sich etwas in mir zusammenzog, während ich krampfhaft überlegte, wohin ich denn ihrer Meinung nach wohl gehen sollte. Da rief eine Stimme aus der Ecke plötzlich:

»So, ich bin fertig. Kann ich noch eine haben, Papa?«

Der Graf brach in lautes Lachen aus.

»Komm her, mein Schätzchen.«

Er streckte die Arme aus und zu meiner großen Überraschung lief Irina zu ihm, kletterte auf seinen Schoß und schmiegte sich an ihn. Die Gräfin brodelte weiter vor stummer Wut, war aber klug genug, sich nicht zwischen Vater und Tochter zu drängen. Und ich war einfach nur froh, dass es wenigstens einen in dieser Familie gab, der dieses Kind liebte, sei sie nun ein Teufel oder ein Engel.

*

Nach einer Woche war ich überzeugt, dass meine neue Stelle noch schwieriger werden würde, als ich es befürchtet hatte. Die Kinder stritten sich ständig oder stellten irgendwelchen Unfug an, rutschten am Treppengeländer herunter, wälzten sich über den Boden, während sie sich um ein Spielzeug balgten, schlugen sich, zogen sich gegenseitig an den Haaren oder läuteten nach einem Diener, der ihnen etwas holen sollte, das sie ebenso gut selbst hätten finden können, wie ich ihnen sanft klarmachte.

»Es ist Ihre Aufgabe, am Ende des Tages Ihre Sachen wegzuräumen«, ermahnte ich sie.

Die beiden sahen mich überrascht an und gingen einfach davon, sodass mir nichts anderes übrigblieb, als es selbst zu machen. Was mich daran erinnerte, dass die Kinder nichts hatten, wo sie ihre Spielsachen verstauen konnten, und ich endlich die Renovierung des Schulzimmers vorantreiben musste.

»Kennen Sie einen Schreiner, der uns einen Spielzeugschrank bauen könnte?«, fragte ich *Njanjuschka*, doch sie schüttelte den Kopf.

»Niemand, mit dem die Frau Gräfin einverstanden wäre.«

Die Gräfin bestand darauf, dass die Kinder sich auch an englisches Essen gewöhnten und Milchreis, Bratäpfel und viel Gemüse zu sich nahmen. Serge war recht groß, dünn und drahtig. Irina war klein für ihr Alter und ziemlich rundlich. Sie hatte goldblondes Haar, ein paar Sommersprossen auf der Nase, ein rundes Kinn und etwas plusterige Wangen. Überhaupt nicht die Schönheit, die ihre Mutter sich wahrscheinlich erhofft hatte, doch sie war ein anhängliches Kind und schlang mir oft die Arme um den Hals und gab mir einen Kuss. Ich stellte einen Essensplan für sie zusammen, den ich Anton, dem Koch, gab, in der Hoffnung, dass Irina wachsen, aber nicht weiter zunehmen würde. Doch leider hatte sie die schlechte Angewohnheit, sich in die Küche zu schleichen und eines der Küchenmädchen um einen Keks anzubetteln.

Eines Morgens servierte ich den Kindern Hafergrütze, die Irina in übellaunigem Schweigen aß. Serge warf seine Schüssel auf den Boden.

»Ich will Kuchen, nicht diese Pampe!«

Ich war mir der Anwesenheit von *Njanjuschka* bewusst, die in der Ecke saß und einen ihrer zahlreichen Schals strickte. Daher antwortete ich Serge nicht. Überhaupt war es keine gute Idee, in dieser schwierigen Phase meiner Beziehung zu dem Jungen eine Diskussion darüber anzufangen, wie wenig passend Kuchen zum Frühstück war. Ich wischte die Grütze auf und gab ihm die gekochten Eier und den Toast, den ich schon zubereitet hatte. Die Eier lagen in einer Serviette, wie es in Russland üblich war, wie man mir versichert hatte.

»Sie haben die Eier nicht geköpft.«

Schweigend schlug ich ein Ei mit einem Löffel auf und ließ es in ein kleines Glas gleiten, aus dem er es essen sollte.

»Und warum ist der Toast in Streifen geschnitten?«, maulte er.

»In England nennen wir diese Brotstreifen Soldaten, die können Sie in das Eigelb tunken.«

Er machte es so, wie ich es gesagt hatte, und es schien ihm zu schmecken, denn er aß den Rest seines Frühstücks ohne zu murren. Irina verharrte in schlecht gelauntem Schweigen. Sie nahm ihre neue Puppe, zog ihr das Nachthemd aus und streifte ihr ein Kleid über. Sie versuchte, die Knöpfe zu schließen, als Serge sich die Puppe plötzlich schnappte und ihr einen Arm ausriss. Das kleine Mädchen schrie auf und rannte tränenüberströmt in ihr Zimmer.

»Oh, Master Serge, das war böse!«, rief ich und hob die Puppe auf, um zu sehen, ob ich sie würde reparieren können. »Sie müssen auf der Stelle gehen und sich bei Ihrer Schwester entschuldigen.«

»Nein!«, erwiderte er und verschränkte eigensinnig die Arme über der schmalen Brust.

»Oh, ich glaube, das werden Sie doch tun.«

Er starrte mich an.

»Sie können mich nicht zwingen!«

Seine kleinen Augen glitzerten voller Wut, dass ich wie vor den Kopf geschlagen war. Master Robin und Miss Phyllis waren so einfach gewesen, so voller Zuneigung und so liebevoll. In diesem Augenblick überkam mich ein Gefühl vollkommener Hilflosigkeit. Ich hatte einfach nicht die nötige Erfahrung, um mit so viel starrsinnigem Ungehorsam zurechtzukommen.

»Fänden Sie es gut, wenn Irina Ihre neue Eisenbahn kaputt machen würde?«

»Das würde sie nicht wagen! Und glauben Sie bloß nicht, dass Sie mir sagen können, was ich tun soll! Wenn ich es will, bleiben Sie keine weiteren fünf Minuten mehr in diesem Haus! Ich kann Sie ebenso leicht loswerden wie Mademoiselle!«

Und um seine Behauptung zu unterstreichen, begann er, erst den Milchkrug auf dem Boden auszuschütten, dann den Orangensaft, die Eierschalen und den Inhalt des Marmeladenglases. Ich fing an, auf ihn einzureden, doch *Njanjuschka* hielt mich mit einer leichten Berührung am Arm zurück. Sie schüttelte leicht den Kopf, als wollte sie mich davor warnen, etwas zu unternehmen. Mit breitem Grinsen stapfte Serge davon, um mit seiner Eisenbahn zu spielen. Ich schluckte meinen Ärger hinunter und fing an, den Boden aufzuwischen. Dabei schlug mir das Herz bis zum Hals. Ich hatte das Gefühl, dass mir der kleine Junge den Krieg erklärt hatte.

*

Die Kinder sollten das Abendessen immer mit den Eltern einnehmen. Auch von mir erwartete man, dass ich dabeisaß, obwohl es mir ziemlich schwerfiel. Es war mir peinlich, wenn man mir den Stuhl zurechtrückte und mir der Butler mit seinen weißen Handschuhen das Essen reichte, als sei ich ein Mitglied der Familie. Es war ein solcher Unterschied zu dem, was ich auf Carreck Place gewohnt war! Aber für die Kinder war es gut, in diese täglichen Ereignisse einbezogen zu werden.

Inzwischen war mir klar, dass sie ein verhätscheltes und behütetes Leben führten, doch ich war trotzdem entsetzt, als ich feststellte, dass sie nicht in der Lage waren, sich selbst anzuziehen.

Normalerweise halfen *Njanjuschka* und ich der kleinen Irina. Serge zog sich in seinem Schlafzimmer um, dabei war ihm einer der Diener behilflich. Irina streckte immer die Arme in die Höhe, damit ihr *Njanjuschka* das Kleid über den Kopf streifen konnte. Sie machte keinerlei Anstalten, die Knöpfe zuzumachen oder ihre Strümpfe oder Lackschuhe anzuziehen. Mir war es zuvor nicht einen Moment lang in den Sinn gekommen, dass sie ohne Unterstützung völlig hilflos wären.

»Vielleicht wäre es angebracht, den Kindern ein paar zusätzliche Fertigkeiten beizubringen«, merkte ich ruhig an, als ich *Njanjuschka* auf dieses Defizit aufmerksam machte.

Njanjuschka blinzelte überrascht.

»Aber nein! Man erwartet von keiner Dame, dass sie diese Dinge selbst macht, wenn sie eine Dienerin hat, die sie ihr abnimmt. Und bei den Herren ist es genauso, außer vielleicht beim Grafen, der etwas andere Ansichten hat, er denkt sehr praktisch. Ich gestehe, dass seine Lordschaft nichts lieber tut, als im Garten zu helfen, wenn wir auf dem Land sind. Die meisten Aristokraten würden sich nicht zu solchen bäuerlichen Tätigkeiten herablassen.«

»Das freut mich zu hören.«

Allmählich faszinierte mich dieser Mann, der meinen Lohn zahlen würde, und ich freute mich darauf, ihn besser kennenzulernen.

Als die Kinder vor mir standen, damit ich ihre Kleider noch einmal inspizierte, verspürte ich sofort eine besorgte Unruhe, als ich Serges Gesichtsausdruck bemerkte. Hier bahnte sich weiterer Protest an.

»Sie sehen sehr gut aus, Master Serge«, sagte ich in dem Bemühen, ihn zu beruhigen, weil er an seinen neuen Kleidern herumzupfte.

Er war gekleidet wie die meisten englischen Jungen aus reichem Hause, in einem schicken grünen Tweedanzug mit Norfolkjacke und Knickerbockern.

Ich lächelte erleichtert, als er sich bei meinem Kompliment stolz in die Brust warf, doch dann begann Irina zu kichern.

»Du siehst wirklich dämlich aus, Serge.«

Ihr Bruder starrte sie finster an.

»Du siehst noch viel dämlicher aus in diesem bauschigen rosa Kleid. Und mit dieser scheußlichen grünen Schärpe und dem blöden Haarband.«

»Besser als diese alberne Krawatte und der breite Kragen.«

Sofort begann Serge, an der Krawatte herumzuzerren, um sie abzunehmen. Gleichzeitig versuchte er, den steifen Eton-Kragen zu lockern.

»Bitte, tun Sie das nicht, Master Serge.«

Hastig streckte ich die Hände aus, um ihn am Weitermachen zu hindern, doch er schlug sie beiseite.

»Ich mag dieses Ding nicht, das soll weg!«

Ich warf *Njanjuschka* einen raschen Blick zu und fragte mich wieder einmal, wie ich gegen solch offenkundigen Ungehorsam angehen sollte. Sie zuckte nur resigniert die Schultern, als hätte sie solche Auftritte unzählige Male miterlebt.

»Ich fürchte, sie werden ziemlich streitlustig, wenn sie zu lange in dieser Wohnung eingesperrt sind. Was möchten Sie denn anziehen, mein lieber Junge?«

»Ist mir egal, nur nicht das hier!«, schrie er, schnappte sich *Njanjuschkas* Nähschere und schnitt die Krawatte unterhalb des Knotens ab.

Und als seine Schwester in lautes Lachen ausbrach, drehte er sich blitzschnell zu ihr um und schnitt ihr Haarband ab – mitsamt einem ganzen Haarbüschel.

Irina kreischte, warf sich hin und trommelte mit den Füßen auf den Boden. In meiner Angst, die Gräfin könnte den Lärm hören, lief ich zu ihr, hob sie auf und versuchte, sie zu beruhigen. Ich war überwältigt von einem Gefühl des Versagens, weil ich seine Absicht nicht rechtzeitig durchschaut hatte. Irina setzte ihr hysterisches Schreien fort, so sehr ich sie auch bat, still zu sein.

Da sagte *Njanjuschka* mit ruhiger fester Stimme:

»Wenn Sie nicht auf der Stelle mit diesem Geschrei aufhören, muss ich Mama rufen, und Sie wissen ja, was dann passiert.«

Irina verstummte auf der Stelle. Sie rieb sich die Tränen aus den Augen, stand langsam auf und ließ mich wortlos ihre Frisur richten, wobei ich die fehlende Strähne sorgfältig kaschierte. *Njanjuschka* holte Serge eine neue Krawatte und selbst er schien zur Vernunft gekommen zu sein, wenn auch sein Gesichtsausdruck noch ebenso finster war wie vorher.

»Was würde die Gräfin denn tun?«, fragte ich *Njanjuschka* leise.

»Ihnen die frechen Mäuler mit Klebeband zukleben«, antwortete sie ebenso leise und strich sich mit den plumpen Fingern über die Lippen.

Ich war entsetzt.

»Aber dann können sie nichts essen und schon gar nicht sprechen!«

»Natürlich nicht, das ist ja der Sinn der Sache. Die Kinder leben in ständiger Furcht vor dieser Strafe, obwohl es auch noch Schlimmeres gibt.«

Als ich mir die Begebenheit beim ersten Nachmittagstee vor Augen hielt, wagte ich nicht, mir auszudenken, welche Strafen sich die Gräfin sonst noch für ihre Kinder ausdachte, vor allem für Irina.

»Ich habe eine Idee«, sagte ich rasch. Ich wollte ihre Ängste und Tränen und mürrischen Mienen vertreiben. »Wenn wir schnell fertig sind, dann bringe ich euch *Pop goes the Weasel* und *Diddle Diddle Dumpling* bei. Ich liebe lustige Reime und Lieder, ihr nicht?«

»Ohhh ja, bitte«, antwortete Irina, und dann sangen wir alle möglichen albernen Lieder.

Serge hatte besonders viel Spaß bei *I Went to the Animal Farm*, das wir auf Französisch sangen.

*

Eines Tages kehrte ich mit den Kindern von unserem täglichen Spaziergang ins Schulzimmer zurück und fand Ruth dort, die gerade mit *Njanjuschka* beim Tee saß.

»Oh, wie wunderbar, dich zu sehen!«, rief ich und umarmte meine neue Freundin stürmisch.

»Ich dachte, ich komme mal vorbei und erkundige mich, ob du dich gut eingewöhnt hast und ob ich dir irgendwie helfen kann«, sagte sie.

»Warum nehmen Sie Ihre Freundin nicht auf einen Schwatz mit auf Ihr Zimmer. Ich passe so lange auf die Kinder auf.«

»Danke, *Njanjuschka*«, sagte ich mit tiefer Dankbarkeit.

Es war eine solche Erleichterung, etwas Zeit für mich zu haben und jemandem mein Herz ausschütten zu können. Vor allem die Streitereien und Ungehorsamkeiten der Geschwister machten mir zu schaffen und mein Gefühl der Unzulänglichkeit, das mich überkam, wenn ich mit den Kindern zu tun hatte.

»Wenn man *Njanjuschka* glauben darf, so empfand die letzte Gouvernante eine derartige Abneigung gegen Serge, dass sie ihm nichts zu essen gab und ihn halb verhungern ließ«, erzählte ich. »Kein Wunder, dass er so schwierig ist, der arme Junge traut niemandem. Sogar seine eigene Mutter verwöhnt ihn entweder nach Strich und Faden oder ermuntert ihn zu dummen Streichen.«

Schließlich berichtete ich Ruth von der Begebenheit damals in Carrekwater, als er Irina fast im See ertränkt hätte.

Sie war schockiert.

»Es ist wichtig, dass du von Anfang an klar machst, wie die Regeln lauten und welches Verhalten du von den Kindern erwartest. Aber es sollte nicht nötig sein, sie so schrecklich zu bestrafen. Ein kurzes Gespräch vielleicht oder dass man sie zu Bett schickt, damit sie sich von ihren Schreianfällen erholen.«

»Ganz genau. Es scheint vor allem Irina zu sein, die darunter leidet. Das Kind sollte letztens in der Ecke stehen und die Hände auf den Kopf legen. Das war vor ein paar Tagen beim Tee. Sie hätte ewig da stehen können, wenn ihr Vater nicht eingeschritten wäre«, erzählte ich Ruth und bald schmunzelten wir beide über die Geschichte.

»Ich bin mir sicher, dass es bald besser wird. Sie probieren nur aus, wie weit sie gehen können. Aber eigentlich bin ich gekommen, um dir beim Einkauf der richtigen Kleidung zu helfen. Es wird noch kälter werden und diese alte *Schuba* von mir kannst du nicht in die Kirche oder ins Theater tragen. Sie sieht wirklich schäbig aus. Wir sollten einkaufen gehen und dann stelle ich dir die Britisch-Amerikanische Kapelle vor.«

»Oh, das wäre wunderbar.«

Njanjuschka erklärte sich bereit, die Kinder am folgenden Nachmittag zu beaufsichtigen, und so verabredeten Ruth und ich uns zu unserem Ausflug.

Meiner neuen Stelle war kein guter Anfang beschieden und das hing auch mit meinem Mangel an Erfahrung zusammen. Doch mir war klar, dass ich schnell dazulernen und besser werden musste, wenn ich meine Arbeit behalten und die Kinder vor den Schikanen ihrer Mutter schützen wollte.

KAPITEL 10

Es fühlte sich wunderbar an, durch diese schöne Stadt mit ihren herrlichen Kanälen, Flüssen, Inseln und Brücken zu streifen: Kein Wunder, dass man sie auch das ›Venedig des Nordens‹ nannte.

Ruth führte mich zur St.-Isaaks-Kathedrale mit ihren klassischen Säulen und der goldenen Kuppel, und dann gingen wir zum Palastplatz oder *Dworzowaja Ploschad*, wo die Pracht des Winterpalasts alles überstrahlte. Schließlich bogen wir in den Newski Prospekt ein. Dies schien das eigentliche Herz der Stadt zu sein, eine geschäftige Straße mit beeindruckenden Gebäuden, bemerkenswerten Standbildern, Straßenkünstlern und vielen, vielen faszinierenden Geschäften.

»Allmählich wachsen mir die Kinder ans Herz«, erzählte ich Ruth, während wir Arm in Arm daherschlenderten, »vor allem Irina, auch wenn sie bisweilen ziemlich frech ist. Aber es macht Spaß, auch mal wieder mit einem Erwachsenen zu sprechen und sich ein, zwei Stunden lang keine Sorgen machen zu müssen und nicht für sie verantwortlich zu sein.«

»Das Gefühl kenne ich nur zu gut«, antwortete sie lachend.

Ich kaufte einen neuen warmen Mantel mit Kapuze und einem Fellfutter, aber es war Kaninchenfell, kein Biberfell. Außerdem erstand ich ein Paar lange Wollhosen, die man unter dem Fuß zuknöpfte, und wunderbare hellbraune *Walenki*, Filzstiefel, die mir bis zum Knie reichten.

»Sie sind so weich und warm«, sagte ich bewundernd.

»Du kannst sie im Haus tragen, damit du an Wintertagen keine kalten Füße bekommst. Wenn du damit nach draußen gehen willst, ziehst du ein Paar Galoschen oder Gummistiefel darüber, sodass sie nicht nass werden. Du wirst feststellen, dass das sehr nützlich ist, wenn das Tauwetter einsetzt.«

Die Verkäuferin eilte davon, um mir auch ein Paar Galoschen zu holen.

Dann bestand Ruth darauf, dass ich einen großen Packen Briefumschläge kaufte. Auf einem von ihnen notierte sie meine neue Adresse in russischer Schrift.

»Jetzt kannst du diese Adresse auch auf die anderen Briefumschläge schreiben und sie deinen Eltern nach Hause schicken, damit ihre Briefe auch bei dir ankommen.«

»Wunderbar! Du bist so lieb zu mir.«

Wir standen auf einer Brücke, von der aus man den Kanal überschauen konnte, und bewunderten die goldene Kuppel einer nahen Kirche, die im hellen Sonnenlicht glitzerte. Diese schöne Stadt mit ihren vergoldeten Türmen, blauen und grünen Kuppeln und weißen Häusern übertraf meine kühnsten Erwartungen. Allmählich wuchs mir Russland ans Herz.

»Wir Ausländer müssen zusammenhalten. Wobei mir einfällt: Wir haben gerade noch Zeit für einen Besuch in der Britisch-Amerikanischen Kapelle.«

Es war ein Gebäude, wie es oft für Versammlungen genutzt wird: sehr geräumig mit hölzernen Sitzbänken, wo ich mir vorstellen konnte, dass die Damen ganz züchtig mit ihren besten Hüten auf dem Kopf saßen und dem Sonntagsgottesdienst lauschten. Und Ruth hatte mir erklärt, dass es nicht nur ein Gotteshaus war, sondern auch ein Treffpunkt.

»Hier finden Abendkurse statt, es gibt eine Bibliothek, Picknicks, einen Schachclub und viele andere kulturelle Veranstaltungen und Angebote. Ich bin eigentlich jeden Sonntagmorgen und mittwochnachmittags hier, so wie heute, wenn wir Erzieherinnen uns treffen und Tee trinken und schwatzen.«

Und da waren sie alle, ungefähr ein Dutzend junge Frauen, die sich in der Eingangshalle zusammengefunden hatten. Sie hießen mich lächelnd willkommen und es gab viele Umarmungen und Küsse. Sie nahmen mir meinen Mantel ab und setzten mich auf einen Stuhl, gaben mir eine Tasse Tee und ein Rosinenbrötchen, und ich hatte sofort das Gefühl, unter Freunden zu sein.

»Um diese Jahreszeit gibt es leider keine Picknicks, aber es sind ein paar Konzerte geplant. Und sogar der eine oder andere Bridgeabend. Und natürlich eine Weihnachtsfeier. Es gibt also viel, worauf wir uns freuen können«, meinte eine blonde junge Frau, die sich mir als Ivy vorgestellt hatte.

»Bist du musikalisch? Wenn ja, dann solltest du gar nicht erst darüber nachdenken, dem Chor beizutreten, denn offenbar ist eine der Voraussetzungen, dass die Mitglieder nicht singen können«, warnte mich eine andere.

Alle lachten, offenkundig fanden sie diese Bemerkung sehr witzig.

»Ich glaube gar nicht, dass ich die Zeit haben werde, irgendwo beizutreten. Die Gräfin und die Kinder halten mich ganz schön auf Trab.«

»Oh, du musst unbedingt dafür sorgen, dass du schriftlich bekommst, wie viel freie Zeit du hast.«

»Und wann du deinen Lohn bekommst«, fügte eine andere junge Frau hinzu. »Es kommt vor, dass Arbeitgeber, die in finanziellen Schwierigkeiten stecken, die Lohnzahlungen hinausschieben, aber das ist nicht in Ordnung.«

»Die Belinskys sind ganz bestimmt nicht in finanziellen Schwierigkeiten«, beeilte ich mich, ihnen zu versichern. »Ich denke, es wird alles gut, wenn ich mich erst einmal an all das Neue gewöhnt habe. Aber zunächst muss ich mich um die neue Einrichtung für das Schulzimmer kümmern.«

Ich erklärte, dass die Gräfin das Schulzimmer im englischen Stil eingerichtet haben wollte, was weitere Tipps zur Folge hatte, wie man das in Russland am besten hinbekam.

»Und einen guten Schreiner kann ich dir auch empfehlen. Er kann den Spielzeugschrank bauen und die anderen Sachen, die du brauchst. Stefan ist regelmäßig hier, seine Mutter kam letztes Jahrhundert selbst als Gouvernante nach Russland, sie war Erzieherin bei einem russischen Fabrikbesitzer und hat dann einen der Arbeiter geheiratet. Stefan ist zweisprachig aufgewachsen und fühlt sich sehr verbunden mit der englischen Gemeinde. Es könnte sein, dass er heute Nachmittag hier ist. Nach dem Tee sehen wir uns nach ihm um.«

Ich setzte meine Teetasse ab.

»Vielleicht sollten wir uns jetzt gleich auf die Suche machen. Ich muss zurück zu den Kindern.«

Bald hatten wir den fraglichen jungen Mann ausfindig gemacht und Ruth erklärte ihm rasch, warum ich einen guten Schreiner brauchte. Er war hochgewachsen und drahtig mit muskulösen Schultern, rötlich-braunem Haar und einem fein angedeuteten Schnurrbart über der Oberlippe, keinen Vollbart, wie er bei den Männern in Mode war. Ich fand, dass er recht gut aussah.

»Aha, Sie arbeiten also für den Grafen Belinsky. Interessant. Wie man hört, hat er großen Einfluss auf den Zar.«

»Das ist nicht das, was ich gehört habe.«

Ich erinnerte mich an die Unterhaltung beim Nachmittagstee, als der Graf von den schikanösen Onkeln gesprochen hatte.

»Oh, er weiht Sie also in seine Geheimnisse ein?«

»Das meinte ich nicht.«

»Ah, dann haben Sie also gelauscht? Auch das ist interessant.«

Ich spürte, wie mir das Blut in die Wangen stieg, und als er sah, wie verlegen ich wurde, lachte er laut. Allerdings konnte ich diese Behauptung kaum abstreiten.

»Hör auf, sie zu necken, Stefan«, schalt Ruth ihn. »Wir alle hören Dinge, von denen wir eigentlich nichts mitbekommen sollen. Das gehört dazu, wenn man in Stellung ist. Das weißt du ganz genau. Und Graf Belinsky ist ein wichtiger Minister.«

»Das ist er«, pflichtete er ihr bei. »Ob ich allerdings bereit bin, für ein Mitglied des reichen Adels zu arbeiten, ist noch nicht entschieden.«

Der Mann ging mir allmählich auf die Nerven, doch ich beschloss, mich nicht unterkriegen zu lassen, und sah ihm geradewegs ins Gesicht. Er hatte faszinierende grünlich-graue Augen, die hell blitzten, als fände er die ganze Unterhaltung ungemein amüsant.

»Es ist die Gräfin, die diese Arbeit in Auftrag gibt, aber wenn Sie kein Interesse haben, kann ich sicher einen anderen Schreiner finden, der ebenso gut ist.«

»Das bezweifle ich stark. Ich bin der beste, den es gibt.«

»Oh, und haben Sie die entsprechenden Referenzen?«

Anscheinend klang ich ziemlich hochnäsig, denn er lachte noch mehr.

»Ich kann jede Menge Empfehlungen vorlegen, wenn es nötig sein sollte.«

»Nicht ich brauche sie, sondern Ihre Ladyschaft möchte sich möglicherweise vergewissern, dass Sie … «

»… dass ich mein Handwerk verstehe? Kann es da irgendeinen Zweifel geben?«

Ich stand kurz davor, diesem arroganten Schreiner eine Ohrfeige zu verpassen, und war dankbar, als Ruth wieder mit einem Kichern dazwischenging.

»Nun benimm dich, Stefan. Millie macht nur ihre Arbeit, so gut sie kann, sonst ist sie sie möglicherweise bald los.«

Er wurde sofort ernst und versprach mit leichtem Kopfnicken, am folgenden Tag zur Wohnung der Belinskys zu kommen und zu besprechen, was gewünscht wurde. Ich war froh, mich aus dem Staub machen zu können. Doch etwas an der Art, wie er mir mit dem Blick folgte, als ich das Gebäude verließ, ließ mein Herz höher schlagen.

*

Am nächsten Morgen, kurz nach dem Frühstück, wurde ich zur Gräfin in ihr Boudoir bestellt. Ich klopfte höflich an die Tür und wartete fast zehn Minuten lang auf die Erlaubnis, einzutreten.

Sie saß mit einem eleganten Morgenmantel bekleidet da und blickte mich mit ihren dunklen, zu schmalen Schlitzen verengten Augen an.

»Es ist mir zu Ohren gekommen, dass Sie gestern ausgegangen sind, und zwar ohne meine Genehmigung.«

»O-oh, mir war nicht klar, dass eine Genehmigung erforderlich ist.«

»Sie tun nichts ohne meine Zustimmung. Haben Sie das verstanden? Sie sind jedenfalls nicht hier angestellt, um sich mit Ihrer neuen Freundin zu vergnügen.«

»Ich bitte um Verzeihung, Euer Ladyschaft. Ich werde mich in Zukunft daran halten.« Voller Selbstzweifel und Schuldgefühle verstummte ich. Dann knickste ich artig, faltete die Hände in der Taille und begann eine Ansprache, die ich mir zurechtgelegt hatte. »Was meine freie Zeit angeht, Mylady, so wurden solche Einzelheiten nicht genau festgelegt, als wir in Carreckwater waren, also sollten wir vielleicht jetzt darüber sprechen.«

Wie war das mit diesem vorlauten Charakterzug, der mich immer wieder in Schwierigkeiten brachte?

»Sie haben meinen Kindern immer zur Verfügung zu sein. Wenn sie im Bett sind und schlafen, dann steht es Ihnen frei, sich so zu beschäftigen, wie Sie wollen, oder einfach zu Bett zu gehen.«

Das machte mich stutzig.

»Es tut mir leid, Mylady, ich verstehe nicht recht. Wann genau ist dann mein freier Tag?«

»Möglicherweise gebe ich Ihnen einen freien Nachmittag, vielleicht in ein paar Monaten, wenn Sie Ihre Fähigkeiten unter Beweis gestellt haben. Freie Zeit will verdient sein.«

»Das kann nicht richtig sein«, wandte ich ein. Ich spürte einen leisen Anflug von Ärger in mir aufsteigen. »Ich entschuldige mich untertänigst dafür, dass ich den Fehler begangen habe, ohne Ihre Erlaubnis einkaufen gegangen zu sein, auch wenn es einige dringend benötigte Kleidungsstücke waren, die ich besorgen musste. Ich hatte jedoch mit *Njanjuschka* abgesprochen, dass sie sich um die Kinder kümmert, und jeder Mensch, der in Diensten eines anderen steht, verdient eine Pause in Form eines freien Tages.«

Ihre schönen dunklen Augen weiteten sich erstaunt angesichts meiner Unverfrorenheit, ihre Anweisungen infrage zu stellen.

»Sie befinden sich hier unter meiner Herrschaft und werden tun, was ich sage!«

Mir rutschte das Herz in die Hose. Wie naiv war ich doch, dass ich diese Dinge nicht geregelt hatte, bevor ich das Angebot der Gräfin annahm. Hatte ich mich zu sehr geschmeichelt gefühlt, zu eifrig darauf bedacht, die Möglichkeit zu reisen wahrzunehmen, um mich richtig abzusichern? Nun war es ein bisschen spät, sich die richtigen Fragen auszudenken. Trotzdem war ich fest entschlossen, mich nicht unterkriegen und schikanieren zu lassen.

»Ich habe meine Stelle hier im guten Glauben angetreten, Euer Ladyschaft. Ich habe Ihnen vertraut, es wäre mir nicht einen Augenblick lang eingefallen, dass Sie mich im Stich lassen und mir meine Rechte absprechen.«

»Wie können Sie es wagen, so etwas zu behaupten? Welche Rechte haben Sie denn? Schließlich sind Sie kaum etwas Besseres als ein gewöhnlicher Landarbeiter!«

Ich schnappte hörbar nach Luft, konnte mich aber beherrschen und verlor nicht die Kontrolle. Ich versuchte, meine Würde aufrechtzuerhalten, als ich vorsichtig antwortete:

»Ich kenne meine Rechte, weil meine Eltern ebenfalls in Stellung sind, aber man kann sie auf keinen Fall auf eine Stufe mit Landarbeitern stellen.«

Sie tat meinen Einwand mit einem gelangweilten Schulterzucken ab, als ginge sie mein Hintergrund nichts an.

»Wenn Sie nicht zufrieden sind mit Ihrer Stelle, können Sie sich ja nach einer anderen umsehen, vorausgesetzt, ich statte Sie mit den nötigen Referenzen aus.«

»Ich bin sicher, dass ich keinerlei Schwierigkeiten hätte, eine neue Stelle zu finden«, erwiderte ich reichlich kühn. War ich denn vollkommen verrückt geworden? Dies hier war nicht England und außer Ruth kannte ich keine Menschenseele und konnte kaum ein Wort Russisch. Wie also konnte ich mich einfach umdrehen und weggehen, sobald mir die Arbeitsbedingungen nicht passten? Trotzdem verteidigte ich meine Position wagemutig. »Die nötigen Referenzen habe ich bereits von Lady Rumsley. Ich hoffe jedoch, das wird nicht nötig sein, denn ich bin mir sicher, dass wir eine vernünftige Vereinbarung treffen können, und sei es nur den Kindern zuliebe. Und wo wir gerade bei den Kindern sind: Als ich gestern in der Britisch-Amerikanischen Kapelle war, wurde mir ein guter Schreiner vorgestellt. Er wird später am Tag kommen und sich zeigen lassen, was für das Schulzimmer gebraucht wird. Wünscht Euer Ladyschaft, dabei zu sein?«

Ihr Schweigen war eisiger als der Wind, der über die Ostsee fegte, doch dann warf sie plötzlich den Kopf zurück und lachte laut. Ihr Lachen klang brüchig und humorlos, aber ich war trotzdem erleichtert.

»Nein, das wünsche ich nicht. Es ist Ihre Aufgabe, wie ich Ihnen bereits erklärt habe. Ich weiß mit meiner Zeit etwas Besseres anzufangen.«

»Wie Sie möchten, Mylady. Können wir uns darauf einigen, dass ich mittwochnachmittags frei habe, um mich mit den anderen Gouvernanten in der Britisch-Amerikanischen Kapelle zu treffen? Und vielleicht jeden zweiten Sonntag?«

Sie seufzte schwer.

»Also gut. Das ist im Moment alles.«

Und mit einer nachlässigen Handbewegung entließ sie mich.

Ich knickste und war dankbar, dass der gesunde Menschenverstand schließlich doch die Oberhand gewonnen hatte. Doch als ich leise die Tür hinter mir schloss, spürte ich kein Triumphgefühl angesichts dieses offenkundigen Erfolgs. Gräfin Belinsky gehörte zu der Sorte von Aristokraten, die es nicht leicht nahmen, wenn man ihre Autorität infrage stellte. Jedenfalls nicht, ohne auf Rache zu sinnen.

*

»Ich bin froh, dass ich den Kampf um den freien Tag gewonnen habe, denn ab und zu brauche ich wirklich eine Pause von meinen Pflichten«, sagte ich zu *Njanjuschka*. »Wenn die Kinder endlich im Bett sind, bin ich normalerweise erledigt.«

»Ich könnte selbst ein wenig Zeit zum Verschnaufen gebrauchen. Die Kinder gehen ja wenigstens früh zu Bett, aber bei Madame liegt die Sache leider anders. Sie liebt gute Geschichten, und wenn ihre Augen müde sind vom Lesen, fällt sie ins Bett und gibt mir das Buch. Oft lese ich ihr bis zwei Uhr in der Frühe vor und bin mittlerweile richtig erschöpft. Sie kann bis mittags schlafen, aber ich kann das nicht. Ich muss trotzdem um sechs Uhr aufstehen und der Gräfin beim Ankleiden helfen, weil sie im Moment keine Zofe hat. An manchen Tagen weiß ich nicht, wo mir der Kopf steht.«

Ich lachte laut und nahm das alte Kindermädchen fest in die Arme.

»Dann lassen Sie mich helfen. An manchen Abenden können Sie den Kindern vorlesen und früh zu Bett gehen und ich lese dann Madame vor.«

Njanjuschka stimmte eifrig zu und ich freute mich auf etwas Abwechslung in der täglichen Routine.

Raisa Iljinski, die Mutter der Gräfin, oder *Babuschka*, wie die Kinder sie liebevoll nannten, führte ein ganz eigenständiges Leben. Ihre Abende verliefen ruhig, gelegentlich kam der eine oder andere Besucher, doch meist verbrachte Madame Iljinksi sie in Gesellschaft des alten Kindermädchens. In ihren Gemächern gab es keine seidenen Vorhänge oder vergoldeten Bilderrahmen, wie ihre Tochter sie so sehr liebte. Ihr Teil der Wohnung war schlicht möbliert. Sessel und Sofas hatten Chintzbezüge, an den Fenstern hingen braune Brokatvorhänge. Die Räume waren gemütlich und bequem eingerichtet und hätten gut in ein englisches Landhaus gepasst, wenn man von einer Sammlung von Fabergé-Eiern einmal absah. Oft saß die alte Dame bis spät am Abend in ihrem Sessel und las beim Licht der Spirituslampe, die auf einem runden Mahagonitisch neben ihr stand.

Bei meinem ersten Besuch bei ihr schlug ich vor, ihr *Jane Eyre* vorzulesen.

»Es ist eines meiner Lieblingsbücher und ich dachte, Ihnen könnte es auch gefallen, Madame.«

»Das wird es bestimmt. Ich mag auch die Bücher von Dickens. Haben Sie etwas von ihm mitgebracht?«

»Ich habe *Der alte Raritätenladen* und *David Copperfield.*«

Sie lächelte strahlend.

»Wundervoll! Ich glaube, wir werden feststellen, dass wir einen ähnlichen Geschmack haben. Leider sind viele meiner Freunde nicht mehr unter uns, und ich werde es genießen, Sie bei mir zu haben. Es ist eine willkommene Abwechslung vom Jammern und Wehklagen der alten Klara.« Dabei lachte sie leise, als wollte sie andeuten, dass sie ihre Gesellschafterin eigentlich recht gern hatte. »Haben Sie sich schon gut eingelebt?«

Mit regloser Miene versicherte ich ihr, dass ich mit meiner neuen Stelle sehr zufrieden sei.

»Das freut mich zu hören. Meine Tochter kann schwierig sein. Es war nie leicht, mit ihr zurechtzukommen, selbst als sie noch klein war. Erzählen Sie mir etwas über Ihre Kindheit.«

Ich erklärte ihr, dass meine Mutter Französin ist und dass sie als Zofe viel arbeiten muss, ebenso wie mein Vater, der bei Lord Lonsdale als Gärtner angestellt ist.

»Meine Großmutter hat sich oft um mich gekümmert. Sie war Methodistin und ziemlich altmodisch, also hatte sie entschiedene Ansichten, was sich gehörte und was nicht. Aber ich hatte eine glückliche Kindheit. Ich hoffe sehr, dass ich Master

Serge und Miss Irina dieselbe Liebe und Unterstützung geben kann.«

»Das werden Sie sicherlich tun, mein liebes Kind, aber machen Sie nicht den Fehler, sie zu verwöhnen. Kinder brauchen feste Grenzen. Olga war viel zu oft in der Obhut fremder Leute und ich habe sie leider viel zu sehr verwöhnt, aus Schuldgefühlen, weil ich dachte, dass ich sie vernachlässige. Sie wissen vielleicht nicht, dass auch der Adel Pflichten und Aufgaben hat, die nicht immer willkommen sind.«

»Oh, das hat er gewiss«, beeilte ich mich zu beteuern.

»Ich war viele Jahre lang Kammerfrau bei der Mutter des Zaren, Maria Feodorowna. Natürlich war ich nicht die einzige, sie hatte Dutzende. Aber was für ein wundervoller Anblick war es, wenn die Kosaken die Kaiserin die lange Galerie hinuntergeleiteten. Sie trug die volle russische Tracht mit einer goldbestickten roten Samtschleppe, die vor Edelsteinen nur so funkelte. Alle ihre Ehrendamen waren in blassblauen Samt gekleidet. Selbst der Saal schimmerte golden. Überall standen und hingen herrliche Kunstwerke und kostbare Vasen waren mit prächtigen Blumen gefüllt.« Die Erinnerung ließ ihren Blick träumerisch werden. »Die Pracht des alten Russlands, das war ein unvergesslicher Anblick.«

»Es muss wirklich prunkvoll ausgesehen haben.«

»Ich habe die Kaiserin sogar einmal nach England begleitet, als sie ihre Schwester, Prinzessin Alexandra, besuchte, die Ihren König Edward VII. geheiratet hat. Es war so schön zu sehen, wie sehr sich die beiden Schwestern freuten, dass sie zusammen sein konnten. Sie sind sich immer noch sehr nah.«

»Haben Sie dort so perfekt Englisch gelernt?«

Babuschka lächelte.

»Das Kompliment ist schmeichelhaft, aber ja, ich nehme an, dass ich es damals gelernt habe. Maria Feodorowna war eine dänische Prinzessin, ursprünglich hieß sie Dagmar und eigentlich sollte sie den Bruder ihres Mannes heiraten. Tragischerweise starb er und sie und Sascha – so nannte sie Alexander – kamen einander nahe, als sie um den jungen Mann trauerten, den sie beide sehr geliebt hatten. Dann verliebten sie sich und heirateten, was durchaus den Wünschen ihrer Eltern entsprach.«

»Wie romantisch.«

»Oh ja, das war es. Sie hat ihm zuliebe sogar eine andere Religion angenommen. Die beiden liebten sich innig, doch ihre Kinder, Nikolaus und seine Geschwister, wuchsen in einiger Entfernung vom Hofe und von St. Petersburg auf. Es war eine einsame Kindheit, fernab der Kultur und der feinen Gesellschaft. Wahrscheinlich ist das der Grund, weshalb dem Zar das ruhige Landleben immer noch am liebsten ist.«

»Ist das schlecht?«, fragte ich.

Ich fand ihre Erzählung faszinierend.

»In mancherlei Hinsicht sicher nicht, doch ein wenig mehr Weltgewandtheit hätte Nikolaus bestimmt gut zu Gesicht gestanden, ebenso wie die Erkenntnis, dass viele seiner Untertanen auf das Land angewiesen sind, um ihren Lebensunterhalt zu verdienen, und dass es ihnen schwerfällt, die Steuern zu bezahlen. Und viele von ihnen können nicht einmal lesen und schreiben.«

»Ich bin auch der Meinung, dass es nicht immer gut ist, Kinder zu verwöhnen«, bemerkte ich und dachte dabei an Serge. »Obwohl man sie kaum mit zu viel Liebe verwöhnen kann, doch es kommt darauf an, wie man sie ausdrückt, denke ich.«

»Maria Feodorowna war ihren Kindern eine hingebungsvolle Mutter, doch sie machte den Fehler, sie zu sehr abzuschirmen und in einer geschützten Welt aufwachsen zu lassen, in der sie kaum mehr als die Dienerschaft und ihre geliebten Haustiere sahen. Auch Alexander liebte seine Kinder, doch auch er hat sie in Watte gepackt und bestand auf streng geordnete Tagesabläufe, die ihnen nie die Möglichkeit gaben, Selbstvertrauen zu gewinnen oder auch nur selbstständig zu denken. Folglich wurde Nikolaus gar nicht richtig auf die Aufgabe vorbereitet, die das Schicksal ihm nach dem Tod des Vaters zuwies. Kinder sollten in der wirklichen Welt aufwachsen, meinen Sie nicht?«

Ich nickte.

»Ich bin sicher, Sie haben recht, Madame. Verstehe ich es richtig, dass Sie meinen, ich sollte bei Serge und Irina konsequent sein und ihnen gleichzeitig abwechslungsreiche Einsichten und eine gute Erziehung angedeihen lassen?«

»Das ist genau das, was ich meine, mein liebes Kind. Ich glaube, wir haben bei Olga einen großen Fehler gemacht, vielleicht auch, weil sie das einzige unserer Kinder war, das überlebt hat. Die drei anderen sind alle kurz nach der Geburt gestorben.«

»Oh, das tut mir sehr leid. Das war sicher schwer zu ertragen.«

»Es führte dazu, dass wir sie fürchterlich verwöhnten. Mein geliebter Mann war so reich, dass er unserer schönen Tochter einfach jeden Wunsch erfüllt hat. Wenn ich zurückblicke, weiß ich, dass es keine so gute Idee war, denn die Habgier gewinnt oft die Oberhand vor der Vernunft, ganz bestimmt bei Olga. Wir haben uns so gefreut, als sie ein Auge auf den Graf warf, wir dachten, es ist eine Liebesheirat, doch es waren sein Titel und sein Reichtum, die es ihr angetan hatten.« Die alte Dame stieß einen langen Seufzer aus. »Und nun wiederholt sich die Geschichte bei Serge, obwohl der kleinen Irina ein bisschen mehr Aufmerksamkeit nicht schaden würde.«

Ich konnte es kaum glauben, dass sie tatsächlich aussprach, wie wenig Zuneigung die Gräfin ihrer Tochter entgegenzubringen schien, doch ich erwiderte nichts.

Die alte Dame neigte sich vor und flüsterte:

»Serge spielt gerne Streiche, darin ist er George, dem jüngeren Bruder des Zaren, sehr ähnlich. Lassen Sie den Jungen am besten nicht aus den Augen, er heckt schnell irgendeinen Unfug aus.«

»Das habe ich schon zu spüren bekommen«, sagte ich mit einem schiefen Lächeln.

»Sehr gut. Dann glaube ich, dass wir hervorragend miteinander zurechtkommen. Wenn Sie mir jetzt eine Tasse Schokolade machen würden, können wir gleich mit *Jane Eyre* anfangen.

Oh, und bitte nennen Sie mich *Babuschka*. Das ist mir viel lieber als Madame.«

An meinem ersten Abend bei der alten Dame hatte ich eine Menge erfahren und einen dringend benötigten Schub für mein Selbstvertrauen bekommen.

KAPITEL 11

Wie versprochen kam Stefan, der Schreiner, und ich zeigte ihm das schäbige Schulzimmer, die überquellende Spielzeugkiste und die Spielsachen, die über den Boden verstreut lagen.

»Wie Sie selbst sehen, ist es ziemlich dringend, denn wir haben nichts, wo wir diese Sachen aufbewahren können. Außerdem brauchen beide Kinder einen Schreibtisch und Regale für die Bücher, die ich für sie mitgebracht habe.«

»Sehr gut, ich fange morgen an.«

»Oh, das wäre wunderbar, Mr …?«

Er grinste. Sein Blick hielt meinen einen Moment länger gefangen als unbedingt nötig und diese vertraute Provokation blitzte in den Tiefen seiner graugrünen Augen.

»Kovalsky, aber ich dachte, wir hätten uns darauf geeinigt, dass Sie mich Stefan nennen.«

Wieder einmal spürte ich, dass meine Wangen zu glühen begannen, diesmal aus gutem Grund, und so wandte ich mich rasch ab und tat so, als müsse ich einen Bücherstapel ordnen. Auf keinen Fall sollte er mitbekommen, welche Wirkung er auf mich hatte.

»Ich wäre Ihnen sehr dankbar für Ihre Hilfe in dieser Angelegenheit, Stefan. Allerdings sollte ich Sie besser vorwarnen: Die Gräfin verlangt immer nur das Beste.«

»Und genau das werde ich liefern. Ist das der Grundriss?«

Ich war mir seiner Nähe nur allzu bewusst, als er sich vorbeugte und die Pläne vom Schulzimmer und die kleinen Skizzen nahm, auf denen ich das Mobiliar gezeichnet hatte, das ich mir vorstellte.

»Die Gräfin besteht darauf, dass alles im englischen Stil gehalten ist.«

»Darf ich die mitnehmen?«

»Ja, natürlich.« Als ich sie ihm reichte, streiften seine Finger versehentlich meine Hand und in mir machte etwas einen Satz. Was um alles in der Welt war mit mir los? »Das Schulzimmer könnte auch einen Anstrich vertragen«, sagte ich hastig und versuchte verzweifelt, ruhiger zu atmen. »Ich nehme nicht an, dass Sie …«

»An welche Farbe hatten Sie gedacht?«, fragte er, während er sich beflissen Notizen machte.

Ich schlug einen Grünton für die Holzvertäfelung vor, die mit Cremeweiß abgesetzt werden sollte. Außerdem versprach er, den Boden mit neuem Linoleum auszulegen.

»Das wäre so viel leichter sauberzuhalten und die Kinder könnten besser darauf spielen.«

Nachdem wir alle Einzelheiten besprochen hatten, schickte ich ihn zum Butler, der bei solchen Arrangements das letzte Wort hatte. Ich war immer noch nicht davon überzeugt, dass Stefan sein Versprechen halten und tatsächlich so gut arbeiten würde wie er behauptete, doch als ich mit dem üblichen Vormittagsunterricht begann, spürte ich eine seltsame Aufregung in mir aufsteigen.

Als ich am nächsten Morgen um acht Uhr ins Schulzimmer kam, sah ich zu meiner Überraschung, dass er schon an einem großen Schrank baute, in den man die Spielsachen gut sichtbar einräumen konnte. Ich war sehr beeindruckt und sagte es ihm auch.

»Lieber Himmel, wann haben Sie denn damit angefangen? Er sieht schon fast fertig aus.«

»Ich habe die ganze Nacht daran gearbeitet. Sie schienen es sehr eilig zu haben.«

»Das wird ja ein richtiges Prachtstück. Viel geräumiger und eleganter als alles, was ich in England jemals gesehen habe, aber trotzdem im englischen Stil, so wie ich es wollte. Er ist wundervoll.«

»Stefan ist ein geschickter Handwerker«, meinte *Njanjuschka*, die hinter uns ins Schulzimmer getreten war. Sie hielt ein Kind an jeder Hand. »Und zuverlässig und schnell ist er obendrein. Ich erinnere mich noch gut an deine Mutter, Junge. Habe sie schon eine ganze Weile nicht gesehen. Wie geht es ihr denn?«

Er sah das alte Kindermädchen mit einem traurigen Lächeln an.

»Sie ist verstorben. Vom Tod meines Vaters hat sie sich nie ganz erholt. Ohne ihn war ihr Leben einfach nicht mehr dasselbe.«

»Ach, es tut mir so leid, das zu hören, auch wenn es mich eigentlich nicht überrascht. Ich erinnere mich an die beiden, sie waren ein perfektes Paar. Er war der gutherzigste Mensch, den man sich vorstellen kann, hat sich immer mutig für das eingesetzt, was recht war, und deine Mutter hat ihn immer dabei unterstützt. Du bist nicht in seine Fußstapfen getreten, nicht wahr?«

»In einer Fabrik zu arbeiten, wäre nichts für mich.«

»Wie haben Sie das Schreinerhandwerk gelernt?«, fragte ich. Ich war plötzlich neugierig und wollte mehr über den Hintergrund dieses jungen Mannes erfahren.

»Durch harte Arbeit und gute Lehrmeister. Schreiner, Gärtner, Anstreicher und Mädchen für alles – stets zu Diensten«, sagte er und salutierte spöttisch.

Njanjuschka lächelte.

»Deine Mutter erzählte einmal, dass du nicht nur ein tüchtiger Schreiner bist, sondern auch ein hervorragender Maler.«

»Ich fürchte, meine Mutter war ein wenig voreingenommen, was meine Talente angeht. Außerdem weiß ich ja, wo ich hingehöre. Wer in diesem Land sein Brot auf ehrliche Weise verdienen will, darf nicht eingebildet sein, nicht wahr?«

Er schien mir nicht die Art von Mann zu sein, der ›wusste, wo er hingehörte‹, doch in seinem Ton schwang etwas mit, das mich davon zurückhielt, das Thema weiterzuverfolgen.

»Vielleicht könnten Sie ein paar Bilder mitbringen und sie den Kindern zeigen«, schlug ich vor.

Ich konnte mir ein Lächeln nicht verkneifen, als Serge erwartungsgemäß das Gesicht verzog und Irina eifrig nickte.

»Oh ja, bitte, ich mag Bilder«, sagte sie.

»Sie sind nicht für die Öffentlichkeit bestimmt«, antwortete er.

Er wandte sich um und fuhr fort, die Schrankböden und -türen zu hobeln und zu glätten.

»Aber wenn Sie sie den Kindern zeigen, ist es doch etwas anderes«, wandte ich ein. »Wenn sie sehen dürften, wie Sie als Maler arbeiten, könnten sie viel dabei lernen.«

Es war, als hätte ich nichts gesagt. Er setzte seine Arbeit fort, gab keine Antwort und ignorierte mich völlig. Ich fand sein Verhalten ziemlich unhöflich, doch er beugte sich zu seinen Brettern hinunter und so sah ich nur seinen Hinterkopf. Weder sein Gesicht noch sein Haar waren sichtbar, denn er hatte sich seine Wollmütze über die Ohren gezogen. Ich sehnte mich danach, dass er aufblicken und meinem Vorschlag zustimmen würde, nicht nur wegen Serge und Irina, sondern weil ich mir so sehr wünschte, das Lächeln in seinen Augen wiederzusehen. *Njanjuschka* scheuchte die Kinder davon.

»Nun kommt schon, wir müssen Stefan seine Arbeit tun lassen. Am besten sorgen wir dafür, dass die beiden ihn ein, zwei Tage lang nicht stören.«

»Oh ja, natürlich. Sie haben recht, *Njanjuschka.*« Schnell sammelte ich meine verstreuten Gedanken zusammen und wandte mich wieder dem Alltag zu. »Ziehen Sie Ihre warmen Mäntel an. Wir machen einen Spaziergang und üben unterwegs englische Konversation. Und die Namen der Bäume lernen wir dabei auch gleich. Dann können Sie eine Weile mit Ihren Spielsachen in Ihren Zimmern spielen. Und wenn Stefan mit dem Schulzimmer fertig ist, können Sie *Njanjuschka* und mir helfen, sauberzumachen und alles so einzuräumen, wie Sie es haben wollen«, sagte ich mit forscher, sachlicher Stimme.

»Das ist Dienstbotenarbeit«, maulte Serge.

»Das kann schon sein, Master Serge, aber es ist Ihr Schulzimmer, also sind Sie auch dafür verantwortlich«, beharrte ich und erinnerte mich an mein Gespräch mit *Babuschka*. »Am Montag fangen wir mit dem Unterricht an.«

Ich sah, dass Stefan lächelte, als wir gemeinsam das Zimmer verließen, und fragte mich, was er an mir wohl so amüsant fand.

Ausnahmsweise protestierten die Kinder nicht gegen den Vorschlag, einen Spaziergang zu machen, obwohl federleichte Schneeflocken zu fallen begannen. Vielleicht freuten sie sich insgeheim doch auf das neue Schulzimmer. In diesem Fall hätte ich endlich einmal etwas richtig gemacht.

Am Ende der Woche waren der Schrank und die Bücherregale fertig und das Kirschbaumholz war auf Hochglanz poliert. Es gab zwei Schreibpulte mit hochklappbaren Stühlen, an denen die Kinder arbeiten konnten. Die holzgetäfelten Wände waren grün und silberfarben gestrichen, was viel besser aussah als die cremefarbenen Leisten, die ich vorgeschlagen hatte. Auf dem Boden lag neues grünes Linoleum, wie ich es in Auftrag gegeben hatte.

»Sie haben recht«, sagte ich zu *Njanjuschka*. »Stefan ist sowohl zuverlässig als auch tüchtig.«

»In diesem Haushalt würde es niemand wagen, mit weniger aufzuwarten.«

Und obwohl ich sein Verhalten bisweilen etwas bedenklich fand, war ich doch ein wenig traurig, dass die Arbeit erledigt war, und hoffte insgeheim, ihn bald in der Britisch-Amerikanischen Kapelle wiederzusehen.

*

Wie versprochen begann der Englischunterricht am Montagmorgen. Ich hatte beschriftete Bildkarten vorbereitet, die den Kindern helfen sollten, einige Wörter zu lernen. Dann ließ ich sie ihre Lieblingsspielsachen und alle möglichen anderen Dinge holen. Ich sagte das Wort auf Englisch und die Kinder mussten das entsprechende Spielzeug suchen. Damit sie sich die englischen Begriffe besser merken konnten, hatte ich die Spielsachen mit kleinen Namensschildern versehen. Dann half ich ihnen, mit Holzplättchen, auf die ich das englische Alphabet gemalt hatte, Wörter zu legen. Irina erledigte ihre Aufgabe mit großer Begeisterung und strahlte und lachte, wenn sie ein Wort so zusammengesetzt hatte, wie es auf den Namensschildern stand. Wie zu erwarten, arbeitete Serge nur widerwillig mit und war schlecht gelaunt.

»Ist doch egal, wie das Wort auf Englisch heißt. Ich bin Russe.«

»Aber Ihre Frau Mama und Ihr Herr Papa möchten, dass Sie die Sprache lernen«, erklärte ich geduldig in einfachem Französisch. »Sie sind ein schlauer Junge, Master Serge, Sie werden also gar keine Schwierigkeiten haben.«

Ich hatte schnell gemerkt, dass er sich leicht mit Schmeicheleien umstimmen ließ.

Ich half Irina gerade, die Buchstaben für das Wort »doll« herauszusuchen, als die Gräfin hereinkam. Ich sprang sofort auf, wie es die Etikette vorsah.

»Ich setze mich hierher und sehe Ihnen zu«, sagte sie.

Da sie mich nicht aufgefordert hatte, wieder Platz zu nehmen, blieb ich stehen und wurde plötzlich nervös. Ich reichte Serge das B für »ball« und sah ihm zu, wie er unter den Holzplättchen nach dem A suchte. Schließlich fand er es und legte es zum B.

»Gut gemacht. Und nun ein L«, sagte ich.

»Ist das alles, was Sie machen? Spiele spielen?«, fragte die Gräfin bissig. »Sollten Sie ihnen nicht eher Nomen und Verben beibringen?«

Lächelnd erwiderte ich:

»In diesem Stadium ist Grammatik noch nicht angebracht. Vokabular und Konversation sind viel besser geeignet, um eine Sprache zu erlernen. Zur Grammatik kommen wir später. So hat meine Mutter es mir beigebracht.«

»Aber Sie lassen sie doch sicher Übersetzungen anfertigen?«

»Noch nicht, Euer Ladyschaft. Für Kinder in diesem Alter wäre das viel zu langweilig und zu schwierig, selbst wenn sie schon schreiben könnten, was Irina noch nicht kann. Ich bin der Ansicht, dass Lernen Spaß machen sollte, wenn es etwas bewirken soll.«

»Ein Schulzimmer ist für Bildung da, nicht für Spaß und Spiele!«, fuhr sie mich an.

»Ich glaube, es kann beides sein.«

Sie starrte mich erbost an, doch ich machte keine Anstalten, meine Meinung zu ändern, sondern half den Kindern einfach weiter bei ihren Wörtern.

»Ah, du hast es fast geschafft, Irina. Jetzt brauchst du noch ein L, so wie Serge. Am Ende von ›ball‹ haben wir immer zwei L und bei ›doll‹ ist es genauso. Ja, das ist richtig, gut gemacht!«

Irina strahlte.

»Sieh nur, Mama, ich habe es geschafft!«, rief sie und klatschte begeistert in die Hände.

»Ich bin auch fertig mit meinem Wort«, sagte Serge und sah seine Mutter beifallheischend an.

Das Lob folgte auf dem Fuße.

»Gut gemacht, mein Junge«, sagte sie mit unverhohlenem Stolz in der Stimme und meinte dann zu mir gewandt: »Sie werden die beiden heute Abend wie immer zum Abendessen nach unten begleiten. Allerdings erwarte ich, dass Sie in Zukunft richtigen Unterricht geben.«

Nach dieser bissigen Bemerkung rauschte sie aus dem Zimmer ohne einem einzigen Wort des Lobes für ihre Tochter.

Es tat mir in der Seele leid zu sehen, wie sich die Enttäuschung auf Irinas kleinem runden Gesicht zeigte. Sie schien in sich zusammenzusacken, wenn ihre Mutter sie ignorierte. Serge dagegen grinste wie immer selbstzufrieden. Irgendetwas musste geschehen, damit die Gräfin ihre Tochter nicht immer so abweisend behandelte, doch ich hatte nicht die geringste Ahnung, was.

Später am Vormittag kam auch der Graf zu Besuch ins Schulzimmer. Als ich wie vorgeschrieben aufsprang, lächelte er und bedeutete mir mit einer Handbewegung, ich möge mich wieder setzen. Zu meiner großen Überraschung und Freude setzte er sich neben Irina auf den Boden und suchte mit ihr gemeinsam nach Bildern und den entsprechenden Wörtern.

»Das sieht lustig aus. Darf ich mitspielen?«, fragte er. »Oh, wie schlau du erkennst, Irina, dass das hier ›elephant‹ heißt. Das ist ein ganz schön langes Wort für ein kleines Mädchen.«

Irina sah ihren Vater mit unverhohlener Bewunderung an und wurde rot vor Freude. Selbst Serge war stolz, als der Graf ein kurzes Gedicht bewunderte, das er auf Englisch abgeschrieben hatte. Dann bat er ihn, das Gedicht vorzulesen, was der Junge mit perfekter Aussprache tat.

»Sie scheinen gute Fortschritte mit den Kindern zu machen«, sagte der Graf und lächelte zu mir hinauf.

»Weil es kluge Kinder sind«, erwiderte ich und tat so, als bemerkte ich den Blick seines Sohnes nicht, der das Kompliment mit einer Mischung aus Überraschung und Freude aufnahm.

»Wie freundlich von Ihnen, das zu sagen.«

Ich dachte an das, was *Babuschka* mir erzählt hatte: dass es der Titel des Grafen und sein Reichtum waren, die ihre Tochter dazu gebracht hatten, ihn zu heiraten. Natürlich hatte ich bereits das Gerücht gehört, dass sie gerade eine schmierige Affäre mit dem Gärtner hatte, und erinnerte mich außerdem nur zu gut an den Fehltritt, den ich bedauerlicherweise mit eigenen Augen mitansehen musste, und so war ich von Trauer erfüllt, dass sie diesen freundlichen und rücksichtsvollen Mann derart grausam betrog.

*

Als die Wochen ins Land gingen, wuchs mir *Babuschka*, wie ich sie inzwischen nannte, immer mehr ans Herz und ich liebte es, Zeit mit ihr zu verbringen. Sie erkundigte sich regelmäßig nach den Kindern, die ihre Großmutter regelmäßig besuchten, und sie wurde mehr und mehr zum Rückhalt für mich, indem sie mich unter ihre Fittiche nahm. Ich las ihr aus klassischen Werken vor und sie erzählte mir von der Geschichte Russlands, wenngleich einige Episoden mehr als unerfreulich waren. Eines Tages berichtete sie mir vom Nachmittag des 13. März 1881, als Zar Alexander II. vor dem Winterpalast ermordet wurde.

»Er nahm gerade eine Truppenparade ab, als jemand eine Bombe gegen seine Kutsche warf. An der Kutsche richtete sie keinen großen Schaden an, doch sie tötete einige unschuldige Zuschauer. Der Zar ließ seine eigene Sicherheit und alle vernünftigen Ratschläge außer Acht und kletterte hinaus, um den Verletzten zu helfen. Da zündete einer der Revolutionäre eine weitere Bombe, die seine Beine zerfetzte. Der arme Mann starb kurz darauf an seinen Verletzungen.«

»Oh, wie schrecklich! Und was für ein mutiger Mann.«

»Dann folgte ihm sein Sohn, Alexander III., auf den Thron, mit Maria Fedorowna als Zarin. Er regierte bis zu seinem Tod im Jahr 1894. Ihr Sohn Nikolaus, unser gegenwärtiger Zar, wollte Prinzessin Alix von Hessen heiraten, die er aus ganzem Herzen liebte. Leider waren seine Eltern damit gar nicht einverstanden, vor allem seine Mutter nicht.«

»Warum? Was hatten sie gegen sie einzuwenden?«

»Sie waren überzeugt, dass das Mädchen der Aufgabe als Zarin nicht gewachsen war, sie hielten sie für zu schüchtern und zu zurückgezogen. Vielleicht hatten sie damit nicht ganz unrecht. Außerdem war sie die Enkelin von Königin Viktoria und war weitgehend von Ihrer Majestät großgezogen worden. Ich vermute, dass Maria Fedorowna Angst hatte, sie könnte ihren Einfluss auf ihren Sohn einbüßen, wenn das Mädchen eine derart mächtige Verwandte hinter sich stehen hatte. Doch da ihr geliebter Sascha damals im Sterben lag, gab sie nach. Nicky heiratete seine Alix und die beiden sind immer noch völlig ineinander vernarrt. Ob die Zarin inzwischen das Wohlwollen ihrer Schwiegermutter auf ihrer Seite hat, bleibt jedoch fraglich«, schloss *Babuschka* kichernd. »Und Sie? Haben Sie inzwischen das Wohlwollen meiner Tochter auf Ihrer Seite?«

Ich lächelte.

»Diese Frage sollten Sie besser ihr stellen.«

»Vielleicht tue ich es eines Tages, wenn sie gute Laune hat«, erwiderte sie.

Wir grinsten einander wie alte Freundinnen an und kehrten zu unserem Buch *Sturmhöhen* zurück.

*

Im Laufe der kommenden Tage und Wochen tauchte Gräfin Olga immer wieder unangekündigt im Schulzimmer auf. Sie wollte mich ganz offensichtlich kontrollieren. Wenn sie den Raum betrat, musste ich immer stehen, und solange sie blieb, erteilte sie mir nur äußerst selten die Erlaubnis, mich zu setzen. Auch durfte ich Ihre Ladyschaft nicht ansprechen, bevor sie das Wort an mich gerichtet hatte. Diese Regel fand ich sehr schwer einzuhalten. Doch ich überlegte mir, dass sie als meine Arbeitgeberin natürlich das Recht hatte, mich zu kontrollieren, und versuchte, mich durch ihre Gegenwart nicht zu sehr aus der Fassung bringen zu lassen. Außerdem benahmen sich beide Kinder stets mustergültig, wenn ihre Mutter in der Nähe war. Als Serge eines Tages einen kurzen Ausschnitt aus *Der kleine Lord* vorlas, war die Gräfin so erfreut, dass sie mir tatsächlich gratulierte.

»Gut gemacht, Dowthwaite. Sie scheinen endlich Fortschritte zu machen. Ich freue mich darauf, wenn Irina mir das nächste Mal aus dem Buch vorliest.«

Das kleine Mädchen errötete heftig. Sie war noch lange nicht so weit, schließlich war sie erst sechs Jahre alt.

»Für Miss Irina finden wir etwas, das besser geeignet ist«, antwortete ich lächelnd.

Ich reichte dem Kind ein leeres Blatt Papier und gab ihr die Aufgabe, selbst eine kleine Geschichte zu schreiben, was sie liebend gern tat. Als sich beide Kinder über ihre Arbeit beugten, begleitete ich die Gräfin höflich zur Tür und schaffte es ausnahmsweise, meine Ansichten für mich zu behalten.

Als ich ihr die Tür öffnete, wandte sie sich noch einmal zu mir um und sagte völlig unerwartet:

»Ach, Dowthwaite, erinnern Sie sich an den jungen Schreiner, Stefan? Er hat hier so gute Arbeit geleistet, und da ich gerade meinen Gärtner und Mann für alles entlassen musste, aus Gründen, die nichts zur Sache tun, habe ich beschlossen, ihm eine feste Stellung im Haushalt anzubieten. Wenn Sie ihn bitte davon unterrichten würden.«

»Oh!«

Ich war vollkommen sprachlos und insgeheim zu erfreut, als dass mir eine vernünftige Antwort einfiel. Daher nickte ich nur, als sie sich auf dem Fuße umdrehte und davonging. Doch bei der Aussicht, ihn regelmäßiger zu sehen, verspürte ich eine wohlige Aufregung.

KAPITEL 12

Abbie hatte Millies Geschichte begierig gelauscht und freute sich, dass ihre Großmutter ihre Erinnerungen an Russland weit mehr zu genießen schien, als sie erwartet hatte. Doch da die alte Dame nun schwieg und müde aussah, entschied sich Abbie, zu gehen. Zum Abschied gab sie Millie einen Kuss. Die Erzählung war zwar faszinierend, doch Abbie hatte nicht das Gefühl, der Wahrheit über die Vergangenheit ihrer Mutter auch nur einen Schritt nähergekommen zu sein. Sie gelangte rasch zu dem Schluss, dass sie sich andere Informationsquellen suchen musste und sich nicht einfach auf Millie verlassen sollte.

Am darauffolgenden Nachmittag machte sich Abbie daran, die Sachen ihrer Mutter durchzusehen, in der Hoffnung, Briefe, ein Tagebuch oder auch das eine oder andere Foto zu finden, das Aufschluss über ihre frühen Jahre geben konnte. Sie fand diese Aufgabe ausgesprochen schwierig. Allein der Duft des Parfüms ihrer Mutter, der noch in ihren Kleidern hing, ließ erneut die Tränen fließen. Dann entdeckte sie alle Briefe und Postkarten, die sie selbst jemals an sie geschrieben hatte, es waren sogar mehr, als sie in Erinnerung hatte. Doch da waren sie, sorgsam mit einem Band zu einem Bündel geschnürt und in einer Schachtel verstaut, in der früher Taschentücher aufbewahrt worden waren. Auch die Geburtsanzeige von Aimée war darunter. Ihrer Mutter war es also *nicht* egal gewesen, was aus ihr geworden war. Warum hatte sie sie dann so sehr auf Distanz gehalten? Warum konnte sie sich nicht erlauben zu verzeihen? Tiefes Bedauern überwältigte Abbie. Es ergab alles keinen Sinn. Oh, welch eine fürchterliche Verschwendung! Wenn sie doch nur die Zeit zurückdrehen könnte!

In diesem Moment kam ihr Vater ins Schlafzimmer.

»Was zum Teufel machst du da?«

Der bloße Ton seiner Stimme ließ erkennen, wie wütend ihn Abbies Eindringen machte.

Abbie stand auf und legte die Arme um ihn.

»Dad, ich weiß, dass es schwierig ist, aber irgendjemand muss Mums Sachen wegräumen. Ich dachte, ich erspare dir diesen Schmerz.«

Er schaute sie an, und als er ihre Tränen sah, nahm er sie mit unendlich traurigem Blick in die Arme und drückte sie sanft. Es war ein gutes Gefühl, sie waren sich so nahe wie seit Jahren nicht mehr. Dann drehte er sich auf dem Absatz um und ging wortlos hinaus.

Abbie setzte ihre Arbeit fort, die sie sich vorgenommen hatte. Sie hoffte immer noch, etwas Interessantes zu finden, auch wenn sie nun weniger erwartungsvoll zu Werke ging als vorher. Hatten Kates Verbitterung und ihr seltsames Verhalten ausschließlich mit ihrer schwierigen Vergangenheit zu tun? Hatte ihre leibliche Mutter sie im Waisenhaus zur Welt gebracht? Oder hatte sie ihr Kind auf der Türschwelle abgelegt? Und wer hatte ihren Vornamen ausgesucht? War es Millie gewesen? Oder die Vorsteherin des Waisenhauses? Irgendwo mussten doch Unterlagen oder Informationen über ihre Zeit im Kinderheim in der Pursey Street zu finden sein. Abbie fand nichts.

Später kam Fay und half ihr. Selbst zu zweit brauchten sie den Rest des Nachmittags, um alles auszuräumen und Erinnerungsstücke beiseitezulegen, von denen sich die Familienmitglieder etwas aussuchen konnten. Abbie steckte sich das Bündel mit den Briefen in die Tasche.

»Diese Kisten kann ich gleich morgen früh in den Laden dieser Wohltätigkeitsorganisation bringen, wenn du möchtest«, bot ihre Schwägerin an.

»Danke. Und könntest du dich morgen um Aimée kümmern und mich auf dem Weg zum Laden am Bahnhof absetzen? Ich muss noch etwas erledigen, bevor ich mich im Schmuckgeschäft an die Arbeit mache, und würde es gerne so hinkriegen, dass ich Dad und Robert keine mühsamen Erklärungen geben muss.«

»Na klar, kein Problem.«

*

Das Waisenhaus in der Pursey Street sah genauso düster aus, wie Kate es beschrieben hatte: ein viktorianisches Haus aus grauem Stein im neugotischen Stil. Es war von einer hohen Mauer umgeben und wurde von einem Paar riesiger Eisentore, die immer verschlossen schienen, von der Welt abgetrennt. Eine Gruppe kichernder Mädchen mit aufgetürmter Haarpracht und Miniröcken kam vorbeigehüpft und schmetterte fröhlich *Lesley Gores It's My Party*. Abbie fragte sich, ob sie sich vorstellen konnten, wie es sich angefühlt haben musste, in einem solchen Haus eingesperrt zu sein? Hier bestand keine Aussicht auf irgendwelche Partys. Wie sehr sich Kate danach gesehnt haben musste, durch diese Tore zu schlüpfen und zu entwischen. Selbst als kleines Kind hatte sich ihre Mutter wahrscheinlich gefangen und ungeliebt gefühlt, bis zu jenem herrlichen Tag, als Millie kam und sie sofort in die Arme nahm.

Die Zugreise war lang und ermüdend gewesen und so war es fast Mittag, als sie in Stepney ankam. Und da der Rückweg ebenso mühsam sein würde, wusste Abbie, dass sie keine Zeit hatte, sich lange aufzuhalten.

Als man sie durch einen Flur zum Büro der Vorsteherin führte, konnte Abbie einen Blick in einige Klassenzimmer werfen. Sie waren recht hell gestrichen, an den Wänden hingen Plakate und Bilder, die die Kinder gemalt hatten. Auf jeden Fall waren sie nicht so kahl und trostlos, wie sie ausgesehen haben mussten, als ihre Mutter hier gewesen war. Kate hatte erzählt, dass sie keine Spielsachen hatte. Stattdessen gab es eine endlose Liste von Pflichten, mit denen die Kinder beschäftigt wurden, sodass sie keinen Unfug anstellten. Wenn sie nicht im Unterricht war, musste sie den Badezimmerboden wischen, Töpfe schrubben und Gemüse putzen oder sogar Steine von den umliegenden Feldern aufsammeln. An den Sonntagnachmittagen kamen nie irgendwelche Besucher für sie und unter dem großen Baum, der an Weihnachten in der geräumigen Eingangshalle stand, lagen als einzige Geschenke nur eine Orange und ein paar Nüsse, die jemand in einen alten Strumpf gestopft hatte. Das Einzige, das sie mit Fug und Recht ihr Eigen nennen konnte, war eine kleine Bibel, wie sie jedes Kind von Dimwitty bekam, einer kalten, gefühllosen Frau, der man Kates Ansicht nach keine kleinen Kinder hätte anvertrauen sollen. Doch die Frau, der Abbie nun am Schreibtisch gegenüber saß, war viel jünger und sie lächelte. Sie sah wirklich ausgesprochen freundlich aus.

»Was kann ich für Sie tun, Miss Myers?«

Abbie räusperte sich. Jetzt, wo sie tatsächlich hier saß, hatte sie plötzlich Angst vor dem, was sie möglicherweise herausfinden würde. Sie erläuterte rasch, dass ihre Mutter ihre ersten Lebensjahre hier im Waisenhaus verbracht hatte, jedoch kürzlich verstorben war, und dass sie das Haus gerne mit eigenen Augen sehen und mehr über ihre Herkunft erfahren wollte.

»Ich dachte, Sie könnten mir vielleicht helfen.«

Der Gesichtsausdruck der Frau ließ keinen Zweifel daran, dass sie diese Bitte schon unzählige Male gehört hatte.

»Ich freue mich, sagen zu können, dass sich vieles verbessert hat, seit Ihre Mutter hier war. In der heutigen Zeit wird eine unverheiratete Mutter nicht mehr so missbilligend betrachtet wie früher und Waisenhäuser kommen gewissermaßen aus der Mode. Wir tun unser Bestes, damit die Kinder, die wir hier aufnehmen, all die Liebe bekommen, die sie brauchen, und wir bemühen uns, ihnen eine glückliche Kindheit zu geben. Wann genau hat Ihre Mutter hier gelebt?«

Abbies Angaben zum Alter ihrer Mutter waren die einzigen Informationen, mit denen sie aufwarten konnte.

»Aber wer war ihre leibliche Mutter? Das ist es, was ich gerne herausfinden würde, oder irgendeinen Hinweis, der mir helfen könnte, sie ausfindig zu machen.«

»Wir können natürlich unsere Aufzeichnungen durchsehen, obwohl ich nicht versprechen kann, dass wir irgendetwas finden, das Ihnen weiterhilft. Oft haben wir überhaupt keine Informationen über ein Kind, das wir in unsere Obhut nehmen.«

»Sie meinen, für den Fall, dass sie ausgesetzt wurde?«

Die Frau lächelte mitfühlend.

»Hoffen wir einfach, dass das auf Ihre Mutter nicht zutrifft. Einen Augenblick bitte, ich hole das Aufnahmebuch.«

Abbie saß mit verkrampften Händen im Schoß da und wartete geduldig. Außer ihrem eigenen langsamen Herzschlag war es vollkommen still im Raum. Kate hatte einmal gesagt, dass sie Millie nicht mehr hätte lieben können, wenn sie ihre leibliche Mutter gewesen wäre, hatte aber oft auch voller Bedauern über die Distanz gesprochen, die sich bisweilen zwischen ihnen zeigte. Abbie begriff nun, dass sie vielleicht ursprünglich entstanden war, weil Kate sich im Alter von siebzehn Jahren gegen Millies Willen kopfüber in eine Ehe stürzen wollte. Abbie war zwiegespalten und konnte sich nicht entscheiden, auf wessen Seite sie sich bei dieser Geschichte stellen sollte.

Und doch hatte noch Jahre nach dem Streit über eine Heirat, die nie stattgefunden hatte, eine leichte Verlegenheit zwischen Mutter und Tochter geherrscht, die von Zeit zu Zeit sichtbar wurde. Abbie selbst hatte ihr Unbehagen oft genug erlebt, vor allem, wenn es um das Schmuckgeschäft ging. Sie hatte immer angenommen, dass es Millie schwerfiel, sich zurückzuziehen und ihrer Tochter den Weg freizumachen, was sie gut verstehen konnte. Doch manchmal schienen ihre Unstimmigkeiten keinen erkennbaren Grund zu haben, nichts, was sie hätte greifen können. Zuweilen verstummte ihre Unterhaltung, sobald Abbie hinzukam.

Warum hatte Kate angesichts dieser Situation nicht selbst versucht herauszufinden, wer ihre leibliche Mutter war? Oder hatte sie die Antwort auf ihre Fragen bekommen und sie geheim gehalten, weil sie befürchtete, Millie damit wehzutun?

Es schien ewig zu dauern, bis die Frau wiederkam. Als sie zurückkkehrte, hielt sie das Buch bereits an der richtigen Stelle aufgeschlagen.

»Sie kam im Januar 1920 hierher und ihr Alter wurde auf zwei oder zweieinhalb Jahre geschätzt.«

Abbie war überrascht.

»1920? Zwei Jahre alt?«

»Leider können wir keine genaueren Angaben zu ihrem Alter machen, weil uns keinerlei Dokumente vorliegen, keine Geburtsurkunde oder irgendetwas anderes.«

»Ich hatte angenommen, dass sie als Baby hierher gebracht wurde.«

»Das ist nicht immer der Fall. Manchmal versucht eine junge Mutter, eine Weile allein zurechtzukommen, und muss dann einsehen, dass sie es nicht schafft und ihr Kind abgeben muss. Meist zwingt finanzielle Not sie dazu.«

»Dann war es also ihre Mutter, die sie ins Waisenhaus brachte? Und Sie wissen, wer sie war?«

»Hier ist nur angegeben, dass Kate von einer jungen Frau gebracht wurde.«

»Von wem?«

Abbie sah die ersten Hoffnungsschimmer.

»Ich fürchte, ich bin nicht befugt, ihre Identität preiszugeben, jedenfalls nicht, ohne sie vorher zu fragen.«

»Aber das werden Sie tun, nicht wahr? Und mich dann wissen lassen, wer sie ist?«

»Ich werde ihr von Ihren Nachforschungen berichten, vorausgesetzt, sie lebt noch und ich kann sie ausfindig machen. Doch es ist ihre Entscheidung, ob Sie Kontakt zu Ihnen aufnimmt oder nicht.«

»Oh ja, ich verstehe.«

Der Hoffnungsschimmer schwand sofort dahin, denn es war unwahrscheinlich, dass die Mutter zustimmen würde, ihre Identität nach all den Jahren des Schweigens offenzulegen.

»Und was ist mit Kates Namen? Wer hat den ausgesucht?«

»Offenbar war ein Zettel an ihren Mantel geheftet. Darauf stand nur der Vorname, kein Familienname.«

Bedeutete das, dass sie unehelich geboren war? Natürlich war sie es, doch das hatte Abbie sowieso schon gewusst. Offenbar war sie auf der Suche nach Kates leiblichen Eltern keinen Schritt vorangekommen. Eine große Traurigkeit erfüllte sie und tiefes Mitgefühl mit ihrer Mutter. Sie kämpfte mit ihren Gefühlen und überlegte gleichzeitig, welche Fragen sie der Vorsteherin noch stellen sollte. Keine Geburtsurkunde, kein anderes Dokument über ihre Herkunft, nichts als ein Name.

»Hatte sie überhaupt nichts bei sich, als sie hier ankam?«

»Ich glaube nicht.« Die Frau setzte ihre Brille auf, um die Eintragung im Buch genauer durchzulesen. »Ah, doch, hier steht etwas. Offenbar trug sie ein kleines Bündel bei sich.«

Abbies Herz machte einen Satz.

»Tatsächlich? Was war darin? Hat man es ihr mitgegeben, als sie das Waisenhaus verließ?«

Im Geiste stellte sie sich schon vor, wo im Dachgeschoss von Carreck Place sie suchen könnte.

Die Frau sah sie entschuldigend an.

»Hier steht, dass man es ihrer Adoptivmutter, Mrs Nabokow, angeboten hat, doch sie lehnte ab, es mitzunehmen.«

Abbie starrte die Vorsteherin ungläubig an.

»Sie lehnte ab, es mitzunehmen? Warum sollte Gran so etwas tun? Es war ein wichtiger Teil des Lebens meiner Mutter, das Einzige, das sie besaß.«

»Vielleicht wünschte sie, dass das Kind seine Vergangenheit hinter sich ließ und bei ihr einen neuen Anfang machte.«

Das wäre typisch für Millie, wie Abbie nur zu gut wusste. Für ihre Großmutter war die Vergangenheit ein Buch mit sieben Siegeln. Sie atmete tief durch, um sich zu beruhigen, dann fragte sie:

»Sie haben dieses Bündel nicht zufällig noch?«

Die Frau war schon aufgesprungen und rief nach ihrer Mitarbeiterin. Dann lächelte sie Abbie ermutigend an.

»Miss Aspen hat peinlich genau darauf geachtet, dass das Eigentum der Kinder sicher verwahrt wurde. Ich bin sicher, dass sie uns auch diesmal nicht enttäuscht.«

Sie enttäuschte sie tatsächlich nicht. Zehn Minuten später verließ Abbie das Waisenhaus in der Pursey Street und hielt das kostbare Bündel fest umklammert. Vielleicht hatte sie endlich einen Hinweis auf die wahre Identität ihrer Mutter gefunden.

*

Erst als sie allein in ihrem Zimmer war, wagte sie, das Bündel aufzuknüpfen. Sie saß auf ihrem Bett und faltete es vorsichtig auseinander. Darin fand sie eine Babydecke und in diese Decke war etwas eingewickelt, das aussah wie ein ordentlich gefaltetes Kleidungsstück.

Abbie schüttelte die Decke aus, konnte aber nichts Außergewöhnliches daran feststellen. Es war eine Babydecke wie Tausende andere, handgestrickt, aus weicher cremefarbener Wolle. Dann faltete sie das Kleidungsstück auseinander. Es schien ein besticktes Taufkleid aus cremefarbenem Satin zu sein. Schon die Qualität des Stoffes verriet ihr, dass es ein teures Kleid war. Diese unbekannte leibliche Mutter stammte offensichtlich nicht aus einer armen Familie. Also war es vermutlich keine finanzielle Not, die sie dazu gebracht hatte, das Kind ins Waisenhaus zu bringen. Doch vielleicht hatte ihre Familie sie und ihre Tochter abgelehnt. Was war bloß mit der verzweifelten jungen Mutter geschehen, die gezwungen war, ihr kleines Mädchen wegzugeben? Abbie runzelte die Stirn und breitete das Taufkleid auf dem Bett aus, um es sich genauer ansehen zu können.

»Meine Güte, es ist wirklich wunderschön«, murmelte sie.

Sie fuhr mit den Händen über den seidigen Stoff und bewunderte die kunstvolle Stickerei mit winzigen Saatperlen auf dem wattierten Oberteil. Dann stockten ihre Finger, als sie etwas Hartes und Festes ertasteten, einen kleinen Klumpen, der in das Kleid eingenäht war. Was konnte das sein? Sie musste es einfach wissen. Sie holte eine spitze Schere aus ihrem alten Nähkorb und löste vorsichtig die Stiche – und starrte dann ungläubig auf das, was da in ihre Handfläche fiel.

*

»Ist es, was ich vermute, Gran?« Abbie streckte ihrer Großmutter den Schmuckstein hin und erschrak, als sie sah, wie alle Farbe aus ihrem Gesicht wich. Sie hatte einen Augenblick gewählt, in dem sie allein waren. Es war ein strahlender Apriltag und sie gingen gerade am See entlang. Eine Entenschar watschelte hinter ihnen her, in der Hoffnung, einen Brotkanten oder einen anderen Leckerbissen zu ergattern. »Es ist keine Kette daran befestigt, aber ich denke, dass es ein Anhänger ist.«

Lange Zeit sagte Millie gar nichts. Dann brachte sie mühsam hervor:

»Ich …, es ist baltischer Bernstein, sehr wertvoll.«

»Das dachte ich mir.«

»Solche Stücke hat der Schmuckladen nicht auf Lager, woher hast du es also?«

»Gran, bitte sei nicht verletzt oder gekränkt, aber ich war gestern im Waisenhaus in der Pursey Street.«

Einen Augenblick lang dachte Abbie, Millie würde in Ohnmacht fallen, daher nahm sie rasch ihren Arm und führte sie zu einer nahen Sitzbank. Selbst als sie dort saß, schien sie Mühe zu haben, Luft zu holen, und Abbie machte sich schreckliche Vorwürfe, dass sie so unvermittelt mit dieser Nachricht herausgeplatzt war. Zum Glück war ihr Vater beim Angeln, sonst wäre er furchtbar wütend auf sie gewesen, weil sie der armen Millie in dieser ohnehin schon schwierigen Situation derart zusetzte.

»Soll ich dir ein Glas Wasser holen?«

»Nein, schon gut. Gleich geht es mir besser. Willst du mir damit sagen, dass du bis nach London gefahren bist? Was um alles in der Welt hat dich dazu bewogen?«

»Ich wollte mehr über Mum herausfinden – wer sie war und ob es in ihrer Vergangenheit irgendetwas gab, das sie dazu getrieben hat, ihrem Leben ein Ende zu setzen. Das kannst du doch sicher verstehen.«

»Und was hast du herausgefunden?«

»Sehr wenig. Sie war zwei oder zweieinhalb Jahre alt, als sie ins Waisenhaus gebracht wurde, sie war gar kein Baby mehr. Wusstest du das?«

Millie schwieg, sie sah immer noch vollkommen verwirrt aus. Die plötzliche Erkenntnis, dass ihre Enkelin Nachforschungen über die Herkunft ihrer Adoptivtochter angestellt hatte, schien sie regelrecht aus der Bahn zu werfen.

»Nun, sonst ist nichts weiter über sie bekannt. Es gab keinerlei Hinweise auf ihre Familie, nur einen Zettel, der an ihren Mantel geheftet war. Doch die Vorsteherin des Waisenhauses hat mir ein Bündel mit Babysachen mitgegeben, das Kate an dem Tag bei sich trug, als sie aufgenommen wurde. Darin war ein Taufkleid und im Oberteil fand ich diesen Anhänger. Und du sagst, er ist wertvoll?«

Millie räusperte sich.

»Bernstein ist kein Stein, er besteht aus dem Harz von Bäumen, die vor Millionen von Jahren wuchsen. Viele der Baumarten sind inzwischen ausgestorben. Wenn die klebrige Substanz am Baumstamm zu Boden rann, blieben oft Teile von Pflanzen oder Insekten darin hängen und wurden in dem goldgelben Harz eingeschlossen. Durch Stürme wurde der Bernstein weggespült und später in kleinen Klumpen wie Kieselsteine an den Meeresküsten abgelagert. Baltischer Bernstein ist mindestens fünfzig Millionen Jahre alt und er ist sehr wertvoll.«

Abbie hörte staunend zu. Fünfzig Millionen Jahre waren eine Zeitspanne, die sie sich einfach nicht vorstellen konnte. Dann sah sie, wie eine einzige Träne an der Wange ihrer Großmutter herablief. Millie starrte den Anhänger beinahe fassungslos an, ihr Gesicht war totenblass, als sie mit dem Finger über den Stein strich. Er war von satter gelbbrauner Farbe wie Karamell und hatte selbst die Form einer Träne. In seinem Innern war tatsächlich das Skelett einer Libelle eingeschlossen, das Abbie erst jetzt nach Millies Erläuterung als solches erkannte. Sie legte Millie den Arm um die Schultern und wollte sich gerade dafür entschuldigen, dass sie sie so aufgeregt hatte, als sie jäh unterbrochen wurde.

»Was ist hier los?«

Abbie fuhr bestürzt zusammen, als sie die Stimme ihres Vaters hörte. Er hatte seine Angelrute in der Hand und kam mit dem inzwischen allzu vertrauten wütenden Gesichtsausdruck auf sie zu. Wieder einmal wurde sie von Schuldgefühlen überrollt.

»Dad, es tut mir so leid. Ich wollte Gran nicht zum Weinen bringen, ich wollte das alles doch nur verstehen.«

»Was verstehen?«

»Es ist schon in Ordnung«, mischte Millie sich ein, tupfte sich die Tränen weg und versuchte erneut, die Fassung wiederzugewinnen. »Es ist allein meine Schuld. Ich denke, Abigail hat das Recht, Fragen zu stellen, mir und auch dem Waisenhaus.«

»Dem Waisenhaus?« Die Angel entglitt Tom und fiel mit lautem Klappern auf den Boden. »Was ist mit dem Waisenhaus?«

»Ich bin gestern dort gewesen, Dad, um etwas über Mum zu erfahren.«

Einen Augenblick lang herrschte Schweigen und dann fragte er Millie, ohne Abbies Bemerkung auch nur die geringste Beachtung zu schenken:

»Was für Fragen?«

»Vollkommen normale Fragen: Wer ihre Mutter war und wann sie im Waisenhaus abgegeben wurde. Die Art von Fragen, die auch Kate gestellt hat, und nun stellt Abigail sie. Wir wussten immer, dass das eines Tages passieren würde. Ich weiß nur nicht, ob ich ihr die Antworten geben kann, die sie braucht. Ich habe ihr alles gesagt, was ich sagen konnte.«

»Aber das reicht nicht, Gran.« Abbie sah ihre Großmutter an und in ihrem Blick lagen Seelenqual und Mitleid. »Was ist das für ein großes Geheimnis, über das ihr nicht redet? Ich weiß, dass es eins gibt. Ich spüre es. Ich wüsste gerne, warum du bis nach London gefahren bist, um dir ein Adoptivkind auszusuchen, wenn du hier ganz in der Nähe in Kendal oder Preston ein Waisenhaus hättest finden können. Sicher gab es jede Menge Kinder, die sehnsüchtig darauf warteten, adoptiert zu werden. Es ergibt alles keinen Sinn. Hat es etwas mit Russland und mit den Ereignissen von damals zu tun, dass du dir ausgerechnet London ausgesucht hast? Ich habe das Gefühl, dass da eine Verbindung besteht. Und wenn das so ist, dann sag mir bitte, was damals passiert ist, während der Revolution.«

Millie betrachtete sie mit einem Ausdruck tiefer Hilflosigkeit.

»Wir haben Höllenqualen durchlitten. Es waren schlimme Zeiten und ich möchte lieber nicht darüber sprechen.«

»Lass deine Großmutter in Frieden. Siehst du denn nicht, dass du sie aufregst?«

Nun hatte Abbie Tränen in den Augen und, ach, sie war des Weinens so müde. Sie wünschte sich ihr Leben wieder hell und normal. Sie dachte an die jungen Mädchen, die auf der Straße in Stepney getanzt und gesungen hatten. Sie hatten einfach ihren Spaß. Wie sehr sehnte sie sich danach, auch in ihrem Leben wieder Spaß zu haben nach all den Verletzungen und Enttäuschungen, die sie durchgemacht hatte. Und sie war wild entschlossen, diesen Traum Wirklichkeit werden zu lassen, egal wie schwierig es sein mochte.

»Siehst du denn nicht, dass mich Mums Tod mehr als traurig macht?«, weinte sie. »Ihr alle gebt *mir* die Schuld für ihren Selbstmord! Schert sich irgendjemand auch um *meine* Gefühle? Ich habe sie auch geliebt, verstehst du, auch wenn du mich nicht mehr liebst, Dad.«

Ihr Vater war am Boden zerstört.

»Abbie, sag so etwas Schreckliches nicht. Natürlich liebe ich dich.«

»Dann zeig es wenigstens ein bisschen.«

Ihre Großmutter nahm sie in die Arme.

»Es tut mir so leid, mein Schatz. Ich weiß, das alles muss furchtbar für dich sein. Es ist nur so, dass man einige Dinge ...«

»... am besten vergisst. Wie oft habe ich das schon von dir gehört.« Abbie fuhr sich durch die Haare und zerrte ihre wilden Locken mit einer Geste der Verzweiflung zu einer Seite. »Es tut mir leid, aber es bringt nichts, der Wahrheit immer aus dem Weg zu gehen. Wenn du einfach nur dein Gewissen dadurch beruhigen wolltest, dass du ein armes Kind bei dir aufgenommen hast, nachdem du in der Revolution so viele hast sterben sehen – warum sagst du es dann nicht einfach? Das ist doch vollkommen verständlich, auch wenn es nicht erklärt, warum du bis nach Stepney gefahren bist, um eines zu finden.«

»So war es nicht. Du verstehst das alles nicht.«

Nun liefen Millie die Tränen übers Gesicht und Tom tätschelte ihr hilflos die Schultern.

»Na, nun beruhige dich. Abbie hat keine Ahnung, um was sie dich da bittet. Sie versteht es nicht. Wie sollte sie auch?«

In diesem Moment wusste Abbie die Antwort und die Wahrheit durchzuckte sie wie ein Blitz.

»Natürlich! Warum bin ich nicht früher darauf gekommen! Die Antwort hat mit diesem Anhänger zu tun.« Sie nahm den Stein und spürte seine kühle Glätte in der Hand. »Du könntest zunächst einmal erklären, Gran, wie es kommt, dass ein Stück baltischer Bernstein in Kates Babysachen eingenäht war, wenn sie doch angeblich in England geboren wurde.«

»Baltischer Bernstein?«, murmelte ihr Vater.

»In das Oberteil von Mums Babykleid eingenäht. Und dieses Kleid lag in dem Bündel, das sie offenbar bei sich hatte, als sie im Alter von zwei oder zweieinhalb Jahren im Waisenhaus in der Pursey Street ankam.«

»Ah!«, sagte er und tauschte einen langen stummen Blick mit ihrer Großmutter. »Vielleicht ist es tatsächlich an der Zeit, dass du die ganze Geschichte erzählst, Millie.«

»Aber … «

»Kein Aber mehr, meine Liebe. Abbie verdient es, die Wahrheit zu erfahren, schließlich geht es auch um ihre Herkunft. Und auch wenn es für dich schwer ist, diese schreckliche Zeit wieder aufleben zu lassen, Millie: Du bist die Einzige, die diese Geschichte erzählen kann.«

KAPITEL 13

Alles wurde anders, als Stefan begann, für die Gräfin zu arbeiten. Die ersten Anzeichen von Frühling machten sich bemerkbar, als das Eis auf der Newa zu schmelzen anfing, auch wenn überall noch reichlich Schnee lag. Der Graf beschloss, dass es Zeit für einen Besuch auf dem Landsitz der Familie sei. Einige Diener waren vorausgefahren, um das Haus für die Ankunft der Belinskys vorzubereiten, während die restliche Dienerschaft in St. Petersburg blieb.

Wir fuhren mit dem Zug und legten den Rest des Wegs vom Bahnhof mit dem Schlitten zurück, den eine graue Traberstute zog. Für mich war das etwas ganz Neues, daher war ich nicht darauf gefasst, wie schnell der Schlitten durch den pulvrigen Schnee sauste.

Insgeheim war ich ganz verzückt und aufgeregt, als ich neben Stefan vorne saß – obwohl ich eher auf und ab hüpfte als saß. *Njanjuschka* war hinten bei den Kindern und *Babuschka* beim Grafen und der Gräfin. Wir alle trugen *Schubas*, Beinwärmer und Fellmützen und waren zudem mit großen Bärenfelldecken zugedeckt.

Ich war mir Stefans Nähe in jedem Augenblick bewusst und konnte mich kaum auf den Weg konzentrieren, der vor uns lag, weil mein Blick immer wieder zu seinem gut geschnittenen kantigen Gesicht schweifte.

Stefan hatte kaum ein Wort mit mir gewechselt, seit er zu uns gestoßen war. Selbst als ich ihm die Bitte der Gräfin überbrachte, hatte er nur genickt und gesagt:

»Wie Ihre Ladyschaft wünschen.«

Er hatte sich nicht einmal bedankt. Warum er mich so faszinierte, konnte ich mir selbst nicht erklären, denn er schien mir ein äußerst unhöflicher junger Mann zu sein.

Um das unbehagliche Schweigen zu brechen, das sich zwischen uns ausgebreitet hatte, wies ich auf einige kleine hölzerne Schuppen, die über die schneebedeckten Hügel und Weiden verstreut standen.

»Welche Tiere werden dort gehalten?«, fragte ich beiläufig und dachte an die Kuhställe, wie ich sie von zu Hause kannte.

»Das sind Holzhütten, in denen die Bauern leben«, teilte mir Stefan unterkühlt mit.

Ich errötete vor Verlegenheit und entschuldigte mich hastig.

»Ich bitte um Verzeihung. Das wusste ich nicht.«

Er lächelte bitter und zeigte wenig Neigung, mir meinen Irrtum zu vergeben. Meine Gefühle für diesen Mann waren wirklich zwiespältig. Sein Lächeln und seine gelegentlichen Anflüge von Charme mochte ich sehr, doch gleichzeitig hatte er etwas an sich, das mir beinahe gefährlich erschien. Ich zwang mich, mich auf das zu konzentrieren, was er sagte.

»Unter Zar Alexander II. wurde den Bauern ihre Freiheit und ihre Bürgerrechte gewährt. Leider jagte man viele von ihnen einfach davon. Sie mussten selbst sehen, wie sie zurechtkamen, doch sie hatten kein Land, das sie ernähren konnte. Die neue Freiheit nutzte ihnen also wenig. Daraus entstand ein lange schwärender Groll, der zu der gescheiterten Revolution von 1905 führte und wahrscheinlich auch zu dem kürzlich verübten Attentat.«

Ich fuhr entsetzt zurück.

»Oh nein, nicht noch ein Attentat! *Babuschka* hat mir von der Bombe erzählt, durch die Alexander II. ums Leben kam, aber das war im vergangenen Jahrhundert, vor langer Zeit.«

Ich hatte so wenig Ahnung von russischer Politik. Eine Arglose im Ausland – diese Beschreibung hätte nicht besser passen können.

»Premierminister Stolypin wurde letztes Jahr im September in der Oper erschossen. Und es war nicht der erste Anschlag auf sein Leben. Er trug immer einen Körperpanzer, der ihn vor den Revolutionären schützen sollte, doch der hat ihn auch nicht retten können.«

»Wie schrecklich!« Ich wusste nicht, was ich sonst sagen sollte, denn ich hörte eine gewisse Pragmatik aus seinem Tonfall heraus, fast so, als meinte er, der arme Mann habe sein Schicksal verdient. »Warum haben sie ihn umgebracht?«

»Stolypin hatte vor, eine Agrarreform einzuführen, die Bauern erlauben sollte, Land zu erwerben. Damit wollte er ihre Loyalität dem Zar gegenüber wiedergewinnen. Die Mittelschicht und der Adel waren damit nicht einverstanden. Außerdem hatte Zar Nikolaus im Jahr 1905 die Gründung der Duma als beratende Versammlung zugelassen und ihr zusätzliche gesetzgebende Macht versprochen, wenn sie sich etabliert hatte. Leider hat sich Seine Kaiserliche Hoheit nicht an dieses Versprechen gehalten, offenbar zögert er, etwas von seiner Macht abzutreten, die er als gottgegeben betrachtet.«

In seiner Stimme schwang eine barsche Bitterkeit mit, und da es ihm anfangs widerstrebt hatte, für den Grafen zu arbeiten, begann ich mich zu fragen, ob er nicht vielleicht mit diesen sogenannten Revolutionären sympathisierte.

»Wollen Sie damit sagen, dass die Pläne des Premierministers nicht funktionierten, weil einige Bauern es sich nicht leisten konnten, Land zu kaufen?«

Und da lächelte er mich tatsächlich an, als freute er sich darüber, dass ich zuhörte. Mir wurde ganz warm ums Herz.

»In gewisser Weise führten die Reformen zu noch schlimmerer Unterdrückung, weil sie bäuerliche Gemeinschaften auflöste. Tausende Menschen wurden hingerichtet oder zu Zwangsarbeit verurteilt, weil sie protestierten. Stolypin weigerte sich sogar, Gewerkschaften anzuerkennen. Ihre Rechte wurden einfach ignoriert. Egal, ob seine sogenannten Reformen gut oder schlecht waren, nun wird nichts mehr dabei herauskommen.«

»Ich verstehe.« Ich war mir nicht ganz sicher, ob ich wirklich verstand. Doch konnte es tatsächlich eine Spur der

Befriedigung sein, die ich da heraushörte? Gewiss würde sich niemand über den Tod eines Menschen freuen, noch dazu unter solchen Umständen, selbst wenn es ein Politiker war, der sich anscheinend nicht an seine Versprechen hielt. Ein unangenehmer Schauder lief mir über den Rücken, als mir klar wurde, dass es nicht die ganze Geschichte war, die Stefan mir da erzählte. »Danke, dass Sie mir das erklärt haben. Ich hatte keine Ahnung von diesen Dingen, und wenn ich es gewusst hätte, dann hätte ich es mir wahrscheinlich zweimal überlegt, ob ich in Russland eine Stelle annehmen soll.«

Er sah mich prüfend an, als wollte er sich jeden meiner Gesichtszüge einprägen.

»Dann bin ich froh, dass Sie es nicht wussten«, sagte er ruhig, »denn sonst hätte ich nicht das Vergnügen gehabt, Sie kennenzulernen.«

Die Wärme und Vertrautheit seiner Worte brachten mich ein wenig aus der Fassung und so wandte ich mich rasch ab, um wieder die Hütten zu betrachten, die mir immer noch große Ähnlichkeit mit den Kuhställen zu haben schienen, wie wir sie im Lake District haben. Doch nun sah ich sie mit anderen Augen und ich hatte großes Mitleid mit ihren Bewohnern, die man kaum besser als Tiere behandelte.

Das Haus der Belinskys dagegen war traumhaft in seiner palastartigen Pracht, mit seinen klassischen Säulen und einer von einem Absatz unterbrochenen Granittreppe, die zu dem prunkvollen Eingang führte. Im Innern des Hauses gab es polierte Parkettböden, Kristallkronleuchter, Marmor, Mosaike und goldverzierte Möbel wo man nur hinsah. Die türkisfarbenen Wände des großen Salons waren mit zarten Stuckfiguren, Vasen, Lambris und Konsolen geschmückt. Es war ganz offenkundig, dass der Reichtum des Grafen Wassili Belinsky meine Vorstellungskraft bei Weitem überstieg.

War dieser Kontrast zwischen reich und arm der Grund für Stefans unversöhnliche Haltung dem Adel gegenüber oder steckte mehr dahinter? Ich wusste überhaupt nicht, was ich von all den politischen Aktivitäten halten sollte, die er erwähnt hatte und an denen er möglicherweise nicht ganz unbeteiligt war. Daher fühlte ich eine seltsame Zurückhaltung, ihn noch weiter zu diesem Thema auszufragen. Ich musste noch viel lernen, nicht nur über Russland, sondern auch über Stefan selbst.

*

Dieses erste Wochenende auf dem Land genoss ich in vollen Zügen und hatte großen Spaß daran, mit den Kindern Schlitten zu fahren. Es erinnerte mich sehr an zu Hause. Sobald der erste Schnee gefallen war, borgten wir uns immer die großen Teetabletts meiner Mutter aus und sausten darauf den Benthwaite Crag hinunter. Wenn es darum gegangen war, mich in den Kurven flach hinzulegen und mich gut festzuhalten, konnte mir niemand etwas vormachen. Beim Schlittschuhlaufen musste ich allerdings passen. Ich hatte es nie gelernt, denn mein Vater machte sich immer Sorgen, dass das Eis auf dem See womöglich nicht hielt.

»In Russland ist das anders. Das Eis hält über Monate«, versicherte mir Stefan, als er sich auf die Suche nach einem Paar Schlittschuhe machte, die mir passten.

Auch als ich mich das erste Mal aufs Eis wagte, fiel immer noch Schnee, obwohl der Frühling nicht mehr weit war. Beide Kinder, selbst die kleine Irina, konnten erstaunlich gut Schlittschuh laufen. Ich war eifrig bemüht, es zu lernen und Spaß daran zu haben, und lachte mit ihnen zusammen, jedes Mal, wenn ich wieder auf der Nase lag. Vorsichtshalber blieb ich am Rand des zugefrorenen Flusses.

Nach und nach wurde ich etwas mutiger und fühlte mich sicherer auf den Füßen. Selbst die eisige Luft machte mir nichts aus, die mir um die Ohren pfiff, als ich mich zaghaft ein Stückchen weiter aufs Eis hinauswagte. Allerdings zog ich mir meine Fellmütze tiefer ins Gesicht.

»Jetzt müssen Sie alleine zurechtkommen!«, rief Stefan. »Ich muss die Hennen füttern und mich um die Pferde kümmern! Lassen Sie es einfach langsam angehen!«

»Keine Sorge, ich kriege das schon hin!« Doch als ich mich halb zu ihm umwandte, um ihm zu antworten, vollführten meine Füße einen irrwitzigen kleinen Tanz, rutschten unter mir weg und schon lag ich wieder da. »Oh je, da hab ich wohl den Mund zu voll genommen. Also, ich werde mich kaum um die russische Meisterschaft im Eiskunstlaufen bewerben«, lachte ich.

Irina kam angesaust, um mir auf die Beine zu helfen.

»Sie können meine Hand nehmen, *Barischnja*, wenn Sie mögen. Ich helfe Ihnen.«

Die Kinder und auch die anderen Dienstboten sprachen mich immer mit *Barischnja*, Fräulein, an und gaben mir dadurch das Gefühl, nicht ganz zu ihnen zu gehören. Doch ich schien als Erzieherin sowieso eine Sonderstellung zu haben, was nicht immer einfach war. War das der Grund, weshalb ich die Freundschaft so schätzte, die sich allmählich zwischen Stefan und mir entwickelte? Ich war mir nicht sicher. Oder vermisste ich einfach nur die Art von schmeichelnder Aufmerksamkeit, mit der mich Liam immer umgarnt hatte? Es konnte ganz sicher nicht mehr als das sein, denn er war kein Mann, den man leicht kennenlernte.

»Danke, das ist sehr nett von Ihnen, Irina.«

Inzwischen mochte ich dieses entzückende kleine Mädchen wirklich gern, sie hatte solch ein liebes Wesen. Ganz im Gegensatz zu ihrem Bruder. Zusammen liefen wir auf unseren Schlittschuhen ein wenig auf und ab und Irina half mir, das Anhalten und Umdrehen zu üben. Manchmal klappte es ganz gut, doch dann brachte ich alles furchtbar durcheinander und rutschte wieder einmal auf dem Hinterteil über das Eis.

»Machen Sie sich keine Sorgen, *Barischnja*, bald wird es einfacher«, versicherte sie mir und kicherte, als sie mir wieder einmal den Schnee vom Mantel klopfte.

»Das würde ich Ihnen gerne glauben«, seufzte ich.

Mittlerweile taten mir bestimmte Teile meiner Anatomie empfindlich weh.

»Hören Sie nicht auf sie. Ich zeige Ihnen, wie es geht«, sagte Serge und umkreiste mich breit grinsend auf seinen Schlittschuhen.

Dann packte er mich am Handgelenk und begann, mich weiter aufs Eis zu ziehen.

»Bleiben Sie stehen, Master Serge, das ist weit genug«, wehrte ich mich, doch er schien mir nicht zuzuhören.

»Sie brauchen mehr Platz, um richtig zu fahren. Es hat keinen Sinn, so nah am Ufer zu bleiben. So ist es richtig. Kommen Sie – schneller, schneller.«

Meine Füße zappelten wie verrückt, wurden immer schneller und bewegten sich, als gehörten sie nicht zu mir. Ich merkte, dass ich die Kontrolle verlor und plötzlich durchfuhr mich eine Angst wie ein eisiges Schwert.

»Das ist weit genug, Master Serge. Bringen Sie mich sofort zurück, bitte!«, rief ich.

Zugegebenermaßen reagierte er auf die Panik in meiner Stimme und vielleicht hatte er das Gefühl, mit seinem ungezogenen Streich weit genug gegangen zu sein. Auf jeden Fall wurde er langsamer und steuerte zurück zum Ufer, wie ich mit großer Erleichterung zur Kenntnis nahm. Ich war auch dankbar dafür, dass er mich immer noch am Handgelenk festhielt. Ich sah Irina, die ängstlich die Hände auf den Mund presste und bangte und hoffte, dass ich bald heil zurückkehren würde. Wir waren schon fast bei ihr angekommen, als Serge mich plötzlich losließ, seine Hände in die Luft reckte, ein wenig zur Seite wegrutschte und mir direkt vor die Füße fuhr, sodass wir zusammenprallten.

Der Schlag gegen die Schulter ließ mich unkontrolliert herumwirbeln, sodass ich mit großer Geschwindigkeit aufs Ufer zusteuerte. Ich konnte nicht anhalten, raste geradewegs in einen Schneewall und prallte dann aufs Eis zurück. Unter mir hörte ich ein furchterregendes Krachen. Ich rechnete fest damit, ins eisige Wasser zu fallen, doch ich hatte Glück und bekam eine Baumwurzel zu packen, die in den zugefrorenen Fluss ragte. Ich klammerte mich daran wie an eine Rettungsleine, und genau das war sie ja auch. Mein Atem kam stoßweise und sandte kleine Nebelschwaden in die kalte Luft. Ich war erleichtert, dass ich wenigstens still daliegen konnte, und erst als Irina mich erreichte und entsetzt aufschrie, merkte ich, dass eines meiner Beine tatsächlich durch das Eis ins Wasser gekracht war. Ich spürte es noch nicht einmal.

Rasch zog sie mein Bein heraus und begann, mich, so klein sie war, zum Ufer zu zerren. Dabei schrie sie ununterbrochen so laut sie konnte:

»Hilfe! Hilfe! Serge, lauf und hol Hilfe, schnell! *Barischnja* ist verletzt.«

Ich hörte Stimmen, als Leute gelaufen kamen: Es war Stefan mit einigen Dienern. Gemeinsam zogen sie mich vom Eis. Doch erst, als sie mich ins Haus getragen hatten und Stefan in aller Eile ein Handtuch holte, um mein Bein trockenzureiben, begriff ich, warum Irina so panisch reagiert hatte. Als er mir den Stiefel auszog, zeigten sich offenbar bereits Erfrierungen. Zunächst spürte ich gar nichts, doch später, als der Fuß allmählich auftaute, war der Schmerz unbeschreiblich. Noch nie hatte ich solche Höllenqualen durchlitten. Ich war überzeugt, dass ich sie nicht überleben würde, und hatte nur noch den Wunsch, mich hinzulegen und zu weinen oder vielmehr laut zu schreien, doch das ließ Stefan nicht zu.

»Sie müssen herumlaufen. Gehen Sie auf und ab, bleiben Sie nicht stehen. Sie sollten diesen Fuß die nächsten Tage in Bewegung halten, damit die Durchblutung wieder richtig in Gang kommt«, wies er mich an und ließ mich nicht einen Augenblick lang stillsitzen. »Wie konnte dieser Unfall passieren? Warum sind Sie nicht dicht am Ufer geblieben, wie ich es Ihnen gesagt habe?«

Ich sah rasch zu Serge hinüber, der stumm dabeistand und zusah, wie die anderen sich mühten, meinen Fuß zu retten. Als er den Kopf hob und meinem Blick begegnete, wurde mir auf der Stelle klar, dass der ›Unfall‹ alles andere als ein Missgeschick gewesen war. In seinen dunklen Augen blitzte das verräterische Leuchten der Schuld auf und ich wusste, dass er es absichtlich getan hatte. Er wollte, dass ich im Eis einbrach. Wenn man sich ausmalte, was hätte passieren können, war ein erfrorener Fuß kaum der Rede wert.

»Nun?«, beharrte Stefan. »Warum haben Sie sich so weit hinausgewagt? Schließlich sind Sie vorher noch nie Schlittschuh gelaufen.«

Ich sah ihn mit einem mitleiderregenden Lächeln an.

»Weil ich ein junges dummes Ding bin. Aber machen Sie sich keine Sorgen, ich habe meine Lektion gelernt. In Zukunft werde ich besser aufpassen.«

Die letzte Bemerkung war keine Floskel, die ich gesagt hatte, um Stefan zu beruhigen – sie war todernst gemeint. Doch außer mir wusste das nur eine weitere Person im Raum.

*

Nach der Begebenheit auf dem Eis stieß Serge wieder einmal eine seiner wütenden kleinen Drohungen aus.

»Wenn Sie Papa erzählen, dass ich es war, der Sie zu Fall gebracht hat, dann sage ich, dass Sie lügen, und sorge dafür, dass er Sie hinauswirft.«

Ich sah lächelnd auf ihn hinunter, voller Mitleid mit diesem unsicheren kleinen Jungen, den seine Mutter nach Strich und Faden verwöhnte. In den Augen seines Vaters fühlte er sich jedoch wie ein Versager, dabei war es deutlich zu sehen, dass er immer wieder verzweifelt versuchte, ihn zu beeindrucken. Ignorierte der Graf Serge absichtlich, um seine Frau dafür zu bestrafen, dass sie Irina gegenüber so hartherzig war? Was für ein Paar die beiden waren!

»Ich habe keine Ahnung, was Sie meinen, Master Serge. Meine Füße haben mir einfach nicht mehr gehorcht. Es war ein Unfall und ganz gewiss nicht Ihre Schuld. Vergessen wir die ganze Sache, ja?«

»Sie werden es also nicht Papa sagen?«

»Natürlich nicht. Warum sollte ich? Sie und ich, wir sind Freunde, oder? Warum sollten Sie mir wehtun wollen?«

In seinem überraschten Blick lagen ungläubiges Staunen und etwas, das vielleicht eine Spur von Dankbarkeit enthielt. Das Thema wurde nicht weiter erwähnt und ich achtete sorgfältig darauf, freundlich und höflich dreinzusehen.

Babuschka, die mit uns aufs Land gefahren war, schickte *Njanjuschka* mit einer Nachricht zu mir und fragte an, ob es mir gut genug ging, um unsere gelegentlichen Vorlesestunden fortsetzen zu können.

»Ich bin froh, dass Madame auch hier ist. Der Tapetenwechsel wird ihr guttun. Und ich werde mich nur allzu gerne hinsetzen, nachdem ich wegen meines Fußes so viel herumgelaufen bin. Ich mag die alte Dame sehr und bin gerne bei ihr.«

Am ersten Abend, den ich mit ihr verbrachte, lasen wir *Der alte Raritätenladen*. Offenbar war es eines ihrer Lieblingsbücher, doch diesmal war sie mehr daran interessiert, etwas über meinen ›Unfall‹ zu hören, und wollte wissen, ob es meinem Fuß wieder besser gehe.

»Ja, er ist wieder in Ordnung«, versicherte ich. »Trotz meiner dummen Unbeholfenheit.«

Sie runzelte zweifelnd die Stirn.

»Hatte Serge irgendetwas damit zu tun? Wir wissen alle, dass mein Enkel einen etwas schelmenhaften Sinn für Humor hat.«

Das kann man wohl sagen, dachte ich. Ein boshafter Charakterzug, den ich weder verstand noch kontrollieren konnte, zumindest nicht mit meiner begrenzten Erfahrung. Ich hatte gehofft, ihn mit Freundschaft zu einem Sinneswandel bewegen zu können, doch anscheinend machte ich mich dadurch nur noch mehr zur Zielscheibe für seine frechen Späße. Dennoch beteuerte ich *Babuschka* gegenüber, dass ihr Enkel nicht das Geringste damit zu tun hatte. Dabei hielt ich die Finger hinter dem Rücken gekreuzt, war aber fest entschlossen, dem Jungen eine Chance zu geben.

»Ich gebe zu, dass ich es nicht leicht finde, mit ihm zurechtzukommen, trotz Ihrer hilfreichen Vorschläge. Hätten Sie vielleicht noch weitere Tipps, wie ich am besten mit ihm umgehe?«

»Geben Sie seinen Forderungen nicht nach. Schlau, wie er ist, wickelt er seine törichte Mutter um den kleinen Finger und macht genau das, was er will. Er weiß ja, dass sie ihm nie böse sein würde. Das tut dem Jungen gar nicht gut. Eine feste Hand, das ist es, was er braucht, sonst wird er so selbstsüchtig und berechnend wie sie.«

Die bittere Offenheit ihrer Bemerkungen überraschte mich. Sie war ihrer Tochter gegenüber erstaunlich kritisch, achtete aber normalerweise darauf, es nicht zu zeigen.

»Ich versuche schon, konsequent zu sein, aber dieses Kind hat seinen ganz eigenen Kopf«, erwiderte ich.

»Ich fürchte, da haben Sie recht, und natürlich ist er schrecklich eifersüchtig auf seine kleine Schwester. Seiner Meinung nach schenkt ihr der Graf viel zu viel Aufmerksamkeit.«

»Darüber hatte ich mir schon Gedanken gemacht. Es ist so schade, dass Bruder und Schwester sich nicht besser verstehen.« Ich goss der alten Dame etwas Tee nach und überlegte dabei, wie ich meine nächste Bemerkung formulieren konnte, dass sie möglichst beiläufig und nicht zu ernst klang. »Sie scheint ja wirklich der Liebling ihres Vaters zu sein. Aber bei der Gräfin denke ich manchmal, dass sie lieber einen zweiten Sohn gehabt hätte als ein Mädchen.«

Babuschka sah mich mit einem Gesichtsausdruck an, den meine Mutter als undurchdringlich bezeichnet hätte.

»Bisweilen ist ein Kind nicht willkommen, egal ob Junge oder Mädchen.«

Ich runzelte die Stirn, in meiner Naivität verstand ich nicht recht, was sie damit sagen wollte.

»Wie schade für die Gräfin, dass sie keine weiteren Kinder wollte, wo Miss Irina doch so lieb ist.«

»Manche Dinge lässt man besser ruhen.«

Ich gab ihr mit einem höflichen Nicken zu verstehen, dass ich begriffen hatte, und nahm das Buch wieder zur Hand, um ihr weiter vorzulesen. Welches Geheimnis die alte Dame auch immer hüten mochte: Sie hatte offenbar nicht die Absicht, es preiszugeben.

KAPITEL 14

Als ich Ruth das nächste Mal in der Britisch-Amerikanischen Kapelle traf, hatte ich ihr viel zu erzählen.

»Ich bin mir nicht sicher, ob ich deinen Freund Stefan wirklich mag«, sagte ich, als wir bei Tee und einem Stück Kuchen zusammensaßen. »Er scheint mir reichlich militant zu sein.«

Sie zuckte mit den Schultern.

»Er hat sicherlich eine andere Einstellung zum Leben als wir, aber er hat auch guten Grund dazu.«

»Tatsächlich? Warum?«

»Erstens ist er Russe und wir sind Engländerinnen. Wie sollen wir denn verstehen, wie er über Dinge denkt, auch wenn wir seine Sache vielleicht noch so sehr gutheißen?«

»Und was für eine Sache soll das sein?«

Sie verdrehte die Augen.

»Erwarte nicht, dass *ich* dir das erkläre. Frag Stefan, wenn es dich wirklich interessiert.«

Ich dachte eine Weile darüber nach, während sich Ruth mit den anderen britischen Erzieherinnen unterhielt. Ich nahm an, sie spielte darauf an, dass er für die Armen eintrat, was eine ziemlich riskante Einstellung zu sein schien, nach allem, was er mir erzählt hatte. Manchmal sah ich, wie Leute, die wahrscheinlich zu den Landarbeitern gehörten, versuchten, in eine Straßenbahn einzusteigen, nur um vom Schaffner gleich wieder hinausgestoßen zu werden. Sie seien betrunken, sagte er dann. Dabei waren sie einfach nur erschöpft. Einmal war es eine Frau mit einem Kind auf dem Arm gewesen und ich war selbst überrascht, als ich plötzlich aufsprang und dem Schaffner in meinem holprigen Russisch sagte, dass die Frau in meiner Begleitung sei. Ich hatte sogar ihr Fahrgeld bezahlt, wofür sie mir sehr dankbar war.

Doch wie tief steckte Stefan darin? Allein die Tatsache, dass er Mitleid für ihr Elend empfand, machte noch keinen Revolutionär aus ihm. Oder etwa doch?

Ruth unterbrach meine Gedanken, als sie mir ins Ohr flüsterte:

»Eigentlich denke ich, dass du ihn mehr magst, als du zugeben willst. Ich sehe doch dein Gesicht, wenn er in der Nähe ist. Deine Augen leuchten auf und du kannst den Blick nicht von ihm wenden.«

»Das ist nicht wahr«, zischte ich zurück, doch sie lachte nur.

Waren meine Gefühle so offensichtlich? Ich schämte mich, dass ich insgeheim Gefühle für diesen gut aussehenden, aber schwer durchschaubaren Mann hegte.

»Und ich glaube, dass er auch von dir ganz angetan ist. Was würdest du sagen, wenn er mit dir ausgehen wollte?«

»Red keinen Unsinn. Es lohnt sich nicht, dass ich mir darüber den Kopf zerbreche. Ich habe genug Sorgen mit meiner neuen Stelle, da kann ich keine weiteren Komplikationen in meinem Leben gebrauchen. Ich habe ganz bestimmt keine Zeit für Liebesgeschichten und für die Schmeicheleien charmanter junger Männer auch nicht.«

»Du findest ihn also charmant?«

Ich wurde rot.

»Das meinte ich nicht. Und oft genug ist er alles andere als charmant. Ich will nur sagen, dass es mich all meine Zeit und Energie kostet, die Gräfin bei Laune zu halten. Es ist sehr schwer, es ihr recht zu machen. Könnten wir jetzt bitte das Thema wechseln?«

*

Inzwischen hielten wir uns regelmäßig auf dem Landsitz der Familie auf, und wenn wir dort waren, schickte die Gräfin mich oft, Besorgungen zu machen oder irgendetwas zu beschaffen, das es nicht gab. Die Tatsache, dass es nur einen winzigen Dorfladen gab und dass ich nicht mal eben auf den Newski Prospekt einkaufen konnte, kümmerte sie nicht im Geringsten. Eines Nachmittags schickte sie mich ins Dorf, weil sie eine bestimmte Sorte teure Schokolade haben wollte – wie zu erwarten ein fruchtloses Unterfangen. Als ich mit etwas vollkommen anderem wiederkam, reagierte sie launisch wie ein Kind.

»Das ist nicht das, wonach ich Sie geschickt habe!«, schrie sie. »Ich mache mir nichts aus Keksen.«

»Es tut mir leid, Euer Ladyschaft, doch die Schokolade, die Sie wollten, ist im Dorfladen nicht vorrätig.«

»Dann müssen Sie darauf bestehen, dass sie künftig vorrätig ist!«, fuhr sie mich an.

»Das wird kaum möglich sein, denn außer Ihnen gibt es hier niemanden, der sich so teure Schokolade leisten kann.«

Sie bedachte mich mit einem eisigen Blick, biss in den Keks, verzog das Gesicht und hielt mir den Keks hin.

»Sie haben ihn gekauft, also essen Sie ihn auch.«

»Nein, danke, Euer Ladyschaft.«

»Tun Sie, was ich Ihnen sage! Essen Sie ihn!«

Ich richtete mich zu meiner vollen Größe auf. Neben der stattlichen Gräfin wirkte ich jedoch trotzdem schmächtig.

»Sie haben ihn angebissen, warum sollte ich ihn also essen wollen?«

»Was Sie *wollen*, tut nichts zur Sache! *Ich* bin Ihre *Herrin* und Sie werden tun, was ich Ihnen sage!«

Die Heftigkeit ihres Tons und die Präzision, mit der sie diese Worte sprach, ließen mir keine Wahl. Ich nahm ihr den Keks aus der Hand und aß ihn, auch wenn er mir fast in der Kehle stecken blieb. Sie lächelte triumphierend. Als ich mich zum Gehen wandte – ich war fest entschlossen, nichts zu sagen, das ich bereuen würde –, erteilte sie einen weiteren Befehl.

»Schicken Sie Stefan zu mir! Sofort!«

»Ich fürchte, er ist nicht im Haus, Mylady. Wahrscheinlich bewegt er die Pferde.«

In Wirklichkeit hatte ich keine Ahnung, wo er war, doch mir war schon des Öfteren aufgefallen, dass er bisweilen ganz unerwartet verschwand und erst Stunden später wieder auftauchte. Ob er sich in der Stadt oder in der Umgebung des Hauses aufhielt und was er machte, wusste ich nicht.

»Nun, er sollte nicht bei den Pferden sein, nicht um diese Tageszeit. Ich brauche ihn *jetzt*!«

»Ich werde ihm Ihre Anweisung überbringen, wenn ich ihn das nächste Mal sehe, ich weiß allerdings nicht, wann er wiederkommt.«

Ihre Augen verengten sich zu schmalen Schlitzen und ihr Zorn steigerte sich derart, dass ihr normalerweise blasses Gesicht rot anlief. Ich rechnete fest mit ihrer Drohung, dass sie ihn entlassen würde, sobald er wieder auf der Bildfläche erschien, doch stattdessen richtete sie ihre Wut gegen mich.

»Sie lügen, Dowthwaite! Bestimmt haben Sie selbst ein Auge auf ihn geworfen, dabei wissen Sie genau, dass er nichts lieber tut, als sich *mir* zur Verfügung zu stellen!«

Als ich mich zu ihr wandte und dem Eishauch ihres triumphierenden Blickes begegnete, gab ich mir alle Mühe, die Bestürzung zu verbergen, die ihre Worte in mir auslösten. Wollte sie damit sagen, dass Stefan ihr neuester Liebhaber war? Doch sicher nicht. Und doch …, er sah gut aus und es stand zweifelsfrei fest, dass sie ihrem unendlich geduldigen Mann keine treue Ehefrau war. War nicht der Gärtner, dessen Platz Stefan eingenommen hatte, ehedem ihr Liebhaber gewesen, bevor sie ihn entließ?

Als ich Stefan später von dieser Unterhaltung mit der Gräfin berichtete und ihn geradeheraus fragte, ob ihre Andeutungen der Wahrheit entsprachen, schüttelte er heftig den Kopf.

»Absoluter Unfug! Es stimmt, dass die Gräfin mich ständig herumkommandiert und mich als Chauffeur und Lakai einsetzt, und natürlich als Gärtner und Mädchen für alles. Heute wollte sie nur, dass ich ihr eine Tasse Tee bringe, Herrgott noch mal! Als sei ich ihr persönlicher Diener.«

»Aber das ist es, was Sie sind, Stefan«, erinnerte ich ihn.

Natürlich fragte ich mich, warum sie mich den Tee nicht hatte holen lassen, doch gleichzeitig wusste ich, dass sie mir diese angebliche Affäre mit Stefan unter die Nase reiben und mich eifersüchtig machen wollte. Vermutlich war es ihre Art, kleinlich Rache zu üben, weil ich es nicht geschafft hatte, ihr die Schokolade zu kaufen. Und zu meinem großen Ärger hatte sie damit tatsächlich Erfolg.

Stefan und ich unterhielten uns im Flüsterton, weil die Kinder in der Nähe waren. Wir halfen ihm dabei, die Hühner zu füttern. Daran hatten sie beide ihren Spaß, sogar Serge sammelte mit Vergnügen Eier ein und füllte die Näpfe mit frischem Wasser.

»Wir sind alle an ihrem Gängelband«, bemerkte ich leise. »Selbst *Njanjuschka* beschwert sich, dass sie viel zu viel zu tun hat: Sie soll sich um *Babuschka* kümmern, bei den Kindern helfen und sogar als Kammerzofe für die Gräfin einspringen, wenn ihre angestammte Zofe nicht da ist. Ihre Ladyschaft ist sehr anspruchsvoll und anstrengend.«

»Und macht aus allem ein fürchterliches Drama. Ständig schimpft sie herum und schreit den Grafen an, weil er angeblich irgendetwas versäumt hat. Er dreht sich einfach um und geht, wenn er genug davon hat, und dann wirft sie ihm kostbare Vasen hinterher. Warum er sich damit abfindet, ist mir ein Rätsel.«

Stefan schüttelte ungläubig den Kopf, während ich das alte Stroh ausräumte und durch neues ersetzte. Gegen meinen Willen war ich fasziniert von dem, was er erzählte, und ich fragte mich, wie er das alles in Erfahrung gebracht hatte.

»Sie macht sich mit Vorliebe über andere Leute lustig und tut alles, um ihnen das Leben schwer zu machen. Selbst vor

Babuschka macht sie nicht halt, und die ist ja nun wirklich eine liebe alte Dame, die niemandem zur Last fällt. Im Gegensatz zu ihrer sanftmütigen Mutter ist die Gräfin eine Verschwenderin erster Ordnung. Sie hat überhaupt kein Gespür für den Wert des Geldes. Wo waren Sie also heute Morgen, als Sie sich unerlaubt vom Haus entfernt hatten?«

»Ich bin nicht der Ansicht, dass ich jede ihrer Forderungen erfüllen muss«, sagte er und machte damit einen eleganten Bogen um meine Frage. Dann beugte er sich näher zu mir, um mir etwas zuzuflüstern. Sein warmer Atem kitzelte mich am Ohr. »Ich weiß jetzt, warum sie das kleine Mädchen nicht leiden kann.«

»Tatsächlich?«

Er warf einen raschen Blick über die Schulter und zog mich dann zur Seite, wo die Kinder uns nicht belauschen konnten.

»Irina ist gar nicht ihre Tochter. Sie ist das Kind der Geliebten des Grafen, eine Frau, die er heiraten wollte, doch seine Eltern haben es ihm nicht erlaubt.«

Ich starrte ihn in sprachloser Überraschung an. Das war es also, woran *Babuschka* lieber nicht rühren wollte. Oder zumindest war sie fest entschlossen, nichts davon nach außen dringen zu lassen, denn sie musste ja die Wahrheit kennen.

»Woher wissen Sie das?«

»In der Küche schnappe ich viel Klatsch und Tratsch von den anderen Dienern auf.«

»Würde das erklären, warum sie den Grafen betrügt?«

»Oh, sie hat ihn von Anfang an betrogen. Es war eine arrangierte Ehe, die mit Politik, Landbesitz und Geld zu tun hatte, aber nicht mit Liebe in irgendeiner Form. Selbst in den Flitterwochen, wenn man sie so nennen will, hatte sie angeblich eine Affäre mit einem Stallburschen. Soweit ich gehört habe, hat der Graf versucht, etwas aus der Ehe zu machen, doch er war ihrer Possen bald müde und kehrte zu seiner alten Liebe zurück. Und Irina war das Ergebnis.«

»Das ist also der Grund, weshalb Gräfin Olga so sehr gegen sie eingenommen ist. Die arme Irina.« Ich sah zu der Kleinen hinüber, die auf dem Boden hockte und sich mit einer Henne unterhielt, als sei sie ihre beste Freundin. »Wie schrecklich traurig. Sie ist so ein liebes kleines Ding und hätte eine gute Mutter verdient, die sie liebt.«

Stefan drückte meine Schulter sanft.

»Was immer dieses Kind an Liebe bekommt, kann nur von Ihnen kommen. Und natürlich von ihrem Vater.«

Plötzlich erinnerte ich mich, dass *Babuschka* genau dasselbe angedeutet hatte, und musste heftig schlucken, um die Tränen zurückzuhalten. Ich nickte.

»Sie haben recht und ich werde dafür sorgen, dass sie sie bekommt.«

Seine Hand glitt über meinen Rücken zur Taille und bei seiner Berührung durchfuhr mich ein leiser Schauder des Verlangens.

»Liebe ist wichtig im Leben, meinen Sie nicht?«

Ich sah ihm ins Gesicht. Seine Augen blickten fragend in meine, bevor sie zu meinen Lippen wanderten.

»Ich glaube, ich bringe die Kinder besser ins Haus, es ist bald Zeit fürs Mittagessen«, sagte ich lächelnd und zog mich eilig zurück.

Dabei vergaß ich ganz, dass er meine Frage nach seinem Verbleib gar nicht beantwortet hatte.

*

»Warum verlassen Sie uns, *Barischnja*?«

Die kleine Irina saß in ihrem Bett und starrte mich an. In ihren blauen Augen schimmerten Tränen.

Ich ging schnell in die Hocke und nahm sie in die Arme.

»Ich verlasse Sie nicht. Wie kommen Sie darauf?«

»*Mamuschka* sagt, dass Sie nicht eine Minute länger in diesem Haus bleiben können.«

Ich runzelte die Stirn und fragte mich, was um alles in der Welt ich nun schon wieder falsch gemacht hatte. Ob die Gräfin mir wirklich kündigen würde? Beim bloßen Gedanken daran wurde mir übel. Es war sehr schwer, es ihr recht zu machen, doch ihre Kinder waren mir so sehr ans Herz gewachsen, dass die Vorstellung, sie zu verlieren, mir tiefen, wenngleich höchst unprofessionellen Schmerz bereitete. Es konnte doch wohl nicht sein, dass sie mich einfach als Rivalin betrachtete, die wie sie um Stefans Aufmerksamkeit buhlte? Wollte sie ihn ganz für sich haben? Genau das hatte sie mir ja vorgeworfen.

»Woher wissen Sie das alles, Miss Irina? Haben Sie wieder an Türen gelauscht?«

Ich wusste, dass sie eine kleine Geheimniskrämerin war, die sich liebend gern unter Tischen versteckte oder an Türen horchte, wenn sich Erwachsene unterhielten.

Sie legte die Hand auf den Mund, um ein Kichern zu unterdrücken, und nickte dann.

»Ich saß unter Papas Schreibtisch. Er hatte nach dem Tee mit mir gespielt und dann kam *Mamuschka* hereinmarschiert und er flüsterte, ich sollte mich verstecken. Und das tat ich auch. Papa war sehr wütend und sagte, er würde dafür sorgen, dass Sie bleiben. Er weiß, dass Sie uns lieben, wissen Sie. Sie lieben uns doch wirklich, nicht wahr, *Barischnja*?«

»Natürlich tue ich das, Schätzchen.«

»Sogar Serge?«

»Ich liebe Sie beide gleichermaßen und ich liebe meine Stelle, daher habe ich nicht die Absicht fortzugehen. Nicht, wenn ich nicht muss«, setzte ich leise hinzu.

Sie legte mir die Arme um den Hals und umarmte mich liebevoll. Sie duftete nach dem Lavendelöl, das in ihrem Badewasser gewesen war, und nach der Marmelade, die sie zum Abendbrot auf ihrem Scone gegessen hatte.

»Ich liebe Sie auch, *Barischnja*. Sie bleiben doch, nicht wahr? Ich möchte nicht, dass Sie gehen.«

»Ich auch nicht.« Die Stimme, die von der Tür des Schulzimmers her erklang, überraschte mich, denn es war Serge, der da sprach. Und was er sagte, überraschte mich noch viel mehr.

Er kam hereingeschlendert, hatte die Hände in den Hosentaschen vergraben und gab sich alle Mühe, lässig und gleichgültig auszusehen, doch die Anspannung in seinem jungen Gesicht sprach Bände. »Ich schere mich nicht um solche Sachen wie Liebe, nicht wie meine dumme Schwester, aber mit einer neuen Erzieherin wieder ganz von vorne anfangen zu müssen, das wäre wirklich lästig.«

»Ja«, pflichtete ich ihm mit ernster Miene bei. »Das kann ich verstehen, Master Serge. Ich hoffe, dazu wird es nicht kommen.«

Da sah er mich an, ein heranwachsender Junge, der fast schon so groß war wie ich.

»Das hoffe ich auch.«

»Dann sind wir uns ja alle einig«, sagte ich und lächelte beide an. »Sollen wir noch eine Runde *Snap* spielen, bevor Sie beide zu Bett gehen?«

»Oooh ja, bitte!«, rief Irina und Serge holte schnell die Karten.

*

Zum Glück wurde meine Entlassung nicht weiter erwähnt und trotz der wenig vielversprechenden Anfänge wurden mir die Besuche auf dem Land zu einer wahren Freude. In den darauffolgenden Monaten waren wir regelmäßig dort. Ich hielt weiterhin ein wachsames Auge auf Serge, falls er es sich wieder einfallen ließ, den einen oder anderen Streich zu spielen. Dabei dachte ich an *Babuschkas* Ratschläge, doch sein Verhalten schien sich stark gebessert zu haben. Vielleicht hielt unser Waffenstillstand tatsächlich, den wir seit dem Ereignis auf dem Eis geschlossen hatten. Jeden Tag begleitete ich die Kinder ins Dorf. Es bestand aus einer kläglichen Ansammlung ärmlicher Hütten, doch sie liebten es, in den winzigen Laden zu gehen und sich ein paar Süßigkeiten und Kekse zu kaufen. Nicht, dass es dort viel Interessantes zu kaufen gab – hauptsächlich Schwarzbrot,

Wurstkränze, ein paar Haushaltsgegenstände und Reinigungsmittel.

Stefan fuhr uns mit dem Pferdewagen ins Dorf und trotz meiner Vorbehalte begann ich, seine Sorge um die offenkundigen Anzeichen von Armut zu teilen, die überall zu sehen waren.

»Den Bauern geht es wirklich miserabel, doch der Zar scheint es noch nicht einmal wahrzunehmen, geschweige denn, sich darum zu kümmern«, murrte er.

»Vielleicht kümmert er sich ja, findet es aber schwierig, Abhilfe zu schaffen. Armut lässt sich nicht so einfach auflösen.«

»Das kann ich nicht glauben.«

»Warum sind Sie so anti-aristokratisch eingestellt? Mir hat es immer schon Spaß gemacht, für die besseren Familien zu arbeiten, und wenn sie nicht wären, dann hätten Sie und ich keine Arbeit. Ist es denn nicht gut, dass sie wenigstens für Arbeit sorgen?«

»Es kommt auf die Bedingungen an und wie sie sich uns gegenüber aufführen.«

Ich lachte.

»Ich gebe offen zu, dass ich mir bisweilen auf die Zunge beißen muss, wenn ich die Bemerkungen der Gräfin höre. Zu Beginn meiner Zeit hier tat sie sich wirklich schwer, mir einen freien Nachmittag zu gewähren. Doch ich blieb standhaft und habe mich schließlich durchgesetzt.«

In seinem Blick lag eine neue Bewunderung.

»Gut gemacht. Und wenn Sie abends mit dem Grafen und der Gräfin zusammen essen, hören Sie dann schon mal etwas Interessantes, das der Arbeiterklasse Hoffnung geben könnte?«

Ich runzelte die Stirn. Der Streit, den wir bei unserer ersten Begegnung hatten, war mir noch immer im Gedächtnis.

»Ich bin keine Spionin, also sollten Sie besser aufhören, mir solche Fragen zu stellen. Und überhaupt: Was gibt es denn da zu hören? So wie es aussieht, führen der Zar und die Zarin ein ruhiges Leben auf dem Land und legen keinen großen Wert auf Formalitäten. Offenbar sind selbst die Dienstboten angewiesen, die Töchter der Zarenfamilie beim Vornamen zu nennen und sie nicht mit ihrem Titel anzusprechen. Was mir ziemlich demokratisch vorkommt. So sagte *Babuschka* es jedenfalls.«

Stefan schnaubte verächtlich.

»Meiner Ansicht nach ziehen sie doch bloß eine Show ab. Sie sitzen sicher in ihrer abgeschiedenen kleinen Welt. Seine Kaiserliche Hoheit hat kaum eine Vorstellung davon, wie das Volk lebt, dass viele von ihnen versuchen, sich zu bilden, dass sie mehr vom Leben verlangen. Seit Jahren ignoriert er ihre beherzten Bemühungen, ihr Schicksal zu verbessern.«

»Und was ist 1905 passiert?«, fragte ich leise.

Ich verspürte das Bedürfnis, Stefans Standpunkt besser zu verstehen.

Lange saß er schweigend über die Zügel gebeugt da. Sein Kragen und die Stoffmütze auf dem Kopf verbargen sein Gesicht. In der Stille waren nur das *Klopp-klopp* der Pferdehufe und das unschuldige Geplapper der Kinder hinter uns zu hören. Stefan sprach erst wieder, als sie im Dorfladen waren und sich glücklich ihre Süßigkeiten aussuchten, während wir an der Tür standen und auf sie warteten.

»Eine Gruppe von Arbeitern hatte sich in den Straßen von St. Petersburg versammelt und höflich darum gebeten, dass man ihre Arbeitsbedingungen verbessern möge. Sie forderten einen Acht-Stunden-Tag und eine angemessene Bezahlung. Unter den Demonstranten waren viele Frauen und Kinder, die Zahl stieg stetig an und ging schon bald in die Tausende, doch alles verlief ruhig und geordnet. Und dann war irgendetwas fürchterlich schiefgegangen.«

»Warum? Hat sich der Zar geweigert, ihre Bitten anzuhören?«

»Der Zar und die Zarin waren gar nicht in St. Petersburg gewesen. Wie schon so oft waren sie in Zarskoje Selo. Dort ist es angeblich sicherer für sie, sie verstecken sich hinter Zäunen und einer Armee von Beschützern. In St. Petersburg bekam plötzlich jemand Panik, weil sich immer mehr Menschen der

Demonstration anschlossen. Er befahl den Soldaten, das Feuer zu eröffnen, um die Menge zu zerstreuen. Das taten sie, und zwar nicht über die Köpfe der Leute hinweg, wie sie es in der Vergangenheit getan hatten, sondern mitten hinein. Über zweihundert Menschen waren an diesem Tag getötet worden, darunter auch mein Vater.«

Von Gefühlen überwältigt hielt er inne und ich starrte ihn mit schreckgeweiteten Augen an.

»Oh, Stefan, wie schrecklich! Es tut mir so leid.«

Kurz darauf sprach er leise weiter, damit keiner der Passanten ihn hören konnte.

»Diejenigen, die vor dem Massaker geflohen waren, wurden von den Kosaken und berittenen Soldaten zur Strecke gebracht und getötet. Der Petersburger Blutsonntag, wahrhaftig«, sagte er bitter. »Meinen Vater hatten sie ein paar Straßen entfernt aufgespürt, also musste er um sein Leben gerannt sein. Er war durchtrainiert, doch selbst er hatte keine Chance gegen ein galoppierendes Pferd. Wenn doch nur der Zar im Winterpalast gewesen wäre und sich mit der Deputation getroffen hätte! Dann wäre alles anders geworden. Nun sieht er sich der schier unlösbaren Aufgabe gegenüber, die Loyalität der Arbeiterklasse wiederzugewinnen.«

»Das kann ich mir vorstellen«, pflichtete ich ihm bei. »Auch wenn er eindeutig nicht derjenige gewesen war, der den Befehl zum Schießen gegeben hatte, er war ja gar nicht in St. Petersburg. Wissen Sie, wer den Befehl erteilt hatte?«

»Es gibt viele Gerüchte, aber keine sicheren Informationen. Auf jeden Fall war einige Wochen später ein Großherzog ermordet worden, aus Rache, also war er es vielleicht. Es besteht jedoch kaum ein Zweifel, dass es einer der autokratischen Verwandten des Zaren war. Ich hatte damals ganz andere Sorgen. Der Verlust meines Vaters hat meine Mutter zerstört und ich musste hilflos mitansehen, wie sie immer weniger wurde und schließlich vor Kummer starb. Selbst jetzt noch brennt die Wut in mir, die an jenem Tag entfacht worden ist.«

»Das kann ich gut verstehen.«

Mein Herz schmerzte für ihn. Ich sehnte mich danach, die Arme um ihn zu legen, wagte es jedoch nicht, nicht in aller Öffentlichkeit.

Schließlich fragte er:

»Ich nehme nicht an, dass der Graf jemals gesagt hat, der Zar sei bereit, die Lage der Arbeiter zu verbessern?«

Ich schüttelte seufzend den Kopf.

»Keine Fragen mehr, bitte, Stefan. Was weiß ich denn schon? Ich bin ein einfaches Mädchen vom Land, das schon die englische Politik nicht verstanden hat. Zu versuchen, die russische Politik zu begreifen, ist ein hoffnungsloser Fall.«

»Ebenso wie Russland in vielerlei Hinsicht«, murmelte Stefan.

»Das glaube ich nicht, nicht einen Moment lang.« Ich drückte seine Hand, in der er die Pferdepeitsche hielt. Mit der schlug er immer wieder gegen sein Bein. Mehr Trost wagte ich in diesem Augenblick nicht zu spenden. »Reden Sie nicht weiter davon, das macht Sie nur unglücklich. Lassen Sie es los.«

Er sah mir in die Augen, holte tief Luft und versuchte, seiner Gefühle wieder Herr zu werden. Dann lächelte er ein wenig.

»Sie haben recht. Bestimmt gibt es interessantere Dinge, über die wir uns unterhalten könnten. Wie Sie sich gegen die Gräfin behaupten, um nur ein Beispiel zu nennen. Ich bewundere Ihren Mut.«

Ich verzog das Gesicht.

»Leider habe ich die schlechte Angewohnheit zu sagen, was ich denke. Mein Vater meint immer, ich sollte versuchen, mein Gehirn einzuschalten, bevor ich den Mund aufmache.«

Er lachte laut und die Atmosphäre zwischen uns wurde gleich viel entspannter.

»Und Sie haben sich der Herausforderung gestellt, sich dieser verwöhnten Kinder anzunehmen, ohne die Ruhe zu verlieren«, flüsterte er, als er Irina wieder in den Pferdewagen hob und Serge applaudierte, der hineinsprang, ohne um Hilfe gebeten zu haben. Stefan trieb das alte Pferd mit den Zügeln an und sagte dabei mit leiser Stimme: »Ich glaube, sogar Master Serge ist Ihrem Zauber verfallen.«

Ich dachte einen Moment lang darüber nach und lächelte.

»Da könnten Sie recht haben. Auf jeden Fall hat sich unser Verhältnis in der letzten Zeit sehr gebessert.«

»Und der Grund dafür ist, dass Sie einen nicht zu leugnenden Charme haben, Millie. Darf ich Sie Millie nennen? Und Sie sehen heute besonders nett aus in diesem hübschen blauen Kleid. Ich mag es, wie Ihr Haar auf Ihrem Kopf geflochten ist, so adrett und gut organisiert wie Sie selbst, obwohl ich es gerne irgendwann lose und frei fließend sehen würde. Und Sie auch.«

Bei diesen Komplimenten wurden meine Wangen ganz rot und ich erinnerte mich an Liam, der einmal etwas Ähnliches über mein Haar gesagt hatte. Doch an Liam hatte ich keinerlei Interesse mehr. Ich mochte es sehr, wie Stefan mich mit dieser leicht spöttischen Art anschaute. Er duftete auf köstliche Weise männlich und ich spürte seinen festen Oberschenkel an meinem.

»Vielleicht ist es doch sicherer, wenn wir uns weiter über Politik unterhalten«, sagte ich und wir lachten beide.

Wie hatte ich mir auch nur einen Moment lang vorstellen können, dass er mit den Revolutionären zu tun hatte? Es gefiel mir, dass er uns langsam nach Hause kutschierte, denn ich genoss seine Gesellschaft sehr.

KAPITEL 15

Die Frühlingssonne blitzte kurz durch die Wolken, als Abbie durch die dicht belaubten schmalen Straßen Richtung Stadt fuhr.

In Gedanken war sie immer noch bei der Geschichte, die ihre Großmutter erzählt hatte. Sie bewunderte Millie für ihren Mut, mit dem sie den schwierigen Situationen mit diesem offenbar gestörten Jungen begegnete. Wie tapfer sie war und gleichzeitig wie verletzlich, wenn es um Stefans Charme ging. Sie lächelte. Nun war es an ihr, in die Fußstapfen ihrer Großmutter zu treten und zu beweisen, dass auch sie eine Herausforderung annehmen konnte.

Abbie sah sich mit einem glücklichen Seufzer um. Wie immer bezauberte sie die Wildheit von Scafell und Hard Knott, wo einst ganze Truppen von römischen Soldaten auf ihrem Weg nach Irland vom nahen Ambleside zum Hafen von Ravenglass marschiert waren. Nun waren diese Hügel den Enthusiasten überlassen, die dort aus Vergnügen herumkletterten und die nun, da Ostern vorbei war, bereits mit ihren prall gefüllten Rucksäcken und ihren Wanderschuhen die Straßen von Carreckwater bevölkerten.

Abbie parkte den alten Ford an der Kirche von St. Margaret, brachte Aimée zur Schule und verabschiedete sich mit vielen Umarmungen und Küssen von ihr. Um drei Uhr würde sie sie wieder abholen.

»Warum ist Jonathon nicht mit uns gefahren?«, fragte Aimée, während sie unschlüssig am Schultor stand und Abbies Hand umklammert hielt.

»Tante Fay wollte ihn selbst herbringen, schließlich ist es auch für ihn der erste Schultag. In Zukunft werden sie und ich uns wahrscheinlich abwechseln. Fändest du das gut?«

Aimée nickte.

»Ich mag Jonathon. Ich wünschte, er wäre jetzt hier. Ich kenne niemanden und sie sprechen alle nicht Französisch.«

»Du wirst bald neue Freunde finden, Schätzchen, und es ist gar nicht schlecht, wenn man zwei Sprachen spricht.«

Das Kind blickte mit großen Augen zur Mutter auf.

»Wird Daddy bald kommen? Ich vermisse ihn.«

Abbie ging in die Hocke, um auf gleicher Höhe mit ihr zu sein. Wieder einmal verspürte sie die inzwischen allzu bekannte Enge in der Kehle.

»Ich vermisse ihn auch und ich bin sicher, dass er dich besuchen kommt, sobald er kann«, sagte sie und hoffte insgeheim, dass er genau das nicht tun würde. Jedenfalls nicht in der nächsten Zeit, bevor sie sich wieder eingelebt und ihre Gefühle unter Kontrolle hatte. Danach würden sie sich sicher auf eine sinnvolle Abmachung einigen, sodass Aimée ihn in den Ferien besuchen konnte. »Wir beginnen hier unser neues Leben und wir müssen sehr stark sein. Ich warte hier am Tor auf dich, Süße, punkt drei Uhr.«

Sie nahm ihre Tochter noch einmal in die Arme, als plötzlich ihre neue Lehrerin, Mrs Sanderson, auftauchte.

»Hallo Aimée, alle freuen sich schon so darauf, dich kennenzulernen. Nur ganz wenige unserer Schüler sind schon einmal jemandem begegnet, der Französisch sprechen kann. Sie sind ganz aufgeregt und werden dir sicher viele Fragen stellen. Sollen wir zu ihnen gehen?«

Mit einem letzten raschen Blick zu Abbie, die ihr ermutigend zulächelte, nahm Aimée die Hand ihrer Lehrerin und ging fröhlich davon.

Abbie stieß einen Seufzer der Erleichterung aus und blieb so lange stehen, bis Aimée sich noch einmal umgedreht und ihr zugewunken hatte, bevor sie in ihrem neuen Klassenzimmer verschwand. *Es wird alles gut werden*, redete sie sich entschlossen zu. *Wir werden überleben.*

Statt an der Carndale Road entlang direkt zum Laden zu eilen, machte sie einen Umweg durch den Fairfield Park bis zur Parade, der Uferstraße. Während sie am Musikpavillon vorbei den Hügel hinauf bis zu den großen viktorianischen Villen schlenderte, erinnerte sich Abbie an das, was die Schuldirektorin ihr erzählt hatte: Ihre Mutter hatte oft einige alte Damen besucht, die dort lebten. Wie erstaunlich, dass sie eine so verlässliche Säule der Gemeinschaft war. Abbies Erinnerungen an ihre Mutter waren ganz anders: eine Frau, die nichts von ihrer Vergangenheit preisgab und die überzeugt war, als Einzige zu wissen, was gut für ihre Tochter war.

Nach dem Streit um den Sekretärinnenkurs, zu dem Kate sie angemeldet hatte, ohne sie vorher zu fragen, und nach ihrer eigenen unvermittelten Ankündigung, dass sie schwanger sei, hatte es die üblichen Vorwürfe gegeben. Es war die Art von Auseinandersetzung, die es in keiner Familie jemals geben sollte. Inzwischen zog sie es vor, nicht mehr darüber nachzudenken, und wusste nun, dass ihre Eltern vermutlich recht gehabt hatten. Sie war impulsiv und naiv gewesen und viel zu leichtgläubig.

Damals hatte sie jedoch ganz anders gedacht ... Abbie war zu Eduard gerannt, gleich am folgenden Nachmittag. Sie verabredeten sich jeden Tag an ihrer ganz besonderen Stelle im Wald und diesmal schüttete sie ihm ihr Herz aus und berichtete von all den schrecklichen Dingen, die gesagt worden waren.

»Ob ich glücklich bin oder ob du glücklich bist, das interessiert sie überhaupt nicht«, schluchzte sie und warf sich verzweifelt in seine Arme. »Noch nicht einmal, als ich ihnen von dem Kind erzählt habe.«

Eduard saß reglos da.

»Von dem Kind! Was sagst du da, Abbie?«

Sie strahlte ihn fröhlich an. Der überraschte Ausdruck auf seinem lieben Gesicht war einfach hinreißend.

»Ich bin schwanger. Habe ich dir das nicht erzählt?«, neckte sie ihn.

Natürlich wusste sie nur zu gut, dass sie es aufgeschoben hatte, ihm davon zu erzählen, weil sie sich nicht sicher war, wie er reagieren würde.

»Im wievielten Monat bist du?«

»Ungefähr im dritten, glaube ich, obwohl ich besser zum Arzt gehen sollte, um ganz sicher zu sein. Mum und Dad sind damit auf jeden Fall nicht glücklich. Sie sind so entsetzlich altmodisch. Oh, aber *ich* bin glücklich, Eduard, mein Schatz. Ich könnte nicht glücklicher sein!«, rief sie, warf ihm die Arme um den Hals und drückte ihn fest.

Sie konnte nicht leugnen, dass sie eine Spur von schlechtem Gewissen verspürte, wenn sie über die Verletztheit und Enttäuschung nachdachte, die sie bei ihren Eltern gesehen hatte. Noch schlimmer wurde es, als sie erfuhren, dass Eduard verheiratet war. Und sie brachten auch keinerlei Mitgefühl für seine Lage auf: Der Arme war an eine Frau gekettet, die er nicht mehr liebte.

»Es wird doch nicht lange dauern, bis du geschieden bist, oder?«, fragte sie ihn. Damals glaubte sie noch fest an ihren Liebhaber. »Bald habe ich Geburtstag, und bestimmt geben sie ihre Einwilligung, wenn ich erst einmal achtzehn bin. Aber was ist, wenn sie es nicht tun?«

»Ich kann warten, egal, wie lange es dauert«, versicherte er ihr unbekümmert und legte ihr tröstend den Arm um die Schultern, auch wenn er sich offenbar noch nicht von dem Schock erholt hatte, den ihre Ankündigung bei ihm auslöste.

»Vielleicht willst du nicht warten, bis ich einundzwanzig bin«, schmollte Abbie. »Oder vielleicht findest du eine andere.«

»Niemals!« Und wie um seine Ergebenheit unter Beweis zu stellen, gab er ihr einen langen Kuss, der zwar nicht ganz so leidenschaftlich ausfiel wie sonst, sie aber dennoch vor Verlangen zittern ließ. »Ich bin sicher, deine Eltern besinnen sich mit der Zeit.«

»Aber wir haben keine Zeit.«

Abbie konnte sich ein Leben ohne Eduard nicht vorstellen. Für sie war er ein Seelenverwandter, und als seine Küsse intensiver und fordernder wurden und in ihr ein Bedürfnis weckten, das sie so noch nie erlebt hatte, da wusste sie im tiefsten Innern ihres Herzens, dass er sie lieben musste.

An dem Tag, an dem sie nach Paris abreisten, hatte ihr Vater alles versucht, um Abbie von ihrem Vorhaben abzubringen. Er war davon überzeugt, dass Eduard sie niemals heiraten würde.

Wie tragisch, dass er recht behalten hatte.

Nun blickte sie auf die Erker, die bogenförmigen Hauseingänge und schmiedeeisernen Balkone dieser stattlichen Häuserreihe, die von reichen Baumwollmagnaten im vergangenen Jahrhundert errichtet worden waren. Sie hörte eine der Türen schlagen und sah einen älteren Mann aus einem der Häuser kommen, der ihr im Vorübergehen höflich zunickte. Wahrscheinlich hatte man die Villen inzwischen in kleinere Wohnungen unterteilt, doch die alten Herrschaften, die dort lebten, waren wahrscheinlich sehr einsam hier am Stadtrand. Vielleicht sollte sie sich erkundigen, ob sie die wohltätige Arbeit ihrer Mutter fortsetzen konnte?

Doch dann erinnerte sich Abbie, dass sie mehr als genug zu tun haben würde, wenn sie den Laden wieder in Schwung bringen wollte. Sie drehte sich auf dem Absatz um und eilte die Parade hinunter und durch die Carndale Road zum Geschäft. Sie würde zu spät kommen. Ausgerechnet an ihrem ersten Tag!

*

Abbie saß in der frisch geputzten Werkstatt und überlegte, womit sie anfangen sollte. Alle Pläne, die sie insgeheim in den letzten Wochen geschmiedet hatte, schienen sich in Luft aufgelöst zu haben. Ihr Kopf war wie leergefegt und ein Gefühl der Panik überkam sie.

Es war eine Sache, vor ihrem Vater mit ihren Erfahrungen in der Pariser Modeszene zu prahlen und darauf zu bestehen, dass sie das Schmuckgeschäft wieder zu einem profitablen Unterfangen machen würde. Das tatsächlich umzusetzen, war etwas ganz anderes. Marisa hätte nicht verständnisvoller und hilfreicher sein können, als Abbie sie anrief und ihr sagte, dass sie nicht nach Paris zurückkehren würde. Sie hatte ihr auch ausdrücklich für die hervorragende Ausbildung gedankt, die sie in ihrer Zeit in der Boutique genossen hatte. Seitdem hatte sie Stunden damit zugebracht, die Geschäftsbücher durchzugehen. Dabei zeigte sich, dass die Einkünfte deutlich zurückgegangen waren, und entweder waren die Kosten stark gestiegen oder Kate hatte über die Stränge geschlagen, jedenfalls war viel mehr Geld abgeflossen als hereingekommen. Offenbar hatte Kate das Interesse an dem Laden verloren, denn sie schien nicht nachbestellt zu haben, was sie verkauft hatte, sondern das Geld wohl für andere Dinge ausgegeben.

Das Konto war also besorgniserregend tief in den roten Zahlen, was bedeutete, dass Abbie dem Bankdirektor möglichst bald einen Besuch abstatten musste. Später in der Woche hatte sie einen Termin gemacht und freute sich nicht gerade darauf. Da sie selbst kein Geld hatte, das sie in den Laden hätte stecken können, würde sie um einen weiteren Kredit bitten müssen. Mittlerweile kamen ihr leise Zweifel, ob es richtig war, auch nur den Versuch zu unternehmen, den Laden zu retten. Vielleicht war es schon längst zu spät.

Linda stellte ihr einen Becher mit schwarzem Kaffee auf den Tisch. In der Hand hielt sie eine Mappe mit Papieren.

»Ich habe den Lagerbestand überprüft, ich dachte, das könnte nützlich sein. Lange habe ich dafür nicht gebraucht, fürchte ich, denn wir haben nicht annähernd die Menge oder die Bandbreite an Schmuck wie früher.«

»Danke, das ist sehr gut«, sagte Abbie und nahm die Mappe. »Ich werde mich heute mal genauer umsehen, okay?«

»Bitte sehr, es ist ja Ihr Laden.«

Eigentlich stimmte das nicht, doch Abbie entschied sich dagegen, Linda von den Streitigkeiten innerhalb der Familie zu berichten, die keine Ende finden wollten. Als sie am Morgen aus dem Haus getreten war, Aimée ins Auto geholfen und den Motor gestartet hatte, war Robert ihr gefolgt und hatte wütend auf sie eingeredet. Er beharrte darauf, dass das Geschäft verkauft werden müsse.

»Nicht mit mir.«

»Das Haus zu erhalten, ist wichtiger als ein blöder Schmuckladen.«

»Ach ja? Und wer behauptet das?«, hatte sie zurückgegeben, bevor sie davonfuhr und ihn wutschnaubend stehen ließ.

Abbie verbrachte die nächsten Stunden damit, die Schubläden und Schränke zu inspizieren. Wie Linda gesagt hatte, waren nicht so viele Schmucksteine da, wie sie in Erinnerung hatte, aber es gab immer noch ein paar wunderschöne Stücke. Außer dem Schmuck fand sie ein paar Schubläden mit Samt und Seidenstoffen, Futterstoff, wattiertem Steppstoff und sogar etwas Blattgold.

Was könnte man wohl daraus machen?, überlegte sie. Während sie die Stoffe befingerte und an die riesige Bandbreite an Perlen und geschliffenen Strasssteinen dachte, die sie in einigen Kisten gefunden hatte, kam ihr die Antwort wie von selbst: Sie würde ein paar Abendtaschen anfertigen. Wenn sie etwas Übung hatte, könnte sie sogar versuchen, sie mit Cabochons zu verzieren oder mit einem Muster aus Blattgold zu belegen.

Abbies Aufregung stieg, als sie sich das nötige Werkzeug zusammensuchte: eine Rundzange, ein Töpfchen mit Spezialkleber und Nähzeug. Wahrscheinlich würde sie auch Ringe brauchen, um einen Schultergurt oder einen Griff zu befestigen, außerdem Reißverschlüsse oder Nieten, doch die konnte sie sich später im Bastelladen in Ambleside besorgen. Plötzlich sah die Zukunft wieder heller aus, als sich ihr Optimismus durchsetzte.

Die Zeit verging wie im Flug, als sie Schnittmuster zeichnete, eine Reihe von flachen Perlen zusammensuchte, die nicht an der Kleidung der Taschenträger hängenbleiben würden, und dann anfing, mit der eigentlichen Gestaltung herumzuexperimentieren. Dabei stellte sie sich vor, wie ihre Mutter an genau diesem Tisch gesessen, Steine gefasst und Ohrringe gemacht hatte, vielleicht sogar solche Taschen, wie sie ihr nun vorschwebten. Was war passiert, das sie hatte depressiv werden lassen und ihr jegliches Interesse an dem genommen hatte, was ehedem ihr eigener *Precious Dream* gewesen war? Tränen stiegen ihr in die Augen, als sie ein Stück Stoff und dazu passendes Seifenfutter glattstrich und beides vorsichtig nach ihrem Schnittmuster zuschnitt.

Abbie machte es Spaß, mit den Perlen die unterschiedlichsten Wirbel und Schnörkel zu legen und dabei Farben und Formen zusammenzubringen. Als sie mit der Anordnung von Formen und Farben zufrieden war, begann sie, die Perlen einzeln auf die Seide zu sticken.

Während sie zwischendurch ein Sandwich aß und ihre dritte Tasse Kaffee an diesem Tag trank, fing sie an, Strasssteine in den passenden Farben zusammenzusuchen. Sie entschied sich für topazfarbene und klare Kristallelemente und legte daraus ein Muster mit einem hellgelben Schmetterling in der Mitte. Es war nicht leicht, die flachen Kristalle auf die winzigen Klebepunkte zu setzen, die sie mit einem Zahnstocher auf den Stoff getupft hatte, doch irgendwie schaffte sie es. Abbie war so in ihre Arbeit vertieft, dass sie erschrocken zusammenfuhr, als Linda den Kopf in die Werkstatt steckte und sie daran erinnerte, dass es fast Zeit war, Aimée abzuholen.

»Lieber Himmel, ja, Sie haben recht, ich muss los. Ich mache morgen damit weiter.«

»Die sehen ja toll aus«, meinte Linda und bewunderte den Glanz der saphirblauen und türkisfarbenen Perlen vor dem schwarzseidenen Hintergrund. »Und den Schmetterling aus Strasssteinchen finde ich auch super. Ich glaube, wir haben irgendwo noch winzige rosafarbene Muscheln, vielleicht können Sie damit etwas anfangen. Ich werde sie gleich suchen. Sie sind wirklich sehr geschickt.«

Abbie streifte sich hastig den Mantel über und griff nach ihrer Tasche. Sie wollte ihre Tochter unbedingt pünktlich von ihrem ersten Schultag abholen.

»Nein, geschickt bin ich eigentlich nicht, und außerdem müssen diese Stoffstücke auch noch zu Abendtaschen verarbeitet werden. Ich muss noch eine Menge lernen, aber es macht Spaß.«

Ihr erster Tag bei *Schmuckträume* war einerseits spannend, andererseits jedoch nervenaufreibend gewesen. Aimée war nach ihrem ersten Schultag ganz aufgedreht und auf der Rückfahrt sangen sie beide aus voller Kehle *Paff, der Zauberdrache.* So würde ihre Zukunft aussehen. War sie es nicht ihrer Tochter schuldig, den Laden zu einem erfolgreichen Unternehmen aufzubauen, und sei es nur, weil sie Aimées Leben dadurch von unten nach oben gekehrt hatte, dass sie ihren geliebten Vater verlassen hatte? Und das Letzte, was sie sich wünschte, waren weitere Vorhaltungen von ihrem Bruder.

*

Abbie gelang es, den Bankdirektor zu überreden, ihren Kreditrahmen zu erweitern, wenngleich nicht so sehr, wie sie gehofft hatte. Ihr Vater hatte den Verkauf des Ladens nicht noch einmal angesprochen, doch Abbie fand, dass es Zeit war, darüber zu reden.

Eines Abends las sie Aimée ein paar Seiten aus *Der Kater mit Hut* vor und freute sich, als ihre Tochter einige ihrer Lieblingsverse wiederholte. Dann deckte sie sie zu, gab ihr einen Gutenachtkuss und machte sich auf die Suche nach ihrem Vater. Sie wollte noch einen Versuch unternehmen, seine Unterstützung zu gewinnen. Sie fand ihn, wie erwartet, in der Bibliothek, wohin er sich um diese Tageszeit gern zurückzog, um die Zeitung zu lesen.

Sie klopfte rasch an die Tür und trat ein, ohne eine Antwort abzuwarten.

»Hallo Dad, kann ich dich kurz sprechen?«

Er legte die Zeitung widerwillig beiseite und nickte. Abbie zog einen Stuhl heran und legte ihm dann die Abendtasche mit dem Schmetterling vorsichtig auf den Schoß.

»Die habe ich vor ein paar Tagen gemacht. Mum hat solche Sachen gefertigt, weißt du noch? Also dachte ich, ich versuche es auch einmal. Was meinst du?«

Er starrte auf die Abendtasche. Sein Gesichtsausdruck verriet tiefen Schmerz, so als könnte er es nicht ertragen, an glücklichere Zeiten erinnert zu werden. Dann gab er Abbie die Tasche zurück.

»Wenn du meinst, dass du das Geschäft mit ein paar Abendtaschen aus den roten Zahlen holen kannst, lebst du im Wolkenkuckucksheim.«

»Ich habe noch andere Pläne und wenn du möchtest, kann ich dir davon erzählen. Ich würde zum Beispiel gerne Schmuck von Künstlern aus der Umgebung anbieten und auch selbst welchen herstellen.«

»Hast du denn Geld, das du in den Laden investieren kannst?«

»Im Moment nicht, aber …«

»Na also, warum willst du das Risiko eingehen, noch mehr Schulden zu machen? Davon haben wir jetzt schon genug, vor allem wegen dieses verfluchten Ladens.«

Sie wusste, dass der Zorn ihres Vaters eigentlich seinem Kummer entsprang, doch das machte es nicht einfacher, damit umzugehen.

»Ja, aber *warum*?«, fragte sie leise. »Woher kommen all diese angeblichen Schulden?«

»Ist das nicht vollkommen egal? Leben. Essen. Die Kosten für die Instandhaltung dieses großartigen Hauses. Was zählt, ist, dass der Laden keinen Gewinn abwirft, also muss er weg. Sonst verlieren wir alles. Du kannst nicht an der Wirklichkeit vorbeischauen.«

Abbie verspürte eine tiefe Sehnsucht nach jenen weit zurückliegenden Tagen, als sie sich ihrem Vater zuwenden und sich seiner liebevollen Unterstützung sicher sein konnte. Nun lebte sie in der Hoffnung, dass sie ihn mit Tüchtigkeit und letztendlich mit wirtschaftlichem Erfolg eines Besseren belehren würde.

»Schau mal, bald fängt die Touristensaison an und in Carreckwater ist immer mehr los, wie in Ambleside und Windermere auch. Bitte, gib mir wenigstens den Sommer, bevor du beschließt zu verkaufen.«

Er sah sie mit entschlossenem Blick an.

»Robert ist der Buchhalter in der Familie und er ist der Ansicht, dass der Verkauf dieser Immobilie die einzig sinnvolle Lösung ist.« Tom Myers rieb sich mit der Hand über das müde Gesicht. »Wir haben gar keine Wahl, wenn wir Carreck Place retten wollen. Selbst wenn uns das Haus tatsächlich nicht gehört, müssen wir es trotzdem instandhalten, solange wir hier leben dürfen.«

»Ich bin sicher, er macht das Problem größer, als es wirklich ist. Und bestimmt gibt es noch andere Möglichkeiten.«

»Es tut mir leid, wenn dir das Kummer bereitet, doch du solltest dir lieber eine richtige Arbeit suchen.«

Abbie schnappte nach Luft.

»Der Schmuckladen ist eine richtige Arbeit und zudem eine Arbeit mit guten Perspektiven.«

»Was für Perspektiven? Wenn es deiner Mutter nicht gelungen ist, ein profitables Unternehmen daraus zu machen, warum meinst du dann, dass du es schaffst?«

»Mum hatte aus irgendeinem Grund das Interesse an dem Laden verloren, aber ich bin jung und begeisterungsfähig. Und ich glaube, dass ich die Energie und das Talent habe, es zu schaffen.«

»Ich bewundere deinen Enthusiasmus, Abigail, aber ich bin mir nicht sicher, dass du dir das Recht darauf verdient hast.«

Sie stieß ein freudloses Lachen aus.

»Lieber Himmel, du kannst mich doch nicht bis in alle Ewigkeit bestrafen. Ich bin immer noch deine Tochter, und wenn du mich noch liebst …«

»Natürlich tue ich das, habe ich dir das nicht gesagt?«

Sie nahm seine große kantige Hand in ihre und drückte sie leicht.

»Dann beweise es. Bitte, Pops, gib mir eine Chance. Ich liebe dich auch und möchte so gerne, dass du wieder stolz auf mich bist. Und ich möchte für meine eigene Tochter das Richtige tun.«

Sein Blick wurde weicher, als ihm Tränen in die Augen stiegen, doch es dauerte eine Weile, bis er antwortete:

»Nun gut, du hast den Sommer über Zeit, um deine Pläne auszuprobieren.«

KAPITEL 16

Die folgenden Wochen vergingen in einem Strudel aus harter Arbeit und Zuversicht. Abbie verbrachte jeden Abend Stunden damit, sich Verkaufszahlen anzusehen und sorgenvoll hin- und herzuüberlegen, welche Einkäufe sie sich leisten konnte. Dabei jonglierte sie mit den Zahlungen, um das Konto nur ja nicht zu weit zu überziehen. Zusammen mit Linda räumte sie das ganze Geschäft um, sodass die Ladentische an den Wänden standen und nicht wie zuvor eher zufällig im Raum verteilt waren. Das hatte einfach nur vollgestellt gewirkt. Die Schmuckvitrinen und die beiden Schaufenster wurden nach Farbe, Stil oder Inhalt sortiert gestaltet und wirkten nun viel interessanter und moderner. An einer Wand hing lustiger und ausgefallener Modeschmuck: Keramikanhänger in Form von Pudeln und Pfauen, Broschen mit Kaninchen- und Eulenmotiven und Schmetterlinge, Gänseblümchen und Stiefmütterchen als Ohrringe. Auch die Farben waren jung und bunt: orange, pink, zitronengelb und hellgrün. Nicht nur würde dieser Schmuck vor allem den Sommergästen gut gefallen, er ließ auch den ganzen Laden heller erscheinen.

»Und der Verkauf hat angezogen«, verkündete Abbie freudestrahlend. »Vielleicht sind wir doch auf dem richtigen Weg.«

»Sie haben wahre Wunder bewirkt in dieser kurzen Zeit«, meinte Linda anerkennend.

»Ich würde schrecklich gerne griechischen und indischen Schmuck einkaufen, der gerade modern wird, und Schmuck im Stil des Art Nouveau. Und dann habe ich bleigefasste Anhänger aus buntem Glas gesehen, einfach wunderschön, aber ich muss ein bisschen vorsichtig sein und nicht zu viel auf einmal einkaufen.«

»Ja, das verstehe ich. Sie wollen schließlich kein unnötiges Risiko eingehen. Hoffen wir auf einen guten Sommer. Oh, und ich habe heute wieder eine Abendtasche verkauft. Sie sind ziemlich beliebt und gehen gut.«

»Wunderbar!«

Sie brauchten eine gute Touristensaison, wenn sie den Laden auch nur annähernd retten wollten, aber zumindest hatten sie schon mal einen vielversprechenden Anfang gemacht. Abbie war begeistert über die Fortschritte, die sie zu verzeichnen hatten. Endlich lief alles glatt. Aimée hatte sich in ihrer neuen Klasse gut eingewöhnt und wurde zusammen mit Cousin Jonathon abwechselnd von Tante Fay oder von ihrer Mutter zur Schule gebracht. Vor Kurzem hatte Abbie einen kleinen Schwarzweißfernseher für den Lagerraum angeschafft, wo Aimée und Jonathon das Kinderprogramm sehen konnten, wenn sie etwas länger arbeiten musste. Allerdings achtete sie immer darauf, dass sie um fünf Uhr zu Hause waren.

An diesem Tag war sie mit dem Abholen an der Reihe, daher behielt sie die Uhr im Auge, während sie an einer neuen Abendtasche arbeitete. Mithilfe einer Schablone trug sie Blattgold auf schwarzen Seidenstoff auf, aus dem sie eine schöne Kuverttasche machen wollte. Da klopfte es plötzlich an der Tür.

Erschrocken sprang sie von ihrem Hocker. Da Linda sich nie die Mühe machte anzuklopfen, war ihr erster Gedanke, dass sie wieder einmal die Zeit vergessen hatte und Joan Sanderson, Aimées Lehrerin, ihre Tochter vorbeibrachte. Das war schon einmal passiert, als Linda freihatte und Abbie durch eine Kundin aufgehalten worden war. Mrs Sanderson war sehr hilfsbereit und verständnisvoll und wurde Abbie allmählich zu einer guten Freundin. Nun hastete sie zur Tür, doch als sie sie aufriss, fand sie sich einem Fremden gegenüber, einem Mann Ende zwanzig oder Anfang dreißig, der ziemlich mitgenommen aussah.

»Hi, tut mir leid, dass ich zu spät komme. Ich weiß, dass der Termin um zwei Uhr war, aber der Verkehr hat mich aufgehalten. Andrew Baxter.«

Höflich schüttelte Abbie die Hand, die er ihr entgegenstreckte. Dann fragte sie stirnrunzelnd:

»Von welchem Termin sprechen Sie? Ich habe nicht die geringste Ahnung, was Sie meinen.«

Er schnaubte verärgert.

»Ach, du meine Güte. Wollen Sie damit sagen, dass Elaine Ihnen nicht mitgeteilt hat, dass ich komme?«

»Elaine?«

»Die Maklerin«, erwiderte er ungeduldig, als meinte er, dass solche Erklärungen nun wirklich überflüssig seien.

Abbie überlegte schweigend. Der Mann war groß, hager, aber muskulös, hatte kurzes, fransig geschnittenes braunes Haar, durchdringende graue Augen, ein kantiges Kinn und einen breiten Mund, dem gerade nicht nach Lächeln zumute war.

»Könnte das die Immobilienmaklerin sein, die ihren Laden weiter unten in der Straße hat?«

»Für jemanden, der sein Geschäft verkaufen will, scheinen Sie nicht auf der Höhe des Geschehens zu sein«, bemerkte er ziemlich bissig, wie Abbie fand.

Bis auf ein leichtes Anheben der Augenbrauen ließ sie sich ihren Ärger nicht anmerken.

»Das könnte daran liegen, dass es nicht zum Verkauf steht.«

Er starrte sie an und in seinen Augen schienen Sturmwolken aufzuziehen.

»Soll das heißen, dass Sie es vom Markt genommen haben? Dass ich den ganzen Weg von Dumfries umsonst zurückgelegt habe?«

Abbie versuchte es mit einem Lächeln, um seine wachsende Wut zu besänftigen.

»Genauer gesagt war es nie auf dem Markt, jedenfalls nicht durch mich, obwohl mein Bruder da möglicherweise anderer Meinung ist.«

»Also ist es eine Art Familienfehde?«

»Ja, so könnte man es auch ausdrücken. Ich würde Ihnen empfehlen, Ihren Ärger an ihm auszulassen. Aber bitte kommen Sie doch herein, ich setze Teewasser auf. Sie müssen müde sein nach dieser langen Fahrt.«

»Ich habe keine Zeit für Teestündchen. Steht dieses Geschäft zum Verkauf oder nicht?«

»Nicht«, sagte sie und versuchte noch einmal, ein entschuldigendes Lächeln zustande zu bringen.

Es verfehlte seine Wirkung.

»Nun, dann schönen Dank für gar nichts!«, brüllte er, stürmte hinaus und schlug die Tür hinter sich zu.

»Himmel!«, sagte Linda. „Und welcher Wind hat den hierher getrieben?«

»Offenbar ein schottischer. Oder besser gesagt Elaine, die Immobilienmaklerin, mit freundlicher Unterstützung durch meinen Bruder. Man muss ihm sicher zugutehalten, dass er einen weiten Weg hinter sich hat, wie er mich unmissverständlich wissen ließ. Robert hat es leider versäumt, mir zu sagen, dass er das Geschäft zum Verkauf angeboten hat. Obwohl mir Dad versprochen hat, dass ich den Sommer über Zeit habe, mich zu beweisen. Und von einem potentiellen Käufer und einem Besichtigungstermin war schon gar nicht die Rede.« Sie seufzte, als wollte sie versuchen, ihre eigene Laune dadurch in den Griff zu bekommen. »Aber glauben Sie mir, er wird nicht ungeschoren davonkommen. Ich gehe jetzt bei Elaine, der Maklerin, vorbei, bevor ich Aimée abhole, und sorge dafür, dass uns solche unerfreulichen Begegnungen künftig erspart bleiben.«

Linda ging zur Tür und sah die Straße hinunter.

»Ich glaube, er ist im *Ring of Bells* und tröstet sich mit einem Drink.« Dann sagte sie mit einem schelmischen Lächeln zu Abbie gewandt: »Aber eigentlich sah er ganz gut aus, oder?«

Abbie riss überrascht die Augen auf, dann lachte sie.

»Absolut umwerfend.«

*

Am selben Abend ging Abbie geradewegs zu ihrem Vater und erklärte ihm, was passiert war. Seine Antwort war nicht gerade ermutigend.

»Ich glaube kaum, dass sich dieser Laden leicht verkaufen lässt, also sollte man es frühzeitig auf dem Markt anbieten.«

»Aber ich dachte, wir hätten eine Vereinbarung getroffen. Warum also darf Robert meine Bemühungen unterwandern – und dann auch noch, ohne mir ein einziges Wort davon zu sagen? Du weißt ganz genau, dass ich in den letzten Wochen wie verrückt geschuftet habe, um den Laden wieder in Schwung zu bringen. Übrigens mit einigem Erfolg.«

»Geh zurück in deine Boutique in Paris, Abbie.«

Die Stimme ihres Bruders ließ sie herumwirbeln. In ihr kochte neue Wut hoch.

»Wage es nicht, mir ein einziges Mal zu sagen, was ich tun und was ich lassen soll. Und hüte dich, noch einmal einen potentiellen Käufer im Laden vorbeizuschicken, ohne mir Bescheid zu sagen.«

»Das Haus ist viel wichtiger, selbst wenn es uns eigentlich nicht gehört, was mir doch einen ganz schönen Schlag versetzt hat, wie ich zugeben muss. Aber wie dem auch sei: Offenbar dürfen wir bis zum Ende unserer Tage hier leben und genau das beabsichtige ich zu tun. Meine Familie hat ein Recht darauf, das wirst du kaum abstreiten.«

Tom sah seinen Sohn nachdenklich an, als kämen ihm zum ersten Mal Zweifel an seinen Motiven.

»Um genau zu sein, war es deine Mutter, die hier ein lebenslanges Wohnrecht genoss. Ich wusste es selbst nicht, bis ich es in ihrem Testament gelesen habe. Ob dieses Recht automatisch auf einen von uns übergeht, kann ich dir nicht sagen. Ich weiß es einfach nicht.«

»Warum sollte es nicht auf uns übergehen? Wer könnte etwas dagegen haben?«

»Da ich nicht weiß, wer ihr dieses Recht gewährt hat, kann ich deine Frage nicht beantworten, obwohl ich einen Brief von jemandem bekommen habe, der einen Anspruch auf das Haus erhebt.«

»Und wer zum Teufel war das?«

»Keine Ahnung. Ich habe seinen Namen nicht nur nicht erkannt, ich konnte ihn noch nicht einmal entziffern. Es war einfach nur ein verschwommenes Gekrakel.«

Sofort wurde Robert misstrauisch.

»Ah, da versucht jemand, etwas herauszuschlagen. Irgendein Betrüger wahrscheinlich.«

Tom runzelte die Stirn.

»Da könntest du recht haben.«

Abbie fragte sich, wie der angebliche Betrüger in Erfahrung gebracht haben sollte, dass Carreck Place ihnen nicht gehörte, doch im Moment hatte sie andere Sorgen.

»Und du hast nicht das Recht, den Laden zum Verkauf anzubieten. Schließlich hat Dad mir den Sommer über Zeit gegeben, es zu versuchen.«

Robert schnaubte verächtlich.

»Du verschwendest deine Zeit. Selbst wenn du genügend Grips hättest, um ein Geschäft zu führen, würde das Problem dadurch auch nicht gelöst.«

Seine herablassende Haltung brachte sie nur noch mehr auf.

Ihr Vater sagte nichts, sein Gesicht zeigte keinerlei Regung. Er schien wieder in seinem eigenen Kummer eingeschlossen zu sein. Abbie senkte ihre Stimme zu einem Zischen. Sie wollte ihn nicht noch weiter aufregen, konnte die Bemerkungen ihres Bruders jedoch auch nicht auf sich beruhen lassen.

»Falls du meinst, dass du meine Bemühungen zunichtemachen und mir außerdem auch noch die Schuld an Mums Tod in die Schuhe schieben kannst, erwarte bloß nicht, dass ich einfach klein beigebe. Ich bin inzwischen eine erwachsene Frau und habe meinen eigenen Kopf und du kannst dich darauf verlassen, dass ich dir jeden erdenklichen Widerstand leisten werde.«

Nach diesen bitteren Worten, die sie fast ebenso sehr schmerzten wie Robert, der sie mit schreckgeweiteten Augen ansah, ging sie aus dem Zimmer und stieß prompt mit Fay zusammen, die offenbar vor der Tür gestanden und alles mitgehört hatte. Ihre Schwägerin nahm Abbie sofort in die Arme.

»Reg dich nicht auf. Ich bin sicher, es ist gar nicht seine Absicht, dass es so gefühllos klingt.«

»Aber er gibt mir noch nicht einmal eine Chance.«

»Robert macht sich große Sorgen wegen der finanziellen Situation, mehr steckt nicht dahinter. Ich rede mit ihm, das verspreche ich dir. Ich sage ihm, dass er alles ein bisschen gelassener angehen und dir etwas Zeit geben soll.«

»Danke. Das weiß ich sehr zu schätzen«, sagte Abbie und die beiden Frauen umarmten sich noch einmal.

Aus der Bibliothek war das Donnergrollen wütender Stimmen zu hören.

Abbie war nicht in der Stimmung, an diesem Abend noch mehr Streitereien auszufechten. Daher richtete sie das Abendbrot für sich und Aimée in ihrem Zimmer in der Mansarde. Das war anscheinend der Ort, wo sie hingehörte: Was sie dachte, war so unbedeutend wie die Gedanken der Dienstmädchen, die früher hier oben wohnten, so wie Millie vor langer Zeit. Tief in ihrem Innern wusste sie, dass der Mut, ihrem Bruder die Stirn zu zeigen, mit Millies Geschichte zu tun hatte. Wenn ein Kindermädchen eine Revolution durchstehen und am Ende in einem Haus wie Carreck Place leben konnte, dann konnte sie selbst doch sicherlich etwas erreichen, das sich lohnte.

*

Am nächsten Morgen, nach einer weitgehend schlaflosen Nacht, brachte Abbie ihre Tochter zur Schule und schaute dann bei Kirky vorbei, dem Anwalt der Familie. Sie vereinbarte einen Termin für den späteren Vormittag. Wenn sie schon in den Kampf ziehen musste, dann sollte sie sich alle erdenkliche Hilfe sichern.

Als sie schließlich kurz nach neun zum Laden kam, eilte ihr Linda schon an der Tür entgegen. Sie lächelte und zwinkerte Abbie aufgeregt zu.

»Er ist wieder da.«

»Wie bitte? Wer ist wieder da?«

In Gedanken war sie immer noch bei den Streitereien in ihrer Familie, außerdem dachte sie darüber nach, welche Fragen sie dem Anwalt stellen sollte, und so war sie ausgesprochen begriffsstutzig, obwohl Linda ihr gewissermaßen mit dem Zaunpfahl vor der Nase herumwedelte.

»Der potentielle Käufer, Andrew Baxter. Er wartet im Büro auf Sie.«

»Na, so was! Das wollen wir doch mal sehen«, meinte Abbie und krempelte sich im Geiste die Ärmel hoch.

Sie ging entschlossenen Schrittes nach hinten durch. Im Lager sah sie den Mann: Er schlenderte im Raum auf und ab, als gehörte er ihm. Oder zumindest so, als würde er ihm bald gehören.

»Wenn Sie darauf spekulieren, dass ich es mir anders überlegt habe, muss ich Sie leider enttäuschen.«

Er drehte sich zu ihr um und blickte sie mit dem hauchzarten Anflug eines Lächelns an.

»Ah, Miss Myers, ich versichere Ihnen, dass ich nur hier bin, um mich für mein ungehobeltes Benehmen von gestern zu entschuldigen.«

Sie hatte ganz vergessen, wie unglaublich gut er aussah, und einen Augenblick lang war sie wie verzaubert von dem weichen Blick seiner grauen Augen, die die Ehrlichkeit seiner Worte zu bestätigen schienen. Diesmal trug er einen dunkelblauen Blazer und eine graue Hose und auf seinem Kinn zeigten sich Bartstoppeln, was seiner Attraktivität keinen Abbruch tat. Es war lange her, dass es ihr beim Anblick eines Mannes die Sprache verschlagen hatte – genau genommen seit dem Tag, an dem sie Eduard zum ersten Mal begegnet war. Entschlossen versperrte sie ihre Gedanken gegen diese Erinnerung, ermahnte sich, dass sie kein naives junges Ding mehr war, und erwiderte spitz:

»Wie unglaublich großzügig von Ihnen. Doch wie ich Ihnen gestern bereits erklärt habe, steht dieser Laden jetzt nicht zum Verkauf und wird auch in Zukunft nicht zum Verkauf stehen, solange ich ein Wörtchen mitzureden habe.«

Wenn man es genau betrachtete, so hatte sie im Moment nicht ein einziges Wörtchen mitzureden, wie schaffte sie es also, so entschieden zu klingen?

»Zu meiner Verteidigung kann ich bestenfalls vorbringen, dass die letzten Monate aus den unterschiedlichsten Gründen recht schwierig für mich waren und mein Geduldsfaden ein bisschen dünn ist«, erwiderte Baxter entschuldigend.

»Und dann noch die lange anstrengende Fahrt.«

»Ja, genau.«

Sie betrachtete ihn genauer und sah zum ersten Mal die Schatten unter seinen Augen, die auf Schlafmangel hindeuteten. Außerdem traten seine Wangenknochen vielleicht doch ein wenig zu weit vor, als habe er in der letzten Zeit nicht genug gegessen. Vielleicht hatte er Probleme, so wie vermutlich alle anderen Menschen auch. Zu ihrer Überraschung verspürte sie einen Anflug von Mitleid mit dem Mann.

»Entschuldigung angenommen. Hätten Sie jetzt gern den Tee, den ich Ihnen gestern angeboten habe? Oder wäre Ihnen Kaffee lieber?«

Er entspannte sich sichtlich und sein Lächeln wurde breiter, was sie aus irgendeinem Grund dazu brachte, sich noch mehr für ihn zu erwärmen.

»Ich hatte überlegt, ob ich Sie zum Mittagessen einladen könnte oder vielleicht zum Abendessen, als Ausgleich für den Kummer, den ich Ihnen gestern bereitet habe.«

Das Angebot überraschte Abbie ein wenig, doch sie war trotzdem neugierig, mehr über diesen Mann zu erfahren, und so sagte sie mit einem leichten Schulterzucken:

»Okay, warum nicht? Mittagessen wäre prima.«

Sie vereinbarten, sich um ein Uhr im *Ring of Bells* zu treffen, und gleich darauf verabschiedete sich Andrew Baxter. Linda, die die Verabredung zwangsläufig mitbekommen hatte, grinste und wackelte mit den Augenbrauen.

»Fangen Sie bloß nicht damit an», meinte Abbie. »Und lesen Sie um Gottes willen nichts in diese Einladung hinein. Es ist nur ein Mittagessen, okay?«

»Okay«, wiederholte Linda kichernd, nur um nach einer kurzen Pause hinzuzusetzen: »Aber er sieht trotzdem blendend aus.«

Abbie ging in ihr Büro zurück und schloss die Tür hinter sich, ohne auf Lindas Bemerkung einzugehen. Männer, egal, ob sie blendend aussahen oder nicht, standen im Moment ganz sicher nicht auf ihrem Wunschzettel.

*

»Nun, was kann ich für Sie tun, Miss Myers?«, erkundigte sich der Anwalt höflich, nachdem er Abbie sein Beileid ausgesprochen und sich nach ihrer kleinen Tochter erkundigt hatte. »Sie geht in dieselbe Klasse wie mein Sohn. Gary ist ganz von ihr angetan und prahlt mit seinen neuen Französischkenntnissen.«

Abbie lachte.

»Sind Kinder nicht herrlich? Wie sie alles in sich aufsaugen, wie Schwämme.«

Leider saugen sie auch die Spannungen zwischen ihren Eltern auf, dachte sie bei sich. Aimée telefonierte regelmäßig mit ihrem Vater, schien sich aber tatsächlich gut eingelebt zu haben, denn in letzter Zeit war sie viel glücklicher. Das Wichtigste war nun, ihrem Kind eine sichere Zukunft hier im Lake District zu geben.

Sie holte tief Luft und begann, dem Anwalt von den Veränderungen zu berichten, die sie im Laden vorgenommen hatte.

»Ich habe mit dem Bankdirektor gesprochen und ihn zu einer Erweiterung des Kreditrahmens überreden können, doch alles hängt davon ab, wie gut diese Saison wird. Wenn ich es schaffe, die Schulden zurückzuzahlen oder sie zumindest deutlich zu reduzieren, dann hat der Laden wahrscheinlich eine gute Chance zu überleben. Leider kann ich dabei nicht auf die Unterstützung durch meine Familie zählen. Mein Vater hat das Geschäft ohne meine Zustimmung zum Verkauf angeboten, dazu hat ihn mein Bruder gedrängt, glaube ich. Ich brauche also Informationen zum Erbe meiner Mutter. Ich wüsste gerne, ob ich in dieser Angelegenheit überhaupt etwas zu sagen habe oder ob ich sie irgendwie überzeugen kann, den Laden nicht zu verkaufen. Ich liebe dieses Geschäft wirklich und muss sehen, dass ich eine gute Zukunft für meine Tochter aufbaue.«

Während sie sprach, blätterte John Kirkby ein paar Papiere in einer Mappe durch, die auf seinem Schreibtisch lag. Nun überflog er ein recht wichtig aussehendes Dokument.

»Haben Sie das Testament Ihrer Mutter denn nicht gesehen?«, fragte er und sah sie mit leicht gerunzelter Stirn an. »Sie hat es schon vor ein paar Jahren gemacht, aber das ändert nichts an seiner Gültigkeit. Hier ist es.«

Abbie schüttelte den Kopf.

»Mein Vater hat sich geradezu dagegen gesträubt, es uns sehen zu lassen. Aber er sagte, dass sie ihm alles vermacht habe.«

»Das ist richtig, bis auf ein oder zwei Legate. Es war mein verstorbener Vater, John Kirkby sen., der es aufgesetzt und sie damals sicherlich auch beraten hat. Eines dieser Legate betrifft den Schmuckladen. Ich lese Ihnen vor, was hier steht: *Ich hinterlasse meine gesamte Firma ›Schmuckträume‹ inklusive des Grundstücks an der Carndale Road meiner Tochter Abigail Myers in der Hoffnung, dass sie schließlich doch mit etwas in ihrem Leben Erfolg hat und angemessen für meine Enkelin sorgt.*«

Abbie saß stumm vor Staunen da. Hatte sie richtig gehört? Konnte das wirklich wahr sein?

»Heißt das, dass das Geschäft und das Haus, in dem es sich befindet, *mir* gehören, Mr Kirkby?«

»Bitte, nennen Sie mich John. Und, ja, das heißt es.«

Sie nickte voller Dankbarkeit für seine Freundschaft, die sie im Moment dringender brauchte denn je. Ansonsten war sie vollkommen sprachlos.

Er lächelte und zuckte die Schultern.

»Vielleicht nicht gerade freundlich formuliert, doch trotzdem wird deutlich, dass Ihre Mutter Ihnen etwas Gutes tun und dafür sorgen wollte, dass Ihre Zukunft gesichert ist.«

»Warum hat mein Vater mir nichts davon gesagt?«

Die Frage schien ihn ein wenig aus der Fassung zu bringen.

»Früher hätte der Anwalt einer Familie das Testament bei der Beerdigung oder kurz danach vorgelesen. Heutzutage passiert so etwas nur noch selten, man geht vielmehr davon aus, dass alle Familienmitglieder Zugang dazu haben. Es ist die Rolle des Testamentsvollstreckers, dafür zu sorgen, dass alle Erben angemessen informiert werden.«

»Was er nicht getan hat.«

»Offenbar. Ich bitte um Entschuldigung. Hätte ich gewusst …«

»Nein, es ist nicht Ihre Schuld. Ich denke, wir können das getrost dem Einfluss meines Bruders zuschreiben. Dad ist furchtbar durcheinander, er kann im Moment einfach nicht klar denken. Er war völlig vernarrt in meine Mutter, er hat sie geradezu angebetet und hat ihr nie widersprochen, egal, was sie auch tat oder sagte. Nicht einmal, als sie mich in meinen rebellischen Jugendjahren aus dem Haus geworfen hat.«

»Vielleicht wollte sie diesen Fehler wiedergutmachen«, merkte der Anwalt vorsichtig an.

Abbie seufzte leise und eine einzelne Träne lief ihr über die Wange.

»Das würde ich gerne glauben, obwohl sie nicht allzu überzeugt zu sein schien, dass ich tatsächlich Erfolg haben würde, nicht wahr? Aber das werde ich. Ich werde beweisen, dass ihr Vertrauen in mich gerechtfertigt war, so gering es auch gewesen sein mag. Und niemand wird sich mir in den Weg stellen.«

*

Eine Stunde später saß Abbie im *Ring of Bells* bei einem *Ploughman's Lunch* mit Käse und knusprigen Brötchen und berichtete Andrew Baxter, was sie in der Anwaltskanzlei erfahren hatte. Warum sie einem Fremden gegenüber so offen und ehrlich war, wusste sie selbst nicht genau. Vielleicht musste sie nur einfach ihren Frust loswerden und er war ein aufmerksamer Zuhörer. Auf jeden Fall hatte er sie nicht unterbrochen, überhaupt hatte er wenig gesagt, außer dass er seine Entschuldigung für seine schlechten Manieren am Vortag wiederholt hatte.

Schließlich hörte sie auf zu toben, um Luft zu holen und eine Scheibe von ihrem Käse abzuschneiden.

»Tut mir leid, ich sollte Sie nicht mit meinen Familienquerelen belästigen. Es war nur ein richtiger Schock zu erfahren, dass mir *Schmuckträume* tatsächlich gehört. Und dass man mir das absichtlich verschwiegen hat.«

»Es wundert mich nicht, dass Sie verärgert sind. Das hat derjenige zu verantworten, der Sie über diese Erbschaft hätte unterrichten müssen. Sehr wahrscheinlich werden Sie ihm oder ihr ein paar deutliche Worte zu sagen haben.«

Abbie dachte wieder an ihren Vater, der immer noch um ihre Mutter trauerte. Gewiss wurde sein Schmerz dadurch noch schlimmer, dass er möglicherweise nicht in dem Haus wohnen bleiben durfte, von dem er gedacht hatte, dass es in der ganzen Zeit ihrer Ehe sein Zuhause sein würde. Bei diesem Gedanken verebbte ihr Ärger. Sie konnte ihm unmöglich Vorwürfe machen, wenn er schon genug litt. Bei ihrem Bruder lagen die Dinge jedoch anders und sie würde ihn ganz sicher auf das Thema ansprechen. Um ehrlich zu sein, freute sie sich schon auf seine Reaktion, wenn sie ihm sagte, dass er überhaupt kein Anrecht auf das Geschäft hatte, dass es ihr gehörte und sie damit tun und lassen konnte, was sie wollte. Bei dem Gedanken an Fay sank ihr allerdings das Herz. Sie wollte auf keinen Fall einen weiteren Streit vom Zaun brechen. Warum ließ sich die ganze Angelegenheit nicht so lösen, wie es unter zivilisierten Menschen üblich war?

Seufzend antwortete sie:

»Wahrscheinlich werde ich kaum etwas sagen und einfach hoffen, dass sich das Problem in Wohlgefallen auflöst. Die Familie steht nach dem Tod meiner Mutter noch unter Schock.«

»Ich verstehe. Ist sie plötzlich gestorben?«

»Ich möchte lieber nicht darüber sprechen, wenn es Ihnen recht ist.«

Wie könnte sie auch, wo sie doch selbst nicht begriff, warum sich Kate das Leben genommen hatte. Abbie biss in ein Stück Cheddar und merkte zu ihrer Überraschung, dass sie hungrig war.

Andrew Baxter nickte. Seine Miene drückte tiefes Mitgefühl aus.

»Dann ist wohl die Zeit reif, ›von allerlei zu reden‹, ja? ›Von Schuhen – Schiffen – Siegellack …‹«

»›Von Königen und Zibeben‹.« Abbie lachte. *Das Walross und der Zimmermann*, ein Gedicht von Lewis Carroll, hatte sie schon als Kind geliebt. »Übrigens heißt es ›von mancherlei zu reden‹. Okay, dann erzählen Sie mir doch mal, was Sie mit meinem Laden angestellt hätten, wenn er zum Verkauf gestanden hätte.«

Er setzte sein Glas ab und beugte sich näher zu ihr. In seiner Stimme schwang nun eine Begeisterung mit, die ihre eigene Stimmung ebenso hob wie seine.

»Ich leite eine kleine Kette von Geschäften für Modeaccessoires in der schottischen Grenzregion und ich plane, meine Aktivitäten auf den Lake District auszudehnen.«

»Modeaccessoires?« Sie hielt inne, das Brot auf halbem Weg zum Mund. »Sie meinen Schmuck und Handtaschen, so wie ich es im Moment verkaufe?«

Er grinste sie an.

»Schmuck habe ich noch nicht ausprobiert, aber ich verkaufe Reisegepäck, Schminkkoffer und Handtaschen, Schals und Tücher, Haarschmuck usw. In Ihrem Geschäft habe ich keine Taschen gesehen, außer diesen entzückenden Abendtaschen.«

Abbie merkte, dass sie errötete, als hätte er ihr ein Kompliment gemacht, was er vielleicht auch getan hatte, ohne es zu wissen. Dann runzelte sie die Stirn, als ihr allmählich aufging, was er da gesagt hatte.

»Vermutlich sehen Sie sich nun nach einem anderen Ladenlokal um, da meines ja nicht infrage kommt?«

»Ja, stimmt. Und deshalb habe ich ein Angebot für den Laden neben Ihrem gemacht«, teilte er ihr seelenruhig mit und legte sich ein Stück eingelegtes Gemüse auf sein Käsestück.

»*Was?* Für den alten Andenkenladen?«

»Genau.«

»Wenn Ihr Angebot angenommen wird, heißt das dann, dass Sie direkt nebenan Taschen und Modeaccessoires verkaufen? Und dass Sie möglicherweise auch Schmuck anbieten?«

Er bedachte sie mit einem schiefen Lächeln.

»Ich gestehe, das war zum Teil der Grund, weshalb ich Ihren Laden kaufen wollte.«

»Sie haben also vor, mir Konkurrenz zu machen?«, fuhr Abbie ihn an.

Ihre Wut loderte wieder auf und sie wünschte, sie könnte sich ihre dumme Zunge abbeißen, weil sie so offen und freundlich gewesen war, während dieser Mann alles daranzusetzen schien, sie und ihren Laden von der Bildfläche verschwinden zu lassen.

»Wenn ich das Ladenlokal neben Ihrem bekommen sollte – und ich bin nicht sicher, dass es tatsächlich passieren wird –, dann glaube ich nicht, dass wir uns gegenseitig allzu sehr auf die Füße treten«, sagte er gerade. »Wir würden unterschiedliche Arten von Schmuck führen, ein anderes Sortiment, also würden wir uns in gewisser Weise eher ergänzen. Was ich mir aber eigentlich überlegt hatte …«

Abbie sprang auf.

»Tut mir leid, das geht mir zu sehr an die Nieren, als dass ich jetzt darüber reden könnte. Aber wie es aussieht, muss ich noch an einer weiteren Front kämpfen. Nun, sei's drum.«

Damit stürmte sie aus dem Pub, ohne ihr Mittagessen beendet zu haben.

*

Abbie fand ihren Bruder unten am See beim Angeln, was er schon als Junge immer gerne gemacht hatte.

»Wir müssen reden.«

»Das müssen wir ganz bestimmt, aber nicht gerade jetzt. Wenn du zu viel Krach machst, verscheuchst du die Fische.«

Abbie biss sich auf die Lippen, um nicht das zu sagen, was ihr auf der Zunge lag. Wie oft hatte sie diese Ermahnung schon gehört? Sie war sich so sicher gewesen, dass sie ihren Bruder zur Rede stellen und ihm sagen wollte, dass *Schmuckträume* ihr gehörte und er nicht das Recht hatte, es zu verkaufen. Doch als sie nun bei ihm stand, fühlte sie sich hin und her gerissen. Er war ihr gegenüber so verletzend gewesen, dass es befriedigend wäre, ihn mit der Wahrheit zu konfrontieren. Aber eigentlich wollte sie in ihrem tiefsten Inneren nichts weiter, als wieder mit ihrem Bruder zurechtzukommen und eine Form von familiärer Harmonie wiederherzustellen. So groß ihr Bedürfnis auch war, ihr Recht zu behaupten, war da etwas an der Art, wie Robert über die Angel gebeugt saß. So hatte er es früher als Junge immer getan, doch nun war sein Gesicht blass und abgespannt und das ließ sie zögern, ihn zur Rede zu stellen. Vielleicht machten ihm seine finanziellen Probleme wirklich arg zu schaffen und sie wollte ihn nicht noch weiter beunruhigen. Und Fay auch nicht. Ein kalter Windstoß ließ sie frösteln und sie zog ihre Jacke enger um sich, lehnte sich gegen einen Felsvorsprung und blickte auf den See hinaus. Die Wasseroberfläche kräuselte sich gelegentlich, dort, wo Forellen oder Saiblinge unterwegs waren.

»Dem Angeln konnte ich nie etwas abgewinnen.«

»Weil du keine Geduld hast.«

»Stimmt. Ich renne lieber durch die Gegend als nur eine Minute stillzusitzen.«

Er warf ihr einen Seitenblick zu, auf seinem Gesicht spielte ein leises Lächeln.

»Ja, du warst schon immer eine Zappelliese. Aber du konntest besser klettern als ich. Mit Höhen hatte ich es noch nie.«

Abbie kicherte.

»Weißt du noch, wie du in den See gefallen bist, als ein Ast abbrach, auf dem du entlanggekrochen warst? Mum ist ausgerastet, obwohl ich reingesprungen bin und dich gerettet habe. Zum Glück war das Wasser nicht tief, aber wir waren beide von Kopf bis Fuß mit Schlamm bedeckt und konnten uns kaum auf den Beinen halten vor Lachen. Und Mum hat dann doch mitgelacht.«

»Das habe ich nur gemacht, weil du gesagt hast, das würde ich nicht schaffen«, sagte er und lachte nun selbst über die Erinnerung, »nachdem du selbst wie ein Äffchen daran entlanggeschaukelt warst. Aber du warst kleiner und leichter als ich, also war es eigentlich kein fairer Vergleich.«

Abbie schwieg einen Moment.

»Das Leben ist nicht fair, Robert«, sagte sie dann.

Nun sah er sie mit ernsterem Blick an.

»Nein, du hast recht, das ist es nicht. Es war auf jeden Fall nicht fair für Mum oder Dad und für uns auch nicht.« Er unterbrach sich kurz und fügte dann hinzu: »Tut mir leid, dass es mit dir und Eduard nicht geklappt hat.«

Abbie blinzelte überrascht. Mit diesem plötzlichen Anzeichen von Mitgefühl hatte sie nun wirklich nicht gerechnet.

»Danke. Es ist nett, dass du das sagst.«

»Vielleicht überlegst du in Zukunft einen Moment, bevor du etwas Blödes machst, wie dich mit dem falschen Mann einzulassen.Und vielleicht lernst du sogar, mal einen Rat anzunehmen.«

Bevor sie sich eine Retourkutsche für diese typisch brüderliche Bemerkung zurechtgelegt hatte, kam Fay mit einem Tablett mit einer Weinflasche und Gläsern.

»Ich dachte, ihr könntet vor dem Abendessen eine kleine Erfrischung gebrauchen«, sagte sie.

Sie freute sich offenbar, dass die Geschwister endlich eine zivilisierte Unterhaltung zu führen schienen.

Robert legte seine Angel beiseite, gab seiner Frau einen Kuss und setzte sich neben sie auf einen umgefallenen Baumstamm, um seinen Wein zu trinken. Schweigend nahm Abbie das Glas, das Fay ihr reichte. Vielleicht hatte er recht – vielleicht sollte sie nichts überstürzen. Möglicherweise renkten sich die Dinge zwischen ihr und Robert wieder ein und sie wollte nicht, dass er sich noch mehr Sorgen machte. Und vielleicht war das nicht der richtige Moment, um ihrem Bruder zu sagen, dass sie die Eigentümerin des Hauses war, das er verkaufen wollte.

KAPITEL 17

Im Sommer 1914 lebte ich schon fast drei Jahre in Russland und meine Bemühungen, die Sprache zu lernen, begannen Früchte zu tragen. Ich würde nicht behaupten, dass ich fließend Russisch sprechen konnte, aber ich kam im Alltag gut zurecht, wobei mir meine Französischkenntnisse zusätzlich halfen. Anfang Juni verlegten der Graf und die Gräfin Belinksy wie in jedem Jahr ihren Wohnsitz für mehrere Wochen von St. Petersburg aufs Land. Sie nahmen ein Dutzend oder noch mehr Diener mit, darunter Pferdeknechte und Kutscher, außerdem Pferde, Ponys, bergeweise Kisten, Truhen und Schrankkoffer und sogar ein Klavier für die Kinder. Alles in allem belegten sie mehrere Wagons des Zuges und es brauchte unzählige Pferdekarren, bis nach unserer Ankunft am Bahnhof alles zum Haus geschafft war.

Es war die Jahreszeit der weißen Nächte, in denen es nie ganz dunkel wurde. Ich fand es immer noch seltsam, dass ich um Mitternacht draußen sitzen und lesen konnte. In den Gärten explodierte der Flieder geradezu, der Duft hätte selbst einen eingefleischten Stadtliebhaber betört, der ich ja nun wirklich nicht war. Ich genoss jeden Augenblick, den wir auf dem Land verbrachten. Mit Begeisterung half ich in der Milchküche oder wanderte durch die Wälder in der Umgebung, trotz der Mückenschwärme, die über dem Teich hingen. Ich liebte das sanfte Quaken der Frösche, das Lied der Nachtigall und den würzigen Duft der Kiefern.

Der Graf war das genaue Gegenteil eines Stubenhockers: Er war immer froh, wenn er draußen sein und arbeiten konnte. So grub er seinen Gemüsegarten um, jätete Unkraut, kümmerte sich um seine Erdbeeren und den Spargel, beschnitt Büsche oder verhätschelte seine Jasminsträucher, seine Orchideen und seine Kamelien.

Der sanfte Rhythmus des Landlebens setzte sich unbeirrt fort, obwohl die zunehmenden Unruhen auf dem Balkan Anlass zur Sorge gaben. Und dann, Anfang Juli, als ich spät am Abend noch im Garten saß und las, überbrachte Stefan mir die schreckliche Nachricht, dass der Erzherzog Franz Ferdinand von Österreich zusammen mit seiner Frau, seiner geliebten Fürstin Sophie, in Sarajewo ermordet worden war.

»Das könnte Krieg bedeuten«, meinte Stefan und setzte sich zu mir auf die Bank.

»Oh nein, ich hoffe nicht. Warum sollte es?«

»Die Lage ist alles andere als stabil. Österreich wird sich mit Sicherheit an Serbien rächen, dann wird sich Russland verpflichtet fühlen, seinem Nachbarn zu Hilfe zu kommen, und wer weiß, wohin das noch führt?«

»Meinen Sie, dass England auch hineingezogen wird?«

»Wahrscheinlich eher Deutschland, das sich auf die Seite Österreichs stellen wird. Es könnte alles böse enden.«

Wir saßen eine Weile schweigend da und dachten über die schlimmen Nachrichten nach. Seit dem Tag, an dem mir Stefan die schreckliche Geschichte vom Tod seines Vaters erzählt hatte, fühlte ich mich viel vertrauter mit ihm. Vielleicht, weil ich endlich verstand, was die Wurzel seiner Wut war. Unsere Freundschaft hatte sich in den letzten Monaten vertieft und wir verbrachten viel Zeit miteinander, jedenfalls, wenn er nicht gerade irgendwelche Gänge für die Gräfin zu erledigen hatte.

Sie nahm viel von seiner Zeit in Anspruch, obwohl Stefan weiterhin immer mal wieder verschwand. Vermutlich brauchte er einfach Zeit für sich. Bei diesen Gelegenheiten war ich es normalerweise, die ihre Wut mit voller Wucht zu spüren bekam, wenn sie mich anschrie und mich aufforderte, mir zu sagen, wo er war. Stefans Abwesenheiten waren mir ebenso ein Rätsel wie der Gräfin, obwohl ich ihm den Wunsch nicht verdenken konnte, sich gelegentlich ihrem Einfluss zu entziehen. Es gab Tage, da hätte ich selbst eine Pause von ihren endlosen Forderungen gebrauchen können.

Nun dachte ich darüber nach, wie ich mich fühlen würde, falls es tatsächlich Krieg gab. Schlimmer noch, falls Stefan sich verpflichtet fühlte, sich freiwillig zu melden und ich ihn nie wiedersah. Wie schon so oft platzten meine ungeformten Gedanken heraus, ohne dass ich auch nur einen Augenblick lang darüber nachgedacht hatte, welche Folgen meine Offenheit haben könnte.

»Die Aussicht auf einen Krieg und die Gefahr, Sie darin zu verlieren, ist zu schrecklich, um darüber nachzudenken.«

Er sah mich forschend an, und als ich seinem Blick begegnete, schien etwas in mir einen Satz zu machen.

»Ich glaube, das hätte ich besser nicht sagen sollen«, murmelte ich und er lächelte.

»Ich bin froh, dass Sie es gesagt haben, und sehr froh, dass Sie sich Sorgen machen. Sie sind mir ebenso lieb, Millie.«

Als unsere Lippen sich trafen, hatte ich das Gefühl, in seinen Armen dahinzuschmelzen, und presste mich an die Kraft seines Körpers. Sein Kuss war so süß und weckte in mir das Verlangen nach mehr, etwas, das ich nie zuvor gespürt hatte. Als wir uns schließlich voneinander lösten, lächelte er etwas verlegen.

»Du musst doch gespürt haben, was ich für dich empfinde.«

Ich zitterte, als ich meinen Kopf mit einem leisen Seufzer des Glücks auf seine Brust legte, und war froh zu hören, dass sein Herz ebenso wild pochte wie meines.

»Und warum hast du mir das nie gesagt?«

»Weil ich Angst hatte, dass du mich zurückweist. Immer, wenn ich das Bedürfnis verspürte, die richtigen Worte zu finden, dachte ich, warum du dir überhaupt die Mühe machtest, mit einem dummen Burschen wie mir zu reden. Ich fühlte mich deiner Aufmerksamkeit nicht würdig, und wir waren auch nicht immer einer Meinung, nicht wahr?«

»Aber *wenn* du es gewagt hättest, hättest du vielleicht eine Überraschung erlebt.«

»Warum denn?«

»Weil ich dasselbe empfinde«, sagte ich leise.

Offenbar verschlug es ihm die Worte und er nahm mein Gesicht sanft in seine Hände und küsste mich wieder, so lang und innig, dass mich mein Verlangen schier überwältigte. Dann grinsten wir uns begeistert an, als seien wir nicht ganz gescheit, und sein Blick war ebenso amüsiert wie meiner.

»Ich habe dich von dem Moment an verehrt, als ich dich in der Britisch-Amerikanischen Kapelle zum ersten Mal sah. Ich ermahnte mich, mich zu benehmen und nicht das Risiko einzugehen, deinen Ruf oder unsere Freundschaft zu ruinieren, aber ich konnte nicht aufhören, an dich zu denken.«

»Und ich konnte nicht aufhören, an dich zu denken.« Dann fiel mir die Nachricht wieder ein, die diese Kehrtwende in unserem Verhältnis ausgelöst hatte, und setzte leise hinzu: »Ich möchte dich wirklich nicht verlieren, Stefan. Bitte verpflichte dich nicht zum Kriegsdienst, wenn du nicht dazu gezwungen wirst.«

»Ganz bestimmt nicht«, versicherte er mir und strich mir zärtlich die Locken aus dem Gesicht, die mir an diesem Abend offen über die Schultern fielen und nicht wie sonst zu einem ordentlichen Zopf geflochten waren. »Hoffen wir, dass ich unrecht habe und es nicht zum Krieg kommt. Dann haben wir eine glückliche Zukunft vor uns.«

»Oh, Stefan.« Mein Lächeln verdüsterte sich ein wenig, als mir ein neuer Gedanke kam. »Wir müssen sehr aufpassen, niemandem unsere Gefühle füreinander zu zeigen.«

Er verzog das Gesicht.

»Du hast recht. Ich bezweifle stark, dass die Gräfin einverstanden wäre.«

Etwas wie Panik regte sich in mir, als mir ihr Vorwurf einfiel, ich wollte Stefan für mich haben, und wie sie versucht hatte, mich mit ihren Andeutungen eifersüchtig zu machen, sie sei mit ihm intim.

»Sie ist eine selbstsüchtige Frau, sie ist besessen von der Gier nach Aufmerksamkeit, jede ihrer Launen muss sofort befriedigt werden, jeder Mann muss vor ihr katzbuckeln. Wenn sie jemals herausfinden sollte, wie wir zueinander stehen, vermute ich, dass sie alles tun würde, um unser Glück zu zerstören. Vielleicht, indem sie einen von uns oder auch uns beide entlässt. Das würde zu ihr passen.«

»Du hast recht, Millie. Gräfin Olga ist eine Autokratin im schlimmsten Sinn des Wortes. Außer ihren eigenen Bedürfnissen nimmt sie nichts wahr. Wir müssen in ihrer Gegenwart besonders gut aufpassen, dass nichts von unseren Gefühlen nach außen dringt, am besten sehen wir uns nicht einmal an.« Er küsste mich wieder und stöhnte: »Oh, das wird aber gar nicht einfach.«

»Trotzdem: Wir haben keine andere Wahl«, murmelte ich und fuhr ihm mit den Fingern durch die Haare, wie ich es schon so oft hatte tun wollen.

Ich war dankbar, dass die Bank wenigstens hinter einigen Fliederbüschen verborgen stand, denn es dauerte eine Weile, bis wir uns an jenem Abend voneinander lösten und getrennte Wege gingen.

*

Es wurde ein heißer und trockener Sommer und wie immer schienen die Kinder aufzuleben. An den Vormittagen arbeiteten sie tüchtig in ihren Englisch- und Französischstunden, sodass sie danach viel Zeit hatten, herumzustreunen. Am Nachmittag hatten sie Zeichen- und Musikunterricht und dann machten wir ein Picknick oder fuhren Boot auf dem Fluss, spielten Tennis oder Crocket. All das erinnerte mich sehr an meine Zeit in Carreck Park. Die Lebensweise war jedoch weit entfernt von dem eher spartanischen Dasein, das die meisten Russen in ihrer *Datscha*, ihrem Sommerhaus, führten.

Serge und ich kamen nun viel besser miteinander zurecht, obwohl der Junge immer noch schwierig sein und für Ärger sorgen konnte. So wie an diesem Tag, als er seinen Crocketball in den Teich schlug, statt ihn durch den kleinen Bogen zu stoßen. Er war wütend, weil sich seine Mutter geweigert hatte, ihn in ihrer Kutsche mitfahren zu lassen. Ich hatte gesehen, wie die Gräfin mit ihrem Kutscher davonfuhr, und fragte mich natürlich, wohin sie fuhren und was sie treiben würden, so allein bei einer Landpartie. Nicht, dass es mich etwas anging.

Serge dagegen ging mich sehr wohl etwas an und schließlich beschloss ich, seinen Vater aufzusuchen.

Ich fand den Grafen in seinem Büro, und als ich höflich an seine Tür klopfte, forderte er mich sofort auf, hereinzukommen. Welch ein Unterschied zur Gräfin, die mich immer so lange wie möglich warten ließ. Ich fand, dass er ziemlich einsam und traurig aussah. Durch das offene Fenster wehte ein warmer Wind und brachte die Papiere auf seinem Schreibtisch durcheinander. Hatte er gesehen, wie seine Frau mit dem Kutscher davongefahren war?

Ich knickste und beeilte mich, meine Bitte zu äußern.

»Sir, Ihr Sohn findet Picknicks und Crocket allmählich langweilig und ich wollte fragen, ob Sie vielleicht Zeit hätten, mit ihm angeln zu gehen.«

Den Grafen schien mein Vorschlag fast zu erschrecken.

»Ich glaube kaum, dass er viel Freude an meiner Gesellschaft hätte. Er ist lieber mit seiner Mutter zusammen.«

»Oh, Sir, das glaube ich nicht. Er möchte, dass Sie stolz auf ihn sind, da bin ich mir ganz sicher.«

»Tatsächlich? Aber würde er gerne mit mir angeln gehen?«

»Ich bin fest davon überzeugt, dass er gerne einen männlicheren Zeitvertreib hätte als Crocket. Er ist elf Jahre alt und wächst schnell, Sir. Und die endlosen Teegesellschaften mit Irinas Puppen ist er ziemlich leid.«

Der Graf lachte und zu meiner großen Überraschung und Freude sprang er auf.

»Also gut, dann gehe ich und suche mein Angelzeug zusammen. Sagen Sie ihm, dass ich in zehn Minuten bei ihm bin«, erwiderte er, griff sich seinen Hut und eilte zur Tür.

»Danke, Sir«, sagte ich und machte wieder meinen Knicks.

Er hielt inne und hielt die Tür auf.

»Nein, Millie, ich danke *Ihnen* für diesen Vorschlag.«

Es war das erste Mal, dass mich der Graf bei meinem Vornamen nannte und ich fühlte mich geschmeichelt, doch noch mehr Freude bereitete es mir zu sehen, wie Vater und Sohn fröhlich zum Fluss marschierten. Serge sah ziemlich aufgeregt aus, als Irina und ich ihnen nachwinkten.

»Kann ich jetzt gehen und die Kühe besuchen?«, fragte das kleine Mädchen, wie sie es an jedem Tag tat.

Sie liebte es, beim Melken zuzusehen. Danach half sie, etwas von der restlichen Milch in einen großen glänzenden kupfernen Käsekessel zu gießen, in denen dann Gruyèrekäse gemacht wurde.

»Warum ist diese Kuh so dick, *Barischnja*?«

»Weil sie ein Kalb bekommt«, erklärte ich und hoffte inständig, dass weitere Erläuterungen nicht notwendig würden.

Sie kicherte begeistert.

»Oh, toll! Kann ich zusehen, wenn es auf die Welt kommt?«

Das war eine Frage, die ich lieber nicht beantwortete, weil die Geburt eines Kälbchens vielleicht kein angemessenes Unterhaltungsprogramm für eine Neunjährige war, doch nach diesem Besuch bei der Kuh sah sie mehrmals am Tag nach ihr. Eines Morgens hörte sie sie aus tiefster Seele muhen und kam rechtzeitig dazu, um die Geburt des Kälbchens mitzuerleben. Als sie sah, wie die Kuh ihr Junges sauberleckte, sagte sie mit strahlenden Augen:

»Oh, *Barischnja*, ist sie nicht schlau, die Kuh? Und hat das kleine Kälbchen nicht ein Riesenglück, dass es solch eine liebe Mutter hat?«

Ich nahm Irina in die Arme und gab ihr einen Kuss.

»Sie hat ein Riesenglück, dass sie zusätzlich noch Sie hat – und ich habe es auch.«

Serge und der Graf gingen nun regelmäßig zum Angeln und ich schöpfte Hoffnung, dass nun die dumme Eifersucht zwischen Bruder und Schwester ein Ende haben und dass vielleicht auch zwischen Graf und Gräfin die Rivalität um die Kinder abnehmen würde.

*

Gräfin Olga führte das Haus, als sei es ein königlicher Palast und sie die Herrscherin. Dabei stellte sie eine endlose Litanei sinnloser und kleinlicher Regeln auf, die sicher mindestens so lang war wie die im Haushalt des Zaren. Sie beschied, dass sich in ihrer Gegenwart kein Bediensteter hinsetzen durfte, bestand darauf, dass ein Diener ununterbrochen vor dem Raum Stellung bezog, in dem sie sich befand, falls sie ihn brauchte, um irgendeinen belanglosen Gegenstand zu holen, den sie nicht finden konnte – zumeist, weil sie sich nicht die Mühe machte, danach zu suchen. Manchmal saß die arme Seele stundenlang da, wurde müde vor Langeweile und Rückenschmerzen, und musste dann die halbe Nacht auf den Beinen sein, um nach heißer Milch oder Schokolade zu laufen, die sie ununterbrochen einforderte.

»Sie weiß nichts Sinnvolles mit ihrer Zeit anzufangen«, bemerkte Stefan klug bei einem unserer flüchtigen Begegnungen, als niemand sonst in der Nähe war.

Bisweilen riskierten wir sogar einen heimlichen Kuss.

Es stimmte, dass Gräfin Olga sich gerne in Gesellschaft aufhielt. Auf den Landsitz der Belinskys verirrten sich nur selten Besucher, weil er sich in einer abgelegenen Gegend inmitten eines dichten Waldes befand.

»Sie vermisst ihre Freunde aus der Stadt«, pflichtete ich ihm bei. »Theater, Oper, Dinner in dem feinen Restaurant *Villa Rodé* mit seinem Champagner und Kaviar. Ich wünschte nur, sie würde mehr Zeit mit den Kindern verbringen, wenn wir auf dem Land sind. Doch selbst wenn ich sie zu ihr bringe, erlaubt sie ihnen kaum einen Augenblick in ihrer Gegenwart, bevor sie mir befiehlt, sie wieder wegzubringen. Sie gibt ihnen Geld für Süßigkeiten oder organisiert ein Picknick, aber das ist auch schon alles. Damit hat sie ihrer Ansicht nach ihre Mutterrolle erfüllt, mal abgesehen davon, dass selbst diese Dinge mit ihren eigenen selbstsüchtigen Wünschen zu tun haben, weil sie die Kinder dadurch aus dem Weg schafft.«

Stefan kicherte leise.

»Während sie selbst wer-weiß-was treibt.«

»Frag bloß nicht.«

»Würde mir doch im Leben nicht einfallen! Geht uns nichts an.«

»Genau.«

»Können wir uns später noch mal treffen?«, flüsterte er.

Sein Blick war flehend. Ich sah mich rasch um, um sicherzugehen, dass wir allein waren, und nickte dann kurz, bevor ich an meine Arbeit zurückkehrte.

Es war nicht einfach für uns, wenigstens ein paar Augenblicke für uns zu haben. Das war einer der Gründe, weshalb ich die Kinder so gern ins Dorf begleitete, denn dann fuhr uns Stefan mit dem Pferdekarren. Eines Nachmittags erklärte die Gräfin, sie wolle mitkommen, daher nahmen wir die Kutsche. Die Dörfler waren zunächst stumm vor Ehrfurcht angesichts dieses prachtvollen Gefährts in ihrem bescheidenen Ort, doch bald umringten sie uns und bettelten um ein bisschen Geld oder Arbeit. Ich sah eine Landarbeiterin, der mehrere Kinder am Rockzipfel hingen.

»Fahren Sie weiter!«, befahl die Gräfin und scherte sich nicht um ihre Bitten.

»Vielleicht haben sie Hunger«, wagte ich zu bemerken und dachte dabei an die zwanzig Kopeken, die die Kinder jeden Tag für Süßigkeiten bekamen und die wahrscheinlich eine ganze Familie mehrere Tage ernähren würden.

»*Ich* bin nicht für sie verantwortlich«, zischte sie, »und außerdem riechen sie.«

Letzteres traf sicherlich zu, aber schließlich war Seife teuer und stand bestimmt nicht an erster Stelle auf der Einkaufsliste einer Frau, die mehrere Kinder sattbekommen musste. Ich schaffte es, der am nächsten stehenden Landarbeiterin ein paar Kopeken zuzustecken, und erntete daraufhin einen tadelnden Blick meiner Dienstherrin.

Der Graf hatte eine ganz andere Einstellung als seine Frau. Als Vorsitzender des *Semstwo*, einer örtlichen Verwaltung aus Landbesitzern und Geschäftsleuten, die einmal im Monat in der Versammlungshalle des Ortes zusammentrat, war der Graf um das Wohlergehen der Menschen in diesem Bezirk besorgt. In der *Semstwo* wurden Entscheidungen über Steuern, Schulbildung für die Kinder, Straßenbau und Dinge getroffen, die mit der Bewirtschaftung des Landes und der Viehhaltung zu tun hatten. Außerdem unterstand den Mitgliedern die Verwaltung des Krankenhauses der Gegend.

Zudem saß er regelmäßig einem kleinen Gericht vor, das in seinem eigenen Haus tagte. Dort konnten Pächter ihre Probleme vortragen und ihn um Hilfe und Zuspruch bitten. Es war offenkundig, dass man ihm sehr viel Respekt und Zuneigung entgegenbrachte. Bei diesen Gelegenheiten schien alles an ihm anders zu sein. Er strahlte Würde aus, war aber nicht unnahbar und verhielt sich im Großen und Ganzen wie ein Gutsherr, der um das Wohlergehen seiner Leute bemüht ist. Ich liebte es, ihm zuzusehen, wenn er seinen Pflichten nachkam, und an einem bestimmten Tag kam ich nicht umhin, das Schluchzen einer jungen Frau und das Weinen ihrer Kinder zu hören.

Der Graf sah mich im Türrahmen stehen und winkte mich ins Zimmer.

»Die Kinder dieser Frau sind krank vor Hunger. Ihr Mann ist gestorben und ihr Schwiegervater droht, sie aus dem Haus zu werfen, wenn sie sich nicht bald eine Arbeit sucht und Geld verdient. Doch leider kann sie keine Arbeit finden, so sehr sie sich auch bemüht. Später im Jahr, wenn die Ernte reif ist, wird es reichlich zu tun geben, aber jetzt noch nicht. Ich habe nach diesem Burschen geschickt, um ihm klarzumachen, dass er sie nicht ohne meine Erlaubnis vor die Tür setzen darf, selbst wenn sie nicht seine eigene Schwiegertochter wäre. Aber könnten Sie die Kinder in die Küche bringen und dafür sorgen, dass sie etwas zu essen bekommen?«

»Natürlich, sehr gerne.«

Ich bewunderte ihn dafür, dass er so geduldig ihre Klagen anhörte, obwohl ich nicht viel von dem verstand, was sie sagten. Und ich bewunderte die Art, wie er für Gerechtigkeit sorgte und dabei fair und voller Mitgefühl vorging.

Der Schwiegervater der armen Frau wurde befragt und angemessen zurechtgewiesen, die Kinder gingen satt und fröhlich nach Hause und nahmen noch einen Korb mit Essen mit. Der Gestank der Armut hing noch lange in der Luft, doch mein Herz blutete für sie. Wie glücklich konnte ich mich schätzen, dass ich solch eine gute Stelle hatte, dass ich in Sicherheit lebte und reichlich zu essen hatte.

*

Bevor wir in diesem Sommer in die Stadt zurückkehrten, fuhren wir auf die Krim an der nördlichen Schwarzmeerküste. Der Graf und die Gräfin liebten diese Gegend, wo wir in einer großen Villa am Rand von Jalta wohnten. Auch die Romanows verbrachten gerne Zeit in Livaida, ihrem Palast auf der Krim, einem wunderschönen weißen Steingebäude, das auf den Hügeln über der Stadt thronte. Ich glaube, sie waren im Frühjahr dort gewesen, doch ich bin mir nicht sicher, ob sie auch während unseres Besuchs dort residierten. Offenbar begaben sich der Zar und die Zarin nur selten in Gesellschaft. Sie nutzten den Palast lieber als Ort, an dem sie ihren Pflichten entkommen und so etwas ähnliches wie ein normales Familienleben führen konnten.

Ich wünschte, ich könnte dasselbe über die Belinskys sagen. Der Graf verbrachte mehr und mehr Zeit in seinem Büro und die Gräfin verwöhnte zwar gelegentlich ihren geliebten Sohn, doch darüber hinaus beachtete sie die Kinder gar nicht, wie immer. In dieser Gegend waren die Straßen in einem ziemlich schlechten Zustand, sodass sie ihrer Leidenschaft für Ausfahrten nicht in dem Ausmaß nachgehen konnte, wie sie es gern getan hätte. Stattdessen lag sie in der Sonne und betrachtete die Villa als einen Ort zum Entspannen.

Es war tatsächlich bezaubernd dort. Die Sonne schien auf den Strand von Jalta, auf den Straßen tummelten sich die Kinder mit ihren britischen Gouvernanten und der Badeort war so gut besucht wie immer. Viele Leute kamen hierher, um ihre Tuberkulose auszukurieren.

All diese alltäglichen Vergnügungen und Probleme wurden jedoch bedeutungslos, als wir Ende Juli erfuhren, dass Österreich Serbien den Krieg erklärt hatte. Innerhalb weniger Stunden hatte Russland begonnen, seine Truppen zu mobilisieren, um Serbien zu Hilfe zu eilen, genau wie Stefan vorausgesagt hatte, und am ersten Tag im August erklärte der deutsche Kaiser Russland den Krieg.

Wir kehrten in aller Eile nach Petrograd zurück, wie wir es nun nennen sollten. Der Name wurde geändert, weil das deutsch anmutende ›St. Petersburg‹ nicht mehr in die politische Stimmung passte und weil ›Petrograd‹ slawischer klang. Zunächst war von Kriegsvorbereitungen nicht viel zu spüren, doch später sahen wir Soldaten durch die Straßen marschieren. Singend absolvierten sie ihre Übungen oder gingen zu den Feldküchen, die eigens für sie aufgebaut wurden.

Bei meinem ersten Besuch in der Britisch-Amerikanischen Kapelle war der Krieg natürlich das wichtigste Gesprächsthema unter den britischen Gouvernanten, die alle überlegten, ob sie nach Hause fahren oder in Russland bleiben sollten.

Ruth und ich nahmen uns fest in die Arme, um uns ein wenig Trost zu spenden.

»Was für schlimme Nachrichten«, sagte ich. »Und ich hatte geplant, für eine Weile nach England zu fahren. Aber damit werde ich nun wohl warten müssen.«

»Es gibt zwar noch Schiffe, aber es besteht immer das Risiko, von einem deutschen Kriegsschiff versenkt zu werden. Selbst Bahnreisen werden immer schwieriger. Der Zug, in dem Maria Fedorowna, die Mutter des Zaren, unterwegs war, hielt in Berlin auf der Rückreise von England, und der Pöbel griff ihn an und bewarf die Fenster mit Steinen. Sie wurde schließlich von der Polizei gerettet, bekam aber die Anweisung, Deutschland so schnell wie möglich zu verlassen. Der Zug ist dann auf dem Umweg über Dänemark nach Russland zurückgekehrt.«

»Ach, du lieber Himmel, das muss ich *Babuschka* erzählen. Sie wird sicher ganz besorgt sein, wenn sie das erfährt, schließlich war sie mal eine der Kammerfrauen der Mutter des Zaren.«

»Nun, jedenfalls hat mich dieser Vorfall davon überzeugt, dass es sicherer ist, zu bleiben, wo ich bin. Sowieso ist bis Weihnachten alles vorbei. Das sagen alle.«

»Wenigstens wird England nicht in diesen Krieg hineingezogen«, sagte ich in aller Unschuld.

»Ich fürchte, das trifft nicht mehr zu. Deutschland hat Frankreich den Krieg erklärt und nun sind deutsche Truppen in Belgien und Luxemburg einmarschiert, die auf Paris zuhalten. England hat ein Ultimatum gestellt, und als das nicht beachtet wurde, hat es am 4. August Deutschland den Krieg erklärt.«

»Oh nein! Das passiert alles so rasend schnell.«

»Trotz der Tatsache, dass die Herrscherhäuser quer durch Europa miteinander verwandt sind, stehen sie sich jetzt alle im offenen Konflikt gegenüber.«

»Und wir Erzieherinnen sind mittendrin gefangen.«

»Ja, ich fürchte, das stimmt.«

Voller Sorge schrieb ich an meine Eltern im Lake District und erklärte ihnen, warum ich meine Reisepläne verschieben musste und dass ich hoffte und betete, sie mögen sich in Sicherheit befinden. Briefe aus England brauchten sehr lange, bis sie mich erreichten, und oft waren sie stark zensiert, doch im September erhielt ich einen Brief mit der Mitteilung, dass Liam gefallen war, kurz nachdem er sich als Freiwilliger gemeldet hatte. Ich war voller Trauer. Sein Benehmen war sicher nicht mustergültig gewesen, als er mir einredete, er sei in mich verliebt. Er wollte sich nur an mich heranmachen, doch das hieß nicht, dass ich ihn nicht mochte. Er war vielleicht ein bisschen übereifrig und zu leidenschaftlich, aber dennoch ein angenehmer junger Mann und ein guter Freund. Ich schrieb an seine Eltern und drückte ihnen mein Beileid aus, beweinte dabei still den Verlust und sorgte mich, wie viele junge Männer noch ihr Leben würden lassen müssen, bevor dieser Konflikt vorüber war.

Ich betete insgeheim, dass Stefan nicht dazugehören würde.

In der Britisch-Amerikanischen Kapelle ermunterte man uns, Socken und Schalmützen zu stricken, was ich gerne tat, allerdings unter der gewissenhaften Anleitung von *Njanjuschka*, da solche Handarbeiten nicht zu meinen Stärken gehörten. Einige Mädchen meldeten sich freiwillig beim Roten Kreuz. Als ich der Gräfin sagte, dass ich mich ebenfalls melden wollte, verweigerte sie mir die Erlaubnis.

»Ich fürchte, ich kann Sie nicht entbehren, Dowthwaite. Ich brauche Sie hier.«

»Aber, Euer Ladyschaft, das ist wichtig. Wenn Soldaten verwundet werden, gibt es nicht genügend Krankenschwestern, die sich um sie kümmern können.«

»Das ist nicht mein Problem. Nun geben Sie mir bitte ein Glas Wasser. Ich habe Durst.«

Ich unterdrückte einen Seufzer und tat, wie mir geheißen. Der Gräfin ein Glas Wasser zu reichen, das sie sich ebenso gut selbst hätte nehmen können, schien wichtiger zu sein, als verwundeten Soldaten zu helfen.

Ich konnte nur hoffen, dass der Krieg tatsächlich bis Weihnachten vorüber sein würde, denn ich hatte große Angst, dass Stefan sich verpflichtet fühlte, sich zu melden.

Und dennoch schien der Krieg auf seltsame Weise weit entfernt, er fand in einer anderen Welt statt und das Leben ging weiter wie bisher. Die Belinskys erweckten den Eindruck, als bekämen sie von den Ereignissen nichts mit. Im Herbst fuhren wir wie gewohnt gelegentlich für ein Wochenende aufs Land, wo ich weiterhin jeden Morgen mit den Kindern ausritt. Eines Morgens kam ich später als sonst, um die Pferde zu satteln. Ich hatte die Kinder länger schlafen lassen. Am Abend zuvor hatten sie an einem Fest teilgenommen und mit Begeisterung zur Balalaika gesungen und waren recht spät ins Bett gegangen.

Als ich den Stall betrat, blieb ich wie angewurzelt stehen. Stefan stand mit dem Rücken zur Wand, seine Hände lagen locker auf der Taille der Gräfin: Es war nicht zu übersehen, dass sie sich küssten. Ich musste entsetzt nach Luft geschnappt haben, denn sie lösten sich plötzlich voneinander und die Gräfin sah mir mit ihren kohlschwarzen Augen direkt ins Gesicht. Stefan rief etwas, doch ich hörte nicht, was er sagte. Ich drehte mich auf dem Absatz um und rannte davon.

*

»Oh, du meine Güte, wie schrecklich!«, rief Abbie. »Wie konnte er dich so hintergehen, und das, nachdem ihr euch so nahe gekommen wart?«

Die Erinnerung warf einen traurigen Schatten auf Millies Gesicht.

»Ich gestehe, dass ich in jenem Moment am Boden zerstört war. Es brach mir das Herz.«

»Das kann ich mir gut vorstellen. Hat er sich entschuldigt oder es erklärt?«, wollte Abbie wissen.

Sie war vollkommen in der Stimmung des Augenblicks gefangen und fühlte sich selbst ziemlich niedergeschlagen.

»Er machte ein paar halbherzige Versuche, ja. Eines Nachmittags fand er mich an meinem Lieblingsplatz auf der Bank am Fluss. Ich war den Tränen nahe und völlig versunken in meine düsteren Gedanken. Tief in meinem Innern fühlte ich mich trostlos und verloren. Die Kinder tranken Tee mit ihren Eltern, aber ich hatte mich entschuldigt. Ich sagte, ich hätte Kopfschmerzen, aber in Wirklichkeit war es das Herz, das mir so wehtat.«

»Ach, das kann ich so gut verstehen«, meinte Abbie und nahm sie in die Arme.

*

»Kann ich dich einen Moment sprechen?«, fragte er ruhig.

Meine Antwort fiel kühl aus.

»Ich glaube nicht, dass wir uns noch etwas zu sagen haben.«

Was ich gesehen hatte, schmerzte mehr, als ich mit Worten ausdrücken konnte. Ich machte mir Vorwürfe, dass ich so dumm gewesen und ihm vertraut und ihm auch nur einen Moment lang geglaubt hatte, dass er mich liebte. Ich hörte, wie er zittrig Luft holte und unglücklich mit den Füßen auf dem rauen steinigen Weg scharrte.

»Ich verstehe sehr gut, warum du nicht mit mir sprechen willst«, sagte er, »aber es war nicht ganz so, wie es aussah. Ich habe nichts gemacht. Das solltest du wissen, Millie.«

»Du hast sie geküsst.«

Er setzte sich vorsichtig auf die Bank, versuchte aber nicht, mich zu berühren oder mir näherzukommen. Aber mir war es immer noch zu nah. Ich sprang auf und ging weg, den Kopf hoch erhoben und die Hände auf die Ohren gepresst, um seine Stimme nicht hören zu müssen, als er mich bat, ihm zuzuhören.

*

»Ist er dir gefolgt?«, fragte Abbie, doch Millie schüttelte den Kopf.

»In den darauffolgenden Tagen und Wochen sah ich ihn kaum, aber ich bemühte mich auch, ihm aus dem Weg zu gehen.«

»Und das war es also? Alles aus und vorbei zwischen euch? Wie traurig. Aber wenigstens hast du es herausgefunden, als eure Beziehung noch ziemlich frisch war, oder?«

»Oh, das war erst der Anfang. Danach wurde alles noch viel komplizierter.«

KAPITEL 18

Eines Morgens beaufsichtigte ich die Kinder, während sie ihre französischen Verben übten. Zur Belohnung wollte ich ihnen aus Charles Kingsleys *Wasserkindern* vorlesen, doch dann wurde ich zum Boudoir der Gräfin beordert. Die Dringlichkeit des Befehls ließ mich das Dienstmädchen, das mir die Nachricht gebracht hatte, nach *Njanjuschka* schicken, damit sie auf die Kinder aufpasste. Es dauerte also einige Augenblicke, bevor sie kam und ich mich weisungsgemäß auf den Weg zur Gräfin machen konnte.

»Warum sucht sie sich immer den falschen Moment aus?«, klagte das alte Kindermädchen, als sie kurzatmig ins Schulzimmer eilte. »Gerade jetzt, wo ich das Mittagessen für *Babuschka* zubereite. Ich kann wirklich nicht an zwei Orten gleichzeitig sein.«

Ich wusste nur zu gut, was sie meinte. Ich rannte durch den Korridor und klopfte an die Tür des Boudoirs.

»Ah, Dowthwaite, da sind Sie ja endlich. Ich dachte, Sie würden überhaupt nicht kommen.«

»Ich konnte die Kinder nicht einfach allein lassen.«

Mit einer nachlässigen Bewegung ihrer beringten Hand wedelte sie meine Entschuldigung beiseite und äußerte dann eine erstaunliche Bitte. Genauer gesagt erteilte sie einen ihrer häufigen unerwarteten Befehle. »Ich habe beschlossen, dass Sie in Zukunft meine Zofe sein werden.«

Ich starrte sie mit unverhohlener Bestürzung an.

»Ich verstehe nicht. Wie kann ich gleichzeitig Ihre Zofe und Erzieherin Ihrer Kinder sein?«

»Ich bin sicher, Sie werden damit keine Probleme haben. Ich habe das Mädchen entlassen, das seit einigen Jahren bei mir war. Sie verschwindet immer wieder für lange Zeit. Angeblich ist ihre Mutter krank.«

»Das tut mir sehr leid«, sagte ich mit aufrichtiger Anteilnahme.

»Ja, also, ich brauche jemanden, der jeden Tag hier ist.«

Sie warf ihr langes dunkles Haar zurück und reichte mir ihre Bürste. Diese Geste sagte mir unmissverständlich, dass mein Dienst als Zofe bereits begonnen hatte.

»Aber ich habe mehr als genug zu tun, wenn ich die Kinder unterrichte und mich auch sonst um sie kümmere«, wandte ich ein, während ich gleichzeitig gehorsam versuchte, ihre Locken mit der Bürste zu entwirren. »Ich glaube kaum, dass ich die Zeit für die zusätzliche Arbeit habe. Darf ich vorschlagen, dass Sie jemand anderen für diese Aufgaben einstellen, Mylady?«

»Es gibt sonst niemanden, jedenfalls niemanden, dem ich trauen könnte oder der so diskret ist wie Sie. Der liebe Stefan ist natürlich immer gern zur Stelle, um Besorgungen zu machen – oder alles andere zu tun, das ich von ihm verlange, um genau zu sein«, sagte sie und warf mir im Spiegel einen neckischen Blick zu. »Ich wüsste gar nicht, was ich ohne ihn anfangen sollte.«

Selbstverständlich hatte der Zwischenfall im Stall die Gräfin köstlich amüsiert und sie wurde nicht müde, abfällige Bemerkungen zu machen und wie jetzt anzudeuten, dass sie mir eine ganze Menge mehr über ihre Vertrautheit sagen könnte, wenn sie wollte.

»Doch wenngleich er als Mann recht nützlich ist und mit seinen wundervoll sanften Händen die erstaunlichsten Dinge zuwege bringt, braucht es für manches doch eher eine Frau.«

Ihre provokanten Worte versetzten mir den allzu bekannten eifersüchtigen Stich, doch ich achtete tunlichst darauf, es nicht zu zeigen. Ich holte einmal tief Luft und erwiderte dann entschlossen:

»Die Arbeit als Zofe liegt mir nicht, Euer Ladyschaft. Ihr würdet nur enttäuscht werden.«

»Sie werden tun, was ich Ihnen sage, Dowthwaite, und zwar ohne Widerrede«, teilte sie mir ruhig mit und reichte mir einige mit Smaragden besetzte Haarnadeln.

Das Thema war erledigt.

Während ich gehorsam mit ungeschickten Fingern ihre Locken mit den Nadeln feststeckte, suchte ich verzweifelt nach einem Ausweg. Mir wollte partout nichts einfallen. Wie konnte ich mich weigern, als ihre Zofe zu fungieren, ohne meine Stelle aufs Spiel zu setzen? Obwohl es sicher sinnvoll wäre, wenn ich sie aufgab, so wie die Dinge zwischen Stefan und mir standen, doch der Gedanke, die Kinder dieser Frau zu überlassen, vor allem die kleine Irina, war kaum zu ertragen. Wer sollte das kleine Mädchen schützen und lieben, wenn ich nicht mehr da war?

Ich unterdrückte einen resignierten Seufzer und gab auf.

»Wenn ich zustimme, diese Pflichten zu übernehmen, zumindest zeitweilig, könnten Sie dann jemand anderen finden, der die Ausbesserungen und die Näharbeiten und die Wäsche übernimmt? Wie ich Ihnen schon einmal erklärt habe, ist Nadelarbeit nicht unbedingt meine Stärke, und dann muss ich mich ja auch noch um die Kinder kümmern. Und bitte geben Sie diese Arbeiten nicht *Njanjuschka*, denn auch sie hat mehr als genug zu tun.«

Die Gräfin lächelte triumphierend, als sie sah, dass ich dem Druck nachgab.

»Das lässt sich leicht lösen. Tragen Sie diese Arbeiten einem der Dienstmädchen auf. Aber Sie, Dowthwaite, sind dafür verantwortlich, mir die Kleider herauszulegen, normalerweise ziehe ich mich vier- oder fünfmal am Tag um. Und dann sorgen Sie dafür, dass mein Schmuck sicher verwahrt wird, und zwar dort, wo er hingehört. Das gilt vor allem für meinen wertvollen Bernsteinschmuck.«

Ich begann unter der Last der Verantwortung zu zittern und fragte mich verzweifelt, wie ich all die zusätzliche Arbeit erledigen sollte, ohne Serge und Irina zu vernachlässigen. Wie kam es, dass weder Vater noch Mutter auch nur einen einzigen Gedanken an die emotionalen Bedürfnisse ihrer Kinder verschwendeten? So hatte ich mir das nicht vorgestellt, als ich nach Russland kam, doch anscheinend hatte ich keine Wahl und musste zustimmen. Ich unternahm einen letzten Versuch:

»Erlauben Sie, dass ich darüber nachdenke, Euer Ladyschaft?«

»Sie haben vierundzwanzig Stunden Zeit.«

*

Der darauffolgende Tag war ein Mittwoch und so ging ich am Nachmittag zur Britisch-Amerikanischen Kapelle. Sobald ich Ruth sah, schüttete ich ihr mein Herz aus.

»Die Zofe der Gräfin zu spielen, ist wirklich das Letzte, was ich will. Als Erzieherin ihrer Kinder habe ich mehr als genug zu tun, aber wie komme ich aus dieser Zwickmühle wieder heraus?«

»Du könntest dir eine andere Stelle suchen«, schlug Ruth vor. »Britische Erzieherinnen sind immer noch gefragt und du hast gute Referenzen.«

»Ich habe nur das Zeugnis von Lady Rumsley, doch die Gräfin hat mir schon unmissverständlich mitgeteilt, dass sie mir keine Referenzen gibt, falls ich die Stelle bei ihr ohne ihre Erlaubnis aufgebe.« Ich runzelte die Stirn. »Tatsächlich sah es eine Zeitlang so aus, als wollte sie mich loswerden. Und jetzt gibt sie mir noch mehr Arbeit und scheint aus irgendeinem Grund darauf bedacht, mich dortzubehalten.« Ich vermutete, dass die schöne Olga es genoss, mich herumzukommandieren, nachdem sie nun Stefan für sich allein hatte. Die Erinnerung an diesen Kuss brannte immer noch ein Loch in mein Herz und immer noch fiel es mir schwer, mit dem Wissen um seinen Betrug zu leben. »Außerdem möchten die Kinder, dass ich bleibe.«

»Das überrascht mich nicht. Du hast so viel für sie getan, allein dass du den Grafen überredet hast, seinen Sohn mehr zu beachten und mit ihm angeln zu gehen. Ich bin sicher, dass Serge das sehr wohl zu schätzen weiß. Sie haben dich über die Jahre einfach liebgewonnen.«

»Ich mag sie auch gern, selbst Serge, trotz seiner Frechheiten.« Ich lächelte. Inzwischen kam der Graf oft zu mir und schlug andere Aktivitäten vor, die seinem Sohn gefallen könnten. Die beiden schienen mittlerweile ein recht enges Verhältnis zu haben. »Und ich liebe die kleine Irina. Wenn ich mir eine neue Stelle suche, muss ich vielleicht bis nach Moskau umsiedeln und dann sehe ich sie nie wieder.«

Außerdem würde ich Stefan möglicherweise nicht wiedersehen, dachte ich. Trotz seiner Treulosigkeit erfüllte mich der Gedanke mit Verzweiflung. Vielleicht kam ich besser mit der Situation zurecht, wenn ich mich schließlich mit dem Verlust dessen abgefunden hatte, was wir zusammen hatten – oder was ich glaubte, dass wir es zusammen hatten. Im Augenblick klammerte ich mich noch an die trügerische Hoffnung, dass sich zwischen uns noch alles einrenken würde.

Wahrscheinlich spürte Ruth, dass bei mir unter der Oberfläche noch weitere Emotionen schwelten. Meine liebe Freundin legte die Arme um mich und drückte mich an sich.

»Ist da sonst noch etwas, das du mir noch nicht erzählt hast?«, fragte sie sanft.

Ich schüttelte den Kopf.

»Ich will nicht darüber reden.«

»Vielleicht könntest du mit Stefan sprechen. Ich weiß, dass er dich sehr mag.«

»Nein, das wäre wohl keine gute Idee.«

Sie ahnte sofort, dass es Streit zwischen uns gegeben hatte, und ihr Gesicht verriet, wie besorgt sie war.

»Nun, in dem Fall kann ich dir nur noch einmal sagen, dass ich immer für dich da bin, falls du es dir anders überlegst. Als deine Freundin.«

»Danke, Ruth. Ich glaube, ich muss alleine mit diesem Problem klarkommen.«

Sie drückte mitfühlend meine Hand.

»Und was die Stelle als Zofe angeht, könntest du doch sagen, dass du es bis Weihnachten machst, oder? Das gibt der Gräfin auf jeden Fall reichlich Zeit, einen Ersatz zu finden.«

Nachdem ich ihr versichert hatte, dass ich das für eine gute Idee hielt, zog sie mich in den Vorraum der Kapelle für eine tröstende Tasse Tee.

»Sei aber vorsichtig«, warnte sie und reichte mir einen Teekuchen. »Nach allem, was ich gehört habe, ist die Gräfin Belinsky eine sehr berechnende und durchtriebene Frau, die sehr unangenehm werden kann, wenn sie nicht bekommt, was sie will.«

»Das ist mir nur allzu klar. Du brauchst dir doch nur anzusehen, wie sie den Grafen behandelt. Hat eine schäbige Affäre mit Viktor, dem Chauffeur, direkt unter seiner Nase.«

Ruth lachte.

»Dann stimmt es also, was man sich erzählt?«

»Sie verheimlicht die ganze Sache noch nicht einmal. Jeden Nachmittag unternimmt sie lange mysteriöse Fahrten allein mit ihm und ihr Mann bekommt es natürlich mit. Was soll es denn sonst sein, wenn es keine Affäre ist?«

»Offenbar hat man sie letztens auch in der *Villa Rodé* gesehen, als sie mit Dimitri Korniloff ausging.«

»Das wundert mich nicht. Sie ist ziemlich oft da.«

»Der Bursche sieht sicherlich gut aus, aber es gibt wohl keinen raffgierigeren Emporkömmling und Besserwisser als ihn. Wenn es also stimmt, was du über ihr Verhältnis mit dem Chauffeur erzählst, hat sie mindestens zwei Männer am Gängelband und sie sind wahrscheinlich nicht die einzigen.«

Ich stieß ein freudloses Lachen aus.

»Oh, ganz gewiss nicht.«

Als sie die Bitterkeit in meiner Stimme hörte, betrachtete mich Ruth mit traurigem Blick.

»Oh je. Dann hast du ein noch größeres Problem als ich dachte.«

*

Meine erste Herausforderung als Zofe ließ nicht lange auf sich warten. Eines Abends half ich Gräfin Olga beim Ankleiden, als sie sich wie üblich zum Ausgehen fertig machte.

»Sollte mein Mann nach mir fragen«, wies sie mich an, »können Sie ihm mitteilen, dass mir nicht wohl ist und ich früh zu Bett gegangen bin. Mehr brauchen Sie nicht zu sagen. Und bitten Sie ihn, im Ankleidezimmer zu schlafen.«

»Haben Sie Kopfschmerzen, Mylady? Kann ich Ihnen irgendetwas bringen?«, fragte ich höflich.

Sie schnalzte gereizt mit der Zunge.

»Hören Sie mir denn gar nicht zu, Dowthwaite? Tatsächlich will ich mir eine Vorstellung des Kaiserlichen Balletts ansehen, danach dinieren wir im Café Chatant. Mein Begleiter mietet uns normalerweise eine Loge, dort können wir unseren Champagner und unseren Kaviar genießen. Und noch so manches andere«, lachte sie. »Erwarten Sie mich nicht vor Mitternacht zurück, vielleicht auch gar nicht. Sie müssen nichts weiter tun, als von Zeit zu Zeit in mein Zimmer zu gehen und so zu tun, als redeten Sie mit mir, während ich krank im Bett liege. Nur für den Fall, dass der Graf zuhört.«

Ich erstarrte, während ich ihr ihre Bernsteinkette umlegte.

»Sie wollen, dass ich lüge?«

Sie hob den Kopf und begegnete meinem Blick. Sie lächelte ironisch.

»Ich gebe Ihnen einen Befehl. Haben Sie ein Problem damit?«

Unter ihrem harten Blick begannen meine Wangen zu brennen.

»Natürlich nicht. Nur – was ist, wenn der Graf kommen und nach Ihnen suchen sollte?«

»Sie werden ihn nicht in mein Zimmer lassen. Ist das klar?«

»Sehr wohl, Euer Ladyschaft.«

Ich konzentrierte mich ganz auf den Verschluss der Kette und kämpfte meinen natürlichen Instinkt nieder, mich zu weigern, in ihre außerehelichen Affären verwickelt zu werden. Doch es stand mir nicht an, das zu tun.

»Nein, nicht diese Ohrringe, Sie dummes Ding. Die langen Bernsteintropfen, die zu diesem Anhänger passen.«

Später, als sie durch eine Seitentür schlüpfte und unauffällig in die Kutsche stieg, die von ihrem persönlichen Chauffeur gelenkt wurde, musste ich zugeben, dass sie prächtig aussah in ihrem smaragdgrünen Seidenkleid, ihrem Pelzumhang aus Silberfuchsfell und ihrem Bernsteinschmuck. Ob sie sich wieder mit Dimitri Korniloff traf oder mit einem ganz anderen Mann? Jedenfalls nicht mit Stefan, der sich einen solchen Abend nicht leisten konnte. Es sei denn, die Gräfin bezahlte.

Nachdem sie verschwunden war, verbrachte ich den Abend damit, ängstlich zwischen den Zimmern der Kinder und dem Schlafzimmer der Gräfin hin und her zu huschen. Ich tat kaum ein Auge zu, weil die Lüge, in die die Gräfin mich verwickelt hatte, mir immer größere Sorgen bereitete. Und der tiefe Schmerz um Stefan tat sein Übriges hinzu. Als ich zum dritten Mal zu ihrer Zimmertür lief und gegen alle Vernunft hoffte, dass sie früh zurückgekehrt war, sah ich zu meinem Entsetzen den Grafen, der gerade dabei war, an die Tür zu klopfen. Ich hastete zu ihm.

»Kann ich Ihnen behilflich sein, Mylord?«

»Ah, Millie, da sind Sie ja. Ich wollte wissen, ob es meiner Frau besser geht.«

»Ich … ich glaube, sie schläft fest, Mylord. Ich habe ihr etwas gegen die Kopfschmerzen gegeben, also hoffe ich, dass sie einschlafen konnte.«

Noch während ich stotternd meine Lüge vorbrachte, war ich innerlich starr vor Angst, er könnte vielleicht darauf bestehen, dass ich ihn ins Zimmer ließ. Das leere Bett seiner Frau würde die Lüge natürlich sofort auffliegen lassen. Welche Folgen seine Entdeckung hätte, war mir nur allzu klar: Ich würde mit Sicherheit meine Stelle verlieren und weiß der Himmel, was sonst noch.

»Dann will ich sie nicht stören«, sagte er und trat einen Schritt zurück.

»Ich sage ihr, dass Sie sich Sorgen gemacht haben – morgen früh, wenn sie aufwacht.«

»Sie sind sehr gut zu ihr, Millie. Ich hoffe, meine Frau weiß Ihre Loyalität zu schätzen.« Etwas in seinem Blick ließ mich vermuten, dass er schon ahnte, dass das Bett leer war. »Aber Sie haben ja sowieso ein großes Herz.«

»Danke, Sir.«

Er betrachtete mich still und nachdenklich.

»Sind Sie glücklich hier, Millie? Haben Sie bisweilen Heimweh nach Ihrer Familie?«

»Manchmal«, gestand ich. »Aber ich mag meine Arbeit und ich liebe die Kinder.«

Er lächelte.

»Ich weiß, aber lassen Sie sich von meiner Frau nicht zu sehr herumkommandieren.«

Als er in seinem bescheidenen Hausmantel mit hängenden Schultern davonging, gab er eine recht traurige und einsame Figur ab und ich hatte tiefes Mitleid mit ihm. Was würde diese schreckliche Frau als Nächstes von mir verlangen?

Natürlich konnte ich Stefan nicht ganz aus dem Weg gehen, schließlich lebten und arbeiteten wir in derselben Wohnung. Manchmal erhaschte ich einen Blick auf ihn, wenn er durch das Gewirr der Korridore hastete oder aus dem Zimmer der Gräfin schlüpfte. Dann floh ich durch die nächstbeste Tür. Dann wieder gab es Tage, an denen ich vergeblich nach ihm Ausschau hielt, denn nach wie vor verschwand er immer wieder für eine längere Zeit. Ging er mir auch aus dem Weg?

Doch als ich eines Nachmittags auf dem Rückweg vom Treffen der Gouvernanten den Newski Prospekt entlangging, sah ich ihn zusammengesunken in der Ecke eines Cafés sitzen. Im selben Moment erkannte er mich, warf ein paar Münzen auf den Tisch, ließ seinen Kaffee stehen und kam hinausgerannt.

»Lauf nicht weg, Millie. Ich muss unbedingt mit dir reden und dir alles erklären. Bitte, hör mich an.«

Gegen das Flehen in seiner Stimme konnte ich mich nicht verschließen und so folgte ich ihm ins Café. Bald hatte ich eine Tasse Kaffee vor mir, hielt ich den Blick starr auf ihre schlammbraunen Tiefen gerichtet und wappnete mich gegen weitere Lügen.

Er atmete tief ein.

»Dieser Kuss, den du gesehen hast – ich versichere dir, dass er nicht von mir ausging. So etwas würde ich nie tun.«

»Du schienst dich aber auch nicht allzu heftig dagegen zu wehren.«

»Die Gräfin ließ mir seit Monaten keine Ruhe, machte immer wieder deutliche Anspielungen, dass sie jederzeit zu haben sei, wenn ich meine Trümpfe richtig ausspielte. Dann erwischte sie mich an jenem Tag allein in den Ställen, drückte mich an die Wand und warf sich mir an den Hals. Ich war geschockt, das kannst du mir glauben, aber was sollte ich denn machen? Ich hatte nicht die geringste Ahnung, wie ich mich in dieser heiklen Situation verhalten sollte. Sie ist trotz allem meine Herrin, und dann ist sie ja auch nicht irgendjemand, sondern keine Geringere als die Gräfin Belinsky. Ich konnte sie also nicht wegstoßen oder anschreien oder ihr sagen, dass sie mich in Ruhe lassen sollte. Das ging einfach nicht, also beschloss ich, nicht zu reagieren und den Kuss über mich ergehen zu lassen, ohne mich zu rühren, in der Hoffnung, dass sie verstand, was ich ihr damit sagen wollte. Was passiert wäre, wenn du nicht in genau diesem Moment aufgetaucht wärst, weiß ich nicht. Aber ich schwöre dir, Millie, die ganze Sache war mir schrecklich peinlich und ich wusste nicht, was ich tun sollte.«

Er senkte die Stimme, beugte sich über den Tisch, um meine Hand zu nehmen und streichelte jeden meiner Finger, einen nach dem anderen.

»Du weißt genau, dass du es warst, die ich küssen wollte, nicht Gräfin Olga.«

Konnte es wirklich sein, dass ich einen Fehler gemacht hatte, als ich ihm Untreue vorwarf? Die Gräfin war fasziniert von Männern, vor ihrem augenblicklichen Verhältnis mit dem Chauffeur hatte sie zahllose weitere Affären gehabt. Das Stelldichein mit Lord Rumsley, damals im Sommerhaus, das ich in allzu deutlicher Erinnerung hatte, war wohl Beweis genug. Und Stefan sah zweifellos gut aus. Sein bloßer Anblick ließ mein Herz erklingen.

Mir war auch klar, dass Stefan alles getan hatte, um nicht mit ihr allein zu sein, und bis zu der Begebenheit im Stall hatte ich an seinem Verhalten der Gräfin gegenüber nichts Ungehöriges bemerkt.

Aber wenn er die Wahl zwischen einer reichen und schönen Gräfin und der langweiligen kleinen Gouvernante hatte, als die ich mich sah, warum um alles in der Welt sollte er sich dann für mich entscheiden? Konnte ich mir wirklich sicher sein, dass er es ernst meinte? War Stefan so unschuldig, wie er behauptete?

In seinem tiefsten Innern hegte er nach dem Tod seines Vaters einen gewaltigen Groll gegen die Aristokratie. Konnte es da nicht sein, dass er es als seinen persönlichen Rachefeldzug betrachtete, wenn er eine Affäre mit der Gräfin anfing? Aber zu welchem Zweck? Was meinte er, mit einer solchen List erreichen zu können? Und wenn *ich* ihm nicht glaubte, welches Recht hatte ich dann, mich in ihn zu verlieben, denn mein Herz sagte mir, dass ich in ihn verliebt war?

Ich hatte Stefan gar nicht die Möglichkeit gelassen, mir zu erklären, was vorgefallen war. Ohne es zu wollen, hatte ich der Gräfin damit vielleicht die Gelegenheit gegeben, die ganz besonderen Gefühle zugrunde zu richten, die zwischen ihm und mir heranreiften. In seinen graugrünen Augen sah ich Seelenqual und ein Gefühl, das ich früher als tiefe Bewunderung gedeutet hätte.

»Ich will dir so gerne glauben, Stefan.«

»Dem Himmel sei Dank«, sagte er mit einem Seufzer der Erleichterung. »Ich schwöre dir, sie verfolgt mich mit einer Entschlossenheit, die mir Angst einjagt. Aus diesem Grund muss ich mich in Cafés verstecken.«

Fast hätte ich gelächelt.

»Es ist ein recht hübsches Café.«

»Aber du hast ja deinen Kaffee gar nicht getrunken«, sagte er mit einem leisen Anflug seines berühmten ironischen Lächelns.

»Und du auch nicht.«

Wir tranken beide gleichzeitig einen Schluck, sahen einander über den Rand unserer Kaffeetassen hinweg an und verzogen gleichzeitig das Gesicht, weil er schon längst kalt geworden war. Schnell bestellte Stefan neuen Kaffee.

»Wir könnten uns jeder eine neue Stelle suchen«, schlug er vor, nahm meine beiden Hände in seine, hob sie an seine Lippen und küsste erst die eine, dann die andere. »Warum laufen wir nicht davon und fangen irgendwo ein neues Leben an, weit weg vom Graf und der Gräfin? Sie bedeutet mir nichts. Du bist es, die ich liebe, Millie, und ich werde dich immer lieben.«

»Oh, Stefan!« Ich war vollkommen überwältigt. Seine Bitte klang aufrichtig und schien von Herzen zu kommen. »Aber das Land befindet sich im Krieg. Man findet nicht so leicht eine neue Stelle. Nach allem, was ich gehört habe, kann Russland noch nicht einmal seine Armee ausstatten oder für genügend Munition sorgen. Tausende Männer werden getötet und ich möchte auf gar keinen Fall, dass du auch irgendwann dazugehörst, weil du keine Arbeit hattest und gezwungen warst, dich zu melden.«

Die Enttäuschung war ihm anzusehen, wahrscheinlich wusste er nur zu gut, dass ich recht hatte.

»Vielleicht werde ich sowieso eingezogen. Und wie gehe ich nun mit den Avancen der Gräfin um? Wie halte ich sie mir vom Leib?«

Ich schwieg einen Moment lang.

»Ich könnte mit ihr reden und sie bitten, dich in Ruhe zu lassen.«

Die Worte kamen von ganz allein und überraschten mich mindestens ebenso wie Stefan, der mich ungläubig anstarrte.

»Wäre das klug?«

Die Erinnerung an zwei Beine und ein nacktes Hinterteil kam mir in den Sinn.

»Es könnte vielleicht nötig werden«, kicherte ich.

»Sie hört sowieso nicht auf dich. Es würde nicht funktionieren.«

»Wahrscheinlich hast du recht.«

»Heirate mich, Millie. Mehr als alles in der Welt möchte ich dich zu meiner Frau machen. Ich kann mir ein Leben ohne dich nicht vorstellen.«

Seine Arme legten sich um mich, obwohl das ganze Café zusehen konnte, und mein Herz schmolz vor Liebe zu ihm dahin.

»Oh, Stefan, zu jeder anderen Zeit wäre ich in Versuchung, Ja zu sagen, aber es geht nicht, nicht mit dem Krieg und allem.«

»Sie sagen, dass Weihnachten alles vorbei ist. Dann könnten wir aber heiraten.«

Aufregung und eine Spur von Panik ließen mein Lachen ein wenig wacklig klingen.

»Wir sollten nichts überstürzen. Ich liebe meine Stelle und die Kinder, ich habe es nicht eilig, das alles aufzugeben. Ich war immer schon ehrgeizig und wir sind beide noch jung, lass uns also noch warten. Vielleicht ist es vorerst das Beste, wenn du einfach versuchst, nicht mit ihr allein zu sein.«

Stefan stimmte eifrig zu.

»Das ist ein guter Rat und ich werde alles tun, um ihn zu befolgen, wenn du schwörst, dass du mir verzeihst.«

»Oh ja, ich verzeihe dir. Ich bin sicher, dass dieser Kuss nicht deine Schuld war.«

Wir gingen zusammen am Kanal entlang nach Hause und seine Küsse unter den Brücken entflammten mich. Ich hatte nie geahnt, dass man einen Menschen so sehr lieben oder sich so geliebt fühlen konnte.

KAPITEL 19

Im August 1915 war der Krieg so schlimm geworden, dass jeden Monat 450.000 russische Soldaten fielen. In einem Jahr waren es über anderthalb Millionen. Russland hatte einige Siege über Österreich errungen, doch Deutschland erwies sich als zu starker Gegner. Mittlerweile las ich auch russische Zeitungen und verstand zumindest, dass das Land einfach nicht über die nötigen Ressourcen verfügte, um einen Krieg führen zu können, selbst wenn mir die politischen Beweggründe für diesen Krieg einigermaßen schleierhaft blieben.

Es war ein herrlicher Sommertag, und während die Kinder im Fluss schwammen und planschten, las ich einen Brief von zu Hause, der sehr lange unterwegs gewesen war. Er erinnerte mich so sehr an Carreckwater, dass mich eine Woge von Heimweh überkam. Ich machte mir schreckliche Sorgen, dass meine lieben Eltern diesen entsetzlichen Konflikt nicht überleben könnten. Wie sehr ich mich in diesem Augenblick nach ihnen sehnte! Sie schrieben, dass Miss Phyllis und Master Robin rasch heranwuchsen, Robin war schon fast fünfzehn. Ich nahm die Zeitung auf und hoffte darin einen Hinweis zu finden, dass der Krieg bald vorbei sein würde, bevor er vielleicht auch noch eingezogen wurde. Ich versuchte die Schrift zu entziffern, so gut es ging, und warf die Zeitung schließlich angewidert beiseite.

»Die Zeitung hat keine Lösungen parat, sie ist nur voll von Geschichten über politischen Verrat. Warum ist das wohl so?«

Ich dachte, ich sei allein, sonst hätte ich meine Frage nicht laut ausgesprochen.

»Das lässt sich nicht leicht erklären, denn Russland hat eine ziemlich lange und komplizierte Geschichte, doch es gibt ein wachsendes Bewusstsein für demokratische Ideen, die von politischen Aktivisten aus dem Westen hereingebracht werden.«

Ich hatte den Grafen gar nicht bemerkt, der nichts mehr liebte, als in seinem Garten zu arbeiten, und nun in einem nahen Blumenbeet hockte und Unkraut zupfte.

Er unterbrach seine Arbeit, lehnte sich auf seine Gartenhacke und fuhr fort:

»Außerdem schwelt seit langer Zeit ein Groll über die Behandlung der Bauern und über die erbärmlichen Arbeitsbedingungen von Tausenden von Arbeitern. Nun sind Millionen von Landarbeitern in die Armee gezwungen worden, sodass es nicht genügend Leute auf den Höfen gibt. Folglich wird nicht genug angebaut und geerntet. Aus diesem Grund steigen die Preise und dazu kommen die Steuern, die unerbittlich steigen, um die Kosten für diesen Krieg einzutreiben. Doch die Löhne halten damit nicht Schritt. Das Land scheint sich mit rasender Geschwindigkeit auf eine wirtschaftliche Depression zuzubewegen.«

Ich hörte ihm interessiert zu und war dankbar, dass der Graf mich so ernst nahm und mir das alles erklärte.

»Es muss so schmerzvoll für Sie sein, Ihr geliebtes Vaterland leiden zu sehen.«

Er kam zu mir herüber und setzte sich neben mich auf das grasbewachsene Ufer.

»Ich würde gerne glauben, dass ich nicht ganz unwissend bin, was die Sorgen meiner Pächter angeht.«

»Ich habe mit eigenen Augen gesehen, dass Sie das nicht sind«, versicherte ich.

Er nickte.

»Ich bin immer dankbar für Ihre Hilfe, Millie, und weiß Ihr Vertrauen in mich sehr zu schätzen. Allerdings führen bestimmte Mitglieder des Adels ihr Leben so fort wie bisher, ohne sich klarzumachen, dass Lebensmittel knapp sind und wichtige Rohstoffe immer schwieriger zu importieren sind.«

»Vielleicht liegt es daran, dass sie sich noch Lebensmittel leisten können, egal, wie teuer sie sind. Im Gegensatz zu den Armen.«

Ich unterdrückte ein Lächeln, denn es stimmte, dass Gräfin Olga nicht bereit war, sich von etwas so Langweiligem wie einem Krieg ihre Vergnügungen verderben zu lassen. Sie verschwendete nicht einen einzigen Gedanken an das Wohlergehen anderer. Die sterbenden Soldaten waren ihr ebenso gleichgültig wie ihre Dienstboten, die Mühe hatten, in den Geschäften und auf den Märkten all das aufzutreiben, was nötig war, um ihren hohen Lebensstandard aufrechtzuerhalten. Und um den Grafen, der mit immer größeren Problemen im *Semstwo* zu kämpfen hatte, kümmerte sie sich schon gar nicht.

»Denken Sie, dass der Krieg bald vorbei sein wird?«, fragte ich ihn.

Ich genoss unsere Unterhaltung und den wachsenden Respekt, den wir füreinander hatten. Er war so freundlich, dass es mich regelrecht ärgerte, wie schlecht seine Frau ihn behandelte.

Der Graf schüttelte betrübt den Kopf.

»Das Gefühl für Unruhen wächst, Millie, anstatt weniger zu werden. Wer weiß, was noch passieren wird?«

*

Bis zum Jahr 1916 war der Wert des Rubels dramatisch gesunken. Dadurch stiegen die Preise noch höher, doch die Gräfin ignorierte solche Dinge wie Kosten oder Verfügbarkeit von Lebensmitteln beharrlich und erwartete, dass das Abendessen genau so opulent ausfiel wie in der Zeit vor dem Krieg. Als Anton zum dritten Mal in einer Woche Kohlsuppe und Fisch – diesmal handelte es sich um gefüllten Hering – servierte, schob sie ihren Teller angewidert beiseite.

»Ich muss hier weg«, klagte sie. »Vielleicht an die Côte d'Azur. Es muss Jahre her sein, seit wir dort in unserer Villa waren.«

»Ich fürchte, das kommt nicht infrage«, teilte ihr der Graf in ruhigem Ton mit.

Die Kinder stöhnten laut, um ihre Enttäuschung kundzutun. Sie liebten ihre Ferien in der Sonne und der nahe Herbst ließ die Wohnung von Tag zu Tag kälter werden.

»Warum?«, fragte sie barsch.

Der Graf aß weiter seinen Fisch. Er schien ihm zu schmecken, doch er hatte wahrscheinlich mehr Hunger als wir alle. Wenn wir in der Stadt waren, pendelte er den ganzen Tag zwischen der Wohnung und dem Winterpalast und war mit seinen Aufgaben als Minister beschäftigt.

»Erstens habe ich zu viel zu tun.«

»Ach was! Wir kommen sehr gut ohne dich zurecht.«

Ich aß meine Mahlzeit schweigend und scheinbar taub, wie es von mir erwartet wurde, wenn sie sich stritten. Ich wusste, dass die Gräfin am liebsten ohne ihren Mann verreisen würde. Dann hätte sie freie Bahn für eine weitere Urlaubsromanze, während die Verantwortung für die Kinder natürlich wieder auf meinen Schultern ruhte. Nicht, dass ich in dieser Angelegenheit etwas zu sagen hätte, und wenn ich es noch so leid war, ihre Indiskretionen immer wieder vertuschen zu müssen. Zwei Weihnachtsfeste waren ins Land gegangen, seit ich die zusätzlichen Pflichten als Zofe übernommen hatte, und alle Hoffnung auf einen Ersatz schienen sich in Luft aufgelöst zu haben. Doch nun, da der Krieg weiterhin tobte, war ich nicht in der Position, aufzubegehren.

Die Worte des Grafen griffen meine eigenen Gedanken auf.

»Und vergiss nicht, dass es da noch eine weitere Kleinigkeit gibt: In Frankreich herrscht Krieg«, erinnerte er sie.

»Wir werden uns von den Schlachtfeldern fernhalten. Und überhaupt bin ich überzeugt, dass der Krieg nicht halb so schlimm ist wie du immer sagst.«

»Er ist sehr viel schlimmer.«

»Der Graf hat recht, Mylady. Sie sollten sich nicht in Gefahr begeben, sondern zu Hause in Sicherheit bleiben, schon um der Kinder willen«, warf ich ein.

Ich konnte mich einfach nicht zurückhalten.

Er lächelte mich dankbar an, doch seine Frau war noch lange nicht überzeugt.

»Ich *brauche* aber Urlaub!«

Es war fast so, als würden die Soldaten nur kämpfen und ihr Leben lassen, um sie zu ärgern.

»Red keinen Unsinn, Olga. Millie hat recht: Denk an die Kinder. Du musst dir die Idee aus dem Kopf schlagen.«

Wenn die Gräfin jedoch etwas wollte, gab sie keine Ruhe, bis sie sich durchgesetzt hatte – oder, wie in diesem Fall, eine angemessene Alternative gefunden war. Da die Côte d'Azur unerreichbar war, entschied sie sich für die Krim. Das Klima dort war fast wie am Mittelmeer, die Meeresbrise sorgte im Sommer dafür, dass es nicht allzu heiß wurde, und um diese Jahreszeit war es dort noch sehr angenehm. Der Graf erhob keinen weiteren Einspruch und Ende September packten wir unsere Koffer und fuhren los.

Es war nicht überraschend, dass der aktuelle Liebhaber der Gräfin, Dimitri Korniloff, rein zufällig ganz in der Nähe weilte. Sie achtete zwar darauf, dass die Kinder ihn nicht sahen, machte aber ansonsten keinen Hehl daraus, dass sie den größten Teil ihrer Zeit mit ihm zu verbringen gedachte.

»Und was ist, wenn die Kinder Sie brauchen sollten, Mylady?«

»Ich werde den Tee mit ihnen zusammen einnehmen und dann sehe ich sie, wenn sie zu Bett gehen.«

»Aber Sie wollen doch sicher ab und zu am Strand mit ihnen spielen oder mit ihnen durch die Stadt gehen.«

Sie warf mir einen verächtlichen Blick zu.

»Ah, Sie sind es also nicht nur leid, meine Zofe zu sein, sondern wollen sich auch nicht mehr um die Kinder kümmern, was?«

»Nein, Mylady, das stimmt nicht, aber sie verbringen doch so gerne Zeit mit ihrer lieben Mama«, erinnerte ich sie. »Vor allem, wenn der Herr Papa nicht da ist.«

Sie schritt aus dem Zimmer, ohne mir zu antworten. Zeitweise behandelte sie mich, als sei ich unsichtbar. Vielleicht wäre es gut, wenn ich tatsächlich unsichtbar wäre, statt meinen Mund aufzureißen, wenn ich besser geschwiegen hätte.

*

An Weihnachten stieß auch der Graf zu uns. Er schien froh, Petrograd eine Weile hinter sich zu lassen und sah sehr überarbeitet aus. In der Stadt war es bitterkalt, doch hier auf der Krim waren die Winter viel milder. Die Berge schützten uns vor den eisigen Nordwinden, wenngleich die höheren Gipfel über der Stadt oftmals schneebedeckt waren. Ich gebe zu, dass ich es alles sehr aufregend fand und großen Spaß hatte, mit den Kindern Papierlaternen und Weihnachtscracker zu basteln. Aus dem Wald wurde ein Baum gebracht, den wir mit Walnüssen und Schokoladenstückchen dekorierten, die in Gold- und Silberpapier eingewickelt waren. Dann befestigten wir Kerzen auf den unteren Zweigen, an die wir leicht herankamen. Doch da ich keinen Brand riskieren wollte, legte ich für alle Fälle ganz in der Nähe einen Stock bereit, an dessen einem Ende ich einen nassen Schwamm befestigte.

Die Kinder hängten Strümpfe auf und *Njanjuschka* stellte eine alte Galosche in den leeren Kamin. Die Tradition sah vor, dass sie später in einem kleinen Schneehügel steckte, damit die Kinder sahen, dass der Weihnachtsmann dagewesen war.

Am Morgen des Heiligen Abend ging ich mit ihnen in den Wald, um Stechpalmenzweige, Mistelzweige und Efeu zu schneiden. Damit sollte das Haus geschmückt werden. Im Norden von Russland wachsen solche Pflanzen nicht, das Klima war zu rau, und daher war ich begeistert, wenigstens diese Erinnerung an die Weihnachtsfeste im lieben alten England zu haben.

Während die Kinder und ich die Efeuranken um das Treppengeländer wickelten, kletterte Stefan auf eine Leiter und befestigte Stechpalmen und Mistelzweige über Türrahmen und Bildern. Als er fertig war, rief er mich zu sich.

»Ist das genug? Was meinen Sie?«

Ich hatte kaum Zeit, ihm zu antworten, da hatte er mich schon geküsst. Die Kinder fanden das sehr lustig, klatschten laut Beifall und brüllten vor Lachen. Ich fand die Situation nicht so spaßig, vor allem, weil hinter uns in der Diele eine Stimme erklang.

»Aha, das ist es also, was Sie beide treiben, sobald ich Ihnen den Rücken zukehre.«

Ich war zu erschrocken, um ihr zu antworten, daher machte ich nur einen stummen Knicks und achtete darauf, den Kopf gesenkt zu halten, damit die Gräfin meine flammend roten Wangen nicht sah.

»Da siehst du, was du angerichtet hast«, zischte ich Stefan zu.

Sie kam herangeschlendert, so anmutig, wie es ihre Art war. In ihrem Kleid aus goldfarbenem Satin mit Perlenstickereien sah sie so elegant und prächtig aus wie eh und je. Über ihrem Dekolleté, das äußerst tief ausgeschnitten war, trug sie eine mehrreihige Perlenkette. Der Graf und die Gräfin waren an diesem Abend zu einem Weihnachtsball eingeladen und ich muss gestehen, dass sie mir nie schöner erschienen war. Sie stellte sich unter den Mistelzweig und warf Stefan einen aufreizenden Blick zu.

»Muss ich hier stehen, um *meinen* Weihnachtskuss zu bekommen?«, fragte sie.

Stefans Verlegenheit war unübersehbar. Ein scharlachroter Fleck breitete sich auf seinem Hals aus und sein Kiefer war angespannt, als er mich flehentlich ansah. Angesichts der unmöglichen Situation, in die sie ihn brachte, blutete mein Herz für ihn, und so machte ich einen ungeschickten Versuch, sie abzulenken.

»Draußen schneit es, Euer Ladyschaft. Soll ich Ihren Mantel und den Pelzumhang bringen, wenn Sie jetzt gehen wollen?«

Sie wandte noch nicht einmal den Kopf in meine Richtung, sondern hielt den Blick starr auf das Objekt ihrer Begierde, meinen geliebten Stefan, gerichtet, während sie mich tatsächlich nach ihren Pelzen schickte. Statt ihn zu retten, hatte ich versehentlich eine Situation geschaffen, in der ich gezwungen war, ihn mit ihr allein zu lassen. Da erwies sich Serge als Retter in der Not, als er ein verächtliches Lachen ausstieß.

»Sie würden es nicht wagen, Mama anzurühren.«

Es folgte kurzes erstauntes Schweigen, als selbst die Mutter des Jungen nicht recht wusste, wie sie auf diese scharfe Zurechtweisung ihres Sohnes reagieren sollte.

Stefan ergriff die Chance jedoch sofort beim Schopf. Ich konnte seine Erleichterung beinahe spüren.

»Ihr Sohn hat natürlich vollkommen recht. Das wäre völlig unangemessen«, sagte er mit einer angedeuteten Verbeugung, klemmte sich die Leiter unter den Arm und ging ruhig davon.

Als ich nach oben hastete, um die Pelzmäntel, -umhänge und -mützen zu holen, war ihre Wut beinahe greifbar.

*

Ein weiteres Weihnachtsfest war vorüber und noch immer tobte der Krieg in Europa ohne die geringste Aussicht auf Frieden am Horizont. Kurz vor Beginn des neuen Jahres und müde von der zusätzlichen Arbeit als Zofe, die schon viel länger gedauert hatte als ursprünglich vereinbart und die mir viel Zeit und noch mehr Diskretion abverlangte, bat ich höflich um eine Lohnerhöhung.

Die Gräfin brach in schallendes Gelächter aus. Was sie für ein Zeichen vom Impertinenz hielt, amüsierte sie offenkundig. Geld, das wusste ich nur zu gut, bedeutete ihr gar nichts, doch gleichzeitig hasste sie es, es jemand anderem auszuhändigen.

Die Armen konnten ihrer Ansicht nach ruhig arm bleiben, schließlich war es allein ihre Schuld, dass sie in dieser Situation waren, und sie, die Gräfin, ging das alles überhaupt nichts an.

»Was um alles in der Welt lässt Sie denken, dass Sie eine Lohnerhöhung verdient haben?«

»Weil ich zwei Stellen ausfülle«, erinnerte ich sie. »Ich bin immer noch die Gouvernante Ihrer Kinder und stehe Ihnen als Zofe zu Diensten, obwohl wir vereinbart hatten, dass diese Aufgabe nur vorübergehend sein sollte. Es wurden jedoch keine Bemühungen unternommen, einen Ersatz zu finden, und Euer Ladyschaft ist sehr wohl bekannt, dass ich mich in dieser Position nicht wohlfühle.«

Diesmal lachte sie nicht, sondern runzelte wütend die Stirn.

»*Ich* bestimme, wann Sie von diesen Aufgaben befreit werden, und ob Sie sich wohlfühlen oder nicht, interessiert mich nicht im geringsten.«

Ich war jedoch entschlossen, mich durchzusetzen. Ich schickte regelmäßig Geld an meine Eltern und wusste, dass sie es sorgfältig anlegten für die Zeit, wenn ich endgültig nach Hause zurückkehrte. Manchmal waren meine Sehnsucht nach dem Lake District und meine Sorge um meine Familie in dieser schwierigen Zeit schier unerträglich, wenngleich ich Russland inzwischen ins Herz geschlossen hatte. Ich war jedenfalls nicht gewillt, mich ausnutzen zu lassen.

»Ich möchte Euer Ladyschaft höflich darauf hinweisen, dass ich, wenn ich zwei Stellen bekleiden soll, auch entsprechend entlohnt werden sollte.«

»Ich glaube, Sie überschätzen Ihre Bedeutung, Dowthwaite.«

»Dann benötigen Sie meine Hilfe, meine Diskretion und meine Loyalität also gar nicht?«, merkte ich recht kühn an.

Die Herausforderung hinter diesen Worten verstand Gräfin Olga genau. Sie wusste, dass ihre Stellung in der Gesellschaft und ihr Ruf von meinem Schweigen abhing. Sie war darüber hinaus erstaunlich gut darin, die Realität zu ignorieren und schwierigen Fragen auszuweichen.

»Wo sind meine Perlen?«, fragte sie plötzlich und begann, in dem Durcheinander auf ihrem Frisiertisch zu wühlen.

Da mich die Art irritierte, wie sie meine Bitte um eine Lohnerhöhung beiseitewischte, fiel meine Antwort ungewöhnlich barsch aus.

»Im Safe, wo sie hingehören.« Ich ging, um sie zu holen. Überrascht und bestürzt stellte ich jedoch fest, dass im Safe keine Spur von ihnen zu sehen war. Da ich wusste, wie nachlässig meine Dienstherrin mit ihrem Schmuck umging, geriet ich nicht allzu sehr in Panik. »Sie müssen irgendwo hier sein«, sagte ich verärgert. »Oder vielleicht haben Sie sie jemandem geborgt?«

»Natürlich nicht!«

»Erinnern Sie sich, ob Sie sie nach dem Weihnachtsball in den Safe zurückgebracht haben? Oder haben Sie sie abgenommen und irgendwo hingelegt?«

Ich wusste, dass sie das oft genug tat. Während ich diese logischen Fragen stellte, suchte ich den Raum ab, doch nachdem ich alle Schubladen, Schränke und Schmuckkästen durchgesehen und noch mehrmals im Safe nachgeschaut hatte, musste ich die Segel streichen. Die Perlen waren spurlos verschwunden.

»Das ist *Ihre* Schuld, Dowthwaite, es ist allein Ihrer Inkompetenz zuzuschreiben. Es ist *Ihre* Aufgabe, für die sichere Verwahrung meines Schmucks zu sorgen, also müssen *Sie* die Perlen verloren haben«, warf sie mir mit eisiger Stimme vor. »Oder vielleicht haben Sie selbst Gefallen daran gefunden.«

Ich schnappte nach Luft.

»Wollen Sie damit sagen, dass *ich* sie gestohlen habe? So etwas würde ich *nie* tun. Ich habe Ihre Perlen nicht angerührt«, verteidigte ich mich heftig.

»Und haben Sie nicht eben versucht, mich zu erpressen? Warum sollte ich Ihnen nicht auch andere Missetaten zutrauen?«

Es folgte ein langes vielsagendes Schweigen. Mir wurde klar, in welche Gefahr mich meine Kühnheit gebracht und wie schlau sie den Spieß umgedreht hatte. Mit ausdrucksloser Miene sagte ich:

»Ich habe nicht die geringste Ahnung, wovon Sie sprechen, Mylady, doch ich werde weiter nach den Perlen suchen. Sie müssen irgendwo sein.«

Die Gräfin war jedoch von meiner Schuld überzeugt und bestrafte mich dadurch, dass sie für den Rest dieses Tages und den ganzen nächsten Tag nicht mehr mit mir sprach. Ihre Anweisungen erteilte sie mir mithilfe kleiner Zettel, die sie auf ihren Ankleidetisch legte. Und als das Abendessen serviert wurde, war nichts mehr übrig, wenn ich an der Reihe war.

»Was soll ich nur tun?«, schluchzte ich, als ich Stefan davon berichtete. »Abgesehen von allem anderen, bin ich schrecklich hungrig. Ich muss mich in die Küche schleichen und den Koch um etwas zu essen anbetteln, und Anton hat Angst, gegen den Willen der Gräfin zu handeln, daher ist er nicht sonderlich großzügig. Wie kann ich sie von meiner Unschuld überzeugen? Ich bin sicher, dass sie mich entlässt, wenn ich nicht vorher verhungere.«

Er zog mich an sich und presste mir die Lippen auf die Stirn. In seinen Armen fühlte ich mich so sicher, dass ich für immer bleiben wollte.

»Du könntest mit dem Grafen sprechen und ihn um Unterstützung bitten. Entweder das oder du findest die verdammten Perlen.«

»Das ist eine gute Idee. Von ihm habe ich nichts als Freundlichkeit erfahren.«

Ich vertraute dem Grafen, denn er besaß den gesunden Menschenverstand und die Stetigkeit, die seiner Frau fehlten. Ich vermutete, dass er Olga aus Pflichtgefühl geheiratet hatte, denn zwischen ihnen schien es keine Liebe zu geben, eine Verbindung, die ganz sicher von seiner Familie arrangiert worden war, da er den Titel und die Beziehungen hatte und sie eine reiche Erbin war, wie *Babuschka* angedeutet hatte. Er musste damals sehr jung gewesen sein, denn ich nahm an, dass er nun höchstens in den Dreißigern war. Ich bewunderte ihn sehr, denn er sorgte sich um seine Dienerschaft und um seine Pächter und war seinen Kindern ein guter Vater. Welch eine entsetzliche Verschwendung: ein gut aussehender Mann, der in einer unglücklichen Ehe gefangen war.

Wie zu erwarten war, drückte er mir angesichts meiner prekären Lage sein tiefes Mitgefühl aus, fügte jedoch mit einem traurigen Kopfschütteln hinzu:

»Meine Frau hat ihre eigene Art, die Dinge zu regeln, und ich mische mich nur selten ein. Ich gebe zu, dass sie recht nachlässig mit ihren Besitztümern ist, und ich bin von Ihrer Unschuld überzeugt. Ich werde ein gutes Wort für Sie einlegen, Millie, wenn es nötig sein sollte.«

»Danke, Sir.«

Es berührte mich immer sehr, dass er mich bei meinem Vornamen nannte, und war ihm dankbar für sein Vertrauen in mich. Das schien alles zu sein, worauf ich hoffen konnte.

Und dann kam am nächsten Tag Irina angelaufen und schwenkte die Perlenkette in der Hand.

»Sehen Sie mal, was ich gefunden habe, *Barischnja*. Sie sind aus Serges Angeltasche gefallen, als ich sie für ihn weggeräumt habe.«

Der Junge leugnete mit überraschender Heftigkeit, irgendetwas von den Perlen gewusst zu haben.

»Ich habe *Mamuschka*s Perlen nicht angerührt«, beteuerte er. »Ich habe keine Ahnung, wie sie in meine Tasche geraten sind. Ich schwöre es, das war nicht einer meiner Scherze. Und ich glaube auch nicht, dass Sie sie gestohlen haben, *Barischnja*.«

Ich lächelte ihn dankbar an. Wie sehr wollte ich ihm glauben!

»Danke, Master Serge. Es ist wunderbar zu hören, dass Sie an meine Unschuld glauben. Mir wird richtig warm ums Herz. Ich denke, die Perlen sind versehentlich in Ihre Tasche gefallen. Lassen wir die Sache einfach auf sich beruhen.«

War es tatsächlich ein Versehen?, fragte ich mich. *Oder einer seiner Streiche?* Trotz aller vorherigen Beweise für das Verhalten des Jungen wirkte sein leidenschaftliches Leugnen überraschend echt und überzeugend. Viel wahrscheinlicher war, dass die Gräfin die verfluchten Perlen eingesteckt hatte, um mich dafür zu bestrafen, dass ich ihr nicht nachgegeben hatte, und dann hatte sie sie in die Tasche ihres Sohnes gesteckt. Ausnahmsweise sah es so aus, als habe sich ihr Versuch gerächt, ihren Sohn in ihr widerliches kleines Ränkespiel zu verwickeln.

KAPITEL 20

Zu Beginn des neuen Jahres kehrten wir nach Petrograd zurück. Die Kälte, die die Stadt gefangen hielt, war über Weihnachten noch schlimmer geworden. Riesige Wälle aus Eis und Schnee blockierten die Straßen und von den Dächern hingen Eiszapfen herunter. Die Kinder bei solchem Wetter bei Laune zu halten, war nicht einfach, sie wurden schnell übellaunig und streitsüchtig, wenn sie die meiste Zeit im Haus verbringen mussten. Ab und zu gingen wir an kalten Winternachmittagen zum Schlittschuhfahren auf die zugefrorene Newa oder vergnügten uns auf Eisrutschen im Park.

Während die Gräfin sich nach unserer Rückkehr ins Bett legte, um auszuruhen, und ich anfing auszupacken, ging der Graf sofort in den Winterpalast, um seine Arbeit wieder aufzunehmen. Als er zurückkehrte, brachte er die erschreckende Nachricht mit, dass Rasputin kurz vor unserer Rückkehr ermordet worden sei.

»Der Bursche hat mit Prinz Jussupow und einem oder zwei seiner Kameraden Madeira und Kuchen zu sich genommen, als er angeblich vergiftet wurde.«

»Lieber Himmel«, sagte die Gräfin. »Willst du damit sagen, dass der Fürst verantwortlich war?«

»Ich sage nichts dergleichen, niemand darf so etwas sagen«, ermahnte er sie. »Es stimmt, dass Fürst Jussupow und Großherzog Dimitri unter Hausarrest gestellt wurden, während die Angelegenheit untersucht wird. Wir müssen das Ergebnis abwarten, doch wer auch immer der Täter war, sie hatten ganz klar die Absicht, ihn auf die eine oder andere Weise zu beseitigen. Als das Gift nicht sofort wirkte, vorausgesetzt, es war tatsächlich Zyanid in seinem Essen, wurde er erschossen und dann in die eisige Newa geworfen, wo er ertrank. Wer immer es auch war, hatte nicht die Absicht, ihn entkommen zu lassen, aber ich glaube, der Bursche hat sich heftig gewehrt.«

Die Kinder waren bereits im Bett und der Graf hatte die gesamte Dienerschaft zusammengerufen. Wir alle waren entsetzt, als wir diese schreckliche Geschichte hörten, und standen einige Augenblicke schweigend da und überlegten, welche Auswirkungen der Tod des Lieblings-*Starez* der Zarin haben würde, des Mannes mit den magnetischen Augen und seinen erstaunlichen Fähigkeiten, die den Zarewitsch mehr als einmal davor bewahrt hatten, zu verbluten.

»Er war ein Scharlatan und vollkommen verrückt, daher ist es sicher kein großer Verlust«, meinte die Gräfin ein wenig wegwerfend, als habe das Leben eines Mannes keine Bedeutung, selbst wenn er ein Mönch und ein Berater der kaiserlichen Familie gewesen war. »Die törichte Alix stand viel zu sehr unter seinem Einfluss.«

Der grimmig dreinblickende Graf konnte ihr nicht widersprechen.

»Mir ist allerdings eine Veränderung in der öffentlichen Stimmung aufgefallen, eine seltsame Mischung aus Vorfreude und Feierstimmung liegt in der Luft, als habe der Tod Rasputins die Leute irgendwie befreit.«

Stefan sagte:

»Ich vermute, der Mord könnte den Möchtegern-Revolutionären einen Anlass bieten, die Macht an sich zu reißen, nach der sie schon so lange streben. Warum sollten sie einem Mann trauen, der an ein göttliches Herrschaftsrecht glaubt? Oder einer Frau, die von einem verrückten Mönch besessen ist?«

»Genau das macht mir auch Sorgen, Stefan.« Der Graf sah ernsthaft beunruhigt aus. »Ich fürchte, das scheue, zurückgezogene Wesen der Zarin hat ihr keinen Gefallen getan. Es ist traurig, aber auch verständlich, dass die Leute ihr vorwerfen, sie sei überheblich. Manche Mitglieder der Zarenfamilie haben sogar geraten, sie in ein Kloster zu schicken.«

»Aber ist das denn fair?«, warf ich ein.

Wie immer redete ich ungefragt dazwischen.

»Millie behauptet, keine Ahnung von Politik zu haben, aber sie hat immer eine Meinung«, bemerkte Stefan lächelnd.

»Ich weiß nur, was *Babuschka* mir von ihrer Zeit als Kammerfrau im Zarenpalast erzählt hat, und das fand ich faszinierend. Und, ja, ich glaube, dass die Zarin unnötig verteufelt wird.«

Der Graf nickte mir ermutigend zu.

»In welcher Hinsicht, Millie?«

Ich errötete vor Verlegenheit, als ich mich so plötzlich im Mittelpunkt der Aufmerksamkeit sah, und hatte Mühe, meine Gedanken zu ordnen.

»Die Leute werfen ihr alle möglichen Dinge vor. So ist sie angeblich eine deutsche Verräterin, während sie doch für ihr neues Heimatland tut, was sie nur kann. Sie hat Feldhospitäler in königlichen Palästen eingerichtet und bemüht sich um ihr Rot-Kreuz-Zertifikat.«

Was bei Weitem mehr war, als die Gräfin jemals getan hatte.

»Das stimmt tatsächlich. Man kann die Zarin fast jeden Tag in ihrer weißen Uniform in den Krankenhäusern sehen, wo sie die Schrecken des Krieges aus erster Hand mitbekommt, ohne sich auch nur einmal zu beklagen.«

»Und ist sie nicht auch verantwortlich dafür, das Land zu regieren, während der Zar die Truppen kommandiert?«

Der Graf zog eine Grimasse.

»Ja, aber das macht sie leider nicht allzu gut. Das Problem ist, dass sich die liebe Alix als hingebungsvolle Mutter und Ehefrau viel zu sehr als Beschützerin ihres Mannes sieht. Sie ist so von der Idee besessen, dass kein Mitglied der Regierung seine Autorität infrage stellen soll, dass sie Schwächlinge zu Ministern macht, brave ›Ja‹-Männer, die nur darauf aus sind, in der Gunst des Zaren zu stehen. Und dadurch spaltet sie die Nation leider noch mehr.«

»Oh, dann hat Stefan wohl recht: Ich verstehe nichts von Politik.«

Lächelnd tätschelte der Graf meine Schulter.

»Sie haben es wenigstens versucht, Millie.«

Ich hätte noch mehr Fragen gestellt, doch da die Gräfin mich mit einem ihrer grimmigen Blicke fixierte, hielt ich den Mund. Ich wollte nicht schon wieder hungrig zu Bett gehen müssen.

*

In den darauffolgenden Tagen und Wochen klagte die Gräfin oft über Unwohlsein. Sie blieb morgens im Bett und ließ sich ständig irgendwelche Leckereien bringen, die sie wegen ihres verdorbenen Magens knabberte. Sie gab sogar ihre Vorliebe für kalte Bäder auf, die angeblich gut für ihre Haut waren. Stattdessen badete sie zweimal am Tag heiß. Wegen der bitteren Kälte achtete ich auf jeden Fall darauf, dass die Kinder abends ein heißes Bad nahmen, und brachte ihnen eine wärmende Tasse heiße Schokolade, bevor ich sie ins Bett stopfte. Eines Abends wollte ich Irina gerade ihren Kakao bringen, als ich sah, dass sie an der Tür des Boudoirs ihrer Mutter hockte.

»Was machen Sie denn da?«, tadelte ich sie leise, damit die Gräfin mich nicht hörte.

Das Kind presste einen Finger an die Lippen und bedeutete mir zu schweigen. Irina war immer noch so unsicher, dass sie ihre einzige Bestätigung aus den Gesprächen ihrer Eltern bezog, die sie heimlich belauschte. Was für ein kleiner Schelm sie doch war! Jedenfalls war sie nicht immer der kleine Engel, für den ihr Vater sie hielt.

»Geht *Mamuschka* fort?«, fragte sie flüsternd.

»Lieber Himmel, welch ein Unsinn!«

Doch als ich nach ihrer Hand griff, wurde mir klar, dass ihre Eltern sich heftig stritten und sich nicht die geringste Mühe gaben, die Stimme zu senken.

»Ich soll eine Affäre mit Dimitri Korniloff haben? Na, und wenn schon. Was geht dich das an? Du bist in dieser Hinsicht ja auch nicht gerade ein Unschuldsengel!«

»Wenn ich unser Ehegelübde gebrochen habe, dann nur, weil du mich von Anfang an zurückgewiesen und jedes Vertrauen zwischen uns vom ersten Tag unserer Ehe an zerstört hast!«

»Ich war dir völlig egal, du wolltest doch nur deinem Vater gefallen, damit er stolz auf dich war!«

»Was mir gründlich misslungen ist, dank deiner Lügen!«

Das Lachen der Gräfin klang, als habe er etwas höchst Amüsantes von sich gegeben.

»Du hättest deinen Eltern die Stirn bieten und diese dumme Mavra Obelenski heiraten sollen! Wie tragisch, dass sie gestorben ist!«

»Hör auf damit, Olga! Erwähne ihren Namen nicht noch einmal!«

»Ich will die Scheidung, Waska, und ich werde alles tun, um sie durchzusetzen!«

Der Graf murmelte etwas, das wir nicht verstehen konnten. Rasch griff ich nach Irinas Hand und wollte sie wegziehen. Das war nicht die Art von Unterhaltung, die ein kleines Mädchen mitbekommen sollte. Sie weigerte sich standhaft.

»Nein, *Barischnja*, ich muss das hören.«

»Kommen Sie, bitte«, bettelte ich.

Ich wollte nicht, dass sie etwas Verletzendes oder Beängstigendes hörte. Und dann dröhnte die Stimme ihres Vaters von drinnen und ließ uns beide erstarren.

»Mach dir nichts vor, Olga! Wenn du so dumm bist, mit diesem Burschen durchzubrennen, sind dein Ruf und dein Ansehen dahin, und ich sorge dafür, dass du ohne eine einzige Kopeke dastehst!«

»Das würdest du nicht wagen!«

»Unterschätze mich nicht, Olga! Ich werde außerdem dafür sorgen, dass du jeden Kontakt zu den Kindern verlierst, auch zu deinem geliebten Sohn!«

Ich nahm die heftig zappelnde Irina auf den Arm und trug sie rasch in ihr Bett. Nachdem ich sie zugedeckt hatte und sie mit mürrischer Miene ihren Kakao trank, setzte ich mich zu ihr auf die Bettkante.

»Sie sollten sich die dummen Sachen nicht anhören, die Erwachsene reden. Sie können manchmal sehr böse aufeinander sein, aber das ist nichts anderes, als wenn Sie sich mit Serge streiten. Es ist nicht so schlimm, wie es sich anhört.«

Als sie mich ansah, lag in ihren jungen Augen eine Weisheit, die mich erschreckte.

»Scheidung muss etwas sehr Schlimmes sein, wenn *Mamuschka* uns nie wiedersehen würde. Warum will sie das?«

Warum bloß? Ich lächelte sie beruhigend an und stopfte die Decken fest.

»Ihre liebe Mama hat wahrscheinlich nicht richtig nachgedacht. Reden wir nicht alle dummes Zeug, wenn wir uns über etwas ärgern? So, welche Geschichte soll ich Ihnen heute vorlesen? Wie wär's mit *Die Geschichte von Peter Hase*? Das klingt doch lustig, oder?«

Ich las Irina so lange vor, bis ihr die Augen zufielen und der Schlaf sie einholte. Das Nachtlicht an ihrem Bett ließ ich brennen, als ich leise die Tür hinter mir schloss. Erst dann dachte ich darüber nach, ob die Gräfin ihren Mann tatsächlich verlassen würde und was dann aus uns allen wurde.

*

Das Verhältnis zwischen Graf und Gräfin wurde immer angespannter, die Stimmung war fast so eisig wie das Wetter. Das Wort ›Scheidung‹ wurde nie wieder erwähnt, daher konnte ich nur annehmen, dass die Gräfin es sich anders überlegt hatte. Möglicherweise fürchtete sie um ihre Stellung in der russischen Gesellschaft. Ich ging ihr aus dem Weg, wo ich nur konnte, und verbrachte mehr Zeit als zuvor mit meinen Freundinnen in der Britisch-Amerikanischen Kapelle.

»Am 23. Februar wird hier in Petrograd der Internationale Frauentag gefeiert«, verkündete Ruth, während wir in einer kleinen Gruppe wie üblich bei Tee, Kuchen, Klatsch und Tratsch zusammensaßen. »Wir feiern den Tag oft mit einem Festessen oder bekommen Blumen geschenkt und Karten geschickt. 1913 demonstrierten Frauen für das Wahlrecht, dieses Jahr soll es eine Kundgebung gegen die hohen Brotpreise sein. Viele Textilarbeiterinnen, Hausfrauen und andere Frauen werden teilnehmen, sie alle haben Probleme, ihre Familien satt zu bekommen. Wer will mitmachen?«

»Wir sind Engländerinnen. Hätten die Frauen nicht etwas dagegen, dass wir mitmarschieren? Wir haben keine Kinder und wir haben das Glück, dass wir unser Brot nicht selbst kaufen müssen«, wandte Ivy ein, die ein ruhiges Leben vorzog.

»Aber das ist kein Grund, unsere Schwestern in ihrer Stunde der Not allein zu lassen. Ich bin bereit, mit ihnen zu protestieren und ein Banner zu tragen oder so etwas«, erwiderte Ruth.

»Ich auch«, sagte ich.

Die Pein im Gesicht der Landarbeiterin hatte sich unauslöschlich in mein Gedächtnis gebrannt, als die Gräfin sich weigerte, ihr ein paar Kopeken zu geben, um ihren Kindern etwas zu essen zu kaufen. Und ihre eigenen Kinder gaben jeden Tag ein kleines Vermögen für Süßigkeiten aus.

»Ich habe auch nichts dagegen, mitzugehen«, meinte eine andere junge Frau.

»Hört sich nach einer guten Sache an.«

Es meldeten sich noch mehr Frauen und schon bald waren wir dabei, Plakate mit klaren Botschaften wie »Unsere Kinder verhungern« oder »Wir brauchen Brot« zu malen.

Als es schließlich so weit war, staunte ich über die große Zahl der Frauen, die sich versammelten. Es waren auch einige Männer dabei, doch es waren buchstäblich Hunderte von Textilarbeiterinnen, die durch die Straßen marschierten und ihre Plakate schwenkten oder ihre Forderungen hinausbrüllten: »Brot!«, »Schluss mit dem Krieg!« oder sogar »Nieder mit der Autokratie!«

Die Frauen sammelten sich an der Ecke Bolschoi Prospekt und Gawanskaja-Straße. Sie sahen verzweifelt aus, hohlwangig und müde. Viele von ihnen wirkten wie wandelnde Skelette, da sie immer zuerst versuchten, ihre Kinder satt zu bekommen. Ihr Anblick berührte mich zutiefst und ich bewunderte ihren Mut und ihre Entschlossenheit, als sie begannen, an Türen zu hämmern und die Bäcker aufforderten, die Brotpreise zu senken oder ihnen an Ort und Stelle Brot zu geben, mit dem sie den ärgsten Hunger ihrer Kinder stillen konnten.

»Wir brauchen vernünftige Löhne, um essen zu können!«, riefen sie.

»Es ist eine Schande, dass wir uns kein Brot leisten können!«

»Unsere Kinder verhungern!«

»Verhungern Ihre Kinder wirklich?«, fragte ich die Frau neben mir. »Ich wünschte so sehr, dass ich Ihnen helfen könnte.«

»Sie helfen uns einfach dadurch, dass Sie hier sind, und, ja, meine Kinder schätzen sich glücklich, wenn sie einmal am Tag etwas Kohlsuppe oder gekochte Bohnen bekommen. Die Preise für Milch, Butter und Eier sind so hoch, dass ich mir diese Sachen einfach nicht leisten kann. Manchmal schaffe ich es, ein paar Kartoffeln zu den Bohnen zu kaufen.«

»Und die Regierung druckt mehr und mehr Geld und dadurch werden die Preise noch höher, während unsere Löhne stagnieren«, fügte ihre Freundin hinzu. »Ich musste schon Löwenzahnblätter und Nessel pflücken, um daraus eine Suppe für meine Kinder zu kochen.«

Die Frauen in ihren langen schäbigen Mänteln und Schals, mit denen sie sich vor der Kälte zu schützen versuchten, zogen gemeinsam durch die Straßen und hielten ihre Banner in die Höhe. Obwohl der meiste Schnee beiseitegeräumt worden war, spürten wir unter unseren Füßen immer noch die eisige Kälte. Wir waren eine kleine Gruppe von Unterstützern, die sich den Demonstranten angeschlossen hatten, während am Straßenrand Zuschauer standen und dem Zug zujubelten.

»Nieder mit dem Krieg!«, rief jemand.

»Nieder mit dem Hunger!«

»Lang lebe die Revolution!«

Dieser Ruf kam von einer Gruppe von Agitatoren, die wie aus dem Nichts aufgetaucht war.

Der Demonstrationszug schwoll rasch an und wälzte sich unerbittlich vorwärts. Zu den Frauen gesellten sich bald auch Fabrikarbeiter. Sie forderten Modernisierung und bessere Arbeitsbedingungen, die sich dank des Krieges in Europa verschlechtert hatten. Dann strömten immer mehr Streikende in die Stadtmitte, offenbar kamen sie aus dem Bezirk Vyborg und anderen Gewerbegebieten, sie überquerten sogar die zugefrorene Newa, wie uns andere Demonstranten sagten.

»Ich dachte, bei diesem Protest geht es nur um den Brotpreis. Aber es scheint, als ginge es jetzt um sehr viel mehr«, murmelte ich, als Ruth und ich uns unterhakten, um nicht getrennt zu werden.

»Ja, so sieht es aus«, antwortete sie mit leiser Stimme. Rings um uns hatte sich eine unheimliche Stille ausgebreitet. »Ich habe gehört, dass vor ein paar Tagen Hunderte von Arbeitern in den Ausstand getreten sind, in einer der Werkstätten in den riesigen Putilow-Werken. Sie baten um eine Lohnerhöhung und forderten, dass einige Kollegen, die entlassen worden waren, wieder eingestellt wurden. Tausende weiterer Arbeiter aus dem ganzen Werk schlossen sich ihnen an, doch die Fabrikleitung hat einfach alle ausgesperrt. Und so haben sie weitere Arbeiter um Unterstützung gebeten und es sieht ganz danach aus, als würden sie sie bekommen. Es könnte gefährlich werden, wenn die Regierung sich dagegenstellt.«

»Ich hoffe sehr, dass du damit unrecht hast«, sagte ich, denn allmählich wurde mir bang zumute.

Kaum hatte ich die Worte ausgesprochen, als berittene Polizisten auftauchten und ihre Pferde unerbittlich zwischen die Demonstranten trieben, um sie zu zerstreuen. Sie schlugen mit der Flachseite ihrer Schwerter nach den Menschen, doch hinter ihnen schloss sich die Menge wieder zu einer undurchdringlichen Masse zusammen, so solide wie das Eis unter unseren Füßen.

Es war beängstigend und aufregend zugleich. Ich mochte das russische Volk sehr und empfand tiefes Mitgefühl, vor allem mit den Müttern und Kindern. Serge und Irina konnten sich überhaupt nicht vorstellen, wie es sich anfühlte, hungrig zu sein oder gar zu verhungern. Ihren runden, rosigen Wangen sah man an, wie wohlgenährt sie waren.

Njanjuschka hatte versprochen, mit den Kindern in den Katharinenpark zu gehen, weil ich angeblich Unterricht vorbereiten musste und ein bisschen Ruhe brauchte. Niemand wusste, dass ich hier war, die Gräfin ganz gewiss nicht und auch Stefan nicht. Ich befürchtete, dass er mich vielleicht davon abgehalten hätte, an dem Protestmarsch teilzunehmen, doch obwohl ich froh war, dabei gewesen zu sein, war mir auch klar, dass ich ein gewaltiges Risiko einging.

»Ich sollte zusehen, dass ich nach Hause komme, bevor jemand merkt, dass ich nicht da bin, und bevor es hier noch schlimmer wird.«

»Du hast recht«, meinte Ruth. »Wir haben unseren Teil beigetragen. Gehen wir.«

Als wir uns durch die Menschenmenge zum Straßenrand zwängen wollten, fanden wir uns plötzlich einem weiteren berittenen Polizisten gegenüber, der uns den Weg versperrte. Ich zerrte Ruth von dem Pferd weg, doch in diesem Moment holte er aus und schlug ihr mit dem flachen Schwert auf die Schulter, sodass sie zu Boden stürzte.

»*Ruth*!«

Zwischen den stampfenden Hufen und Menschenfüßen konnte ich meine Freundin kaum sehen. Es dauerte einige lange und angstvolle Augenblicke, bis es mir gelang, sie zu packen und auf die Füße zu hieven. Sie war leichenblass, ihr Hut war verschwunden und ihr Mantel war schmutzig und mit Schnee bedeckt. Sie konnte sich kaum auf den Beinen halten und ich befürchtete, dass sie jeden Moment ohnmächtig werden würde. Zum Glück tauchte Ivy in der Menge auf, nahm Ruths anderen Arm und zusammen kämpften wir uns aus der Masse.

Als ich sie fragte, ob alles in Ordnung sei, klang ihre gemurmelte Antwort nicht ermutigend.

»Sie braucht einen Arzt«, sagte ich.

»Gut. Suchen wir uns eine Straßenbahn zum Krankenhaus«, sagte Ivy und führte uns eine Seitenstraße hinunter.

Leider fuhren die Straßenbahnen nicht, sodass wir den ganzen Weg zurück zur Britisch-Amerikanischen Kapelle laufen mussten. Dort wurde Ruth schließlich untersucht.

»Außer ein paar Abschürfungen hat sie keine schlimmen Verletzungen davongetragen«, teilte uns die Krankenschwester mit.

»Dem Himmel sei Dank.« Zu Ruth gewandt sagte ich: »Waren wir verrückt, da mitzumachen?«

Sie schüttelte lächelnd den Kopf und zuckte sogleich vor Schmerz zusammen.

»Nein, das haben wir richtig gemacht. Der Protest war nötig und ich bin wirklich froh, dass wir ihn unterstützt haben. Mir wird's bald wieder gut gehen.«

Als ich mich später heimlich in die Wohnung der Belinskys schlich, damit die Gräfin nicht merkte, dass ich ohne ihre Erlaubnis das Haus verlassen hatte, glühte ich innerlich vor Stolz, an einer so wichtigen Demonstration teilgenommen zu haben. Ich betete, dass die Frauen ihre Ansichten durchsetzen konnten und schon bald Notrationen an die hungernden Familien verteilt würden.

KAPITEL 21

Stefan sah ich erst später am Abend wieder. Seit meiner Rückkehr in die Wohnung hatte ich in aller Eile meine Pflichten erledigt, damit es so aussah, als sei ich den ganzen Tag über im Haus gewesen. Ich versorgte die Kinder, half der Gräfin, sich wie üblich zum Ausgehen fertig zu machen, und war schließlich froh, mit *Njanjuschka* ein Glas Tee mit einer Scheibe Zitrone zu trinken.

Als sie mir von den Erlebnissen der Kinder im Park berichtete, hörte ich nur mit halbem Ohr zu, erzählte ihr aber nicht, wo ich gewesen war.

Bei Stefan war es etwas anderes. Ich konnte es kaum erwarten, ihm zu sagen, was ich gemacht hatte.

Er wartete in der Wäschekammer auf mich. Wenn wir in der Stadt waren, war dies normalerweise unser geheimer Treffpunkt. Er schloss mich in die Arme und küsste mich, kaum dass ich in die Kammer trat. Wir mussten immer so vorsichtig sein, uns immer tadellos benehmen, dass es befreiend war, einmal reagieren zu können, ohne die Angst, beobachtet zu werden. Seine Küsse ließen mein Herz rasen und ich wollte immer mehr davon, und wenn wir innehielten, blieben unsere Finger ineinander verschränkt und wir sahen einander tief in die Augen. Das sagte mehr, als Worte jemals ausdrücken konnten.

»Wo warst du?«, fragte er. »Ich habe dich den ganzen Tag gesucht.«

Ich lachte.

»Du wirst es mir nicht glauben, wenn ich es dir sage.«

Etwas an meinem Ton musste ihn gewarnt haben.

»Du warst da, nicht wahr, bei dieser Demonstration, von der alle reden. Du hast dich aus dem Haus geschlichen, um zuzuschauen.«

»Nein, ich habe mitgemacht«, sagte ich.

»Lieber Himmel, warum hast du nicht gesagt, dass du hingehen wolltest?«

»Du hättest mich davon abgehalten.«

Er lachte.

»Du unterschätzt mich, Millie. Ich bin beeindruckt. Gut gemacht!«

»Ich bin selbst ziemlich stolz auf mich«, gestand ich, »wenn auch ein wenig müde nach all der Lauferei. Wir dachten, es ist eine Sache, für die man sich einsetzen sollte, obwohl abzuwarten bleibt, ob es etwas genützt hat. Ich hoffe es jedenfalls sehr, denn die Kinder leiden wirklich schlimmen Hunger. Der Zar muss dringend Notrationen bestellen.«

»Das glaube ich erst, wenn ich es sehe«, brummte Stefan. »Aber was ist mit uns? Wie lange sollen wir uns noch an diese Autokraten ketten?«

Der Rest unserer kostbaren halben Stunde verging mit Träumen von einer gemeinsamen Zukunft, auch wenn wir keine Ahnung hatten, wann sie beginnen sollte.

Ein oder zwei Tage später war ich wie üblich mit den Kindern im Schulzimmer, als Serge von seinen Übungen aufsah und fragte:

»Was ist das für ein Lärm?«

Irina rannte zum Fenster und sah hinaus.

»Da sind ganz viele Menschen, *Barischnja.* Wohin gehen sie alle?«

Ich lief zu ihr und stellte fest, dass sie recht hatte, und es war ziemlich offensichtlich, wohin sie gingen. Die Demonstrationen nahmen jeden Tag noch gefährlichere Ausmaße an und Stefan hatte uns beim Frühstück erzählt, dass in Russland inzwischen ein landesweiter Streik herrschte.

Nicht, dass ich Irina all das erklärt hätte. Ich scheuchte sie auf ihren Sitzplatz zurück und sagte so heiter wie möglich:

»Sie gehen zu einer wichtigen Versammlung. Das hat alles nichts mit uns zu tun, aber ihr habt recht: Es stört sehr. Also hören wir für heute mit dem Rechenunterricht auf und stricken stattdessen weiter für die Soldaten. Master Serge, Sie könnten ihnen ein paar Briefe schreiben. Soldaten an der Front verdienen jede erdenkliche Unterstützung.«

Njanjuschka und ich halfen den Kindern, alles für diese Aufgaben zurechtzulegen. Als sie beide auf ihren Plätzen saßen und mit der Arbeit begannen, nahm ich die Schalmütze zur Hand, an der ich nun schon seit Wochen strickte und die ich wahrscheinlich nie fertig bekommen würde. Ich hatte gerade ein paar Maschen gestrickt, als die ersten Schüsse zu hören waren.

Ich erstarrte. Das arme alte Kindermädchen fiel vor Schreck beinahe vom Stuhl. Irina brach in Tränen aus und Serge sah panisch aus.

»Wer schießt da?«, schrie er und stürzte zum Fenster, doch ich zog ihn schnell weg.

»Gehen Sie nicht ans Fenster, für alle Fälle. Bleiben Sie hier bei *Njanjuschka*«, wies ich ihn an, »während ich herausfinde, was los ist.«

Ich lief auf den Flur und stieß mit Stefan zusammen, der gerannt kam, um nach uns zu sehen.

»Was ist das? Was ist da los?«

»Ich habe keine Ahnung. Von hier kann ich nichts sehen.« Er sah mich frustriert an, sein Gesicht war totenblass. »Ich gehe auf die Straße und sehe, was ich in Erfahrung bringen kann. Ich bin gleich wieder da.«

»Nein, tu das nicht!«, rief ich und hielt ihn fest.

Instinktiv sanken wir beide auf die Knie, als das schreckliche Geräusch der Schüsse lauter denn je widerhallte.

Voller Entsetzen starrten wir einander an.

»Sie werden doch nicht auf die Demonstranten schießen, oder?«, fragte ich ungläubig.

»Es hört sich an wie damals, im Jahr 1905.«

»Dann darfst du nicht hinausgehen, sonst passiert dir dasselbe wie deinem Vater. Bitte, geh dieses Risiko nicht ein, ich bitte dich, Stefan. Was würde ich ohne dich tun, wenn du …?« Die Worte blieben mir im Hals stecken, ich konnte meine Angst nicht verbalisieren. »Warte, bis der Graf kommt. Er ist im Winterpalast und wird uns sicher mehr sagen können, wenn er wiederkommt.«

»Ich *muss* gehen. Vielleicht kann ich helfen.«

»Nein, Stefan, bitte.«

Wir hatten lauter sprechen müssen, um das Peitschen der Schüsse zu übertönen, und während ich auf ihn einredete, flog die Tür zum Boudoir auf und die Gräfin erschien. Sie sah zerzaust und blass aus, nicht annähernd so elegant wie sonst, als hätte der Lärm sie aus dem Schlaf gerissen. Sie schimpfte und schrie uns an, wir sollten ihr sagen, was los sei, als sei die Störung allein unsere Schuld. Dieser Tage schien sie ständig schlechte Laune zu haben.

»Es sind die Demonstranten, Mylady. Es scheint ihnen etwas Schreckliches zuzustoßen.«

Sie schlug die Hände zusammen und stieß einen Seufzer der Erleichterung aus.

»Ach, ist das alles? Nun, sie haben nichts Besseres verdient, diese schrecklichen Leute.«

Ich trat einen Schritt vor und ignorierte Stefan, der mich zurückhalten wollte.

»Wie können Sie so etwas sagen? Da sind Kinder, die hungern, Männer und Frauen schuften sich zu Tode und werden mit einem jämmerlichen Lohn abgespeist, sie verlieren ihre Arbeit und haben kein Geld, um ihre Familien zu ernähren. Sie haben es gut, Sie sind reich, aber wie sähe es aus, wenn Sie es nicht wären? Würden Sie schweigend dastehen und zusehen, wie Ihre Kinder leiden und vielleicht sterben?«

Sie starrte mich an und in ihren Augen funkelte kalte Wut. Mir war sofort klar, dass ich einen schlimmen Fehler gemacht hatte.

»Und wie kommt es, dass Sie so gut über diese sogenannte Demonstration Bescheid wissen, Dowthwaite?«

Ich hörte Stefan leise stöhnen, doch nun konnte mich nichts mehr zurückhalten. Ich dachte an die eingefallenen Wangen der Frauen, an ihre leeren Augen und ihre angstvollen Schreie, als die berittenen Polizisten auf sie einschlugen. Stolz hob ich das Kinn und begegnete dem zornigen Blick der Gräfin.

»Ich war dort. Ich habe ihre Geschichten gehört und habe ihr Elend und ihre Verzweiflung gesehen. Es muss etwas geschehen.«

Das Schweigen, das auf diese unbedachte Bemerkung folgte, wurde durch das Schlagen der Haustür und die eiligen Schritte des Grafen unterbrochen. Noch während er die Treppe hinaufgestürmt kam, rief er nach uns und wollte wissen, ob uns etwas passiert sei.

»Ich spreche später mit Ihnen«, zischte sie mir zu.

*

Der Graf bestätigte unsere ärgsten Befürchtungen. Der Zar habe die Soldaten tatsächlich angewiesen, das Feuer zu eröffnen.

»Nikolaus wurde über die Situation informiert und die Duma bat ihn, Notrationen mit Lebensmitteln zur Verfügung zu stellen. Leider lehnte er dies ab. Stattdessen schickte er eine Nachricht an die Polizei mit der Anordnung, ›die Unruhen in der Hauptstadt bis morgen zu beenden‹. Sie haben tapfer versucht, den Befehl auszuführen und haben dabei auch ihr eigenes Leben aufs Spiel gesetzt, doch die Demonstranten versteckten sich in den Hinterhöfen und kehrten auf die Straße zurück, sobald die Schießereien abebbten. Am Ende waren über zweihundert Leute tot.«

Wir standen starr vor Schreck da. Ich dachte daran, dass es ebenso Ruth oder mich hätte treffen können, als wir fröhlich und voller Überzeugung mitmarschierten. Und das lag erst ein paar Tage zurück.

»Was passiert nun?«, fragte Stefan leise.

Der Graf schüttelte verzweifelt den Kopf.

»Es kann alles noch viel schlimmer werden. Selbst jetzt haben die politischen Führer die wahren Gefahren noch nicht erkannt und denken, sie hätten die Situation unter Kontrolle. Auch der Zar begreift nicht, wie prekär seine Lage ist.«

In dieser Nacht war an Schlaf nicht zu denken und wie Tausende anderer verängstigter Bürger blieben wir in Sicherheit hinter verschlossenen Türen. Die Befürchtungen des Grafen erwiesen sich als zutreffend: Es wurde alles noch viel schlimmer. Voller Ekel vor dem, was man sie angewiesen hatte zu tun, trat das Regiment zurück, das an der Schießerei beteiligt war, wechselte die Seiten und schloss sich den Demonstranten an. Andere folgten diesem Beispiel.

Am 1. März waren es bereits 170.000 Soldaten. Der Gestank der Angst und der Verwesung hing über der Stadt. Ebenso allgegenwärtig waren die roten Fahnen. Gefängnisse und Polizeiwachen wurden angegriffen, die Gefangenen freigelassen und die Anzahl der Randalierer stieg sprunghaft an. Gesetz und Ordnung brachen vollständig zusammen im Angesicht eines Ereignisses, das man nun »Revolution« nannte.

*

Die Gräfin brachte nicht die geringste Anteilnahme für die Umwälzungen auf, die um sie herum vorgingen, selbst wenn dabei Menschen starben. Ihr Interesse lag allein in der Ausübung ihre Macht und sie betrachtete mich mit harten, kalten Augen, während sie mir ihr Missfallen an meinen kürzlichen Aktivitäten kundtat.

»Sie werden sich nie wieder in solchen Unfug einmischen, haben Sie verstanden?«

»Verzeihung, Mylady. Es war nur so, dass ich es für wichtig hielt. Es scheint, als könnte sich nicht jeder etwas zu essen für die Kinder leisten, und schon gar nicht die feinen Speisen, die uns Anton jeden Tag serviert. Ich dachte, es sei richtig zu helfen und …«

»*Es interessiert mich nicht, was Sie denken*!«, kreischte die Gräfin.

»So schwer es Ihnen auch fallen mag, das zu akzeptieren, Mylady, aber ich habe ein Recht auf meine eigene Meinung.«

»Oh, daran haben Sie nicht den geringsten Zweifel gelassen, Dowthwaite, gleich von Anfang an.«

Fast musste ich lächeln bei der Erinnerung an unsere ersten Auseinandersetzungen in Carreck Place, die ihre Worte heraufbeschworen.

»Na also. Jeder Mensch hat Rechte, selbst der ärmste und der elendste der Elenden.«

»Ganz im Gegenteil. Sie haben nicht das Recht, sich über meine Anweisungen hinwegzusetzen und *ohne meine Erlaubnis* irgendwo hinzugehen! Nicht einmal in Ihre sogenannte Kapelle.«

»Du meine Güte, Sie werden mich noch nicht hier einsperren? Mit allem gebührenden Respekt, Mylady, aber was ich an meinem freien Tag tue, ist meine Sache, nicht Ihre. Wir waren eine organisierte Gruppe von Unterstützerinnen für einen Protestmarsch gegen die Brotpreise und es ist nicht unsere Schuld, dass sich aus der Demonstration etwas derart Weitreichendes entwickelt hat.«

»Das reicht! Ich lasse mir Ihren Eigensinn und Ihren Trotz nicht länger bieten! Betrachten Sie sich hiermit als entlassen!«

Ich blinzelte ungläubig. Damit hatte ich nun wirklich nicht gerechnet. Ich war mir ganz sicher gewesen, dass ich sie am Ende hätte überzeugen können.

»Das meinen Sie doch nicht ernst?«

»Oh doch, das meine ich sehr ernst! Packen Sie Ihre Sachen und gehen Sie! Keine Minute länger werde ich eine Revolutionärin in meinem Haus dulden!«

Ich lachte kurz.

»Das ist absoluter Unfug. Sie wissen, dass ich keine Revolutionärin bin. Wie ich Ihnen bereits erklärt habe, haben meine

Freundinnen und ich von der Britisch-Amerikanischen Kapelle lediglich die Mütter unterstützt, die nicht mehr wissen, wie sie ihre Kinder ernähren sollen. Wenn Master Serge zu verhungern drohte, würden Sie dann nicht alles unternehmen, um Ihren Sohn am Leben zu erhalten?«

»Verschwinden Sie!« Rasch durchquerte sie den Raum und klingelte nach Gusev, dem Butler. »Verlassen Sie auf der Stelle mein Haus oder ich lasse Sie hinauswerfen!«

Ohne meinen üblichen Knicks drehte ich mich auf dem Absatz um und ging hoch erhobenen Hauptes davon. Sie sollte sehen, dass ich mich durch ihren Zorn nicht einschüchtern ließ. Oh, aber ich war eingeschüchtert. Tief in meinem Innern zitterte ich vor Angst und kaum, dass ich in meinem Zimmer war, sank ich auf mein Bett. Was hatte ich nur getan?

Wenige Minuten später klopfte Gusev an meinen Tür.

»Es tut mir leid, *Barischnja*, aber ich habe Anweisung, Sie aus dem Haus zu geleiten.«

Ich war kurz davor, in Tränen auszubrechen, als mich der Butler die Treppe hinunterführte. Freundlicherweise trug er meine Tasche mit ein paar Habseligkeiten, die ich hastig hineingestopft hatte. Als wir durch die hintere Küche gingen, spürte ich die Blicke der Dienstboten. Stefan, so stellte ich fest, war nicht darunter. Wahrscheinlich unternahm er wieder einen seiner geheimnisvollen Ausflüge. Ich mochte mir nicht vorstellen, wie er reagieren würde, wenn er zurückkam und erfuhr, dass ich verschwunden war. Es sei denn, er steckte doch mit den Revolutionären unter einer Decke.

»Es tut mir leid, dass es so enden musste, Miss Dowthwaite. Sie haben den Kindern gutgetan«, sagte der Butler freundlich, als er die Tür öffnete. Ein bitterkalter Windstoß traf uns wie ein Schlag und raubte mir den Atem. »Wir schicken Ihnen Ihren Koffer nach, wenn Sie uns Ihre neue Adresse mitteilen.«

Eine neue Adresse? Ich hatte nicht die geringste Ahnung, wo ich unterkommen sollte.

Vielleicht hatte sie jemand gerufen, denn im nächsten Moment fand ich mich in *Njanjuschka*s Armen wieder.

»Gehen Sie nicht fort, meine Liebe. Lassen Sie mich mit Mylady reden. Was immer Sie angeblich gemacht haben, ich bin sicher, es ist alles ein dummer Irrtum.«

Ich küsste sie auf die alte faltige Wange.

»Ich fürchte, Sie können nichts tun, Klara. Die Gräfin hat entschieden, dass ich eine Revolutionärin sei, also hat sie mich entlassen.«

Und nach dieser schockierenden Mitteilung drehte ich mich um und ging einer ungewissen Zukunft entgegen.

KAPITEL 22

»Sie hat dich hinausgeworfen? Nur, weil du diese hungernden Mütter und Kinder unterstützt hast? Hatte die Frau denn überhaupt kein Herz?«

Abbie hatte sich den Nachmittag freigenommen und war statt ins Geschäft zu ihrer Großmutter gegangen, um sich ihre Geschichte weiter anzuhören. Sie war voller Bewunderung für Millies Mut, an der Demonstration teilzunehmen, doch die neue Wendung, die die Dinge nun genommen hatten, schockierte sie zutiefst.

Millie kicherte ironisch.

»Nicht, dass ich wüsste.«

»Also fandest du dich in den Anfängen einer Revolution wieder, ohne es zu wollen, und das Einzige, woran sie denken konnte, war sie selbst und die Tatsache, dass du ihre dämlichen Regeln nicht befolgt hast?«

»Ich fürchte, ja.«

»Aber Stefan hat doch sicher Partei für dich ergriffen und sich für dich eingesetzt, oder? Oder hat er auch seine Stelle verloren?«

Das Telefon läutete, bevor ihre Großmutter antworten konnte. Als Abbie den Hörer abnahm, sah Millie, wie sich wütende Röte auf dem Gesicht ihrer Enkelin ausbreitete.

»Woher hast du diese Nummer? Nun, Marisa hatte nicht das Recht, sie dir zu geben, ohne es vorher mit mir abzusprechen. Also, was willst du? Wie bitte? Kannst du das noch mal sagen?« Eine kleine Pause folgte, während Abbies Gesprächspartner seine

Bitte wiederholte. »Nein, Eduard, ich kann nicht einfach alles stehen und liegen lassen und nach deiner Pfeife tanzen. Ich verstehe, dass du sie vermisst, aber warum solltest du dich um Aimée scheren, wenn du bald ein weiteres Kind hast? Ein Kind, das im Übrigen nie gezeugt worden wäre, wenn du mich nicht betrogen hättest.«

»Ich bin ihr Vater und ich habe das Recht, sie zu sehen!«, schrie er ins Telefon, sodass sogar Millie es hören konnte, und die saß ein gutes Stück entfernt.

Abbie schämte sich. Natürlich war er Aimées Vater und Aimée liebte ihn abgöttisch, daher hatte sie nicht das geringste Recht, die beiden voneinander zu trennen. Es war nur so, dass sie selbst Eduard nicht sehen wollte. Sie atmete einmal tief durch.

»Ich bestreite nicht, dass du ein Recht hast, sie zu sehen. Aber ich kann Aimée jetzt nicht nach Paris bringen. Das neue Schuljahr hat begonnen und sie hat sich so gut eingelebt, dass ich sie nicht durcheinanderbringen will. Du musst bis zu den Sommerferien warten.«

»Wenn du nicht zu mir kommst, komme ich zu dir.«

»Auf gar keinen Fall!«, zischte Abbie wütend ins Telefon.

Der vertraute Klang seiner Stimme löste eine seltsam schmerzhafte Sehnsucht aus. Und doch widerstrebte es ihr, ihr Leben durch ein Echo der Vergangenheit gerade in dem Moment wieder aufwirbeln zu lassen, in dem auch sie begann, sich einzuleben – zumindest, was die emotionale Seite anging.

»Wir müssen reden«, sagte Eduard in seinem sorgfältig betonten Englisch. »Das geht nicht am Telefon.«

»Wir haben nichts zu bereden«, erwiderte Abbie kühl. »Es sei denn, du hättest mir etwas Wichtiges mitzuteilen, etwa, dass du mit deiner Frau über eine Scheidung gesprochen hast.«

»Du weißt, dass das nicht geht, Abigail, nicht in ihrem Zustand.«

Abbie stieß ein kurzes, hartes Lachen aus. Es widerte sie an, dass sie sich immer noch zu diesem Mann hingezogen fühlte, der sie so oft betrogen hatte.

»Und als ich in diesem Zustand war, da konntest du es ihr auch nicht sagen, nicht wahr, und auch nicht in den sechs Jahren, die darauf folgten. Weißt du, was dein Problem ist, Eduard? Du bist ein Feigling!«

»Ich habe ein weiches Herz, aber deshalb bin ich noch lange kein Feigling.«

»Doch, wenn es damit endet, dass du Menschen verletzt.«

»Ich möchte dich nicht verletzen.«

»Wie kannst du das sagen, wenn du dich seit Jahren weigerst, mich zu heiraten?«

»Ich wollte auch meine Frau nicht verletzen. Ich liebe euch beide.«

»So funktioniert das nicht.«

»Komm nach Hause. Ich vermisse dich, Abbie.«

Ihr Herz zog sich zusammen, doch sie wusste nicht, ob vor Liebe oder vor Schmerz über das, was aus ihrer Beziehung hätte werden können.

»Warum sollte ich? Hat sich irgendetwas geändert, seit ich fort bin? Ach, mach dir nicht die Mühe, darauf zu antworten. Es interessiert mich nicht.«

Und damit legte sie den Hörer auf.

»Oh je«, sagte ihre Großmutter sanft. »Tut mir leid, aber ich habe natürlich das meiste von eurem Gespräch mitbekommen. Du hast es im Moment wirklich nicht leicht, mein Schatz.«

Abbie sank in den Sessel, der Millies gegenüber stand. Schon wieder stiegen ihr die Tränen in die Augen, doch diesmal wischte sie sie ungeduldig beiseite.

»Ich bin immer noch wütend auf ihn, weil er sich überhaupt keine Mühe gegeben hat, sein Versprechen einzulösen.«

»Und wütend auf dich, weil du ihm geglaubt hast?«

»Ja, das auch. Lügen, Lügen und noch mal Lügen, das ist alles, was ich von ihm bekommen habe. Er hat sie nie um die Scheidung gebeten. Er war oft nicht zu Hause und ich dachte immer, dass er irgendwo arbeitet, dass er bei einer Veranstaltung fürs Essen sorgt oder dass er in einem Hotel irgendwo außerhalb von Paris als Koch einspringt. Und dann stellt sich heraus, dass er ein Doppelleben führt und immer noch mit seiner Frau schläft. Ich habe das erst herausgefunden, als ich sie kurz vor Weihnachten zufällig in den Galeries Lafayette traf und sah, dass sie schwanger war. Als ich ihn zur Rede stellte, gab er alles zu. Nun ja, er konnte es ja auch kaum abstreiten.«

Liebevoll tätschelte Millie ihrer Enkelin die Hand.

»Oh, mein armer Schatz. Wie eifersüchtig du gewesen sein musst! Ich weiß genau, wie sich das anfühlt.«

»Ja, das kann ich mir vorstellen, bei der Geschichte mit Stefan und der Gräfin. Was für ein Biest sie war! Hat sie ihn sich am Ende doch noch geangelt?«

Millie schien mit den Gedanken ganz weit weg zu sein und Abbie ahnte, dass die Geschichte ihrer Großmutter vielleicht noch viel mehr Schmerz barg. Daher sagte sie bewusst munter:

»Das ist der Grund, weshalb ich beschlossen habe, hier im Lake District zu bleiben, Gran: damit ich Zeit mit dir verbringen und deine Geschichten hören kann.«

»Von den Wundern mal ganz abgesehen, die du im Schmuckladen vollbringst. Ich bin so stolz auf dich. Habe ich nicht immer gesagt, dass du stark bist?«

Abbie lächelte.

»Dein Vertrauen in mich und deine eigene Geschichte, das ist es, was mir die Kraft gibt, die ich brauche. Und die Erinnerung daran, wie sehr Mum die Arbeit im Laden früher geliebt hat.« Abbie hätte gerne hinzugefügt, dass sie auch das Vertrauen ihrer Mutter rechtfertigen wollte, das sie ihr ausgesprochen hatte, als sie ihr das Geschäft vermachte. Doch bislang hatte sie ihrem Vater noch nicht gestanden, dass sie wusste, was im Testament stand. »Ich habe sogar ein paar Stücke Bernstein von einer polnischen Firma gekauft. Sie sind längst nicht so wertvoll wie das, was wir haben, aber ich konnte einfach nicht die Finger davon lassen. Offenbar schnitzen sie mit einem scharfen Messer Muster hinein, dann polieren sie den Stein und bohren ein Loch, damit man ihn als Anhänger auf eine Kette fädeln kann. Ich weiß nicht, ob ich das hinkriegen würde, aber ich dachte, ich probiere mal, ein paar von den kleineren Steinen als Ohrringe zu fassen.«

»Hört sich gut an. Bernstein ist wundervoll, wegen seiner Farbe und Klarheit wird er oft mit der Sonne verglichen. Es ranken sich viele Mythen und Legenden darum. So schreibt man ihm auch Heilkräfte zu und hängt ihn Kindern um, wenn sie zahnen. Und dann ist er auch ein Symbol für Treue, angeblich steht er für ewige Liebe«, lächelte Millie.

»Oh, das gefällt mir. Ein bisschen mehr Treue könnte die Welt schon gebrauchen, wenn man sich anhört, was bei dieser Profumo-Affäre alles ans Tageslicht kommt. Ich möchte mir nicht ausmalen, was seine nette Frau von ihrem Mann hält, dem Herrn Kriegsminister Ihrer Majestät! Da schläft er mit einer Frau, die es gleichzeitig mit einem Militärattaché der russischen Botschaft treibt. Die Ärmste!«

»Angeblich ist sie eines von den Windmill Girls. Und dann muss man diesen schrecklichen Skandal vor Lady Astor geheim halten, damit sie nicht mitbekommt, dass ihr Sohn ein unschuldiges Opfer dieser ganzen Angelegenheit ist. Er ist der Sündenbock, nur weil er Stephen Ward erlaubt hat, eines der Sommerhäuser zu benutzen, das zum Herrensitz Cliveden gehört. Die arme alte Dame verliert allmählich ihr Gedächtnis und es geht ihr gar nicht gut. Und wenn sie hören sollte, was passiert, könnte es ihre letzten Tage noch schlimmer machen. Ich kenne jemanden, der für sie arbeitet, und er sagt, dass sie ständig von einem Sender zum anderen schalten müssen, damit sie keine Nachrichten hört.«

»Manchmal ist Unwissenheit ein Segen«, meinte Abbie, »aber für mich war es das nicht.«

*

In den darauffolgenden Tagen arbeitete Abbie mit den Bernsteinstücken, die sie bestellt hatte. Sie machte nicht nur Ohrringe, sondern zog breite Bernsteinringe als Anhänger auf

Silberketten und fasste Cabochons zu Ringen und Broschen. Jedes Rohbernsteinstück war einzigartig und von der Natur geformt. Sie hatte sogar einige facettierte Perlen, die sie zu Armbändern und Ketten fädelte. Die Farbvielfalt der mehr oder weniger durchscheinenden Stücke reichte von Weiß über Blassgelb, Beige, Gold und Braun, sogar Blau- und Grüntöne waren dabei. Keines hatte einen Einschluss wie Kates Anhänger, aber sie waren trotzdem wunderschön.

»Sie sind ebenso schick und bezaubernd wie Diamanten und es macht wirklich riesigen Spaß, damit zu arbeiten«, sagte sie zu Linda, als sie ihr einen Becher Kaffee und einen Donut auf die Werkbank stellte. »Oh, wie köstlich, ich bin am Verhungern. Der Donut hat doch sicher keine Kalorien, oder?«

Linda lachte.

»Ganz bestimmt nicht. Aber bei Ihrer Figur brauchen Sie sich darum sowieso keine Sorgen zu machen. Kein Wunder, dass Andrew Baxter interessiert ist.«

»Nun hören Sie schon auf damit! Fragen Sie sich lieber, warum er so interessiert ist. Wissen Sie, dass er plant, uns Konkurrenz zu machen?«

»Ich habe so was gehört, ja. Meinen Sie, das ist das Ende für uns?«

Mit düsterer Miene sank Linda auf einen Hocker.

»Tja, schwer zu sagen. Ich versuche, einfach nicht daran zu denken. Aber wer weiß: Vielleicht bringen uns diese Bernsteinstücke mehr Kundschaft in den Laden. Ich kann gut verstehen, warum die Leute Bernstein so lieben. Er wärmt das Herz und ist eine Freude fürs Auge, er ist organisch und zart und ist trotzdem ein Zeuge einer Geschichte, die Millionen von Jahren alt ist. Erstaunlich!«

Abbie dachte an ihre Großmutter, die ehedem für die Aufbewahrung solch wertvoller Schmuckstücke verantwortlich war und sogar beschuldigt wurde, die Perlen der Gräfin gestohlen zu haben. Sie erschauderte.

»Ein Schatz aus einer versunkenen Welt«, pflichtete Linda ihr bei und leckte die Marmelade aus ihrem Donut.

»Ganz genau. Ich hoffe so sehr, dass sie sich gut verkaufen.«

»Das glaube ich bestimmt. Sie sehen wirklich wunderschön aus. Was meinen Sie: Ich könnte ein paar Kärtchen tippen, mit Informationen über den Ursprung und Mythen und Legenden und so.«

»Das ist eine tolle Idee, Linda! Ich könnte eines unserer Schaufenster entsprechend dekorieren. In Danzig und auch in Russland vor der Revolution wurden aus Bernstein nicht nur Schmuckstücke gemacht, sondern auch kleine Tabakdosen und Schmuckkästchen. Oft haben sie den Deckel mit Bildern von Venus, der Göttin der Liebe, oder von Ceres, der Göttin der Fruchtbarkeit, verziert. Sogar Kerzenhalter, Wandverkleidungen und Schränke wurden daraus gefertigt, sie zeigten geschnitzte Ikonen oder Figuren, die die Kreuzigung oder das Abendmahl darstellten. Leider gab es nach der Revolution keinen Markt mehr für solche Sachen, alles, was mit Religion zu tun hatte, wurde weitgehend ausgelöscht. Und die meisten Künstler haben dann stattdessen Märchenszenen auf winzig kleine lackierte Kästchen gemalt.«

»Vielleicht könnten Sie mal probieren, selbst solche Kästchen zu machen.«

Abbie verdrehte die Augen.

»Ich glaube kaum, dass meine Fähigkeiten dazu ausreichen würden, aber ich könnte mich an etwas Bescheidenerem versuchen. Ich dachte da eher an ein hölzernes Schmuckkästchen, das ich mit einem Mosaik aus Bernsteinstücken belege. Falls ich jemals etwas so Anspruchsvolles hinkriegen sollte.«

»Nun stellen Sie Ihr Licht nicht unter den Scheffel. Es ist so offensichtlich, dass Sie im Herzen eine Künstlerin sind. Sie haben ein Händchen für alles Gestalterische.«

Abbie lehnte sich in ihrem Stuhl zurück, nippte an ihrem Kaffee und entspannte die Arme und Hände.

»Das Problem ist«, sagte sie seufzend, »dass ich in erster Linie Geschäftsfrau sein muss, wenn der Laden überleben soll. Sie haben recht, meine Neigungen gehen eher in Richtung

Gestaltung. Ich bin am glücklichsten, wenn ich den Schmuck für unsere Schaufensterdekoration aussuchen und ansprechend präsentieren und vielleicht sogar einiges selbst machen kann. Aber die Buchhaltung liegt mir gar nicht.«

»Sie könnten doch jemanden dafür bezahlen, dass er Ihnen diese Sachen abnimmt.«

»Ja, schon, aber das können wir uns im Moment nicht leisten.« Abbie sah unglücklich und besorgt aus, als sie sich den letzten Bissen ihres Donuts in den Mund schob. Was würde passieren, wenn sie die Segel streichen und den Laden doch verkaufen müsste? Der bloße Gedanke daran war unerträglich. Was würde sie dann tun – nach Paris zurückkehren? Niemals! Sie wollte hier bleiben und *Schmuckträume* zu einem erfolgreichen Unternehmen machen, egal, wie viel Mühe es sie kostete. Sie schüttelte die trüben Gedanken ab, wischte sich den Zucker von den Lippen und lächelte. »Wir sollten eine Abmachung treffen: Wir essen mehr Donuts und kriegen die Leute irgendwie dazu, scharenweise in den Laden zu kommen.«

Linda grinste.

»Das Erste ist leicht. Und was den zweiten Punkt angeht – wie wär's mit einer Party, bei der wir das neu gestaltete *Schmuckträume* offiziell für eröffnet erklären?«

»Wow, was für eine tolle Idee! Wir könnten Wein und Kanapees reichen.«

»Oder Milchkaffee und Donuts.«

»Und wir bieten einen Rabatt auf alles, was am Eröffnungstag gekauft wird, oder vielleicht auch im Laufe der ganzen Woche.«

Es dauerte nicht lange, da hatten sich die beiden auf einen Termin in ein paar Wochen geeinigt, und Linda war losgezogen, um einen Partyservice anzurufen und Plakate zu machen, die sie in der Stadt aufhängen wollte. Abbie überlegte, wie viel sie ein solcher Empfang kosten würde und sah sich den neuesten Kontoauszug an. Sie seufzte und schob den Auszug schnell wieder in die Aktenablage. Sie mussten einfach darauf hoffen, dass ihre

Eröffnungsfeier ein Erfolg wurde und ihnen die Kundenströme bescherte, die sie so dringend brauchten.

*

Es war Samstag und Abbie saß am See und aß ihr Mittagessen. Sie lachte, weil Aimée sich alle Mühe gab, ihre Brotreste gerecht auf alle Enten zu verteilen. Krickenten und Stockenten schubsten sich gegenseitig, um zwischen dem Schilf am Ufer nach Beute zu suchen. Sie schüttelten ihre Federn in der warmen Sommersonne. Ein Reiherentenpaar hielt den Verkehr auf, als es über die Straße gewatschelt kam, um auch etwas von den Brotstückchen zu bekommen.

»Es sind immer die fetten gierigen, die sich alles schnappen«, beklagte sich Aimée. »Geh weg, du Frechdachs. Lass die anderen auch mal ran.«

Sie hob ihren dünnen kleinen Arm und warf die Brotstücke so weit sie konnte auf den See hinaus. Vielleicht konnte sie auf diese Weise die zurückhaltenderen Enten erreichen, die auf dem Wasser schwammen.

Andrew Baxter kam herbeigeschlendert.

»Sie sehen aus, als hätten Sie Spaß. Darf ich mich zu Ihnen setzen?«

»Wenn Sie wollen«, erwiderte Abbie kühl und hätte sich im nächsten Moment die Zunge abbeißen mögen. »Tut mir leid, ich wollte nicht unhöflich sein«, meinte sie und rutschte ein Stück weiter, um Platz auf der Bank zu machen.

Er lachte.

»Genau das wollte ich auch sagen. Entschuldigungen scheinen zwischen uns inzwischen zur Routine zu gehören.«

Heute trug er Jeans und ein Hemd mit offenem Kragen, die Ärmel hatte er hochgekrempelt, sodass seine kräftigen Oberarmmuskeln zu sehen waren. Als er so neben ihr saß, stellte Abbie fest, dass er viel entspannter aussah. Sein Gesicht war leicht gebräunt, vielleicht lag es an der frischen Luft hier im Lake

District oder vielleicht war er über die Hügel gewandert. Linda hatte recht: Er sah gut aus, so gut, dass die meisten Frauen sich um ihn gerissen hätten. Plötzlich merkte Abbie, dass er etwas sagte und sie dabei seltsam anlächelte. Möglicherweise hatte er gemerkt, dass sie ihn anstarrte. Sie errötete – und das war ihr nicht mehr passiert, seit sie ein ungelenkes Schulmädchen war.

»Oh, Verzeihung, was haben Sie gesagt?«

Sie hatte kaum etwas von dem mitbekommen, was er erzählt hatte, und musste ihn bitten, es zu wiederholen. Doch bevor er antworten konnte, kam Aimée angerannt und warf sich atemlos kichernd auf ihren Schoß.

»Ich habe kein Brot mehr. Kann ich ein Eis haben?«

»Ich glaube nicht, dass die Enten Eis mögen«, neckte ihre Mutter sie.

»Nein, ich meine für mich.«

»Darf ich dir eins kaufen?«, fragte Andrew Baxter.

»Oh ja, bitte, darf er, Mummy?«

Während Aimée glücklich ihr Erdbeereis leckte, sagte Andrew lächelnd zu Abbie:

»Ich hatte überlegt, ob ich Sie zum Abendessen einladen darf, um reinen Tisch zu machen.«

Abbie hob die Augenbrauen in gespielter Überraschung.

»Abendessen? Du meine Güte, Sie können es aber auch nicht lassen, oder? Hat Ihnen das Mittagessen nicht gereicht?«

»Sie haben mir deutlich gezeigt, was Sie von mir halten, und das kann ich Ihnen gar nicht verdenken. Ich weiß, dass ich es vermasselt habe, und dachte, dass wir vielleicht noch mal ganz von vorn anfangen können. Erlauben Sie, dass ich mich vorstelle: Andrew Baxter, obwohl mich Freunde – und ich hoffe, dass wir das bald sein werden – einfach Drew nennen.«

Abbie musste lachen und spielte mit: Ein zweites Mal ergriff sie die Hand, die er ihr entgegenstreckte. Sein Händedruck fühlte sich warm und fest an, ohne dabei aufdringlich zu wirken, auch wenn er ihre Hand weit länger umfangen hielt als unbedingt nötig.

»Erfreut, Sie kennenzulernen – oder sagen wir: Ich wäre erfreut, Sie kennenzulernen, wenn Sie es nicht darauf anlegen würden, mich vom Markt zu drängen.«

»Das ist überhaupt nicht meine Absicht, und auch deshalb dachte ich, ein gemeinsames Abendessen wäre eine gute Idee. Dann könnte ich Ihnen vielleicht erklären, was genau ich vorhabe.«

Abbie wandte sich schweigend ab und sah ihrer Tochter zu, wie sie ihr Eis leckte und sich mit den Enten unterhielt. Er seufzte.

»Wie lange leben Sie schon im Lake District?«

»Ich bin hier aufgewachsen, obwohl ich bis vor Kurzem ein paar Jahre in Paris gelebt habe.«

»Wirklich? Ich liebe Frankreich. Darf ich fragen, warum Sie dort Ihre Zelte abgebrochen haben?«

»Ich bin zur Beerdigung meiner Mutter hergekommen und habe dann beschlossen zu bleiben. Der Lake District ist mein Zuhause.«

Er sah sich um, als suchte er etwas oder jemanden, und fragte dann leise:

»Ist Ihr Mann auch hier? Wenn ja, dann würde ich ihn gerne in unsere Pläne zum Abendessen einbeziehen.«

»Wir haben keine Pläne zum Abendessen und ich habe keinen Ehemann«, erwiderte sie schroff.

»Oh, tut mir leid. Hoppla, und schon wieder eine Entschuldigung. Wir müssen wirklich aufhören damit.«

Abbie hätte am liebsten laut losgelacht. War sie einfach nervös? Oder lag es an seiner formvollendeten Höflichkeit, mit der er seine Einladung auf einen Ehemann ausdehnte, den es nicht gab?

»Ich lebte in einer Beziehung, aber dann fand ich heraus, dass er mich betrog, und das war's dann.«

»Dann verstehe ich, warum Sie so verletzlich sind«, sagte er sanft. »Ich kann das nur allzu gut nachvollziehen. Meine Ehe ging vor fast zwei Jahren in die Brüche und ich habe eine ganze

Weile gebraucht, um darüber hinwegzukommen. Meist habe ich mich in die Arbeit vertieft, oft viel zu sehr.«

»Oh, das tut mir leid. Haben Sie Kinder?«

Er schüttelte den Kopf und blickte zu Aimée hinüber, die sich inzwischen Schuhe und Strümpfe ausgezogen hatte und mit den Enten zusammen am Ufer umherwatete.

»Nein, leider nicht.«

Abbie sah ihrer Tochter lächelnd zu.

»Inzwischen bin ich eigentlich froh, dass wir nicht geheiratet haben, und es tut mir auch nicht leid, dass ich ihn verlassen habe, jedenfalls nicht mehr. Ich habe entschieden, hier im Lake District zu bleiben und den Laden zu übernehmen, weil ich einen Neuanfang brauchte«, erklärte sie, weil sie das Gefühl hatte, dass sie nicht gar so barsch zu ihm sein sollte.

Schließlich war er ja wirklich freundlich, auch wenn weitere Verabredungen für sie überhaupt nicht infrage kamen. Sie hatte die Nase voll von Männern.

»Ein Neuanfang ist immer eine gute Idee. Mir geht es ähnlich: Ich möchte weit weg von Schottland und allen Erinnerungen sein, die damit zu tun haben. Die drei Geschäfte, die meiner Frau und mir gehörten, sind inzwischen verkauft worden. Jetzt sind wir dabei, den Verkaufserlös untereinander aufzuteilen. Und auch das Haus.«

Abbie nickte.

»Ah, verstehe. Und warum Carreckwater?«

Er warf ihr einen Blick zu und zuckte mit den Schultern.

»Es ist ein hübsches kleines Dorf mit vielen Touristen, auch wenn es einen seltsamen Namen hat.«

»›Carrec‹ ist ein altes keltisches Wort für Felsen, und wie Sie sehen können, haben wir hier rings um den See eine ganze Menge davon, mal abgesehen von diesem schwarzen Riesen von einem Felsen, der in der Mitte aufragt. Es ist eine Insel, auf der man übrigens nicht landen kann.«

»Herrlich. Sie können sich glücklich schätzen, dass Sie hier leben. Ich habe mich richtig in die Gegend hier verliebt. Und als ich die Anzeige für Ihren Laden sah, wusste ich, dass es genau das war, wonach ich suchte.«

»Und jetzt, wo Sie wissen, dass er nicht zum Verkauf steht, haben Sie beschlossen, dass Sie mir die Käufer trotzdem wegschnappen und zusehen, dass der Laden kaputtgeht.«

»Ich verstehe, dass es aus Ihrer Sicht so aussehen mag, aber das war es nicht, was ich vorhatte.« Er sah sie eindringlich an. »Werden Sie mir also erlauben, Ihnen heute Abend beim Essen alles zu erklären?«

Abbie stand auf und bürstete sich die Krümel von ihrem Sandwich ab.

»Komm, Aimée, wir müssen wieder ins Geschäft. Samstags ist immer viel los.« Sie nahm ihre Tochter an die Hand, nickte ihm kurz zu und wandte sich zum Gehen. »Sag Mr Baxter auf Wiedersehen.«

»Tschüss, Mr B.«, kicherte Aimée.

»Und bedanke dich für das Eis.«

»Sie hat sich schon bedankt«, sagte er, und als Abbie und Aimée sich umdrehten und weggingen, rief er: »Sieben Uhr im *Ring of Bells*, okay? Dort finden Sie mich heute Abend und an jedem weiteren Samstagabend, wenn Sie auf mein Angebot zurückkommen möchten.«

Abbie machte sich nicht die Mühe zu antworten und ging unbeirrt weiter.

*

Später war sie sich dank Lindas eifrigem Zuspruch nicht mehr ganz so sicher, ob ihre Ablehnung die richtige Entscheidung war. Und auch die Wärme, die Andrew Baxter ausstrahlte, hatte etwas damit zu tun, dass sie plötzlich unentschlossen war. Diese Wärme berührte sie, obwohl sie es nicht zulassen wollte. Warum war ein so freundlicher Mann darauf aus, sie in den Ruin zu treiben? Es schien überhaupt nicht zu ihm zu passen, aber was wusste sie schon von ihm? Er war kaum mehr als ein Fremder für sie. Und doch machte er sie neugierig und es war fast so, als müsste sie ihn unbedingt näher kennenlernen.

Doch als sie nach Carreck Place kam, wartete dort ein Brief auf sie. Er war in Stepney abgestempelt. Ungeduldig riss Abbie den Umschlag auf, sie war sich sicher, dass er aus dem Waisenhaus kam. Hatten sie noch mehr über ihre Mutter herausgefunden? Ein rascher Blick auf das Schreiben machte deutlich, dass es keine Informationen über Kate enthielt. Es war ein Brief von einer gewissen Ruth Ashton, geborene Stebbins, den die Leiterin des Waisenhauses an Kate weiterleitete. Abbie überflog ihn und las ihn dann noch einmal gründlicher. Vielleicht hoffte sie, doch ein verborgenes Geheimnis über Kates Vergangenheit darin zu entdecken.

Liebe Miss Myers,

… kürzlich besuchte ich das Waisenhaus und erfuhr, dass Sie auf der Suche nach Informationen über Ihre Mutter Kate sind. Es tut mir so leid, dass sie gestorben ist. Und sie war doch noch so jung! Es muss ein fürchterlicher Schock für Sie gewesen sein und ich möchte Ihnen mein herzliches Beileid ausdrücken. In der Vergangenheit habe ich nie recht gewagt, Fragen zu stellen, doch inzwischen habe ich ein Alter erreicht, in dem ich denke, dass ich ein solches Risiko getrost eingehen kann. Daher würde ich Sie gerne fragen, ob Sie vielleicht Informationen über Millie Dowthwaite haben? Lebt sie noch? Ich habe sie seit Jahren nicht mehr gesehen, aber sie war einmal eine gute Freundin von mir und ich würde mich so sehr freuen, sie wiederzusehen.

Mit freundlichen Grüßen

Ruth

Abbie brachte den Brief geradewegs zu ihrer Großmutter. Als sie ihn las, stiegen ihr Tränen in die Augen. Abbie nahm ihre Hand und stellte ihr die Frage, die ihr am meisten auf der Seele brannte:

»Ich weiß, dass Ruth deine Freundin war. Aber war sie auch Kates Mutter?«

KAPITEL 23

Ich ging geradewegs zur Britisch-Amerikanischen Kapelle und schickte Ruth eine Nachricht, dass ich sie gerne sehen würde. Als sie kurz darauf eintraf, nahm sie mich in den Arm und drückte mich an sich.

»Was für eine Überraschung. Wie schön, dich zu sehen.«

Bei Kaffee und Gewürzkuchen erzählte ich ihr, was passiert war, und bei der Vorstellung, dass ich eine Revolutionärin sei, musste sie kichern. Als sie jedoch erfuhr, in welcher Lage ich mich nun befand, wurde sie sehr schnell ernst.

»Ach, du meine Güte! Und nun hast du gar keine Bleibe!«

Ich schüttelte den Kopf und versuchte, die Tränen zurückzuhalten.

»Ich denke die ganze Zeit an die kleine Irina und an Master Serge und frage mich, wie sie ohne mich zurechtkommen. Jetzt haben sie nur noch die arme überarbeitete *Njanjuschka*, die sich um sie kümmert.«

»Die Kinder sind jetzt dein geringstes Problem. Wir müssen die Tatsache bekannt machen, dass du eine Stelle suchst. Eine neue Arbeit zu finden, dürfte im Moment nicht so einfach sein, aber bestimmt nicht unmöglich. Und in der Zwischenzeit weiß ich ein Wohnheim, in dem du unterkommen kannst. Komm, am besten bringe ich dich gleich dorthin, freie Zimmer sind immer schnell belegt.«

Als wir Arm in Arm durch die Straßen gingen, fragte ich:

»Wie soll ich denn ohne ein Empfehlungsschreiben von der Gräfin eine Stelle finden – und dann auch noch mit einer solchen Anschuldigung, die wie ein Damoklesschwert über mir hängt?«

Ruth schien vor Wut fast zu platzen und presste entschlossen die Lippen zusammen.

»Es ist alles meine Schuld. Ich mache mir Vorwürfe, weil es meine Idee war, dass wir bei der Demonstration mitmachen.«

»Es war überhaupt nicht deine Schuld«, erwiderte ich heftig. »Ich bedauere es nicht, dass ich dort war, obwohl ich im Nachhinein natürlich froh bin, dass wir uns nicht den Tag ausgesucht haben, an dem die Schießereien waren.«

Wir schüttelten uns vor Entsetzen.

»Hast du schon das Neueste gehört?«, fragte sie. »Es wird immer schlimmer.«

Ich schwieg, denn ich war zu sehr mit meinem eigenen Dilemma beschäftigt, als dass ich die Verwicklungen der russischen Politik hätte begreifen können. Sie sagte etwas über die Duma, die eine provisorische Regierung ohne Mandat gebildet habe. Ich verstand nicht, was sie damit meinte.

Als Ruth meinen verständnislosen Gesichtsausdruck sah, fuhr sie fort:

»Sie sagen, die Aufstände würden sie derart beunruhigen, dass sie handeln müssten. Manche Leute sagen, dass sie die Situation ausnutzen, um mehr Macht zu bekommen. Alexander Kerenski, einer ihrer Anführer, hat angeordnet, dass der Zar sofort von der Stawka zurückkehren soll. Man sagt, dass der Zug, der Zar Nikolaus am 2. März nach Petrograd zurückbringen sollte, von zwei der höchsten Duma-Funktionäre an der estnischen Grenze angehalten wurde, die dem Zaren befahlen, abzudanken. Er stimmte zu, weil er, wie er sagte, nicht den Wunsch habe, das Leben seines Volkes um seinen Thron willen zu riskieren.«

Ich begriff immer noch nicht, was das alles zu bedeuten hatte.

»Willst du damit sagen, dass der Zar abgedankt hat? Aber das ist schrecklich! Wer soll jetzt an seine Stelle treten?«

Ruth schüttelte den Kopf.

»Niemand. Dreihundert Jahre der Romanow-Dynastie sind damit vorbei. Offenbar hat sich Zar Nikolaus geweigert, seinen Sohn auf den Thron zu lassen, selbst wenn ihm ein angemessener Regent zur Seite stünde. Denn der Junge hätte dann nicht mehr unter der Obhut der Eltern gestanden. Ich glaube, der Zar hatte Angst, dass er seinen Sohn nie wiedersehen würde, und als Bluter ist er ja auch nicht gesund. Der Zar hat dann seinen Bruder, Großherzog Michael, zu seinem Nachfolger bestimmt, aber der wollte nicht. Wahrscheinlich weiß er, wie es um die Monarchie bestellt ist. Der arme Mann wurde von Aufständischen verfolgt, konnte aber entkommen. Andere hatten weniger Glück und viele Aristokraten und Verwandte der Romanows sind umgekommen.«

Eine schreckliche Angst durchzuckte mich.

»Oh nein, ich hoffe inständig, dass dem Grafen nichts zustößt.«

»Da wäre ich mir gar nicht sicher. Als Adeliger und Angehöriger des Zaren, der auch im Winterpalast arbeitet, ist er wie geschaffen als Zielscheibe für Racheakte.« Ruth schüttelte verständnislos den Kopf. »Aber warum kümmert dich das, wenn er dich doch entlassen hat?«

»Der Graf hat mich nicht entlassen. Es war die Gräfin in einer ihrer Launen. Normalerweise kommt sie irgendwann zur Besinnung. Der Graf ist ein gütiger Mensch, er hat mir in der Vergangenheit immer geholfen. Ich hatte überlegt, dass ich ihn um Hilfe bitte, damit ich meine Stelle wiederbekomme.«

»Dann frag ihn, wenn du meinst, dass es helfen könnte, aber ich würde mich nicht darauf verlassen«, mahnte Ruth. »Was denkt Stefan über deine Entlassung?«

»Er weiß es noch gar nicht. Er wird schockiert sein, wenn er feststellt, dass ich nicht mehr da bin.«

»Schreib ihm eine Nachricht, wo du bist, und ich sorge dafür, dass er sie bekommt. Es kann allerdings ein paar Tage dauern, bis ich wieder aus dem Haus verschwinden kann. Ich wage im Moment nicht, mir zu viel freie Zeit zu nehmen, man weiß nie, was als Nächstes passiert. Meine Güte, die Welt ist auf den Kopf gestellt. Die Situation ist so schlimm, dass einige unserer Mitglieder überlegen, nach England zurückzukehren. Niemand fühlt sich mehr sicher.«

»Ach, bestimmt übertreibst du«, sagte ich.

Ich verbannte all diese Sorgen entschieden aus meinen Gedanken, während ich mich in meiner neuen Bleibe einrichtete und mühsam begann, die ersten Bewerbungen zu schreiben. Ich hatte überlegt, damit bei den Familien vorzusprechen, die ich kannte. Vielleicht suchte eine von ihnen tatsächlich eine Gouvernante für ihre Kinder. Ich konnte nur hoffen, dass irgendjemand mir eine Stelle anbieten würde. Wenn nicht, würde ich versuchen müssen, nach Carreckwater zurückzukehren und Russland und Stefan hinter mir zu lassen.

*

Obwohl ich in einem Schlafsaal mit anderen Gouvernanten und Dienstmädchen schlief, die alle aus dem einen oder anderen Grund eine vorübergehende Bleibe suchten, fühlte ich mich so einsam wie nie zuvor in meinem Leben. Ich hatte ein paar Kleidungsstücke einpacken können, mein wärmster Mantel und meine Schals hingen jedoch immer noch hinter der Tür meines Zimmers in der Wohnung der Belinskys. Als ich in aller Eile aus dem Haus gejagt wurde, konnte ich einfach nicht klar denken. Mittlerweile war es fast April geworden, die ersten Vorboten des Frühlings zeigten sich, und vielleicht schaffte ich es irgendwie, über die Runden zu kommen, bis Gusev meinen Koffer schickte.

»Das Essen hier ist ziemlich schrecklich«, warnte mich eines der Mädchen. »Aber ganz gleich, was auch serviert wird, es ist immer herzlich wenig und das sollten Sie auf jeden Fall essen.«

Ich dankte ihr, und obwohl ich ihrem Rat folgte, war ich glücklich, als ein anderes Mädchen eines Abends etwas Rinderbrühe und ein Stück Brot übrig hatte. Natürlich hatte ich nicht erwartet, dass es einfach sein würde, in einem Wohnheim zu leben, und ich wusste auch, dass es schwierig war, eine Stelle zu finden. Auf das Gefühl bodenloser Trostlosigkeit war ich jedoch nicht gefasst, das sich in mir ausbreitete, als sich keine Stelle auftat.

Eine Woche verstrich und immer noch war keine neue Arbeit in Sicht. Auch Stefan zeigte sich nicht, obwohl Ruth, die mich regelmäßig besuchte, mir versicherte, dass sie die Nachricht abgegeben hatte. Darin hatte ich ihm berichtet, was passiert war und wo er mich finden konnte.

»Wem hast du die Nachricht gegeben?«

»Einem Dienstmädchen, am Seiteneingang.«

»Vielleicht hat sie vergessen, sie ihm zu geben.« Ich sehnte mich so sehr danach, ihn zu sehen, und hatte immer Ausschau nach ihm gehalten, während ich bei meiner Arbeitssuche von Tür zu Tür ging. Beides war bislang nicht von Erfolg gekrönt. Doch selbst wenn Stefan meine Nachricht nicht bekommen hatte, so war ihm doch gewiss aufgefallen, dass ich nicht mehr da war. Er hätte mich bestimmt vermisst. »Sehr wahrscheinlich lässt die Gräfin ihn nicht aus den Augen.«

»Ich bin sicher, er kommt, sobald er kann«, tröstete Ruth mich. »Das Problem ist, dass alle in Angst leben und sich hinter verschlossenen Türen verbarrikadieren. Das Töten ist noch lange nicht vorbei.«

Sie hatte recht. An den darauffolgenden Tagen hörten wir, dass Matrosen sich ihrer drakonischen Kommandanten entledigten, dass Vorarbeiter in den Fabriken zusammengeschlagen und Komitees gegründet wurden, die ihre Stelle einnahmen. Jeder Mensch, egal, ob Autokrat oder Landarbeiter, wurde als ein Bürger mit gleichen Rechten eingestuft. Viele Dienstherren wurden gezwungen, einem Acht-Stunden-Tag und einer Lohnerhöhung zuzustimmen, wahrscheinlich, weil sie sonst um ihr Leben fürchten mussten. Dennoch lag ein Optimismus in der Luft, weil die Menschen überzeugt waren, dass sich Freiheit und Demokratie durchgesetzt hatten.

»Alles verändert sich mit rasender Geschwindigkeit. Wenn du das Land nicht bearbeitest, dann hast du kein Recht, es zu besitzen, oder so sagen es viele«, berichtete Ruth, als wir eines Nachmittags zusammensaßen und noch mehr Bewerbungen schrieben. »Auf dieser Grundlage werden Dorfgemeinschaften neu gestaltet und das Land der Großgrundbesitzer wird verteilt.«

»Aber der Graf bearbeitet das Land tatsächlich. Ich habe oft gesehen, wie er die Gemüsebeete auf seinen Ländereien umgegraben und Bäume und Sträucher beschnitten hat. Er hat Holz gehackt und geholfen, Kartoffeln auf den Wagen zu laden, mit dem sie auf den Markt gebracht wurden. Er ist ein praktischer Mann und sorgt sich sehr um seine Pächter. Seiner Familie gehören diese Ländereien seit Jahrhunderten.«

»Ich fürchte, der Respekt, den der Adel früher bei den Leuten genoss, ist ganz und gar verschwunden, egal, wie lange eine Familie schon die Zügel in der Hand hält.«

»Es erscheint mir nicht fair, alle über denselben Kamm zu scheren. Politisch gesehen ist der Graf ein moderater Liberaler und in seiner Schicht gilt er damit als ziemlich unorthodox. Er hat aber auch nicht diese Gier nach Gesellschaft wie seine Frau. Er lebt ein eher ruhiges Leben, am liebsten auf dem Land. Während sie sich herumtreibt und sich amüsiert, geht er früh zu Bett. Er wirft nicht mit dem Geld um sich wie die Gräfin, sondern betrachtet sein Vermögen als etwas, das man ihm anvertraut hat.«

Ruth lächelte betrübt.

»Ich bin sicher, dass er genau so ist, wie du ihn beschreibst, Millie, und ganz offensichtlich bewunderst du ihn sehr, sonst würdest du ihn nicht so vehement verteidigen. Aber all das reicht vielleicht nicht aus, um ihn oder seinen Besitz zu retten. Die neuen Gemeinschaften sind am Ruder, sie jagen die Dorfältesten oder die Verwaltungsvorsteher weg, die bisher das Sagen im Dorf oder in der Stadt hatten. Selbst die örtlichen Polizisten sind in Gefahr. Man sagt, sie seien darauf bedacht, sich selbst Macht anzueignen und ignorierten dabei sogar die Zentralregierung. Das ist entweder etwas Gutes oder es ist ein weiteres Zeichen für den Niedergang von Recht und Ordnung, das kommt auf deinen Standpunkt an. An deiner Stelle würde ich nicht so offen durchblicken lassen, dass der Graf bei dir ein Stein im Brett hat.«

Mir stieg das Blut in die Wangen, obwohl ich Ruths Rat durchaus zu schätzen wusste.

»Er hat bei mir keinen Stein im Brett.«

Sie lachte.

»Das glaube ich aber doch.«

*

Tage später erschien der Mann, nach dem ich mich wirklich sehnte, auf der Schwelle des Wohnheims. Da das Gebäude nur für Frauen vorgesehen war und Stefan es nicht betreten durfte, gingen wir zusammen zu unserem Lieblingscafé auf dem Newski Prospekt, wo wir uns ungestört unterhalten konnten.

»Warum bist du jetzt erst gekommen?«

Diese Frage konnte ich mir nicht verkneifen, nachdem ich einen wunderbar heißen Schluck Kaffee getrunken hatte.

Er lächelte mich traurig an.

»Zuerst wusste ich gar nicht, dass du nicht mehr da warst.«

»Wie, hast du denn meine Nachricht nicht bekommen?«

»Als ich sie endlich bekam, konnte ich nicht weg.«

»Aber du hättest dich doch bestimmt hinausschleichen können, für eine halbe Stunde oder wenigstens ein paar Minuten.«

»Ohne ihre Erlaubnis, so wie du es gemacht hast? Dann hätte ich ebenfalls meine Stelle verloren.«

»Also war dir deine Stelle wichtiger als ich?«

Meine Enttäuschung darüber, dass er nicht gekommen war, verwandelte sich allmählich in Verbitterung, obwohl ich eigentlich wusste, dass er recht hatte.

Als könnte er meine Gedanken lesen, nahm er meine Hand und küsste jede Fingerspitze einzeln, so sanft, wie ich es von ihm kannte. Und wie immer ließ mich seine Berührung im Inneren ein wenig weicher werden.

»Du weißt, dass ich gekommen wäre, Millie, wenn ich auch nur den Hauch einer Möglichkeit gesehen hätte. Aber es war einfach nicht möglich. Die Gräfin ließ mich den ganzen Tag nicht aus den Augen, und das an jedem einzelnen Tag. Das hat sie natürlich mit Absicht getan, um zu verhindern, dass ich dich treffe.«

»Sie hat mir also nicht verziehen? Hast du sie gebeten, mich wieder einzustellen?«

Er sah mich betrübt an.

»Ich habe es versucht, aber sie mag es nicht, wenn sich jemand in ihre Entscheidungen mischt. Und in der letzten Zeit ist sie noch launischer als sonst. Und überhaupt: Warum sollte sie ausgerechnet auf mich hören?«

»Das weißt du ganz genau. Weil sie dich anhimmelt, weil sie sich nach dir verzehrt.«

Stefan lachte, doch es war kein heiteres Lachen, sodass es tief in mir ein Echo fand und mich misstrauisch machte.

»Stellt sie dir wieder nach?«

Er seufzte resigniert.

»Frag lieber nicht, Millie, es macht dich nur unglücklich. Du bist das Mädchen, das ich liebe. Vergiss das nicht.«

Bei seinen Worten durchströmte mich eine wunderbare Wärme. Wie konnte ich auch nur eine Sekunde glauben, dass er nicht alles tun würde, um mich zu unterstützen? Er liebte mich und niemand wusste besser als ich, wie schwierig die Gräfin sein konnte.

»Du solltest androhen, selbst zu kündigen, wenn sie mir meine Stelle nicht wiedergibt.«

Bei dieser Bitte blickte Stefan ernsthaft besorgt drein und schwieg eine Weile, bevor er schließlich kurz nickte.

»Na gut, aber ich habe keine große Hoffnung, dass es funktioniert.«

Hoffnung war etwas, das mich in den darauffolgenden Tagen und Wochen völlig verließ. Meine spärlichen Ersparnisse waren bald aufgebraucht und so war ich gezwungen, meine liebe Freundin Ruth um Hilfe zu bitten. Sie konnte mir ein wenig Geld leihen, doch meine Lage wurde immer verzweifelter. Wenn ich nicht bald eine neue Stelle fand, musste ich meine Eltern bitten, mir eine Fahrkarte nach Hause zu kaufen. Dann wäre mein russisches Abenteuer vorbei.

Stefan gelang es ein paarmal, der Überwachung durch die Gräfin zu entkommen und mich zu besuchen, doch er konnte mir keine guten Nachrichten bringen. Offenbar weigerte sich die Gräfin, über meine Wiedereinstellung zu sprechen. Ich war der Verzweiflung nahe und beschloss, die Wohnung unter dem Vorwand aufzusuchen, mich nach dem Wohlergehen der Kinder zu erkundigen. Und wenn ich all meinen Mut zusammennahm und meinen Stolz hinunterschluckte, würde ich den Grafen um Hilfe bitten. Es musste sein, wenn ich nicht verhungern wollte.

*

Es war später Nachmittag, als ich zur Wohnung der Belinskys ging. Ich wusste, dass der Graf um diese Zeit aus dem Winterpalast zurück war und sich in seinem Arbeitszimmer mit Angelegenheiten seines Landsitzes befasste. *Njanjuschka* hieß mich mit offenen Armen und ein paar Tränen willkommen und kam in die Küche geeilt, sobald sie hörte, dass ich da war.

»Warum sind Sie gegangen? Und warum so plötzlich? Die Kinder vermissen Sie so sehr, vor allem Miss Irina. Sie weint jeden Tag um Sie.«

Mein Herz wurde schwer, als ich mir vorstellte, wie unglücklich das kleine Mädchen war. Vielleicht dachte sie sogar, dass ich sie absichtlich verlassen hatte.

»Ich hatte keine Wahl. Ich wurde entlassen, Klara, das wissen Sie doch.«

»Sie hätten warten sollen. Sie hätte sich schon wieder eines anderen besonnen. Ihre Ladyschaft kommt immer irgendwann über ihre Tobsuchtsanfälle hinweg.«

»Ich bin jetzt ein paar Wochen weg. Hat sie jemals nach mir gefragt, wo ich bin oder wie ich überlebe, ohne Arbeit und ohne Lohn?« Meine Frage stieß auf klägliches Schweigen. Ich umarmte das alte Kindermädchen und dankte ihr für ihre Fürsorge. »Nun, ich muss mit dem Grafen sprechen. Ist er zu Hause?«

»Oh ja, das ist eine gute Idee. Er wird dir helfen.«

Wie immer bekam ich auf mein höfliches Klopfen sofort eine Antwort. Egal, wie beschäftigt er war: Der Graf ließ niemanden warten.

»Millie, wie wunderbar, Sie zu sehen!« Kaum war ich eingetreten, da kam er auf mich zu und sein Lächeln war so warm und einladend, dass ich einen Moment lang dachte, er würde mich zur Begrüßung in die Arme nehmen. Zum Glück beließ er es jedoch dabei, mit beiden Händen meine Rechte zu ergreifen, die ich ihm hinstreckte. Prüfend betrachtete er mich, dann sagte er besorgt: »Ihr Gesicht wirkt schmaler. Haben Sie zu wenig gegessen in letzter Zeit?«

Ich lachte.

»Ich würde nicht sagen, dass das Essen im Wohnheim besonders gut ist, aber ich werde es überleben, danke.« Er tätschelte mir die Hand in seiner väterlichen Art. »Ich mache mir Sorgen wegen der Kinder und …«

»… und Sie fragen sich, ob sie ohne Sie zurechtkommen? Nein, sie fragen die ganze Zeit, wo *Barischnja* ist und wann Sie nach Hause kommen. Sie vermissen Sie, Millie. Was um alles in der Welt hat Sie dazu gebracht, uns Hals über Kopf zu verlassen?«

Er hatte also keine Ahnung.

»Hat die Gräfin nichts dazu gesagt?«

Der Graf runzelte die Stirn, führte mich sanft zu einem Sessel und bat mich, mich zu setzen.

»Ich werde Kaffee und Kekse bringen lassen und dann können Sie mir die ganze Geschichte von Anfang an erzählen.«

Es war keine Geschichte, die ich gerne erzählte. Schließlich musste ich zugeben, dass ich unerlaubt an der Demonstration teilgenommen hatte, obwohl die Gräfin in diesem Punkt unmissverständliche Regeln festgelegt hatte.

»Ich dachte, es sei nichts weiter als ein Protest gegen die Brotpreise am Internationalen Frauentag. Bitte, Mylord, Sie müssen mir glauben, dass ich keine Revolutionärin bin, wirklich nicht.«

Laut lachend warf er den Kopf zurück.

»Das hätte ich auch nicht einen Moment lang von Ihnen gedacht, Millie, und ich kann mir nicht vorstellen, wie meine Frau darauf kommt.« Sein Lachen brach abrupt ab und er sah mich voller Sorge an. »Es heißt, dass Lenin bald nach Russland zurückkehrt. Wladimir Iljitsch Uljanow, wie er eigentlich heißt, lebt schon seit einigen Jahren im Exil und hat sich aus Angst um seine Sicherheit von Russland ferngehalten. Doch nun, da der Zar unter Hausarrest steht und sich chaotische Zustände im Land ausbreiten, nimmt man an, dass er die Gelegenheit beim Schopf packt und wiederkommt und die Bolschewiki an die Macht bringt. Manche Teile der Bevölkerung würden das sicherlich begrüßen, allerdings sind dies nicht unbedingt die moderater gesinnten Leute. Ob er Erfolg haben würde, lässt sich noch nicht absehen, aber ich habe gehört, dass er gemeinsame Sache mit Deutschland macht.« Er lächelte betrübt. »Mir ist klar, dass Sie sich nicht sehr für die russische Politik interessieren, liebe Millie, aber was ich sagen will, ist Folgendes: Uns stehen möglicherweise gefährliche Zeiten bevor und ich möchte, dass Sie in Sicherheit sind. Außerdem geht es meiner Frau nicht gut, aus irgendeinem Grund ist sie ganz anders als sonst. Ich habe also zugestimmt, dass sie wieder einmal Ferien macht. Es wäre vielleicht gar nicht schlecht, wenn sie Petrograd eine Weile hinter sich lassen könnte.«

Ich hielt den Blick gesenkt, damit er den Hoffnungsschimmer nicht sah, der mich erfüllte. Lächelnd sagte ich:

»Ihre Ladyschaft wird sich freuen, das zu hören. Sie liebt ihre Ferien.«

»Das ist wohl wahr, solange Sie sich um meine Kinder kümmern. Sie wissen, wie wichtig sie mir sind, Millie. Sie bleiben doch, nicht wahr? Bitte, verschwinden Sie nicht wieder. Wir brauchen Sie. Ich brauche Sie.«

Da sah ich ihn an, sah das zerzauste braune Haar, durch das er immer wieder mit der Hand fuhr, und das feste Kinn. Mir war noch nie so deutlich aufgefallen, wie gut er aussah mit seinem kantigen intelligenten Gesicht und seinen kräftigen Schultern, die sicherlich von der Landarbeit herrührten, die ich ihn hatte verrichten sehen. In seinen braunen Augen lag etwas Sanftes und Fürsorgliches, das jedes Herz berühren musste. Auf jeden Fall hatte er mein Herz berührt und ich wusste, dass ich ihn nicht nur bewunderte, sondern ihm auch vertraute – und wenn es stimmte, was er sagte, dann vertraute ich ihm sogar mein Leben an. Mein eigener Vater war Tausende von Meilen weit weg und ich betrachtete diesen Mann als seinen Stellvertreter. Ich räusperte mich und wählte meine Worte mit Bedacht:

»Ich würde nur allzu gerne meine alte Stelle wieder annehmen, doch die Gräfin ist damit vielleicht nicht einverstanden.«

Sein weicher Gesichtsausdruck wurde hart, seine Augen verengten sich und sein breiter Mund zeigte eine neue Entschlossenheit.

»Es ist Ihnen sicherlich nicht entgangen, dass meine Frau und ich in letzter Zeit nicht das allerbeste Verhältnis haben. Nicht, dass wir jemals eine glückliche Ehe geführt hätten. Es war eine Vernunftehe, um ehrlich zu sein. Ich wollte eine junge Frau namens Mavra Obelenski heiraten, doch sie hatte kein Geld und so verweigerten meine Eltern ihre Zustimmung.«

»Oh, wie traurig. Sie müssen sie sehr geliebt haben.«

»Ich tat das, was ich für meine Pflicht meiner Familie gegenüber hielt, obwohl ich mit meinen Bemühungen, meinem Vater zu gefallen, keinen Erfolg hatte. Er war ganz der selbstsüchtige Autokrat, hartherzig seinen Pächtern gegenüber. Einmal vertrieb er eine Frau, deren Mann vor Kurzem gestorben war. Sie hatte drei Kinder. Ich schwor mir, dass ich nicht so werden würde wie er.« Wieder fuhr sich der Graf gedankenverloren durch die Haare, dann stand er hastig auf. »Nichts ist ganz so geworden, wie ich es erwartet hatte, vor allem, was meine Ehe angeht. Aber wahrscheinlich ist es das Beste, nicht zurückzublicken. Da wir die Vergangenheit nicht ändern können, hat es auch keinen Sinn, darüber nachzugrübeln, oder? Ich bin ganz dafür, die Karten anzunehmen, die das Schicksal einem gibt, und in die Zukunft zu blicken.«

»Ganz recht, Sir, und wenigstens hatten Sie eine glückliche Zeit mit Mavra, so kurz sie auch gewesen sein mag.«

Sein Lächeln war voller Freundlichkeit.

»Das hatte ich, und danke, dass Sie mir zugehört haben. Es schmerzt mich immer noch, über sie zu sprechen. Millie, darf ich Ihnen einen Rat geben?«

»Aber natürlich.« Ich stand nun wieder vor ihm, da ich in seiner Gegenwart nicht in meinem Sessel sitzen bleiben konnte, wenn er nicht ebenfalls saß. »Jeder Rat, den Sie mir geben, ist mir sehr willkommen.«

»Ich mag mich täuschen, aber ich vermute, dass Sie und Stefan einander sehr zugetan sind. Wenn das der Fall ist, würde ich Ihnen raten, meine Frau nichts davon sehen zu lassen. Sie ist eine eifersüchtige und nachtragende Frau, die Aufmerksamkeit um jeden Preis will. Und sie hegt den gefährlichen Wunsch, das zu besitzen, was ihr ihrer Ansicht nach zusteht. Es ist nicht ausgeschlossen, dass sie Sie entlassen hat, um bei ihrer Jagd auf diesen jungen Mann freie Bahn zu haben.«

Seine Worte machten mich fassungslos und ich war derart überwältigt von seiner Klugheit und Menschenkenntnis, dass ich nicht wusste, was ich sagen sollte.

Er wandte sich wieder seinem Schreibtisch zu, ein Zeichen, dass unsere Unterhaltung sich dem Ende zuneigte.

»Was Ihre Anstellung angeht, Millie«, sagte er in forschem Ton, »so haben Sie meine persönliche Zusicherung, dass meine

Frau keine Einwände haben wird, wenn ich ihr klargemacht habe, wie dringend sie Ihre Unterstützung braucht.«

Und so kam es, dass ich nur ins Wohnheim zurückkehrte, um meine Sachen zu holen, und zur Teestunde mit den Kindern und *Njanjuschka* im Schulzimmer saß. Irina schmiegte sich an mich und selbst Serge grinste über das ganze Gesicht. Wir feierten ein wunderbares Wiedersehen.

KAPITEL 24

»Wann wollten Sie es also Ihrem Mann sagen, Mylady?«

Wir waren im Zug Richtung Süden und hatten uns bereits für die Nacht zurechtgemacht. Die Gräfin und ich hatten jeweils eine der oberen Schlafkojen, sodass wir einander gegenüber lagen. Irina schlief tief und fest neben mir. Für mich war an Schlaf überhaupt nicht zu denken, denn in dem überfüllten Schlafwagen waren überall laute Unterhaltungen im Gange, sodass ich es für eine gute Gelegenheit hielt, meine Dienstherrin mit der Realität zu konfrontieren.

Am Morgen unserer Abreise hatte sie, den Kopf in die Hände gestützt, auf dem Rand der Badewanne gesessen, nachdem sie sich gerade eine halbe Stunde lang übergeben hatte.

»Irgendetwas ist mir nicht bekommen. Es geht vorbei.«

»Natürlich, Mylady«, hatte ich höflich gesagt und mich gefragt, wie lange sie dieses Versteckspiel noch aufrechterhalten wollte.

Ich hatte es eine gute Woche lang mitangesehen und mochte ich auch jung und naiv sein, so war mir doch sonnenklar, wo das Problem lag. Es erklärte auch, warum sie sich in der letzten Zeit nicht recht wohlgefühlt hatte und noch launiger war als sonst. Nun war der Zeitpunkt gekommen, sie mit meinen Schlussfolgerungen zu konfrontieren.

Meine Unverfrorenheit trug mir wie üblich einen ihrer bösen Blicke ein.

»Was wissen Sie schon? Sie sind doch nur ein junges Ding.«

»Es ist doch ziemlich offensichtlich, wenn man bedenkt, wie oft Ihnen morgens übel ist.«

»Nun, dann ist Ihnen auch klar, warum ich so dringend aus Petrograd fort musste. Ich bin fast im fünften Monat und kann es nicht mehr länger verbergen. Und Waska darf es nie erfahren, also halten Sie besser Ihren vorlauten Mund, Dowthwaite.«

Ich schwieg, doch bei dem Gedanken an den Grafen erfüllte mich blanke Wut auf die Frau, die mir da gegenüber lag. Ich dachte an den schrecklichen Streit, den die beiden kurz vor unserer Abreise hatten.

Er war in das Boudoir seiner Frau gekommen, als wir gerade packten. Wenn ihn ihre angebliche Krankheit irgendwie misstrauisch machte, so ließ er es sich nicht anmerken. Er war nur darauf bedacht, in einer schwierigen Situation gut für uns zu sorgen. Mit düsterer Miene teilte er uns seine Pläne mit.

»Die ganze Stadt ist in der Hand der Revolutionäre, auch die Züge und Straßenbahnen. Das Telefon funktioniert auch nicht, daher habe ich beschlossen, nach Luga zu unserem Landsitz zu fahren. Ich mache mir Sorgen um mögliche Schäden, schließlich bin ich dort für das *Semstwo*-Krankenhaus verantwortlich und für die Schulen vor Ort. Und da die meisten Männer eingezogen wurden, sind nur noch die Frauen da, die die Arbeit auf den Äckern verrichten können, und ich muss sehen, ob sie zurechtkommen. Du, Olga, kannst, wenn du möchtest, in die Ferien fahren, wie wir es besprochen haben. Frankreich steht nach wie vor nicht zur Diskussion, also muss es wieder die Krim sein. Serge kommt mit mir.«

»Nein!«

Ihr Schrei klang so herzzerreißend wie nichts, was ich jemals von ihr gehört hatte. Dann brach sie in Tränen aus.

Den Grafen schien ihre Gefühlsaufwallung nicht im Geringsten zu berühren.

»Nur, wenn ich meinen Sohn bei mir behalte, kann ich sicherstellen, dass du wiederkommst. Ich habe die Kutsche für sechs Uhr morgen früh bestellt. Sie wird dich zum Bahnhof bringen. Kann ich mich darauf verlassen, dass du dann reisefertig bist?«

Dabei warf er mir einen raschen Blick zu, weil er sehr wohl wusste, dass ein Großteil der Arbeit auf meinen Schultern ruhte. Allerdings zeigte meine Herrin ausnahmsweise ein persönliches Interesse an dem, was ich einpackte, fast so, als ginge sie davon aus, dass sie nicht wiederkommen würde. Ich neigte rasch den Kopf, doch bevor ich etwas sagen konnte, explodierte die Gräfin vor Wut.

»Wie kannst du es wagen, mich derart herumzukommandieren! Serge ist mein Sohn und er sollte an der Seite seiner Mutter sein, wo er in Sicherheit ist!«

»Es geht nicht um seine Sicherheit, denn für die ist auf unserem Landsitz bestens gesorgt. Es geht hier um dich und mich und um unsere katastrophale Ehe. Selbst wenn ich in die Scheidung einwilligen sollte – was ich nicht tun werde, da ich nicht zulassen kann, dass du mir meinen Sohn stiehlst –, so können wir nichts entscheiden, solange die politische Lage so instabil ist. Und außerdem möchte ich nicht, dass er sich in der Nähe deines Liebhabers aufhält.«

Der Graf stritt sich normalerweise nicht mit ihr, sondern drehte sich meist auf dem Absatz um und ging jedem Konflikt aus dem Weg, doch diesmal schien er entschlossen, sich nicht umstimmen zu lassen. Als er sich zum Gehen wandte, sprang die Gräfin auf, riss ihn am Jackenärmel herum und versetzte ihm mit der flachen Hand eine schallende Ohrfeige. Er zeigte keinerlei Reaktion, fast hatte es den Anschein, als könnte sie ihm nichts anhaben.

»Wage es nicht noch einmal, wegzugehen, wenn ich mit dir rede! Dimitri, mein Liebhaber, wäre ein besserer Vater, als du es jemals gewesen bist!«

Traurig schüttelte er den Kopf.

»Ich war vielleicht nicht der beste Vater, weil ich es zugelassen habe, dass du mich mit deiner Eifersucht und deiner besitzergreifenden Art von Anfang an ausgeschlossen hast. Aber ich hoffe, dass ich es wettmachen kann, wenn ich in Zukunft mehr Zeit mit meinem Sohn verbringe. Wir gehen gerne zusammen angeln und wir haben es Millie zu verdanken, dass er seine Scheu vor Pferden abgelegt hat. Ich denke, auf dem Land werden wir viel zusammen unternehmen, und außerdem soll er in die Angelegenheiten herangeführt werden, die mit dem Landgut einhergehen. Pass gut auf Irina auf, wenn du weg bist. Und sorge dafür, dass ihr nichts zustößt.«

Er blickte auf und richtete diese Bitte auch an mich.

»Wir werden gut auf sie achtgeben, Mylord«, versicherte ich ihm.

»Danke, Millie«, sagte er lächelnd.

»Verdammt noch mal, Waska! Du hast mir noch nicht einmal genügend Geld für diese Ferien gegeben, dabei weißt du, dass es mir nicht gutgeht und ich Hilfe brauche!«

Er seufzte schwer.

»Geld war von jeher dein einziger Gott, Olga, nicht wahr? Aber du hast genug eigenes Geld, also brauchst du meins nicht, und ich helfe damit lieber Leuten, die wirklich in Not sind.«

»Ich bin in Not! Du weißt, dass von meinem Geld nicht viel übrig ist!«

Der Graf lachte.

»Das ist das Dumme an Geld, nicht wahr? Wenn man es einmal ausgegeben hat, ist es weg. Ich muss dich warnen. Falls ich deinen Forderungen doch nachgeben und in die Scheidung einwilligen sollte, kannst du nicht mit großen Summen rechnen. Ich würde lieber jeden Rubel und jede Kopeke, die ich besitze, verschenken, als sie an deinen Firlefanz und deine zahlreichen Liebhaber zu verschwenden!«

Mit dieser erschütternden Ankündigung ging er nun tatsächlich davon, ohne sich noch einmal umzusehen. Die Gräfin griff sich eine Kristallvase, die sie gerade zu packen bekam, und schleuderte sie ihm hinterher. Sie zerschellte an der geschlossenen Tür und zersprang in abertausend Scherben.

Im Morgengrauen des darauffolgenden Tages machten wir uns in der Kutsche auf den Weg zum Bahnhof. Hinter uns schloss sich eine lange Reihe von Karren an, auf denen die zahlreichen Besitztümer der Gräfin verstaut waren. Ihre Mutter, die liebe *Babuschka*, wollte uns nicht begleiten, für die alte Dame war die lange Reise zu anstrengend. Sie zog es vor, mit ihrem Schwiegersohn auf den Landsitz zu fahren, und wahrscheinlich war es unter den gegebenen Umständen das Beste. Ich vermutete, dass ihr weit mehr über den Zustand ihrer Tochter bekannt war, als sie durchblicken ließ. Gleichzeitig war sie nicht bereit, der Wirklichkeit ins Gesicht zu sehen. *Njanjuschka* sollte sie begleiten und für sie und Serge sorgen. Und Stefan hatte den Grafen aufs Land fahren müssen.

So waren die schreckliche Olga und ich allein, von Irina und ein paar Dienern abgesehen. Es war keine erfreuliche Aussicht und die Wochen, die ich mit ihr verbringen sollte, erstreckten sich wie eine Wüste vor mir.

*

Wenn die Gräfin gehofft hatte, ihren Liebhaber ehelichen zu können, so wurde sie bald bitter enttäuscht. Zunächst war alles normal, als wir in Jalta ankamen. Sie ging jeden Tag aus, besuchte ihren Liebhaber in seinem Hotel und traf sich mit ihren Freunden. Irina und ich vergnügten uns mit unseren Unterrichtsstunden und spielten im Garten oder am Strand, obwohl es zum Schwimmen schon ein bisschen zu kühl war.

Doch dann kehrte sie eines Tages schlecht gelaunt zurück, schlug die Türen, schrie und stampfte mit dem Fuß auf, bevor sie in Tränen ausbrach: ein hysterischer Anfall, wie schon so oft. Was für ein Prinzesschen sie doch war! Ich unterdrückte ein Seufzen und holte ihr ein Glas Wodka, normalerweise das Allheilmittel in einer solchen Situation.

»Was ist denn jetzt schon wieder, Mylady? Hat irgendjemand etwas Falsches gesagt?«

»Er ist weg.«

»Wer ist weg?«

»Dimitri, wer denn sonst?«, kreischte sie, während ihr die Tränen übers Gesicht liefen. Sie schien jedoch vor Wut und nicht so sehr aus Trauer zu weinen. »Gestern bekam ich einen Brief von Waska, in dem er schrieb, dass es keine Scheidung geben würde. Den habe ich Dimitri gezeigt und ihm gesagt, dass ich sehr wenig Geld haben würde, selbst wenn mein Mann sich endlich von mir scheiden ließ.«

»Oh je, war das klug?«

»Offenbar nicht, denn nun ist er weg, verschwunden, hat sich in Luft aufgelöst.«

»Und was werden Sie jetzt tun? Was bedeutet das für Sie?«

»Was das bedeutet? Dass ich in dieser elenden Ehe feststecke. Wie es aussieht, habe ich keine Wahl. Ich muss das Beste daraus machen.«

Und mit einem jämmerlichen Geheule sank sie auf den Perserteppich, wälzte sich auf den Rücken und trommelte mit den Füßen auf den Boden wie eine Zweijährige, die ihren Willen nicht bekommt.

Ich sah ihr eine Weile zu und fragte mich, warum der Graf so wild entschlossen war, an einer Frau festzuhalten, die ihn regelmäßig betrog und ihn mit unverhohlener Verachtung behandelte. Wahrscheinlich tat er es um seines Sohnes willen.

»Ich kann verstehen, dass Sie unglücklich sind, Mylady, aber wie Sie es auch drehen und wenden: Sie werden Ihrem Mann die Sache mit dem Baby sagen müssen.«

»Niemals! Ich denke, ich habe mich deutlich genug ausgedrückt, nicht wahr?«

Behende sprang sie auf die Füße, riss sich die Kleider vom Leib und befahl mir, ihr ein Bad einzulassen und ihr ihr Nachthemd zu bringen.

Während ich diese verhassten Tätigkeiten ausführte, drängte ich sie weiter.

»Sie scheinen nicht zu wissen, welch ein guter Mann Ihr Gatte ist. Stattdessen behandeln Sie ihn mit unübersehbarer Verachtung.«

»Auf wessen Seite stehen Sie?«

»Auf Ihrer natürlich, Mylady«, log ich. »Habe ich bei all Ihren Affären nicht immer äußerste Diskretion walten lassen, genau wie Sie es von mir gefordert haben? Das bedeutet allerdings nicht, dass ich Ihr Verhalten gutheiße.«

»Meine Güte, Dowthwaite, man kann Ihnen wirklich nicht nachsagen, dass Sie mit Ihrer Meinung hinterm Berg halten. Allerdings sollten Sie wissen, dass auch Waska ehedem eine Geliebte hatte.«

»Ich weiß, dass er, bevor er Sie kennenlernte, eine Frau heiraten wollte, die er liebte. Doch dann tat er stattdessen, was man von ihm erwartete.«

Sie hob die Augenbrauen.

»Hat er Ihnen das erzählt?«

»Ja.«

Ich streute Badesalz ins dampfend heiße Wasser. Am liebsten wäre ich selbst in die Badewanne geklettert und hätte meine müden Glieder wohlig in der Wärme ausgestreckt, doch wir Dienstboten hatten nur eine Zinkbadewanne in der Waschküche, die wir miteinander teilen mussten. Für uns gab es kein wunderschönes Badezimmer wie dieses hier mit Spiegeln und Fliesen an den Wänden. Ich wärmte ihr Handtuch vor, während sich die Gräfin mit einem müden Seufzer ins Wasser gleiten ließ.

»Sie war eine vollkommen nichtssagende Frau, ihr Aussehen war nicht der Rede wert, ihr Benehmen auch nicht und sie besaß kaum eine Kopeke. Und doch war sie töricht genug zu glauben, dass sie ihn ganz für sich haben könnte, aus Liebe.« Die Gräfin lachte. »Hat er Ihnen auch erzählt, dass sie seine Geliebte wurde, als wir schon verheiratet waren? Allerdings hatte er zu diesem Zeitpunkt in meinem Schlafzimmer schon längst nichts mehr zu suchen und so hatte er kaum eine andere Wahl, als zu seiner Verflossenen zurückzugehen.«

»Warum um alles in der Welt sperren Sie einen so gut aussehenden Mann aus?«, fragte ich und vergaß dabei wieder einmal, dass mir nicht anstand, eine solche Frage zu stellen.

Zu meiner Überraschung antwortete sie mir, vielleicht war es die Wut über den Treuebruch ihres Geliebten, die sie dazu trieb.

»Er hatte nichts Aufregendes. Und es war ja nicht, als hätte ich ihn je geliebt. Ebenso wenig wie er mich geliebt hat.«

»Warum haben Sie ihn dann geheiratet?«

»Was für ein Dummchen Sie doch sind, Dowthwaite. Warum sollte ich ihn nicht heiraten? Mit seinem Titel und seinem Reichtum war der Graf ein äußerst begehrter Junggeselle. Ich konnte doch nicht zulassen, dass er sich an irgendeine dahergelaufene Dirne verschenkte. Nun ja, es war tragisch, dass die Frau später bei diesem furchtbaren Unfall starb, und ich fand es ärgerlich, dass der Graf schließlich darauf bestand, Irina zu adoptieren, weil er annahm, sie sei von ihm.«

»Ist sie das nicht?«

»Vermutlich schon, obwohl wir uns da nicht ganz sicher sein können.« Die Gräfin zuckte lässig mit den Schultern. »Was er damals nicht wusste und bis heute nicht weiß, ist, dass Serge ganz sicher nicht von ihm ist.«

Etwas an meinem schockierten Gesichtsausdruck veranlasste sie, sich hastig zu verteidigen.

»Was hätte ich denn tun sollen? Ich musste ja heiraten, als mir klar wurde, dass ich Serge erwartete und mein Liebhaber längst über alle Berge war. Waska war so unschuldig und vertrauensvoll. Er dachte, ich sei noch Jungfrau«, lachte sie.

Offenbar fand sie die Erinnerung höchst amüsant.

Schweigend fuhr ich fort, sorgfältig die Kleider zu falten, die sie achtlos auf den Boden geworfen hatte. Ich konnte kaum begreifen, was sie da gerade so gleichmütig erzählt hatte. Plötzlich verstummte ihr Lachen und ihre Miene verdüsterte sich.

»Nicht, dass es jetzt noch irgendeinen Unterschied machen würde. Außer, dass er mir meinen Sohn weggenommen hat.«

»Warum haben Sie nie reinen Tisch gemacht und ihm die Wahrheit gesagt?«

Sie sah mich mitleidig an.

»Ich brauche eine Scheidung, Dowthwaite, mit einer fairen Regelung. Warum sollte er mir die gewähren, wenn er mitbekommt, dass Serge nicht einmal sein Sohn ist?«

Als ich ihr aus der Wanne half und begann, sie abzutrocknen, streckte sie die Hand aus und kniff mich mit ihren scharfkantigen Nägeln in die Wange.

»Und lassen Sie es sich nicht einfallen, ihm mein kleines Geheimnis auszuplaudern, sonst werden Sie es für den Rest Ihrer Tage bedauern, dass Sie Ihre alte Stelle wieder angetreten haben.«

»Was haben Sie mit dem Baby vor?«, fragte ich und wechselte schnell das Thema, um meinen Ärger über ihre schikanöse Art nicht zu zeigen.

»Oh, ich habe da meine Pläne«, flüsterte sie. »Doch da mich nun ein weiterer Liebhaber hat sitzen lassen, wird Dimitri Korniloff nichts mit diesen Plänen zu tun haben.«

Offenkundig wollte sie mich nicht einweihen, was immer sie auch vorhatte.

»Ich gehe und setze den Kessel auf und dann trinken Sie eine schöne Tasse Tee. Und dann müssen Sie sich wirklich ausruhen und an dieses Baby denken, statt an Sie selbst.«

*

Ende August brachte Gräfin Olga ohne die geringsten Schwierigkeiten eine Tochter zur Welt und die Hebamme, die dabei war, behauptete, es sei die leichteste Geburt gewesen, die sie je gesehen habe. Die Schwierigkeiten begannen erst, als das Baby gebadet und angezogen war. Die Gräfin weigerte sich, es auf den Arm zu nehmen.

»Nun kommen Sie, meine Liebe«, meinte die Hebamme ermunternd. »Das Baby braucht ein bisschen Wärme, von der Brust mal ganz abgesehen.«

»Dann suchen Sie ihm besser eine, denn meine bekommt es nicht.«

Die arme Frau sah derart geschockt aus, dass ich sie rasch aus dem Zimmer schob, bevor sie sich womöglich mit der Gräfin stritt.

»Ich fürchte, die Gräfin ist nicht gerade besonders mütterlich. Außerdem stillen adelige Mütter ihre Kinder kaum jemals selbst. Könnten Sie vielleicht eine Amme empfehlen?«

»Ich habe reichlich mit Adeligen zu tun gehabt und, ja, ich schicke Ihnen eine Amme, gleich heute Nachmittag. Wir können doch nicht zulassen, dass das arme kleine Ding leidet, nur weil seine Mutter sich so anstellt. Da braucht man sich ja nicht wundern, in welchem Zustand das Land ist, nicht wahr?«

Und mit dieser niederschmetternden Bemerkung hastete sie von dannen und ließ mich mit dem schreienden Baby zurück.

Zum Glück kam die Amme schon bald, eine warmherzige Frau, ohne Zweifel eine Mutter von Natur aus. Sie nahm das Baby auf den Arm. Gleich darauf verstummte sein jämmerliches Weinen und es begann, kräftig zu saugen.

*

Abbie konnte sich nicht zurückhalten und unterbrach ihre Großmutter.

»Willst du damit sagen, dass dieses Baby meine Mutter war, die Tochter der Gräfin?«

»Das stimmt, mein Schatz. Ohne einen Moment zu zögern, hat Olga sie weggegeben und die Wahrheit über ihre Geburt verschleiert.«

»Jahrelang.«

»Genauso ist es.«

»Oh, du meine Güte! Aber warum nur? Warum konntest du Mum nicht die Wahrheit sagen?«

»Ich hatte Angst, sie zu verlieren. Bei einer Frau wie der Gräfin kann man kein Risiko eingehen.«

Abbies Herz war voller Mitgefühl. Sie stellte sich vor, wie sie sich fühlen würde, wenn sie ihr eigenes Kind verlieren sollte. Dann stellte sie mit leiser Stimme die Frage, die sie von Anfang an bewegt hatte:

»Hat Mum jemals herausgefunden, wer ihre leibliche Mutter war?«

»Das hat sie, ja. Es war für uns beide eine sehr schwierige Zeit.«

»Das kann ich mir vorstellen.« Schweigen breitete sich zwischen ihnen aus. Abbie brannten noch mehr Fragen auf der Seele, doch als sie die Tränen sah, die ihrer Großmutter übers Gesicht liefen, nahm sie die alte Dame in den Arm und drückte sie an sich. »Vielleicht lassen wir es für heute dabei. Ich glaube, du brauchst eine Pause.«

Millie tupfte sich die Tränen ab, dann tätschelte sie ihrer Enkelin die Hand.

»Nein, ist schon gut. Möchtest du nicht wissen, wie sie in meine Obhut gekommen ist? Ich habe sie nicht gestohlen, weißt du.«

»Das hätte ich auch nie angenommen! Und, ja, ich wüsste gern, wie das alles zustande gekommen ist.«

*

Als ich der Gräfin am nächsten Morgen ein Tablett mit ihrem Frühstück brachte, belohnte sie mich mit einem Lächeln, das ich in meiner Unschuld für ein Zeichen echter Dankbarkeit hielt.

»Danke, Millie, sehr freundlich«, sagte sie. »Ich habe über mein kleines Problem nachgedacht und weiß nun, wie ich es löse.«

»Und wie, Mylady?«, fragte ich höflich, während ich ihr in einen Sessel half, damit ich ihr Bett machen konnte.

Dabei fragte ich mich, wie sie die Geburt eines Kindes, das nicht von ihrem Mann war, als ein ›kleines Problem‹ bezeichnen konnte.

»Es ist ganz einfach. Wir brauchen nur zu sagen, dass es Ihr Kind ist.«

Ich war so entgeistert, dass mir fast die Kaffeekanne aus der Hand fiel.

»Was sagen Sie da? Das können Sie doch nicht machen!«

»Ich kann alles machen, was ich will, und es ist die einfachste Lösung für mein Dilemma. Auf diese Weise wird Waska die Wahrheit nie erfahren. Und außerdem ist es vollkommen logisch. Sie sind jung genug für ein Baby, alle wissen, dass Sie Stefan zugetan sind, und außerdem wäre er sicherlich ein guter Vater. Irgendwann.«

Instinktiv wusste ich, dass Stefan das Kind eines anderen nicht mit offenen Armen aufnehmen würde. Kein Mann würde das tun.

»Es tut mir leid, Mylady, aber damit bin ich nicht einverstanden. Ich bin jung, ja, das ist richtig, jung genug, um noch nie … ein Verhältnis mit einem Mann gehabt zu haben, also wie kann es dann mein Baby sein?«

Sie lachte.

»Wen kümmert es, ob Sie noch Jungfrau sind oder nicht?«

»Mich kümmert es. Außerdem bin ich nicht bereit, die Verantwortung für das Kind einer anderen Frau zu übernehmen oder meinen Ruf durch eine solche Lüge zu schädigen. Offenbar denken Sie nicht klar, Mylady. Ich würde vorschlagen, dass Sie frühstücken und sich dann überlegen, wie Sie dieses Kind Ihrem Mann erklären.«

Ich bestrich ihren Toast mit Butter, wie es meine Pflicht war, und köpfte ihr Ei und wollte mich gerade mit einer leichten Verbeugung zurückziehen, als sie mein Handgelenk packte.

»Sie wissen, wie es ist, wenn man keine Anstellung hat. In all den Wochen, die Sie im Wohnheim waren, haben Sie niemanden gefunden, der Sie hätte einstellen wollen, stimmt's?«

Als ich ihr in die Augen sah, wusste ich auf einen Schlag, warum das so war. Sie hatte unter ihren Freunden das Gerücht verbreitet, dass ich mit den Revolutionären unter einer Decke steckte, und hatte so dafür gesorgt, dass ich keine Arbeit fand, egal, an wie viele Türen ich klopfte und wie viele Bewerbungen ich schrieb.

Und dann leuchtete in ihren Augen der triumphierende Glanz auf, der sich immer zeigte, wenn sie wusste, dass sie gewonnen hatte, und den ich inzwischen nur allzu gut kannte.

»Also, Dowthwaite, Sie haben die Wahl. Entweder kümmern Sie sich um dieses Kind, das dringend eine Mutter braucht, oder Sie blicken dem Hungertod ins Auge. Vermutlich haben Sie noch nicht einmal genug Geld, um sich eine Fahrkarte nach Hause leisten zu können. Und diesmal sorge ich dafür, dass der Graf Sie nicht noch einmal aus der Gosse zieht.«

Ich starrte sie mit schreckgeweiteten Augen an, als mir klar wurde, dass ich in der Falle saß. Da ich nach meiner Zeit im Wohnheim tatsächlich keinen Pfennig mehr besaß und es einige Zeit dauern würde, bis meine Eltern Geld oder eine Fahrkarte schicken konnten, hatte ich keine Wahl: Ich musste zustimmen, wenn ich meine Stelle behalten und überleben wollte. Wie war ich nur in diese Situation geraten? Weil ich eine Gruppe hungernder Frauen unterstützt hatte? Oder – was wahrscheinlicher war – weil sie den Mann haben wollte, den ich eines Tages zu heiraten hoffte? Auf keinen Fall wollte ich ihr die Befriedigung einer Auseinandersetzung verschaffen, an der sie großen Spaß gehabt hätte.

Also ging ich wortlos aus dem Raum und schwor mir, mich nach einer neuen Stelle umzusehen, sobald wir nach Petrograd zurückkehrten. Irgendwie würde ich mich aus diesem Schlamassel herausziehen, den ich nicht verursacht hatte.

KAPITEL 25

Kaum waren wir im Oktober in die Stadt zurückgekehrt, wurde mir klar, dass es nicht die geringste Möglichkeit gab, eine andere Stelle zu suchen. Die Situation hatte sich dramatisch verschlechtert. In Petrograd war es kalt und frostig, über dem Fluss hing ein feuchter Nebel, der uns alle husten und unsere Pelzumhänge fester um uns ziehen ließ. Das milde Wetter in Jalta hatte mich vergessen lassen, wie bitterkalt es hier um diese Jahreszeit war.

Auf dem Weg zur Wohnung hatten wir schon bald große Schwierigkeiten, voranzukommen. Die Straßen waren voller Menschen, bisweilen kam es zu Streitereien, sowohl unter den Zivilisten als auch unter den Soldaten. Die Kutsche, die uns vom Bahnhof abgeholt hatte, kam schwankend zum Stehen, weil schwer beladene Karren den Weg versperrten. Auf ihnen türmten sich Stühle, Matratzen, Teppiche und andere Dinge. Die Besitzer dieser Habseligkeiten wollten vermutlich aus der Stadt aufs Land fliehen. Karren mit Vorräten wurden umgekippt und Holzscheite, Stroh oder Kartoffeln lagen auf dem Pflaster verstreut. Die Leute griffen sich, was sie tragen konnten, und hasteten dann mit ihrer Beute so schnell sie konnten davon. Selbst Geschäfte wurden geplündert, die Schaufenster eingeschlagen und ausgeräumt, während wir ungläubig zusahen.

Es war nur allzu offenkundig, dass das Chaos im ganzen Land noch viel schlimmer geworden war. In Petrograd tobten wieder einmal heftige Unruhen.

Ich drückte das Baby an mich und legte einen Arm um Irina, der die lärmende Meute Angst machte. Instinktiv verspürte ich das Bedürfnis, beide Kinder zu beschützen, doch gleichzeitig konnte ich kaum meine Ungeduld zügeln. Ich sehnte mich so danach, Stefan wiederzusehen, meine Sehnsucht fühlte sich an wie eine Krankheit, die nur heilen würde, wenn er mich wieder in seine Arme schloss. Dabei wusste ich noch nicht einmal, ob er in der Wohnung war oder noch auf dem Land.

»Was ist hier los?«, fragte die Gräfin unseren Kutscher.

»Wir wissen auch nichts Genaues, Mylady, es werden keine Zeitungen gedruckt. Manche sagen, es sei wieder ein Streik, und man hört auch viel von Kosaken und von Gemetzel.«

Eine Gruppe polnischer Soldaten kam vorbei. Sie lachten und johlten, als sie den Marktplatz überquerten. Die Gräfin rief sie zu sich.

»Sagen Sie mir, was hier los ist!«, forderte sie sie auf.

Einer der Männer, vielleicht der Kommandant oder Leutnant, sah sie ungläubig an. Er salutierte nicht, schlug auch nicht die Hacken zusammen und zeigte keinerlei Anzeichen von Respekt, sondern hob nur verächtlich die Augenbrauen.

»Haben Sie es nicht gehört? Lenin probt den Aufstand. Er will die Provisorische Regierung stürzen und sie durch seine eigene Partei, die Bolschewiki, ersetzen.«

Als die betrunkenen Soldaten schwankend ihren Weg fortsetzten, sagte der Fahrer:

»Trotzki hat versucht, den Sowjetkongress als oberste Instanz einzusetzen. Leider wollen viele Leute nicht von den Sowjets regiert werden. Und die Folge, Mylady, ist ein Bürgerkrieg.«

»Ach, du liebe Güte, ich bin nicht bereit, nur wegen dieser dummen Machtkämpfe den ganzen Tag hier in diesem Durcheinander zu sitzen!«, herrschte ihn die Gräfin an.

Diesen Ton schlug sie für gewöhnlich an, wenn ihr das Leben oder die Politik in die Quere kamen.

Das Baby auf meinem Schoß begann zu wimmern. Vera, die Amme, und ich tauschten einen besorgten Blick.

»Es ist beinahe ihre Zeit«, sagte sie leise. »Soll ich sie nehmen?«

»Warten wir lieber, bis sie ganz aufwacht. Ich bin sicher, sie lässt es uns wissen, wenn sie Hunger hat«, antwortete ich und wir lachten leise, denn wir kannten die Kleine inzwischen gut genug.

In der kurzen Zeit seit ihrer Geburt hatte ich mich um das Baby gekümmert und war ihm mittlerweile mit Haut und Haaren verfallen. Ich liebte ihr Rosenmündchen, ihre perfekten Fingernägel und ihren süßen Babyduft. Sie hatte sanfte braune Augen, mit denen sie mich ernsthaft betrachtete. Ich hätte den ganzen Tag bei ihr sitzen und sie anstarren können. Und doch hielt ich mich zurück, hatte Angst, dass sie mir zu sehr ans Herz wuchs und ich sie verlieren würde, wenn ihre Mutter sie schließlich doch für sich beanspruchte.

Dafür gab es jedoch bisher keinerlei Anzeichen. Die kleine Katja war schon drei Monate alt und die Gräfin schien ihre Existenz kaum wahrzunehmen. Ich war es, die sie versorgte, mit Veras Hilfe. Ich stand nachts auf, wenn sie weinte, wickelte sie, trug sie auf dem Arm, küsste sie und spielte mit ihr, als sei sie tatsächlich mein Kind. Irgendjemand musste es ja tun und meine Versuche, die Gräfin dazu zu bringen, eine Entscheidung zu treffen, waren vollkommen fehlgeschlagen.

»Machen Sie, was Sie wollen. Sie ist Ihr Kind«, war ihr einziger Kommentar.

Und so oder ähnlich hatte sie jedes Mal reagiert, wenn ich das Thema anschnitt. Nur Vera wusste, wessen Tochter Katja wirklich war, und sie war zum Schweigen verpflichtet worden. Allerdings hatte ich vor, Stefan die Wahrheit zu erzählen, denn er sollte nicht einen Moment glauben, dass ich ihn betrogen hatte. Der Gräfin gegenüber ließ ich davon jedoch nichts durchblicken. Es sollte mein Geheimnis sein.

»Ah, es geht weiter!«, rief der Fahrer und wir alle stießen einen Seufzer der Erleichterung aus, als wir unsere Reise ohne weitere Verzögerungen fortsetzen konnten.

*

In der Wohnung herrschte unheimliche Stille, als wir schließlich ankamen. Der Graf, Serge und die meisten Dienstboten waren noch auf dem Land. *Babuschka* und auch *Njanjuschka* waren jedoch wieder da. Der alten Dame fehlte das Leben in der Stadt und auch ihr Leibarzt, der ihr Linderung bei ihrer Arthritis verschaffte. Zu meiner großen Erleichterung erfuhr ich, dass Stefan die beiden Frauen auf ihrer Zugfahrt zurück in die Stadt begleitet hatte.

Ich konnte es kaum erwarten, ihn zu sehen, seine Arme um mich zu spüren und von aufwühlenden Küssen willkommen geheißen zu werden. Ich betete, dass seine Liebe zu mir so stark war wie eh und je. Ich hatte vor, ihm die Geschichte mit dem Baby vorsichtig und taktvoll zu erzählen, ihm zu erklären, was passiert war, wie die Gräfin das Kind zur Welt gebracht und sofort im Stich gelassen hatte. Und dass sie mir keine andere Wahl ließ, als mich als seine Mutter auszugeben, wenn ich nicht wieder im Wohnheim oder, noch schlimmer, auf der Straße landen und verhungern wollte. Mein Ruf kümmerte sie nicht, sie wollte lediglich ihren Ruf wahren. Ich hatte mir all das im Kopf zurechtgelegt, doch sobald ich sein aschgraues Gesicht sah, wusste ich, dass ich zu spät kam. Sie war mir zuvorgekommen, mit ihrer Version der Ereignisse.

»Stefan …«, begann ich, doch er unterbrach mich sofort.

»Nicht hier.«

Dann nahm er meinen Arm, schnappte sich meinen Mantel und schob mich aus dem Haus. Ich musste fast rennen, um mit ihm Schritt zu halten, während ich den Mantel überstreifte und versuchte, ihn zuzuknöpfen.

»Wohin bringst du mich?«

»Irgendwohin, wo wir miteinander reden können, ohne dass uns jemand unterbricht.«

Er führte mich in den Alexandrowskipark, der nur zehn Minuten zu Fuß von der Wohnung der Belinskys entfernt lag, ganz in der Nähe des Schlossplatzes. Schweigend gingen wir nebeneinander her, bis wir eine Bank am Springbrunnen fanden und uns in gebührendem Abstand voneinander setzten. An diesem kalten, böigen Tag hatten wir den Park für uns, nur die Bäume knarrten im Wind, das trockene Laub raschelte und irgendwo bellte ein Hund.

»Ich glaube, du hast mir etwas zu sagen«, meinte Stefan und hielt seinen Blick auf das Wasser gerichtet.

Der Springbrunnen war durch Blätter und Schmutz verstopft, die Fontäne sprühte nicht wie sonst. Überall lag Abfall herum, Spuren der Revolution, die um uns tobte. Und niemand machte sich die Mühe, aufzuräumen.

Ich schluckte und begann dann meine Erklärung, die ich mir so sorgsam zurechtgelegt hatte.

»Ich sollte dir das alles eigentlich nicht erzählen, denn ich habe versprochen, mit niemandem darüber zu reden. Aber ich finde, du hast ein Recht darauf, die Wahrheit zu erfahren. Das Baby heißt Katja und ist ein unerwarteter Neuankömmling im Leben der Gräfin. Sie hatte Angst, dass sie bei einer Scheidung leer ausgehen würde, und daher weigert sie sich rigoros, das Kind anzuerkennen, und besteht darauf, dass ich es als meines ausgebe. Ich musste mich darauf einlassen, sonst hätte sie mich in Jalta hinausgeworfen, ohne eine einzige Kopeke. Aber ich wollte, dass du es weißt: Sie ist *nicht* meine Tochter.«

»Wessen Tochter ist sie dann?«

»Ich habe es dir doch gerade gesagt: Sie ist das Kind der Gräfin.«

»Sie hat mich gewarnt und mir gesagt, dass du deine Unschuld beteuern und leugnen würdest, dass es dein Kind ist.«

Mir stockte der Atem.

»Nicht ich leugne etwas, sondern die Gräfin! Hast du denn nicht zugehört? Ich habe sie nicht zur Welt gebracht, und wenn sie das behauptet, dann lügt sie. Und im Lügen ist sie eine wahre Meisterin, wie ich leider nur zu gut weiß.«

»Wer ist der Vater? Sag die Wahrheit!«

Stefan starrte mich wütend an. Sein Blick ließ mir einen Schauder über den Rücken laufen, der viel kälter war als die sibirischen Winde.

»Das solltest du die Gräfin fragen. Ich nehme an, es ist entweder Dimitri Korniloff oder Viktor, der Chauffeur. Es sei denn, du weißt noch von anderen Männern in ihrem Leben?«

Nun starrte ich ihn ebenso herausfordernd an. Ich wollte, dass er merkte, wie es sich anfühlte, wenn der andere einem nicht glaubte.

»Woher sollte ich das wissen?«

»Also zählst du dich nicht zu den möglichen Kandidaten?«

»Natürlich nicht.«

Er klang schockiert.

»Also erwartest du von mir, dass ich dir glaube, wenn du deine Unschuld beteuerst und schwörst, dass du keine Affäre mit ihr hast. Dabei hat sie oft genug durchblicken lassen, dass sie ein Verhältnis mit dir hat. Ich habe dir vertraut, Stefan, warum kannst du mir nicht vertrauen?«

Er schüttelte den Kopf.

»Es ist schwierig, an deine Unschuld zu glauben, wenn ich den Beweis für deine Untreue mit eigenen Augen sehen kann.« Er stand auf und ging auf dem Weg auf und ab. Dabei trat er wütend gegen die Steine, die dort verstreut waren. Schließlich blieb er stehen und sagte: »Es tut mir leid, Millie, aber ich bin zutiefst enttäuscht von dir. Ich dachte, du und ich, wir hätten etwas ganz Besonderes. Offenbar habe ich mich getäuscht. Die Gräfin hatte dich schon lange im Verdacht, ein Abenteuer mit dem Grafen zu haben, und ich kann bestätigen, dass du ihm in den Wochen vor eurer Abreise sehr nahe warst.«

Ich schnappte ungläubig nach Luft.

»Willst du damit sagen, dass ich eine Affäre mit Graf Waska hatte? Wie kannst du es nur wagen!«

»Du kannst nicht leugnen, dass er die Gräfin dazu gebracht hat, dich wieder einzustellen.«

»Na und? Er ist Graf Belinsky, er ist für den gesamten Haushalt verantwortlich. Er ist immer wie ein Vater für mich gewesen.«

Die Richtung, die unser Gespräch genommen hatte, entsetzte mich. Diese schreckliche Frau hatte es geschafft, die Saat aus Zweifeln und Bitterkeit in Stefan zu säen und ich konnte nichts dagegen unternehmen.

»Warum hat er sich so vehement für dich eingesetzt, wenn er nicht einen guten Grund dafür hatte?«

»Weil er ein gütiger Mann ist, seine Kinder liebt und mich braucht, damit ich mich um sie kümmere. Ich schwöre dir, Stefan, es ist nicht mein Kind!«

Wir standen einander gegenüber und schrien uns vor lauter Verzweiflung fast an.

»Die Gräfin beteuert, dass es dein Kind ist. Und dass das der Grund war, warum sie mit dir nach Jalta gefahren ist: um deinen Ruf zu schützen und vermutlich den des Grafen.«

»Es ging um ihren eigenen Ruf, nicht um meinen!«

»Das sagst du, aber ich habe die Amme gefragt. Vera heißt sie, nicht wahr? Sie hat mir gesagt, dass es ganz sicher du warst, die das Kind auf die Welt gebracht hat, nicht die Gräfin.«

Ich stieß einen verbitterten Seufzer aus.

»Vera wiederholt nur, was man ihr befohlen hat zu sagen. Außerdem war sie bei der Geburt gar nicht dabei, also kann sie kaum als Zeugin auftreten. Bitte sag nicht, dass du ihr und der Gräfin eher glaubst als mir?«

»Um ehrlich zu sein, weiß ich nicht, was ich glauben soll. Aber es …, sie …, dieses Baby hat nichts mit mir zu tun!«, stieß er wütend hervor, drehte sich auf dem Absatz um und ging rasch davon.

Schon bald war Stefan hinter ein paar Bäumen verschwunden.

Mir war, als hätte er mich geschlagen. Wie konnte es sein, dass er eine so schlechte Meinung von mir hatte? Es war erschütternd, dass die Gräfin ihn abgefangen und mit ihren Lügen und

Intrigen vergiftet hatte. Der Himmel wusste, was sie ihm sonst noch erzählt hatte. Aber warum entschied sich Stefan, ihr zu glauben und nicht mir, der Frau, die er angeblich liebte?

Hieß das, dass er mich gar nicht liebte, dass er mich die ganze Zeit angelogen hatte? Vielleicht hatten die Gräfin und er doch eine Affäre?

Bedrückt ging ich zur Wohnung der Belinskys zurück. Als ich die kleine Katja aus ihrer Wiege nahm, vergrub ich mein Gesicht in ihrer Decke und weinte stumm und voller Kummer.

*

Die Schießereien begannen, als wir bei unserem kargen Abendessen saßen. In der Wohnung gab es nur wenig Vorräte. Wir alle waren voller Angst vor dem, was als Nächstes passieren würde. Die beiden Dienstmädchen, die uns begleitet hatten, zitterten furchtsam und waren den Tränen nahe. Sie wagten nicht, in den Hof zu gehen und Holz zu holen, sodass das Feuer im Wohnzimmer bald heruntergebrannt war und ausging. Wir zitterten vor Kälte. In dieser Nacht würden wir uns nicht ausziehen und an Schlaf war auch kaum zu denken. Schließlich nahmen wir ein paar Matratzen und Decken und verbrachten die Nacht im Keller. Es schien der sicherste Ort zu sein, obwohl die Gräfin nicht aufhörte, über die Kälte und die Unbequemlichkeit zu klagen. Sie konnte nicht schlafen, saß in Decken gehüllt da und diktierte endlose Listen mit Pflichten, die am nächsten Tag zu erledigen seien. Ich hörte nur mit halbem Ohr zu, weil ich annahm, dass es sowieso unmöglich sein würde, sie zu erfüllen.

Ich sollte recht behalten. Am Morgen hörten wir, dass die Bolschewiki die Kontrolle über Petrograd übernommen hatten und die wichtigsten Gebäude und die Brücken kontrollierten, über die man in die Stadt gelangte. Außerdem überwachten sie die Telefon- und Telegrafenbüros, die Banken, Postämter und Bahnhöfe.

Später erfuhren wir, dass sich Kerenski, ein führendes Mitglied der Duma, mit einigen anderen Ministern in den Winterpalast zurückgezogen hatte und nur ein paar Wachen zu seinem Schutz hatte. Der Rest war entweder geflohen oder hatte sich kampflos ergeben und sich der anderen Seite angeschlossen.

Doch selbst wenn uns diese Nachrichten nicht erreicht hätten, war unverkennbar, was passierte. Als Stefan und ich gezwungenermaßen auf der Suche nach Lebensmitteln aus dem Haus gingen, obwohl wir kaum ein Wort miteinander sprachen, sahen wir die Kriegsschiffe im Hafen liegen. Wir hörten die Kanonenschüsse, während wir Suppe zum Abendessen kochten, und wussten, dass die Niederlage nicht mehr abzuwenden war. Stefan schlüpfte erneut aus dem Haus, um mehr in Erfahrung zu bringen. Derweil bemühten *Njanjuschka* und ich uns, Irina mit Domino abzulenken. Die Gräfin ruhte in ihrem Zimmer. Während des Spiels warf das alte Kindermädchen einen Blick auf das Baby, das in seiner Wiege schlief. Dann beugte sie sich zu mir und flüsterte:

»Ich kann erkennen, dass dieses Kind nicht Ihres ist. Außerdem halten Sie was auf sich und Ihren guten Ruf, das weiß ich.«

»Danke, Klara. Ich bin froh, dass wenigstens einer an meine Unschuld glaubt.«

Sie hob überrascht die Augenbrauen.

»Wollen Sie damit sagen, dass Stefan Ihnen nicht glaubt? Na, so was! Selbst ein Blinder konnte doch sehen, wie Sie beide zueinander standen.«

Irina schüttelte mich am Arm, um meine Aufmerksamkeit wieder auf das Spiel zu lenken.

»Sie sind an der Reihe, *Barischnja*.«

Meine Antwort auf *Njanjuschka*s Frage musste warten. Mit ihren zwölf Jahren wuchs Irina rasch zu einer hübschen jungen Dame heran. Sie las für ihr Leben gern und nach unserem Spiel nahm sie sich ein Buch und war schon bald darin versunken. Ich sprach im Flüsterton, damit sie nichts mitbekam, was sie nicht hören sollte. Als ich *Njanjuschka* mein

Gespräch mit Stefan geschildert hatte, hatte sie vor Wut rosige Wangen.

»Das ist die Gräfin, wie sie leibt und lebt. Sie muss immer gewinnen, um jeden Preis. Es ist ja nicht zu übersehen, dass sie Stefan für sich will. Gut aussehende junge Männer sind wie Goldklumpen für sie: Sie muss sie unbedingt haben.«

»Ich werde alles tun, um das zu verhindern.«

Die alte Frau sah mich traurig an.

»Ich verstehe, was Sie empfinden, aber es wird nicht einfach sein, ihr Widerstand zu leisten. Ich bin schon fast mein ganzes Arbeitsleben bei ihr und es gab eine Zeit, als mir ein Mann den Hof gemacht hat, auch wenn Sie sich das vielleicht nicht vorstellen können. Sie bot ihm eine Stelle an, holte ihn in ihr Bett, und als er sie langweilte, jagte sie ihn davon. Ich habe ihn nie wiedergesehen. Sie hat einen Charme, dem nur wenige Männer widerstehen können.«

»Oh, Klara, wie schrecklich!«

Eine Welle von Mitgefühl für die alte Frau überkam mich. Dass sie dieselben Erfahrungen gemacht hatte wie ich, schuf eine noch engere Bindung zwischen uns.

»Lassen Sie sie nicht gewinnen«, flüsterte sie mir zu, als ich sie umarmte. »Sie ist die schlimmste Autokratin, die man sich vorstellen kann, und Stefan ist ein so netter Mann. Kämpfen Sie um ihn, meine Liebe.«

In diesem Moment kam ausgerechnet Stefan ins Schulzimmer gestürmt.

»Die Schiffe bombardieren den Winterpalast!«, rief er. »Ich habe gesehen, wie Kerenski in seiner schicken Uniform im Auto davongefahren ist, so schnell er konnte. Ich glaube, den sehen wir so bald nicht wieder.«

Ich sprang auf und berührte unwillkürlich sein geliebtes Gesicht, sah seine Arme und seine Hände an.

»Ist mit dir alles in Ordnung?«

Der Blick, der meinen traf, war voller Verwirrung und unausgesprochener Fragen.

»Mir geht's gut. Wie es scheint, ist inzwischen die ganze Stadt unter der Kontrolle der Bolschewiki. Manche nennen es die Oktoberrevolution, andere sagen, es sei ein Staatsstreich, mit dem sich Lenin fast ohne jedes Blutvergießen die Macht angeeignet hat.« Er schob meine Hände beiseite und fuhr fort: »Ich sage der Gräfin Bescheid.«

Mit dem Gefühl, endgültig zurückgewiesen worden zu sein, stand ich da und sah, wie er zu ihr ging. Mein Herz war so unendlich schwer. Egal, wie man die politische Situation auch beschreiben wollte: Wir wussten alle, dass unser Leben nie mehr so sein würde, wie es einmal war. Russland hatte nicht nur eine vom Zaren regierte Welt verloren, die sicherlich ihre Mängel hatte. Es konnte auch niemand sagen, was an ihre Stelle treten würde.

Und ich? Ich trauerte darum, dass mir der Mann, den ich liebte, nicht mehr vertraute.

KAPITEL 26

Vertrauen ist alles, überlegte Abbie, während sie die Sonne über dem Great Gable aufgehen sah. Sie war schon vor Tagesanbruch in den Laden gekommen. Voller Zuneigung und Bewunderung dachte sie an ihre geliebte Großmutter. Was für eine mutige Frau sie war und welche Verletzungen sie über sich ergehen lassen musste! Und doch hatte sie das Baby bereitwillig in ihr Herz geschlossen, trotz der Folgen, die das für ihren Ruf haben würde. Warum hatte ihr Stefan nicht geglaubt? Warum hätte Millie ihm trauen sollen? Abbie fand es zwar wahnsinnig aufregend, endlich die Wahrheit über Kates Wurzeln zu erfahren, aber sie brauchte auch Antworten auf diese Fragen. Und damit war sie wieder bei ihrem eigenen Dilemma.

Sie wusste noch genau, wie sie Eduard zu Anfang ihrer Beziehung blind vertraut hatte – und wie sich dieses Gefühl im Laufe der Jahre in nichts aufgelöst hatte. Nun war es ganz verschwunden. Erleichtert stellte sie fest, dass sie in den letzten Wochen kaum an ihn gedacht hatte. Sie war viel zu sehr mit der offiziellen Eröffnungsfeier beschäftigt, die in wenigen Stunden beginnen sollte. Selbst ihre Beziehung zu ihrem Vater schien allmählich etwas besser zu werden.

Sie hatten den Bürgermeister eingeladen, alle möglichen Freunde und Vereine und Organisationen aus der Stadt und natürlich die Lokalpresse, also konnten sie mit vielen Besuchern rechnen. Zum x-ten Mal an diesem Vormittag sah Abbie nach den Schmuckstücken aus Rosenquarz, rotem Jaspis und Achat, schob vorsichtig eine Reihe von Kupferarmreifen zurecht und trat dann einen Schritt zurück, um ihre Arbeit zu bewundern. Außer den Bernsteinstücken hatte der Schmuck in dieser Vitrine einen deutlichen Bezug zum Lake District.

Die Gegend war berühmt für ihre Kupfer-, Blei- und Silberminen und für den Grünschiefer aus Honister. Außerdem wurden Graphit für Bleistifte und verschiedene Mineralien wie Baryt, Calcitkristalle, Fluorit und Quarz abgebaut. Abbie hatte sich einige dieser Steine besorgt, entweder in der Stadt oder in Weardale, das etwas weiter nördlich lag, und Armbänder, Ketten und Ohrringe daraus gemacht. Sie war ziemlich stolz auf ihre Arbeit, die Frage war nun, ob sie sich verkaufen würden oder nicht.

»So langsam werde ich nervös«, sagte Linda, die nun ebenfalls an eine Vitrine trat und ein paar Haarklammern zurechtrückte, obwohl sie gut sichtbar und ansprechend zur Schau gestellt waren.

»Ich auch«, gab Abbie zu. »Ist das nicht albern? Wir brauchen nichts weiter zu tun, als entspannt und freundlich zu sein. »Wann kommt der Partyservice?«, fragte sie sogleich, wie um ihre eigenen Worte Lügen zu strafen.

Linda lachte.

»Sie haben versprochen, um neun Uhr hier zu sein und die Kanapees aufzubauen und den Wein in die Gläser zu gießen, sodass um zehn Uhr zur Eröffnung alles bereit ist. Oh je, das Telefon! Ich gehe dran.«

Wenige Augenblicke später war sie wieder da und sah Abbie betrübt an.

»Sie haben eine Panne, kurz vor Skelwith Bridge. Und jetzt stehen sie mitten in der Einöde zwischen Coniston und Ambleside. Zum Glück hat einer von ihnen eine Telefonzelle aufspüren können, nachdem er ein paar Meilen gelaufen ist. Was um alles in der Welt machen wir jetzt? Es ist alles meine Schuld. Ich hätte eine Firma aus dem Ort nehmen sollen, aber ich habe mich für sie entschieden, weil sie preiswerter waren als die anderen.«

»Niemand hat Schuld daran, Linda. Solche Sachen passieren nun einmal. Ich hole jetzt mein Auto und sehe, ob ich sie finden kann.«

»Aber Sie werden hier gebraucht, Abbie.«

»Kann ich behilflich sein? Muss jemand abgeholt werden?«

Die tiefe kehlige Stimme war wie Musik in Abbies Ohren.

»Oh ja, bitte.«

Sie wandte sich rasch um und spürte, wie sich etwas in ihr regte, als sie sein warmes Lächeln sah. Trotz seiner Drohung, den Laden neben ihrem zu übernehmen, und obwohl die Umbauarbeiten nebenan bereits im vollen Gange waren, fiel es ihr schwer, Andrew Baxter oder Drew, wie sie ihn inzwischen nannte, nicht zu mögen. Bei ihrer Begegnung am See war er so nett gewesen, ihren vermeintlichen Ehemann ebenfalls zum Abendessen einzuladen und ihrer Tochter ein Eis zu kaufen, und seitdem hatte er fast jeden Tag in ihrem Laden vorbeigeschaut, hatte bei den Vorbereitungen für die Eröffnungsfeier geholfen oder einfach nur ein freundliches Schwätzchen gehalten. Und nun bot er sich als Retter in der Not an. Abbie erklärte ihm rasch, was das Problem war.

»Okay, haben Sie eine Karte von der Gegend?«

Linda holte eilig eine Straßenkarte hervor und gleich darauf war er unterwegs, nicht ohne hoch und heilig zu versprechen, dass er so schnell wie möglich mit den Leuten vom Partyservice, dem Wein und den Häppchen wieder da sein werde. Abbie und Linda tauschten besorgte Blicke.

»Er kennt sich hier doch überhaupt nicht aus. Hoffen wir, dass er sie findet.«

»Die Straße zieht sich, aber irgendwann wird er sie schon aufspüren. Und in der Zwischenzeit gilt Plan B, nur für den Fall, dass sie nicht rechtzeitig kommen und wir doch auf Kaffee und Donuts ausweichen müssen.«

Sie stürzte ans Telefon.

Die nächste Stunde verging in einem Strudel hektischer Aktivitäten. Plötzlich stand eine Reporterin im Laden, die sich als Clarinda Ratcliffe vorstellte und Abbie unbedingt interviewen wollte, bevor zu viele Gäste und Kunden da waren, die ihre Aufmerksamkeit forderten.

»Wie fühlen Sie sich, nachdem Sie Ihre Mutter auf so tragische Weise verloren haben?«, war ihre erste Frage.

Damit hatte Abbie überhaupt nicht gerechnet. Sie riss sich zusammen und erwiderte, es sei ein furchtbarer Schock gewesen, doch nun sei es Zeit, nach vorn zu blicken.

Die Journalistin hatte aber offenbar einen anderen Plan.

»Ich habe mich mit einer der alten Damen unterhalten, die an der Uferstraße wohnen und die sie immer besucht hat. Und sie sagt, dass sie am Tag vor Kates Tod mit ihr geplaudert habe und dass sie ganz aufgeregt gewesen sei, weil sie für eine Reise nach Russland sparte. Das schien ein lang gehegter Traum von ihr gewesen zu sein. Das klingt doch nicht nach einer Frau, die vorhat, Selbstmord zu begehen, oder?«

Abbie starrte die Reporterin sprachlos an und es dauerte einen Moment, bis sie diese neue Information verdaut hatte.

»Wie so oft bei solchen tragischen Todesfällen lässt sich kaum sagen, was die Menschen denken oder fühlen. Aber heute ist nicht der Tag, über den Tod meiner Mutter zu sprechen, wenn Sie erlauben.«

»Denken Sie, sie hätte sich darüber gefreut, dass Sie ihren Laden übernehmen?«

»Das glaube ich schon. Schließlich hat sie ihn mir vermacht«, bemerkte Abbie trocken und rang sich ein Lächeln ab. Dieses Interview war nicht gerade ein rasender Erfolg – ganz im Gegenteil. »Mir ist natürlich bewusst, wie gut sie *Schmuckträume* geführt hat, genau wie meine Großmutter vor ihr, daher freut es mich sehr, dass ich in ihre Fußstapfen trete.«

»Das ist ja interessant. Also, Ihre Großmutter hat dieses Geschäft gegründet? Wann war das?«, fragte die Reporterin und kritzelte hektisch auf ihren Notizblock.

»Das war in den Zwanzigern und wir sind stolz darauf, dass er bis jetzt überlebt hat, im Gegensatz zu vielen anderen Familienunternehmen.«

Abbie schob den Gedanken an das überzogene Bankkonto weit von sich.

»Das kann nicht leicht gewesen sein, vor allem, da Ihre Familie im Laufe der Jahre durchaus so ihre Probleme hatte, nicht wahr?«, meinte Clarinda Ratcliffe mit einem seltsamen dünnen Lächeln.

Abbie erstarrte innerlich. Diese Frau würde sie doch wohl nicht zu Eduard befragen, oder? Galt es immer noch als Verbrechen, eine uneheliche Tochter zu haben? Sie hatte nicht das geringste Bedürfnis, ihr Privatleben in der Lokalpresse ausgewalzt zu sehen.

»Wie bitte?«, fragte sie und tat so, als verstünde sie die Frage nicht.

»Wie ich höre, sind Sie erst vor Kurzem aus Paris zurückgekehrt, nachdem Sie dort eine Weile gelebt haben?«

»Ja, das stimmt und es ist gut, wieder zu Hause zu sein, hier im schönen Lake District«, plapperte Abbie so unverbindlich wie möglich.

Die Journalistin ließ sich jedoch nicht aus dem Konzept bringen.

»Vermutlich ist auch Ihre Großmutter gerne durch die Welt gereist, nicht wahr? Schließlich war sie als Gouvernante in Russland, meine ich, gehört zu haben. Ist sie heute auch hier? Ich würde gerne mit ihr sprechen.«

»Sie kommt später vorbei. Sie scheinen ja gut informiert zu sein.«

Clarinda Ratcliffe brachte ein schwaches und unaufrichtiges Lächeln zustande.

»Da Sie zu einer bekannten Familie hier in der Gegend gehören, habe ich natürlich recherchiert, bevor ich heute hierher kam. Offenbar ist auch Ihre Mutter in den Dreißigern von zu Hause weggelaufen, um an der Côte d'Azur zu leben. Scheint also in der Familie zu liegen. Können Sie sich vorstellen, woher das kommt?«

Abbie blinzelte sie verdutzt an. Sie hatte noch nie gehört, dass Kate ihre Heimat verlassen hätte, ganz zu schweigen davon, dass sie angeblich weggelaufen war, ›um an der Côte d'Azur zu leben‹. Warum um alles in der Welt sollte sie das tun? Und mit wem war sie weggelaufen? Viel wichtiger als diese drängenden Fragen war aber die Tatsache, dass es in dem Interview eigentlich um Schmuck und den Laden gehen sollte.

»Darf ich Ihnen unseren Schmuck zeigen?«, fragte Abbie. Sie war fest entschlossen, sich nicht mehr vom Thema abbringen zu lassen. »Wir haben hier ein paar wunderbare Stücke, viele sind aus Steinen aus der Umgebung gefertigt und dann ist hier noch dieser herrliche Bernstein aus Polen.«

Bevor die Journalistin wieder mit ihren seltsamen Fragen anfangen konnte, stürzte sich Abbie in eine Schilderung der Heilkräfte von Bernstein und fügte hinzu, dass er angeblich ewige Liebe brachte.

»Was ist mit dem Geschäft, das nebenan aufmachen soll? Es verkauft doch Modeaccessoires, nicht wahr?«, fragte die Reporterin, während Abbie ihr die Werkstatt zeigte.

Sie schien fest entschlossen zu sein, alle Probleme anzusprechen, die ihr einfielen.

Auch auf dieses Thema hatte Abbie nicht die geringste Lust. Sie warf einen Blick auf ihre Uhr, überlegte, ob Drew es wohl geschafft hatte, die Leute vom Partyservice aufzuspüren, und beschloss, dieses ausgesprochen unerfreuliche Interview zu beenden.

»Wenn Sie mich jetzt bitte entschuldigen würden, Miss Ratcliffe, ich muss mich um meine Kunden kümmern.«

Und mit einem Lächeln wandte sie sich zum Gehen.

Die Reporterin trippelte unerbittlich hinter ihr her.

»Aber wird sich die Konkurrenz nicht auf Ihr Geschäft auswirken?«

Es kostete Abbie einige Mühe, weiterhin zu lächeln, als sie der Frau versicherte, sie mache sich in dieser Hinsicht nicht die geringsten Sorgen.

»Dieser Stadtteil wird sich als das Viertel für Schmuck, Taschen und andere Accessoires etablieren. Und außerdem belebt

Konkurrenz doch das Geschäft, nicht wahr?«, erwiderte sie erwartungsgemäß.

Kurz darauf erschien Drew zu Abbies unendlicher Erleichterung in der Tür und signalisierte ihr mit hochgerecktem Daumen, dass alles geklappt hatte. Die Leute vom Partyservice waren flink und eifrig und im Nu war der Laden voller schwatzender, lachender Leute, die Wein tranken, ihren Spaß hatten und den Schmuck bewunderten.

Abbie war heilfroh, als sich Clarinda Ratcliffe endlich verabschiedete, obwohl ihr bei dem Gedanken an das, was diese Frau vielleicht in ihrer Zeitung schreiben würde, etwas mulmig war. Aber egal – mochte die Lokalpresse noch so viele Leichen im Keller der Familie Myers ans Tageslicht zerren: Die Eröffnungsparty erwies sich als großer Erfolg. Und nach dem Klingeln der neuen Registrierkasse zu schließen, schien sich der Schmuck auch ganz gut zu verkaufen, wie Abbie zufrieden feststellte.

*

Kurz nachdem Miss Ratcliffe verschwunden war, kamen Fay und Abbies Großmutter. Sie hatten Aimée und Jonathon im Schlepptau, die gleich losstürmten, um sich den Schmuck anzusehen und sich auf der Party zu vergnügen. Die kleine Carrie döste zufrieden in ihrem Kinderwagen. Robert war nicht dabei, wie Abbie feststellte. Offenbar hatte ihr Bruder es vorgezogen, nicht mitzufeiern, obwohl es Samstag war, sein freier Tag.

»Robbie musste noch mal ins Büro, ganz unerwartet«, erklärte Fay, doch Abbie glaubte ihr nicht einen Moment lang. »Aber mach dir keine Sorgen um Aimée. Ich nehme die Kinder nachher mit zu Hill Top, dem Haus, in dem Beatrix Potter gewohnt hat, also sind sie beschäftigt, bis du nach Hause kommst.«

»Du bist ein Schatz, Fay.« Abbie drückte ihre Schwägerin dankbar und nahm dann auch ihre Großmutter in die Arme. »Vielen Dank euch beiden, dass ihr gekommen seid. Ihr könnt euch gar nicht vorstellen, was mir das bedeutet. Ich danke euch sehr für eure Unterstützung.«

»Die wollte ich dir auch anbieten«, sagte plötzlich eine Stimme neben ihr.

Überrascht und hocherfreut gab Abbie ihrem Vater einen Kuss.

»Oh, das ist so wundervoll, dass du gekommen bist, Pops. Ich weiß ja, wie schwierig es ist, Carreck Place zu retten, und welche Sorgen dir das bereitet.«

Seine Augen zwinkerten so wie früher, als sie noch sein liebstes Kind war.

»Ich habe beschlossen, mit den Sorgen aufzuhören und abzuwarten, was passiert. Irgendwie wird es schon weitergehen und vielleicht tritt ja der schlimmste Fall gar nicht ein und wir können bleiben, wo wir sind.«

»Genau! Machen wir uns also keine Sorgen, bevor es wirklich ernst wird.«

»Mummy, kann ich eine von diesen Schmetterlingsbroschen haben?«, bettelte Aimée und hüpfte aufgeregt auf und ab.

»Natürlich, mein Schatz. Komm, ich stecke sie dir an. Na, siehst du nicht bezaubernd aus? Sieh mal in den Spiegel dort drüben.«

Das kleine Mädchen rannte los und Fay fragte:

»Wie ist das Interview gelaufen?«

Abbie verzog das Gesicht.

»Na ja, nicht schlecht, aber nicht so gut, wie ich gehofft hatte. Die Reporterin erwähnte, dass sie sich gerne mit dir über Russland unterhalten möchte, Gran. Und sie war offenbar der Ansicht, dass Mum auch gerne gereist ist. Angeblich hat sie in den Dreißigerjahren dem Lake District den Rücken gekehrt und wollte an der Côte d'Azur leben. Stimmt das?«

Millie antwortete nicht sofort und Abbie fragte sich, ob Kates Reise vielleicht in die schmerzliche Zeit fiel, über die sie nicht reden wollte.

»Kate war eine Weile in Frankreich, aber nicht lange. Und nun zeig mir doch mal die Bernsteinohrringe, die du gemacht hast«, sagte sie schließlich und Abbie musste das Thema wohl oder übel fallen lassen, nahm sich aber vor, diesen Punkt unbedingt weiterzuverfolgen.

Einige Zeit später verabschiedeten sich Fay und die anderen Familienmitglieder, um den geplanten Ausflug zum Haus von Beatrix Potter zu machen, nachdem sie mitgefeiert und Abbie viel Erfolg mit dem Laden gewünscht hatten.

»Mach dir keine Gedanken wegen Robert«, sagte Fay, als Abbie ihnen allen einen Abschiedskuss gab. »Er wird allmählich ein bisschen duldsamer und jetzt hat man ihm auch endlich angeboten, ihn zum Teilhaber der Kanzlei zu machen. Er wird sich schon wieder einkriegen, keine Sorge. Sieh dir nur deinen Vater an. Er ist stolz auf deinen Erfolg, auch wenn er immer noch wütend auf das ist, was deine Mutter gemacht hat. ›Wie konnte sie mich auf diese Weise verlassen, wo wir doch so glücklich zusammen waren?‹, sagt er immer wieder. Aber er findet sich langsam ein bisschen besser mit ihrem Tod ab, und das kann doch nur gut sein.«

»Das hat er zum guten Teil auch dir zu verdanken, Fay. Da bin ich mir ganz sicher.«

Abbie genoss das wohlige, warme Gefühl, dass ihre Familie sich die Mühe gemacht und trotz aller Differenzen und Streitereien in den letzten Monaten ihre Einladung zur Eröffnungsparty angenommen hatte. Trotzdem war sie besorgt, was Clarinda Ratcliffe möglicherweise ausgraben würde. Ihre Bemerkung über den Wunsch ihrer Mutter, nach Russland zu reisen, gab ihr zu denken. Warum sollte Kate nicht dorthin fahren wollen, schließlich war sie dort zur Welt gekommen. Aber was hatte sie dazu gebracht, diesen lange gehegten Plan aufzugeben?

Sie ließ den Blick über die Menge schweifen, die sich allmählich auflöste, und merkte, dass sie nach Drew Ausschau hielt. Plötzlich sehnte sie sich danach, diesem verständnisvollen

Mann ihr Herz auszuschütten. Da stand er auch schon neben ihr, als hätte er ihre Gedanken gelesen.

»Diese Reporterin hat mich letzte Woche nach meinen Plänen für den Laden ausgefragt, den ich nebenan einrichte. Und ehrlich gesagt fühlte es sich wie ein Verhör an«, sagte er. »Mir war sie nicht sonderlich sympathisch. Wie ist es bei Ihnen gelaufen?«

Abbie seufzte.

»Sie schien auf der Suche nach irgendeinem Aufhänger für ihren Artikel zu sein, nach Möglichkeit etwas Skandalöses über mich. Es war seltsam und nicht gerade angenehm.«

»Tja, so ist das mit der Presse. Ständig wühlen sie im Schmutz. Obwohl ich mir beim besten Willen nicht vorstellen kann, was sie bei Ihnen finden sollte«, grinste er.

Abbies Lachen klang bitter.

»Sie meinen, abgesehen von meinen berüchtigten Jugendjahren, einem unehelichen Kind oder einer Mutter, die aus unerfindlichen Gründen Selbstmord begeht? Und einem Vater und Bruder, die mir die Schuld an ihrem Tod geben und dieses Geschäft ohne meine Zustimmung verkaufen wollen? Ach so, und dann ist da ja auch noch der Laden nebenan, der mir Konkurrenz machen will. Nein, das ist kein Stoff für einen Artikel.«

Er runzelte die Stirn, dann legte er ihr die Hände auf die Schultern, zog sie sanft zu sich heran und küsste sie auf die Wangen.

»Denken Sie positiv: Sie haben hervorragende Arbeit geleistet. Ich bin jedenfalls schwer beeindruckt.«

Seine Küsse waren zärtlich und weich, sie hatten nichts Erotisches oder Leidenschaftliches an sich. Und obwohl es nichts weiter als ein paar harmlose Wangenküsse waren, lösten sie tief in ihrem Innern einen wohligen Wirbel und eine Woge des Verlangens aus. Sie warf ihm einen raschen Blick zu und versuchte, die Gedanken in seinen geheimnisvollen grauen Augen zu lesen, die so rätselhaft und doch unzweifelhaft sexy waren. Sie spürte, dass sein Atem etwas schneller ging, aber er lächelte nicht. Seine Miene war vollkommen ernst.

Abbie räusperte sich, plötzlich war ihre Kehle wie ausgetrocknet.

»Danke, dass Sie Vertrauen in mich haben.«

»Sie verdienen es, bei diesem Talent«, antwortete er und bewunderte ein paar Bernsteinohrringe. »Haben Sie die wirklich selbst gemacht?«

»Ja.«

Sie standen Seite an Seite, ohne einander zu berühren, so sehr Abbie sich auch danach sehnte, ihre Hand in seine zu legen oder noch einen Kuss zu bekommen, einen richtigen diesmal. Dann rief sie sich zur Ordnung: Was fantasierte sie sich da zusammen? Wie viel Wein hatte sie getrunken, dass sie diesen Mann auf einmal so wahrnahm? Oder wuchs dieses Gefühl schon seit einiger Zeit langsam in ihr heran?

»Unser Abendessen steht immer noch aus«, sagte er. »Wie wär's mit heute Abend? Schließlich gibt es Grund zu feiern.«

»Ich bin mir nicht so sicher, ob sich Konkurrenten privat treffen sollten, hm?«, erwiderte sie mit einem leisen Lächeln, um ihre Worte abzumildern.

»Müssen wir denn Konkurrenten sein? Können wir nicht einfach Freunde sein oder wenigstens Kollegen?«

Abbie wusste nicht recht, wie sie sich bei dem Gedanken fühlte, den Abend mit diesem Mann zu verbringen. War es nichts weiter als ein gemeinsames Abendessen? Oder doch das, was ihre Großmutter als ›Rendezvous‹ bezeichnen würde? Sie war froh, als eine Kundin sie um Hilfe bei einem Paar Perlmuttohrringen bat. So hatte sie einen Moment Zeit, um ihre Gefühle wieder unter Kontrolle zu bekommen.

Andrew Baxter hatte diese Unterbrechung offenkundig genutzt, um sich aus dem Staub zu machen, denn als sie die Ohrringe als Geschenk verpackt und die Kundin mit einem Glas Wein und etwas Gebäck versorgt hatte, war er verschwunden. Vielleicht bereute er den Augenblick unerwarteter Vertrautheit zwischen ihnen.

»Dem Himmel sei Dank«, murmelte Abbie, setzte ihr Glas ab und schwor sich, für den Rest des Tages keinen einzigen Tropfen mehr anzurühren.

Und doch verspürte sie einen winzigen Stich der Enttäuschung, dass er so früh gegangen war.

Linda schlängelte sich zu ihr durch und flüsterte ihr eine Zahl ins Ohr. Es waren ihre Tageseinnahmen, eine ansehnliche Summe.

»Ach, und Drew sagte, ich sollte Sie daran erinnern, dass die Einladung weiterhin steht. Und um was geht es da genau?«

Abbies Augen funkelten, als sie ihre Assistentin begeistert umarmte.

»Das geht Sie überhaupt nichts an, aber ich werde sie nicht annehmen. Hervorragend! Und danke für Ihre Hilfe. Ohne Sie hätte ich das nie geschafft – ich wäre noch nicht einmal auf die Idee gekommen.«

»Oh, bitte schön. Ich will einfach, dass *Schmuckträume* überlebt, denn ich arbeite gerne hier bei Ihnen.«

Allmählich verabschiedeten sich die letzten Kunden des Tages. Da läutete plötzlich die Ladenglocke, die Tür wurde heftig aufgestoßen und ein Schwall kühler Luft wehte herein.

»*Mon amour*! Endlich finde ich dich.«

Abbie starrte den unerwarteten Besucher entgeistert an.

»Eduard!«

KAPITEL 27

»Ich bin gekommen, zu sagen, ich habe großen Fehler gemacht. Ich habe schlechtes Gewissen, weil ich zugelassen habe, dass das passiert. Es ist alles die Schuld meiner Frau. Diese dumme Person lässt mich nicht gehen und ich habe Mitleid mit ihr. Nun hat sie das Kind und ich weiß nicht einmal, ob es von mir ist. Sie sagt, es ist, aber der Junge sieht nicht aus wie ich.«

»Dann hat sie also einen Sohn bekommen? Glückwunsch! Warum meinst du, dass er nicht von dir ist?«

Sie saßen im *Ring of Bells*, Eduard trank einen kleinen Cognac, während sich Abbie vorsichtshalber an Kaffee hielt. Sie hatte das Gefühl, dass dieser unerwartete und unerwünschte Besuch einen klaren Kopf erforderte. Als sie Fay angerufen hatte, um zu sagen, dass sie später nach Hause kommen würde, hatte Abbie sie gebeten, Aimée nicht zu sagen, dass ihr Vater da war. Ihre Schwägerin hatte versprochen, die Kleine zu Bett zu bringen und Abbie ermuntert, sich ausnahmsweise einen freien Abend zu gönnen, sie habe ihn sich redlich verdient.

Eduard sagte nun:

»Er hat blondes Haar und meine Frau und ich haben beide dunkle Haare.«

»Er ist ein Baby, Eduard! Wahrscheinlich hat er blaue Augen, nicht wahr?«

»Woher weißt du das?«

Abbie lachte.

»Ach Eduard, bei Babys verändern sich die Haarfarbe und die Farbe der Augen, wenn sie älter werden. Sagt deine Frau, dass er von dir ist?«

Er zuckte mit den Schultern.

»Natürlich. Sie gibt nicht irgendeine *affaire* zu.«

»Nun, dann akzeptiere es und sei dem Jungen ein guter Vater, so wie du Aimée ein guter Vater warst. Und es weiterhin sein kannst, wenn auch aus der Ferne. Aber du darfst gerne morgen vorbeikommen und sie besuchen. Morgen ist Sonntag, da sind wir den ganzen Tag zu Hause.«

Eduard zog einen Schmollmund, wie er es immer tat, wenn er mürrisch war.

»Danke. Ohne meine Tochter bin ich verloren. Ich komme nicht nur, um mein kleines Mädchen zu sehen. Ich will sie mit nach Hause nehmen. Und dich auch. Marie wird bald nicht mehr meine Frau sein, das schwöre ich, *mon amour*. Dann können wir heiraten.«

Abbie antwortete nicht. Wie oft hatte sie diese Versprechungen im Laufe der Jahre gehört? Doch als sie so dasaß und an ihrem Kaffee nippte, hatte sie auch ein wenig Mitleid mit Eduard. Zum Teil war es einfach Loyalität nach all der Zeit, die sie zusammen verbracht hatten, aber in erster Linie hatte es mit ihrer gemeinsamen Tochter zu tun. Er war immer noch ihr Vater, er vermisste sie und er liebte sie ebenso sehr, wie sie ihn liebte.

Eduard redete weiter, skizzierte in groben Zügen seinen Plan oder vielmehr seinen verrückten Traum, dass sie einfach so weitermachen wie bisher. Abbie hörte ihm nur mit halbem Ohr zu. Plötzlich sah sie eine vertraute Gestalt in den Pub treten und sich einen Platz am Erkerfenster suchen. Vielleicht war es der Anblick von Drew, der sie daran erinnerte, dass sie nun ein neues Leben lebte. Entschlossen setzte sie die Kaffeetasse ab.

»Eduard, hör auf. All das wird nicht passieren. Ich habe dir ja schon erklärt, dass es kein geeigneter Moment ist, um

Aimée aus allem herauszureißen. Sie hat sich gerade erst in ihrer neuen Schule eingewöhnt. Sie kann dich im Sommer für ein paar Wochen besuchen. Das macht ihr bestimmt Spaß.«

Er wischte diesen Vorschlag in einem einzigen cognacgeschwängerten Atemzug beiseite.

»Ich will, dass mein kleines Mädchen für immer nach Hause kommt und du auch. Warum verlässt du mich? Ich verstehe nicht. Was habe ich dir getan?«

»Du hast mich belogen.«

»*Non*!«

»Oh doch, Eduard, das hast du. Aus deinem Versprechen, mich zu heiraten, ist nie etwas geworden. Mir ist endlich aufgegangen, dass mein Vater recht hatte. Du wirst dich nie von deiner Frau scheiden lassen, daher gab es für mich keinen Grund, noch länger zu bleiben.«

Er sah sie verständnislos an. Auf seiner Stirn bildete sich eine tiefe Falte.

»Aber es ist völlig normal für französische Ehemänner, dass sie eine *maîtresse* haben. Habe ich dich nicht immer geliebt und für dich gesorgt? Wo ist das Problem?«

Wie sollte sie ihm jemals klarmachen, dass er sie verletzt hatte, sehr tief verletzt sogar? Es war Zeitverschwendung, überhaupt mit ihm zu reden. Abbie wusste, dass Drew gelegentlich von der Zeitung aufsah, die er angeblich las, und mit schmalen Augen zu ihnen herübersah. Ob er ahnte, dass dies ihr Ex-Liebhaber war?

»Es tut mir leid, aber es ist aus zwischen uns«, sagte sie. »Ich habe nicht das geringste Bedürfnis, diesen Kummer noch einmal zu erleben.«

»Das meinst du nicht ernst. Wie solltest du ohne mich zurechtkommen?«, schnaubte er verächtlich. »Wovon willst du hier leben?«

»Falls es dich interessiert: Ich besitze einen Laden, um den ich mich kümmern muss.«

Ungläubig verzog er das Gesicht.

»Warum willst du dein Leben auf einen Laden verschwenden, wenn du meine *maîtresse* sein könntest? Am Ende bist du alt und einsam und niemand liebt dich.«

»Das ist wirklich gemein, so etwas zu sagen!«

»Aber es stimmt«, erwiderte er mit seinem typisch gallischen Schulterzucken. »Wer würde dich denn jetzt noch heiraten mit einem unehelichen Kind? Du gibst eine gute Liebhaberin ab, aber keinem Mann würde es einfallen, dich zu heiraten.«

Eduard hatte sie schon so oft verletzt, doch diese grausame Bemerkung war niederschmetternd. Sie hatte große Lust, ihm eine Ohrfeige zu verpassen und ihm dieses arrogante Lächeln aus dem Gesicht zu wischen. Stattdessen stand sie langsam auf und hielt ihre Würde mit beiden Händen fest.

»Ich glaube, du bist derjenige, der alt und einsam sein wird, wenn deine Frau deine *affaires* endgültig satt hat und den Mut findet, dich vor die Tür zu setzen. Oder wenn es dir nicht mehr gelingt, eine naive Frau zu überreden, deine nächste *maîtresse* zu werden. Im Übrigen bin ich heute Abend verabredet, daher verabschiede ich mich hiermit.«

Die Wut ließ ihr das Herz bis zum Hals schlagen. Sie nahm ihre Handtasche und schlängelte sich hoch erhobenen Hauptes durch die dicht gedrängte Menschenmenge quer durch den Pub. Als sie bei Drew ankam, küsste sie ihn auf die Wangen und setzte sich neben ihn.

»Ich dachte, ich nehme Ihre Einladung zum Essen doch an, wenn Sie einverstanden sind?«

»Sie haben meinen Tag gerettet«, grinste er. »Kommen Sie, ich bestelle Ihnen ein großes Glas Wein. Sie sehen aus, als könnten Sie es gebrauchen.«

Sie blickte nicht einmal auf, als Eduard hinausstürmte und die Tür hinter sich krachend zuschlug, sondern sah Drew lächelnd in die Augen. Er sah nicht nur gut aus, sondern war auch der freundlichste und netteste Mann, dem sie jemals begegnet war.

*

Beim Abendessen redeten sie fast ununterbrochen, doch Abbies Unterhaltung mit Eduard kam dabei ebenso wenig vor wie die Tatsache, dass sie Drew als Möglichkeit zur Flucht genutzt hatte. Abbie bestand darauf, ihren Teil der Rechnung selbst zu bezahlen, denn sie wollte nicht, dass er ihren gemeinsamen Abend als ›Rendezvous‹ betrachtete.

»Darf ich Sie wenigstens nach Hause fahren? Ehrlich gesagt scheint mir das ratsam, denn Sie haben ein bisschen über die Stränge geschlagen, was den Wein angeht«, bot ihr Drew lächelnd an.

»Danke, das Angebot nehme ich gerne an«, lachte sie. »Ich kann meinen Wagen an der Kirche stehen lassen und ihn morgen abholen.«

Während der Fahrt wechselten sie kaum ein Wort. Die Mondsichel verbreitete blasses Licht auf den schwarzen Bergkuppen. Es war eine stille Nacht, nur das leise Schwappen des Sees gegen die Uferstraße und das Gurren einer Ringeltaube waren zu hören. Seine Nähe hatte eine seltsame Wirkung auf sie. Abbie konnte kaum den Blick von seinen lang gestreckten Beinen wenden, und wenn sie sah, wie seine Hände über das Lenkrad strichen, wünschte sie sich fast, er würde dasselbe mit ihr machen.

Als er auf der Zufahrt von Carreck Place hielt, drehte er sich zu ihr und betrachtete sie eindringlich. Dann zog er sie ohne ein Wort in die Arme und küsste sie. Diesmal war es kein zarter Kuss auf die Wangen, sondern ein leidenschaftlicher Kuss, dem Abbie sich vollkommen hingab. Verlangen durchströmte sie wie Feuersbrunst. Noch nie, auch in all den Jahren mit Eduard, hatte sich ein Kuss so richtig, so perfekt angefühlt, so, als hätte sie ihr ganzes Leben darauf gewartet.

»Das wollte ich schon so lange machen«, sagte er, als sich ihre Lippen schließlich voneinander lösten, und drückte damit genau das aus, was sie dachte. »Du bist ziemlich unwiderstehlich.«

Abbie strich mit dem Finger über seinen Mund.

»Und du auch.«

War sie wahnsinnig? Hatte sie sich nicht geschworen, sich auf niemanden einzulassen, zumindest jetzt noch nicht? Doch er küsste sie schon wieder und sie schob all diese Gedanken weit weg, überließ sich der Nähe des Augenblicks und der köstlichen Aufregung in ihrem Innern.

Als er sich diesmal von ihr löste, war seine Miene seltsam ernst.

»Ich glaube, du weißt, was ich für dich empfinde, Abbie. Mir ist klar, dass du viel zu tun hast, aber ich würde gerne mehr Zeit mit dir verbringen, damit wir einander ein bisschen besser kennenlernen.«

Sie wollte zustimmen, ihm sagen, dass sie sich das auch wünschte, doch die Erinnerung an Eduard und das Chaos, das sie seinetwegen in ihrem Leben angerichtet hatte, ließ sie vorsichtig sein.

»Vielleicht können wir ein andermal darüber reden, Drew. Ich muss jetzt wirklich gehen, für einen Tag bin ich meiner Schwägerin lange zur Last gefallen.«

»Klar, aber bevor du gehst – da ist etwas, was ich dich fragen wollte, und ich versuche seit einer Weile den Mut dazu aufzubringen. Etwas, worüber du nachdenken solltest.«

»Oh, was könnte das wohl sein?«

Lächelnd strich er ihr eine Strähne aus dem Gesicht und Abbie wurde fast schwindelig, so sehr wünschte sie sich den nächsten Kuss. Aber sie sollte sich besser auf das konzentrieren, was er sagte.

»Ich finde es bewundernswert, wie du *Schmuckträume* in ein paar Monaten umgestaltet und zu neuem Leben erweckt hast. Du hast hervorragende Arbeit geleistet. Ich denke, dein Laden hat eine großartige Zukunft, und ich versichere dir, dass ich keinen Schmuck verkaufen oder dir sonst irgendwie Konkurrenz machen werde.«

Da lächelte sie ihn an und küsste ihn leicht auf den Mund.

»Das freut mich zu hören«, sagte sie dankbar.

»Da unsere Läden einander aber doch recht ähnlich sein werden, hatte ich überlegt, ob du an einer Teilhaberschaft interessiert wärst.«

Abbie rückte schlagartig von ihm ab und warf sich in ihren Sitz. Doch bevor sie etwas sagen konnte, hob Drew die Hand.

»Lass mich erklären, was ich meine, bevor du mich niedermähst. Du hast im hinteren Bereich deines Gebäudes noch jede Menge ungenutzten Raum. Nebenan ist es genauso. Wie wäre es also, wenn wir statt zwei kleinen Geschäften ein großes hätten? Wir könnten auch Mode anbieten, zusätzlich zu Schmuck, Taschen und Accessoires, möglicherweise sogar Damenschuhe. Und ich glaube, dass wir gut zusammenarbeiten würden.«

Vielleicht würden sie das, dachte sie und erwärmte sich instinktiv für die Idee. Abbie sah ihm ins Gesicht und fragte sich, ob sie tatsächlich dabei war, sich in diesen Mann zu verlieben. Ihre Gefühle ihm gegenüber hatten sich jedenfalls in den letzten Wochen sehr verändert.

»Meinst du das ernst?«

»Unbedingt. Natürlich brauchten wir eine solide juristische Basis und ich wäre bereit, dir einen angemessenen Preis zu bezahlen.«

»Bezahlen?« Sie bemühte sich, Klarheit in dem Durcheinander zu schaffen, das in ihren Gedanken herrschte, als sich wieder einmal ein unerfreulicher Verdacht aufdrängte. »Willst du damit sagen, dass du immer noch daran denkst, mich aufzukaufen?«

»Nein, genau das will ich damit nicht sagen. Ich meine, dass ich mich in eine Teilhaberschaft einkaufen würde, statt zu mieten, da die Räumlichkeiten dir gehören.« Er zog ein Stück Papier aus der Tasche, kritzelte etwas darauf und reichte es ihr. »Was meinst du?«

Abbie starrte auf die Zahlen. Mit dieser Summe könnte sie ihre Schulden begleichen und hätte noch eine ganze Menge übrig. Es war ein verführerisches Angebot, doch sie war ganz durcheinander. Hatte sie sich nicht geschworen, nie wieder einem Mann zu vertrauen? Sie dachte an Stefan und Eduard und daran, dass sich keiner von beiden als vertrauenswürdig erwiesen hatte. Was war, wenn Andrew Baxter womöglich auf der Flucht vor schottischen Gläubigern war? Oder vor dem Finanzamt? Und was war, wenn die Geschichte, dass seine Frau ihn verlassen habe, ebenso wenig stimmte wie das, was Eduard jahrelang zusammenfabuliert hatte, um sich ihr Mitgefühl zu sichern?

»Ich kenne dich ja kaum.«

»Ist das wichtig?«

»Ich bin mir nicht sicher.«

Das Angebot war aus heiterem Himmel gekommen und nach diesem Kuss war sie wie benebelt. Ganz abgesehen von dem Wein, den sie im Laufe des Tages getrunken hatte. Warum hatte er diese Sache ausgerechnet in einem Moment angesprochen, in dem sie emotional so aufgedreht war, dass sie kaum einen klaren Gedanken fassen konnte? Gehörte der Kuss zu seinem Plan, um sich *Schmuckträume* unter den Nagel zu reißen, koste es, was es wolle? Sie schüttelte verwirrt mit dem Kopf und griff nach ihrer Handtasche.

»Im Moment begreife ich das alles noch nicht so ganz, es war halt ein langer Tag. Die Aufregung um den Partyservice, dann dieses schreckliche Interview und zum guten Schluss taucht auch noch Eduard auf und stellt Forderungen. Aufregend, gewinnbringend, aber auch ganz schön anstrengend.«

»Du wirst aber darüber nachdenken, ja?«

Er sah aus, als wollte er sie wieder küssen, doch Abbie hob abwehrend die Hände.

»Tut mir leid, aber die Erfahrungen der Vergangenheit haben mich vorsichtig werden lassen, wenn ein Mann versucht, eine Frau in dem Moment auszunutzen, wenn sie besonders verletzlich ist.«

»Du lieber Himmel, das würde ich nie tun, Abbie. Ich dachte, du und ich, wir wären …«

Sie wollte nichts mehr hören. Plötzlich hatte sie das Gefühl, als ob eine Woge von Empfindungen über sie hereinbrach, und bevor die Tränen kamen, riss sie die Autotür auf und floh.

*

Er rief gleich am nächsten Morgen an. Abbie beschloss, am Telefon mit ihm zu sprechen, statt zu riskieren, dass ihr Bruder den Grund seines Anrufes erfuhr.

»Wie es scheint, muss ich mich mal wieder entschuldigen«, sagte er. »Ich wollte deine Verletzlichkeit nicht ausnutzen. Ich verstehe, dass ich die ganze Sache gestern Abend falsch angepackt habe, ich habe es total vermasselt, um ehrlich zu sein. Aber ich möchte, dass du weißt, dass meine Gefühle für dich echt sind, Abbie, und wenn du kein Interesse an einer Teilhaberschaft hast, dann musst du das nur sagen und ich respektiere deine Entscheidung. Aber ich würde dich gerne wiedersehen.«

In diesem Moment erschien Eduard und Aimée kreischte vor Freude. Abbie legte den Hörer auf, ohne Drew zu antworten. Ihr Vertrauen in Männer war auf einem historischen Tiefststand und diesmal war sie nicht bereit, seine Entschuldigung anzunehmen.

»Ich habe mich wirklich zum Narren gemacht«, gestand sie ihrer Großmutter, als sie später im Wintergarten saßen und sie Millie ihr Herz ausschüttete. Eduard machte einen Ausflug mit Aimée. »Wenn ich seinen Annäherungsversuchen doch nicht so leicht nachgegeben hätte! Ich habe mich wie eine naive Idiotin benommen«, sagte Abbie niedergeschlagen.

»Nun geh nicht so hart mit dir ins Gericht, mein Schatz. Für mich hört sich das nach einem guten Angebot an.«

»Was? Nachdem er mich vorher mit einem Kuss weichgeklopft hat? Sehr geschäftstüchtig, muss ich schon sagen!«

So sehr Abbie sich auch bemühte, die Erinnerung an seine Küsse wegzuschieben: Das wunderbare Gefühl, wie seine Arme sie umfangen hielten, drängte sich immer wieder in ihre Gedanken.

»Magst du ihn?«, fragte Millie und sah ihre Enkelin sanft neckend an, als spürte sie, wie weich sie sich in ihrem Innern fühlte.

»Das ist vollkommen irrelevant. Ich habe vor, mich ganz auf den Aufbau meines Unternehmens zu konzentrieren.«

»Nicht alle Männer sind wie Eduard. Du solltest dir durch einen faulen Apfel nicht den ganzen Korb verderben lassen. Inzwischen bist du eine vernünftige, reife Frau, kein alberner Teenager mehr. Warum redest du also nicht mit ihm und versuchst herauszufinden, was eine solche Teilhaberschaft im Einzelnen bedeuten würde?«

Einen Moment lang geriet Abbie in Versuchung. Tatsächlich hatte er gezeigt, dass er Witz und Humor hatte, und er war immer freundlich und hilfsbereit. Oder war das vielleicht auch ein Teil seiner Strategie?

»Nein, ich glaube nicht, dass ich das mache. Er hat absichtlich meine Gefühle ausgenutzt, um mich umzustimmen, man könnte fast sagen, dass er versucht hat, mich zu verführen. Und bei der Menge Wein, die ich getrunken hatte, war ich eine leichte Beute.«

Abbie schämte sich, dass sie es so weit hatte kommen lassen.

»Oder vielleicht konnte er dir einfach nicht widerstehen, mein Schatz, so hübsch und einnehmend, wie du nun mal bist.«

Abbie prustete vor Lachen. Diese Vorstellung war einfach zu lächerlich.

»Ich bin eine alleinerziehende Mutter mit Pflichten, Verantwortung und einer schändlichen Vergangenheit. Tut mir leid, aber ich traue ihm nicht und werde künftig einen großen Bogen um Andrew Baxter machen.«

Aber das war gar nicht so einfach. In den darauffolgenden Tagen hörte sie immer wieder, wie er sich mit Linda unterhielt, während sie in der Werkstatt saß und kleine Kästchen mit einem Mosaik aus Bernsteinplättchen beklebte. Abbie hatte ihrer Angestellten unmissverständlich mitgeteilt, dass sie ihn nicht sehen wollte. Vermutlich glaubte Linda, ihre

Abneigung hätte etwas mit dem Laden nebenan und der Konkurrenz zu tun, die sie dadurch bekommen würden. Dass viel mehr dahintersteckte, ahnte sie nicht. Er respektierte ihre Privatsphäre und fast tat es ihr leid, dass er nicht in die Werkstatt kam. Allerdings wusste sie selbst nicht, ob sie ihn beschimpft hätte oder ihm in die Arme gefallen wäre, wenn er tatsächlich aufgetaucht wäre.

Ein paar Tage später brachte Linda ihr eine Nachricht, die sie wortlos auf den Arbeitstisch legte. Der traurige Ausdruck in ihren Augen ließ Abbie vermuten, von wem sie stammte. Beklommen öffnete sie den Umschlag.

Linda sagte mir, dass du sehr beschäftigt bist, also werde ich dich nicht stören. Ich wollte dich nur wissen lassen, dass ich auf dem Weg zurück nach Schottland bin, weil ich etwas mit meiner Frau besprechen muss. Vielleicht können wir miteinander reden, wenn ich wieder da bin. Ich rufe dich an.

Oh, wie oft hatte sie diesen Satz schon gehört: *Ich muss etwas mit meiner Frau besprechen.* Abbie drehte sich fast der Magen um und dafür, dass sie sich angeblich keinen Deut um Andrew Baxter scherte, war sie den Tränen erstaunlich nahe. Nein, sie traute ihm nicht. Warum sollte sie, wo er doch versucht hatte, ihr einzureden, dass er in sie verliebt sei, nur um sich ihren Laden unter den Nagel zu reißen. Sagten Männer jemals die Wahrheit? Warum musste sie sich immer die aussuchen, die behaupteten, geschieden zu sein, und es überhaupt nicht waren? Sie legte den Kopf in die Hände und ließ endlich die Tränen fließen.

KAPITEL 28

Der Winter 1917/18 war entsetzlich kalt und mit jedem Tag wurde das Leben schwieriger. Keiner von uns wusste, wie wir die kommenden Monate überstehen sollten. Viele Banken waren geschlossen, man konnte kein Geld abheben und Guthaben wurden beschlagnahmt. Wir hatten keinerlei Nachricht vom Grafen, was uns täglich mehr Sorge bereitete, wenngleich es der Gräfin eher um Serge, ihren geliebten Sohn, ging.

Wir mühten uns, in der Wohnung ohne sie und ohne die Hilfe von Gusev, Anton, Mrs Grempel und der anderen Dienstboten zurechtzukommen, doch es war sehr schwer. Und was noch wichtiger war: Wir hatten ständig Hunger. Einer von uns ging jeden Morgen los und versuchte, in einem der Läden in der Nähe Lebensmittel einzukaufen, für gewöhnlich ohne Erfolg. Die Antwort lautete meist:

»Wir haben noch keine Erlaubnis zu verkaufen.«

Wir fragten nie nach, wer diese Erlaubnis erteilen sollte, denn es war unübersehbar, dass die Bolschewiki alle Lebensbereiche unter ihrer Kontrolle hatten.

Eines Tages kam eines der Dienstmädchen aufgeregt nach Hause: Sie habe eine Tüte Kaffee auf dem Markt gekauft, erklärte sie uns. Doch als sie sie öffnete, war darin nur ein Häufchen schimmeliger Getreidekörner, die man noch nicht einmal essen konnte, weil sie nur so vor Milben wimmelten. Unsere Enttäuschung war bitter, unser Hunger umso nagender.

Unser wichtigstes Ziel war es, die Gräfin ausreichend mit Essen zu versorgen, weil sie sonst ihre berüchtigten Wutausbrüche bekam. Meist stand Fischsuppe auf dem Speiseplan, sehr zu ihrem Verdruss, und eines Abends gab es für jeden von uns nur zwei kleine würzige Kohlbällchen. *Njanjuschka* und ich achteten darauf, dass Irina so viel wie möglich zu essen bekam. Die alte, kranke *Babuschka* war die meiste Zeit ans Bett gefesselt und auch sie versorgten wir so gut es ging. Wann immer etwas übrigblieb, was selten genug der Fall war, wurde es gleichmäßig unter uns Dienstboten aufgeteilt. Insgeheim achtete ich darauf, dass Stefan eine kleine Extraportion erhielt, schließlich hatte er einen gesegneten Appetit und musste den größten Anteil der körperlichen Arbeit verrichten. Nicht, dass er etwas von dem bemerkte oder anerkannte, was ich für ihn tat. Die meiste Zeit ignorierte er mich völlig.

Wie sehr ich unsere Fahrten mit dem Pferdekarren vermisste und die Art, wie wir miteinander redeten, witzelten und zusammen lachten. Warum wollte er nicht wahrhaben, dass ich mein Versprechen der Gräfin gegenüber gebrochen und ihm die reine Wahrheit gesagt hatte? Was sollte ich noch tun oder sagen, um ihn von meiner Unschuld zu überzeugen?

»Das Problem scheint zu sein, dass das Eisenbahnsystem nicht richtig funktioniert«, sagte er eines Abends, als wir mit den Dienstmädchen und *Njanjuschka* in der Küche saßen und an ein paar harten Brotkrusten nagten, die wir in den letzten Rest der allabendlichen Fischsuppe tunkten. »Die Schienen sind blockiert oder beschädigt, weil große Truppenteile und Vorräte an die Front geschafft werden. Daher ist der Transport von Lebensmitteln praktisch eingestellt worden.«

»Wie wird der Graf dann nach Petrograd zurückkommen, wenn die Züge nicht fahren?«, fragte ich.

Seine angespannte Miene ließ deutlich erkennen, dass diese Frage ein schlimmer Fehler war.

»Tja, dann wird es wohl noch ein wenig länger dauern, bis er dich wiedersieht oder du ihn.«

»Oh, Stefan, nun fang nicht wieder damit an. Wie kann ich dich davon überzeugen, dass sie nicht meine Tochter ist? Und auch nicht die des Grafen?«

Während wir aßen, lag sie auf meinem Schoß, und wenn sie mich anlächelte, zog sich mein Herz vor lauter Liebe zusammen. Wie hätte es auch anders sein können? Sie war wunderschön und verletzlich, das süßeste und anbetungswürdigste Baby auf der ganzen Welt.

»Mich überzeugen? Niemals, nicht wenn du sie so ansiehst.«

»Das ist nicht fair. Serge und Irina sind mir auch ans Herz gewachsen, aber dieses kleine Wesen hier hat niemanden, der sie liebt. Nur mich.«

»Und wen liebst *du*?«, fuhr er mich an.

Mit einem Ruck schob er seinen Stuhl zurück und stürmte aus dem Zimmer, bevor ich ihm antworten konnte.

»Oh je«, murmelte *Njanjuschka* leise. »Es wird nicht leicht sein, ihn zu überzeugen.«

»Was soll ich denn noch tun?«, weinte ich.

Meine Tränen schnürten mir die Kehle zu.

»Sie müssen geduldig sein. Männer haben ihren Stolz. Aber irgendwann wird er sich schon besinnen.«

Ich küsste Katjas dunklen Flaum und seufzte.

»Und wie lange wird das wohl dauern?«

Vielleicht ein ganzes Leben.

*

Eines Nachts war ich gerade dabei, das Baby zu füttern. Vera war zu ihrer Familie zurückgekehrt und die kleine Katja hatte sich allmählich mit ihrem Fläschchen angefreundet. Plötzlich hörte ich, wie ein Fenster zersplitterte. Voller Angst legte ich das Kind in die Wiege, zog meinen Morgenmantel über und machte mich mit klopfendem Herzen auf die Suche nach Stefan. Seit Beginn der Unruhen lebten wir in ständiger Furcht, und obwohl Stefan und ich kaum ein Wort miteinander wechselten, war er der einzige Mann im Haus, abgesehen von ein paar jungen Burschen, die die grobe Arbeit verrichteten. An wen hätte ich mich sonst wenden sollen? Zum Glück hatte auch er den Lärm gehört und wir trafen im Flur des Dienstbotentraktes aufeinander. Stefan legte sofort den Finger an die Lippen. Ich sollte leise sein. Dann reichte er mir einen Scheit aus dem Holzkorb.

»Nur für den Fall, dass du dich verteidigen musst«, flüsterte er und bedeutete mir mit einer Kopfbewegung, dass ich ihm folgen sollte.

Leise schlichen wir die Treppe zum Küchenbereich hinunter. Dort sahen wir den sanften Schimmer einer brennenden Kerze. Als er vorsichtig in die Küche ging, blieb ich dicht hinter ihm und hob den Holzscheit, um damit sofort jemandem eins auf den Kopf zu geben, wenn das nötig sein sollte.

»Hier ist niemand«, sagte er überrascht.

»Wer hat dann die Kerze angezündet?«

»Vielleicht ist sie der Wegweiser, wenn sie zurückkommen.«

»Das heißt, dass sie irgendwo in der Wohnung sind. Katja!«, rief ich.

»Irina«, sagte Stefan im selben Moment und wir tauschten einen raschen angstvollen Blick. Da hörten wir den Schrei.

Sobald wir den beiden Dieben gegenüberstanden, schlugen wir mit unseren Holzscheiten zu, obwohl wir in der Dunkelheit kaum mehr als ihre Umrisse ausmachen konnten. Als einer der beiden Stefan seinen Holzscheit entwand, schlug er mit den Fäusten zu, und als mein Stock zerbrach, trat ich den Angreifer so fest ich konnte vors Schienbein. Es erfüllte mich mit großer Zufriedenheit, als ich seine schmerzerfüllten Schreie hörte und sah, wie er sich auf dem Boden wand. Ich hatte Angst, dass Irina und der kleinen Katja etwas zugestoßen sein könnte, und so rannte ich aus der Küche, um in den Kinderzimmern nachzusehen. Ich war erst ein paar Schritte gelaufen, als mir jemand einen Schlag in den Rücken versetzte, sodass ich nach vorn auf den Boden fiel und nach Luft schnappte. Sofort schleuderte mich der Mann herum und warf sich auf mich. Seine Hände zerrten an meinem Nachthemd und rissen es am Hals entzwei. Ich schrie, doch er presste mir eine Hand auf den Mund und erstickte mich fast. Er lag mit seinem ganzen Gewicht auf mir, sodass ich keine Hoffnung hatte, mich zu befreien.

Was dann passiert wäre, steht außer Frage, trotz meiner heftigen Gegenwehr. Zum Glück kam mir Stefan im letzten Moment zu Hilfe und zerrte ihn weg. Kaum hatte er mir auf die Füße geholfen, hielten mich seine Arme umfangen.

»Alles ist gut, dir ist nichts passiert, dem Himmel sei Dank«, murmelte er, als er mich an sich drückte.

Ich schmiegte mich an ihn, spürte die tröstliche Wärme seines Körpers und roch seinen vertrauten männlichen Duft, den ich so liebte. Unsere Nähe entflammte uns, und als er den Kopf hob, um mein Gesicht zu betrachten, wusste ich, dass er mich küssen würde. Wie sehr ich diesen Kuss brauchte, selbst wenn es nicht der beste Zeitpunkt dafür war.

Offenbar wurde auch ihm klar, dass dies ein denkbar schlechter Augenblick für Küsse und Umarmungen war, und er ließ mich mit einem beschämten Lächeln los.

»Wir reden später. Wir dürfen ihn nicht entwischen lassen.«

Und als er die Verfolgung aufnahm, packte ich mir meinen zerbrochenen Holzstock und folgte ihm.

Wir taten unser Bestes und jagten die Diebe durch die endlosen dunklen Flure und die Treppe hinunter, doch sie konnten entkommen und verloren dabei ein Beutestück nach dem anderen. Trotzdem grinsten wir uns an und waren froh, dass wir sie aus dem Haus gescheucht hatten. Zum ersten Mal seit unserer Rückkehr nach Petrograd und unserer Auseinandersetzung um das Baby fühlte sich das Band zwischen uns stärker an denn je.

»Du warst sehr mutig.«

»Danke, dass du mich gerettet hast.«

Insgeheim hoffte ich, dass er mich wieder küssen würde, doch er murmelte, dass er nachsehen müsse, ob mit der Gräfin alles in Ordnung sei. Er ging hastig davon und überließ es mir, die Unordnung zu beseitigen. Trotzdem war mir unendlich leicht ums Herz.

*

Als ich vollbeladen mit Diebesgut am Schlafzimmer der Gräfin vorbeikam, schäumte sie vor Wut. Diesmal richtete sich ihr Ärger gegen Stefan und sie schrie und tobte so schlimm, wie ich es schon lange nicht mehr bei ihr gesehen hatte.

»Warum waren Sie nicht hier, um mich zu beschützen?«, kreischte sie und stieß ihm den Finger in die Brust. »Irgendjemand hat meinen ganzen Schmuckkasten ausgeräumt. Meine Perlen und andere Stücke sind verschwunden. Ich hörte Lärm und trat aus meinem Boudoir, weil ich dachte, das wären Sie. Stattdessen war dieser Abschaum dabei, sich die Taschen mit meinem kostbaren Schmuck vollzustopfen. *Warum waren Sie nicht hier?*«

Sie hörte gar nicht mehr auf, Stefan anzuschreien, und ich hatte das Gefühl, dass sie dabei nicht nur seine Fähigkeit infrage stellte, sie zu beschützen. Die Gräfin schien anzudeuten, dass sie ihn erwartet hatte. Konnte das wahr sein? Ich starrte Stefan an, doch er sagte nur:

»Ich sehe nach, was sie sonst noch gestohlen haben.«

Dann hastete er davon, gefolgt von den beiden jungen Burschen und den Dienstmädchen, die der Lärm endlich auch aus dem Schlaf geschreckt hatte.

Ich ging zum Safe und sah zu meiner Erleichterung, dass er verschlossen war.

»Wenigstens sind Ihr Bernsteinschmuck und die wichtigsten Stücke noch im Safe, Mylady.« Doch als ich die Sachen durchsah, die wir gerettet hatten, waren es meist Laken und Decken, es war kaum etwas Wertvolles dabei. »Leider keine Spur von den Perlen. Vielleicht stand draußen noch jemand, dem sie die Beute aus dem Fenster zugeworfen haben.«

»Das ist alles Stefans Schuld! Er hat versprochen, mich zu beschützen.«

»Das ist nicht ganz fair. Sie können kaum erwarten, dass er überall zugleich ist oder wie ein Wachhund vor Ihrer Tür schläft, für den Fall, dass ein Räuber kommt.«

Ihre Lippen umspielte ein leichtes Lächeln.

»Eigentlich hatte ich da einen ganz anderen Schlafplatz für ihn vorgesehen.«

Ich spürte, dass meine Wangen brannten und meine Kehle schmerzte, als ich versuchte, meine Gefühle unter Kontrolle zu halten. Dies war nicht der richtige Zeitpunkt, um mit ihr darüber zu streiten, dass sie mir den Mann meines Lebens gestohlen und ihm lauter Lügen über Katja aufgetischt hatte. Vielleicht würde der richtige Zeitpunkt nie kommen. Konnte es sein, dass sie vorher kein Verhältnis hatten und Stefan sich erst hatte überreden lassen, als er von meiner vermeintlichen Untreue überzeugt war und sich rächen wollte? Der Gedanke war unerträglich. Aber hatte er mich nicht gerade beschützt und geküsst, so, als sei unsere Liebe so stark wie immer? Warum sollte ich also der Gräfin glauben und nicht ihm? Doch er hatte es eilig gehabt, zu ihr zu laufen, oder? Ach, wie entsetzlich verwirrend das alles war.

»Ich muss zu den Kindern, Mylady, und nachsehen, ob alles in Ordnung ist.«

»Schicken Sie Stefan zu mir, und zwar sofort!«, schrie sie, warf sich aufs Bett und brach wieder einmal in Tränen aus.

Ausnahmsweise beachtete ich ihren hysterischen Anfall gar nicht und ignorierte ihren Befehl. Stefan wartete auf dem Treppenabsatz auf mich und ich warf mich in seine Arme.

»Ich möchte, dass du weißt, dass ich nie mit ihr geschlafen habe, sie nicht mehr berührt habe, seit dem Tag, als sie mir diesen Kuss aufgezwungen hat. Du musst mir glauben, Millie.«

»Ich glaube dir, mein Schatz, ich glaube dir.«

»Dem Himmel sei Dank!«

Mit einem Seufzer der Erleichterung drückte er mich noch fester an sich. Ich lehnte meinen Kopf an seine Brust, hörte seinen gleichmäßigen Herzschlag und gestand ihm schließlich, dass mich gelegentlich Zweifel geplagt hätten.

»Die werden bald zerstreut sein, wenn die Gräfin bei irgendeiner List oder Lüge ihr wahres Wesen offenbart. Man kann ihr nicht trauen.«

Liebe durchströmte mich wie nie zuvor, als wir uns küssten. Die zarte Morgenröte tauchte unsere Leidenschaft in ein schimmerndes Licht. Als wir uns voneinander lösten, sagte ich:

»Die Frage ist, ob du mir glaubst.«

Nun klang er ein wenig verlegen und sehr schuldbewusst.

»Ich glaube, ich wusste die ganze Zeit, dass du nicht die Mutter des Babys bist. Aber ich war so zerfressen von Eifersucht, ich hatte solche Angst, es könnte wahr sein, du hättest tatsächlich eine Affäre mit dem Grafen gehabt, dass ich es nicht geschafft habe, an deine Unschuld zu glauben.«

»Und jetzt?«

»Wenn wir einander nicht trauen können, wem können wir dann noch trauen?«

Lächelnd wehrte ich weitere Küsse ab, wünschte ihm eine gute Nacht und lief schnell zu Katja und Irina. Beide schliefen tief und fest. Ich nahm sie mit in mein Bett und drückte sie an mich. Was für ein Segen Kinder doch waren und wie süß die wahre Liebe war.

*

Am nächsten Morgen fanden wir heraus, dass die Diebe, wer immer sie auch waren, außer den Perlen der Gräfin auch viele ihrer Kleider, ein paar Porzellanvasen und Bilder mitgenommen hatten und unseren Vorratsschrank fast vollständig geplündert hatten. Ich ging geradewegs zur Miliz, um eine Beschwerde einzureichen. Obwohl es erst halb zehn am Morgen war, hatte sich vor dem Büro schon eine lange Schlange von Menschen gebildet, die alle eine ähnliche Beschwerde vortragen wollten. Darunter war auch ein Priester, der den Diebstahl von Kirchengewändern und geweihten Gefäßen aus einer Kirche in der Nähe meldete.

Die Wachen, die eigentlich den Bezirk beschützen sollten, saßen in einem Büro und spielten Karten. Ich baute mich vor ihnen auf, stemmte die Hände in die Seite und sah sie voller Verachtung an.

»Wenn man sich ansieht, wie viele Leute einen Diebstahl anzeigen wollen, scheint es überall in der Stadt Plünderungen zu geben. Und Sie? Was unternehmen Sie dagegen?«

Sie blickten erstaunt auf.

»Werfen Sie uns vor, dass wir unsere Pflichten vernachlässigen?«

Wem die Jacke passt, der soll sie sich anziehen, dachte ich. Das hatte meine Mutter oft gesagt, wenn sie meinen Dad wegen irgendetwas ausschimpfte, was er angeblich vergessen oder nicht richtig gemacht hatte. Heimweh überschwemmte mich in diesem Moment und ich vermisste meine geliebten Eltern so sehr, dass es schmerzte. Warum packte ich nicht alles zusammen und machte mich auf den Weg nach Hause, wie es viele meiner Freundinnen von der Britisch-Amerikanischen Kapelle getan hatten? Warum floh ich nicht vor den Gefahren, die uns bevorstanden? Die Antwort war einfach: Stefan! Wie hätte ich ihn zurücklassen können, ihn, den ich so sehr liebte?

Vielleicht war es Stefans wiedererwachtes Vertrauen, das mich so waghalsig daherreden ließ. Wie üblich plapperte mein Mundwerk ungezügelt drauflos.

»Ich bin sicher, dass Sie Besseres mit Ihrer Zeit anstellen können, als Karten zu spielen.«

Einer der Männer erhob sich langsam mit drohender Miene.

»Vielleicht möchten Sie Ihre Beschwerde vor Gericht vortragen, Miss? Oder vielleicht sollten *wir* Sie vor ein Kriegsgericht stellen, weil Sie so unhöflich zu uns sind.«

Ich drehte mich auf dem Absatz um und rannte mit wild pochendem Herzen davon, als ich merkte, dass ich eine gefährliche Linie überschritten hatte. In Zukunft musste ich sehr viel vorsichtiger sein.

*

Der Graf kehrte Anfang Dezember zurück, zur Freude aller – außer der Gräfin natürlich. Sie schloss ihren Sohn in die Arme und ignorierte ihren Mann vollkommen. Was er zu berichten hatte, war alles andere als beruhigend.

»Das Landgut unterliegt nicht mehr meiner Kontrolle. Serge und ich wurden von dem Ortskommittee aus unserem eigenen Haus vertrieben und mussten in einer der kleinen Hütten auf dem Grundstück leben.«

»Warum hast du das zugelassen?«, wollte die Gräfin wissen. Man sah ihr an, dass es sie schockierte, wie respektlos man ihr Kind behandelt hatte. »Warum hast du dich nicht einfach geweigert zu gehen?«

»Du weigerst dich nicht, wenn ein Bolschewiki deinem Sohn eine Pistole an den Kopf hält.«

Ihr Gesicht wurde aschfahl und sie drückte Serge fest an sich. Wir schwiegen. Keiner von uns mochte sich vorstellen, was die beiden durchgemacht hatten.

»Es herrscht Anarchie, keine Demokratie, fürchte ich. Wir hatten schon bald nichts mehr zu essen, und obwohl im Keller des Hauses reichlich Kartoffeln lagerten und der Getreidespeicher voll war, mussten wir die Bauern mit viel Geld bestechen, damit sie uns wenigstens das Nötigste gaben. Sie fällen die Bäume, weil sie Brennholz brauchen, die Äcker sind nicht bestellt, es ist nichts angepflanzt worden und das Vieh wurde gestohlen oder für Dorffeste geschlachtet. Es herrscht Chaos auf dem Landsitz.«

Der Graf berichtete, dass viele seiner Angehörigen aus der Familie der Romanows mittlerweile unter Hausarrest gestellt oder wie er enteignet worden seien. Die Dienstboten habe man hinausgejagt, sie müssten selbst sehen, wie sie zurechtkommen.

»Einige von ihnen konnten fliehen oder sich verstecken, während andere das Wenige, das sie noch haben, verkaufen müssen, um sich etwas zu essen zu kaufen, oder sie verhungern und sind dem Tode nahe.«

»Und was ist mit dem Zar?«, fragte *Babuschka* von ihrem Platz in der Ecke, wo sie in Decken gehüllt in einem Sessel saß.

»Niemand weiß, wo der Zar und seine Familie sind. Nikolaus' Cousin, George V., hatte angeboten, ihn aufzunehmen, doch das britische Volk und die Regierung waren damit nicht einverstanden, also weiß niemand, was als Nächstes passiert. Ich fürchte, die Feinde des Zaren werden ihm das Leben so schwer wie irgend möglich machen.«

»Wir können nur beten, dass ihm nichts zustößt«, sagte die alte Dame und viele von uns stimmten in diesen Wunsch ein.

Der Graf kam auf mich zu, als ich gerade die Kinder zu Bett bringen wollte.

»Kann ich Sie einen Moment sprechen, Millie? Wenn Sie Zeit haben?«

Es war kein Befehl, nur eine Bitte, doch es war nicht schwer zu erraten, worüber er mit mir reden wollte. Ich nickte stumm, und sobald die Kinder im Bett waren, erbot sich *Njanjuschka*, ihnen noch eine Geschichte vorzulesen, während ich zum Arbeitszimmer des Grafen ging und anklopfte.

»Ah, Millie, bitte setzen Sie sich. Ich weiß, dass Sie viel zu tun haben, daher werde ich Sie nicht lange aufhalten.«

»Meine Zeit gehört Ihnen, Mylord. Ich bedaure sehr, dass Sie so viele Probleme auf Ihrem Landsitz haben.«

»Ja, es ist ein trauriges Bild, vor allem wegen der vielen toten Pferde überall.«

»Tote Pferde? Warum?«, fragte ich entsetzt.

»Hunderte von Militärpferden sind völlig erschöpft von der Front zurückgebracht worden, aber es gibt kein Heu und kein Stroh, um sie zu füttern. Also sterben sie.«

»Das ist schrecklich.«

»Auch Menschen sterben, Millie. Das dürfen Sie nie vergessen.«

»Ich bitte um Verzeihung, Sir. Ich wollte nicht sagen, dass mir die Menschen nichts bedeuten. Es ist nur so, dass mir Tiere sehr am Herzen liegen.«

»Das geht uns wohl allen so«, pflichtete er mir bei. »Aber wenn Sie denken, dass die Lage jetzt schon schwierig ist, so fürchte ich, dass sie noch um Einiges schwieriger werden wird. Wovon wir uns im nächsten Jahr ernähren sollen, wenn der Boden nicht bestellt ist, wage ich mir nicht auszumalen. Das ist es allerdings nicht, weshalb ich mit Ihnen sprechen wollte.« Sein Blick wurde weicher. »Haben Sie mir etwas zu sagen, Millie?«

Sein freundliches Lächeln sollte mich ermutigen, meine Seele zu öffnen und zu gestehen, dass ich ein uneheliches Kind zur Welt gebracht hatte. Wäre das die Wahrheit gewesen, so bin ich mir sicher, dass er mir verziehen und mich nicht aus dem Haus gejagt hätte. Doch ich war dieses Vergehens nicht schuldig, und obwohl ich versprochen hatte, das Geheimnis der Gräfin nicht zu verraten, hatte ich nicht die Absicht, für sie zu lügen. Genauso wenig wollte ich mich dafür rächen, dass sie Stefan mit all ihrer Boshaftigkeit gegen mich aufgebracht hatte. Dennoch hatte ich das Recht, meine Würde und meinen Ruf zu wahren. Ich richtete mich auf und sah ihm in die Augen.

»Wenn Sie das Baby meinen, Sir, kann ich dazu nichts sagen, fürchte ich, nicht ohne Erlaubnis.«

Er schwieg, sah den Trotz in meinem Blick, hörte das, was ich nicht sagte, und erriet aus meinem Schweigen vielleicht die Wahrheit.

»Ich nehme an, dass Sie um Erlaubnis gebeten haben und sie Ihnen verweigert wurde.«

»Das ist korrekt, Sir.«

Er nickte und erhob sich.

»Danke, Millie, Sie können gehen.«

Ich wandte mich zur Tür, doch dann zögerte ich.

»Mylord, kann ich davon ausgehen, dass Sie nichts dagegen haben, wenn ich mich weiterhin um das Baby kümmere?« Ich merkte, dass ich Gefahr lief, mehr zu sagen als ich sollte, daher begann ich noch einmal: »Ich meine, ob es in Ordnung ist, wenn ich sie bei mir behalte?«

Er lächelte.

»Wenn Sie wissen wollen, ob ich darauf bestehe, dass Sie sie zur Adoption freigeben, dann kann ich Ihnen versichern, dass das nicht passieren wird. Ein Kind ist nicht für das verantwortlich, was seine Eltern tun. Sie werden eine gute Mutter sein, egal, wie die Umstände aussehen, und ich habe ganz gewiss nichts dagegen, dass Sie sie bei sich behalten, Millie. Sie kann von Glück sagen, dass sie Sie hat.«

Im Kinderzimmer gab ich der schlafenden kleinen Katja einen Kuss auf den Haarschopf.

»Hier bist du sicher, mein Schatz«, sagte ich.

Doch in meinem Hinterkopf flüsterte eine leise Stimme:

Solange die Gräfin es sich nicht anders überlegt und dich doch für sich beansprucht. Und genau das könnte passieren, aus purer Rache, weil Stefan sich für mich entschieden hat und nicht für sie.

KAPITEL 29

In diesem Jahr war das Weihnachtsfest karg und trostlos. Wir alle waren voller Furcht und böser Vorahnungen, was die Zukunft bringen würde, nicht nur für den Zaren und seine Familie, sondern auch für uns. Das Leben wurde von Tag zu Tag schwieriger. Wir litten Hunger und in der Wohnung war es bitterkalt, weil es kaum Brennmaterial gab. Manchmal hatten wir elektrischen Strom und manchmal nicht. Das wenige Holz, das wir hatten, brauchte Anton für den Kochherd, falls der Strom mal wieder ausfiel, was oft genug der Fall war.

Ein Gefühl der Resignation und Beklommenheit breitete sich aus. Der Graf und seine Frau hatten kaum ein höfliches Wort füreinander, und während Mrs Grempel, Anton und Gusev trotz zahlreicher Klagen über die zusätzliche Arbeit weiterhin treu ihren Dienst verrichteten, so gut es ging, verließen uns viele der anderen Dienstboten. Der natürliche Instinkt in diesen gefährlichen Zeiten trieb sie zurück zu ihren Familien und Freunden. Ich fragte mich jeden Tag tausendmal, warum ich ihrem Beispiel nicht folgte. Meine Gründe zu bleiben, hatten selbstverständlich mit meinen Gefühlen für Stefan zu tun, wenngleich meine wachsende Zuneigung zur kleinen Katja auch eine Rolle spielte.

Die Gräfin wies Mrs Grempel an, bei einer Agentur in der Nähe vorstellig zu werden und Ersatz für die Dienstboten zu suchen, die fortgegangen waren. Die Haushälterin tat, was man ihr aufgetragen hatte, obwohl sie wusste, dass es ein fruchtloses

Unterfangen war. Für den Adel zu arbeiten, galt inzwischen nicht mehr als angemessen. Schließlich stellte sie ihre junge Nichte ein und Viktor, der Chauffeur, holte seinen Bruder Iwan als Diener.

»Mit unserem Haushalt geht es bergab«, beklagte sich die Gräfin bitter. »Man kann doch nicht von uns erwarten, dass wir mit so wenig Personal zurechtkommen. Es ist wirklich lächerlich.«

»Wenn ich du wäre, würde ich diese Ansichten nicht zu laut herausposaunen«, merkte ihr Mann an. »Ich glaube nicht, dass die Bolschewiki deine Meinung teilen, und sie könnten uns mit Leichtigkeit die wenigen Bediensteten wegnehmen, die wir noch haben.«

»Offenbar hältst du es für besser zu schweigen und ihren Forderungen nachzugeben, aber du bist eben ein Feigling.«

»Ich bin ein vernünftiger Mensch, der diese Revolution überleben möchte. Was ist daran falsch?«

Ich war immer froh, wenn ich der angespannten Atmosphäre in der Wohnung entkommen und Ruth und Ivy und meine anderen Freundinnen in der Britisch-Amerikanischen Kapelle treffen konnte. Wir alle brachten Brot, Kuchen oder ein paar Kekse mit, wenn wir es erübrigen konnten, obwohl die Brotrationen auf 50 Gramm pro Tag beschränkt waren. Vorausgesetzt, man konnte überhaupt Brot in den Geschäften finden. *Njanjuschka* erbot sich, ein paar Stunden auf die kleine Katja aufzupassen, und selbst *Babuschka* hatte ihren Spaß daran, sie auf ihren Knien auf und ab hopsen zu lassen. Die beiden meinten, ich bräuchte ab und zu eine Pause. Serge und Irina waren inzwischen alt genug, um sich selbst zu beschäftigen.

»Ich wusste bisher nicht, wie sich richtiger Hunger anfühlt«, beklagte sich Ruth.

Sie sah mittlerweile hohläugig und hager aus, fast wie die Frauen, die im Februar an der Demonstration teilgenommen hatten.

»Für eine heiße Mahlzeit mit Roastbeef und Yorkshire Pudding würde ich sonstwas geben«, sagte Ivy und leckte sich die Lippen.

»Oh ja, und für eine Marmeladenrolle zum Nachtisch«, antwortete ich.

»Aber es ist ja fast Weihnachten«, erinnerte uns Ruth. »Also würde ich Gans mit Kastanienfüllung nehmen, außerdem Plumpudding und Brandysoße.«

»Und Mince Pies mit Sahne«, schwärmte Ivy.

»Hört auf, bitte – mir läuft das Wasser im Mund zusammen und mein Magen tut noch mehr weh als vorher. Möchte jemand einen harten Keks?«

Wir alle verzogen das Gesicht, aber es lehnte auch niemand ab. ›Nimm, was du kriegen kannst‹ lautete das Motto.

»Nun erzähl doch mal: Was ist mit diesem Baby, das du angeblich zur Welt gebracht hast, als du auf der Krim warst?«, fragte Ivy.

Sie kam immer direkt zum Punkt.

Ich seufzte und überlegte verzweifelt, was ich ihr antworten sollte. Es war ja nicht die Schuld meiner Freundinnen, dass ich in dieser Situation war, und es war auch ganz natürlich, dass darüber getratscht wurde. Ich beschloss, so nah an der Wahrheit zu bleiben, wie ich konnte. Mit einem kleinen Lachen sagte ich:

»Du solltest nie glauben, was in der Gerüchteküche geredet wird. Ich habe kein Baby zur Welt gebracht, ich kümmere mich nur um eines. Damit tue ich jemandem einen Gefallen.«

»Ah, ist es jemand, den wir kennen?«

»Das kann ich wirklich nicht sagen.«

»Hm, und warum ausgerechnet du? Hat diese Mutter sonst niemanden, der sich um das Kind kümmern könnte?«

»Sie hat mich gefragt und ich habe versprochen zu helfen.«

Ruth meinte:

»Das finde ich ganz schön mutig von dir. Schließlich lässt es sich kaum vermeiden, dass die Klatschmäuler dir die schlimmsten Sachen nachsagen. Du verschwindest für mehrere Monate und dann kommst du zurück und schiebst ein Baby im Kinderwagen vor dir her. Und im Haushalt der Belinskys gibt es sonst niemanden, der bereit ist, das Kind als seins anzuerkennen. Da denken sich die Leute ihren Teil.«

»Mehr kann ich dazu nicht sagen.«

»Nicht einmal, um deinen eigenen Ruf zu verteidigen?«, fragte Ivy. »Ist diese Frau zu arm, um das Kind zu versorgen, oder zu reich und angesehen, um eine ungeplante Tochter zuzugeben?«

Diese Fragen kamen der Wahrheit gefährlich nahe, daher erwiderte ich lachend:

»Du hast wirklich eine blühende Fantasie, Ivy. Warum schreibst du nicht eine Geschichte darüber und wir lesen sie?«

Wir lachten und gingen zum Glück zu anderen Themen über, doch meine beiden Freundinnen warfen mir im Laufe des Nachmittags immer wieder neugierige Blicke zu. Es schien, als sollten sich meine schlimmsten Befürchtungen bewahrheiten. Würde ich nun auch noch meine Freundinnen verlieren, nachdem ich beinahe den Mann verloren hatte, den ich liebte?

*

Einige Tage später hatten wir uns gerade zum Nachmittagstee eingefunden, als Gräfin Olga die schreckliche Nachricht bekam, dass ihr Liebhaber festgenommen und ermordet worden war.

»Sie haben ihm all sein Geld und seinen Besitz abgenommen, und als er dagegen Einspruch erhob, haben sie ihn erschossen«, schluchzte sie. »Dimitri, der arme Schatz, ist tot!«

»Mein herzliches Beileid«, bemerkte der Graf mit bewundernswerter Geduld.

Schließlich war es ihr verflossener Liebhaber, um den sie da angeblich trauerte.

»Wie kann etwas so Schreckliches passieren?« Sie ging nervös auf und ab und rang verzweifelt die Hände, obwohl ich vermutete, dass sie eher Angst um ihre eigene Sicherheit hatte, als dass sie der Tod ihres ehemaligen Geliebten aufwühlte. Ihre nächsten Worte bestätigten meine Vermutung: »Glaubst du denn ganz bestimmt, dass wir hier in Petrograd in Sicherheit sind?«

»Das können wir nur hoffen«, sagte der Graf mit finsterer Miene.

»Du *hoffst* es? Du weißt es also nicht?«

»Keiner weiß es. Es sind unsichere Zeiten.«

»Wir sollten alle sofort aufs Land zurückfahren«, forderte sie.

»Und was wäre damit gewonnen, wenn die Lage dort ebenso schwierig ist wie hier? Und für Diener ist in dem kleinen Häuschen sowieso kein Platz.«

Sie stampfte wütend mit dem Fuß auf, wie ein Kind, das einen Trotzanfall hat.

»*Warum konnten sie dich nicht umbringen, statt meinem lieben Dimitri?*«

»Dann wärst du womöglich in noch größeren Schwierigkeiten.«

Ich konzentrierte mich auf die Tassen und Teller und versuchte, nicht zuzuhören.

»Ich habe Dimitri geliebt. *Dich* brauche ich nicht.«

»Du brauchst mein Geld.«

»Und du bist so gemein und verweigerst mir meinen gerechten Anteil daran!«, fuhr sie ihn an.

Der Graf lachte.

»Tja, ich habe tatsächlich die ärgerliche Angewohnheit, mein Geld denen zu geben, die es am nötigsten brauchen, und nicht denen, die am gierigsten danach greifen, nicht wahr? Aber es erstaunt mich, dass du dir aus Korniloff noch etwas machst, wenn man bedenkt, dass er dich schleunigst hat sitzen lassen, als er herausfand, dass es keine Scheidung mit einer hohen Abfindung geben würde. Du wirst dir einen neuen reichen Liebhaber suchen müssen, nicht einen, der gerade verfügbar ist«, bemerkte er kalt.

»Was soll das heißen?«

»War das nicht der neue Diener, Lytkin, der da neulich abends in dein Zimmer ging?«

Sie errötete, allerdings ließ sich nicht feststellen, ob aus Wut oder Verlegenheit.

»Er hat mir eine Tasse heiße Schokolade gebracht.«

»Und ich frage mich, warum du die brauchtest. Kann er dich im Bett nicht genug wärmen?«

Ausnahmsweise wusste sie nicht, was sie darauf sagen sollte. Sie fegte die Teetassen und selbst die kostbare Tortenplatte vom Tisch und stürmte aus dem Zimmer.

Der Graf seufzte und zuckte mit den Schultern.

»Wie gut, dass Mrs Grempel den Tee noch nicht hereingebracht hat und die Kinder auf sich warten lassen. Vielleicht könnten Sie mir helfen, alles aufzusammeln, Millie? Wir können es uns wirklich nicht leisten, auch nur einen Krümel umkommen zu lassen.«

Und genau das taten wir und verloren kein Wort über den Wutausbruch der Gräfin.

Als *Njanjuschka* mit den Kindern kam, erschien leider auch Stefan in der Tür zum Wohnzimmer. Der Graf und ich knieten auf dem Teppich. Vielleicht konnte Stefan nicht sehen, dass wir Scherben und Kuchenstückchen auflasen, denn er warf einen einzigen Blick auf unsere zusammengekauerten Gestalten unter dem Teetisch, drehte sich auf dem Absatz um und schlug die Tür hinter sich zu. Ich stellte die Tortenplatte wieder auf den Tisch und machte mir schreckliche Sorgen, dass die Situation eine neue schlimme Wendung genommen hatte, gerade, als ich dachte, es sei alles wieder in Ordnung zwischen uns.

Ich lief ihm nach, um ihm zu erklären, was passiert war, doch ich konnte ihn nirgends finden. Wie schon so oft schien er sich einfach in Luft aufgelöst zu haben und in den darauffolgenden Tagen bekamen wir ihn kaum zu Gesicht. Und obwohl Weihnachten vorbei war, hatte ich alle Hände voll damit zu tun, die Kinder zu versorgen, und das unter diesen schwierigen Umständen.

In den letzten Dezembertagen überraschte uns die Gräfin mit der Ankündigung, sie wolle einen Neujahrsball geben.

»Ich habe beschlossen, dass wir eine Aufmunterung gebrauchen können. Wenn wir nicht genug haben, um unsere Gäste zu bewirten, so haben wir doch wenigstens Musik und können tanzen.«

Es war der großartigste Vorschlag, den sie jemals gemacht hatte. Selbst der Graf sah erfreut aus.

»Könnte es sein, dass sie sich endlich mit der Realität abfindet?«, fragte ich *Njanjuschka*.

»Hoffen wir's.«

Voller Vorfreude machten wir uns an die Vorbereitungen. Es würde sicherlich nicht einfach werden, all die Gäste satt zu bekommen, die sie einladen wollte, und Wodka gab es schon lange seit Beginn des Krieges nicht mehr. Aber Mrs Grempel erklärte sich bereit, die Herausforderung anzunehmen, und der Graf versicherte uns, dass er im Weinkeller noch ein paar Flaschen Champagner habe. Die wenigen verbleibenden Dienstboten durften beim Tanzen zuschauen, als Belohnung für ihre Treue. Selbst die Kinder hatten die Erlaubnis, aufzubleiben und sich zu vergnügen. Wir waren alle aufgeregt. Und Stefan war wieder da.

*

Es war eine herrliche verschneite Winternacht. Das Mondlicht funkelte auf dem zugefrorenen Fluss. Wir waren dankbar, dass wir ausnahmsweise Strom hatten und hinter jedem Fenster Lichter brannten, obwohl wir vorsichtshalber Kerzen bereithielten, da der Strom jederzeit wieder ausfallen konnte. Es schnürte mir die Kehle zu, als ich sah, wie Stefan die Kerzenleuchter auf den Tischen im Esszimmer aufstellte. Er sah so gut aus, so schick und adrett in seiner Uniform. Sein dichtes kastanienbraunes Haar war ordentlich zurückgekämmt und stand nicht nach allen Seiten ab wie sonst, vor allem, wenn er auf dem Land unterwegs war. Er nahm sich einen leeren Holzkorb und ging in den Innenhof, um ihn mit den mageren Vorräten aus dem Holzschuppen aufzufüllen.

Im selben Moment sah ich die Gräfin, die am Ende des Dienstbotentraktes zu warten schien. Was um alles in der Welt machte sie da? Dann sah ich, dass sie mit Lytkin, dem neuen Diener, sprach. Ich schüttelte ungläubig den Kopf. War das der Grund für ihren Stimmungswandel? Der Graf hatte richtig vermutet. Sie schmollte nicht mehr und auch ihre Wutausbrüche gehörten vorerst der Vergangenheit an, weil sie unter den Dienstboten einen neuen Liebhaber gefunden hatte. Du liebe Güte, erst der Chauffeur und nun sein Bruder. Diese Frau war unersättlich und keiner der Männer, auf die sie es abgesehen hatte, wies sie zurück, egal, welcher gesellschaftlichen Schicht sie angehörten. Und mir gelang es offenbar nicht einmal, den Mann festzuhalten, den ich liebte.

*Njanjuschka*s Rat fiel mir ein. Ich solle um Stefan kämpfen, hatte sie gesagt. Ohne nachzudenken, folgte ich ihm in den Hof. Als er meine Schritte hörte, blickte er auf. Ich sah sein blasses Gesicht im Mondlicht und sehnte mich danach, meine Hände auf seine kalten Wangen zu legen und meine Lippen auf seine zu drücken. Doch dazu fehlte mir der Mut und ich schlang die Arme um mich, damit sie nicht auf dumme Gedanken kamen.

»Du solltest nicht ohne Mantel nach draußen gehen«, schalt er mich.

»Ich wollte mit dir reden.«

»Ich denke, es ist alles gesagt, was es zwischen uns zu sagen gibt, meinst du nicht?«

»Nein, meine ich nicht. Ich verstehe, dass du durcheinander bist, weil du denkst, du hast etwas gesehen, aber …«

»Ich bin kein Dummkopf, Millie. Das war ja nicht das einzige Mal. Wie oft habe ich dich aus dem Arbeitszimmer des Grafen kommen sehen.«

»Es ist nicht so, wie du denkst.«

Er wandte sich ab.

»Nicht jetzt, Millie. Siehst du nicht, dass ich zu tun habe? Die Gäste können jeden Augenblick eintreffen.«

Unbeirrt trat ich einen Schritt auf ihn zu und versperrte ihm den Weg, sodass er nicht an mir vorbeikam, ohne mich beiseitezuschieben. Ich roch den Kieferrnduft in seinen Kleidern, sah die Müdigkeit auf seinem Gesicht und ahnte, dass er nicht besser schlief als ich. Als ich so nah bei ihm stand, musste ich daran denken, wie er mich sicher in seinen Armen gehalten und er seinen Körper warm und voller Leidenschaft an meinen gedrückt hatte. Doch ich wagte nicht, ihn zu berühren, zu groß war meine Angst, zurückgewiesen zu werden.

»Dann später, wenn die Gäste weg sind?«, fragte ich. »Ich muss dir das alles erklären.« Er hob den Holzkorb auf und drängte sich an mir vorbei zur Küchentür, ohne mich anzusehen. »Ich liebe dich, Stefan. Liebst du mich nicht mehr?«

Den Rücken zu mir gewandt hielt er inne und blieb einen Moment reglos stehen. Dann hievte er sich den Korb auf die Hüfte und ging ohne ein Wort zurück in die Wohnung.

Der Schmerz drückte mir das Herz zusammen. Ich würde ihn also doch verlieren. Wie sollte ich nur ohne ihn weiterleben?

*

Ich hatte jedoch keine Zeit, ihm nachzulaufen oder mich selbst zu bemitleiden, denn schon fuhren die Kutschen und Autos der Gäste vor. Der Ball begann. Die Szene erinnerte mich an Carreck Place, einen Ort in einer anderen Welt und einer längst vergangenen Zeit.

Hier in Petrograd gab es keine Küchenmädchen, die den ganzen Tag Töpfe schrubbten, und auch keine Diener in gelbgestreiften Westen, keine Männer mit Laternen, die die nächste Kutsche heranpfiffen, und kein zusätzliches Personal. Gusev, der Butler, gab Anweisungen, auch wenn nur noch wenige Diener übrig waren, um sie auszuführen. Als ich Mrs Grempel, ihrer Nichte und ein paar Dienstmädchen beim Eindecken der

Tische und den Dienern beim Hereintragen der Speisen und Tabletts half, fragte ich mich, ob diese Welt wohl bald endgültig verschwunden sein würde.

Anders als auf Carreck Place gingen die Vorbereitungen hier nicht mit der ruhigen Präzision eines Uhrwerks vonstatten, sondern wir liefen alle aufgeregt umher und waren uns gegenseitig eher im Weg, während wir verzweifelt versuchten, die Arbeit zu erledigen, für die jeder von uns eigentlich drei Paar Hände gebraucht hätte. Doch trotz aller Schwierigkeiten sah die Wohnung herrlich aus.

Das Esszimmer war wie ein Garten dekoriert. Gruppen von Palmen, blühender Flieder, Krokusse und Narzissen, die extra vom Land herbeigeschafft worden waren, schmückten den Raum. Es gab sogar einen kleinen, von Lotusblüten umgebenen Springbrunnen.

Wen Anton und Mrs Grempel hatten bestechen müssen, um alle Zutaten für das köstliche Festessen zu bekommen, wusste ich nicht, doch es war gewiss eine gewaltige Anstrengung gewesen. Sie hatten sich wirklich selbst übertroffen: Es gab zwar keinen Kaviar und keine Hummer, wie bei den festlichen Diners früherer Zeiten, doch sie tischten reichlich Kalbfleisch, Schinken und Hühnerfleisch auf, dazu Salat und Spargel und eine große Auswahl an Keksen, Kuchen und Gelees. Es war ein reichhaltiges Mahl – und ausnahmsweise gab es keine Kohlsuppe.

Der Graf sah prächtig aus in seinem Abendanzug und die Gräfin war schöner denn je, falls das überhaupt möglich war. Sie trug ein weißes Chiffonkleid, das über und über mit glitzernden Pailletten und Edelsteinen bestickt war.

Der Ball wurde mit einer Polonaise eröffnet. Wir alle genossen die Musik, die das bestellte Quartett spielte, auch wenn wir nicht tanzten, sondern uns mit Tabletts voller Gläser durch die Menge der Gäste schlängelten und ihnen Apfelwein, Wein und Champagner anboten. Die kleine Katja schlief in ihrer Wiege in der Küche, wo alle ein wenig auf sie aufpassen konnten, Serge war bei seinem Vater und Irina war bei mir.

»Ich kann Ihnen nachher ein paar Tanzschritte beibringen, wenn Sie möchten«, schlug ich ihr vor, als ich sah, wie sehnsuchtsvoll sie die Tänzer betrachtete.

Sie war inzwischen zu einem hübschen jungen Mädchen herangewachsen und eigentlich hatte ich erwartet, dass ihre Mutter sie zum Tanzen ermuntern und auf diese Weise ein wenig Interesse an ihr zeigen würde. Es war eine vergebliche Hoffnung. Die Gräfin interessierte sich nur für sich selbst, ganz gewiss nicht für dieses schüchterne, vernachlässigte Kind.

Sie strahlte mich an.

»Das würde mir Spaß machen, *Barischnja*.«

Was für ein Schatz sie war!

Später am Abend, als die meiste Arbeit getan und wir uns an den reichlichen Resten vom Festmahl ausnahmsweise einmal hatten sattessen können, versammelten wir Dienstboten uns in einer Ecke des Ballsaals. Es war ein herrlicher Anblick: Kostbare Spiegel und ein Mosaik mit goldenen und weißen Blumen schmückten die blassblauen Marmorwände, die Türen waren mit goldenen Ornamenten verziert und mit seinen Säulen aus Jaspis, den Vasen aus Lapislazuli und Tischen aus Malachit sah der Saal einfach atemberaubend aus. Die Schönheit der Damen und die stattlichen Herren, die sich im Tanze drehten, ließen ihn noch prächtiger erscheinen.

In einer ruhigen Ecke probten Irina und ich kichernd ein paar Tanzschritte: Polonaise, Walzer und Tango. Draußen sanken die Temperaturen weit unter den Gefrierpunkt, doch wir waren umgeben von wohliger Wärme, gutem Essen, köstlichen Weinen und zufriedenen Gästen, die sich vergnügten. Fast konnte man noch einmal einen Blick auf das alte Russland erhaschen, von dem mir *Babuschka* so viel erzählt hatte. Die alte Dame selbst saß in ihrer ganzen Pracht an einem Ende des Ballsaals und ließ ihren Blick wie eine Kaiserin über das muntere Treiben schweifen.

Mrs Grempel hatte sich neben mir auf einem bequemen Sessel niedergelassen und nippte zufrieden an einem Glas Portwein.

Anton trank Rotwein und hatte schon einen leichten Schwips, aber ich dachte, nach all der harten Arbeit der letzten Tage verdiente er ein bescheidenes Vergnügen. In diesem Moment fiel mir der neue Diener auf, Iwan Lytkin, der sich im Schutz der Säulen zu einer Seitentür schlich. Was hatte er vor? Ich sah, wie er einen Blick auf eine Wanduhr warf. Es war gerade noch eine Viertelstunde bis Mitternacht.

War er vielleicht müde und wollte früh zu Bett gehen? Kein Diener durfte sich ohne die Erlaubnis des Butlers zurückziehen, denn solche Festivitäten gingen meist bis zum Morgengrauen. Vor allem die Diener hatten die Aufgabe, sich so lange um das Wohlbefinden der Herren zu kümmern, bis der letzte Gast aufgebrochen war. Ich erinnerte mich, was Liam mir über die Abläufe hinter den Kulissen erklärt hatte, als er mich überredete, mich in jener Nacht noch mit ihm im Sommerhaus zu treffen. Selbst der Bruder dieses Burschen, der Chauffeur Viktor, musste mithelfen, da wir so wenig Personal hatten. Er war allerdings schon nach draußen gegangen, um den wenigen Kutschen zu leuchten, die bereits vorfuhren.

Wohin schlich sich Iwan also?

Es war nicht schwer zu erraten.

Ich sah mich nach Gräfin Olga um, konnte sie aber nirgends entdecken, weder auf der Tanzfläche noch auf einem der zahlreichen Sofas, Sessel oder Hocker, die an den Wänden aufgereiht standen und auf denen die älteren Damen saßen und plauderten. Wo konnte sie sein?

Ich hatte keinen Zweifel, dass die beiden eine Verabredung hatten, aber das alles ging mich nichts an.

Aber wo war Stefan? Auch ihn hatte ich schon eine ganze Weile nicht mehr gesehen. Mein Herz setzte einen Schlag aus. Konnte es wirklich sein, dass sie mit Stefan zusammen war und gar nicht mit dem neuen Diener? War er zu ihr gegangen, um sich wegen meiner angeblichen Affäre mit dem Grafen an mir zu rächen? Der Wunsch, mich hinauszuschleichen und nachzusehen, war übermächtig. Liebte er mich oder meine Herrin?

Ich musste es wissen, ein für alle Mal. Wenn er mit Gräfin Olga zusammen war, würde ich keine Zeit mehr auf ihn verschwenden und mir eine Fahrkarte für das nächste Schiff nach Hause kaufen.

Ich fand Irina in einer Ecke, wo sie inmitten von Ballkleidern, Schuhen und Schleiern für ihre Lieblingspuppe glücklich gegen eine Säule gelehnt saß und spielte. Sie war in ihrem Herzen immer noch ein Kind. Besonders gern kleidete sie ihre Puppe nach der neuesten russischen Mode.

»Kommen Sie, Miss Irina. Sie haben heute aber wirklich Glück, nicht wahr? Ich kann mich nicht erinnern, dass Sie schon mal so lange aufbleiben durften. Aber jetzt ist es Zeit, dass wir Katja holen und zu Bett gehen. Ich bin jedenfalls richtig müde.«

In Wirklichkeit wollte ich die beiden Kinder zu Bett bringen und mir dann überlegen, wie ich meine wichtigen Nachforschungen bewerkstelligen konnte.

Irina verzog das Gesicht.

»Oh, nur noch ein paar Minuten, *Barischnja*, bitte! Ich bin überhaupt nicht müde, wirklich nicht.«

Lachend tauschte ich einen Blick mit *Njanjuschka*. Es war schließlich ein besonderer Anlass und vielleicht sollte ich besser erst spionieren.

»Würden Sie eine Weile bei Irina sitzen, während ich nach dem Baby sehe?«

»Natürlich.«

Mit laut pochendem Herzen schlüpfte ich durch die Seitentür und lief rasch durch den hinteren Flur zu der Treppe, die zur Küche hinunterführte. Dort saß die Nichte von Mrs Grempel und passte auf Katja auf.

»Vielen Dank für Ihre Hilfe. Ich nehme sie jetzt und Sie können gehen und sich den Ball ansehen.«

Eigentlich hatte ich vor, das Baby sofort in sein Kinderbett zu legen und dann geradewegs zum Schlafzimmer der Gräfin zu gehen. Als ihre Zofe konnte ich ja wohl jederzeit dort auftauchen. Was ich tun würde, wenn ich sie zusammen fand, möglicherweise im Bett der Gräfin, mochte ich mir nicht ausdenken. Doch selbst wenn ich sie ertappen sollte, wüsste ich wenigstens, woran ich war.

Ich wollte keinem der Gäste begegnen und ging daher durch den Dienstboteneingang in die Eingangshalle. Katja trug ich auf dem Arm. Ich wollte gerade in den Teil der Wohnung schlüpfen, in dem die Gräfin ihre Zimmer hatte, als ich hinter mir ein Geräusch hörte. Ich blieb stehen und lauschte. Waren das Mäuse? Nein, es klang eher wie das Ticken einer Uhr, obwohl in diesem Flur keine Uhr war, wenn ich mich recht erinnerte. Ich sah mich um, um mich zu vergewissern, obwohl ich mir ganz sicher war, dass man die Standuhr, die die Gräfin in England gekauft hatte, in der Bibliothek aufgestellt hatte. Ich ging dem Geräusch nach und fand schließlich eine Art Kasten, der unter einer Wandkonsole stand. Als ich näherkam, wurde das Ticken lauter. Ich erstarrte innerlich.

»Lieber Gott, das wird doch wohl keine …«

Doch ich hatte in der letzten Zeit genügend russische Zeitungen gelesen, um kein Risiko einzugehen.

So schnell meine zitternden Beine mich trugen, hastete ich zum Ballsaal zurück und ging geradewegs zum Grafen. Er schien geschockt, mich in diesem Zustand und mit dem Baby auf dem Arm zu sehen. Streng genommen sah die Etikette vor, dass ich die Information durch Gusev, den Butler, an den Grafen weiterleitete, doch dazu war keine Zeit. Ich machte noch nicht einmal meinen üblichen Knicks, sondern packte Graf Belinsky am Arm und zerrte ihn von einigen Gästen weg, mit denen er sich unterhalten hatte.

»Millie, was um alles in der Welt … Stimmt mit dem Kind irgendetwas nicht?«

»Nein, Mylord, ich glaube, jemand hat eine Bombe deponiert!«

*

Ich erinnere mich nicht genau, wie es danach weiterging. Überall herrschte hellte Aufregung und der Gestank blanker Angst war allgegenwärtig. Ich weiß noch, dass ich zutiefst dankbar dafür war, dass ich das Baby auf dem Arm trug, und als ich zurücklief, um Irina zu holen, sagte mir Mrs Grempel, dass *Njanjuschka* sie schon nach draußen gebracht habe. Das ganze Gebäude war rasch evakuiert, die Leute liefen völlig aufgelöst und panisch durcheinander, suchten nach ihren Angehörigen und gerieten sich gegenseitig in die Quere, als sie hastig die Flucht antraten. Serge war bei seinem Vater. Zwei der Gäste trugen *Babuschka* auf ihrem Sessel nach draußen. Stefan und die Gräfin hatte ich noch nicht entdeckt. Alle versammelten sich auf der Straße oder im Garten. Durch den Lärm und die Panik war Katja inzwischen aufgewacht und schrie wie am Spieß.

Ich sah, dass *Njanjuschka* mit dem Grafen sprach und ging schnell zu ihnen.

»Ich suche Irina. Wo ist sie? Mrs Grempel sagte, sie sei bei Ihnen.«

Sie sah mich erschrocken an.

»Ich hab dem Grafen eben gesagt, dass sie gerade noch bei mir war, aber jetzt ist sie verschwunden. Ich weiß nicht, wo sie ist. Ist sie nicht bei Ihnen? Sie sagte etwas von einer Puppe.«

»Oh nein! Sie ist doch wohl nicht zurückgegangen, um nach ihr zu suchen, oder?«

Starr vor Schreck blickte ich auf das Gebäude, das mittlerweile vollständig evakuiert war. Zumindest hatten wir das angenommen. Dann drückte ich *Njanjuschka* das Baby in den Arm und lief auf das Haus zu. Da trat Stefan aus der Menge hervor und packte mich am Arm, als ich gerade die Tür erreicht hatte.

»Wo zum Teufel willst du hin? Diese Bombe kann jeden Moment losgehen.«

»Es ist Irina. Wir glauben, dass sie zurückgelaufen ist, um ihre Puppe zu holen.«

Im selben Moment trat der Graf an meine Seite.

»Sie dürfen nicht hineingehen, Millie. Überlassen Sie mir das, ich werde sie finden.«

»Wo war die Puppe?«

»Im Ballsaal. Irina saß hinten in einer Ecke, hinter den Säulen, wo wir alle gestanden haben.«

»Du bleibst hier. Ich gehe.«

Und bevor der Graf oder ich ihn zurückhalten konnten, zog Stefan die Tür auf und rannte ins Haus zurück.

»Oh, lieber Gott, bitte gib, dass ihm nichts zustößt«, murmelte ich.

Der Graf packte meinen Arm, als hätte er Angst, dass ich ihm nachlaufen könnte.

»Kommen Sie, Millie, wir müssen hier weg.«

Auch die Gäste und Diener zogen sich weiter zurück und hielten so viel Abstand vom Haus wie möglich. Ich wehrte mich, wollte, dass der Graf mich losließ, wollte bei Stefan sein und ihm helfen. In den langen, langen Sekunden, die verstrichen, während wir warteten, stellte ich mir vor, wie er durch die Eingangshalle und den Korridor entlang zum Ballsaal lief, wo er Irina finden und …

In diesem Moment ging die Bombe hoch.

KAPITEL 30

Die Messe war vorüber, die Trauerkerzen waren angezündet und nun kam die Beerdigung. Der Priester sprach die Gebete in dem üblichen Sprechgesang und die Leute warfen Erde und Münzen in das offene Grab. Man hatte den Sarg so bequem wie möglich gemacht, ein Kissen mit Stroh ausgestopft und allerlei Dinge hineingelegt, die die Verstorbene geliebt hatte, auch die Puppe.

Mir brach es das Herz, die Tränen liefen mir über die Wangen und ich machte mir nicht die Mühe, sie abzuwischen. Ich stand neben der Gräfin. Sie wirkte kalt und gefühllos und zeigte nicht die Spur des Bedauerns oder der Trauer über den Verlust dieses Kindes. Oh, warum nur hatte ich Irina nicht mitgenommen? Wenn ich nicht so viel Aufhebens um Stefan gemacht hätte, hätte ich beide Kinder zu Bett gebracht. Aber wären sie in ihren Kinderzimmern, die weiter von allen Ausgängen entfernt lagen, sicherer aufgehoben gewesen? Vermutlich nicht. Als Folge der Explosion war der Zugang zu diesem Trakt durch Schutt versperrt und das ganze Gebäude war durch den nachfolgenden Brand voller Qualm gewesen. Zwei der Dienstmädchen, die nicht aufbleiben und dem Tanzen zusehen wollten, waren im Schlaf erstickt.

Ich presste mir die Hand auf den Mund, um mein Schluchzen zu unterdrücken, und sah zum Grafen hinüber. Der arme Mann schien am Rande des Zusammenbruchs zu sein, seine Schultern gramgebeugt, sein Gesicht kaum sichtbar unter einer Fellmütze, die er sich tief in die Stirn gezogen hatte. Die Tiefe seines Schmerzes war unfassbar. Wie gerne wäre ich zu ihm gegangen, um ihn zu trösten, doch ich wusste, dass eine solche Geste gegen alle gesellschaftlichen Regeln verstieß und nur den Zorn meiner Herrin heraufbeschwören würde.

Der Tag verging schleppend und versank in einem eisigen Sturm aus Elend und Trauer. Ich war kaum in der Lage, etwas anderes zu tun, als die kleine Katja zu versorgen, die mir kostbarer denn je erschien.

Ich atmete erleichtert auf, als sich die Trauergäste schließlich verabschiedeten. Von dem Teil des Ostflügels, in dem die Bombe den größten Schaden angerichtet hatte, war kaum mehr als ein Schutthaufen übrig. Aus den oberen Fenstern quoll immer noch Rauch, kleine Brandnester hatten sich noch tagelang gehalten, bis sie schließlich mit Flusswasser gelöscht wurden. Wann und ob das Gebäude wieder bewohnbar sein würde, konnte niemand sagen. Die Gräfin hatte bereits begonnen, den Abtransport ihrer Besitztümer zu organisieren, wobei ihre Garderobe und ihr Schmuck an oberster Stelle standen.

Wir waren in einer Wohnung weiter unten in der Straße untergekommen. Die Familie, die dort gelebt hatte, hielt sich auf ihrem Landsitz auf, sodass sie seit einigen Monaten leerstand. Sie roch nach Mäusen und Schimmel und war im Vergleich zu der ursprünglichen Wohnung recht klein. Der Graf saß in dem Raum, der früher einmal die Bibliothek gewesen war, wo nun aber nur noch leere Bücherregale standen. Er hatte den Kopf in den Händen vergraben, ein gebrochener Mann. Ich stand an der Tür, wie man mir befohlen hatte, und konnte das Bild von Irina nicht aus meinen Gedanken verscheuchen.

Die Gräfin ging auf und ab, so ungeduldig wie eh und je. Stefan stand vor ihr. Ich nahm an, dass man ihn gerufen hatte, um ihm für seinen heldenhaften Mut zu danken.

Er war mit Irina auf dem Arm aus dem Qualm aufgetaucht und überzeugt gewesen, sie gerettet zu haben. Sie hatten beide Verletzungen davongetragen, Schnittwunden und Prellungen durch herabstürzende Ziegel und Verbrennungen.

Das Schlimmste war jedoch, dass Irina den Rauch eingeatmet hatte. Davon erholte sie sich nicht mehr. Die Ärzte taten, was sie konnten, jedoch ohne Erfolg. Es gab einen einzigen Trost: Vermutlich war die Bombe so plötzlich explodiert, dass sie nicht gemerkt hatte, was passiert war und wahrscheinlich auf der Stelle das Bewusstsein verlor. Eine Säule war auf sie gestürzt, der Rücken und beide Beine waren gebrochen. Hätte sie überlebt, wäre sie nie wieder einen Schritt gelaufen.

Die Worte der Gräfin rissen mich aus meinen trübsinnigen Gedanken:

»Wir haben nach Ihnen geschickt, um Ihnen zu sagen, dass wir wissen, wer die Schuld an dieser Tragödie trägt.«

Seltsamerweise war ihre Stimme voller Verachtung. Die Gräfin zeigte weder Dankbarkeit noch Mitleid. Nicht das, was ich erwartet hatte.

Stefan runzelte die Stirn. Vielleicht dachte er dasselbe wie ich.

»Und wen haben Sie im Verdacht?«

»Na, *Sie* natürlich. Wen denn sonst?«

Unwillkürlich entfuhr mir ein Laut des Widerspruchs. Stefan warf mir einen raschen Blick zu. Er war ebenso entgeistert wie ich.

»Ich bitte um Verzeihung, Mylady, ich glaube, ich habe Sie nicht richtig verstanden. Einen Moment dachte ich, Sie würden mich beschuldigen.«

»Versuchen Sie nicht, den Unschuldigen zu spielen. Wir wissen alle, dass Sie im Grunde Ihres Herzens ein Revolutionär sind. Sie wollen sich am Adel rächen, den Sie für den Tod Ihres geliebten Vaters verantwortlich machen.«

Ich sprang auf und stellte mich zu ihm.

»Was Sie da sagen, ist nicht fair, Mylady. Wie können Sie Stefan beschuldigen, wenn er derjenige war, der versucht hat, Irina zu retten?«

»Es war der Graf, den er ermorden wollte, nicht seine Tochter.«

»Sie haben nicht den geringsten Beweis für diese Theorie.«

Ohne mich zu beachten, fuhr sie fort, Stefan mit kalter Stimme anzuklagen:

»Sie haben diesen Anschlag schon eine ganze Weile geplant. Ich kann mir vorstellen, wo Sie hingehen, wenn Sie verschwinden und denken, ich bemerke Ihre Abwesenheit nicht. Sie treffen sich heimlich mit ihren Mitverschwörern. Sie haben diese Bombe gelegt. Wer hätte es sonst sein sollen?«

Sein Gesicht war aschfahl, selbst seine Lippen waren bleich.

»Sie haben unrecht, Mylady. Ich bitte Sie, glauben Sie mir. Ich bin unschuldig.«

»Das sagen Sie, aber Sie werden Ihre Unschuld der Polizei beweisen müssen, mit der ich bereits gesprochen habe. Sie werden Sie gleich morgen früh befragen.«

Wahrscheinlich würden sie ihn eher verhören und ihn ins Gefängnis werfen, während sie die Angelegenheit untersuchten. Ich war völlig am Boden zerstört. Stefan und ich hatten sicherlich unsere Probleme, aber ich glaubte nicht einen Moment, dass er zu einer solch schrecklichen Tat fähig wäre. Er mochte dem Adel sehr viel kritischer gegenüberstehen als ich, er war ein glühender Anhänger der Demokratie und der Tod seines Vaters machte ihn immer noch wütend, doch ich war mir ganz sicher, dass er nie zu Gewalt greifen würde. In seinen politischen Ansichten war er viel moderater als der Graf selbst. Hatte ich die beiden nicht oft genug diskutieren hören? Meist waren sie dabei einer Meinung.

Die Gräfin selbst war nie zimperlich gewesen, wenn es um Rache ging. Vielleicht hatte sie sich ihres Mannes auf diese Weise entledigen wollen, und wenn Stefan ihre Annäherungsversuche tatsächlich zurückgewiesen hatte, wie er behauptete, könnte sie die Gelegenheit beim Schopf packen und ihm die Schuld in die Schuhe schieben. Das wäre auch eine Erklärung für ihre Treffen mit Iwan Lytkin. Möglicherweise war es gar kein romantisches Stelldichein, sondern sie hatten den Bombenanschlag gemeinsam geplant. Ich war voller Misstrauen und instinktiv wusste ich, dass ich recht hatte. Aber wie sollte ich das jemals beweisen? In einem Land, das so instabil war wie dieses, konnte jeder diese Bombe gelegt haben. Warum sollte sie jemand verdächtigen? Schließlich war sie die Gräfin Belinsky.

Und wenn sie bereits mit der Polizei gesprochen hatte, blieb keine Zeit zu verlieren.

*

Der Graf hatte sich zurückgezogen und Serge mitgenommen, da der Junge verständlicherweise immer noch in einem schrecklichen Zustand war. Die kleine Katja schlief endlich und *Njanjuschka* döste in einem Sessel neben ihrer Wiege. *Babuschka* war im Zimmer nebenan und wir umarmten uns, als ich ihr eine Tasse heißen Kaffee statt ihrer üblichen Schokolade brachte.

»Machen Sie sich keine Vorwürfe«, sagte sie.

Sie ahnte, welche Schuldgefühle mich plagten.

»Ich versuche es.«

»Schuld hat derjenige, der die Bombe gelegt hat.«

»Es war ein langer Tag. Heute wird nicht vorgelesen. Sie sollten versuchen, ein wenig zu schlafen.«

Ich gab ihr einen Kuss auf die weiche Wange. Dass man Stefan für die Explosion verantwortlich machte, sagte ich ihr nicht.

Als alle für die Nacht versorgt waren, hastete ich nach unten zur Wäschekammer, wo er bis zum kommenden Morgen eingesperrt war.

»Ist alles in Ordnung?«, fragte ich ihn durch die Tür.

»Ich werd's überleben.«

Ich betete, dass er es wirklich überleben würde, und mochte nicht daran denken, dass es auch anders ausgehen konnte.

»Ich glaube nicht einen Moment, dass du schuldig bist.«

»Danke für dein Vertrauen, Millie.«

Hinter der hölzernen Tür klang seine Stimme hohl, vielleicht war es die Angst, die er verspürte. Sobald die Polizei oder, was noch schlimmer war, die Bolschewiki kamen, würde man ihn geradewegs ins Gefängnis bringen. Es befand sich in der Peter-und-Paul-Festung, aus der nur wenige wieder herauskamen, ohne den Verstand verloren zu haben, wenn man sie überhaupt jemals wiedersah.

»Ich liebe dich, Stefan, und ich weiß, dass du mich tief in deinem Herzen auch liebst, also höre bitte auf, die Lügen der Gräfin zu glauben. Der Graf und ich haben nichts weiter getan, als den Kuchen aufzusammeln, den sie bei einem ihrer Wutausbrüche auf den Boden geschleudert hatte. Da ist nichts zwischen uns, außer meiner Dankbarkeit für seine Hilfe.«

»Es tut mir leid, dass ich mich wie ein Idiot benommen habe. Du hast recht, ich liebe dich wirklich, Millie, bis in die tiefsten Tiefen meiner Seele.«

Ich drückte mich gegen die Tür und sehnte mich so sehr danach, sein Gesicht zu sehen, zu berühren, ihn zu halten und ihm zu zeigen, wie sehr ich ihn liebte. Der Wunsch, ihn zu küssen, war übermächtig, doch die Tür war und blieb verschlossen, ein solides hölzernes Hindernis zwischen uns. Ich konnte ihn nicht erreichen, konnte ihm nicht helfen und bald würde die Polizei hier sein und dann war alles zu spät.

Eine Idee durchzuckte mich.

»Stefan, ich glaube, ich weiß, wo der Schlüssel sein könnte. Warte, ich bin gleich zurück.«

In jeder Küche gab es ein kleines Bord oder einen Schrank, in dem die Schlüssel aufbewahrt wurden, daher war es nicht schwer, den Haken mit der Aufschrift ›Wäschekammer‹ zu finden. Er war leer. Natürlich, wahrscheinlich hatte die Gräfin ihn an sich genommen und ich hatte nicht die Absicht, ihn ihr zu stehlen. Es musste aber irgendwo noch einen zweiten Schlüssel geben, vielleicht im Hauswirtschaftsraum des Butlers. Die Suche dauerte länger, als ich erwartet hatte, doch schließlich fand ich den Schlüssel im Zimmer der ehemaligen Haushälterin. Kaum hatte ich die Tür zur Wäschekammer aufgeschlossen, lag ich schon in Stefans Armen.

»Ich liebe dich so sehr«, sagte er nach einem langen, innigen Kuss. »Und ich glaube dir, wenn du sagst, dass das Baby nicht von dir, sondern von der Gräfin ist. Komm, mein Schatz, wir gehen zusammen fort, jetzt sofort. Wir lassen dieses Haus hinter uns.«

»Aber ich brauche meine Papiere und ich muss Katja holen. Ich kann sie nicht hierlassen, bei einer Frau, die sich nicht um sie schert.«

»Dann beeil dich. Wir dürfen nicht länger hierbleiben als unbedingt nötig.«

Noch während er das sagte, küsste er mich wieder, als könnte er es nicht lassen, und ich hatte gewiss nichts dagegen einzuwenden. In diesem Moment hörten wir ein leises Lachen.

»Ich scheine Sie immer wieder bei Ihren Tändeleien zu stören oder vielleicht suchen Sie sich immer den falschen Ort und die falsche Zeit aus. Waren Sie das, die ihn aus der Wäschekammer herausgelassen hat, Dowthwaite?«

Ich drehte mich zur Gräfin um und bemühte mich mit aller Macht, ihr so würdevoll wie möglich gegenüberzutreten und das ängstliche Zittern zu verbergen, das mich durchfuhr.

»Warum sollte ich ihn eingesperrt lassen, wenn ich weiß, dass er unschuldig ist? Ihre Anklage ist vollkommen haltlos. Absoluter Unfug! Überhaupt könnte ich gegen Sie dieselben Anschuldigungen vorbringen, wenn ich es mir recht überlege, Mylady. Und da in Russland gerade eine Revolution gegen die Autokraten im Gange ist, könnte es durchaus sein, dass die Bolschewiki eher mir als Ihnen glauben.«

Sie lächelte. Meine Worte machten nicht den geringsten Eindruck auf sie. Sie verzog leicht den Mund, während sie den Blick auf etwas gerichtet hielt, das hinter meinem Rücken vorging. Ich wandte mich halb um und sah gerade noch, wie Stefan aus dem Küchenfenster kletterte und in die Nacht verschwand. Im selben Moment hämmerte jemand an die Eingangstür.

*

»Sir, haben Sie die Neuigkeiten schon gehört?«

Ich saß mit dem Grafen auf einer niedrigen Mauer an der Brücke über dem Kanal. Das Baby lag auf meinen Knien. Wir sahen zu, wie die Bauarbeiter den Schutt vor der Wohnung wegräumten. Gegenüber am anderen Ufer blinkten die Zwiebelkuppeln einer nahen Kirche golden im Sonnenlicht, wie eine Erinnerung an die Normalität, die es in unserer zerrissenen Welt schon längst nicht mehr gab.

Der Graf sah mich verständnislos an, als hätte er Mühe, sich auf das zu konzentrieren, was ich sagte. Schließlich meinte er:

»Wenn Sie meinen, dass Stefan auf der Flucht ist, um der Verhaftung zu entgehen, ja, es tut mir leid, das zu hören.«

Ich nickte.

»Die Polizei kam gleich heute Morgen, um ihn zu befragen und festzunehmen, aber er ist noch gerade rechtzeitig entkommen. Ich möchte, dass Sie wissen, Mylord, dass Stefan diese Bombe nicht gelegt hat. Er hat Irina geliebt und er schätzt Sie sehr. Er war – er ist – Ihr größter Bewunderer. Er würde Ihnen nie auch nur ein Haar krümmen. Wenn jemand etwas anderes behauptet, Sir, dann glauben Sie ihm bitte nicht.«

Da lächelte er mich an.

»Mit ›jemand‹ meinen Sie vermutlich meine Frau?«

So sehr ich auch darauf bedacht war, Stefan zu schützen, wählte ich meine Worte mit Bedacht.

»Ich gebe zu, dass ich mir kaum vorstellen kann, warum sie ihn für schuldig hält.«

»Die Motive meiner Frau waren immer schon schwer zu verstehen, abgesehen von ihrer Gier nach Aufmerksamkeit und Geld.« Er schwieg einen Moment nachdenklich. »Und nach Rache. Wenn Stefan sie in irgendeiner Weise erzürnt hat, könnte das der Grund sein.«

Falls der Graf ahnte, dass seine Frau versucht hatte, den Gärtner und Mann für alles zu verführen, und dass er sie zurückgewiesen hatte, dann konnte ich nichts daran ändern, doch ich würde seine Vermutung nicht bestätigen. Schweigend beobachteten wir ein Boot, das durch das eisige Wasser tuckerte. Trotz des strahlenden Sonnenscheins war die Temperatur kaum gestiegen. Hinter uns stürzte eine Wand ein und das Geräusch lenkte unsere Aufmerksamkeit wieder auf die Wohnung. Wir starrten auf das Bild der Zerstörung und auf die Staubwolken, die es umgaben, und unsere Gedanken schweiften unwillkürlich zu Irina zurück.

»Sie war mein Leben«, sagte der Graf leise.

»Ich weiß.«

»Ich werde nie aufhören, sie zu lieben.«

Meine Gefühle schnürten mir die Kehle zu, als ich nach den richtigen Worten suchte, falls es überhaupt richtige Worte gab.

»Sie hat Sie angebetet und sie hatte ein gutes Leben, nur leider viel zu kurz. Daran sollten Sie immer denken. Und Sie haben ja noch einen Sohn.«

Ich hatte nicht die Absicht zu erwähnen, dass die Gräfin meinte, Serge sei der Sohn eines verflossenen Liebhabers und sie sei schon mit ihm schwanger gewesen, als sie den Grafen heiratete. Manche Geheimnisse sollten besser nicht aufgedeckt werden.

»Serge ist ein feiner Kerl, dank Ihrer Anstrengungen, mit seinen törichten Widerspenstigkeiten zurechtzukommen. Meine beiden Kinder haben Ihnen viel zu verdanken und auch ich weiß es sehr zu schätzen, dass Sie mich ermuntert haben, ihm mehr Aufmerksamkeit zu schenken. Es hat sich wirklich gelohnt. Unser Verhältnis ist viel besser geworden und ich werde weiterhin versuchen, ihm ein guter Vater zu sein.«

»Das freut mich, es ist genau das, was er braucht.«

Als ich die Lobeshymne des Grafen auf mich hörte, beschlich mich ein ungutes Gefühl. Es schien, als wollte er sich verabschieden. Würde er mir kündigen? Eigentlich wäre es nur folgerichtig, nun, da Irina nicht mehr bei uns war. Und Serge war mittlerweile vierzehn Jahre alt, fast fünfzehn, sodass er wohl kaum noch eine Gouvernante brauchte. Seine nächsten Worte bestätigten meine schlimmsten Befürchtungen.

»Ich werde meiner Frau mitteilen, dass sie ihre Scheidung und ihre Abfindung haben kann, auch wenn sie sehr viel bescheidener ausfällt, als sie es gerne hätte. Unsere Ehe ist vorbei, sie ist schon lange vorbei, doch nun ist es an der Zeit, einen Schlussstrich zu ziehen. Ich will auf meinen Landsitz zurückkehren. Inzwischen ist es zwar eher so etwas wie ein Kommunalprojekt, aber dort bin ich am glücklichsten.«

»Wo wird die Gräfin wohnen?«

Wieder warfen wir einen Blick auf die Bauarbeiter, die sorgfältig die Steine aufstapelten, die man wiederverwenden konnte, und den Rest des Schutts auf Karren luden und wegfuhren.

»Auf unserem Anwesen gibt es noch mehr kleine Häuser, davon kann sie eines haben. Wenn sie lieber in Petrograd bleiben will, so wird die Wohnung irgendwann wieder aufgebaut und eingerichtet, und dann kann sie hier leben, bis sie selbst eine Bleibe findet. Ich hoffe, dass Serge mich aufs Land begleitet, er ist gerne dort. Sein Erbe wird nicht das sein, was es einmal war, aber ich finde einen Weg, ihm ein gutes Leben zu bereiten.«

»Das werden Sie sicherlich.« Ich schwieg einen Moment, dann stellte ich die Frage, die mich am meisten bewegte. »Und was würden Sie mir raten, was ich tun soll, Sir?«

Er sah mich an und lächelte freundlich.

»Ich kenne die Wahrheit über diese Kleine hier«, sagte er und strich Katja über den Kopf. »Bei unserem letzten Gespräch über sie konnte ich zwischen den Zeilen lesen. Die Geburt dieses Kindes ist auch ein Grund, weshalb ich unsere Ehe beende. Olga ist inzwischen jenseits von Gut und Böse. Ich bin sicher, dass sie ihrer Ansicht nach jedes Recht hat, sich einen Liebhaber zu nehmen. Aber *meiner* Ansicht nach hat sie nicht das Recht, das Kind wegzugeben. Sie wissen es vielleicht nicht, Millie, aber Irina war nicht Olgas Tochter. Sie war das Kind meiner Geliebten, Mavra, der Dame, von der ich Ihnen schon einmal erzählt habe.«

»Ich hatte es vermutet«, erwiderte ich und sagte nichts über den Klatsch unter den Dienstboten.

»Ich kehrte zu ihr zurück, als klar wurde, dass meine Ehe mit Olga nicht funktionieren würde. Mavra und ich waren sehr glücklich zusammen, trotz der schwierigen Umstände, doch dann starb sie bei einem schrecklichen Unfall.«

»Was ist passiert?«

»Sie ist in der Newa ertrunken. Sie war mit einigen Freunden schwimmen gegangen.«

Ein eiskalter Schauder lief mir über den Rücken, als ich daran dachte, wie Irina beinahe dasselbe passiert war, damals, an jenem herrlichen Herbsttag in Carreckwater.

»Wie tragisch! Ist sie zu weit hinausgeschwommen? War jemand bei ihr, als es passierte? War die Gräfin auch dabei?«

»Oh ja, wir waren eine große Gruppe. Es war ein sonniger Tag zu Beginn des Frühlings. Was wirklich passiert ist, ist schwer zu sagen. Vielleicht hat sie wegen des kalten Wassers einen Krampf bekommen, auf jeden Fall geriet sie plötzlich in Schwierigkeiten. Niemand hat etwas gemerkt, bis es zu spät war. Meine Frau war in einem Boot in der Nähe und hat getan, was sie konnte, um ihr zu helfen. Sie brachte Mavra ans Ufer. Wie hätte ich ihr Kind nicht bei mir aufnehmen können, nachdem die kleine Irina auf so tragische Weise ihre Mutter verloren hatte? Sie war ja auch meine Tochter und ich habe sie von dem Moment an geliebt, als sie auf die Welt kam, wenn nicht sogar vorher schon.«

Ich wusste nicht, was ich zu dieser traurigen Geschichte sagen sollte, während meine Gedanken rasten.

»Leider hat sich meine Frau nie etwas aus dem Kind gemacht, aber das war vermutlich zu erwarten. Sie hat sie sehr vernachlässigt, daher war es ein Segen, dass Sie zu uns gekommen sind. Irina hat Sie von Herzen geliebt, sie hat Sie angebetet und wollte so sein wie Sie, wie es junge Mädchen schon mal tun.«

Die Tränen stiegen mir in die Augen und das Sprechen fiel mir schwer.

»Ich habe sie auch geliebt. Sie war solch ein Schatz.«

»In ihrem Leben gab es kaum die Liebe einer Mutter, bis Sie zu uns kamen, doch dank Ihrer Fürsorge hat sich all das zum Besseren gewendet und sie gewann täglich mehr Selbstvertrauen. Ich weiß nun, wie wichtig es für ein Kind ist, sich geliebt und sicher zu fühlen. Nachdem ich Irina nun verloren habe, möchte ich nicht, dass diese Kleine hier so leidet, wie sie gelitten hat. Die Gräfin hat sie zwar zur Welt gebracht, doch sie ist inzwischen *Ihr* Kind und Sie werden ihr eine ausgezeichnete Mutter sein.«

»Danke, dass Sie an mich glauben, Mylord.«

Eine Woge der Erleichterung überrollte mich und die Angst, dass ich Katja verlieren könnte, verflog allmählich.

»Um Ihnen bei den Kosten zu helfen, die zwangsläufig entstehen, wenn man ein Kind großzieht, und weil sie die Tochter meiner Frau ist, so entschieden sie es auch leugnen mag, habe ich in ihrem Namen einen Treuhandfond eingerichtet, der ihre Zukunft sichern soll.«

»Oh, Mylord, ich weiß gar nicht, was ich sagen soll oder wie ich Ihnen danken soll.«

Ich sah ihn voller Ehrfurcht an, seine Großzügigkeit machte mich vollkommen sprachlos.

»Von Rechts wegen sollten wir das alles vermutlich juristisch bestätigen lassen, mit Adoptionspapieren und so weiter. Doch unter den gegenwärtigen Umständen kann das Jahre dauern. Es wäre viel besser, wenn Sie sich mit ihr weit weg von hier niederlassen würden, irgendwo, wo Sie beide in Sicherheit sind. Und ich weiß auch genau, wo. Sie werden sich ja an Carreck Place erinnern, wo mein verstorbener Cousin gelebt hat …«

»… verstorben? Heißt das, dass Lord Rumsley tot ist?«

»Ja, ich fürchte, das stimmt. Ein Herzanfall, glaube ich. Seine Frau ist mit den beiden Kindern nach Amerika gezogen. Sie leben in Boston und scheinen dort recht zufrieden zu sein.«

»Sie haben ihr Heim im Lake District verlassen?«

Ich konnte kaum glauben, was ich da hörte. Vielleicht war ich einfach davon ausgegangen, dass daheim in England nie etwas Schlimmes passieren konnte. Wir hier in Russland waren es, die die Wirren einer Revolution durchleiden mussten. Seine nächsten Worte überraschten mich vollends.

»Lord Rumsley war nie der Besitzer von Carreck Place. Es gehört mir. Oder besser gesagt: Ich habe meinem Cousin Charles das Geld zur Verfügung gestellt, um es zu kaufen. Der Mann war ein Idiot, aber er gehörte nun mal zur Familie, verstehen Sie? Und nun möchte ich es Ihnen überlassen oder zumindest dem Kind meiner törichten Frau.« Er küsste Katja auf die Wange und lächelte sie an. »Sie verdient eine Entschädigung dafür, dass die Gräfin sie auf diese Weise verstoßen hat. Carreck Place gehört ihr auf Lebzeiten und Ihnen auch, und es gibt einen Treuhandfond auf ihren Namen, der ihr den Erhalt des Hauses ermöglicht. Was danach passiert, können wir später entscheiden, je nachdem, wer von uns dann noch da ist.«

Ich schüttelte ungläubig den Kopf.

»Das kann ich unmöglich annehmen.«

»Doch, das können Sie, um der kleinen Katja willen.«

Ich hatte Tränen in den Augen, als ich nun auf das Baby heruntersah, das so friedlich in meinen Armen schlief.

»Ich werde mein Bestes geben, um ihr eine gute Mutter zu sein. Ich liebe sie schon jetzt mehr als das Leben selbst.«

»Natürlich tun Sie das. Das Haus steht leer. Gehen Sie, erwecken Sie es zu neuem Leben und machen Sie wieder ein glückliches Zuhause daraus. Suchen Sie Stefan und nehmen Sie ihn mit.«

Der Graf lächelte, als er sah, wie sich meine Wangen rot färbten, und tätschelte mir die Hand.

»Ich denke, Sie und er werden am Ende doch zusammenkommen. Suchen Sie ihn, Millie, und gehen Sie gemeinsam nach England. Bleiben Sie nicht einen Tag länger in Petrograd als unbedingt nötig. Es ist nicht sicher. Ich bitte Sie nur um einen Gefallen: Sagen Sie meiner Frau nichts von all dem, bevor Sie nicht sicher nach Carreck Place zurückgekehrt sind. Und vielleicht nicht einmal dann. Schweigen bedeutet Sicherheit.«

Seine Stimme hatte einen warnenden Unterton und ich nickte, denn ich verstand genau, was er mir damit sagen wollte.

»Und nun werde ich gehen und meiner Frau die Nachricht überbringen, dass sie bald frei sein wird.«

KAPITEL 31

Abbie ließ ihrer Großmutter ihre wohlverdiente Ruhe und machte sich auf die Suche nach Aimée. Als sie ihre Tochter nicht sofort fand, stieg leise Panik in ihr auf.

»Keine Bange«, sagte Fay. »Sie ist draußen auf dem See, mit deinem Vater.«

»Wow, tatsächlich?«

»Ich habe ihm gesagt, er solle sich doch ein bisschen Mühe geben, sein neues Enkelkind besser kennenzulernen, ihr ein bisschen mehr Aufmerksamkeit zu widmen. Mein Vorschlag hat ihn ziemlich überrascht und ihn auch recht nachdenklich gemacht, aber es scheint ja zu funktionieren. Er will ihr und Jonathon das Angeln beibringen.«

»Oh, du liebe Güte, das ist ja wunderbar!« Sofort fielen ihr der Graf und Serge ein, die genau dasselbe gemacht hatten. Sie dachte daran, wie sich ihr Verhältnis danach entwickelt hatte, und ihr wurde es warm ums Herz vor lauter Zuneigung zu ihrem Vater und ihrer Schwägerin. »Du bist einfach toll!«

Fay grinste schelmisch.

»Mit Robert bin ich noch nicht ganz so weit, aber ich arbeite dran.«

»Dann könntest du mir wohl auch einen Tipp geben, wie ich mit meinem Bruder umgehen sollte. Vielleicht bei einem Glas Wein?«

Die beiden Frauen saßen gemütlich zusammen und schwatzten, während Carrie auf dem Boden spielte, als die Angler zurückkamen. Abbie sah sofort, dass das Eis zwischen ihrem Vater und ihrer Tochter gebrochen war. Aimée kicherte, als ihr Großvater sie aus dem Boot hob, und ergriff fröhlich seine Hand, als sie das Ufer hochstapften und sich zu den Frauen setzten. Sie hatte ganz offensichtlich sein Herz erobert.

Abbies Gedanken rasten. Nun wusste sie, wie es kam, dass ihre Familie auf Carreck Place lebte, und vielleicht war das der richtige Moment, um ihr eigenes kleines Geheimnis zu lüften.

»Ich glaube, Mrs Brixton hat in der Küche kleine Törtchen und Orangensaft für euch«, sagte sie.

Laut kreischend vor Begeisterung liefen die beiden Kinder davon. Abbie warf ihrer Schwägerin einen kurzen Blick zu und Fay verstand sofort, dass sie einen Moment mit ihrem Vater allein sein wollte. Also verkündete sie, dass Carrie auch Kuchen essen wolle, und ging hinter den Kindern her zum Haus.

Abbie atmete tief durch und sagte dann:

»Dad, ich wollte dir sagen, dass ich beim Rechtsanwalt war.«

»Ah, ich dachte mir schon, dass du das tun würdest.«

»Ich brauchte John Kirbys Rat wegen des Überziehungskredits und dabei ist alles herausgekommen.« Mit sorgfältig kontrollierter Stimme und ohne jeden Anflug von Vorwurf fragte sie: »Wann wolltest du mir denn sagen, dass Mum mir den Laden und die Firma vermacht hat?«

Ihr Vater seufzte tief und setzte sich zu ihr auf die Bank.

»Ich kann gar nicht genau sagen, warum ich es aufgeschoben habe. Eine Weile konnte ich es einfach nicht ertragen, darüber zu sprechen. Es stimmt, dass Kate den Laden in den letzten Jahren vernachlässigt hat. Und sie hatte Schulden, so viele wie nie zuvor. Aber wir haben immer noch ein Einkommen aus dem Land, das wir verpachten, und das hilft beim Erhalt des Hauses. Die Lage ist nicht ganz so dramatisch wie Robert sagt, aber ich weiß auch nicht, wie es um seine eigenen Finanzen bestellt ist. Allerdings hat mich die Entscheidung deiner Mutter überrascht und ich war auch nicht ganz einverstanden damit.«

»Du dachtest, ich verdiene es nicht, und wolltest überlegen, wie du es verhindern kannst?«, fragte Abbie leise.

»Vielleicht. Außerdem hatte ich meine Zweifel, ob sie ein solches Testament aufgesetzt hätte, wenn sie geahnt hätte, wie schlecht die Dinge um *Schmuckträume* einmal stehen würden. Das Geschäft gehörte ihr, nicht mir, und wie du ja nicht müde wirst zu betonen, bist du kein unreifer Teenager mehr. Ich beschloss, dass du zumindest die Möglichkeit haben solltest, dich zu beweisen und vielleicht etwas von dem Schaden wiedergutzumachen, den du angerichtet hast.«

Abbie zuckte innerlich zusammen und verspürte sofort den Wunsch, sich zu verteidigen, doch bevor sie sich eine Antwort zurechtgelegt hatte, dröhnte hinter ihnen eine Stimme:

»Das wird sie nie schaffen!«

Weder Abbie noch ihr Vater hatten Robert kommen gehört. Nun stand er mit einer ängstlich dreinblickenden Fay neben sich breitbeinig da, die Arme über der Brust verschränkt, und starrte böse auf sie hinunter.

»Habe ich richtig gehört? Willst du damit sagen, dass Mutter dir das Geschäft in der Carndale Road vererbt hat?«

Abbie begegnete dem wütenden Blick ihres Bruders mit einem entschuldigenden Lächeln.

»Das ist das, was man mir gesagt hat, ja.«

»Warum um alles in der Welt sollte sie das tun, nachdem du sie dermaßen enttäuscht hast? Es ist ja nicht so, als hätte sie dir verziehen, dass du deinen eigenen Ruf und natürlich den der ganzen Familie ruiniert hast.«

Abbie sprang auf. Sie zitterte leicht, wie immer, wenn ihr Bruder sie einschüchtern wollte. Doch nun spürte sie die Hand ihres Vaters auf ihrem Arm, die sie sanft wieder auf die Bank zog.

»Das reicht, Robert. Vielleicht hat sie Abigail verziehen, tief in ihrem Innern, und brachte es einfach nicht über sich, es zuzugeben. Je länger eine Entfremdung andauert, desto schwieriger ist es, den ersten Schritt zu tun. Möglicherweise war dieses

Testament für eure Mutter ein solcher erster Schritt. Eine Entscheidung, die wir respektieren sollten.«

Sie schwiegen, bis Abbie schließlich sagte:

»Ich verspreche, dass ich alles daransetzen werde, ihr Vertrauen in mich zu rechtfertigen. Aber es ist mein Leben und ich habe das Recht, meine eigenen Entscheidungen zu treffen, also wüsste ich es sehr zu schätzen, wenn ich mir in Zukunft keine Vorhaltungen mehr von meinem großen Bruder anhören müsste.«

Plötzlich entschied Fay, zum ersten Mal in die Familienfehde einzugreifen. Sie räusperte sich und hakte sich bei ihrem Mann unter.

»Ich glaube, das ist in Ordnung für dich, nicht wahr, Schatz?«

Robert sah seiner Frau in die Augen, begegnete dann dem fragenden Blick seines Vaters und funkelte Abbie mit unverminderter Härte an.

»Solange dir klar ist, dass Dad alles verliert, wenn du damit scheiterst.«

Als er mit Fay davonging, war Abbie ihrem Vater dankbar, dass er leicht ihre Hand drückte, bevor er seinem Sohn folgte. Doch mit klopfendem Herzen wurde ihr klar, dass sie sich ein Scheitern auf gar keinen Fall erlauben konnte.

*

Die Lokalzeitung erschien am folgenden Donnerstag und wie zu erwarten war, ging der Artikel zunächst ausführlich auf Kates Selbstmord ein, erwähnte jedoch auch, dass Abbie immer noch um sie trauerte. Falls ein Leser deshalb Mitleid mit ihr empfand, so wurde das gleich mit dem nächsten Satz zunichte gemacht:

Als unverheiratete Mutter und folglich ohne die Unterstützung durch einen Ehemann versucht Abigail Myers tapfer, ein Geschäft wieder auf die Beine zu stellen, das in den letzten Jahren sehr vernachlässigt wurde, vermutlich eine Folge des depressiven Zustands ihrer Mutter.

»War es denn unbedingt nötig, auf der Tatsache herumzureiten, dass ich nicht verheiratet bin? Von Mums Selbstmord mal ganz abgesehen?«, stöhnte Abbie, als sie mit Linda zusammen den Artikel las.

Sie wünschte, Drew wäre noch da, denn sie hatte den dringenden Wunsch, zu ihm zu laufen und sich trösten zu lassen. Doch dann erinnerte sie sich, dass er sowieso nicht der Richtige wäre.

»Nehmen Sie sich diese Bemerkungen nicht zu sehr zu Herzen. Sie sind nicht allein. Es gibt schließlich noch andere unverheiratete Frauen mit Kindern«, tröstete Linda sie.

Es folgte eine Zusammenfassung der Familiengeschichte der Myers', wobei die Autorin andeutete, dass gerade die weiblichen Familienmitglieder oftmals von Fernweh befallen wurden:

Großmutter, Mutter und Tochter haben sich in ihrer Jugend in fremde Länder abgesetzt. Wir können nur vermuten, dass es bei diesen Abenteuern jeweils um Herzensangelegenheiten ging. Wie lange Miss Abigail Myers in Carreckwater bleiben wird, hängt vielleicht davon ab, welche neue Versuchung ihren Weg kreuzt.

»Das klingt, als ob ich jederzeit mit einem anderen Mann davonlaufen könnte«, schnaubte Abbie.

Der Artikel erwähnte schließlich noch die offizielle Eröffnungsfeier und nannte die prominenteren Gäste, die an der Party teilgenommen hatten. Er endete mit einer Warnung vor der Konkurrenz, die das Geschäft nebenan für Abbies Laden in Zukunft bedeuten könnte.

»Das ist alles so negativ. Warum stellt sie es so düster dar?«

Linda seufzte betrübt und sagte dann:

»Wahrscheinlich wollte sie ein bisschen Schwung in ihre Geschichte bringen. Sie geht kaum auf den Schmuck ein, und all die Informationen über Bernstein, die Sie ihr gegeben haben, kommen auch nicht vor. Was für eine Verschwendung.«

In diesem Augenblick läutete die Ladenglocke und zwei Frauen kamen herein. Linda ließ schnell die Zeitung verschwinden und begrüßte die Damen mit ihrem üblichen strahlenden Lächeln.

Bis zur Mittagspause hatten sie erstaunlich viel zu tun und Abbie merkte, dass sie sich entspannte.

»Wir haben heute gut verkauft, trotz des schrecklichen Artikels. Vielleicht stimmt es ja, dass es keine schlechte Publicity gibt.«

Linda grinste.

»So ist's recht! Auch wenn Seine Lordschaft von nebenan alles daranzusetzen scheint, uns in allernächster Zukunft Konkurrenz zu machen.«

»Na, höre ich da einen Stimmungswechsel heraus?«

»Ich bin auf Ihrer Seite. Wir verteidigen uns mit Zähnen und Klauen, okay?«

»Unbedingt!«

*

Als Abbie zur Schule ging, um Aimée abzuholen, kam ihr Joan Sanderson, die Lehrerin ihrer Tochter, entgegen.

»Ah Abbie, ich bin froh, dass ich Sie erwische. Ich habe diesen Artikel in der Zeitung gelesen und wollte Ihnen sagen, dass Clarinda Ratcliffe Sie meiner Meinung nach ganz schön in die Mangel genommen hat. Aber das überrascht mich eigentlich nicht. Ich kenne die Einzelheiten nicht, aber sie und Kate haben sich nicht allzu gut verstanden.«

»Diese schreckliche Frau kannte meine Mutter?«

»Oh ja.«

»Das hat sie gar nicht erwähnt.«

»Sie haben sich vor Jahren zerstritten, der Grund war irgendetwas ganz Dummes. Kate wurde zur Vorsitzenden der Soroptimisten gewählt, anstelle von Clarinda. Und Clarinda mag es nicht besonders, wenn man sie übergeht.«

»Nun, meine Mutter mochte das auch nicht. Aber jetzt geht es mir schon viel besser mit dem Artikel, obwohl sie sich wirklich große Mühe gegeben hat, alles in ein schlechtes Licht zu stellen. Seltsamerweise hatten wir aber heute einen erstaunlich guten Tag im Laden.«

»Wunderbar, aber das hängt vielleicht auch damit zusammen, dass ›Miss Zickig‹, wie man sie hier nennt, nicht sonderlich beliebt ist.« Joan Sanderson lachte und zog Abbie zur Seite, um sie vor dem Ansturm der Kinder zu retten, die ihren Eltern entgegenliefen, und sicherzugehen, dass niemand mithörte. »Clarinda Ratcliffe ist die Art von Klatschbase, die am liebsten die dunklen Geheimnisse der Leute zutage fördert. Außerdem ist sie bekannt dafür, dass sie alle Männer anbaggert, die ihr über den Weg laufen. Sie hat es auch bei Ihrem Vater versucht, aber da konnte sie nicht landen.«

Abbie runzelte die Stirn.

»Das wundert mich nicht. Für meinen Dad gab es nur eine einzige Frau.«

»Genau, aber das besiegelte die Feindschaft zwischen den beiden Frauen. Wenn sie zufällig beide bei derselben Veranstaltung waren, konnten die Bemerkungen, die sie übereinander machten, reichlich spitz sein. Es war fast peinlich. Clarinda hasste es, dass Ihre Mutter eine glückliche Ehe führte, und Kate war überzeugt, dass ihre Rivalin alles daransetzte, sie zu zerstören.«

Abbie hörte mit großem Interesse zu.

»Es klingt, als hätten Sie meine Mutter recht gut gekannt.«

»Oh ja, Kate und ich waren gut befreundet.«

»Könnten wir uns vielleicht mal auf einen Kaffee treffen? Ich würde mich gerne mit Ihnen unterhalten und mehr über meine Mutter herausfinden. Schließlich habe ich vor all den Jahren den Kontakt zu ihr verloren. Wissen Sie zum Beispiel, warum sie an der Côte d'Azur war?«

Die Lehrerin holte tief Luft und atmete mit einem Seufzer wieder aus.

»Ja, das weiß ich, und es ist eine ziemlich traurige Geschichte.«

»Ich würde sie gerne hören, recht bald, wenn das möglich wäre«, sagte Abbie und sah zu ihrer Tochter hinüber, die mit

Jonathon Fangen spielte. Dann setzte sie hinzu: »Natürlich ohne, dass Aimée dabei ist.«

»Wie wär's mit morgen, wenn Ihre Schwägerin die Kinder abholt und das Wochenende anfängt? Könnten Sie gegen fünf Uhr zu mir nach Hause kommen?«

»Das wäre wunderbar.«

*

Am folgenden Nachmittag übernahm Linda den Laden, während Abbie sich auf den Weg zu einem Besuch machte, von dem sie sich viel versprach. Sie machte einen kleinen Umweg, bog an Benthwaite Cross links ab und ging durch St. Margaret's Walk, statt sich durch die Menschenmengen zu zwängen, die auch um fünf Uhr noch die Carndale Road bevölkerten, die wichtigste Geschäftsstraße des Städtchens. Im Winter war Carreckwater ein ruhiger, schläfriger Ort, wo die Bewohner gemütlich umherspazierten, einander zunickten und lächelten und jeden grüßten, dem sie begegneten. Jetzt im Sommer konnte man kaum einen Fuß vor den anderen setzen und es war schwierig, ein bekanntes Gesicht in der Menge auszumachen. Daher machte sich Abbie zunächst keine Gedanken, als sie hinter sich Schritte hörte. Vermutlich war es einer der zahlreichen Touristen, der hier herumwanderte. Als sie jedoch die ruhigeren Straßen rings um Hazelwood Crescent erreichte, wo Joan lebte, war sie überrascht, dass das entfernte Klappern von Absätzen auf dem Kopfsteinpflaster immer noch zu hören war.

Sie ging rascher. Auch die Schritte wurden schneller. Kurz darauf warf sie über die Schulter einen Blick zurück, konnte aber niemanden sehen. Sie kam sich dumm vor und dachte, dass sie sich alles nur eingebildet hatte. Trotzdem beeilte sie sich, zu Joans Haus zu kommen, und sah die Lehrerin schon auf der Türschwelle stehen.

»Ich dachte, ich hätte Sie kommen gehört. In diesen Teil der Stadt verirren sich zum Glück nicht so viele Touristen.«

Abbie blickte die Straße entlang, auf der sie gekommen war, und runzelte nachdenklich die Stirn. Hatte sie sich das eingebildet oder war ihr tatsächlich jemand gefolgt?

Joan führte sie an der Seite des Hauses vorbei zu einer Rasenfläche auf der Rückseite, wo ein Tisch und ein paar Stühle standen.

»Ich habe uns Limonade gemacht und dachte, wir setzen uns nach draußen. Es ist so ein herrlicher Tag.«

»Was für ein wundervoller Garten! Oh, und was für ein Ausblick!«

»Ich werde nicht müde, ihn mir anzusehen. Dieser langgestreckte Berg ist Loughrigg Fell. Von da oben hat man einen noch spektakuläreren Blick auf die Langdale Pikes. Ich wandere gerne dort oder um den Bergsee, vor allem jetzt im Frühsommer, wenn er ganz mit Seerosen bedeckt ist. Wordsworth hat den See besonders gern gemocht, er hat ihn als ›klar und hell wie der Himmel‹ beschrieben.«

»Das kann ich mir gut vorstellen. Ich hoffe, dass ich im Herbst ein paar Wanderungen unternehmen kann, wenn im Laden nicht so viel los ist.«

Joan goss Limonade in die beiden Gläser, die sie auf den Tisch gestellt hatte, und füllte sie mit Eis aus einem Krug auf.

»Ich freue mich, dass die Geschäfte gutgehen, trotz Clarindas boshaftem Artikel. Aber reden wir nicht von ihr. Lassen Sie uns lieber über meine liebe Freundin Kate sprechen.«

Abbie nahm ein Stück von Joans köstlichem Schokoladenkuchen, und als die Lehrerin mit ihrer Erzählung begann, hatte sie ihren möglichen Verfolger schon bald vergessen.

»Ich weiß, dass Sie von Kates Adoption wissen, und mittlerweile haben Sie wahrscheinlich auch herausgefunden, dass Gräfin Olga Belinsky ihre leibliche Mutter war.«

»Ja, ich wusste schon lange, dass sie adoptiert war, allerdings nicht, wo und wann.«

Abbie schilderte Joan kurz ihren Besuch im Waisenhaus von Stepney und fasste auch einiges von dem zusammen, was ihre Großmutter gesagt hatte.

»Nun, im Jahr 1936, als Kate gerade neunzehn war, erschien die Gräfin aus heiterem Himmel auf Carreck Place. Zunächst hat sich Kate gefreut, sie zu sehen. Ich nehme an, es war irgendwie befreiend, endlich zu wissen, wer ihre leibliche Mutter war, und vielleicht fand sie es auch aufregend, dass sie eine Gräfin war. Aber ich glaube, Ihre Großmutter war nicht so begeistert.«

»Das kann ich gut verstehen. Sie hatte Angst, sie zu verlieren, und außerdem blickt Millie nicht gern zurück. Ich habe Monate gebraucht, um ihr die Geschichte von ihrer Zeit in Russland zu entlocken und die Informationen über meine Mutter zu bekommen, die ich wissen wollte. Ich habe sie allerdings auch nicht zur Eile gedrängt, denn ich fand das alles absolut faszinierend, gleichzeitig tragisch und rührend. Wie hat Millie also auf das plötzliche Auftauchen der Gräfin reagiert?«

Joan schüttelte traurig den Kopf.

»Wegen der Art, wie sie sich in ihr Leben drängte, gab es viele Auseinandersetzungen, wie Sie sich sicher vorstellen können, sowohl zwischen Kate und ihrer Mutter als auch zwischen Millie und der Gräfin. Sie kam immer wieder, weigerte sich, loszulassen. Sie hat Ihre Großmutter sogar beschuldigt, ihr die Tochter weggenommen zu haben, die sie Katja nannte. Und sie drohte zur Polizei zu gehen, weil Millie ihr angeblich auch ihren Schmuck gestohlen hatte.«

»Lieber Gott, was diese Frau da erzählt hat, war völliger Blödsinn. Millie sagte mir, dass die Gräfin ihr einmal vorgeworfen hat, ihre Perlen an sich genommen zu haben.«

»In diesem Fall ging es um einen Bernsteinanhänger, nicht um ihre Perlen. Millie beteuerte, dass sie nicht mehr wusste, was damit geschehen sei.«

»Ah, das muss der Anhänger gewesen sein, den ich in Mums Babysachen gefunden habe. Aber erzählen Sie weiter. Was ist dann passiert?«

»Bei all den Auseinandersetzungen ging es eigentlich um die Verbindung mit Kate. Ihre Großmutter hat versucht, ihrer

Tochter zu erklären, dass die Gräfin log, dass sie Millie gezwungen hatte, sich als ihre Mutter auszugeben, weil sie selbst sich weigerte, das Kind anzuerkennen. Ich glaube, Kate fand es schwierig, das zu akzeptieren, und das führte dann zu weiterem Streit. Dann bot Olga Kate an, dass sie bei ihr an der Côte d'Azur wohnen könne, und sie stimmte zu.«

»Oh, du liebe Güte. Also war das der Grund, weshalb sie angeblich davongelaufen ist?«

»Ja, ich fürchte, das stimmt, und es brach Ihrer Großmutter das Herz.«

Abbie schwieg eine Weile. Sie konnte nachvollziehen, wie hart dieser Schlag Millie getroffen haben musste.

»Ich kann mir nicht vorstellen, wie ich mich fühlen würde, wenn ich meine geliebte Aimée verlieren würde. Ich finde es in Ordnung, wenn Eduard, mein Ex, sie von Zeit zu Zeit besucht, aber ich wäre am Boden zerstört, wenn er versuchen würde, sie mir ganz wegzunehmen.«

Joan nickte.

»Ich glaube, genau so ging es Ihrer Großmutter. Sie hat Kate von Anfang an als ihr eigenes Kind großgezogen, und da sie keine eigenen Kinder haben konnte, hat sie sie umso mehr geliebt. Kate liebte sie auch, aber sie war in einem widerspenstigen Alter. Allerdings hat sie ihre Entscheidung, zur Gräfin zu ziehen, bald bereut und war recht schnell ernüchtert. Nach ein paar Monaten merkte sie, dass die Gräfin sie aus ganz eigennützigen Gründen immer mehr herumkommandiert und bewacht hat. Kate hat mir erzählt, dass sie schockiert war von dem dekadenten Lebensstil der Gräfin, ihrer endlosen Reihe von Liebhabern, ihrer Geldverschwendung. Offenbar hatte sie von der russischen Revolution überhaupt nichts gelernt. Als Olga sie dann zur Heirat mit einem reichen Aristokraten zwingen wollte, hatte Kate genug und kehrte nach Hause zurück. Sie erkannte schließlich, dass es Millie war, die aufrichtige Mutterliebe für sie empfand, nicht die Gräfin.«

Abbie kamen die Tränen.

»Oh, zum Glück hat sie das begriffen, aber ich glaube, ihre Beziehung zu Millie hat sich nie wieder ganz erholt von diesem Trauma. Ich verstehe nun, warum immer eine leichte Spannung zwischen ihnen zu herrschen schien.«

»Ja, das wird der Grund gewesen sein. Wahrscheinlich hatten sie beide Angst, vergangene Wunden aufzureißen.«

»Ich danke Ihnen herzlich, dass Sie mir das alles erzählt haben, es hilft mir sehr.«

»Kommen Sie jederzeit vorbei, wenn Ihnen nach Reden zumute ist. Eine Tochter von Kate ist mir immer willkommen.«

*

Als sie zum Friedhof kam, sah sie zu ihrer Überraschung, wie Eduard sein Auto parkte. Das wunderte sie, weil er eigentlich mit Aimée einen Ausflug mit dem Dampfboot machen wollte. Warum brachte er sie früher nach Hause, wenn er erst solch einen Aufstand gemacht und beteuert hatte, dass er so viel Zeit wie möglich mit ihr verbringen wollte? Plötzlich wusste sie die Antwort auf diese Frage und sie ging schnurstracks zu ihm.

»Folgst du mir?«

Eduard blinzelte erstaunt.

»Dir folgen? Wohin? Ich dachte, du bist im Laden, bei der Arbeit.«

»Lüg mich nicht an. Ich habe vorhin deine Schritte hinter mir gehört, als ich jemanden besuchen wollte.«

»Du wolltest jemanden besuchen? Vielleicht den Kerl, mit dem ich dich letztens abends gesehen habe? Ist er dein neuester Liebhaber?«

»Er ist ganz bestimmt *nicht* mein Liebhaber und ich habe ihn auch nicht besucht. Aber das tut alles nichts zur Sache. Warum gehst du mir nach?«

Eduard zuckte hilflos mit den Schultern.

»Ich kann nur sagen, *non*, ich gehe dir nicht nach. Ich gehe mit Aimée auf das Boot, dann will sie nach Hause, weil es ist so heiß, also fahre ich sie nach Hause in meinem Mietwagen. Und jetzt kaufe ich Ticket im Postamt für den Zug morgen.«

»Zug? Fährst du nach Hause?«

»Hier ist nichts für mich. Du hast das sehr klar gesagt. Ich möchte Zeit verbringen mit meinem kleinen Mädchen. Wir hatten gute Tage zusammen und sie will mich unbedingt besuchen, später im Sommer. Wenn du sie nicht im Flugzeug bringen kannst, hole ich sie ab. Nun ist Zeit, dass ich meinen kleinen Jungen sehe.«

Abbie unterdrückte einen erleichterten Seufzer und lächelte ihn an.

»Es tut mir leid, dass es mit uns nicht geklappt hat, aber ich wünsche dir alles Gute, Eduard. Und bitte richte Marie meine besten Glückwünsche zur Geburt ihres Sohnes aus. Habt ihr schon einen Namen für ihn?«

Er schüttelte den Kopf.

»Sie wartet ab, ich entscheide.«

»Natürlich.«

Eduard war es am liebsten, wenn er die Entscheidungen traf. Abbie ließ den typisch französischen Dreifachkuss auf die Wangen über sich ergehen, dann stand sie neben ihrem Auto und sah ihm nach, als er davonging. Nun war sie endlich wirklich frei. Doch statt der erwarteten Freude überkam sie Traurigkeit, denn wie es aussah, hatte sie auch Drew verloren.

*

Nach einem seltsam ruhigen Wochenende war Abbie am Montagmorgen allein im Geschäft. Linda hatte sich ihren wohlverdienten freien Tag genommen. Ein kleiner untersetzter Mann in den Sechzigern war ihr erster Kunde und Abbie begrüßte ihn mit ihrem üblichen Lächeln. Ehemänner, die Geschenke für ihre Frauen kauften, gehörten zu ihren besten Kunden. Der Mann erwiderte ihr Lächeln jedoch nicht, als er auf den Ladentisch zukam. Sein rundes Gesicht war kaum zu erkennen, er hatte einen zotteligen Bart und eine Schirmmütze, die er sich tief in die Stirn gezogen hatte. Obwohl es ein warmer Tag war, hatte er den Kragen seines dunkelblauen Dufflecoats hochgeschlagen. Man sah nur seine durchdringenden schwarzen Augen.

»Sind Sie Abigail Myers? Ich sehe Interview in der Zeitung, wo steht, dass Sie den Laden Ihrer Mutter übernehmen.«

Er war nicht leicht zu verstehen, weil er mit einem starken Akzent sprach.

»Das ist richtig«, antwortete Abbie und verspürte eine leise Unruhe.

»Ich war Begleiter von einer Lady, die Ihre Mutter besucht hat.«

»Ah, Sie meinen die Dame, die sich mit ihr über eine mögliche Reise nach Russland unterhalten hat?«, fragte Abbie, weil ihr einfiel, dass die Reporterin etwas Ähnliches erwähnt hatte.

Der Mann schüttelte jedoch den Kopf.

»Ich weiß nichts von einem Besuch im Vaterland.« Er ließ den Blick durch den Laden schweifen und seine Augen leuchteten auf, als er die Vitrine mit dem Bernsteinschmuck sah. »Ah, das ist der gestohlene Bernstein?«

»Was reden Sie denn da? Ich habe ihn bei einer Firma in Polen gekauft, ganz legal.«

»Nein, Ihre Großmutter hat ihn gestohlen. Sie schuldet meiner Lady viel. Sie stiehlt nicht nur Schmuck von meiner Lady, sondern auch ihre Tochter.«

Abbie durchfuhr es eiskalt.

»Das ist gelogen. Meine Großmutter ist keine Diebin.«

Dieser Mann musste also ein Bekannter oder ein Diener der Gräfin gewesen sein.

Er lehnte sich über den Ladentisch und verzog den Mund zu einem verächtlichen Grinsen, sodass sie seine gelben Zähne sehen konnte. Einige hatten abgesplitterte Kanten, als sei er in eine Prügelei geraten.

»Ich weiß die Wahrheit, die ganze Geschichte. Ihre Großmutter, sie kriegt sogar das Haus, das meiner Lady gehört hätte, wenn ihr Mann nicht so böse gewesen wäre. Stattdessen sie stirbt in großer Armut, hat alles verloren. Nun ich brauche ein Einkommen, weil ich all die Jahre mich um die Mutter Ihrer Mutter gekümmert habe, und die Gräfin hat mir gesagt, wo und wie ich es bekomme. Wenn Sie nicht wollen, dass Ihre Großmutter ins Gefängnis kommt, dann bezahlen Sie mir Geld. Ich will so viel, wie meine Lady von Ihrer Mutter bekommen hat: einhundert Pfund die Woche. Das macht vierhundert im Monat oder ich sage der Polizei.«

Abbie schnappte nach Luft.

»Das ist Erpressung. Selbst wenn ich eine solch riesige Summe hätte, würde ich Ihnen keinen Penny geben.«

Er verzog den Mund, seine Augen funkelten.

»Das ist Geschäft. Alles, was Sie haben, sollte meiner Lady gehören und jetzt mir. Sie sagen der alten Dame, dass Iwan nicht weggegangen ist, und es wäre besser, wenn sie tut, was ich sage. Sie kann sich nicht immer verstecken in ihrem schönen Wohnzimmer mit der Eichentäfelung. Ich komme in einer Woche wieder und will mein Geld. Sorgen Sie dafür, dass es bereitliegt!«

KAPITEL 32

Ende Januar reiste der Graf mit Serge aus Petrograd ab. *Babuschka* beschloss, in der Stadt zu bleiben, weil hier ihre Freundinnen lebten, die sie manchmal besuchen kamen. *Njanjuschka* erklärte sich einverstanden, sie weiterhin zu pflegen, denn der Rheumatismus der alten Dame wurde immer schlimmer und sie konnte sich kaum noch allein helfen.

»Die arme Seele würde sterben, wenn ich mich nicht um sie kümmere«, flüsterte mir *Njanjuschka* ins Ohr, während diese Verhandlungen geführt wurden.

Von Stefan hatte ich seit zwei Wochen nichts gehört und es machte mich beinahe verrückt. Ich verbrachte ganze Tage damit, durch diese riesige Stadt zu ziehen und Leute zu fragen, ob sie ihn gesehen hatten. Immer wieder hoffte ich, einen Hinweis zu bekommen, wo er sich versteckt hielt, doch ich hatte kein Glück. Ich saß oft Stunde um Stunde in unserem Lieblingscafé, obwohl es dort mittlerweile kaum noch Kaffee gab. Es war zum Verzweifeln, dass ich nichts über ihn in Erfahrung bringen konnte.

Doch wenn ich das Los bejammerte, das das Schicksal mir zugedacht hatte, dann war das nichts im Vergleich zu dem, was die Gräfin an Wehgeschrei anstimmte. Mittlerweile fand sie eine Scheidung nicht mehr ganz so wünschenswert wie noch vor Kurzem. Ohne ihren Liebhaber und ohne die Abfindung, auf die sie gehofft hatte, schien die Trennung vom Grafen weit weniger reizvoll. Sie ging sogar so weit, die ganze Idee rundweg abzulehnen.

»Warum kann nicht alles bleiben, wie es ist, zumindest bis die politische Lage sich beruhigt?«

Die Miene des Grafen ließ keinen Zweifel daran, dass er sich nicht würde umstimmen lassen.

»Weil die Situation noch um einiges schlimmer werden könnte. Und außerdem: Warum sollte ich dich weiterhin zur Frau haben wollen? Untreue scheint dir in Fleisch und Blut übergegangen zu sein. Ich könnte viele deiner Liebhaber aufzählen, wenn auch nicht alle.«

»Du willst also meinen Ruf ruinieren?«

»Ich glaube, das hast du schon ganz allein geschafft.«

Viel schlimmer war jedoch, dass ihr Sohn sich entschieden hatte, mit seinem Vater aufs Land zu ziehen. Dass er nicht bei *ihr* bleiben wollte, war für sie ein schrecklicher Schlag.

»Ich lasse nicht zu, dass du ihn mir raubst!«, schrie sie den Grafen an.

»Das würde mir im Traum nicht einfallen. Es ist allein seine Entscheidung. Sag mir, Serge, wo möchtest du leben: hier in Petrograd bei *Mamuschka* oder bei mir auf dem Landgut oder was davon übrig ist?«

»Bei dir, Papa.«

Sie bettelte und flehte den Jungen an, sie schrie ihn an, doch er sagte ihr ganz deutlich, warum er sich für seinen Vater entschieden hatte.

»Ich liebe dich, *Mamuschka*, aber du bist nie da, wenn ich dich brauche. Du kümmerst dich eigentlich nur um dich und du warst schrecklich zu meiner kleinen Schwester. Woher soll ich wissen, ob ich dich nicht auch eines Tages langweile? Papa und ich sind gute Freunde und ich werde bald ein Mann sein, daher möchte ich bei ihm bleiben. Du kannst immer kommen und mich besuchen, wenn du möchtest, dann kannst du in einem der kleinen Häuser auf dem Anwesen wohnen, also hör auf mit dem Theater. Mir wird es gutgehen und dir auch.«

Die Diskussion, so schien es, war vorüber, auch wenn ihre Wut noch lange in ihr schwelte.

*

So sehr ich Russland auch lieben gelernt hatte, so sehr war ich inzwischen darauf bedacht, nach England zurückzukehren, vorausgesetzt, es gab überhaupt einen Zug oder ein Schiff dorthin. Zuvor musste ich mir allerdings die notwendigen Papiere in der Duma beschaffen, was mir bisher trotz eifriger Bemühungen nicht gelungen war. Bei meinem letzten Versuch wollte das Hauskomitee eine Bescheinigung darüber sehen, wo ich in den vergangenen sechs Jahren gelebt hatte und wem die Wohnung gehörte. Die Gräfin weigerte sich allerdings, mir eine solche Bescheinigung auszustellen, weil sie befürchtete, die Behörden könnten irgendwelche Zahlungen oder Zusatzsteuern verlangen. Was ein einfacher Vorgang hätte sein sollen, erwies sich als Albtraum.

Ich hatte an meine Eltern geschrieben und ihnen versichert, dass mit mir alles in Ordnung war. Da ich jedoch keine Antwort bekam, war ich mir nicht einmal sicher, ob sie meine Briefe überhaupt bekamen. Vieles an Russland würde ich vermissen und dazu gehörten natürlich Ruth und *Njanjuschka*, doch ich sehnte mich auch danach, englische Stimmen zu hören, lächelnde, glückliche Gesichter zu sehen und dieses ganze Elend hinter mir zu lassen. Nur hatte ich Stefan noch immer nicht gefunden, und auch wenn ich mir wünschte, dem schwierigen Alltag in Petrograd zu entfliehen, so musste ich ihn unbedingt aufspüren. Ich hoffte, ihn dazu überreden zu können, mit mir zu kommen. Ich hatte jedenfalls nicht die Absicht, ohne ihn loszufahren.

Viele meiner Freundinnen in der Britisch-Amerikanischen Kapelle hatten Russland bereits verlassen, doch meine liebe Ruth war zum Glück noch da. Sie sprach oft davon, nach England zurückzukehren, hatte bisher jedoch nicht gesagt, wann. Sie riet mir, mir Geld für eine eigene Abreise zusammenzutragen.

»Ich habe letztens versucht, etwas von meinen Ersparnissen abzuheben«, erzählte ich ihr. »Ich habe zwar nicht mehr viel übrig, aber man sagte mir, dass wir höchstens hundert Rubel pro Tag ausgezahlt bekommen. Wie ich an das Geld kommen soll, das mir der Graf zur Verfügung stellt, weiß ich nicht.«

»Hat er dir kein Bargeld gegeben?«

Ich sah mich vorsichtig um, um sicherzugehen, dass wir allein waren und keine neugierigen Ohren in der Nähe lauschten.

»Ja, er hat mir tatsächlich Bargeld gegeben und das habe ich an einem sicheren Ort eingenäht. Ich hoffe jedenfalls, dass er sicher ist.«

Sie verdrehte die Augen.

»Und wenn es irgendjemand dort finden sollte, verlierst du nicht nur dein Geld, sondern kriegst noch ganz andere Probleme.«

Wir kicherten, als sei es ein Witz, dabei wussten wir beide, dass es dabei leicht um Leben und Tod gehen konnte. Ich hatte keine Ahnung, wie viel die lange Reise nach England kosten würde. Mir war klar, dass ich mich auf unvorhergesehene Ausgaben einrichten musste, wie die Bestechung einer Wache, die mich in den Zug lassen würde, oder um jemanden davon abzuhalten, mir mein kostbares Hab und Gut zu stehlen. Probleme dieser Art traten inzwischen häufig auf. Bestechung schien die neue Währung zu sein.

Ich seufzte müde.

»Ich muss wieder wegen meiner Papiere vorsprechen. Endlose Versprechungen, das ist alles, was bisher dabei herausgekommen ist. Von tatsächlichen Dokumenten kann noch keine Rede sein. Oh, wenn doch bloß Stefan hier wäre und mir helfen könnte! Ich will wirklich nicht ohne ihn abreisen. Wo kann er denn bloß sein? Hast du irgendetwas gehört?«

»Ich habe ihn nicht gesehen, nein«, sagte Ruth.

Ein winziges Lächeln erhellte ihre Miene und ich war sofort ganz Ohr.

»Aber hast du vielleicht etwas gehört?«

Nun war es Ruth, die sich vorsichtig umschaute. Dann senkte sie die Stimme zu einem Flüstern.

»Er hat eine Nachricht für dich in mein Liederbuch gelegt.«

»Oh, bitte, sag mir, wo er ist!«, rief ich. »Warum hat er nicht direkt mit mir Kontakt aufgenommen?«

»Weil er schreckliche Angst hat, dein Leben in Gefahr zu bringen. Hör zu, er ist nicht weit von hier und will dich auch sehen.«

Sie nannte mir den Ort und die Zeit und ich umarmte sie überglücklich.

»Du bist die beste Freundin der Welt. Ich weiß nicht, wie ich dir das jemals vergelten soll.«

»Sei sehr vorsichtig. Denk daran, er wird immer noch von der Polizei gesucht. Er sagt, dass du dich ganz normal verhalten sollst. Du musst weiterhin versuchen, deine Papiere zu bekommen und die nötigen Vorkehrungen für deine Abreise zu treffen. Und wenn du zu ihm gehst, nimm nicht den direkten Weg und achte darauf, dass dir niemand folgt. Das Letzte, was er gebrauchen kann, ist, dass die Gräfin ihm auf die Spur kommt.«

»Mach dir keine Sorgen, ich passe gut auf.«

*

Ich war überglücklich und erleichtert, Stefans Arme um mich zu spüren, ihn zu küssen und zu halten und zu spüren, wie sein Herz an meinem schlug. Nach all den Wochen wieder mit ihm zusammen zu sein, war wundervoll und schmerzlich zugleich. Eine Weile brachte keiner von uns ein Wort heraus, als wir uns aneinanderklammerten, im Schutz der Brücke unten am Fluss, in sicherer Entfernung vom Stadtzentrum.

»Zeig mir, wo du lebst«, bat ich ihn, als wir schließlich Atem schöpften. »Ich muss es wissen, falls etwas passiert und ich ohne dich abreisen muss. Ich muss wissen, wo ich dich finden kann.«

»Es wird nichts passieren und wir werden zusammen abreisen, das schwöre ich.« Wir wussten beide, dass es ein Versprechen war, das er kaum halten konnte. »Ich nehme an, dass dir heute niemand gefolgt ist?«

Ich schüttelte entschieden den Kopf, denn ich war ebenso ängstlich wie er.

»Ich habe niemanden gesehen, außer einer alten Frau, die Blumen verkauft. Es ist sicher, Liebster.«

Sein Versteck war kaum mehr als ein Verschlag, den er zu meiner großen Überraschung als Atelier mit Staffeleien, Ölfarben und Pinseln eingerichtet hatte. An den Wänden lehnten wundervolle Bilder, sie zeigten Landschaften, Sonnenuntergänge, Schiffe und Gebäude, Vögel und andere Tiere. Ich betrachtete sie staunend und voller Ehrfurcht.

»Hast du diese Bilder gemalt?«

»Ja«, antwortete er verlegen und errötete ein wenig.

»Hierhin bist du also immer verschwunden? Du hast dich tagelang zurückgezogen, um zu malen, nicht um dich mit revolutionären Mitstreitern zu treffen, wie die Gräfin denkt.«

Er grinste.

»Ja, entweder irgendwo in die Felder und Wälder, wenn wir auf dem Land waren, oder hier in mein Atelier, mein geheimes Versteck.«

»Warum hast du mir nichts davon gesagt? Warum hast du das geheim gehalten?«

Er zuckte mit den Schultern. Er sah plötzlich verletzlich, fast schüchtern aus.

»Meine Malerei ist sehr privat, es ist meine geheime kreative Welt, und ich zeige sie nicht gerne her. Vielleicht irgendwann einmal, wenn ich davon überzeugt bin, dass meine Bilder etwas taugen.«

»Oh, du hast ganz sicher Talent, *Njanjuschka* hatte recht«, sagte ich und dachte an unser Gespräch vor vielen Jahren, als er kam, um das Schulzimmer neu herzurichten. Staunend bewunderte ich ein Bild vom blau-weißen Pavillon am Katharinenpalast und ein anderes mit einem großen Schiff im Hafen. »Aber ich wünschte wirklich, du hättest es nicht ganz so geheim gehalten.«

»Weil ich dann nicht in der dummen Lage wäre, in der ich jetzt bin?«

Ich lächelte ihn traurig an.

»Vielleicht. Die Gräfin hat ihre eigenen Geheimnisse, aber das heißt nicht, dass sie die Geheimnisse anderer Leute billigt.« Ich legte die Arme um ihn. »Darf ich ihr sagen, dass es das war, was du gemacht hast? Dass du gemalt hast? Möglicherweise bringen wir sie auf diese Weise dazu, die Anklage gegen dich fallenzulassen.«

»Und wenn sie es nicht tut und die Bolschewiki herausfinden, wo ich mich verstecke?«

»Ich verspreche, dass ich dein Versteck nicht preisgebe oder überhaupt durchblicken lasse, dass ich weiß, wo du bist.«

»Das Risiko ist zu groß, Millie. Sie werden sich fragen, warum du jetzt erst damit herausrückst, und sie werden wissen wollen, woher du das weißt und wo ich male. Die Gräfin könnte dir das Leben zur Hölle machen und mein Leben endgültig ruinieren.«

Als wir Arm in Arm am Flussufer entlanggingen, die wohlige Wärme des anderen spürten, uns küssten und gar nicht merkten, dass sich ein zarter Schneeschleier auf uns herabsenkte, kamen wir überein, dass wir die Entscheidung so lange aufschoben, bis ich meine Dokumente sicher in den Händen hielt.

*

Ende Februar war die Wohnung so weit wiederhergestellt, dass wir einen kleinen Teil davon benutzen konnten. Es war alles andere als gemütlich dort, weil es bitterkalt war und es kaum Heizmaterial gab. Mittlerweile waren jedoch nur noch wir vier Frauen übrig, da selbst Mrs Grempel, Anton, Gusev und die anderen Dienstboten ihrer eigenen Wege gegangen waren, und so kauerten wir uns tagsüber in der Bibliothek zusammen. Wenn wir Glück hatten, bekamen wir genügend Holz für ein einziges Feuer im Kamin zusammen. An den Tagen, an denen uns das nicht gelang, befahl uns die Gräfin, einen Stuhl oder

Tisch zu zerhacken, den wir dann verfeuerten. Hauptsache, uns wurde warm. Wenn uns das Holz ausging und die Kälte unerträglich wurde, gingen wir zu Bett.

Außerdem hungerten wir.

Heute bestand das Essen aus Rote-Beete-Suppe und sonst gar nichts. Man musste Wucherpreise für Lebensmittel bezahlen, falls man überhaupt etwas Essbares in den Läden fand: sieben Rubel für ein kleines Päckchen Zucker, acht für ein Viertel Kartoffeln und selbst Reis kostete über drei Rubel das Pfund. In den vorangegangenen Wochen hatten wir etwas Brot kaufen können, auch wenn es nur Roggen- und Kleiebrot war. In dieser Woche wurde gar kein Brot ausgegeben. *Njanjuschka* versuchte, ein Brot aus Kartoffelmehl und Kleie zu backen. Es schmeckte scheußlich und mir wurde ganz übel davon.

Der Winter zog sich dahin und wir lebten in ständiger Furcht, da die Wohnung oft von den Bolschewiki durchsucht wurde. Beim ersten Überfall dieser Art suchten sie den Grafen und seine Preziosen. Seine Tätigkeit im Winterpalast und seine Verbindung zur Familie der Romanows war natürlich nicht unbemerkt geblieben. Das allein bedeutete Gefahr für ihn und für sein Vermögen.

»Wenn Sie Gold in irgendeiner Form besitzen, müssen Sie es an die neue Regierung abgeben«, teilte ein Soldat der Gräfin mit.

»Durch die Bombe und den Brand ist uns kaum etwas geblieben«, erwiderte Gräfin Olga in ihrem hochherrschaftlichen Ton, der nicht gut ankam.

Zum Glück hatte der Graf seine kostbarsten Besitztümer mitgenommen. Seinen schwarzen Russo-Balt hatte er allerdings zurückgelassen, da er und Serge mit dem Zug aufs Land gefahren waren. Viktor, der Chauffeur, war weiterhin mit der Aufgabe betraut, ihn zu pflegen und die nachmittäglichen Ausfahrten waren nach wie vor ein beliebter Zeitvertreib der Gräfin, vorausgesetzt, man konnte Benzin für den Tank auftreiben. Ob die beiden immer noch ein Verhältnis hatten, ging mich nichts an. Den Ausflügen bereiteten die Bolschewiki jedoch ein jähes Ende, als sie das Auto vor der Haustür sahen und den Schlüssel verlangten. Die Soldaten kletterten hinein und fuhren fröhlich von dannen.

»Der Teufel soll sie allesamt holen!«, tobte die Gräfin. Dann fragte sie Viktor: »Wo ist die Kutsche? Ist sie wenigstens in Sicherheit?«

»Oh ja, die steht an einem Ort, auf den die Bolschewiki nie kommen würden.«

»Gut, dann setzen wir unsere Ausfahrten fort«, sagte sie lächelnd.

»Ich fürchte, das wird nicht möglich sein, Mylady. Sie haben auch die Pferde mitgenommen.«

Spaziergänge kamen für die Gräfin nicht infrage, daher verbrachte sie die Nachmittage nun in der Wohnung. Viktor, der mit seinem Bruder Iwan in einem Zimmer über der Garage wohnte, fand sich in regelmäßigen Abständen bei ihr ein. *Njanjuschka* und ich warfen uns vielsagende Blicke zu, schwiegen aber, wenn die beiden für eine Stunde oder länger in ihrem Boudoir verschwanden.

Auf Befehl der Gräfin verbrachten wir jede freie Minute damit, ihren Schmuck an den unwahrscheinlichsten Orten zu verstecken. Einige Schmuckstücke verbarg ich in *Njanjuschka*s Strickwolle, ich stichelte Perlenstränge an langen Korsettstangen fest und einmal blieben wir die halbe Nacht auf und nähten Bernsteinschmuck, Saphir- und Diamantbroschen und viele andere aus der Fassung gelöste Edelsteine in Kleidersäume, Kragen, Manschetten und Korsetts und sogar in die Babysachen ein. Wir polsterten sie mit Watte ab, damit sie uns nicht ins Fleisch schnitten, wenn wir die Kleider am Leib trugen. Wenn jemand diesen verborgenen Schatz aufspüren und uns denunzierte, bekam er ein Drittel des Wertes, sodass wir wirklich niemandem trauen konnten.

Gerade, als wir anfingen, uns in Sicherheit zu wiegen, tauchten die Soldaten wieder auf. Diesmal waren sie auf der Suche nach Feuerwaffen.

»Welches Recht haben Sie, die Räume der Gräfin zu durchsuchen? Wir haben hier keine Waffen.«

Vielleicht war es nicht besonders klug von mir, mich den Soldaten entgegenzustellen, doch sie hielten mir nur einen Zettel unter die Nase, schoben mich unsanft beiseite und begannen, Schranktüren und Schubladen im Büro des Grafen aufzureißen. Sie durchsuchten sogar das Schulzimmer und durchwühlten die alten Spielzeugkisten der Kinder, Irinas Puppen und Serges Sammlung von Zinnsoldaten. Sie fanden nichts, daher wandten sie ihre Aufmerksamkeit wieder den Wohnräumen zu.

»Sehe ich wie eine Frau aus, die weiß, wie sie eine Pistole lädt?«, fragte die Gräfin den Kommandeur in ihrem kokettesten Ton. Sie hob die Arme und bog die Schultern nach hinten, sodass ihr Dekolleté zur Geltung kam. »Oder sie in den alten Spielsachen ihrer Kinder versteckt?«

Ich sah die Gier, mit der er sie betrachtete, denn sie war immer noch eine schöne Frau.

»Aber Ihr Mann hätte es tun können.«

»Er ist nicht hier, und ich bin ganz allein und schutzlos.« In ihrer Stimme schwang nun ein neckender Ton mit, und als ich sah, wie aufreizend sie ihn anlächelte, kam mir der Gedanke, dass irgendwo in der Wohnung tatsächlich eine Pistole versteckt sein musste. Wenn die Soldaten sie entdeckten, würden wir möglicherweise alle im Gefängnis landen. »Es ist äußerst beunruhigend, wenn die Männer so in meinen persönlichen Sachen herumwühlen. Wenn es nur ein einziger Mann wäre – Sie zum Beispiel, mein lieber Herr –, dann hätte ich ja nichts dagegen. Ich würde Ihnen gerne alles zeigen, was Sie sehen wollen.«

Der Kommandeur räusperte sich. Eine flammende Röte breitete sich auf seinem Hals aus, als er begriff, was sie meinte. Es war eine Einladung, der sich in der Vergangenheit nur wenige Männer hatten entziehen können. Ausnahmsweise verurteilte ich sie diesmal nicht, sondern bewunderte ihren Mut. Er wandte sich zu seinen Männern um, schickte sie nach draußen und ließ sich bereitwillig von der Gräfin in ihr Boudoir führen. Ich war zutiefst dankbar, dass ihre Mutter bereits zu Bett gegangen war und nicht mitansehen musste, wie sich ihre Tochter als Bestechungsgeschenk anbot.

Njanjuschka und ich saßen schweigend beisammen und wagten nicht einmal, auf die Uhr zu blicken, die auf dem Kaminsims tickte. Eine Viertelstunde später tauchte der Kommandeur wieder auf und knöpfte sich seine Uniformjacke mit einem kleinen zufriedenen Seufzer zu.

Die ganze Wohnung stank noch stundenlang, nachdem die Soldaten abgezogen waren.

Die Gräfin erschien im Wohnzimmer, ohne ein Wort zu sagen. Ihre Miene war vollkommen ausdruckslos. Später am Nachmittag, als es dunkel wurde, holte sie die Pistole aus ihrem Versteck hinter den Büchern im Regal hervor und zum ersten Mal machten wir gemeinsam einen Spaziergang und warfen sie in die Newa.

*

Unsere Stimmung hob sich beträchtlich, als wir einen Brief von Serge erhielten, der an uns alle gerichtet war, nicht nur an seine Mutter. Er schrieb, wie schön es war, auf dem Land zu sein und seinem Vater bei der Feldarbeit zu helfen, die er so gerne verrichtete.

Wir haben nun unser eigenes Gemüsebeet, allerdings sind nicht mehr viele Bäume übrig. Die Soldaten haben uns das gesamte Holz abgenommen, ohne dafür zu bezahlen. Wir müssen es den Bauern abkaufen, die es aus Papas eigenen Wäldern holen, doch es hat keinen Sinn, zu protestieren. Papa meint, dass im nächsten Frühjahr der Hunger so schlimm sein wird, dass es zwischen den Dörfern zu Kämpfen kommen könnte, daher arbeiten wir hart daran, uns so viel Sicherheit wie möglich zu verschaffen und Teil der Gemeinschaft hier zu werden. Wenigstens haben wir die Ziegen und etwas Milch, außerdem ein paar Hühner, die uns mit Eiern versorgen …

Und so ging es weiter, mit ausführlichen Schilderungen ihrer Arbeit und ihrer Erfolge. Wir alle lasen den Brief immer und immer wieder und freuten uns, dass Serge fröhlich, gesund und munter war und trotz aller Schwierigkeiten glücklich zu sein schien. Ich sah die Tränen in den Augen der Gräfin und mein Herz war voller Mitleid für sie. Ich hatte die kleine Katja auf dem Schoß und konnte mir vorstellen, wie schmerzlich der Verlust ihres Sohnes für sie war.

»Was für ein mutiger Junge er ist«, sagte ich und die Gräfin lächelte erfreut.

»Ja, das war er immer schon.«

»Auch wenn er als kleiner Junge so manchen Streich ausgeheckt hat.«

»Das scheint sich nun ganz und gar gegeben zu haben, dank Ihres Einflusses, Dowthwaite. Wie schade, dass Sie bei Stefan in dieser Hinsicht so wenig erreicht haben.«

»Ich weiß inzwischen, dass er nie Ihr Liebhaber war«, sagte ich.

Plötzlich hatte ich das Bedürfnis, zwischen uns reinen Tisch zu machen. Vielleicht lag es daran, dass ich mich nicht mehr als ihre Dienerin betrachtete. Sie zahlte mir auch keinen Lohn mehr, mit der Entschuldigung, dass sie keine Aufmerksamkeit auf sich ziehen wolle, weil sie zu viel Geld abhob.

Sie erwiderte meine Bemerkung mit einem lauten Lachen.

»Es hat großen Spaß gemacht, Sie glauben zu lassen, dass er es sei. Sehr amüsant, wie besorgt und eifersüchtig Sie waren.«

Ich schüttelte verwirrt den Kopf. Einen Moment war ich voller Ehrfurcht und Bewunderung für diese Frau und empfand echtes Mitleid mit ihr, weil sie ihren Sohn vermisste, und im nächsten Moment machten mich ihre Worte rasend.

»Sie haben ihn gesehen, nicht wahr?«, fragte sie und überraschte mich damit derart, dass mir alles Blut aus dem Gesicht wich.

Dumm wie ich war, hätte ich mich beinahe verraten. Ich besuchte ihn fast jeden Tag und achtete dabei selbstverständlich immer darauf, dass mir niemand folgte.

»Ich wünschte, es wäre so, aber ich habe leider keine Ahnung, wo er steckt.« Zu *Njanjuschka* gewandt sagte ich: »Ich habe nun beschlossen, mich noch mehr um meine Dokumente zu bemühen. Es wird höchste Zeit, dass ich nach Hause komme. Hier werde ich ja nicht mehr gebraucht. Würden Sie mich diesmal begleiten? Ich spreche nicht so gut Russisch und Sie könnten mir eine große Hilfe sein.«

»Ich würde Ihnen gerne helfen, auch wenn ich nicht möchte, dass Sie gehen, liebe Millie. Ich werde Sie sehr vermissen.«

Als wir früh am nächsten Morgen zum Konsulat aufbrachen, war die Gräfin mit dem Chauffeur in der Bibliothek.

»Viktor ist ausnahmsweise schon früh hier«, sagte ich und zog mir den Schal übers Gesicht.

Der Wind war eisig.

»Mir ist aufgefallen, dass er immer häufiger hier ist. Ich glaube, er ist gestern Abend noch nicht einmal nach Hause gegangen.«

»Ah, dann werden wir weiterhin so tun, als wüssten wir von nichts, nicht wahr?«

»Das wäre vermutlich das Beste, ja«, pflichtete *Njanjuschka* mir bei und kicherte leise.

Wir mussten stundenlang Schlange stehen und uns mit den Beamten herumstreiten, doch endlich hatten wir Erfolg und ich kehrte freudestrahlend mit den Papieren in der Hand in die Wohnung zurück.

Die Gräfin hatte sich auf ihrem Sofa ausgestreckt, wie sie es nachmittags gerne tat. Sie öffnete noch nicht einmal die Augen, als sie mit mir sprach.

»Ah, Dowthwaite, ich habe heute von der Polizei Bescheid bekommen wegen Stefan. Offenbar haben sie ihn in einem Versteck am Fluss aufgespürt. Er wurde festgenommen und ins Gefängnis gesteckt und heute Morgen wurde er hingerichtet. Damit hat man ihm also endgültig das Handwerk gelegt.«

KAPITEL 33

Ich hatte das Gefühl, als hätte ich nichts mehr, wofür es sich lohnte weiterzuleben. Ohne Stefan an meiner Seite war alles sinnlos. Ich konnte einfach nicht begreifen, was sie gesagt hatte. Wie konnte er tot sein, wo er mich doch erst gestern unter der Brücke im Arm gehalten hatte und wir wieder einmal über unsere wunderbaren Zukunftspläne gesprochen hatten? Alles schien so normal gewesen zu sein – der Schnee war leise auf uns herabgerieselt, als wir uns küssten, die Boote waren langsam auf der Newa dahingeglitten, die alte Frau hatte ihre Blumen verkauft. Und nun war er für immer aus meinem Leben verschwunden.

Noch nie hatte ich derartigen Schmerz empfunden, weder körperlich noch geistig. Er packte mein Herz, meine Brust, meinen ganzen Körper. Die Trauer verschlang mich und ich konnte nur noch an die Stunden, Tage und Wochen, ja, *Jahre* denken, in denen wir diese törichte Eifersucht durchlitten hatten. Eifersucht, die unsere Dienstherrin willentlich ausgelöst hatte. Welch eine fürchterliche Verschwendung der kurzen Zeit, die wir miteinander hatten. Kostbare Augenblicke, die nie wiederkehren würden.

»Warum haben wir es zugelassen, dass die Gräfin uns mit ihren Lügen und Intrigen auseinanderreißt?«, schluchzte ich, während *Njanjuschka* mich eng umschlungen hielt. Sie schwieg, sie konnte keine Worte des Trosts finden, sondern weinte mit mir zusammen. »Und jetzt, wo wir alle Zweifel überwunden hatten, habe ich ihn für immer verloren.«

Und möglicherweise war es allein meine Schuld.

Plötzlich begriff ich, dass man mir tatsächlich gefolgt war, gleich von Anfang an.

»Die alte Blumenverkäuferin – das war wahrscheinlich die Gräfin selbst. Sie hat uns aus der Ferne beobachtet und hat sich gemerkt, wohin ich ging.«

Njanjuschka starrte mich unglücklich an, während ihr die Tränen über die bleichen Wangen liefen.

»Vermutlich hat sie Viktor zur Polizei geschickt und sie dann persönlich zu seinem Versteck geführt.«

Als mir klar wurde, was tatsächlich passiert war, machte es mir seinen Tod noch unerträglicher.

»Ohne mich hätten sie ihn nie gefunden.«

»Machen Sie sich keine Vorwürfe, mein liebes Mädchen. Wie hätten Sie das wissen sollen?«

»Er hat mich gewarnt, immer wieder. Und doch hätte ich eine alte Blumenfrau nie verdächtigt.«

Wie sollte ich jemals mit dieser Schuld leben können? Als ich in jener Nacht in meinem Bett lag, riss mich die Trauer in bodenlose Tiefen und der Schmerz zerdrückte mir das Herz.

*

Nach dem langen eisigen Winter, dem schlimmsten, den ich je erlebt hatte, setzte schließlich Tauwetter ein. Ich konnte nun wieder aus meinem Schlafzimmerfenster sehen, und als das Eis schmolz, lief ein Sturzbach über die Fensterbank auf den Boden. Mein Atem hing nicht mehr in Nebelschwaden in der kalten Luft und wir mussten uns nicht mehr die ganze Zeit bis zur Nasenspitze in Decken wickeln. Trotzdem war die Gräfin nicht zufrieden und begann, Pläne zu schmieden.

»Ich hasse die Unbequemlichkeit in dieser Wohnung. Es ist höchste Zeit, sie hinter uns zu lassen«, verkündete sie eines Tages in aller Seelenruhe. »Wir haben nicht genug zu essen und zu heizen. Sie haben mir das Auto und viele andere Dinge weggenommen und trotzdem kann es immer wieder passieren, dass die Bolschewiki hier eindringen und noch mehr fordern. Ich sehe keinen Grund, noch länger hierzubleiben. Wir sollten verschwinden, bevor sie anfangen, uns einer Leibesvisitation zu unterziehen, weil sie den Schmuck suchen. An jenem Nachmittag mit dem Kommandeur hatte ich Glück, dass er sich nicht die Zeit genommen hat, mich zu entkleiden, aber er kann jeden Moment wieder auftauchen.«

Sie hatte recht, keine von uns war vor den Männern sicher.

»Wohin wollen Sie denn fahren?«

»Auf die Krim. Ich habe bereits mit meiner Mutter und *Njanjuschka* gesprochen, aber sie wollen nicht mitkommen, sie fühlen sich zu alt und zu krank für die Reise. Aber Sie können mich begleiten, Dowthwaite. Jetzt, wo Sie Ihre Papiere haben, müssen Sie uns nur noch ein paar Bahnfahrkarten besorgen.«

»Im März gab es nur zwei Züge, die irgendwohin gefahren sind, es wird also nicht so einfach, wie Sie sich das vorstellen«, sagte ich und wollte aufbegehren, verlor aber bald das Interesse.

Was machte es schon, wohin ich fuhr, nun, da ich Stefan verloren hatte? Die Krim war auch nicht besser oder schlechter als Aufenthaltsort, bis ich ein Schiff gefunden hatte, das nach England fuhr.

Es wurde Ende Mai, bis wir einen Zug fanden, der in die richtige Richtung fuhr. Mit Mühe gelang es uns, Fahrkarten zu kaufen, und danach hatten wir gerade einmal zwölf Stunden Zeit, unsere Abreise vorzubereiten, da der Zug bereits am nächsten Tag fahren sollte. Allerdings hörte man von möglichen Auseinandersetzungen zwischen den Bolschewiki und den Eisenbahnern, sodass die Reise möglicherweise im letzten Moment noch abgesagt wurde. Ich hoffte, dass alles klappen würde und verabschiedete mich von Ruth und Ivy und all meinen Freundinnen in der Britisch-Amerikanischen Kapelle. Der Abschied von meiner liebsten Freundin war schrecklich.

»Du musst auch zusehen, dass du aus Petrograd wegkommst«, ermahnte ich sie.

»Ich hoffe, dass bald ein Schiff kommt«, pflichtete Ruth mir bei, »oder vielleicht ein Zug nach Frankreich oder Belgien oder sonst wohin, Hauptsache, aus Russland hinaus. Du hast doch nicht vor, auf der Krim zu bleiben, oder? Du musst nach Hause.«

»Oh ja, das will ich auch, sobald ich eine Möglichkeit gefunden habe, dorthin zu kommen. Bis jetzt hatte ich noch keinen Erfolg und vielleicht ist es auf der Krim einfacher, für die kleine Katja etwas zu essen zu finden. Die Krim ist nicht besser und nicht schlechter als alles andere und wahrscheinlich sind wir dort sicherer als in Petrograd.«

Wir umarmten uns und weinten ein wenig, auch um Stefan.

»Bleib stark«, schärfte sie mir ein. »Er würde nicht wollen, dass du aufgibst. Geh nach Hause zurück. Mach das Beste aus deinem Leben.«

Ich hatte nicht die geringste Ahnung, wie ich das anstellen sollte.

*

Die endlose Packerei, auf der die Gräfin bestand, hielt *Njanjuschka* und mich den größten Teil der Nacht wach, doch schließlich hatten wir drei Koffer verschlossen und verschnürt, sodass sie am Morgen in aller Frühe zum Bahnhof geschickt werden konnten. Was ich von meinen eigenen Sachen mitnahm, passte in eine einzige Tasche. All die Bücher und anderen Utensilien, die ich damals für meine Arbeit als Gouvernante mitgebracht hatte, ließ ich zurück, sie schienen mir nicht mehr wichtig. *Njanjuschka* packte uns auch einen Picknickkorb mit Vorräten für die Reise zusammen, was vermutlich bedeutete, dass sie kaum etwas für sich selbst übrig hatte. Die Gräfin hatte zudem eine kleine Reisetasche mit dem Nötigsten und dann musste ich ja auch noch das Baby tragen. Meine Papiere und meinen Pass steckte ich in einen Beutel, den ich zur Sicherheit an meinem Gürtel befestigte.

»Das wird keine einfache Reise«, sagte ich und fragte mich, wie wir die schweren Koffer transportieren sollten.

Zum Glück würde Iwan uns begleiten.

»Und wir müssen so viele Kleider wie möglich anziehen, obwohl es so warm draußen ist. Aber sonst verlieren wir die Sachen womöglich oder sie werden uns gestohlen.«

»Lassen Sie nicht durchblicken, dass Sie eine Gräfin sind«, warnte Iwan. »Sie sind jetzt einfach die Bürgerin Belinsky, vergessen Sie das nicht. Wenn die Bolschewiki herausfinden, wer Sie wirklich sind, nehmen sie Sie gefangen.«

Sie starrte ihn beleidigt an.

»Meinen Sie das ernst?«

»Oh ja, Mylady, genau wie sie den Grafen festgenommen hätten, wenn er noch in der Wohnung gelebt hätte, als sie ihn suchen kamen. Und Sie wissen ja, was Ihrem Freund Dimitri Korniloff zugestoßen ist.«

Sie runzelte einen Moment nachdenklich die Stirn und erwiderte dann:

»Also gut, Iwan. Ich bin Bürgerin Belinsky.«

Wieder flossen Tränen, als ich mich von *Njanjuschka* verabschiedete.

»Danke, dass Sie mir eine so gute Freundin und eine gute Lehrerin gewesen sind. Ich habe so viel von Ihnen gelernt.«

»Ich habe auch eine Menge von Ihnen gelernt. Zum Beispiel, wie man Kinder mit Liebe und Spaß unter Kontrolle bekommt, statt mit Schlägen und Strafe.«

Wir dachten beide an unsere geliebte Irina und weinten noch mehr. Doch nun war es Zeit, das alles hinter sich zu lassen und nach vorne zu schauen.

»Ich schreibe Ihnen. Passen Sie gut auf sich auf und auch auf *Babuschka*.«

Die alte Dame war in Tränen aufgelöst, als ich ihr zum Abschied einen Kuss gab und ihr für ihre Freundschaft und ihre Hilfe in all den Jahren dankte.

»Wenn irgendetwas passiert und Sie mich brauchen, bin ich für Sie da«, sagte sie. »Denken Sie daran.«

An der Sperre am Bahnhof wurden alle Gepäckstücke geöffnet und untersucht, eine nervenaufreibende Prozedur.

Jedes Kleidungsstück wurde herausgeholt und ausgeschüttelt. Ich fürchtete mich vor dem Augenblick, an dem die Reihe an uns war. Wie üblich nahm die Gräfin meine Unruhe gar nicht wahr, sondern wies Iwan an, die Koffer in den Zug zu bringen.

»Der Zug ist noch nicht da«, sagte er. »Der Schaffner meint, dass er zwei Stunden Verspätung hat.«

»Und was sollen wir in der Zwischenzeit machen?«, fuhr sie ihn an.

»Im Wartesaal sitzen, wie alle anderen auch.«

Sie warf einen einzigen abschätzigen Blick auf das dichte Gedränge im Wartesaal und lehnte ab. Dem Namen nach mochte sie zwar die Bürgerin Belinsky sein, doch dem Wesen nach war sie eine Gräfin durch und durch. Wir hockten drei Stunden lang auf dem Bahnsteig auf unseren Koffern, die tatsächlich durchsucht wurden. In keinem der Koffer war irgendwelcher Schmuck, doch die Gräfin hatte darauf bestanden, mehrere wertvolle Gegenstände wie ein Tintenfass, ein Tablett, Kerzenhalter, Essig- und Ölfläschchen aus Silber und mehrere mit Gold und Emaille verzierte Kästchen mitzunehmen.

»Und was ist, wenn die Wachen oder der Zoll uns durchsuchen und diese Sachen finden?«, fragte ich sie.

»Wir müssen es einfach riskieren. Ich weigere mich, etwas Wertvolles zurückzulassen, damit es sich die Bolschewiki unter den Nagel reißen.«

Zum Glück hatte ich die Kostbarkeiten gut versteckt und der Beamte hatte so viele andere Gepäckstücke zu durchsuchen, dass er nicht besonders gründlich vorging. Außerdem unterbrach meine Herrin ihn ständig mit irgendwelchen Fragen. Am Ende hatte ich das Gefühl, dass er einfach froh war, uns los zu sein.

Als wir schon fast die Hoffnung aufgegeben hatten, fuhr der Zug schnaufend und Funken sprühend schließlich doch ein. Iwan lud die Koffer ein und die Gräfin und ich hasteten auf der Suche nach einem Waggon mit freien Plätzen den Bahnsteig entlang.

»Wir haben nur ein paar Minuten Zeit, bevor der Zug wieder losfährt, daher lassen Sie uns besser einsteigen. Ich suche uns später Sitzplätze«, sagte ich und schob die Gräfin die Treppe hoch in einen Wagen. Es war nicht einfach, weil die russischen Züge viel höher und breiter sind als die englischen. »Sie müssen mithelfen«, erinnerte ich sie. »Ich habe das Baby, den Picknickkorb und meine eigene Tasche zu tragen.«

Sie schnalzte verärgert mit der Zunge, erklärte sich aber ausnahmsweise bereit, ihre eigene Tasche zu nehmen.

»Was ist mit Iwan?«, fragte sie, als wir uns inmitten einer dicht gedrängten Menschenmenge an die Haltegriffe im Gang klammerten.

Wir bekamen kaum Luft, so viele Menschen waren in den Zug hineingepresst worden.

»Machen Sie sich keine Sorgen, er wird uns schon finden.«

Der Zug fuhr mit einem Ruck an und dampfte aus dem Bahnhof.

»Nun gehen Sie schon und suchen Sie diese freien Plätze, von denen Sie gesprochen haben, Dowthwaite. Ich bleibe nicht die ganze Reise über so stehen.«

Ich unterdrückte ein Seufzen und machte mich pflichtbewusst auf den Weg. Wenigstens fuhren wir und dafür war ich dankbar.

*

Es war eine lange und ermüdende Reise und aus irgendeinem Grund war ich nervös, obwohl alle meine Papiere in Ordnung waren und ich nichts Bedenkliches in meinem Gepäck hatte. Das war auch gut so, denn an jedem Haltebahnhof bestiegen Offizielle den Zug, die sich suchend umsahen und alles mitnahmen, das ihnen verdächtig erschien oder das sie vielleicht für sich selbst haben wollten. Auf diese Weise büßte ein Mann seine Pelzmütze ein und eine arme Frau musste ihr Abendessen hergeben. Zwischen den Zugschaffnern und den Soldaten kam es immer wieder zu wütenden Wortgefechten, wobei sie sich gegenseitig mit dem inzwischen üblichen ›Kamerad‹ ansprachen. Ich verabscheute diese Bezeichnung, denn es war nur zu offensichtlich, dass sie alles andere als Kameraden waren.

Ein Zug mit offenen Wagen voller Särge überholte uns und jagte mir einen eisigen Schauder über den Rücken. Je mehr ich von dem neuen Russland mitbekam, desto mehr sehnte ich mich nach dem langweiligen alten England. Die Krim sollte nur eine Zwischenstation auf meiner Reise sein. Sobald ich dort ankam, wollte ich mich nach Zügen gen Süden erkundigen.

Ich schaffte es schließlich, einen Sitzplatz für uns zu finden, obwohl es in dem Waggon drückend heiß war. Überall auf dem Boden lagen Soldaten und es stank nach Tabak und ungewaschenen Leibern.

»*Njanjuschka* hat uns die Teekanne und einen Kessel eingepackt, aber wir haben kein heißes Wasser.«

»Geben Sie mir den Kessel«, sagte Iwan.

Kurz darauf erschien er mit dem vollen Kessel und wir konnten Tee machen. Ich wollte gar nicht wissen, woher er das heiße Wasser hatte, aber ich war sehr dankbar. Nachdem wir gegessen hatten, fütterte ich Katja, während er sich mit der Gräfin unterhielt. Dann musste ich eingenickt sein, denn als ich erwachte, fuhren wir gerade in einen Bahnhof ein.

»Oh je, nun geht das schon wieder los«, sagte ich müde und gab der Kleinen einen Kuss.

Zum Glück schlief sie tief und fest.

Wie immer, wenn wir an einem Bahnhof hielten, standen mehrere Leute auf, um sich die Beine zu vertreten oder von den fliegenden Händlern, die die Bahnsteige bevölkerten und ihre Waren feilboten, etwas Essbares zu kaufen.

»Wir haben kaum noch etwas zu essen«, sagte die Gräfin. »Gehen Sie und holen Sie Nachschub, Dowthwaite. Wir werden noch Stunden unterwegs sein.«

Ich war überrascht.

»Tatsächlich? Ich dachte, wir hätten noch genug.«

Ich wollte gerade den Picknickkorb öffnen, um nachzusehen, als sie mir mit ihrer üblichen ungeduldigen Art dazwischenfuhr.

»Es war bei Weitem nicht genug, vor allem nicht für Iwan. Schließlich ist er ein Mann. Hören Sie auf zu diskutieren und beeilen Sie sich, sonst ist alles ausverkauft.«

Sie drückte mir zwanzig Kopeken in die Hand und schob mich zur Tür. Wie üblich tat ich, was sie mir auftrug.

Die Schlangen waren lang und Katja wurde quengelig, während wir uns langsam vorwärtsschoben, doch schließlich konnte ich etwas Brot und Käse kaufen. Meine zwanzig Kopeken waren damit aufgebraucht, doch ich schätzte mich glücklich, denn selbst Kekse kosteten zweimal so viel wie sonst. Als ich wieder in den Zug steigen wollte, hielt mich ein Bolschewiki zurück.

»Einen Moment«, sagte der Mann. »Wir müssen Sie erst durchsuchen.«

Ich dachte an die Schmuckstücke, die in meine Kleider und in die Babysachen eingenäht waren, und mir sackte das Herz in die Hose. Dennoch gab ich mir alle Mühe, höflich zu lächeln.

»Wie Sie sehen, Kamerad, habe ich kein Gepäck bei mir, nur diese Tasche für das Baby. Ich bin ausgestiegen, um für mein Baby und mich etwas zu essen zu kaufen.«

Es wäre sicher keine gute Idee zu erwähnen, dass ich die Dienerin einer Gräfin war.

»Dann zeigen Sie mir Ihre Papiere.«

Ich zerrte sie aus dem Beutel an meinem Gürtel und gab sie ihm. Er überflog sie und seine Miene verdüsterte sich.

»Sie sind also eine Gräfin, ja?«

»Was? Nein, natürlich nicht«, beteuerte ich.

»Lügen Sie nicht, Bürgerin! Ihre Papiere weisen Sie eindeutig als Gräfin Olga Belinsky aus, die Ehefrau von Graf Wassili Belinsky! Ich muss Ihnen mitteilen, dass Sie verhaftet sind!«

*

Das Gefängnis in der Peter-und-Paul-Festung auf der Haseninsel in Petrograd war genau so schrecklich, wie ich befürchtet hatte. Als ich in einem Auto über die Johannesbrücke, durch den Innenhof und von dort durch das Peterstor zur Fesung gebracht wurde, packte mich eine Furcht, wie ich sie nie zuvor verspürt hatte. Ich war wie erstarrt vor Angst, auch um Katja, die ich fest an mich gedrückt hielt. Immer wieder beteuerte ich meine Unschuld, erklärte, dass ich keineswegs eine Gräfin und das alles ein Missverständnis sei. Ich sei Engländerin.

Niemand hörte mir zu, schon gar nicht die Wache, die mir die meisten meiner Kleider und meine anderen Besitztümer abnahm und mich in eine der dunklen, feuchten Zellen in der Trubezkoi-Bastion sperrte. Ich versuchte, auf Russisch, Französisch und Englisch mit ihm zu reden, doch es half nichts. Er ignorierte mich einfach.

Seltsamerweise überraschte es mich nicht sonderlich, dass die Gräfin mich einmal mehr hereingelegt hatte. Es war typisch für die Frau, die ich kannte und verachtete. Ich mochte zwar ihre Schönheit, ihren Mut und ihre resolute Art bewundern, doch es war dumm von mir, ihr jemals zu vertrauen. Sie kümmerte sich nur um sich selbst und würde immer alles tun, um ihre eigene Haut zu retten. Die Tatsache, dass ich ihr fast sieben Jahre lang treu gedient hatte, zählte nicht. Und auch für das unschuldige Kind, das sie schon einmal verstoßen hatte, verspürte sie nicht einen einzigen Funken Mitleid.

»Ich gehöre hier überhaupt nicht hin!«, schrie ich, als die Tür scheppernd zuschlug. »Ich bin nicht die, für die Sie mich halten!«

Die einzige Reaktion war der Klang seines Lachens, als er wegging, und das Schlurfen seiner Stiefel, das in dem leeren Flur widerhallte.

Ich wusste, dass Minister der Zarenregierung und Mitglieder von Kerenskis Provisorischer Regierung in dem Gefängnis einsaßen. Unter den Menschen, die im Innenhof aufgereiht standen und auf ihre Befragung warteten, waren auch elegant gekleidete Damen, und kaum jemand schien auch nur die blasseste Ahnung zu haben, warum er hier festgehalten wurde. Da waren Händler, denen vorgeworfen wurde, Lebensmittel ohne offizielle Erlaubnis verkauft zu haben, Soldaten, die gegen die Vorschriften verstoßen hatten, indem sie Eigentum stahlen und es zu ihrem eigenen Nutzen verkauften, und viele, die einfach nur verwirrt aussahen und sich ähnlich wie ich fragten, warum man sie festgenommen hatte. In all den besorgten Mienen zeigten sich Angst und Erschöpfung.

Das erste Problem, dem ich begegnete, war, dass es kaum etwas zu essen gab. Ich dachte, ich hätte während der letzten Jahre in der Wohnung schon erlebt, was es heißt, Hunger zu haben, doch das war nichts gegen das, was ich im Gefängnis erlitt. Den Gefangenen zu essen zu geben, schien nicht besonders wichtig zu sein oder auch nur jemandem in den Sinn zu kommen. Für die Brotverteilung gab es Bezugsscheine, das Brot bestand allerdings aus Buchweizen, Sand, Gips und Stroh. Es war vollkommen unmöglich, es zu essen und sich hinterher nicht zu übergeben. Wer keine Freunde oder Familienangehörige hatte, die ihm Essen ins Gefängnis brachten, konnte einfach verhungern, ohne dass es jemanden bekümmerte.

Ich konnte den Wächter überreden, mir Milch für das Baby zu bringen, doch etwas anderes bot er mir nicht an.

»Sie braucht mehr als nur Milch, sie wächst.«

»Hab ich nichts mit zu tun.«

»Bitte, kann ich Stift und Papier haben, um eine Freundin um Hilfe zu bitten?«

Er rieb Daumen und Zeigefinger gegeneinander. Er wollte dafür bezahlt werden.

»Ich sorge dafür, dass Sie Ihr Geld bekommen, sobald ich kann.« Ich dachte an das Geld und an den Schmuck der Gräfin in meinen Kleidern, die man mir abgenommen hatte. Ob ich sie jemals wiedersehen würde? Allerdings war das wohl im Moment die geringste meiner Sorgen. »Oh, und könnte ich wenigstens die Babysachen haben, die Tasche mit ihrer Flasche und den Windeln und ihre Babydecke? Es wird so kalt hier drinnen.«

Er brachte mir Papier und Stift und alle Sachen für Katja, also musste der Mann wohl doch ein Herz haben. Ich dankte ihm sehr freundlich und schrieb sofort einen Brief an *Njanjuschka.* Wenige Tage darauf wurde ein Korb mit Lebensmitteln in meine Zelle gebracht, darunter auch Karottenbrei für das Baby. Ich beeilte mich, Katja zu füttern, denn sie hatte inzwischen aufgehört zu schreien und war in einem Zustand matter Teilnahmslosigkeit, der mir Angst einjagte.

Ich hatte selbst seit mehr als drei Tagen keinen Bissen mehr zu mir genommen und bei der bloßen Vorstellung, etwas zu essen, wurde mir übel, wobei der Gestank nach Urin und Kot, die Ratten und das andere Ungeziefer ihr Übriges beisteuerten. Doch ich musste etwas zu mir nehmen, wenn ich überleben und Katja weiterhin beschützen wollte. Schließlich schaffte ich es, nach und nach ein wenig Brot und Wasser hinunterzuschlucken, bis meine Übelkeit und die Magenschmerzen allmählich nachließen.

Danach bekam ich jeden Tag einen Korb mit Essen. *Njanjuschka* schickte mir, was immer sie sich vom Mund absparen konnte. Ich war meiner alten Freundin zutiefst dankbar, die die Mühe auf sich nahm, jeden Tag aufs Neue einen Erlaubnisschein zu erbetteln und einen der Wächter zu überreden, mir den Korb zu bringen, was sicherlich nur mit Bestechungsgeldern möglich war.

*

»Dürfte ich bitte den verantwortlichen Kommandeur sprechen? Ich muss erklären, warum ich die falschen Papiere habe«, bat ich den Wärter eines Tages.

Da er freundlich genug war, mir mein Essen zu bringen, dachte ich, dass er mir vielleicht auch auf andere Weise helfen würde. Er machte mir jedoch vollkommen klar, dass er nicht die

Absicht hatte, in irgendeiner Weise in die persönlichen Angelegenheiten der Gefangenen hineingezogen zu werden.

Wir durften außer Essen auch Briefe empfangen, doch sie wurden alle geöffnet und gelesen. *Njanjuschka* begann, ihre Briefe auf Französisch zu schreiben, denn es war offenkundig, dass die Wärter diese Sprache nicht verstanden. Ich bin sicher, einige Wärter konnten noch nicht einmal Russisch lesen, obwohl sie versuchten, so zu tun, als könnten sie es. *Njanjuschka* schrieb mir regelmäßig und versicherte mir, dass sie alles unternahmen, um mich aus dem Gefängnis zu holen:

Wir haben erklärt, wer Sie wirklich sind, obwohl wir nichts mehr von der Gräfin gehört haben. Sie hat sich weder entschuldigt noch Ihre Papiere zurückgegeben. Aber Babuschka und ich sind fest entschlossen, Sie nicht im Stich zu lassen oder den Kampf um Ihre Freiheit aufzugeben. Wir tun, was wir können, um Ihre Freilassung zu bewirken.

Ich weinte vor Dankbarkeit, dass sie mich so unermüdlich unterstützten.

Das Schlimmste war die Eintönigkeit, die Stunden und Tage, die sich endlos hinzogen. Außer meinen traurigen Gedanken hatte ich nichts, womit ich mich hätte beschäftigen können, und meine Sehnsucht nach Stefan ließ mich schier verzweifeln. Würde dieses schreckliche Gefühl des Verlusts jemals aufhören? Ich bezweifelte es. Die einzigen Geräusche kamen von den armen Teufeln, die die Wärter niederknüppelten, oder von den Frauen, die von betrunkenen Soldaten vergewaltigt wurden. Diese Angst ließ mich nachts nicht schlafen, wenn ich auf der harten Pritsche lag, die als Bett durchging. Vielleicht war es das Geschrei des hungrigen Babys, das die Soldaten abschreckte, doch ich schätzte mich glücklich, dass mich niemand anrührte.

Eines Morgens wurden wir im Morgengrauen geweckt und aus unseren Zellen geholt. Ich hatte nur einen Flanellunterrock an, alle anderen Kleider hatte man mir abgenommen, und so folgte ich meinen Mitgefangenen auf nackten Füßen, starr vor Angst. Keiner von uns wusste, wohin wir gingen.

Man brachte uns zum *Place de la Monnaie* vor der Kathedrale, wo man einen riesigen Graben ausgehoben hatte. Erst als ich die Leiber darin liegen sah, ahnte ich, was uns bevorstand. Ich zitterte vor Angst. Sollte ich bald auch dort liegen, zusammen mit meinen Begleitern? Ringsum hörte ich angstvolles Wimmern und stilles Weinen. Doch dann wurden drei Soldaten vor dem Grab aufgereiht. Einer nach dem anderen wurden sie erschossen und fielen in den Graben. Als dies erledigt war, begannen die Wächter, den Graben zuzuschütten, und wir wurden in unsere Zellen zurückgebracht.

Wir sollten wissen, was mit uns geschehen würde, wenn wir uns nicht so verhielten, wie man es uns sagte.

Der Tag, an dem man mir mitteilte, dass ich Besuch hatte, war der beste in meinem ganzen Leben. Ich dachte, es sei *Njanjuschka*, die sich schon eine ganze Weile um eine Besuchserlaubnis bemühte. Stattdessen sah ich die rundliche, gemütliche Gestalt meiner lieben Freundin Ruth. Sie hatte Tränen in den braunen Augen, als ich den kleinen Besuchsraum betrat.

»Oh, Ruth!«, rief ich und sie schloss mich zusammen mit Katja so fest in die Arme, wie es ihre Art war.

»Wie geht es dir? Wie überlebst du das hier? Hast du genug zu essen? Ich konnte es nicht glauben, als ich hörte, was passiert war. Wie kommst du überhaupt hierher?«

Ich beantwortete ihre Fragen und schilderte in knappen Worten, wie die Gräfin meine Papiere gegen ihre ausgetauscht haben musste, während ich schlief, weil sie ihre eigene Haut retten wollte, und wie sie mich mit einem Trick dazu gebracht hatte, aus dem Zug auszusteigen.

»Aber *Njanjuschka* und die liebe alte *Babuschka* tun für mich, was sie können, bringen mir zu essen und schreiben mir. Sie versuchen auch, mich freizubekommen, doch ich habe kaum Hoffnung, dass das gelingen wird. Hier kommt niemand lebend wieder heraus, oder?«

»Aber du bist Engländerin, das müsste doch genügen«, ereiferte sie sich. »Obwohl, es genügt inzwischen nicht mehr. Wie man hört, sind viele Ausländer festgenommen worden. Hör zu, ich habe nicht viel Zeit. Sie haben mir höchstens fünf Minuten gegeben. Ich fahre morgen nach England ab, mit dem Zug, und dann nehme ich in Belgien ein Schiff. Aber ich wollte dich unbedingt vorher noch einmal sehen. Was kann ich für dich tun, Millie? Sag es mir und ich tue es.«

»Nimm das Baby.«

Ohne einen Moment zu zögern, drückte ich ihr Katja in die Arme.

Ruth sah völlig entgeistert auf das Baby hinunter.

»Oh, du meine Güte, bist du dir sicher? Ich habe keinerlei Erfahrung mit Babys.«

Da ging die Tür auf und der Wächter signalisierte ihr, dass es Zeit war zu gehen.

»Das macht nichts. Gib ihr zu essen und sei lieb zu ihr. Nimm sie mit nach England und kümmere dich um sie. Hier kann ich nichts für sie tun. Wenn sie mich jemals freilassen, komme ich und hole sie. Wenn nicht …« Ich unterbrach mich, die Tränen schnürten mir die Kehle zu. »Dann sag ihr, dass ich sie geliebt habe und sie nur weggegeben habe, damit sie in Sicherheit ist. Willst du das für mich tun?«

»Ja, das will ich, Millie. Ich sorge dafür, dass es der kleinen Katja gutgeht und sie gut versorgt wird, das verspreche ich.«

Mein Herz tat so entsetzlich weh, als ich die beiden fortgehen sah. Katja streckte ihre Ärmchen nach mir aus, als wollte sie bei mir bleiben. Ich wurde in meine Zelle zurückgeführt, wo ich auf das harte Bett sank und weinte, als sei mir das Herz gebrochen. Ich hatte Stefan verloren und nun meine geliebte Katja, und das alles wegen der selbstsüchtigen Intrigen einer einzigen Frau, die in meinem Leben mehr Schaden angerichtet hatte als die Revolution.

KAPITEL 34

»Mein Herz blutet für dich«, sagte Abbie. »Ich kann mir nicht vorstellen, wie du das überstanden hast. Erst dieser furchtbare Verlust und dann die Schrecken dieses Gefängnisses. Und derweil war die Gräfin mit deinen Papieren davongelaufen und mit Iwan, der vermutlich ihr Liebhaber war.«

Und nicht nur damals, sondern vielleicht für den Rest ihres Lebens, dachte sie.

Abbie war zu dem unerfreulichen Schluss gekommen, dass es nicht Eduard gewesen war, der ihr gefolgt war, sondern ihr ungewöhnlicher Besucher, der sie ganz offenbar erpressen wollte. Die Frage, wie sie damit umgehen sollte, machte ihr große Sorgen. Als er den Laden verlassen hatte, hatte sie am ganzen Körper gezittert, zum Teil aus Angst, aber auch aus Wut. Sie war so erledigt, dass sie die Tür versperrte, sich einen Kaffee kochte und versuchte, sich zu beruhigen. Sie wünschte, Drew wäre nebenan. Dort war er die ganze letzte Woche über auch gewesen, doch sie hatte ihn gar nicht beachtet. Wäre er jetzt dort gewesen, hätte sie nicht einen Moment gezögert und ihn um Rat und Hilfe gebeten. Sie hatte noch nie so viel Angst gehabt.

Die vergangene Stunde hatte sie damit zugebracht, den letzten Teil von Millies Geschichte anzuhören. Die Kinder waren im Bett, doch die Erwachsenen saßen zusammen, weil Abbie das Gefühl hatte, dass alle erfahren sollten, was passiert war. Fay und Robert sahen erst ein wenig verdutzt aus, versprachen aber zu kommen und sich anzuhören, was sie zu sagen hatte, und sei es nur aus Neugier. Abbie wollte die neuesten Entwicklungen jedoch langsam angehen.

Sie nahm die Hand ihrer Großmutter in ihre und drückte sie sanft.

»Gran, ich weiß, dass die Gräfin in den Dreißigern hierherkam, als meine Mutter ein junges Mädchen war. Ich habe mit einer alten Freundin von ihr gesprochen, mit Joan Sanderson, und sie hat mir die ganze unglückliche Geschichte erzählt, wie die Gräfin Kate überredete, mit ihr nach Südfrankreich zu gehen. Das muss schrecklich für dich gewesen sein.«

»Sie hat eine Menge Lügen erzählt, doch es war schwierig, sie zu widerlegen. Schließlich stand ihr Wort gegen meines. Und einer Gräfin hätte die Polizei sicher eher geglaubt als mir.«

»Nun, wie es aussieht, sind genau dieselben Lügen immer noch im Umlauf.« Sie berichtete ruhig von dem Besuch, den Iwan ihr kürzlich abgestattet hatte, und von seinen Drohungen. Ihrer Großmutter schien alles Blut aus dem Gesicht zu weichen. Sie rang nach Luft und rieb sich mit der Hand über die Brust, was Abbie panisch aufschrecken ließ. »Gran, was ist? Geht es dir nicht gut?«

»Soll ich einen Arzt rufen?«, fragte Fay und sprang auf.

»Nein, nein, es geht gleich wieder. Es ist nur der Schock, diesen Namen wieder zu hören. Er war tatsächlich Olgas Liebhaber oder einer von ihnen, der Bruder des Chauffeurs, eines weiteren Liebhabers. Er war der Mann, der die Bombe gelegt hat, und offenbar der, der ihr half, mir die Papiere zu stehlen. Ich bin sicher, sie hatte seitdem unzählige Liebhaber, aber Iwan ist ihr treu geblieben.«

Tom hatte ihr ein Glas Wasser geholt, das sie mit einem dankbaren Lächeln entgegennahm. Gleich darauf setzte sie ihre Erzählung unbeirrt fort, während Robert ihre Hand hielt.

»Als die Gräfin vor dem Krieg hierherkam, hat sie versucht, mich zu erpressen. Aber ich habe mich geweigert, auf ihre Forderungen einzugehen, und da hat sie mir stattdessen meine Tochter entrissen und sie gegen mich eingenommen. Zum Glück war Kate intelligent genug, ihre Intrigen schließlich zu durchschauen, und kam nach Hause. Was blieb, war eine Anspannung zwischen uns. Keine von uns wollte die andere verletzen oder unglücklich machen, obwohl es mit der Zeit besser wurde. Wenigstens hat die Gräfin es nicht geschafft, sie mir zu rauben.«

»Warum sollte sie, wenn sie sie doch als Baby verstoßen hat?«, fragte Abbie.

»Wegen des Geldes, wegen des Treuhandfonds, den der Graf so großzügig in ihrem Namen errichtet hat«, sagte Millie ganz pragmatisch. »Olga ging Geld über alles.«

»Also, Gran, ich glaube, dass Mum deshalb fast bankrott war, weil die Gräfin sie erpresst hat und von ihr Geld gefordert hat, auf das sie meinte, ein Anrecht zu haben. Wenn man diesem Iwan glauben darf, hat sie sich auch an der Tatsache gestoßen, dass Kate Carreck Place bekommen hat.«

Robert unterbrach sie plötzlich.

»Ich frage mich, ob er diesen Brief geschrieben hat, Dad. In dem er behauptet, dass er einen Anspruch auf das Haus hat und dafür sorgen wird, dass wir rausfliegen.«

»Ah, ja, ich erinnere mich dunkel, dass du davon erzählt hast«, sagte Abbie. »Ich wünschte, ich hätte besser zugehört.«

»Ich habe die Sache weiterverfolgt«, meinte Tom. »Aber ich konnte nichts herausfinden. Der Brief kam nicht mit der Post und ich konnte nicht einmal die Unterschrift lesen.«

»Hm, aber es könnte gut Iwan gewesen sein. Er ist kein angenehmer Zeitgenosse, das kann ich euch versichern«, sagte Abbie und schüttelte sich.

Die Drohung in seinen dunklen Augen hatte ihr Angst gemacht.

Millie pflichtete ihr bei:

»Ich bin sicher, dass die Gräfin ein Auge auf das Haus geworfen hatte. Ihr eigenes Geld hat sie mit ihrem aufwendigen Lebensstil verschleudert oder sie hat damit ihre Liebhaber bezahlt. Ich habe dieser Frau nie über den Weg getraut und wie es scheint, hatte ich recht. Ich habe mir alle Mühe gegeben, aber irgendwie hat sie herausbekommen, dass wir hier lebten, und wollte uns bis auf den letzten Penny ausbluten. Unvorsichtigerweise habe ich die Sache mit dem Treuhandfond durchblicken lassen, das war ein schlimmer Fehler von mir. Danach war sie noch entschlossener, sich das Geld zu krallen.«

Robert tätschelte ihr sanft die Hand.

»Mach dir keine Vorwürfe, Gran. Wir machen alle Fehler im Leben. Es ist nicht deine Schuld, wenn wir Carreck Place verlieren.«

Abbie begegnete seinem liebevollen Blick und lächelte. Eine stumme Übereinkunft zwischen Bruder und Schwester, die sich in der Fürsorge für Millie ausnahmsweise einmal einig waren.

»Ich vermute, dass Iwan nach dem Tod der Gräfin weiterhin Geld von Kate gefordert hat.«

Millie schloss die Augen in hilflosem Schmerz.

»Oh, Abbie, ich will nicht behaupten, dass ich den Tod dieser schrecklichen Frau betrauere, aber du könntest durchaus recht haben. Iwan ist ein übler Bursche. Wenn die Gräfin tatsächlich tot ist, dann gibt es sonst niemanden, der einen Anspruch auf das Haus erheben könnte. Der Graf würde es mir nie wegnehmen und Serge auch nicht, vorausgesetzt, die beiden leben noch, was wir wahrscheinlich nie erfahren werden.«

»Wenn Abbie recht hat«, sagte Tom, »dann sollten wir die Polizei informieren. Erpressung ist ein Verbrechen.«

»Und nicht nur das«, unterbrach ihn Abbie. »All das verstärkt doch den Verdacht, dass Mum gar nicht Selbstmord begangen hat. Sie hat für eine Reise nach Russland gespart, das war ein lang gehegter Traum von ihr. Warum sollte sie sich also umbringen? Und woher wusste dieser Iwan, dass wir ›ein schönes Wohnzimmer mit Eichentäfelung‹ haben, wenn er nicht hier im Haus gewesen ist?«

Sie schwiegen entsetzt. War das die Erklärung dafür, warum man Kate am Treppengeländer hängend aufgefunden hatte? Fay war die Erste, die es in Worte fasste.

»Oh, lieber Himmel, Abbie«, flüsterte sie, »willst du damit sagen, dass dieser Iwan für Kates Tod verantwortlich ist?«

»Ja. Was, wenn Mum sich geweigert hat, ihn weiter zu bezahlen, und er sie umgebracht hat?«

Sie starrten einander völlig fassungslos an. Dann griff Tom zum Telefon und wählte die Nummer der Polizei.

*

Es war erstaunlich einfach, ihn in die Falle zu locken. Iwan erschien wie angekündigt eine Woche später zur festgesetzten Stunde und forderte sein Geld. Als sie die Situation durchgesprochen hatten, war Abbie noch recht zuversichtlich gewesen, doch nun verließ sie fast der Mut.

»Ich hoffe, das hat nun ein Ende«, sagte sie und strich die Banknoten auf dem Ladentisch glatt.

Dabei versuchte sie verzweifelt, ihre Hände nicht so sehr zittern zu lassen.

Iwan lachte leise in sich hinein. Er schien ihre Bemerkung amüsant zu finden.

»Das werden wir ja sehen, nicht wahr? Und da sind ja auch noch die monatlichen Zahlungen, vergessen Sie die nicht.«

»Wie viel wollten Sie noch mal haben? Ich war letzte Woche zu schockiert, um mir die Einzelheiten zu merken.«

Die Idee war, ihn dazu zu bringen, seine Drohung zu wiederholen, doch Abbie fand es nicht so einfach, wie sie gedacht hatte. Ihr Instinkt gebot ihr, die Beine in die Hand zu nehmen und so schnell wie möglich davonzurennen.

Er beugte sich vor. Ein verächtliches Grinsen breitete sich auf seinem dicken runden Gesicht aus und Abbie konnte wieder seine hässlichen abgebrochenen Zähne sehen und seinen stinkenden Atem riechen.

»Vierhundert im Monat, jeden Monat, oder besser fünfhundert. Ja, sagen wir fünfhundert. Und achten Sie darauf, dass Sie keine Zahlung verpassen.«

»Warum sollte ich einer solchen Forderung zustimmen?«, fragte Abbie, während ihr Herz vor lauter Angst derart laut pochte, dass er es hören musste.

»Oh, Sie werden schon zustimmen, wenn Sie nicht so enden wollen wie Ihre Mutter.«

Bei dieser Bemerkung lief ihr ein eisiger Schauder den Rücken hinunter, obwohl sie gehofft hatte, dass er tatsächlich zugeben würde, was er getan hatte.

Seine Augen blitzten gefährlich. Dann schoss eine fette Hand hervor, packte sie bei den Haaren und zerrte sie halb über den Ladentisch. Abbie stieß einen kurzen angsterfüllten Schrei aus und dann spuckte er ihr seine Worte geradewegs ins Gesicht.

»Sie meinen doch wohl nicht, dass dieses egoistische Miststück den Nerv gehabt hätte, sich selbst das Leben zu nehmen, oder? Es hätte nicht so weit kommen müssen. Aber sie wollte ja nicht hören. Hat sich geweigert, zu kooperieren. Sagte, sie hätte kein Geld mehr, dass die Gräfin ihr schon alles abgenommen hätte. Was für ein Unfug! Schließlich gehörte ihr doch das verdammte Haus, oder? Und für all die Jahre, die ich nach ihr gesucht habe, war sie mir doch wohl was schuldig, genau wie der Gräfin, nachdem sie ihr gestohlen hat, was von Rechts wegen der Gräfin zustand.«

»Sie haben keinen Anspruch auf unser Zuhause. Der Graf hat es *meiner Mutter* überlassen.«

»Ach, und wie wollen Sie mich daran hindern, Geld von Ihnen einzutreiben? Es wäre viel unkomplizierter, wenn Sie mir das Haus einfach geben. Sonst könnte es mir vielleicht einfallen, mich an Ihrer Tochter zu rächen, nachdem Ihre Großmutter der Gräfin *ihre* Tochter gestohlen hat.«

In diesem Augenblick schien die ganze Welt zu explodieren. Die Türen flogen auf und von allen Seiten kamen Polizisten in den Laden gestürmt. Sie hatten Iwans Drohungen und sein Geständnis natürlich mitgehört. Robert hatte sich mit ihnen zusammen versteckt und seltsamerweise war er es nun, der die zitternde Abbie in den Arm nahm.

»Gut gemacht, Schwesterchen. Du warst sehr mutig.«

*

Nach stundenlangen Verhören bekamen die Myers' die Nachricht, dass man Iwan Lytkin des Mordes anklagen würde. Nun saßen sie beim Mittagessen im Wintergarten zusammen und feierten ihren Sieg, während sich jeder Einzelne bemühte, sich nicht nur mit den Wunden abzufinden, die die letzten Ereignisse wieder aufgerissen hatten, sondern auch mit der schrecklichen Wahrheit über Kates Tod. Die Kinder waren auch dabei, daher waren die Erwachsenen besonders vorsichtig mit dem, was sie sagten. Zum Glück achteten Aimée und Jonathon gar nicht auf sie, sondern hockten wie üblich spielend und kichernd in einer Ecke, während die kleine Carrie ein Eis aß und sich dabei das mollige Gesicht mit Schokoladensoße beschmierte.

»Wenigstens wissen wir jetzt, dass sie dich nicht absichtlich verlassen hat, Dad«, sagte Abbie leise. »Sie war glücklich mit dir, bis zum Schluss, und sie hatte eine wunderbare Reise für euch beide geplant.«

Ihr Vater nickte. In seinen Augen standen Tränen.

»Es ist kein großer Trost, aber es ist wenigstens etwas, denke ich. Und das haben wir dir zu verdanken, Abbie, dass die Wahrheit ans Licht gekommen ist.«

»Ich habe eine Menge Fragen gestellt, ja, im Waisenhaus, bei ihren Freunden und bei der armen alten Gran, aber letztendlich hat sich dieser fürchterliche Mann mit seiner eigenen Arroganz und Gier schließlich selbst ans Messer geliefert.«

Abbie konnte die Bitterkeit in ihrer Stimme kaum verbergen.

»Ich glaube, dein Bruder möchte dir auch noch etwas sagen«, meinte Fay leise mit einem schüchternen Lächeln und warf Robert einen Blick zu.

Robert räusperte sich und murmelte dann etwas Unverständliches.

»Was hast du gesagt? Ich hab es nicht verstanden.«

Er holte tief Luft.

»Es tut mir leid, dass ich dir so zugesetzt und dir die Schuld an Mums Tod in die Schuhe geschoben habe. Ich war ganz durcheinander vor Trauer.«

»Das waren wir wohl alle«, meinte Abbie ruhig.

»Und dann waren da die finanziellen Probleme und ich gebe zu, ich war ein bisschen eifersüchtig, weil Mum immer solch ein Aufhebens um dich gemacht hat, als wärst du was Besonderes.«

»Natürlich bin ich was Besonderes. Ich bin ein total verrücktes Huhn«, lachte Abbie und wechselte einen Blick mit ihrer Schwägerin, die sich kichernd die Hand vor den Mund hielt.

Abbie streckte die Arme aus und drückte ihren Bruder.

»Mach dir keine Sorgen. Ich war auch ein bisschen selbstgerecht, also machen wir einfach Schluss damit und einigen uns auf einen Waffenstillstand?«

Sie grinsten sich an und klatschten sich ab.

Tom schüttelte den Kopf und seufzte schicksalsergeben.

»So haben sie es schon als Kinder gemacht. Erst streiten sie sich wie die Kesselflicker und dann sind sie wieder ein Herz und eine Seele, die ganze Zeit. Bestimmt kratzen sie sich nächste Woche wieder wegen irgendwas die Augen aus.«

»Warum machen sie das?«, fragte Aimée, die verwundert zusah, was ihre Mutter und ihr Onkel da veranstalteten.

»Weil sie nicht so schlau sind wie du, Schätzchen«, sagte ihr Großvater, hob sie sich auf den Schoß und gab ihr einen Kuss.

Abbie lächelte und merkte, wie ihr warm ums Herz wurde, als sie die zwei so glücklich zusammen sah.

»Ich würde vorschlagen, dass wir das alles hinter uns lassen und Mum so im Gedächtnis behalten, wie sie gelebt hat, nicht, wie sie gestorben ist.«

Und als sie alle ihr Glas hoben, um einen Toast auf ihr Andenken auszubringen, hatte Abbie zum ersten Mal seit Jahren das Gefühl, dort zu sein, wo sie hingehörte.

KAPITEL 35

Es war Hochsommer und die Dampfboote fuhren Besucher kreuz und quer über den See, Kinder angelten Lachs und Saibling, Familien machten Picknick auf den winzigen Kieselstränden oder waren mit ihren Ruderbooten oder Jollen unterwegs. Alle genossen das herrliche Sonnenwetter und hatten Spaß miteinander.

»Eine Familie ist so wichtig im Leben, meinst du nicht auch?«, sagte Millie, als sie mit Abbie am Ufer entlangging.

»Ja, das ist sie wirklich. Ich habe vor, so bald wie möglich eine weitere Verkäuferin einzustellen, damit ich mehr Zeit für meine Tochter habe. Vielleicht nach ihren Ferien in Frankreich.« Nach einer kurzen Pause setzte Abbie hinzu: »Ich werde ihr all diese schrecklichen Dinge irgendwann erzählen müssen, aber hoffentlich erst, wenn sie alt genug ist, sie zu verstehen und damit umzugehen. Allerdings werde ich ganz und gar ehrlich sein, denn ich halte nicht viel von Geheimnissen.«

Sie warf ihrer Großmutter einen raschen Blick zu.

Inzwischen konnte Millie den leisen Vorwurf in der Bemerkung ihrer Enkelin gefasst zur Kenntnis nehmen.

»Damit könntest du wohl recht haben. Es kommt allerdings immer auf die Umstände an. Der Graf hatte mir geraten, Schweigen zu bewahren, weil es sicherer war, und daran habe ich mich gehalten. Ich habe die Wahrheit über Kates Geburt nie aufgedeckt, weil ich befürchtete, dass die Gräfin nach ihr suchen könnte, wie sie es ja später auch getan hat. Ich hatte nicht nur schreckliche Angst davor, meine geliebte Tochter zu verlieren, sondern auch vor dem, was die Gräfin ihr möglicherweise antun würde. Ebenso, wie Kate mir verschwiegen hat, dass Olga sie erpresste, um zu verhindern, dass sie auch mein Leben zur Hölle macht.«

»Jetzt verstehe ich auch, warum Mum nicht wollte, dass ich ins Geschäft einsteige. Sie hat versucht, mich zu beschützen«, sagte Abbie nachdenklich. Plötzlich betrachtete sie die Streitereien mit ihrer Mutter aus einem ganz anderen Blickwinkel und sie begriff, dass diese Ängste sich sehr wohl auf ihr Verhältnis ausgewirkt haben könnten. »Ich bin froh, dass jetzt alles ans Licht gekommen ist. Ob Offenheit und Ehrlichkeit Mum hätten retten können, wenn wir früher Bescheid gewusst hätten, lässt sich nicht sagen.«

»Denken wir am besten gar nicht erst darüber nach.«

Abbie drückte sanft die Hand ihrer Großmutter und fragte: »Wie bist du denn eigentlich aus dem Gefängnis gekommen?«

»*Babuschka* hat mich gerettet. Sie hat natürlich eine hohe Gebühr bezahlen müssen oder vielleicht wäre ›Bestechungsgeld‹ das treffendere Wort. *Njanjuschka* ging es nicht gut und beide Frauen litten schrecklich unter dem Hunger. Ich habe mich dann um die alte Mutter der Gräfin gekümmert und ihr erklärt, dass ich Katja zu meinen Eltern nach England geschickt hätte, um sie in Sicherheit zu bringen. Es war einfacher, sie glauben zu lassen, dass das Baby von mir war, als sie mit der Wahrheit noch unglücklicher zu machen. Sie wusste noch nicht einmal, ob ihre Tochter noch lebte. In jener Zeit sind Leute oft spurlos verschwunden und man hörte nie wieder von ihnen. Ich fand, sie hatte genug durchgemacht. Als die alte Dame irgendwann im Jahr 1919 schließlich an Trauer und Hunger starb, beschloss ich, einen Fluchtversuch über die Berge zu wagen. *Njanjuschka* wollte zum Grafen ziehen, der immer noch auf seinem Landgut war. Aber sie hat mir sehr geholfen, hat riesige Opfer gebracht, um mich mit Essen zu versorgen und mir neue Papiere zu beschaffen.

Und sie hat die Bank überredet, mich Geld von dem Fond des Grafen abheben zu lassen, sodass ich genug für den langen und beschwerlichen Weg hatte. Wieder verabschiedeten wir uns und weinten beide, weil wir wussten, dass wir uns wahrscheinlich nie wiedersehen würden. Ich nahm den Zug, dann bezahlte ich einen Führer, der mich über die Berge bringen sollte. Wir waren tagelang in Schnee und Eis unterwegs, bis wir schließlich zu einer Höhle kamen. Obwohl ich verzweifelt versuchte, wachzubleiben, muss ich aus purer Erschöpfung eingeschlafen sein, denn ich wachte erst im Morgengrauen wieder auf, als ein seltsames Geräusch an mein Ohr drang. Ich sah mich nach meinem Führer um, doch er war nirgendwo zu sehen. Der Mann, dem ich eine ungeheure Summe gezahlt hatte, fast bis zur letzten Kopeke, die ich besaß, hatte mich im Stich gelassen. Ich war ganz allein.«

»Oh, Gran, wie schrecklich, nach allem, was du durchgemacht hast.«

»Ich erkannte, dass es Hufgetrappel auf felsigem Boden war, was da in mein schlaftrunkenes Hirn gedrungen war, und das bedeutete, dass mir unerwünschter Besuch bevorstand. Ich rechnete fest damit, von Banditen überwältigt zu werden, und saß zusammengekauert und voller Angst da, als sie hereinmarschierten. Dann sagte eine Stimme: ›Wie, noch nicht einmal ein Willkommenskuss?‹ Ich riss in ungläubigem Staunen die Augen auf und einen Moment lang dachte ich, ich träumte oder sei gestorben und in den Himmel gekommen. Aber da stand er vor mir, lebendig und gut gelaunt: mein Stefan.«

»Oh, Gran, das glaub' ich nicht! Wie kann das sein? Ich dachte, er sei tot?«

»Das war eine weitere Lüge der Gräfin. Ich hätte es ahnen können. Ich glaube, sie hat in ihrem ganzen Leben nicht einmal die Wahrheit gesagt. Stefan war tatsächlich verhaftet und ins Gefängnis geworfen worden, doch er wurde nicht hingerichtet, wie die Gräfin behauptete. Die gute alte *Njanjuschka*, die heimlich Nachforschungen angestellt hatte, fand ihn schließlich, kurz nachdem ich aufgebrochen war. Sie konnte den Wächter davon überzeugen, dass er unschuldig war, und bezahlte ein weiteres Bestechungsgeld. Stefan wurde freigelassen und folgte meinen Spuren, wie *Njanjuschka* sie ihm beschrieb.«

»Was für eine gute Freundin sie dir war, ein wahrer Schatz.« Millie gab ihrer Enkelin einen Kuss.

»Ja, das war sie wirklich. Unser Wiedersehen war köstlich und sehr privat, also werde ich kein weiteres Wort darüber verlieren. Aber endlich winkte uns die Freiheit. Wir überquerten den Kaukasus und bestachen einen Bootsmann, der uns über das Schwarze Meer brachte. Die Reise dauerte Wochen und Monate, doch wir schlugen uns langsam bis zum guten alten England durch.«

Abbie sah sie besorgt an.

»Und was ist danach aus Stefan geworden?«

Nun strahlte ihre Großmutter sie an.

»Er hielt es für das Beste, zur Sicherheit seinen Namen zu ändern, falls die Bolschewiki nach ihm suchen sollten, wegen der Bombe, die er ja angeblich gelegt hatte. Er nahm den Namen seines Großvaters mütterlicherseits an: Anton Nabokow.«

»Aber das ist mein Großvater.«

Millie lachte.

»Natürlich ist er das. Unsere Liebe wurde entzweit durch eine Frau, die uns mehr Schaden zugefügt hat als die ganze Revolution. Aber wir hatten schließlich doch ein glückliches Leben zusammen, bis er 1950 leider starb. Er war erst zweiundsechzig. Er war nur vier Jahre älter als ich und wir hätten viel mehr Zeit miteinander haben sollen, aber er hat in diesem Gefängnis viel mehr gelitten als ich, daher bin ich dankbar für die Jahre, die wir gemeinsam verbringen durften.«

Abbie hatte Tränen in den Augen, als sie Großmutter an sich drückte.

»Du hattest solches Glück, er war ein wunderbarer Mann.«

Als sie den Rückweg zur Pförtnerloge antraten, fragte Abbie:

»Und was ist mit deiner Freundin Ruth? Hast du sie je wiedergesehen?«

Millie schüttelte den Kopf.

»Ihren letzten Brief bekam ich, kurz bevor ich aus Russland aufbrach. Darin schrieb sie, dass sie Kate in ein Waisenhaus in Stepney gebracht hatte, weil sie heiraten wollte und ihr zukünftiger Ehemann nicht die Verantwortung für ein fremdes Kind übernehmen wollte. Das Geld war damals sehr knapp, es war also eine ganz vernünftige Entscheidung.«

»Das war also der Grund, warum du ausgerechnet in London ein Kind adoptiert hast.«

Millie nickte.

»Ich suchte sie dort, ja. Und was war es für eine Freude, als ich sie fand. Ich nahm sie in die Arme und hätte sie am liebsten sofort mitgenommen, aber natürlich mussten wir alles ganz legal machen. Ruth hatte ihr einen englischen Namen gegeben, zur Sicherheit. Ich wollte nie, dass Kate die ganze Geschichte erfuhr, doch sie stellte selbst Nachforschungen an, als sie alt genug war. Geheimnisse, wie du schon sagtest, kann man nicht ewig hüten.«

Als sie an der Tür der Pförtnerloge ankamen, ließ Abbie ihrer Großmutter den Vortritt.

»Oh, ich habe vergessen, dir etwas zu erzählen«, sagte sie. »Ich habe nämlich auch ein Geheimnis.«

Millie runzelte die Stirn.

»Und was für ein Geheimnis könnte das sein?«

»Ein gutes, Millie Dowthwaite, das hoffe ich zumindest.«

Millie sah mit aufgerissenen Augen die Frau an, die da auf sie zukam. Und während ihr die Freudentränen über die Wangen liefen, sank sie ihrer Freundin Ruth in die Arme.

*

Tja, und wie steht es mit meinem eigenen Liebesleben?, fragte sich Abbie am nächsten Tag, als sie an ihrer Werkbank saß und versuchte, ein Muster in einen Bernstein zu schnitzen. Sie probierte es erst an einem groben Klumpen aus. Später, wenn sie es besser konnte, wollte sie sich an die wertvolleren Stücke wagen.

Es machte ihr Spaß, ihren neuen Beruf nach und nach zu erlernen. Erst hatte sie das Stück an der neu erworbenen Kreissäge mit Diamantsägeblatt zerteilt, die sie auf der Werkbank montiert hatte. Nun schliff sie es von Hand und ließ sich dabei sehr viel Zeit, denn Bernstein ist weich und zerkratzt leicht.

Hatte sie recht mit ihrem Misstrauen Andrew Baxter gegenüber? Oder zeigte dieses Misstrauen eher einen Makel in ihrem eigenen Wesen auf, den sie nach ihren Erfahrungen mit Eduard davongetragen hatte? Eigentlich wollte Abbie jetzt nicht über Drew nachdenken, aber er tauchte immer wieder ungebeten in ihren Gedanken auf.

Wahrscheinlich war er gerade bei seiner angeblichen Ex-Frau.

»Hör auf, dich selbst zu quälen, Mädchen«, schimpfte sie mit sich und begann, den Bernstein mit einer speziellen Polierscheibe zu polieren. Sie musste das Stück gut festhalten, damit es ihr nicht aus der Hand rutschte. »Wen interessiert es schon, wo er ist und mit wem er schläft?«

»Sprichst du mit mir?«

Die Stimme erschreckte sie so sehr, dass sie zusammenzuckte und ihr der Bernstein aus der Hand fiel. Drew trat einen Schritt vor und fing ihn auf, bevor er von der Werkbank auf den Boden rollen konnte. Sie blickte in sein grinsendes Gesicht und war sich der Verletzlichkeit, die ihr eigenes Gesicht zeigte, nur allzu bewusst.

»Drew, ich dachte, du bist in Schottland.«

Er hockte sich auf einen Stuhl neben ihrem und legte das Bernsteinstück vorsichtig zur Seite.

»Aber du wusstest doch, dass ich wiederkomme. Also, hier bin ich, alles erledigt.«

»Und was hast du erledigt?«, fragte sie in leicht bissigem Ton.

Er verzog das Gesicht.

»Die Hochzeit meiner Frau.«

»Was?«

»Hatte ich dir nicht gesagt, warum ich zurückgefahren bin? Ich wollte es jedenfalls, aber vielleicht bin ich nicht dazu gekommen. Wir hatten ja beide ganz gut zu tun, bevor ich losfuhr. Du hattest all die Bestellungen auf dem Tisch, die bei eurer Eröffnungsfeier hereingekommen sind, und ich musste den Laden nebenan einrichten. Aber wie dem auch sei. Ja, sie ist jetzt mit jemand anderem verheiratet, dem Himmel sei Dank. Ich hoffe, die beiden werden glücklich zusammen. Und wir haben alle Formalitäten wegen der Aufteilung der Läden und der anderen Sachen erledigt, alles unterschrieben und so muss ich nicht wieder hinfahren. Ich kann mich jetzt ganz auf mein neues Leben konzentrieren und auf meine neuen Freunde.«

Es lag ein ziemlich attraktives Funkeln in seinen Augen, als er sie herausfordernd ansah.

Abbies Herz raste und ihre Gedanken wirbelten wild durcheinander. Was hatte das alles zu bedeuten? Was versuchte er, ihr zu sagen?

»Hast du viele neue Freunde hier?«, fragte sie mit zögerndem Lächeln.

»Oh, ich glaube, das wird sich mit der Zeit ergeben. Im Moment interessiere ich mich eigentlich nur für eine.« Seine grauen Augen verdunkelten sich, er beugte sich zu ihr und sie konnte seinen warmen Atem auf ihrer Wange spüren, als er traurig flüsterte: »Leider habe ich das Gefühl, dass ich meine Chancen bei ihr vermasselt habe.«

»Wie das?«

»Ich war so dumm, ihr einen Vorschlag zu machen, und das im absolut falschen Augenblick. Ich dachte, ich hätte sie schon überzeugt, aber da lag ich völlig daneben. Was für ein Idiot ich war.«

»Und wie hat sie auf deinen dummen Vorschlag reagiert?«

»Sie hat mich in die Wüste geschickt, zu Recht. Also, was würdest du mir raten: Was soll ich jetzt tun? Mich entschuldigen oder ihr einfach sagen, dass ich verrückt nach ihr bin, sie über alles liebe und froh wäre über irgendeine Art von Partnerschaft, geschäftlich oder persönlich, was immer sie am glücklichsten macht? Hauptsache, es ist was fürs Leben. Was würdest du mir empfehlen?«

Abbie stockte der Atem. Seine Frage zu beantworten, so kunstvoll er sie auch gestellt hatte, war gar nicht so einfach.

»Ich bin mir ziemlich sicher, dass sie keine weiteren Entschuldigungen hören möchte.«

»Okay. Und wenn ich sie küssen würde, meinst du, sie verpasst mir dann eine Ohrfeige?«

»Vielleicht solltest du es einfach mal ausprobieren und sehen, was passiert«, murmelte sie.

Sie konnte den Blick nicht von seinem schön geformten Mund abwenden, und als sich seine Arme um sie legten und sich ihre Lippen trafen, sang ihr Herz. Wie lange sie so blieben, konnte Abbie nachher nicht mehr genau sagen. Sie hatte nichts dagegen einzuwenden, als seine Küsse inniger wurden. Aber sie hatte es auch nicht eilig, sich aus seinen Armen zu befreien – sie wollte für immer dort sein. Und vielleicht würde sie genau das tun.

EIN WORT DER AUTORIN

Liebe Freunde,

danke für all die freundlichen Worte, mit denen Sie mir sagen, wie sehr Sie meine Bücher mögen. Ihre Anmerkungen und Rezensionen sind mir sehr wichtig, ich höre sie mir an und beziehe sie in meine Arbeit ein. Viele von Ihnen begleiten mich seit meinen ersten Romanen in den frühen 1990ern, als meine Laufbahn als Schriftstellerin begann. Ich weiß Ihre Treue sehr zu schätzen.

Die Idee für *Schatten im Bernstein* kam mir bei einer Kreuzfahrt auf der Ostsee, die ich mit meinem Mann unternahm (ja, wir sind inzwischen in diesem Alter und wir lieben Kreuzfahrten). Damals besuchten wir auch St. Petersburg. Es ist eine umwerfende Stadt, wunderschön und kosmopolitisch. Wir waren im Katharinenpalast und haben uns das Bernsteinzimmer angesehen, machten einen Ausflug auf der Newa und besichtigten die Peter-und-Paul-Festung. Sie diente während der Revolution als Gefängnis und kommt auch in meinem Roman vor. Nach dieser Reise wollte ich unbedingt mehr herausfinden. Ich las viele Bücher über den Zar und seine Familie. *The Three Emperors* von Miranda Carter und *From Splendor to Revolution* von Julia P. Gelardi gefielen mir besonders gut. Dann stolperte ich ganz zufällig über ein Buch mit dem Titel *Six Years at the Russian Court* von Margaret Eagar. Darin geht es um eine Gouvernante, die um die Jahrhundertwende nach Russland ging, und meine Fantasie fing sofort Feuer. Meine Geschichte ist zwar erfunden, doch spielt sie vor dem historischen Hintergrund einer Zeit, in der das russische Reich dramatische Veränderungen erlebte.

Mein aufrichtiger Dank gilt meinen Lektorinnen, Emilie Marneur und Victoria Pepe, und dem gesamten Amazon-Team. Außerdem danke ich meiner Agentin, Amanda Preston, von der Literaturagentur LBA für ihre Unterstützung und ihr Vertrauen in mich.

Alles Liebe

Freda

6568322R00273

Printed in Germany
by Amazon Distribution
GmbH, Leipzig